**HEYNE <**

## Zum Buch

Andrej Mirkin ist 27, lebt in Moskau und arbeitet für das Boulevardmagazin *Der Beobachter*. Eigentlich träumt Andrej davon, amerikanischen Gangster-Trash nach Russland zu bringen – doch der Exzess bestimmt sein Leben. Seine Freunde bewundern ihn, die schönsten Frauen beten ihn an. Die Moskauer Nächte sind Mirkins Welt, immer auf der Suche nach dem ultimativen Kick, der nächsten Koksline und schnellem Sex.

Nebenbei hat er zwei feste Freundinnen, denen er zwei völlig verschiedene Versionen seiner selbst vorspielt. Bei der Feng-Shui-begeisterten Businessfrau Lena gibt er sich als Wal-Mart-Manager aus. Für die partybesessene Rita ist er Promoter, immer am Puls der Zeit.

Doch nach und nach beginnt Mirkins mühsam errichtete Fassade in sich zusammenzubrechen. Mirkin muss erkennen, dass er seine Träume verloren hat – und sich fragen, welches Leben er wirklich leben will. Als Rita ihm mitteilt, dass sie AIDS hat, verliert er jegliche Kontrolle: Sein Absturz beginnt...

## Zum Autor

Sergej Minajew ist einer der erfolgreichsten und umstrittensten Autoren Russlands. Er studierte Geschichte und Archivwesen, bevor er als Weinimporteur zum Millionär wurde. Außerdem betreibt er einen Buchverlag, in dem u.a. die Werke von Frédéric Beigbeder und Christian Kracht erscheinen. Minajew lebt in Moskau, wo er eine Fernsehsendung präsentiert.

## Lieferbare Titel
*Seelenkalt*

SERGEJ MINAJEW

# NEONTRÄUME

Roman

Aus dem Russischen von
Olga Kouvchinnikova
und
Ingolf Hoppmann

WILHELM HEYNE VERLAG
MÜNCHEN

Die Originalausgabe THE TELKI erschien 2008 bei Ast, Moskau

Verlagsgruppe Random House FSC-DEU-0100
Das für dieses Buch verwendete
FSC®-zertifizierte Papier *Super Snowbright*
liefert Hellefoss AS, Hokksund, Norwegen

Vollständige deutsche Erstausgabe 08/2012
Copyright © 2008 by Sergej Minajew
Copyright © 2012 der deutschsprachigen Ausgabe
by Wilhelm Heyne Verlag, München,
in der Verlagsgruppe Random House GmbH
Satz: Buch-Werkstatt GmbH, Bad Aibling
Printed in Germany 2012
Redaktion: Heiko Arntz
Umschlaggestaltung: Melville Brand Design, München, nach einem
Motiv von © REUTERS/Thomas Peter
ISBN: 978-3-453-67613-8

www.heyne.de

# LENA

»Und deine Entscheidung steht fest? Endgültig?«
»Ja. Absolutely ... Absolut.«
»Und wann willst du in die Staaten?«
»Ein paar Jahre noch, Honey. Dann habe ich den Posten als Head of Purchasing, platziere ein paar gute Investments, fertig. Schnelle Karriere und schnelles Geld, das geht nur in Russland, you know ... Aber leben und investieren und so, das will ich nur in Amerika ...
»Wahrscheinlich hast du Recht.« Sie nimmt einen Schluck Wein. »Bestimmt hast du Recht. Mutter Russin, Vater Amerikaner. Du denkst englisch und sprichst russisch. Außerdem hast du so einen niedlichen Akzent.« Sie berührt mein Handgelenk mit den Fingerspitzen. »Ist es schwer hier für dich?«
»You know ...« Ich nicke nachdenklich, hebe mein Weinglas und schaue durch es hindurch in die Kerzenflamme. »Es kommt immer darauf an, wie man sich positioniert. Manchmal habe ich das Gefühl, ich bin irgendwo between steckengeblieben, verstehst du? Zwischen Amerika und Russland. Irgendwie kompliziert alles, verstehst du?«
Lena trägt ein schwarzes, violett gestreiftes Kostüm von ... keine Ahnung von wem. Sieht nach Patrick Hellmann aus, obwohl, nach meiner Kalkulation dürfte ihr Gehaltskonto für Patrick Hellmann ein bisschen zu mager sein. Unter der

Jacke eine weiße Bluse, bis zur Hälfte geöffnet, damit man den roten BH sehen kann. Sie trägt gerne rote Dessous, zumindest bei unseren Dates. Ich nehme das als Zeichen ihrer Leidenschaftlichkeit.

Es könnte aber auch sein, dass sie als Kind zu viele seichte Softpornos vom Typ *Wilde Orchidee* gesehen hat. Wahrscheinlicher Letzteres. Jedes weibliche Wesen über sechs Jahren hier in Russland kennt *Wilde Orchidee*. Eine große Handelskette verkauft sogar Unterwäsche unter diesem Label. Können Sie sich das vorstellen? Ein bedeutender Teil der weiblichen Bevölkerung unseres Landes im Alter zwischen fünfundzwanzig und vierzig hält eine lausig gedrehte Szene mit Carré Otis als künstlich aufgegeilte Jungfrau mit Blümchen im Haar für das Nonplusultra animalischer Leidenschaft.

Übrigens, Lena hat Körbchengröße C, das kompensiert, aus meiner Sicht, ihren infantilen Filmgeschmack zur Genüge.

An ihrem linken Handgelenk ein breites, aus feinem Silber geflochtenes Armband von Tiffany, das ich ihr zum Internationalen Frauentag geschenkt habe. In regelmäßigen Abständen winkelt sie den Arm an, damit es dekorativ rauf- und runterrutschen kann ... Lena hat die Beine übereinandergeschlagen, und ich wette darauf, dass sie in diesem Moment mit dem rechten Fuß wippt, an dessen Spitze ihr halb ausgezogener Schuh von Ferragamo baumelt. Gegen Ende des Abendessens wird sie den Schuh ganz ausziehen und anfangen, mir ihren Fuß ins Hosenbein zu schieben. Nicht etwa weil sie Lust dazu hätte, sondern weil die Protagonistin in *Wilde Orchidee* das so macht. Oder die aus *Basic Instinct*... Spielt ja keine Rolle.

Lena sieht aus wie achtundzwanzig, erzählt allen Leuten, sie sei siebenundzwanzig, ist aber in Wirklichkeit schon vor einem halben Jahr dreißig geworden. Zweimal die Woche geht sie ins Fitnesszentrum (»Petrowka-Sport« – dort gibt es zwar keinen Pool, aber sie hat eine VIP-Card) und nimmt angeblich Yogastunden bei einem Personal-Trainer (das ist aber gelogen). Einmal im Monat (vielleicht auch seltener) lässt sie sich bei Jacques Dessange die Haare färben und frisieren (von der Existenz eines Tony&Guy ist ihr noch nichts zu Ohren gekommen). Lena zieht die Photoepilation dem Bikini-Line-Lasern vor, nimmt es jedoch mit der Wachsepilation ihrer Beine nicht allzu genau; sie trägt Gelnägel (vorzugsweise leuchtende Farben), während ich eher auf französische Maniküre stehe. Lena meidet Nachtklubs (wegen ihres Teints), raucht nicht (wegen ihres Teints) und achtet darauf, dass ihr Gesicht möglichst nicht mit Sperma in Berührung kommt (wieso eigentlich?). Sie trinkt ausschließlich Wein (allerdings habe ich gelegentlich auch schon Bier in ihrem Kühlschrank vorgefunden), fängt zirka alle zwei Monate eine neue Diät nach dem jeweils aktuellen Ernährungsguru an, bevorzugt ansonsten – in der diätfreien Zeit – Restaurants mit japanischer und italienischer Küche, wenn auch eher aus Status- und weniger aus Geschmacksgründen.

Vor einem halben Jahr hat sie die erste Anzahlung für ihre neue Wohnung geleistet (den Plänen nach zu urteilen befindet sich die Wohnung in einem hässlicher Klotz in der Gegend der Metrostation Baumanskaja – hundertzwanzig Quadratmeter, noch im Erschließungsstadium befindlich). Ihre gegenwärtige Wohnung in Perowo hat sie streng nach den Regeln des Feng-Shui eingerichtet, in einem chinesischen Stil Marke Eigenbau (also hauptsächlich IKEA, aufgepeppt mit ein paar teuren Lampen und einem Sammelsurium von exotischem Klimbim, oder, mit ihren Worten, »Accessoires«, die sie von diversen Auslandsreisen mitgebracht hat). Nach außen hin gibt sie sich als großer Fan von minimalistischem Design, aber das halte ich für ein Märchen; jedenfalls habe ich kürzlich erst wieder in ihrem Schlafzimmerschrank rosa Plüschhäschen und Herzkissen gesehen. Lena ist nicht verheiratet und nicht mit Kindern belastet, konzentriert seit fünf Jahren ihre ganze Kraft auf ihre Karriere als Buchprüferin, ich glaube, entweder bei Pricewaterhouse oder bei Deloitte oder vielleicht auch irgendwo anders, ich kann mir das nie merken. Mit ihren dreißig Jahren hat sie den Posten einer stellvertretenden Abteilungsleiterin und verdient viertausend Dollar im Monat. Ihr liegt wahnsinnig viel daran, für eine waschechte europäische Businessfrau durchzugehen, deshalb zahlt sie ihren Teil an der Restaurantrechnung grundsätzlich mit einer goldenen AmEx. Aus demselben Grund, nehme ich an, spickt sie ihre Rede mit Anglizismen. »Das Problem ist total overestimated«, sagt sie zum Beispiel zu ihrer Freundin, die von ihrem Lover sitzengelassen wurde. Lena fährt einen Mazda 6 – auf Kredit gekauft. Aber das versteht sich wohl von selbst.

»Irgendwie kompliziert alles«, sage ich wieder und stelle das Glas zurück auf den Tisch, ohne getrunken zu haben.

Lena wendet sich ab. Mir scheint, dass ihre Augen feucht geworden sind. Oder ist das nur ein Effekt der künstlichen Beleuchtung? Eine Weile sitzen wir da, ohne etwas zu sagen. Ich frage mich, woran sie gerade denkt. Vielleicht daran, wie schwer das Leben in Russland für einen Menschen ist, dessen innere Welt zwischen dem traditionellen amerikanischen Pragmatismus und der berüchtigten russischen Seele zerrieben wird? Oder daran, wohin sich unsere Beziehung in weiterer Zukunft entwickeln wird? Das Thema könnte zum Beispiel lauten: Kann eine hinreißend schöne Frau namens Helena aus einem halben Ami einen ganzen Russen machen – zurück zu den Wurzeln und so weiter? Manchmal legt sich ein Schatten über Lenas Gesicht, und auf ihrer Stirn erscheinen tiefe Falten, ein deutliches Zeichen dafür, dass in ihrem Inneren ein heftiger Kampf tobt; oder ein angestrengter Denkprozess abläuft; oder beides gleichzeitig. Sie streichelt immer noch mein Handgelenk.

»Hör zu«, sagt Lena und dreht sich wieder zu mir um. »Ich komme mit. Ich kann ohne dich nicht leben.« In ihren grünen Augen sind jetzt keine Tränen mehr zu sehen, dafür lese ich in ihrem typisch russischen Gesicht mit den hohen Wangenknochen eiserne Entschlossenheit. Sie schiebt wieder ihr Armband zurecht, dann legt sie den Kopf ein wenig in den Nacken und greift sich mit beiden Händen in die langen blonden Haare. (Ich verstehe absolut nicht, warum sie sie so hell bleicht. In Wirklichkeit ist sie dunkelblond, nehme ich an.) In den Winkeln ihrer schwellenden Lippen erscheint ein Lächeln. »Wir gehen zusammen nach Amerika. Du und ich. Und bis dahin legen wir eine glänzende Karriere hin. Du steigst als Manager bei Wal-Mart auf, und ich arbeite weiter für die Bank of New York, die Citibank oder JPMorgan Chase ... Und unsere Kinder werden richtige Amerikaner. Im schlimmsten Fall kann uns ja dein Vater unterstützen. Ich meine, nur im Notfall ...«

Ihr Tonfall lässt keinen Zweifel daran, dass diese Frage längst entschieden ist. Dabei war in den ganzen sechs Monaten, die wir uns jetzt kennen, nicht einmal die Rede davon, zusammen nach Amerika zu gehen. Kein einziges Mal. Ich muss also wohl davon ausgehen, dass sie ernste Absichten hat. Und vor allem: Sie scheint alles genauestens geplant zu haben. Um meinen Ärger zu verbergen, stimme ich wieder zu, nicke versonnen und sage:

»Karriere machen wir viel früher, Honey. Die Unterstützung meines Vaters wird also nicht erforderlich sein. Außerdem mag ich es nicht, jemanden um Hilfe zu bitten. I hate it, you know!« Mit einem smarten Lächeln richte ich meinen linken Manschettenknopf (von Paul Smith). Lena lächelt glücklich zurück. Wir stoßen an, trinken unseren Wein. Unsere Lippen nähern sich. Wir küssen uns. Lenas Augen funkeln. Wir küssen uns noch einmal. Von weitem sieht es vielleicht so aus, als hätten wir uns gerade verlobt, obwohl das ganz und gar nicht den Tatsachen entspricht. Endlich kommt der Hauptgang, und wir verstummen, ergriffen vom Anblick der Speisen... Oder von den Gedanken an die Zukunft.

Lena isst Krabbenbeine, ich Spaghetti mit Krabbenfleisch und Tomatensoße (eine etwas seltsame Mischung, aber recht schmackhaft). Als Vorspeise hatte Lena ein Tartar vom Thunfisch, ich Sashimi vom Lachs mit Kressesalat. Das Ganze wird begleitet von einem Vermentino Bolgheri von Antinori. Danach gibt es Kaffee. Auf Dessert werden wir wohl verzichten.

Ich erzähle das alles nicht in der Absicht, Ihnen zu demonstrieren, wie gut wir uns in gastronomischen Belangen auskennen, sondern einfach, damit Sie verstehen, wer wir sind: die neue Klasse der jungen urbanen Profis, also Yuppies, wenn Sie so wollen, die es sich leisten können, dreihundert Dollar hinzulegen für ein Abendessen zu zweit im Solotoj auf dem Kutusow-Prospekt in der Heldenstadt Moskau.

»Ich wollte dir noch etwas sagen«, meint Lena und versucht, das Krabbenfleisch mit der Gabel aus dem Panzer zu ziehen. »Ein Bekannter von mir hat mich angesprochen, er ist Marketingdirektor bei einer Gesellschaft, die Kosmetik herstellt. Sie haben da gerade eine neue Produktlinie entwickelt...«

»Und du schlägst mir vor, to test it?«, frage ich grinsend, während ich in meinen Spaghetti stochere.

»Nein, du Dussel. Er soll eine Publikation in deinem Magazin unterbringen!« Endlich hat sie ihr Krabbenfleisch herausgeklaubt.

»Unterbringen? Heißt nochmal was?« Ich schnipse mit den Fingern. »So etwas wie faken, ja? Du fragst mich, ob ich dabei behilflich sein kann, einen gefakten Artikel bei meiner Zeitung unterzubringen?«

»Nicht böse sein!« Lena schmollt. »Kannst du ihm nicht helfen? Es ist ein sehr guter Bekannter von mir, und er zahlt sehr gut.«

»Ist er dein Ex-Boyfriend?«, frage ich. Die Sache amüsiert mich.

»Wenn du nicht willst, sag es einfach.« Lena meidet meinen Blick.

»Okay, okay!« Ich berühre versöhnlich ihr Handgelenk. »Kein Problem. Gib mir seine Telefonnummer, mir wird schon was einfallen.«

Um unseren kleinen Konflikt zu entschärfen, unternehme ich einen Gang auf die Toilette, obwohl es nicht nötig wäre. Ich schließe mich in einer Kabine ein, setze mich auf die Schüssel und zünde mir eine Zigarette an. Nicht dass Lena etwas dagegen hätte, wenn ich in ihrer Gegenwart rauche, aber ich möchte jetzt einfach mal ein paar Minuten allein sein. Ich rauche ganz in Ruhe zu Ende, stehe auf, gehe zum Waschbecken, drehe das Wasser auf und schaue in den Spiegel. Schwarze Haare, markante Gesichtszüge, schön geschnittene Lippen, unter den Augen kaum merkliche Ringe. Ich sehe so aus, wie ein erfolgreicher Vertreter des mittleren Managements aussehen soll. Ich trage einen grauen, blassrosa gestreiften Anzug von Canali, ein uni-rosafarbenes Hemd mit Manschettenknöpfen, beides von Pal Zileri, und dazu braune Schuhe, ebenfalls von Zileri (die Schuhe sind im Spiegel nicht zu sehen). Eine Uhr trage ich nicht, ich ziehe es vor, die Uhrzeit auf meinem Nokia 8800 (Kostenpunkt: tausend Dollar) abzulesen. Meine Lieblingszahnpasta ist Lacalut, und ich kann sehr unangenehm werden, wenn ich diese im Badezimmer eines von mir frequentierten Hotels nicht vorfinde. Ich bin siebenundzwanzig Jahre alt. Ich habe noch nie in meinem Leben Fertiggerichte von Rollton gegessen …

Eine Stunde später sind wir in Lenas Wohnung in Perowo. Schon halb entkleidet, aber noch im Wohnzimmer, zeige ich ihr die aktuelle Ausgabe des *Kommersant*, die ich aus dem Restaurant mitgenommen habe. Gleich auf der ersten Seite wird berichtet, dass der größte Retailer der Welt, der amerikanische Wal-Mart-Konzern, der vor zwei Jahren eine erste Niederlassung in Russland gegründet hat, die Übernahme von fünf Hypermarkets in Moskau bekanntgegeben habe.

»Na, was habe ich dir eben über unsere glänzende Karriere erzählt, Honey?« Ich werfe ihr die Zeitung zu. »Look!«

Lena überfliegt den Text mit den Augen und strahlt:

»Sag mal, ist das jetzt Zufall, oder was? Gib zu, du hast schon heute Vormittag im Büro davon erfahren!«

»Zufall, Honey, reiner Zufall!«

»Wie machst du das bloß?«, quietscht Lena und fällt mir um den Hals.

»Es kommt immer darauf an, wie man sich positioniert. Ich meine …« Weiter komme ich nicht, weil Lena mich ins Bett zerrt.

Zehn Minuten später sitzt sie auf mir drauf und bewegt sich rhythmisch. Den roten BH hat sie anbehalten. Ist heute irgendein besonderer Tag?

»Ich möchte ein Kind von dir«, flüstert sie, beugt sich zu mir herunter und berührt meine Wange mit ihren feuchten Lippen. »Hörst du?«

Mit Mühe schaffe ich es, ein »Ich auch, irgendwie, logo« herauszubringen. Meine erste Eingebung war allerdings, sofort aufzuspringen und mir ganz schnell ein dickes Gummi überzuziehen. Stattdessen nehme ich sie in den Arm, wir küssen uns lange, und dann flüstere ich:

»I love you, baby!« Dann nochmal auf Russisch: »Ich liebe dich ...«

»Ich liebe dich«, schreit Lena.

»Ich liebe dich«, schreie ich. Jetzt könnte ich sie natürlich ins Ohrläppchen beißen, aber das riecht mir zu sehr nach *Wilde Orchidee*. Deshalb küsse ich sie einfach nochmal auf den Mund.

Ich glaube, ihr kommen schon wieder die Tränen ...

# RITA

»Wow! Unglaublich! Irre! Und wer veranstaltet das? Rustam Tariko? Super!« Ohne ihr LG Prada vom Ohr zu nehmen, wendet Rita sich zu mir um und hebt die linke Hand mit ihrem Mojito, als wollte sie mir aus zwanzig Metern Entfernung zuprosten, dabei sitzt sie gleich neben mir. In der letzten halben Stunde hat ihr Telefon praktisch im Minutentakt geklingelt. Blieb das Ding mal ausnahmsweise länger als sechzig Sekunden still, hat sie selber irgendjemanden angerufen. Die Dialoge sind so banal wie austauschbar: Sie erzählt ihren Freundinnen, wo sie sich gerade befindet, dafür erzählen ihre Freundinnen ihr, wo sie sich gerade befinden. Zwischen Hallo und Tschüs gibt es ausführliche Beschreibungen der Anwesenden, dazu reichliches Gekicher und ein vielfältiges Sortiment von dekorativen Interjektionen wie »Wow!«, »Super!«, »Spitze«, »Süß«, »O nein!« und so weiter. Begleitet wird dieses Gezwitscher von hochdramatischem Gefuchtel und Gestikulieren. Normalerweise sehen so Leute aus, die Filmstars imitieren. Rita sieht aus wie jemand, der jemanden imitiert, der einen von unseren einheimischen Filmstars imitiert.

Nach jedem Telefonat kehren wir zum Thema unseres Gesprächs zurück, wobei wir jedes Mal erst überlegen müssen, wo wir stehen geblieben waren. Irgendwann verliere ich endgültig den Faden und mit dem Faden auch den Wunsch, überhaupt weiterzureden. Stattdessen frage ich mich plötzlich, wo eigentlich Paschka steckt.

»Bist du sicher, dass dir ein halbes Jahr reicht?«

»Was? Sprichst du mit mir?«

»Mit wem denn sonst? Bist du wirklich sicher, dass du diese Bar innerhalb von einem halben Jahr eröffnen kannst?«

Mir ist vollkommen entgangen, dass Rita ihr letztes Telefongespräch beendet, mir eine Hand aufs Knie und die andere um meinen Nacken gelegt hat. An ihrem linken Handgelenk entdecke ich eine Zenith Lady Star mit blauem Armband. Sieh an, die ist mir noch nie an ihr aufgefallen. Ob sie echt ist?

»Hundertpro. Der Renovierungsaufwand ist minimal.« Ich stecke mir eine Zigarette an. »Mit den Investoren ist alles geregelt, die Sponsorenverträge, also was Alk und Zigaretten angeht, sind unter Dach und Fach. Das einzige Problem ist im Augenblick, wo wir eine gute Baufirma finden und wie wir die Erteilung der Schanklizenz beschleunigen können.«

»Schon eine Idee, wie sie heißen soll?«

»Wahrscheinlich ›Erdöl‹. Erdöööööl, verstehst du?«, wiederhole ich singend. »Auf keinen Fall wird es die tausendzweiundzwanzigste Nummern-Bar à la ›13/7‹ oder ›Seven‹ oder ›One‹. Alles durch und durch konzeptionell. Angefangen beim Namen.«

»Konzeptionell?« Sie nippt an ihrem Mojito. »Damit kann doch heutzutage keiner mehr was anfangen. Alle wollen Fun, leichte Drogen und gute Musik. Musik, die nicht stört, meine ich.« Sie schiebt mir die Hand unters T-Shirt. »Du wirst es schwer haben, mit deinem Hang zur Ästhetik…«

»Wer weiß«, winke ich ab und trinke meinen Whisky aus. »Man sollte nicht alle Menschen für Prolls und Sumpfasseln halten. Schließlich arbeiten wir für diese Leute, die ihr Geld in die nächtliche Stadt tragen und so weiter. Einerseits. Andererseits sind mir nachweislich neunzig Prozent der Leute, mit denen ich zusammenkomme, absolut widerwärtig. Ich sollte meine Kohle lieber dafür verwenden, sie mir vom Leib zu halten. Irgendwie kompliziert alles ...

»Ach was! In Wirklichkeit ist alles ganz einfach.« Sie küsst mich auf die Wange. »*Alles ist ganz einfach.* Wenn man es nicht kompliziert macht. Hör schon auf, Trübsal zu blasen! Komm!«

»Wie geht's eigentlich Schitikow«, frage ich auf dem Weg zur Tanzfläche. »Hat er sich was wegen der Party überlegt? Wir brauchen eine Bühne.«

»Schitikow? Ach ja. Er hat versprochen, mich morgen anzurufen und mir Bescheid zu sagen.« Rita hat meine Hand genommen und zieht mich hinter sich her.

Wir verlassen den VIP-Bereich, steigen eine Treppe hinunter und gelangen auf die Tanzfläche. Die Masse der Tanzenden wogt um zwei Podeste herum, auf denen Go-go-Girls in roten Badeanzügen agieren. Die Körper der Mädchen sind perfekt gestylt, die Bewegungen hyper-erotisch, die Gesichter entrückt.

»Supernature! Supernature!«, kreischt es aus den Boxen. Der DJ schleudert eine leere Plastikflasche in den Saal, und die Tanzfläche explodiert von in die Höhe geworfenen Händen.

»Hör einfach auf, Trübsal zu blasen«, ruft Rita mir zu und fängt an zu tanzen.

Sie bewegt sich sehr lasziv und zieht augenblicklich die Aufmerksamkeit zweier neben ihr tanzender Jungs auf sich. Die beiden sind im Partnerlook: blaue Jeans und enganliegende weiße T-Shirts.

»Wie meinst du das?«, frage ich zurück, gehe einen Schritt auf sie zu und presse mich eng an ihren Körper. Aber sie hört mir schon nicht mehr zu, wie in Ekstase leckt sie sich die

Lippen, schließt die Augen und wirft die Arme in die Luft. Sie ist vollkommen weggetreten, hört nur noch die Musik. Sie sieht wahnsinnig attraktiv aus.

Rita trägt ein tief ausgeschnittenes blaues T-Shirt auf der nackten Haut, einen engen Jeansrock und hochhackige Sandalen. Sie sieht aus wie fünfundzwanzig (wenn sie nicht redet), erzählt allen Leuten, sie sei sechsundzwanzig, dabei ist sie seit vierzehn Tagen gerade mal dreiundzwanzig. Viermal in der Woche geht sie in den Fitness-Salon »Dr. Looder« (Laufband, Geräte, Schwimmbad), viermal in der Woche in Klubs (freitags, samstags, sonntags, montagmorgens), und sie würde niemals einen Ausverkauf in den gerade angesagten Klamottenläden wie dem Podium, dem Süßen Etwas oder dem ZUM und so weiter verpassen, obwohl der wichtigste Schauplatz ihrer Shoppingtouren das »Discount-Center« an der Savvinskaja ist. (Das würde sie allerdings nicht einmal ihrer besten Freundin verraten). Rita erzählt allen, sie absolviere ein Fernstudium im Bereich Internationales Management an der Staatlichen Humanistischen Universität Moskau (das ist natürlich gelogen – obwohl dort eine ihrer Freundinnen studiert). Einmal im Monat lässt sie sich die Haare kurz schneiden, aber nicht färben (ihre Haare sind von Natur rabenschwarz), sagt, sie erhalte französische Maniküre und Wadenepilation im Studio PERSONA LAB (in Wirklichkeit macht ihr eine Freundin, die dort arbeitet, zuhause die Nägel), und sie rasiert sich in unregelmäßigen Abständen zwischen den Beinen.

Rita konsumiert leichte Drogen (die Gesundheit erlaubt es), macht keine Diäten (das Alter erlaubt es) und ist überzeugte Nichtraucherin (Rauchen schadet der Gesundheit). Sie trinkt am liebsten ... eigentlich alles, außer Wodka. Ihre bevorzugten Lokale sind Stadtcafés wie das »Etage«, in denen sie jeden Tag ihr Frühstück einnimmt (etwa um ein Uhr mittags).

Vor einem Jahr tauchte bei Rita ein grüner Mini-Cooper auf (ein Geschenk ihrer Eltern, die, was man so hört, mit Erdgas zu tun haben). Sie wohnt in einer gemieteten Achtzig-Quadratmeter-Studiowohnung, »in der Nähe« des feudalen Kutusowskij-Prospekts. (O-Ton Rita: »Ich möchte nicht von meinen Eltern abhängig sein!«) »In der Nähe« erweist sich bei genauerer Betrachtung als ziemliche Übertreibung (die Wohnung befindet sich an der Metrostation Molodjoshnaja). Die ganze Wohnung ist förmlich zugehängt mit Arbeiten von allen möglichen Pseudogrößen der »jungen russischen Fotografie«. Auf den meisten dieser Fotos ist sie selber zu sehen. Das Interieur ist ziemlich minimalistisch: ein großer Plasma-Bildschirm, eine Stereoanlage, das Bad mit einem Sammelsurium von Kosmetikartikeln, die Küche mit einem Sammelsurium von Müslischachteln und Saftpressen (die meisten davon defekt), ein großes rotes Bett und zwei Schränke. (»Ich habe nicht vor, mich hier ernsthaft niederzulassen.«) Ja, und dann die Kerzen. Überall Kerzen. Eine wahre Unmenge von Kerzen in allen Größen und mit den verschiedensten Aromen. »Wie in einem teuren Spa-Hotel«, erklärt Rita jedem, der ihre Wohnung zum ersten Mal betritt. Was das Spa angeht, kann ich nicht mitreden, aber wenn sie abends die Kerzen anmacht, habe ich immer das Gefühl, ich sei in einer Kirche.

Rita gibt sich wahnsinnig viel Mühe, als hochkarätiger, internationaler Werbeprofi rüberzukommen, gleichzeitig möchte sie aber auch als professionelles Fotomodel arbeiten. Dabei spricht sie ein beschissenes Englisch und arbeitet in einer mickrigen Promotion-Agentur (»als Kreative, Projektbegleitung und sowas, na ja, alles Mögliche eben«) und ein paarmal im Monat lässt sie sich auf irgendwelchen zweifelhaften Präsentationen oder Events sehen (»eigentlich habe ich ein Angebot aus Italien, aber ich denke noch drüber nach«). Ihr heimlicher Traum ist es, als Pressesprecherin für einen Nachtklub zu arbeiten, so vom Kaliber eines »Most« oder »Djagilew« oder »Kryscha«. Ich bin mir allerdings gar nicht sicher, ob die überhaupt so etwas wie einen Pressesprecher haben. »Oder Sponsorenverträge akquirieren, das ist auch geil«, sagt sie. Außerdem findet sie, sie sehe aus wie die Wodjanowa – an bestimmten Stellen.

Die exakte Summe ihrer monatlichen Einkünfte ist mir nicht bekannt, aber wie es scheint, stellen ihre Eltern ihre Haupteinnahmequelle dar. Sie hat sehr schöne Brüste, allerdings nur Körbchengröße B.

»Hast du Paschka gesehen?«, schreit sie mir direkt ins Ohr. Die Musik ist so laut, dass man kein Wort versteht.

»Keine Ahnung«, schreie ich zurück. »Ich suche ihn schon seit einer halben Stunde.« Dabei strecke ich beide Daumen in die Luft und wackele damit zum Takt der Musik hin und her.

»Er ist da hinten, an der Garderobe, mit den beiden Armeniern.«

»Armenier? Die kenne ich nicht. Die sollen erst abhauen!«

»Ey, ist doch egal, ob du die kennst oder nicht. Vielleicht haut ja Paschka gleich ab.«

»Der haut nicht ab. Hier sind doch jede Menge Kunden«, lache ich, drehe mich um und steuere auf die Garderobe zu. Unterwegs kommt eine Frau, Typ Studentin, auf mich zugetanzt und starrt mich aus leeren, riesigen Pupillen an.

»Wie geht's?« Sie lächelt mich verführerisch an. »Tanzen wir?«

»Wie heißt du?«, frage ich sie und lasse meinen Blick über ihren Körper gleiten.

»Ich finde es auch super hier«, schreit sie mir ins Ohr, immer weitertanzend.

»Leckere Pillen, was?«, grunze ich. »Wie viel hattest du denn heute schon?«

»Lera«, nickt sie und verzieht ihre Lippen zu einer Art Lächeln.

»Du solltest lieber nach Hause gehen und deine Schularbeiten machen, Lera«, sage ich tadelnd.

»Nein, nur eine halbe, ich habe selber nichts«, antwortet sie.

»Dann pass mal gut auf dich auf«, gebe ich ihr mit auf den Weg und ziehe weiter.

Hinter mir höre ich noch: »Mach doch selber Schularbeiten, du Idiot!« Erstklassige Reaktionen hat das Mädchen, keine Frage.

Ich schnappe mir Paschka, und wir verschwinden zusammen in der Toilette. Er geht in die hinterste Kabine, kommt wieder raus, brabbelt irgendwas von »Ich zieh ab« und verschwindet. Ich drücke mich nach ihm in die Kabine, verriegel die Tür, fummele kurz hinterm Spülkasten und finde das Tütchen. Tja, viel ist es nicht...

Rita wartet im VIP-Bereich auf mich, telefonierend, in der Hand den nächsten Cocktail. Sie ist mittlerweile ziemlich hinüber. Ist das der vierte oder schon der fünfte Mojito? Aber was spielt das schließlich für eine Rolle?

»Hast du's?«

Ich nicke.

»Super.« Sie verengt die Augen zu Schlitzen, was ihrem Gesicht in Verbindung mit den hohen Wangenknochen und den dunklen Augen etwas aggressiv Erotisches gibt. Sie setzt das Glas an die Lippen, ein paar Tropfen Alkohol rinnen an ihrem langen Hals entlang. Genau nach Drehbuch, nehme ich an.

»Weißt du, ich hab mir die Sache überlegt. Ich könnte dir doch helfen mit deinem Klub«, sagt sie plötzlich. »Wir machen ein Bombenprojekt daraus. Die Leute werden ausflippen. Du und ich ... Wir werden richtig Geld verdienen. Mit deinen Beziehungen und meiner Energie – überhaupt kein Problem! Los, darauf trinken wir!«

Der Tonfall, in dem sie redet, ist so, als würden wir ständig über dieses Thema quatschen. Als hätte ich permanent versucht, sie zu überreden, aber sie wollte nie richtig. Und auf einmal sagt sie, na gut, okay, und alles ist in trockenen Tüchern. Dabei hab ich in den drei Monaten, die wir zusammen sind, nicht einmal davon angefangen.

»Ja, das ... das wär echt Wahnsinn«, murmele ich verdutzt. »Du und ich, klar, das wär super, mein Häschen.«

Ich nehme einen großen Schluck von ihrem Mojito. Dann küsse ich sie, lasse den scharfen Alk in ihren Mund laufen. Doch Rita schiebt mich weg, wirft den Kopf in den Nacken und stößt ein schrilles Lachen aus. Wieder laufen ein paar Tropfen an ihrem Hals hinunter, fast bis in ihren Ausschnitt.

Zehn Minuten später sitzt Rita, mit den Schulterblättern an den Spiegel gelehnt, auf der Teakholzeinfassung des Handwaschbeckens. Unter meinen ruckhaften Stößen rutscht sie immer wieder ab, so dass ich mich mit dem Fuß an der Tür abstützen muss, um besseren Halt zu haben.

»Fester!« Rita stöhnt absichtlich laut. »Noch fester!« Ein zusammengerollter Geldschein fällt ihr aus der Hand und landet auf dem Fußboden. »Ich liebe dich!« Sie hebt die Augenlider, fokussiert mit Mühe ihren Blick auf mich und flüstert: »Wir sind das coolste Paar in ganz Moskau.«

Ich werfe einen prüfenden Blick auf meine Gestalt im Spiegel hinter ihr. Kurzer Haarschnitt à la Justin Timberlake, braune Augen mit dunklen Ringen darunter. Ich sehe aus wie ein Szenetyp reinsten Wassers (der ich ja auch bin). Das T-Shirt hochgeschoben, die abgewetzte Jeans auf den Knien hängend, die Spitzen meiner Paul-Smith-Turnschuhe mit dem traditionellen Muster ragen unter dem Jeansstoff hervor. Ich bin siebenundzwanzig. Im letzten halben

Jahr habe ich keine wirklich relevante Fete in Moskau ausgelassen.

»Ich liebe dich«, stöhnt Rita und beißt mich ins Ohrläppchen.

»Ich liebe dich«, flüstere ich.

»Ich hasse dich!«, ächzt Rita, die sich langsam in Ekstase bringt. Jemand hämmert gegen die Tür.

»Ich weiß«, sage ich nur mit den Lippen.

Aber Rita hört mich sowieso nicht mehr. Sie gibt ein kurzes Stöhnen von sich, greift instinktiv zur Seite und öffnet den Wasserhahn. Wasser spritzt mir auf den Bauch.

»Ich weiß«, flüstere ich wieder.

# MISS BROADWAY

Ein Abend, der die schönsten Mädchen aus allen Teilen unseres großen Landes versammelt hat; ein Abend, den jeder ledige – oder nicht allzu verheiratete – Mann (Jahreseinkommen nicht unter zwanzig Millionen Euro) miterlebt haben muss; ein Abend, an dem sich die Vertreter der freien Presse auf die Massen an Fressalien und Getränken stürzen wie ein Rudel Wölfe – dieser Abend geht langsam zu Ende.

Wenn ich mich so umschaue, wird mir klar, dass die wichtigste Stütze unserer vaterländischen Filmindustrie die Frauen sind. Und, nebenbei bemerkt, des gesamten russischen Kulturbetriebs.

Soeben verkündet man von der Bühne herab die Siegerin des heutigen Wettbewerbs. Die Moderatoren schreiten die lange Reihe der Teilnehmerinnen im Badenixen-Outfit ab (deren hübsche Beinchen blau angelaufen sind, weil es schweinekalt im Saal ist), überreichen der soeben gekürten »Miss Broadway« den ersehnten Hauptpreis und zwei weiteren Finalistinnen Blumensträuße. Begleitet wird diese Zeremonie von dem lauten Gejohle der Jurymitglieder, bissigen Kommentaren der Moderatoren und dem einträchtigen Applaus der geladenen Gäste. Die anwesenden Vertreter der volkstümlichen Presse, längst im Zustand fortgeschrittener Alkoholisierung befindlich, bringen ihre Zustimmung in unverständlichen Sprechchören zum Ausdruck. Die Siegerin, ein schwermütiges Mädchen aus Ufa, befindet sich nunmehr im Besitz einer fabrikneuen Mercedes-Limousine, einer Hauptrolle in einem Kinofilm und einer großen Menge von Blumen. Als Zugabe gehört ihr das verheißungsvolle Lächeln gleich mehrerer potenter Mäzene. Die beiden Finalistinnen erhalten Kohle, einen Casting-Termin in einem Filmstudio und die gierigen Blicke der kleineren Geldgeber. Mein Kumpel Anton und ich bekommen einen feuchten Furz und einmal umsonst Vollfressen und Vollsaufen.

Die Meute der geladenen Gäste, abgefüllt bis zur Halskrause, drängt wie eine einzige, alkoholausdünstende Amöbe zur Bühne, um die Siegerinnen genauer anglotzen zu können. Die Presse entfesselt ihr Blitzlichtgewitter und »Miss Broadway« und die beiden Finalistinnen veranstalten eine Runde Frauenwrestling, mit Küsschenküsschen und unter reichlichem Einsatz von Tränenflüssigkeit. Überall werden Hände geschüttelt und Dankesworte geflüstert. Die Mitglieder der Jury heben ächzend ihre müden Hintern von den Stühlen, als hätten sie Schwerstarbeit geleistet. Kurz, es herrscht allseits Harmonie und eitel Wohlgefallen. Wieso, weiß ich allerdings nicht: Vierundzwanzig Mädchen auf sechshundert Gäste, das geht beim besten Willen nicht auf.

»Ich frage mich, wie man für so einen jämmerlichen Wettbewerb so viel Schotter verbraten kann«, meint Anton und schaut sich um.

»Wieso?«, frage ich zurück und stecke mir eine Zigarette an. »Immer noch billiger, als wenn man die Bräute bei Listermans Hostessen-Service einkauft.«

»Na dann los, holen wir unsere Preise ab!«, grinst er und schlägt mir auf die Schulter.

»Ich habe morgen Vormittag einen wichtigen Termin in der Redaktion«, versuche ich mich zu drücken.

»Ich bitte dich!«, macht Anton und zieht einen Flunsch.

»Weswegen haben wir uns dann für viel Geld herkutschieren lassen!«

»Na gut, meinetwegen, es reicht wahrscheinlich, wenn ich am Nachmittag da aufkreuze.« Wieder einmal siegt der gesunde Menschenverstand.

»Warum nicht gleich so?«

»Welche Masche wollen wir abziehen? Wie immer?«, frage ich pro forma.

»Klaro. Der Film ist die Königin der Künste. Sagt Lenin.«

»Aber diesmal bitte ohne Drama!«

»Wann hätte ich je ein Drama veranstaltet?«, empört sich Anton.

»Natürlich nie. Ich erinnere mich bloß, wie du bei der letzten Miss-Broadway-Wahl im Vollsuff angefangen hast, die Siegerin anzubaggern. Die Sponsoren hätten uns fast gelyncht. Aber sonst war alles in Ordnung. Also, für diesmal ergeht folgender Plan: Wir suchen uns die beiden Bräute, die am verheultesten aussehen und ...«

»Oder vielleicht die mit dem gierigsten Blick?«

»Das sind in der Regel dieselben. Folgendes: Ich bin Regisseur und bereite gerade einen neuen Film vor, du bist Produzent bei Atlantik.«

»Du und Regisseur? Du hast doch den Jargon gar nicht drauf. Ich wette, du kennst nicht *einen* angesagten Namen aus der Branche.«

»Spielberg. Buslow. Cut und Klappe ...«

»Ja, alles klar. Ich schätze, sogar die Bräute da sind beschlagener als du. Ich würde sagen, du machst den Produzenten, und ich plaudere über Antonioni und Bergman.«

»Ganz wie du willst.« Ich hebe die Hände zur Decke, zum Zeichen der Kapitulation. »Aber bitte Tempo. Wir schnappen uns die Mädels und verschwinden. Über Beckham kannst du dann zu Hause plaudern.«

»Bergman.«

»Meinetwegen auch über den.«

Wir schieben uns durch einen dichten Pulk von champagnerglasbestückten Mädchen, volltrunkenen Journalistenkollegen, rotglühenden Sponsoren, gackernden Investoren, dauergrinsenden Promoters und Filmstars, gelangen an den Rand der Bühne, vor der sich die Verliererinnen des Wettbewerbs herumdrücken, und beginnen sofort, nach geeignetem Wild auszuspähen. Eine großgewachsene, sportlich gebaute Brünette fällt mir in die Augen. Sie lehnt an der Rampe und heult hemmungslos in ihre zarten Pfötchen, derweil eine hellblonde, von der Natur großzügig beschenkte Fee ihr beharrlich die Tränen von den Wangen tupft. Beschenkt ist die Fee nicht nur mit appetitlichen Rundungen, sondern auch mit einem wachen Verstand, denn während sie ihre Freundin tröstet, vergisst sie nicht, den Saal nach einem Prinzen abzuscannen, der ihr die Bitterkeit der Niederlage versüßen könnte. Und das Schicksal (braves Schicksal!) meint es gut mit ihr.

»Na Mädels, warum so traurig?«, öle ich drauflos.

»Jetzt sieh dir das an!«, steigt Anton sofort ein. »Claudia Cardinale in *Dolce vita!* Eins zu eins!«

Profunde Kenntnisse, alle Achtung, denke ich, tune meine Stimme auf sonore Würde und sage laut:

»Genau, in dieser Szene am ... am ...«

»Am Strand«, führt Anton zu Ende. »Sie steht dort allein am Strand und weint bittere Tränen. Meine Damen, Sie sollten nicht weinen, sondern ganz schnell Verträge unterschreiben. Nun schau dir das an! Ich habe in meinem Leben ja schon einige Probeaufnahmen gemacht, aber so etwas ...«

»Wie waschechte Italienerinnen«, bestätige ich.

Die Brünette hat sich augenblicklich beruhigt und guckt uns aus ihren verweinten Augen groß an. Ihre Freundin dagegen taxiert uns noch mit einem gewissen Misstrauen.

»Sie haben das Finale nicht erreicht, aber was heißt das schon?«, schwadroniere ich weiter. »Beim Film haben Sie viel bessere Chancen als die Siegerinnen, glauben Sie mir.«

»Gehören Sie zu den Veranstaltern?«, fragt die Blonde.

»Sehen wir aus wie Veranstalter? Anton, sehen wir wie Veranstalter aus?«

»Ich will nicht hoffen!« Anton schüttelt angewidert den Kopf.

»Ich bin Andrej Buslow, Creativ Producer bei Atlantik, und das ist mein Freund, der bekannte Regisseur Anton Bondartschuk, ein Bruder von ...«

»Andrej, lass doch die Förmlichkeiten, ich bitte dich«, schmunzelt er unwillig.

»*Der* Bondartschuk?« Die Augen der Brünetten fangen an zu glänzen, aber nach Heulen ist ihr nicht mehr zumute. »Und Sie ...«

»Ich bin der jüngere Bruder«, sagt Anton in entschuldigendem Ton. »Man kann sich seinen Namen nun einmal nicht aussuchen, nicht wahr.«

»Ihren Namen habe ich auch schon mal gehört«, echot die Zweite und sieht mich an.

»Na ja, wir sind in derselben Branche ...« Mit einem schnellen Sprung zur Seite fische ich zwei Champagnergläser vom Tablett eines vorbeihuschenden Kellners. »Für Sie, meine verehrten Damen!«

»Oh, danke«, rufen sie im Chor.

»Und warum haben Sie so schrecklich geweint?«, frage ich die Brünette.

»Ach, schon vorbei«, lächelt sie und nippt an ihrem Glas.

»Nein, Natascha! Hast du gesehen, wer den ersten Platz bekommen hat? Die kann ja nicht mal richtig laufen! Ein totaler Trampel! Der sind doch ständig die Beine weggeknickt!«

»Das war Schiebung, hundertprozentig«, nickt Natascha. »Ich bin echt sauer.«

»Na, na, jetzt beruhigen Sie sich erst einmal«, besänftigt Anton. »Wären wir in der Jury, hätten wir auf jeden Fall Ihnen beiden den ersten Platz zugedacht, beiden gleichzeitig!«

»Ja wirklich! Ich glaube, ich werde morgen mal Sinelnikow anrufen und ihm zu verstehen geben, dass die Zusammensetzung der Jury reichlich daneben war.«

Bei Erwähnung des Namens des Präsidenten von Atlantik spitzen die beiden ihre Öhrchen.

»Andrej, ich bitte dich!«, wehrt Anton ab. »Ich habe letztes Jahr mit meinem Bruder in der Jury gesessen, da war es dieselbe Soße. Aber wir konnten uns nicht durchsetzen.«

»Das ist halt Showbusiness«, resümiere ich und breite resignierend die Arme aus. »Genug damit. Wir sollten lieber etwas unternehmen, um die Stimmung dieser reizenden Damen aufzuheitern. Guck doch mal, wie erschöpft sie sind!«

Als Erstes machen wir uns miteinander bekannt. Die Brünette ist Natascha aus Kemerowo, die blonde Anja aus Jekaterinburg. Die armen Mädchen haben sich so intensiv auf den Wettbewerb vorbereitet, dass sie sogar ihre Arbeitsstellen aufgegeben haben. (Anja ist Lehrerin und modelt nebenher ein wenig; Natascha war früher Model, dann Geschäftsführerin eines Supermarkts.) Wir füllen den beiden noch ein paar Gläser Champagner ein und erklären ihnen auf die Schnelle unser neues Filmprojekt mit dem Arbeitstitel *Drei Schwestern*. Die Hauptrolle, berichten wir, soll unser Superstar Anastasija Saworotnjuk spielen, »aber die Besetzung der beiden anderen Rollen verursacht uns noch ziemliche Magenschmerzen.« Wir schwafeln noch ein bisschen in halbauthentischem Branchenjargon herum, dann beschließen wir einträchtig, das Gespräch über die Mühsal der Filmschaffenden in ein Restaurant zu verlegen. Auf dem Weg müsse ich allerdings kurz bei mir zu Hause vorbeifahren (»meine Papiere holen und mich umziehen«). Wir geleiten die Damen zur Garderobe. Während wir vor der Tür auf sie warten, besprechen wir die weitere Rollenverteilung.

Ein paar Minuten später wird unsere Debatte von einem legeren jungen Mann unterbrochen, dessen zerknitterter mausgrauer Anzug von einem Schildchen mit dem hübschen Wort »Veranstalter« verziert ist.

»Was geht hier vor?«, fragt er und kneift die Augen zusammen. »Wo wollen Sie hin? Die Veranstalter wünschen die Anwesenheit der Konkurrentinnen auf dem Sponsoren-Bankett!«

»Das sind keine Konkurrentinnen, sondern unsere Freundinnen«, antworte ich streng. Anton senkt die Stirn und schickt finstere Blicke unter seinen gerunzelten Augenbrauen hervor.

»Ihre Freundinnen?« Der Typ kramt in seinen Anzugtaschen, fischt eine Liste heraus und setzt sein Verhör fort. »Aus welcher Region?«

»Meine Freundin hat keine Region«, knurre ich und gehe drohend auf ihn los. »Seit wann erlauben sich sogenannte ›Veranstalter‹, Angehörige des FSO einem Verhör zu unterziehen?«

»He, Männer, immer ruhig! Alles in Ordnung! Das hättet ihr doch gleich sagen können«, stammelt der Busche und stolpert zwei Schritte rückwärts.

»Deswegen sagen wir's dir jetzt«, knurrt Anton.

Der Sicherheitsdienst des Präsidenten genießt ganz offensichtlich noch immer hohes Ansehen im Land.

In diesem Moment kommen die Mädels aus der Garderobe geflattert.

»Seid ihr fertig? Dann können wir ja los!«, ruft Anton ihnen entgegen. Der Knitteranzug tritt den Rückzug an. Wir schnappen uns die Mädchen und gehen schnell zum Ausgang. Anton ruft den Chauffeur an und gibt ihm Bescheid, dass wir die Brautschau verlassen möchten. Zwei Minuten später besteigen wir einen Hummer H2 und brausen los. Anton köpft die nächste Flasche Champagner, was ihm einen nervösen Blick des Chauffeurs einbringt. Ich sitze vorne und rauche. Die Mädels plappern irgendwelchen Unsinn, wie miserabel die Jury, wie unmöglich die Siegerinnen waren und so weiter. Anton sitzt dabei und nickt verständnisvoll. Eine Viertelstunde später halten wir vor meiner Haustür. Wir steigen aus, vernichten den letzten Champagner und versenken die leeren Gläser in einem Abfalleimer. Während Anton noch mit dem Fahrer verhandelt (»Ich muss ihm Instruktionen für den Abend geben«), bestaunen die Mädchen unseren schicken Jeep, wobei sie sich Mühe geben, ihr Interesse nicht allzu deutlich zu zeigen. Endlich hat Anton alles geklärt, der gemietete Hummer verschwindet in der Nacht. Ich halte den anderen die Haustür auf, und wir beginnen den Aufstieg in meine Bude.

Oben angekommen kredenze ich erstmal reichlich Kaffee, Ruinart-Champagner und Weißwein. So sitzen wir eine ganze Weile zusammen und plaudern, bis wir alle zusammen feststellen, dass es so ja viel netter und gemütlicher ist als in irgendeinem sterilen Restaurant, zumal ich genügend Alk auf Lager habe. Ich bestelle per Telefon großzügig Sushi (»Das ist der einzige akzeptable Sushi-Laden in ganz Moskau, Mädchen, aber kaum einer kennt ihn!«), und Anja sagt, es sei ja sowieso ganz gleich, wo man zusammensitzt, Hauptsache, man ist in netter Gesellschaft. (Ganz das naive Mädel vom Lande, wie niedlich!) Als das Sushi kommt, freuen sich die beiden wie Schulmädchen über die Zuckertüte. Begeistert machen sie sich über die mittelmäßigen Produkte eines nahe gelegenen pseudojapanischen Lokals her und zwitschern aufgeregt durcheinander, während Anton zu unser aller (das heißt vor allem meiner) Überraschung eine Reihe wirklich komischer Storys auflegt, kurzweilige Anekdoten aus dem Leben berühmter Filmschauspieler, Regisseure und Produzenten aus unserer geliebten Heimat und aus aller Welt.

Dann kommen wir noch einmal zurück auf die Miss-Wahl, und ich verspreche den Mädels hoch und heilig, im nächsten Jahr alles für sie zu regeln. Dabei entkorke ich die dritte Flasche Champagner. Bei frisch gefüllten Gläsern erläutern wir den beiden gestenreich die ihnen zugedachten Rollen in den *Drei Schwestern*, wobei sich herausstellt, dass Anton seinen Tschechow sogar kennt. Ich dagegen hatte noch nie was für die Klassiker übrig, deshalb schiebe ich skrupellos ein paar Szenen aus den *Hexen von Eastwick* dazwischen. Die waren ja auch zu dritt. Nach und nach belüften wir zwei weitere Flaschen Weißwein und erreichen endlich jenen traulichen Punkt, da keiner sich mehr darüber Gedanken macht, wessen Hand auf wessen Knie liegt. Jemand schlägt vor, Karten zu spielen, ein anderer, Musik anzumachen und zu tanzen. Aber für beides ist die Zeit inzwischen knapp, denn es ist halb zwei Uhr nachts und die Mädchen müssen bis zehn Uhr im Hotel sein. Als Natascha die letzte Flasche Pinot Grigio (von Livio Felluga, Friaul) umstößt und bei ihren ungeschickten Versuchen, sie aufzufangen, den Wein zuerst über sich selbst, dann gleichmäßig über alle verteilt, steigt die allgemeine Heiterkeit noch einmal kurz an. Anton erklärt laut, so etwas gelte in Filmerkreisen als gutes Omen, Natascha verkündet, sie müsse ins Bad, um ihr Kleid zu säubern, und Anja sagt schon seit einer halben Stunde gar nichts mehr, weil sie nur noch Anton anstarrt. Ich will allen vorschlagen, Brüderschaft zu trinken, aber stattdessen zeige ich Natascha das Bad. Irgendwann haben wir uns endlich paarweise auf meine beiden Zimmer verteilt. Meine Partnerin legt sich ins Bett, und bevor sie das Licht ausmacht, sagt sie noch:

»Ihr seid gute Jungs, Andrej, aber mit Film habt ihr absolut nichts am Hut. Und ein Produzent bist du schon gar nicht.«

»Was bist du nur für eine ungläubige Thomasine!«, rufe ich und hebe die linke Augenbraue.

»Echte Filmproduzenten schleppen nicht Gelegenheitsbekanntschaften in ihre Privatwohnungen ab. Nicht mal in Kemerowo.«

»In Kemerowo gibt es Produzenten?«, frage ich ehrlich verblüfft.

»Gibt es, Andrej. Sogar in Kemerowo. Aber sie gehen mit solchen Möchtegernschauspielerinnen wie uns erst ins Restaurant und dann in die Sauna.«

»Willst du wirklich Schauspielerin werden?«

»Ich will aus Kemerowo weg, egal wie, egal wohin«, antwortet sie melancholisch.

»Was hindert dich daran?«

»Der Mangel an geeigneten Produzenten«, sagt sie und lächelt bitter.

Hinter der Wand hört man jetzt typische Beischlafgeräusche.

»Anja ist so ulkig«, bemerkt Natascha reserviert. »Meiner Meinung nach hat sie sich in deinen Freund verliebt, das Dummchen.«

»Warum Dummchen? Die Liebe ist doch etwas Wunderbares«, verkünde ich inbrünstig.

»Das stimmt«, seufzt sie. »Ich hätte mich auch in dich verliebt ... fünf Jahre früher.«

»Ich persönlich habe mich auf den ersten Blick in dich verliebt«, behaupte ich.

»Das merkt man«, sagt sie und fährt mir mit der Fingerspitze über das Kinn. »Du bist ein hübscher Junge. Hast du eine Freundin?«

»Im Moment bin ich solo«, sage ich und fühle mich seltsamerweise ein wenig befangen.

»Sieh an, du kannst sogar rot werden.« Sie legt den Kopf zurück und lächelt. »Ja, ja, die Liebe ... Alle Menschen brauchen Liebe, Andrej. Du brauchst sie, ich brauche sie ... echte Liebe.«

»Aber bis wir die große Liebe finden, sollten wir wenigstens schon mal Liebe machen«, schlage ich vor.

»Bleibt uns etwas anderes übrig?«, fragt sie.

»Kaum«, antworte ich im Dunkeln.

# CURRICULUM VITAE

(Zwei Monate später)

Um zwölf Uhr mittags springt die Zeituhr meiner Stereoanlage an. Drei Abende hintereinander habe ich ohne jeden Erfolg versucht, das Ding einzustellen, bis ich endlich eingesehen habe, dass es klüger ist als ich, und aufgab. Aber gestern muss ich wohl seltsamerweise alles richtig gemacht haben, oder das Ding hat es sich eben anders überlegt, kurz, die Anlage weckt mich mit einem schmutzigen Beat der Gruppe »Blutsturz«.

*Ich bin in Moskau geboren, in den Siebzigern, irgendwo am Stadtrand, mir haben sie gleich ins Hirn geschissen.*

Na bitte, wieder einmal hat der Mensch bewiesen, dass er klüger ist als die Maschine. Bei diesem optimistischen Gedanken schlage ich die Augen auf und steige ein ins Heute.

*Dann Schule, Prügeleien, verpisste Schulklamotten, Patex. Was dich nicht bricht, macht dich stärker.*

Ich wäre auch gern stärker. Wirklich, ich bin aufgewacht mit dem Gefühl, total müde und erschöpft zu sein. Chronischer Schlafmangel? Zu wenig Sport? Zu wenig Sex? Oder bloß zu viel Alkohol und Drogen? Apropos, sind eigentlich noch Zigaretten da? Ah ja, da ist noch eine Schachtel. Rauchen Sie auch gerne im Bett? Ja, ja, ich weiß schon, Sie würden gerne, aber Ihre Frau lässt Sie nicht. Lässt sie Sie wenigstens ran? Tja. Ich persönlich habe ja keine Ehefrau. Und zwar aus drei Gründen:

Punkt eins: Überflüssig wie ein Kropf. (Das ist meine Privatmeinung.)

Punkt zwei: Ich fühle mich noch nicht befähigt zu einer ernsthaften Beziehung. Ich bin nicht bereit, Verantwortung zu übernehmen, weder für mich noch für einen anderen Menschen. (Das ist für die Presse.)

Anmerkung zu Punkt zwei: Wenn doch bloß jemand für mich die Verantwortung übernehmen würde! (Das ist für potentielle Sponsoren.)

Punkt drei: Sharon Stone ist schon vergeben. (Das gilt prinzipiell.) Oder ist sie schon wieder geschieden?

Aber ich schweife ab. Ich bin heute Morgen in einer merkwürdig lyrischen Stimmung. Ich zünde mir die erste Zigarette an. *Ohhhhaaaao!* Ein Gefühl, das nur mit dem Anrauschen der ersten Liebe in der Schulzeit zu vergleichen ist, mit dem ersten selbstverdienten Tausender. (Besser wären die ersten selbstverdienten Hunderttausend. Ich weiß zwar nicht genau, wie sich das anfühlt, aber bestimmt noch ein bisschen geiler als diese Zigarette.) Oder mit dem ersten Besäufnis. Also, ich liege einfach da, höre Musik, rauche. Geil.

*Ich fing an zu klauen, in den Umkleidekabinen ...*
*mit elf mein erster Fick ...*
*Breschnew ist verreckt ...*
*ich ging in die Muckibude*
*dann zur Armee ...*

»Geboren am Stadtrand von Moskau, in den Siebzigern ...« Nein, das kann ich über mich nicht sagen. Dabei hat diese Zeit eine wahnsinnige Anziehungskraft auf mich. Ich würde gerne sagen können, ich sei ein Kind der Siebziger. Aber das geht leider nicht. Ich könnte natürlich meinen Pass verlieren und mir dann, mit Hilfe von reichlich Schmiergeld, ein paar neue Papierchen organisieren. Und dann würde ich allen Leuten weismachen, ich hätte mein Leben lang nur softe Gemüsesäfte und harte Drogen zu mir genommen, deshalb sehe ich mit meinen fünfunddreißig aus wie Mitte zwanzig. Das wäre ziemlich cool, aber andererseits müsste ich dann auch ständig dieses vermoderte Altmännergequatsche ablassen, Dünnschiss philosophieren und herumnölen, damals, zu meiner Zeit, sei alles, aber auch alles besser, krasser, geiler und witziger gewesen. Aber wozu soll ich über alte Zeiten reden, wenn mir schließlich die *Gegenwart* gehört? Kurz, die Idee ist faul, ich meine, die mit dem Pass. Hat keine Zukunft. Außerdem, irgendwie kompliziert alles.

Ich wurde in Petersburg geboren, nicht in Moskau, und zwar in den Achtzigern, und im Stadtzentrum. Knobelbecher und Tarnhemden habe ich im Ganzen zweimal gesehen und zwar im Fernsehen, und dann noch ein paarmal auf protzigen Baustellen von protzigen Privathäusern. Klebstoff geschnüffelt? Zweimal, in der achten Klasse. Das war ziemlich scheiße. Von Breschnew hat mir mein Vater erzählt. Als ich elf war, habe ich noch nicht gevögelt, aber mir regelmäßig einen runtergeholt, mit Hilfe solider schwedischer Pornos. Und das war ganz bestimmt besser als ungeschickter Sex mit meinen pickligen Klassenkameradinnen. Was Pornos angeht, kenne ich mich aus, so viel kann ich guten Gewissens behaupten. (Ich gebe sogar zu, dass ich darüber nachdenke, irgendwann selber welche zu drehen. Ein paar Home-Videos mit Rita habe ich schon im Kasten.) Muckibuden sind auch nicht meine Sache, selbst um normale Fitness-Salons mache ich einen großen Bogen. (Dabei hätte ich Super-Konditionen in den besten Läden der Stadt!) Immerhin pflegte ich im zarten Alter von sechs Jahren bereits mit meiner Mama im Grandhotel Europa zu frühstücken. Ich wäre bestimmt auch ein guter Schüler gewesen à la »Junge aus guter Familie« und so weiter, nur wollten das meine Lehrer irgendwie nicht richtig würdigen. Diese pädagogische Ignoranz erklärt sich zum einen Teil aus der proletarischen Herkunft der Lehrer, zum anderen Teil (und in der Hauptsache) durch meine enorme Faulheit. Aber unterm Strich lief es eigentlich gar nicht schlecht. Vom »Ausreichend« bin ich zwar nicht losgekommen, aber dafür auch nicht an der Nadel hängen geblieben.

Dann fing Papa an, zu viel Geld zu verdienen, was meiner Mama wiederum gar nicht passte, weil sie den ständig wachsenden Haushalt alleine an der Backe hatte und sich obendrein noch Tag für Tag seine selbstverliebten Monologe anhören musste. Zuerst gab es kleine Streitereien, vereinzelte Scharmützel an unterschiedlichen häuslichen Fronten, die sich nach und nach zu größeren Schlachten auswuchsen, und schließlich flog das antike Geschirr aus Omas Erbe durch die Luft. Zwischen meinen herzallerliebsten Eltern war eine Wand der Sprachlosigkeit entstanden. Mama stürzte sich in ihre Arbeit, Papa ins Nachtleben. Irgendwann zog Papa um nach Moskau. Mama war konsequenter, sie wanderte aus. Und weil ich noch ein kleiner Hosenscheißer war, wanderte ich mit. So kam ich in die Vereinigten Staaten von Amerika.

*Kaufte mir Boxhandschuhe,*
*schlug mich in der Schule durch*
*Witka und Kolja wurden plattgemacht*

*Linoleum, Blutflecken, Bullen*
*Nachts Raubzüge, ich verschaff mir Respekt,*
*Blut auf dem Linoleum, Bullenfäuste,*
*nachts organisieren, ich verschaff mir Respekt.*
*Aber die Zeit läuft ...*

Dort steckten sie mich natürlich wieder in die Schule. In Sankt Petersburg hatte ich die englische Schule an der Akademie der Wissenschaften besucht. Jetzt landete ich in der übelsten Klitsche des übelsten Bezirks der ganzen Stadt. Benannt war diese Einrichtung nach dem beliebten Bürgerrechtler Martin Luther King. In Amerika gibt es einen Running-Gag, er lautet: Siehst du irgendwo den Namen Martin Luther King, dann nimm die Beine in die Hand. In der Regel stolpert man nämlich über diesen Namen nur in den härtesten Schwarzenvierteln, da, wo sich weiße Kinder praktisch niemals blicken lassen. Ich war die Ausnahme von der Regel. Meine Mutter verdiente einen Hungerlohn, und deshalb wohnten wir zwangsläufig in den miesesten Vierteln der Stadt ...

Na gut, ab unter die Dusche. Die Spuren der nächtlichen Stadt vom Leibe spülen und so weiter. Wasser ist eine feine Sache. Überhaupt, eine gute Dusche ist seit einiger Zeit das Einzige, was noch gegen meine Depressionen hilft. Außer Solarium. Was kostet eigentlich eine Sonnenbank? Ich glaube, ich würde nur noch auf der Bank liegen und brutzeln. Eine zweite Wohnung mieten und darin eine private Dominikanische Republik einrichten. Irgendwie ist mein Kopf schwarz vor Dreck. Ich müsste aussehen wie ein Bergarbeiter. Genau genommen bin ich einer. Gestern Abend zum Beispiel sind wir dermaßen eingefahren, dass wir den Klub fast zum Einsturz gebracht hätten. Die ganze Brigade verschüttgegangen. O Mann, ich hätte nicht so heftig mit dieser Nela tanzen sollen. Andererseits hätte mir Wowa ruhig eher sagen können, dass sie die Braut von Schamil ist. Ach ja, Nela. Die kam mir gleich irgendwie bekannt vor. Aber was soll's. Super Figur, klasse Brüste, Stiefel von Gucci und so weiter. Klar, gesehen hatte ich die schon mal irgendwo. Bloß wo? Man kann sich doch nicht an jede Tussi erinnern, und auch noch über jede alles wissen. Bin ich die Auskunft oder das Internet? Lästig, die ganze Sache. Wer weiß, wozu dieser Schamil im Stande ist. Eigentlich hab ich doch gar nichts weiter gemacht. Aber so ist das: ein falscher Kuss – Exitus! Scheiße! Schnell dreimal über die Schulter spucken und auf Holz klopfen. Am besten auf Wowas Rübe. Idiot! Warum hat er mich nicht gewarnt! Egal, ich werde Schamil schon irgendwas Passendes auftischen. Ich sage ihm, ich war total besoffen, voll zugedröhnt, etc. pp. Im Notfall winke mit einem wohlwollenden Artikel samt Foto in einem führenden Lifestyle-Magazin. Das zieht immer. O Jahrmarkt der Eitelkeiten!

He! Scheiße, was ist das denn? Ihr blöden Arschlöcher! Was soll das? *Warum*, verdammt nochmal, muss ein Mensch, im Jahre 2007, in einer normalen Wohnung praktisch im Zentrum unserer Hauptstadt mit einer Wahrscheinlichkeit von fünfzig zu fünfzig damit rechnen, dass ihm genau in dem Moment, wenn er sich die Haare wäscht, das warme Wasser abgestellt wird? Das ist doch echt irgendwie kompliziert, oder? Diese Scheißkerle! Mann!

He, ihr da! Hättet ihr vielleicht wenigstens das kalte Wasser anlassen können? Ihr verfluchten Mutanten! Stellt das Wasser an, irgendein Wasser, irgendwas Flüssiges! Ich hab Seife in den Augen! Verdammte Scheiße! Soll ich jetzt so losziehen, oder wie? Ich kann ja sagen, das Zeug in meinen Haaren ist ein neues Gel, hundert Dollar die Tube. Na klar. Und das Weiße? Quatsch, das sieht nicht aus wie Seife, das sind Koksrückstände, mach doch die Augen auf, du Kretin!

Ah, es funktioniert wieder ... So ist's gut. Immer muss man

erst laut werden, sonst geht gar nichts. Das ist wohl unser Nationalcharakter. Jetzt aber fix Haare ausspülen, in die Klamotten springen und Fersengeld geben, eh sie mir wieder den Hahn abdrehen.

Also, wo war ich stehen geblieben?

Mein erster Schultag hat sich mir für immer ins Gedächtnis eingebrannt. Wie sich herausstellte, war der sowjetische Fremdsprachenunterricht gänzlich darauf abgestellt, dass der Schüler die grammatischen Regeln perfekt beherrscht, keinesfalls jedoch die Sprache sprechen kann. Und genauso erging es mir. Die englische Grammatik beherrschte ich aus dem Effeff, aber auf eine simple Frage wie: »Do you want milk or water?«, konnte ich nicht antworten. Außerdem war ich dummerweise der einzige Weiße in der Klasse. Die anderen waren entweder Schwarze oder Latinos. Dementsprechend war mein »welcome gift«, das ich auf dem Schulhof in Empfang nehmen durfte. Fünf oder sechs Schwarze verdroschen mich erst mal nach Strich und Faden, quasi zur Begrüßung. Ich hatte keine Chance, und ich kann nicht einmal sagen, dass ich mich dafür schämte. Ich möchte Sie mal in der Situation sehen. Hätte ich auf Chuck Norris machen sollen? Das hätte auch nichts gebracht.

Jedenfalls soll mir keiner mehr erzählen, Russland wäre ein einziger Knast, der Westen dagegen das Land der großen Freiheit. Das ist ein mieser Schwindel. In unserer Schule bekam jeder zwanzig Bons pro Monat, die man für ein Mittagessen einlösen konnte. Auswahl gab es keine. Man stellte sich an und kriegte das aufs Tablett geknallt, was das Tagesmenü darstellen sollte. Bei der Kalkulation der Schulspeisung orientiert sich der amerikanische Staat natürlich am durchschnittlichen weißen Dystrophiker, logisch, dass dieses Quantum für junge Schwarze, die mit dreizehn Basketball spielen wie die sowjetische Nationalmannschaft, hinten und vorne nicht reicht. Und wenn ein Mensch nicht genug zu essen kriegt, schlägt ihm das aufs Gemüt. Kloppereien ums Essen waren an der Tagesordnung. Ich gehörte zu den Opfern, versteht sich. Die erste Woche schob ich gnadenlos Kohldampf, aber dann bekam ich mit, dass die weniger schlagkräftigen Kinder kurzerhand in ihr Essen spuckten, damit es ihnen nicht abgenommen wurde. Ich brauchte eine Weile, meinen Ekel zu überwinden, aber dann dachte ich mir, Essen ist leckerer als Hungern und spuckte auch. Von da an durfte ich mein Essen behalten. Ich aß und fing an, beim Prügeln mitzuhalten. Zentimeter für Zentimeter verwandelte sich meine Haut in Eisenblech. (Das klingt nicht schlecht, finde ich, muss ich in meiner Autobiografie verwenden, oder im Interview mit *Esquire*.)

Apropos Essen – ich könnte was zwischen die Kiemen gebrauchen. Dummerweise gibt es in meinem Kühlschrank mal wieder außer Saft und Cola nur Cola und Saft. Anscheinend hab ich mich in die Küche von Kate Moss verirrt. Das hier ist ohne jeden Zweifel der typische Kühlschrank eines typischen Supermodels. Fehlt nur die Spritze. Aber Moment, jetzt frage ich mich doch ... Also, als ich gestern Abend nach Hause kam, hatte ich doch eine Tüte mit Sushi dabei ... Oder hab ich das geträumt? Bin ich jetzt völlig abgedreht? Halluziniere ich? Also los, Wohnung absuchen. *Ahhh*, da ist sie ja! Also ist meine innere Festplatte doch noch intakt. Nur zu trinken gibt's nichts mehr, ich muss das Zeug trocken fressen, keine Chance. Nicht viel besser als Frolic.

Jedenfalls – als Effkäiptafte diempn mia die Büfer ... ich meine, als Escapetaste dienten mir die Bücher, die meine Mutter aus Russland mitgenommen hatte. (Entschuldigung, ich hab echt Kohldampf!)

Acht Kisten mit Büchern. Dann gab es noch die amerikanischen Fernsehserien, die mich mit Lebensweisheiten versorgten, die ich von meinem Vater im fernen Russland nicht bekam. Die spärlichen Telefonate mit ihm brachten mir gar nichts. Ich erinnere mich allerdings noch genau daran, wie ich irgendwann auf CNN Panzer durch Moskau fahren sah, die ein gewisses »Weißes Haus« im Zentrum beschossen. Über Moskau wusste ich ja praktisch nichts. Mama dankte Gott auf den Knien, dass wir rechtzeitig abgehauen waren, und mir schienen in diesem Moment die Prügeleien mit den Schwarzen und meine »Nike Air Jordan«-Schuhe auch die bessere Wahl, verglichen mit der Möglichkeit, in der Hauptstadt meiner ehemaligen Heimat unter die Ketten zu geraten. Für weitere fünf Jahre war mir jegliches Verlangen, nach Russland zurückzukehren, vergangen. Ansonsten weiß ich nur noch wenig von meinem Leben in den USA. Mama arbeitete, dann heiratete sie einen russischen Ingenieur, weil sie dachte, der sei immer noch besser als ein halbkrimineller Millionär, der morgens noch Ehrengast im KGB-Knast in der Lubjanka ist und abends schon Insasse. Aber irgendwann hing ihr der Typ doch zum Hals raus und sie trennten sich ... *Burps!* O Gott, wie ekelhaft! Das kommt davon, wenn man Sushi trocken frisst.

So, langsam sollte ich in meine Klamotten steigen. Aber in welche? Wie sieht's denn draußen aus? Aha, Sonne, wenn ich mich nicht irre. Scheiße, diese idiotische Haushaltshilfe hat mal wieder meinen Anzug nicht aus der Reinigung abgeholt. Sogar dafür ist sie zu doof. Halt, stopp, ich hab ihr für den letzten Monat noch keine Knete gegeben. Also bin ich selber der Esel. Aber immerhin habe ich ein bisschen mehr um die Ohren als diese müde Mutti. Sie hätte ja ruhig mal was sagen können! Andrej Sergejewitsch, darf ich Sie höflichst daran erinnern ... und so weiter. Aber nein, schmeißt sofort den Kram hin! Irgendwie kompliziert alles. Alles ist bei uns kompliziert.

Okay, dann also volkstümliches Outfit. Jeans, Jeans und nochmal Jeans. Die hier hab ich leider mit Wein eingesaut, die hier mit ... weiß nicht, mit irgendwas Undefinierbarem, und die auch. Mist, alle eingesaut. Ah, hier ist eine, großartig, eine wunderbare, vorzügliche, blitzsaubere Jeans! Was noch? Pullover? Irgendwo müsste doch mein brauner Etro rumfliegen. In der Küche ist er jedenfalls nicht.

Ich wüsste wirklich gerne mal, wie es angeht, dass ein gewisser Andrej Mirkin in einer Sechzig-Quadratmeter-Wohnung keinen Pullover findet. Nicht einen. Im Bad ist er jedenfalls auch nicht.

Ja, was ich noch von der Schule erzählen wollte ... Also, irgendwann hatte ich sie hinter mir. Und dann, an einem strahlend schönen Tag im Sommer, rief mein Vater an und sagte, er sei gerade im Waldorf Astoria. Ich bin sofort hin. Wir trafen uns in der Hotelhalle, ungefähr so wie ehemalige Kommilitonen, die während des Studiums nichts miteinander anfangen konnten. Vor der Tür wartete schon ein Mietwagen und wir zischten ab in die 57ste, in einen »Russian Tea Room«. Ich muss wohl nicht extra betonen, dass mir nach fünfjähriger Abstinenz der Beluga-Kaviar wie himmlisches Manna vorkam. Sehr teures, sehr schwarzes Manna.

Apropos, der Pullover war auch nicht gerade billig. Wo hab ich den bloß verschlampt? Ah, vielleicht im Schrank? Mist, nur Socken! Alles voller Socken! Hier sieht's aus wie bei einem Tausendfüßler. Hier ist er auch nicht. Vielleicht hab ich ihn ja letzte Woche bei Janna liegen lassen ... Warte mal, das haben wir gleich.

»Hallo, Janna, grüß dich! Ja, ja, prima alles, hm-hm. Bei dir auch? Das freut mich für dich. Du kannst dir nicht vorstellen, wie sehr mich das freut. Du, dein Bruder interessiert mich im Augenblick grad weniger, ich wollte dich eigentlich bloß fragen, ob ich letzte Woche nicht zufälligerweise meinen Pullover bei dir ... Nein? Bestimmt nicht? Danke dir. Ja, das mit deinem Bruder kannst du mir später mal erzählen, ich hab's grad eilig, weißt du. Außerdem klingelt es auf der anderen Leitung ... Ciao!«

Während des Mittagessens nahm mein Vater mit festem Griff meine Hand und sprach ungefähr folgendermaßen zu mir:

»Andrej! Ich will nicht, dass du nach Russland zurückkommst. Ich weiß, es geht dir hier nicht besonders gut, aber das, was dich dort erwarten würde, wäre zu hart für dich. Das stehst du nicht durch.«

Was er mir dann alles im Detail über die grauenhaften Zustände in Russland erzählt hat, hab ich vergessen, aber ich vermute, es war die übliche Leier. Jeder, der nach Amerika kommt, hat offenbar einen irren Spaß daran, herumzuerzählen, wie beschissen es in Russland ist.

Aber mir fiel plötzlich auf, dass seit vollen fünf Jahren in Russland nicht mehr geschossen wurde (zumindest nicht mit Panzern).

*Kam auf die Fahndungsliste,*
*knüppelte meinen ersten Benz,*
*hab mir reingezogen, was geht, saß fest auf Met.*
*Der Knast hat mich kuriert, oh danke!*
*Fünfzehn Jahre Lager, der hohe Norden,*
*nichts als Mücken und Brutalovisagen ...*

Als mir klar wurde, dass ich mein ganzes Leben lang lernen und arbeiten müsste, nur um irgendwann eine günstige Hypothek für ein kleines Häuschen in einer halbwegs intakten Gegend zu verdienen, hab ich meine Sachen gepackt und bin abgehauen. Eine Hypothek, das war ganz bestimmt nicht meine Vorstellung vom amerikanischen Traum, sofern es einen amerikanischen Traum überhaupt gibt. Na egal, ich träume jedenfalls von anderen Sachen. Man muss eben immer sehen, wie man sich positioniert.

»Hallo! Lena? Lenotschka, meine Sonne! Hm-hm, danke ... Welche Finissage? Wann? Nein, keine Zeit, da hab ich ein Meeting. Jetzt hör mal gut zu, was ganz Wichtiges: Ich hab nicht zufällig letzte Woche meinen Pullover bei dir liegen lassen? So ein brauner ... Was? Nein? Ich war letzte Woche gar nicht bei dir? Wie das denn? Ich soll nicht bei dir gewesen sein? Na dann, entschuldige! Mein Handy klingelt gerade!«

Also fuhr ich zum Flughafen, in der Tasche Mamas gute Ratschläge, zweieinhalbtausend Grüne von meinem Job beim Pizza-Service und vom Verkauf meines alten Toyota Camry. Zehn Stunden Flug, freundliche Stewardessengesichter, erste Klasse Delta Air Lines, Champagner inklusive (meinen Dank an Papa!), und dann...

Dann erst einmal der eisige *Norden* ... Moskau im Schnee.

»Grüß dich. Welkamm hohm, wie man bei euch sagt. Du Idiot. Mir geht wirklich nicht in die Birne, wieso du hier aufkreuzt. Aber ändern kann man's jetzt auch nicht mehr.«

»Wieso bist du in einem Polizeiauto gekommen, Papa?«

»Das ist ein Mercedes-Geländewagen, kein Polizeiauto.«

»Und wieso hast du dann ein Blaulicht auf dem Dach?«

»Sowas wollte ich als kleiner Junge immer schon mal haben. Jetzt hab ich's. Los, steig ein.«

Papa hatte einen unauffälligen Mann dabei, der ihm überall die Tür aufhielt, sich ständig misstrauisch umschaute und ihn manchmal vor irgendwelchen Leuten abschirmte. Anfangs kapierte ich nicht, dass das ein Bodyguard war. Ich dachte, nur Filmstars und Politiker hätten Bodyguards. Aber in Russland hat jeder einen Bodyguard, wenn er sich einen leisten kann.

»Hallo! Katjusch, grüß dich! Wie war dein Shooting? Das ganze Casting war ein Reinfall? Scheiße, diese blöden Affen! Was hab ich versprochen? Hör mal, nein, jetzt wart doch mal, ja, gleich, eins nach dem anderen! Sag mir erst mal, ob ich nicht zufällig letzte Woche meinen braunen Pullover bei dir ... Nein? Kein Pullover? Also Fehlanzeige ... Ja, ja, das Casting, ich hab's gehört ... Wieso hab ich dich verarscht? Klar ist er mein Freund! Doch, logo hab ich ihn angerufen, natürlich. Was soll das heißen, meine Empfehlung ist einen Scheißdreck wert? Was? *Du* bist die Pfeife! Was kann ich denn dafür, dass du so ein Trampeltier bist, dass du bei jedem Casting durchfällst? Nein, ich hab dir doch gesagt, ich habe ihn angerufen! Weiß ich doch nicht! Das solltest du selbst am besten wissen, warum er dich nicht genommen hat. Es kommt eben immer darauf an, wie man sich positioniert. So, Schluss jetzt, ich hab zu tun, ciao!«

Ich stellte mir in Gedanken vor, wie ich in seinem Mercedes-Geländewagen bei meiner Uni vorfahre, wie das Blaulicht die neidgrünen Gesichter meiner Kommilitonen aufleuchten lässt: Der Bodyguard steigt aus, hält mir die Tür auf und drängt die Menschen zurück, die mich am Ärmel festhalten oder mich einfach nur berühren wollen, und begleitet mich zur Vorlesung. Manchmal sagt er auch zu mir: »Andrej Sergejewitsch, hier ist es zu gefährlich«, und ich antworte ihm müde: »Ach, Wanja, lass mich doch mal ein bisschen unter Menschen sein, ich bin es leid, die Welt immer nur durch die Fenster meines Mercedes zu betrachten.«

Aber es kam anders. Papa brachte mich in einer seiner Wohnungen unter, einem kleinen, aber gut ausgestatteten Studio in der Nähe der Metrostation Aeroport.

Auf dem Weg dorthin machten wir Halt in einem ziemlich schäbigen Fotoatelier. Dort setzte man mich auf einen Stuhl, sagte: »Sitz grade!«, und: »Halt still!« Und das tat ich auch.

»Hallo, ja, ich bin's. Janna? Was sagst du? Du kannst mich auch mal am Arsch lecken, verstehst du? Und ob! Hm-hm. Rufst du mich jetzt nur an, um mich vollzutexten, oder was? Das ist mir scheißegal, was mit deinem Bruder ist, verstehst du mich? Mein Pullover ist weg! Wie? Und ob das wichtiger ist! Man hat ihn verhaftet? Ha, ha! Soll er halt weniger Koks fressen und lieber was Anständiges lernen. Egal, irgendwas Medizinisches. Meinetwegen soll er ein Praktikum als Chemielaborant machen, da kann er sich gleich einen Riesentrip zusammenrühren. So, ich hab jetzt keine Zeit, ich muss auflegen. Mach's gut.«

Mann, das muss man sich mal reintun! Die haben ihren Bruder eingelocht, und ich soll jetzt zwei Riesen hinblättern und ihn da rausholen. Hab ich ihm vielleicht das Ecstasy verkauft? Also so weit kommt es noch!

Ich war zu Hause. Zweitausend Dollar im Monat für Essen und sonstige Ausgaben, eine Kreditkarte für den Notfall. (Es dauerte nicht allzu lang, bis der Notfall eintrat.) Auf dem Tisch lag ein Stadtplan, in dem Papas Büro mit einem roten Kreis markiert war. Darunter stand, ebenfalls rot: »Hier darfst du dich nicht blicken lassen!« Am Tag nach meiner Ankunft klingelte es an der Tür, davor stand eine Angestellte meines Vaters und überreichte mir einen Umschlag.

Ich versorgte mich mit einem Glas Dewar's, mit dem ich mich bereits angefreundet hatte, machte es mir in einem Sessel bequem und riss den Umschlag auf. Ein kleines Büchlein in schwarzer Lederschutzhülle fiel heraus: ein Studentenausweis. Journalistische Fakultät der Moskauer Staatlichen Universität. Erstes Studienjahr.

Auf dem Foto – in dem Valentino-Pullover, in dem ich angekommen war – machte ich gar keine schlechte Figur. Na dann: Das nächste Kapitel meiner Biografie kann beginnen.

Kaum hatte ich die Uni betreten, fing die Party an …

*Also bin ich abgehauen,
und jetzt häng ich in Moskau,
neuer Ausweis, neues Auto, neues Leben ...*

Ein Auto wollte mir mein Vater übrigens nicht finanzieren. Ist vielleicht auch besser so, bei meinem Lebenswandel. Permanent im Suff oder unter Stoff, ständig Party-Smarty, neue Frauen, neue Freunde und so weiter und so weiter ...

Sonst habe ich keine besonderen Erinnerungen an meine Unizeit. Das Übliche halt, nichts, was man später schmerzlich vermisst hätte. Ist vielleicht auch besser so. Die notwendigen Examen hab ich auf die unkomplizierteste Art und Weise abgelegt – indem ich die Prüfer schmierte. Wenn das nicht klappte, half Papa. Er war immer ein eifriger Mäzen meiner Uni. Ach ja, das Mäzenatentum – eine gute alte russische Tradition. Natürlich hat mir Papa gelegentlich auch mal mit dem Zeigefinger gedroht und mir vorgerechnet, wie gut es mir doch eigentlich geht: ein Studium an der besten Universität des Landes, eine blendende Zukunft und so weiter. Aber wenn ich ihn fragte, wie denn die großartige Uni hieß, wo er selber so super gelernt hätte, die Staatsfinanzen in seine Taschen zu leiten, kam immer bloß zurück: »Das waren andere Zeiten.« Aber mir konnte er natürlich nichts vormachen. »Weißt du«, sagte ich zu ihm. »Ich bin wie Maxim Gorki. Mein Platz ist unter den einfachen Leuten. Und ich bin ein Teil der progressiven Moskauer Jugend, wir ziehen zwar keine Lastkähne am Treidelseil flussaufwärts, aber wir ziehen mit unserem Muskelschmalz das Boot namens Russland nach Europa. Wir schaffen neue Werte, neue Technologien und das alles.« In der Regel kürzte Papa nach solchen Gesprächen mein Salär erst einmal glatt um die Hälfte. Aber egal, ich pflege meinen Problemen nicht auszuweichen. Eine Leuchte des Fortschritts zu sein – das ist nicht gerade die leichteste Bürde, vor allem, wenn man sie in Händen trägt, die noch ziemlich zittrig sind vom letzten Wochenende. Aber im Großen und Ganzen behielt ich meine Richtung bei, ich blieb in der Spur, könnte man sagen. Ich war nach Moskau gekommen, um Leute kennen zu lernen. Und am Ende war ich mit Beziehungen gespickt wie ein Stachelschwein mit Borsten, wenn Sie mir das etwas schräge Bild durchgehen lassen. Übrigens – das Stachelschwein ist mit Sicherheit das am besten ausgestattete Lebewesen in diesem Zoo namens Moskau.

Als ich die Uni dann hinter mir hatte, wurde mir schnell klar, dass meine Ausbildung zwar abgeschlossen, mein weiterer Lebensweg aber noch immer vollkommen offen war. Eine Karriere als politischer Journalist hatte ich nicht zu erwarten, weil ich von Politik schlichtweg null Ahnung hatte. Im Bereich Wirtschaft sah es sogar noch finsterer aus. Wie soll man die Wirtschaft seines Landes analysieren, wenn im eigenen Portemonnaie eine permanente Finanzkrise herrscht? Kurz und gut, ich entschloss mich für den Weg des geringsten Widerstandes, mit anderen Worten: Ich fing an zu schreiben, über das Thema, das mich am meisten interessierte. Die Szene.

Und der Aufenthaltsort meines Pullovers ist bislang auch noch nicht geklärt. Wissen Sie, was der größte Horror ist, der einem am frühen Morgen begegnen kann? Die allerschlimmste vorstellbare Katastrophe? Der Super-GAU? Das ist, wenn man im Bett schon gedanklich die Garderobe für den bevorstehenden Tag zusammengestellt hat, aber wenn's dann ans Anziehen geht, sind einer oder mehrere Bestandteile des sorgsam komponierten Outfits unauffindbar. Denken Sie immer daran: Alles hängt davon ab, wie man sich positioniert! Die Wahl der Garderobe, und vor allem jede unvorhergesehene Änderung dieser Wahl, kann schwerwiegende Konsequenzen für die Gestaltung Ihres Tages nach sich ziehen! Ich nehme von weiteren telefonischen Nachforschungen im Bekanntenkreis Abstand und beschließe, den weißen Baumwollpullover anzuziehen, den mit dem großen Zopfmuster, dazu blaue Jeans. In dieser Aufmachung sehe ich aus wie ein junger Intellektueller. Eine Brille käme dazu ganz gut. Mit Fensterglas.

Wo waren wir stehen geblieben? Ach ja, bei der Szene. In Anbetracht der Tatsache, dass es die Glamour-Medienmonster in Gestalt von *Vogue*, *GQ* oder *Harper's Basar* nicht eilig hatten, mir eine monatliche Kolumne anzubieten, und der amerikanische *Robb Report* mich unbegreiflicherweise nicht zum Chefredakteur seiner russischen Ausgabe machen wollte (und das bei meinem exquisiten Geschmack und angeborenen Hang zum Luxus), führte der besagte Weg des geringsten Widerstandes mich unweigerlich zur Internet-Zeitung *Der Weg*. Dort war ich zuerst als Freelancer, später bekam ich eine monatliche Kolumne.

Die Szene wurde zu meinem Arbeitsplatz. Doch, doch! Beneidenswert all die Leute, die nur zu ihrem Vergnügen nächtelang in allen möglichen Klubs und bei diversesten Special Events rumhängen können, aber für mich ist das pure Arbeit, um nicht zu sagen Schwerstarbeit. Aber was bleibt mir übrig? Manchmal wünscht man sich schon, ein einfacher Top-Manager zu sein, mit geregelten Arbeitszeiten von neun bis neunzehn Uhr, Sekretärin und Kaffee inklusive. Zwischendurch zieht man sich zum Zeitvertreib im Internet die Lifestyle-Kolumne von Andrej Mirkin rein, der schlaf- und ruhelos durch die Kneipen zieht und seine Gesundheit ruiniert, um jede Woche seine Leser über das pulsierende Nachtleben der großen Stadt Moskau auf dem Laufenden zu halten. Aber ich habe diesen Weg selbst gewählt. Es ist anstrengend, aber interessant. Außerdem, was soll's?

Ich liebe meinen Job, für mich ist es schöpferische Arbeit. Sie werden es noch sehen, aus meinen Kolumnen lernen Ihre Kinder alles, was sie über die Geschichte Russlands vom Anfang des 21. Jahrhunderts wissen müssen. Man könnte mich ohne Weiteres mit einem mittelalterlichen Chronisten vergleichen. Ach was, ein Dichter bin ich, der Dichter der nächtlichen Stadt!

Zuerst erschien meine Kolumne monatlich, dann alle vierzehn Tage, schließlich wöchentlich. Ich hatte treue Leser, Internet-Verehrerinnen, und natürlich auch jede Menge Neider und Feinde. Es dauerte nicht lange und ich spürte, ich roch förmlich den entscheidenden Durchbruch, die Wende in meiner Karriere. Meine Kolumne war gerade ein Jahr gelaufen, da meldete sich NTW bei mir! Die Sendung *Helden unserer Zeit* brachte einen Bericht über mich (Dauer sieben Minuten, achtzehn Sekunden; eine Aufzeichnung der Sendung befindet sich in meinem Besitz)! Und am nächsten Tag bot mir das Magazin *Der Beobachter* eine Stelle als verantwortlicher Redakteur für die Sparte Lifestyle an. Hoppla! Eben war ich noch eine namenlose Klub-Assel gewesen, und jetzt auf einmal Obermacker für die Szene bei einer der renommiertesten Zeitschriften der Stadt! Und das mit meinen zarten vierundzwanzig Lenzen. Meine persönliche Bezeichnung für diesen Job ist übrigens »Glamour-Manager«. Das soll natürlich ein Witz sein, versteht sich, aber ich hab es mir trotzdem auf meine Visitenkarten drucken lassen. Finde ich irgendwie cool.

So, dann wollen wir uns mal allmählich in die Redaktion verfügen.

Aber erst nochmal ins Bad, kämmen und Zähne putzen (natürlich mit Lacalut). Und die Zahnseide nicht vergessen! Autsch, mit der Zahnseide hab ich's wohl ein wenig übertrieben, mir tut plötzlich das Zahnfleisch weh. Verdammt, wenn ich mich jetzt ernstlich verletzt hab? Das fehlte mir noch, dass ich mir selber eine Parodontose verpasst habe oder Zahnfleischkaries oder wie heißt diese verdammte Scheiße? Keine Ahnung, aber ich bin schließlich kein Zahnarzt. Ich rase zurück ins Zimmer, schnappe mir die Tasche mit den Vinylplatten. Blutsturz sind bei der letzten Strophe:

*Mein Mund ist voll Blut,
das war's,
Ende der Fahnenstange.*

Wie passend. Ich schalte die Anlage aus. Nein, ohne Scheiß, das tut weh! Außerdem hab ich so einen komischen Geschmack im Mund. Ich rase wieder ins Bad, spucke ins Waschbecken. Verdammter Mist! Mein Mund ist tatsächlich voller Blut! Gesundheitliche Probleme, vor allem wenn man sie sehen kann, versetzen mich augenblicklich in Panik. Am liebsten würde ich sofort den Notarzt rufen, wer weiß, was so ein verletztes Zahnfleisch alles auslösen kann! Fliegende Bakterien! Choleraerreger! Tröpfcheninfektion! Mühsam um Fassung ringend, fummle ich mein Handy aus der Tasche und rufe Rita an.

»Hallo, grüß dich, mein Häschen! Hör mal, ich hab hier ein echtes Problem!«

»Du, ich bin grad auf dem Laufband, ich muss noch zwanzig Minuten, ruf doch später nochmal an!«

»He, halt, warte, jetzt vergiss kurz mal dein Scheißlaufband, das hier ist wirklich wichtiger, ich hab grad den totalen Horror!«

»Verstehe, du hast vergessen, mir die Rabattkarte fürs Podium zu besorgen. Sie haben dir keine gegeben, stimmt's?«

»Nein, schlimmer! Ich hab mir das Zahnfleisch verletzt! Was soll ich denn jetzt machen?«

»Das Zahnfleisch? Tja, am besten gehst du zum Arzt. Kann was Ernstes sein.«

»Zum Arzt ... hmm, ja ... vielen Dank.«

»Sag mal, Andrej, gehen wir heute zu der Fashion-Show in die Veranda im Sommerhaus?«

»Weiß ich noch nicht. Wenn ich dann noch lebe.«

»Okay. Halt mich auf dem Laufenden mit deinem Zahnfleisch. Ich ruf dich später nochmal an.«

Das hätte ich mir ja gleich denken können. Diese Stroboskop-Hippodrom-Tussis sind bei ernsten medizinischen Problemen keine große Hilfe. Ich wähle Lenas Nummer, drücke aber gleich wieder auf Auflegen. Lieber nicht. Lena ist zu pedantisch, die will sofort alles ganz genau wissen, sämtliche Symptome und so weiter. Das muss ich mir jetzt nicht antun. Mist, jetzt ruft sie schon zurück.

»Andrej, hast du mich gerade angerufen? Ich konnte nicht so schnell drangehen.«

»Ah ... yeah! Stimmt, ich hab dich angerufen.« (Was für eine blöde Manier, jedes Mal nachzufragen, wenn man doch die Nummer auf dem Display sieht.)

»Hast du deine Besprechung abgesagt?«

»Meine Besprechung? (Scheiße, was für eine Besprechung, wovon redet die überhaupt? Ach so, ja!) Äh, nein, Honey, mein Sonnenschein, die hab ich nicht abgesagt. Es ist nur ... Also ich habe ... you know...«

»Was denn? Ist etwas passiert?« Ihre Stimme klingt sehr besorgt. Ein bisschen übertrieben besorgt sogar, finde ich. »Bist du in Ordnung?«

»Ich habe ... Wie heißt das noch? Ach ja, Zahnfleisch! Ich habe mir das Zahnfleisch verletzt.«

»Das Zahnfleisch verletzt? Womit denn?«

»Geschnitten, you know ... Ich hab mir ins Zahnfleisch geschnitten, mit dem, mit der ... (Verdammt, womit kann man sich am Arbeitsplatz schneiden?) Mit einem Blatt, äh, einem Blatt Papier ... Weißt du, ich laufe so durch den Flur, in der einen Hand einen Stapel Akten, in der anderen mein Handy, da kommt so ein Büroknecht und, damn it, will mir die Sales Reports geben, verstehst du? Da hab ich sie mir mit den Zähnen geschnappt.«

»Ach, du Armer! Wie ein kleines Hündchen!« Es klingt, als würde sie aufschluchzen.

»Oh yeaaah ... So in der Art. (Dumme Nuss, selber kleines Hündchen!) Und jetzt blutet es, you know ... Weißt du, was man in so einem Fall macht?«

»Oh ... das kann... das kann gefährlich sein! Auf keinen Fall darfst du die Blutung eigenmächtig stillen! Das kann zu einer Blutvergiftung führen! Ich rufe sofort meine Freundin an, die ist Ärztin. Ich melde mich in zwei Sekunden bei dir!«

Wenn man sich einmal auf andere verlässt, ist man verlassen. Die korrekte Beschreibung meiner augenblicklichen Situation müsste lauten: Er stürzte in abgrundtiefe Verzweiflung. Aber plötzlich fällt mir ein, dass ich irgendwo mal gehört habe, bei wundem Zahnfleisch soll man gurgeln. Ich durchwühle die Ablage vor dem Badezimmerspiegel, bis ich so ein beschissenes Fläschchen mit einem rosa Zeug drin finde. Auf dem Etikett ein Zahn und die Behauptung, der Inhalt der Flasche würde dem Zahnfleisch »zauberhafte Winterfrische« bescheren. Also genau, was ich brauche. Vermutlich hat irgendeine Braut diese Wundertinktur bei mir vergessen. Zwei Minuten lang spüle ich mein Zahnfleisch mit der rosa Minzbrühe (rosa Minze!) und bilde mir ein, das Zahnfleisch beruhige sich. Als ich endlich meine Wohnung verlassen kann, ruft Lena wieder an.

»Andrej, meine Freundin hat gesagt, du musst mit einer beruhigenden Lösung spülen. Ich habe dir hier ein paar Mittel aufgeschrieben, warte mal ...«

»Schätzchen, ich danke dir, Honey! Aber ich hab schon gegurgelt!«

»Was? Womit denn?«

»Mit, äh, mit Kräutern.«

»Was für Kräuter?« Lenas Verwunderung wächst. Als wäre sie die Einzige, die weiß, dass man in so einem Fall gurgeln muss!

»Äh, unsere Sekretärin hier, am Reception Desk, weißt du, die hat mir was aus der Apotheke besorgt.«

»Und? Hat es aufgehört?«

»Was?«

»Zu bluten!«

»Ach das! Klar, I'm okay. Alles ist okay, Honey. Es hat aufgehört.«

»Na prima.« Sie seufzt erleichtert auf. »Und sonst, was gibt es Neues? Kommst du wirklich nicht zu der Finissage?«

»Ich kann nicht! Hör mal, Schatz, in fünf Minuten fängt mein Meeting an, und ich muss noch ein paar Papiere ausdrucken. Drop me a line! Ruf mich an!«

»Du hast immer so viel zu tun!«, stöhnt Lena. »Wann sehen wir uns?«

»Morgen. Maybe. Das heißt, ganz bestimmt morgen. Ich rufe dich in einer Stunde an. Meine Sonne!«

»Ich liebe dich!«

»I love you, too. Ich bete dich an.«

# DER DISKRETE CHARME DES ANDREJ M.

Auf der Straße angle ich mir ein Schwarztaxi, nenne die Adresse und lasse mich auf den Beifahrersitz fallen. Während der Fahrt blättere ich in meinem Organisator und chatte parallel mit Vera, der Sekretärin der Chefredaktion, die mir die neuesten Informationen aus der Redaktion übermittelt. Ziemlich neu ist für mich die Nachricht, dass die Umbruchkorrekturen für die nächste Ausgabe schon im Gange sind. Dabei habe ich das Restaurant-Rating noch nicht fertig, meine Kolumne auch nicht, und bei der Hälfte der Fotos für die Lifestyle-News fehlen die Bildunterschriften. Mit einem Wort, alles irgendwie kompliziert.

An der Belorusskaja werden wir von einer halbzerbröselten Schrottkarre geschnitten, einem Sechser oder Siebener Lada oder vielleicht auch ein Wolga, ich kann die Dinger immer noch nicht auseinanderhalten. Jedenfalls, der Fahrer und ich, wir brüllen nahezu gleichzeitig los:

»He, du Arschloch, pass doch auf, wo du hinfährst!«, schreit er aus dem Fenster

»He, du Arschloch, pass doch auf, wen du fährst!«, schreie ich ihm ins Ohr.

Der Fahrer sieht mich an, fährt an den Straßenrand, stoppt und sagt ganz ruhig:

»Schieb deinen Arsch aus meinem Auto.«

»Wie bitte?«, frage ich.

»Du sollst deinen verschissenen Arsch aus meinem Auto schieben, du Wichser! Und zwar pronto, ehe ich aus deiner Nase Brei mache.«

Ich klemme mir die Tasche mit den Schallplatten unter den Arm, steige aus und knalle die Tür zu. Mit quietschenden Reifen startet er durch, obwohl ich den Türgriff noch in der Hand habe! Ich warte, bis er weit genug weg ist, dann brülle ich ihm hinterher:

»Scheiß Psychopath! Durchgeknallter Schizo! Du gehörst in die Anstalt! Mann, du brauchst einen Arzt, aber dringend! Wenn du dir überhaupt einen leisten kannst!«

Dann schlurfe ich die Twerskaja entlang und fluche weiter vor mich hin:

»Solche Typen sollte man abknallen. Abknallen und dann zwangssterilisieren. Die vermehren sich wie die Kaninchen … Ungewaschener Kretin! Die ganze Stadt wimmelt von Dreckschweinen und Kretins. Und da heißt es, wir sind das Land mit den meisten Lesern. Dass ich nicht lache! Hier findest du nicht einen halbwegs intelligenten Menschen. Nur Idioten, Analphabeten, Scheißefresser. Wenn meine Kumpels jetzt hier wären, dann würden wir uns dieses Arschloch schon schnappen. Wir würden ihn aus seiner vergammelten Schrottkiste rausziehen und – zack! – eins auf die Fresse, und dann ab auf den Müll, wo er hingehört!«

Inzwischen bin ich in meinem Büro angekommen. Eine Stimme reißt mich aus meinen Gedanken:

»Grüß dich, mein Süßer!« Vera, die Chefsekretärin, eine heimliche Verehrerin von mir. »Na, ausgeschlafen?« Sie kichert hinter vorgehaltener Hand.

»Hallöchen, Hallöchen! Wo denkst du hin? Ich bin wie New York.«

»Aha! Und was heißt das?«

»Das heißt, dass ich niemals schlafe.«

»Mirkin, hallo!« Das ist jetzt unsere zweite Sekretärin, Dascha, eine ausgemachte Psychopathin und ebenfalls heimliche Verehrerin von mir. Glaube ich jedenfalls. »Der Bildredakteur sagt, er schneidet deinen Nachrichtenblock raus, weil er die Fotos immer noch nicht hat.«

»Das werden sie nicht wagen!«, rufe ich in gespielter Empörung. »Ich hab die Fotos hier, ich gebe sie ihm gleich.«

»Hi, Andrej, hast du meinen Stick mitgebracht?« Und das ist Denis, unser Systemadministrator. Ich habe so ein dumpfes Gefühl, er ist ein Fascho, aber mir gegenüber verhält er sich okay.

»Hallo, grüß dich. Hör mal, Bruder, ich bring ihn dir morgen, ja? Ich brauche ihn noch einen Tag!«

»Mann, wie lange denn noch? Du hast ihn jetzt einen Monat. Sicher morgen?«

»Auf jeden, Bruder, auf jeden! Übrigens, super Westernstiefel!«

»Das sind keine Westernstiefel, sondern Grinders«, brummt er beleidigt, aber er fühlt sich trotzdem sichtlich geschmeichelt.

»Grinders? Tatsächlich? Trotzdem cool. Und deinen Stick hast du so gut wie zurück, großes Zaubererehrenwort, Bruder.« Das Allerwichtigste im Umgang mit Computerfritzen ist, an den richtigen Stellen das Wort Bruder einzuflechten. Auf diese Weise baut man zu diesen Typen sehr schnell ein echtes Vertrauensverhältnis auf.

»Mirkin, ist dir eigentlich klar, dass du diesen Monat kein Geld kriegst?« Diese dicke Mama ist unsere Buchhalterin,

Oxana Alexandrowna. Ganz nebenbei gesagt, die ist auch in mich verknallt.

»Wieso das denn?«, entrüste ich mich. »Bin ich jetzt Aktionär geworden oder sowas? Wieso hat man mir das nicht per Einschreiben mitgeteilt?«

»Nein, du bist kein Aktionär geworden, aber du hast deine Abrechnungen nicht eingereicht oder sowas«, gibt sie zurück.

Ich fühle, dass ich ein bisschen rot werde, fange mich aber gleich wieder und antworte ihr mit einer Stimme wie kalter Stahl (jedenfalls fühlt es sich so an):

»Meine liebe Oxana Alexandrowna, Sie bringen unsere Zeitung an den Rand des Abgrunds, ist Ihnen das klar? Und wissen Sie auch warum?«

»Weil unsere Zeitung deine exorbitanten Spesen nicht mehr verkraftet?«

»Nein.« Ich mache ein tragisches Gesicht. »Die Zeitschrift *Wallpaper* wurde von einem Mann namens Tyler Brûlé gegründet. Sie haben diesen Namen natürlich noch nie in Ihrem Leben gehört, was sehr bedauerlich ist, da Sie immerhin in dieser Branche tätig sind. So. Und dieser geniale Medienmanager hat gekündigt, weil die Buchhaltung ihm eine lumpige Taxirechnung nicht anerkennen wollte, die er mit seiner Geschäftskreditkarte bezahlt hatte. Er hat einfach gekündigt! Hat den Idioten alles vor die Füße geschmissen! Die Zeitschrift existiert zwar noch, aber sie ist nur ein Schatten ihrer selbst! Verstehen Sie, worauf ich hinauswill?«

»Ich verstehe, Mirkin, ich verstehe alles. Zu deinem großen Bedauern übernimmt unser ignorantes Blatt nicht deine Taxikosten. Wann kriege ich deine Abrechnung?«

Ich bedecke theatralisch das Gesicht mit den Händen und laufe durch den Flur. Vor der Tür zu meinem Büro stoße ich mit Gena zusammen, dem Musikkritiker. Gena und ich planen einen gemeinsamen Bericht über den Auftritt der Band

Katsch. Gena ist Spezialist für Rap, und ich brauche einen guten Draht zu ihm, damit er später eine anständige PR für unser erstes eigenes Album macht. Tja, da staunen Sie! Aber so ist das, wer begabt ist, hat viele Talente. Ich beschränke mein Wirken keineswegs auf den Journalismus, die Literatur, das Gastronomiewesen und alle möglichen Arten der Kritik, ich habe darüber hinaus längst begonnen, mich aktiv der Musik zu widmen. Texte schreibe ich schon seit langem. Es war klar, dass es irgendwann aus mir herausbrechen musste, und vor einem halben Jahr war es dann so weit. Zusammen mit zwei Kumpels wollen wir demnächst unser erstes Album rausbringen. Russischer Gangsta-Rap. Ich bin für die Texte zuständig, Anton für die Arrangements, und Wanja, der dritte im Bunde, macht die zweite Stimme. Das Projekt wird den Namen Moskauer Schnee tragen und ohne jeden Zweifel den Leuten das Hirn aus der Schale pusten, eben genau wie guter kolumbianischer Koks. Konzeption, Image, Band-Philosophie, der Name und die ganze Öffentlichkeitsarbeit, das ist natürlich alles meine Sache.

Gena ist zwar schwul, aber gleichwohl ein bekannter Moskauer Musikkommentator. Ob er mich sympathisch findet? Tja, hmm ... wahrscheinlich. Aber das ist ganz normal, ich bin eben ein netter und kommunikativer Typ. Manchmal gehen wir zusammen zu irgendwelchen Rap-Konzerten, und seit kurzem schreibe ich sogar für seine Seite.

»Schätzchen«, plärrt er los, »wo ist dein Beitrag?«

»Gena«, sage ich leise, aber sehr bestimmt. »Ich habe dich ausdrücklich gebeten, mich in der Öffentlichkeit nicht Schätzchen zu nennen. Ich habe nichts gegen deine sexuelle Orientierung, aber mit deinem ständigen ›Schätzchen‹ kompromittierst du mich. Ich habe immerhin einen Ruf als ... äh, als Womenizer zu verlieren. Du schadest mir mit deinen albernen Diminutiven!«

»Ach komm, Andrej, vergiss es. Wir leben in Zeiten des Unisex. Außerdem treibst du dich auf deinen Touren mit Typen rum, verglichen mit denen bin ich ein Hetero reinsten Wassers. Also was ist jetzt mit deinem Beitrag?«

»Kommt, kommt! In spätestens einer Stunde hast du ihn. Und was das Rumtreiben angeht, das stimmt schon ... Aber trotzdem, ich meine ... Halt einfach den Joystick ein bisschen ruhiger, verstehst du, was ich meine?«

»Wen soll ich ruhig halten?«, kräht Gena fröhlich.

Ich verziehe mich schleunigst in mein Büro.

Ja, Gena hat recht. Ich war dieses Jahr ziemlich umtriebig. Zuletzt noch die Shootings für das Magazin *OM light*, wo ich eine Art Zuhälter gespielt habe, und die Filmaufnahmen für MTW (*Neue Gesichter*). Ein Journalist der Zeitung *MK* heftete mir das Etikett »Vielversprechendster Newcomer aus der Generation U30« an. (Nebenbei gesagt, das war in einem Artikel über Moskauer Bordells, Drogenumschlagplätze und sonstige Lasterhöhlen, aber ist ja egal.) Dann gab es noch einen Artikel in der Zeitschrift *Leben* mit der Überschrift: »Das gebrochene Herz der Janna Friske«. (Darin sieht man mich irgendwo im Hintergrund, wie ich gerade in einen Jeep einsteige, sodass man zwangsläufig den Eindruck bekommt, die hinreißende Janna Friske heule meinetwegen.)

»Hallo?« Schon wieder das Telefon.

»Andrej, reibst du's dir jetzt rein?«

»Hä?«

»Warum hat dein Zahnfleisch angefangen zu bluten?« Das ist Rita. »Reibst du dir Drogen ins Zahnfleisch? Willst du ein Junkie werden?«

»Was reibe ich? Spinnst du jetzt?« Allmählich geht die mir echt auf den Sender. Aber wenn sie mit ihren hirntoten Freundinnen in die Disco geht, futtert sie selber Ecstasy-Pillen wie Sechsjährige ihre Smarties. Und mich nennt sie Junkie! »Ich hab mich mit Zahnseide geschnitten, du Idiotin!«

»Oh, und ich dachte schon ...«

»Du dachtest wahrscheinlich, ich wollte dir nichts abgeben, oder wie? War's das? Und überhaupt, ich bin hier am Verbluten, und du bequemst dich eine volle Stunde später, mich zurückzurufen!«

»Andrej, sprich nicht in diesem Ton mit mir!«

»Ich rede überhaupt nicht mit dir, ich habe jetzt einen Termin, tschüss!«

»Andrej, leg nicht auf, ich mache mir schreckliche Sorgen um dich.«

»Quatsch, alles in Ordnung, reg dich nicht auf.«

»Rufst du mich an, sobald du frei bist?«

»Auf jeden Fall. Küsschen!«

»Und vergiss nicht: heute Abend in der ›Veranda‹!«

»Nein.«

»Ich liebe dich.«

»Ich bete dich an. Total.«

»Tschüss.«

»Tschüss.«

Nach diesem Telefonat tut mir wieder das Zahnfleisch weh. Verdammt! Love hurts, oder wie heißt das?

Egal, jedenfalls jetzt, im Alter von siebenundzwanzig Jahren, erhalte ich die Nachricht, dass ich möglicherweise, das heißt, mit größter, allergrößter Wahrscheinlichkeit von *GQ* auf Platz 69 der »Most Stylish People« von Moskau gesetzt werde!

»Bingo!«, werden Sie sagen.

»Und das ist noch nicht alles!«, entgegne ich! Dreimal drauf gespuckt – diesmal in die Serviette. Gott sei Dank kein Blut!

Wenn man nämlich das Durchschnittsalter aller in Frage kommenden Kandidaten mit dem Durchschnittswert des Vermögens ihrer Eltern/Sponsoren kombiniert, kommt man zu dem Ergebnis, dass meine Chancen, megaberühmt und megareich zu werden, gar nicht übel stehen. Besser jedenfalls als die Chancen der russischen Fußballnationalmannschaft, bei der nächsten Weltmeisterschaft den Titel zu holen. Außerdem, was sind das schon für Leute? Nichts als Nummern, 99 Nummern. Wozu leben sie? Ich weiß es nicht. Sie sind so unbedeutend, dass ich darüber nicht einmal nachdenken will.

Die Tür zu meinem Büro geht auf. Echt, unsereiner kann auch nicht mal zehn Minuten allein sein, höchstens auf einem Foto in einem Hochglanzmagazin. Und selbst da eigentlich nicht, wenn man bedenkt, wie viele Hände dieses Foto berühren, wie viele Augen es betrachten. Ich drehe mich in meinem Bürosessel zum Fenster, damit ich meinem Gesprächspartner den Rücken zuwende. Bestimmt ist es eine von den Tippsen mit einer der üblichen dummen Fragen. Da sie sowieso nie kapieren, was man ihnen sagt, ist meine Kehrseite genau der richtige Ansprechpartner für sie.

Also, die Tür geht auf, ich sitze mit dem Rücken zu ihr und sage ganz langsam, eine Zigarette zwischen den Lippen:

»Ich bin heute einfach nicht in der Verfassung, mir euren kindischen Blödsinn anzuhören.«

»Ich auch nicht. Mirkin, die neue Nummer ist im Umbruch. Wo ist dein Beitrag, du Schlaumeier?«

In der Tür steht der Chefredakteur.

»In mein Büro, und zwar dalli!«

Die Tür knallt zu.

Ich stehe auf, glätte mein Haar, greife einen Aktendeckel mit irgendwelchen Papieren vom Tisch (meine Songtexte, Kontoauszüge, Ausdrucke aus dem Internet) und latsche mit dem ganzen Krempel über den Korridor. Vor der Tür des Chefredakteurs bleibe ich stehen, klopfe ganz vorsichtig an, setze ein gleichzeitig herzergreifendes wie verantwortungsbewusstes Gesicht auf (denke ich) und reiße mit Elan die Tür auf.

»Guten Tag, Alexej, wie geht es Ihnen?«, schieße ich sofort los, damit er gar nicht erst Gelegenheit findet, mich anzupflaumen. »Verstehen Sie, bei einem Teil des Materials sind gewisse Schwierigkeiten aufgetreten, auf die ich bedauerlicherweise keinerlei Einfluss hatte. Ein Fall von ... wie nennt man das gleich? Von Dings, ich meine, wenn ein Vertrag nicht erfüllt werden kann, ein klarer Fall von ...«

»Höherer Gewalt?«, seufzt Wsjeslawski. Er dreht einen Bauarbeiterhelm in den Händen, auf dem das Wort »Aktivist« leuchtet. Wie man munkelt, ein Geschenk vom Vizepremier.

»Genau, super. Ich meine, richtig. Höhere Gewalt. Infolge dessen sehe ich mich bedauerlicherweise nicht in der Lage, die betreffenden gewissen, äh, Materialien ... also aufgrund von Umständen, die nicht in meiner Gewalt ... äh ... Ich meine, wir Menschen hängen ja doch alle ab von den Mächten der Vorsehung ... oder, in diesem Fall, eher vom Walten des Zufalls, der ...«

»Heißt konkret? Das Interview?« Er trommelt gereizt mit den Fingerspitzen auf dem Helm herum.

»Eine Abschrift des Interviews befindet sich in diesem Moment zur Unterschrift bei Bucharow. Er wollte es mir spätestens heute geschickt haben, ich verstehe auch nicht, warum ...«

»Das Restaurant-Rating?«

»Oxana Alexandrowna, also unsere Buchhalterin ...«

»Ich weiß, wer Oxana Alexandrowna ist. Und? Hat sie sämtlichen Restaurants der Stadt eine Steuerprüfung auf den Hals gehetzt und allesamt schließen lassen?«

»Nicht ganz ... Aber fast, also, so was Ähnliches. Sie hat mir den Spesenvorschuss für die neue Runde zu spät ausgezahlt, und deshalb musste ich für das Rating auf die Berichte von Freunden zurückgreifen, die diese Restaurants besuchen, die ich ... in denen ich ...«

»Fehlt also. Die Lifestyle-News?«

»Oh, alles prima! Die sind praktisch fertig bis auf ...«

»Bis auf die Fotos?«

»Alexej, wenn Sie noch ein klein wenig Geduld...«

»O nein, meine Geduld ist längst zu Ende. Nur meine gute Kinderstube hat mich bisher davon abgehalten, dich einen lausigen Kretin zu nennen und zum Teufel zu jagen. Aber damit ist jetzt Schluss.«

»Sorry? Sie wollen damit sagen, ich ...«

»Ich will damit sagen, Mirkin, dass ich viel zu lange beide Augen zugedrückt habe. Ich habe dir immer volle Freiheit gelassen, in der Hoffnung, dass der Samen deines Talents irgendwann aufgeht und dass aus dir endlich ein verantwortungsvoller Journalist wird. Aber das war ein bedauerlicher Irrtum. Man muss dich mit der Knute zur Arbeit zwingen und schuften lassen wie einen Bergarbeiter.« Bei diesen Worten stülpt er sich den Schutzhelm über, mit dem Schirm nach hinten, so dass er aussieht wie eine groteske Art von Rapper.

»Wie einen Bergarbeiter, ja. Was deine Ambitionen angeht ...«

Mir wird schlagartig klar, dass der weitere Verlauf meiner Karriere allein davon abhängt, wie klug ich mich jetzt aus der Affäre ziehe. Mein Lebensweg steht und fällt mit dem Ausgang dieses Rededuells.

»Deine Ambitionen als Rapper – nun, die kannst du dir wohl vorerst abschminken. Werd erst einmal ein guter Journalist«, beendet Alexej.

Ich gerate ins Grübeln, woher er das mit der Band weiß, ich hab niemandem davon erzählt. Außerdem, was meint er damit: Ich soll ein guter Journalist werden, ich bin doch schon der beste. Aber eins ist mir klar: Ich muss mir schleunigst etwas einfallen lassen, und zwar etwas richtig Gutes. Ich fange an zu improvisieren.

»Alexej ... verstehen Sie ... Ich wollte es eigentlich nicht erwähnen, ich habe es bisher überhaupt noch niemandem erzählt. Erinnern Sie sich, Sie haben doch mal zu mir gesagt, ein guter Journalist müsse vor allem ein guter Manager sein, einer, der seine Arbeitszeit strukturieren kann.«

»Ich erinnere mich. Und was ist damit? Du kannst es bis heute nicht.«

»Na ja, es ist nämlich so: Ich bin im September von der Universität Cambridge angenommen worden, an der Fakultät für Medienmanagement. Und jetzt muss ich einmal im Monat nach England zu den Seminaren, und demnächst stehen schon die ersten Prüfungen an. Ich will meinen MBA machen. Die Studiengebühren sind ziemlich happig ... Ich bin es nicht gewöhnt, mir Geld zu leihen, und mein Stolz verbietet mir, mich an meinen Vater zu wenden. Jedenfalls, seit kurzem arbeite ich für drei verschiedene Firmen als Freelancer. Werbetexter, PR, das ganze Programm ...«

»Und was ist das für eine Fakultät?«

»Ganz neu eingerichtet. Ein guter Freund hat mir davon erzählt, in London, seine Freundin studiert nämlich dort.«

»Und wie willst du das alles unter einen Hut bringen?«

»Egal, ich muss! Was soll ich machen, Alexej, mir bleibt doch gar keine Wahl. Der Journalismus, das ist mein Ding. Ich will ein echter Profi werden. Wenn ich mich jetzt nicht qualifiziere, dann nie. Ich muss mir halt ein bisschen den Arsch aufreißen. Verzeihen Sie den groben Ausdruck! Also kurz, Sie können mich natürlich entlassen, niemand würde

Ihnen deswegen einen Vorwurf machen. Es tut mir nur leid, dass ich es Ihnen nicht schon eher erzählt habe.«

Das Mienenspiel in Alexejs Gesicht ist wirklich sehenswert. Wie in der Sonne zerlaufendes Speiseeis. Meine Worte haben offenbar Balsam in seine wunde Seele gegossen. Ich bin von der Wirkung selber ganz überrascht.

»Hör mal, Andrej«, sagt er, steht auf und legt mir väterlich den Arm um die Schultern. »Warum hast du denn nichts gesagt? Das ändert doch alles.«

»Es war mir einfach unangenehm«, murmele ich und erröte gekonnt.

»Weißt du, als ich noch an der journalistischen Fakultät studiert habe, da musste ich auch nebenher jobben. Und bei den Semesterprüfungen bin ich dann fast durchgerasselt. Aber was hilft's? Man muss ja leben. Irgendwie hab ich's dann doch geschafft. Ich hab mich eben angestrengt!«

»Ich strenge mich auch an, und wie. Nur, tja ...«

»Und eine Band hatten wir auch, weißt du? Wir haben ziemlich wüsten Punk-Rock gemacht, o Mann! So in der Art von The Clash. Und wir waren gut, wirklich.«

»Ach, das ist ja interessant! Ich will nämlich Punk-Rock mit Rap kreuzen, wie finden Sie das?«

»Ich glaube, das könnte ziemlich heiß werden. Zu meiner Zeit ... Nun, also gut, Andrej, wie gesagt, das ändert natürlich alles. Ich muss zugeben, dass ich allmählich anfing, an dir zu zweifeln. Ich gebe dir Zeit bis Freitag. Aber dann musst du fertig sein, sei so gut.«

»Spätestens heute Abend ist alles fix und fertig.«

»Keine übertriebene Hektik. Lass dir Zeit. Freitag reicht. Und jetzt los, frisch ans Werk!«

Ich ziehe die Tür hinter mir zu und recke die Faust in die Höhe! Immerhin: Er hat mich Bruder genannt! Aber jetzt wird es wirklich Zeit, mich an die Arbeit zu machen. In Anbetracht der Tatsache, dass das Interview noch nicht einmal geplant ist und ich nicht sicher sein kann, dass es überhaupt stattfindet, und der weiteren Tatsache, dass ich für das Restaurant-Rating, Kaffeepause eingerechnet, höchstens zehn Minuten brauche, empfiehlt es sich wohl, zunächst einmal mit den Lifestyle-News loszulegen. Das kann ich gleich hier vor Ort erledigen, dann bastele ich nebenbei noch meine Kolumne für den *Weg* zusammen, und anschließend werde ich wohl mal Igor Bucharow auf die Pelle rücken, dem Betreiber des Restaurants Nostalgie. Unterwegs kann ich noch ein bisschen shoppen und auf einen Sprung ins Solarium. Nicht schlecht, was? Das Allerwichtigste ist eben doch, siehe oben, die richtige Zeitplanung! Jetzt bleibt nur noch ein Problem: die Texte für die Fotos. Ach, dabei fällt mir ein: Es gibt da ja noch die kleine finanzielle Meinungsverschiedenheit mit Marina, der Fotografin.

Ich organisiere mir einen Kaffee und wähle Marinas Nummer.

Das mit der Kohle ist ziemlich lästig. Was tische ich ihr jetzt bloß für eine Geschichte auf? Verloren? Geklaut? Logisch, sehr glaubwürdig. Zu Hause liegen lassen? Das lässt die kalt. Ich sehe sie förmlich vor mir, in ihrem ewigen knallengen Lederrock und der zerrissenen Jeansjacke, in der einen Hand eine Kippe, in der anderen ihr Handy, die Haare in den brasilianischen Nationalfarben, den Blick in weite Fernen gerichtet und die Lippen zu einem dünnen Strich zusammengepresst. So steht sie da und zischt: »Das ist dein Problem, Mann!« Echt, mehr kann man von der nicht erwarten.

»Ja?«, knarzt Marinas heisere Stimme in meinem Ohr.

»Na, wie geht's, Star der europäischen Fotografie?« Ich versuche, möglichst galant rüberzukommen.

»Scheiße«, kommt es noch heiserer zurück. »Wann kommst du vorbei?«

»Wieso?«

»Wegen der Fotos!«

»Ach so, verdammt, Moment, äh, sag mal, kannst du mir die nicht irgendwie rüberbeamen? Per Mail oder so?«

»Vergiss es. Mein Internet funktioniert nicht. Ich hab die Rechnung nicht bezahlt.«

»Marina, du sprichst mein Todesurteil!« Jetzt bin ich es, der krächzt. »Wieso bist du von morgens bis abends mit deiner Knipse auf Achse, wenn dir das nicht mal die Kohle fürs Internet einbringt?«

»Jetzt hör mal zu, mein Kleiner. Ich bin Freelancer, wie dir bekannt sein dürfte. Mir schiebt man nicht jeden Monat reichlich Kohle in den Hintern fürs Nichtstun wie dir. Ich habe die Fotos gemacht, die du bei mir geordert hast, und du wolltest vorgestern vorbeikommen und die CD mit den Aufnahmen abholen. Mit dem Geld. Aber während unsereine mit der Kamera auf Achse ist, wie du so schön sagst, treibst du dich sonst wo rum und lässt mich hier versauern, oder wie verstehe ich das? Was ist mit dem Geld? Wann kriege ich das?«

»Hör mal, du kannst mich jetzt nicht im Stich lassen. Ich muss die Dinger bis morgen Abend fertig haben, verstehst du? Und dein Geld kriegst du natürlich, morgen, oder sagen wir, übermorgen auf jeden Fall …«

»Das heißt, du hast mal wieder die ganze Asche auf den Kopf gehauen.«

»Nein, absolut nicht. Ich hatte da nur ein paar lästige Problemchen an der Backe, und äh …«

»Du hast jedes Mal irgendwelche lästigen Problemchen an der Backe, wenn es um Geld geht, das dir nicht gehört. Haben sie dir wieder dein Portemonnaie geklaut, wie letztes Mal?« Marina lässt ein gurgelndes Lachen hören. Es klingt wie ein brodelnder Teerkocher.

»Das ist nicht witzig.« Marinas Taktlosigkeit fängt an, mir auf den Zeiger zu gehen. »Der Geldautomat hat nicht funktioniert, verstehst du. Der wollte partout nichts ausspucken.«

»Wozu brauchst du einen Geldautomaten, du hast das Geld für die Fotos doch cash von deiner Zeitung gekriegt. Und zwar im Voraus.«

»Ja klar, äh, das kriege ich cash. Aber trotzdem, ich brauchte die Mäuse gerade sehr dringend für etwas anderes, und deshalb musste ich dann zum Automaten, und ich war sowieso total im Stress, wegen einer anderen Sache, und dann spuckt diese Scheißkiste nichts aus, und also, jedenfalls ... es ist gerade alles echt kompliziert, verstehst du?«

»Andrej, wann lernst du endlich, verantwortungsvoll mit Geld umzugehen? Ich glaube, man sollte dir deinen Lohn am besten gleich in Alk, Kippen, Klamotten und Drogen auszahlen. Dazu noch Verzehrbons für bestimmte Restaurants, mit Anschrift und Datum, damit du nicht durcheinanderkommst.«

»Hör mal, du dummes Huhn!« Jetzt ist das Fass übergelaufen. »Wie kommst du eigentlich dazu, mir hier Vorträge zu halten? Ich kann meine Kohle ausgeben, wie und wo ich will! Überleg dir lieber, wie das mit den Fotos laufen soll!«

»*Deine* Kohle, Andrjuscha?«

»Jawohl, meine Kohle! Und nenn mich nicht Andrjuscha, du Leguan in Kunstlederpelle!«

»Nicht deine – *meine* Kohle!«

»Äh ja, entschuldige, klar, deine Kohle. Meine ich doch.«

»Sieh zu, dass du sie auftreibst und ruf mich dann an, du minderjähriger Hysteriker.«

Und damit legt sie auf. Können Sie sich das vorstellen? Dieses verdammte, stinkende Stück Hundescheiße! Und eine erbärmliche Fotografin ist sie außerdem noch. Legt die einfach auf! Und das, wo ich am Rande des Abgrundes stehe, mit der Nase einen Zentimeter vor der Deadline, die ganz schnell die Deadline meines Jobs werden kann! Hinterhältiger kann man ja wohl nicht sein. Ja, da ist anscheinend nichts zu machen, ich muss das Geld auftreiben und dann ans andere Ende von Moskau hetzen. Idiotie! Der ganze schöne Tag im Arsch wegen einer geldgierigen Psychopathin, die sich für Herb Ritz hält! Und alles wegen ein paar lausigen hundert Dollar! Aber so ist das eben, nichts und niemand in dieser Welt ist vollkommen ... Irgendwie kompliziert alles.

Ich checke meine E-Mails. Am Montag hätte ich eigentlich eine Nachricht von Pascha Alfjorow von Polygram Records erwartet. Dem habe ich schon am Mittwoch die Demo-CD von unserer Band geschickt, ich hoffe fest darauf, dass da ein Plattenvertrag drin ist. Glatte sechzig Eingänge. Viagra, Cialis, Luxus-Uhren zu Discountpreisen, Penisvergrößerungen, exklusive Büros in Odessa zu vermieten. Dann Penisvergrößerungen, Luxus-Uhren, Cialis und Viagra. Nochmal Penisvergrößerungen. Wenn man von meinem Posteingang ausgeht, dürfte ich eigentlich nichts anderes machen als bumsen, teure Uhren kaufen und zwischendurch meinen Schwanz verlängern lassen. Nicht ein vernünftiger Brief. Von Alfjorow ist auch nichts gekommen. Ich kann diese Einstellung echt nicht verstehen. Da hält man ihm die ultimative Scheibe, eine echte Bombe unter die Nase und er merkt es nicht. Jeder Produzent, der diese Bezeichnung verdient, hätte sofort zum Telefon gegriffen, aber jeder! Bloß nicht diese hirn- und saftlosen Schlaffis hier bei uns. Vielleicht liegen sie in Schockstarre in ihren Kunstledersesseln und kriegen den Zeigefinger nicht an die Maustaste. Oder ist er verreist? Ich sehe heute Abend nochmal nach, und morgen rufe ich an. Aber jetzt muss ich erst mal mit Marina klarkommen.

# MOSKAU

Erschöpft und ausgelaugt von meiner einstündigen Shoppingtour, die mir nichts eingebracht hat außer blödsinnigen Nervereien mit ebenso zänkischen wie inkompetenten Verkäuferinnen, sitze ich jetzt im Bosco Café, gelegen im ersten Stock des GUM, trinke lauwarmen Latte Macchiato, betrachte die anderen Gäste des Kaufhauses und atme die Gerüche ein, die mich umwabern. Aus den Ladenzeilen dringt der Geruch nach neuer Kleidung, nach Ausverkauf und Wohlstand, vom Kreml weht ein Hauch von Leder herüber, den die Luxuslimousinen, teuren Aktentaschen und Armeeuniformen absondern, im Café selber duftet es nach dezenten Zitrusnoten teurer Parfüms, angereichert mit allerlei aphrodisierenden Fermenten und Alkohol. Und das alles wird dominiert vom *Hauptgeruch*. Er ist überall: am Bartresen, in den Falten der Tischdecken, in den Haaren der Frauen, in den teuren Hemden der Männer, im Papier der Speisekarten. Die Kellner riechen danach, die kaufwilligen Menschen in den Passagen und die müßig flanierenden Gäste der Hauptstadt. Es ist der Duft frischgedruckter Dollarnoten. In dieser Stadt riecht es überall nach Geld! *Moskau!*

Um diese Tageszeit sieht man hier vornehmlich ausländische Manager in dezenten dunkelblauen Anzügen und hellblauen Hemden oder erschöpfte Bräute, die sich vom Power-Shopping erholen. Die Manager tragen größtenteils keine Krawatten, dafür Brillen mit filigranem Metallgestell über dezenter Sonnenbräune. Die Sakkos hängen leger über den Stuhllehnen, ihre Münder formen Wendungen wie »sehr gute Perspektiven«, »die Stadt hat sich unglaublich verändert«, »Wirtschaftswachstum« und »ausgezeichnete Performance«. Die Bräute sind fast ausnahmslos leicht getunt, sie tragen Sandaletten mit hohen, spitzen Absätzen und mal mehr, mal weniger durchsichtige Blusen. (Man will schließlich zeigen, wofür man mindestens fünftausend Grüne hingeblättert hat.) Von ihren zarten, überdeutlich gewölbten Lippen lösen sich Formeln wie: »Er ist eine gute Zwischenlösung«, »Ich bin intensiv am Suchen«, »Völlig inakzeptable Preise« und »Dafür muss er jetzt anständig zahlen«. Dann und wann wechseln die Angehörigen der beiden genannten Gruppen Blicke. Die der Frauen, schnell und präzise wie Froschzungen, haben schnell das durchschnittliche Jahresgehalt der Manager taxiert. Die der Manager schweifen etwas länger, bis sie anhand der zahlreichen Einkaufstüten das durchschnittliche Jahresbudget des dazugehörigen Modepüppchens errechnet haben. Den Hintergrund für dieses unterhaltsame Schauspiel bildet der altehrwürdige Kreml, der vor den Fensterscheiben des Cafés aufragt, und man kann sich des Eindruckes nicht erwehren, dass er sehr genau zusieht, sich den roten Stern auf dem Spasskaja-Turm ein wenig in den Nacken schiebt und hämisch in sich hineinlacht. Das nenne ich totalitären Glamour…

Ich telefoniere mit Rita und sage unsere Verabredung ab. (»Eine dringende Besprechung mit neuen Investoren für meinen Klub, echt schade, mein Häschen!«) Dann die mit Lena, die mich auf die Abschlussveranstaltung von irgendeinem öden Festival mitschleppen wollte. (»Eine dringende Besprechung mit dem Konzern-Management, echt schade, honey!«) Ich führe ein paar Telefonate mit der Redaktion, dann mit einigen Bekannten, noch mal mit dieser blöden Janna, die mich immer noch mit den Kalamitäten ihres bescheuerten Junkiebruders nervt. Den Anruf von diesem Trampeltier Katja, die ihr Casting verpatzt hat, ignoriere ich. Irgendwann muss schließlich auch unsereiner mal Wochenende haben, Mädels, findet ihr nicht? Das letzte Gespräch führe ich mit Marina. Ich verspreche ihr hoch und heilig, pünktlich in einer Stunde bei ihr zu sein. Gerade als sie sich ziemlich zickig beschwert, in einer Stunde sei schon vor einer Stunde gewesen, gibt mein Akku den Geist auf.

Ich rufe den Kellner und frage, ob sie hier ein Ladegerät für mein Telefon haben.

»Leider nein«, säuselt er. »Für das Nokia Sirocco haben wir im Moment kein Ladegerät da.«

»Das ist kein Sirocco«, gebe ich süffisant zurück, »sondern ein Nokia 8800.«

»Ach ja?«, macht er und wirft einen abschätzigen Blick auf mein Handy. »Ein 8800? Ich werde mal nachsehen.«

Gefühlte zwanzig Minuten später erscheint er wieder an meinem Tisch.

»An der Bar gibt es ein Ladegerät«, sagt er, nunmehr ohne eine Spur von Säuseln. Er klingt jetzt eher wie ein sibirischer Taxifahrer. »Geben Sie mir Ihr Telefon!«

»Danke, ich gehe selbst. Zahlen!« Das fehlte noch, dass so ein Flegel mein Telefon begrapscht.

Ich gebe ihm meine Kreditkarte und schlendere zur Bar.

Während ich auf mein Handy warte, nehme ich mir den *Kommersant* vor. Ich lese den Wirtschaftsteil quer, überfliege die Politik, befasse mich gründlicher mit Feuilleton und Börsennachrichten. Als ich nach einer Viertelstunde die Zeitung zusammenfalte, steht der Kellner vor mir.

»Ihre Kreditkarte wird nicht angenommen«, nörgelt er von oben herab.

»Das kann nicht sein. Das ist eine goldene Mastercard. Es muss sich um einen Fehler in Ihrem System handeln.«

»Möglich«, gesteht er mir gnädig zu. »Jedenfalls funktioniert sie nicht.«

»Reizendes Etablissement! Ihr Saftladen liegt direkt am Roten Platz, und man kann nicht mit Kreditkarte bezahlen! Wie machen Sie's denn bei den Ausländern?«

Der Kellner zuckt nur die Schultern und glotzt mich abwartend an.

Wieso nimmt der diese verdammt Karte nicht an? Gestern Abend waren noch tausend Rubel drauf, mindestens. Vielleicht sogar anderthalbtausend! Alles irgendwie kompliziert … Die Situation ist umso peinlicher, weil dieser Kellner so ein blöder Schnösel ist. Jetzt steht er da und glotzt mich zufrieden an. Arschloch! In meinem Portemonnaie lagern zwei arg ramponierte Zehnrubelscheine, außerdem ein paar armselige Münzen, und das war's. Ich durchwühle meine Jackentaschen, dann die Taschen meiner Jeans und stoße plötzlich auf einen einzelnen, mehrmals gefalteten Geldschein. Ganz, ganz langsam falte ich ihn auseinander, blinzele vorsichtig drauf und … Ja! Es gibt doch noch eine Gerechtigkeit! Ein Hunderter!

Ohne den Kellner noch eines Blickes zu würdigen, werfe ich das Geld auf den Tisch und entferne mich gemessenen Schrittes.

Kaum habe ich das Telefon wieder eingeschaltet, ruft Galina an. Das ist die Sekretärin von Issajew, einem nicht weiter erwähnenswerten Möchtegern-Gastronomen, von dem ich letzte Woche, während einer akuten Finanzkrise, dreihundert Dollar angenommen habe gegen das Versprechen, seine versiffte Kneipe (»Das Fenster« heißt der Laden, was für ein idiotischer Name!) auf meiner Website zu listen. Eigentlich wollte ich fünfhundert, aber ich bin eben, erstens, zu nachgiebig und dieser Typ ist, zweitens, ein absolutes Schlitzohr, so dass wir am Ende bei dreihundert landeten. Dafür bin ich dann ein paarmal mit Freunden in seinem Schuppen eingefallen, und wir haben uns auf seine Kosten nach Kräften abgefüllt. So gleicht sich das aus. Ich frage mich bloß, was diese Galina jetzt von mir will?

Ich schalte um auf seriöser Geschäftsmann: »Ja, bitte?«

»Andrej? Galina am Apparat, die Assistentin von Boris Anatoljewitsch!«

»Ich habe Sie schon an der Stimme erkannt!« (Seine Assistentin, oha! Wobei assistiert sie ihm denn?)

»Andrej, Boris Anatoljewitsch möchte für diese Woche gern einen Termin mit Ihnen machen.«

»In welcher Angelegenheit?«

»In der Angelegenheit … äääh… Ihrer Zusammenarbeit.«

»Und worum geht es genau? Ihr Lokal ist auf der Website gelistet, was ist denn noch?« (Termine mit Idioten gehen mir auf den Sender.)

»Ja, ja, das ist alles in Ordnung, aber er möchte sich trotzdem gern mit Ihnen treffen. Wann passt es Ihnen?«

»Tja, in dieser Woche ganz schlecht.« (Genauer gesagt: Es passt mir überhaupt nicht, mich mit Ihnen zu treffen. Kein halbwegs zivilisierter Mensch möchte das.)

»Vielleicht könnten Sie sich ja ein paar Minuten freimachen?«, wimmert sie devot.

»Das ist leider sehr unwahrscheinlich.« (Obwohl, warte mal … Ich könnte mich mit Rita zusammen zum Essen einladen lassen. Das Lokal ist zwar lausig, aber ich kann ihr ja erzählen, man wolle mir einen Beratervertrag anbieten.)

»Na gut, sagen wir, morgen um drei. Ist Issajew da?«

»Boris Anatoljewitsch ist immer da.«

(Klar ist er immer da, was anderes kann er ja nicht, weil er eine Pfeife ist.)

»Na, wunderbar! Also ist das abgemacht.«

Ich fange an zu grübeln, was ich jetzt machen soll. Zu Marina zu fahren ist witzlos, solange ich die Kohle nicht habe. Soll ich jemanden anpumpen? Meine Freunde? Schwierig. Jemanden im Büro? Ganz schlecht fürs Image. Bleibt eigentlich nur eins: Ich muss meine neue goldene Kreditkarte, die ich letzte Woche von der Citibank bekommen habe, plündern. Am Monatsende kann ich ja wieder umschichten. Schade natürlich, ich hatte andere Pläne damit. Aber zu Marina fahre ich heute trotzdem nicht mehr, mir ist irgendwie nicht danach. Außerdem habe ich wirklich Wichtigeres zu tun. Zum Beispiel das Interview mit Bucharow. Und ich bin mit ein paar Freunden im Sungate auf der Twerskaja verabredet, da will ich ungern zu spät kommen. Irgendwann muss ich auch mal richtig ausschlafen. Aber das ist eh nur ein frommer Wunsch – bei meinem Lebensrhythmus …

Im selben Augenblick, in dem ich die Hand nach der Tür des Restaurants Nostalgia ausstrecke, fällt meine Aufmerksamkeit auf eine Braut, die im Café des Multiplexkinos Roland sitzt. Eine Rotblonde in ultrakurzem Kleid, gute Beine, klasse Brust. Sie sitzt halb abgewandt, so dass ich ihr Gesicht nicht sehe. Ich schaue zu ihr rüber, ziehe dabei die Tür auf und überlege, wie ich sie auf mich aufmerksam machen kann. Louis Armstrong schallt mir entgegen, »It's a Wonderful World«. Ganz automatisch, quasi zum Klang der Musik, mache ich einen Schritt vorwärts und pralle mit einem Typen zusammen. Mit einem schnellen Blick in sein Gesicht registriere ich, dass es sich bei meinem Gegner um Jora Petruschin handelt, den Eigentümer der Firma Zeppelin Productions und Mitinhaber des Klubs »The Brücke«. Er hat eine Zeitung und einen Haufen Papierkram unter den Arm geklemmt, belabert das Handy zwischen Ohr und Schulter,

wahrscheinlich den nächsten Event, während er gleichzeitig versucht, die Tür zu öffnen, ohne dabei Zeitung, Papiere oder Handy fallen zu lassen. Als wir zusammenstoßen, rutscht ihm seine Sonnenbrille von der Stirn (eine Ray Ban Wraparound, würde ich sagen). Die Brille fällt – unendlich langsam, wie in Zeitlupe –, und während wir beide, er und ich, wie gebannt dabei zusehen, denke ich, dass ich Jora vor zwei Wochen unser Demotape, zusammen mit reichlich Infomaterial, geschickt habe und fest damit rechne, dass er uns produzieren wird. Aber jetzt, während sich die Sonnenbrille unaufhaltsam dem Fußboden nähert, sehe ich meine Chancen, von Petruschin produziert zu werden, genauso unaufhaltsam gegen null tendieren. Ich starre die Brille an, während sie fällt und fällt, begreife, dass Petruschin sie genauso anstarrt, in der sicheren Erwartung, dass das sündhaft teure Gerät in der nächsten Sekunde auf dem Fußboden in tausend Stücke zerschellt (und mit ihr meine ungeborene Karriere als Musiker!), und zu alldem singt Louis Armstrong unbeeindruckt sein »It's a Wonderful World«. Da schreit Jora:
»Scheiße!«
»Scheiße!«, schreie also auch ich, klappe wie ein Taschenmesser in der Mitte zusammen und fange in einer vollkommen unmöglichen Bewegung die Brille einen Zentimeter vor dem Aufprall ab. (Es ist tatsächlich eine Ray Ban Wraparound.)
»Du bist ja ein echter Ninja«, sagt Jora beeindruckt.
Genau in diesem Moment beendet Armstrong seinen Song, und die Rotblonde dreht sich zu uns um, um zu sehen, wer da so einen Stress macht. Ihr Gesicht ist der absolute Horror, ein echter Schock nach den Superbeinen...
»Uff«, ächze ich und reiche Jora die Brille.
»Haarscharf am Exitus vorbei«, lacht er und steckt das gute Stück wieder in seine Frisur.

»Ich hab mich grad nach einer Braut umgesehen«, sage ich erklärend.

»Die da drüben etwa?«

»Nee, nee, so eine Blonde. Ist grad auf dem Lokus verschwunden«, druckse ich rum, fange dabei an, ich weiß auch nicht warum, in meiner Tasche zu kramen, fische meine Brille heraus und schiebe sie mir auf die Stirn.

»Ah ja. Und wie geht's so? Wie laufen die Geschäfte?«

»Super. Läuft.«

»Ausgezeichnet. Also dann, Alter, ich muss los, ich bin spät dran.« Jora hält mir seine Hand hin.

»Jora, hör mal«, fange ich an, während ich seine Pfote drücke. »Ich kann dich irgendwie nie erreichen. Ich wollte dich fragen, wie du unser Demotape findest.«

»Euer was?« Jora zieht seine Hand zurück, als hätte ich ihn gebissen.

»Die CD, die ich dir neulich geschickt habe. Weißt du nicht mehr? Ich hab dir erklärt, wir müssten noch ein bisschen was dran machen, aber wir wollen demnächst nach Los Angeles, um ...«

»Ah, ja, ja!«, unterbricht er mich. »Jetzt fällt's mir wieder ein. Das war so ein komischer Name, Winter in Moskau oder so was ...«

»Moskauer Schnee, Alter, Moskauer Schnee. Verstehst du die Anspielung? Der Name schlägt ein wie eine Bombe, das verspreche ich dir, die Leute werden total abdrehen.«

»Ah ja, Schnee war das, richtig. Unter uns gesagt, euer Schnee ist ziemlicher Schnee von gestern. Du kannst auch Kinderkacke dazu sagen. Nichts für uns. Primitiv gebaut, holpriger Rhythmus, beschissener Klang, schwache Texte ...«

»Warte mal, warte mal, ich hab dir doch erklärt, das ist eine neue Musikrichtung, die ist gerade total angesagt. Sowas wie Gangsta-Trash, verstehst du?«

»Gangsta-wer?«

»Trash! Trash ist das! Und das wird laufen, glaub mir, das hab ich im Urin. Glamour ist out, Alter, das war mal, das ist Vergangenheit. Jetzt kommt der Dreck, das Kaputte, der Ekel, die Gosse. Alles was out ist, ist jetzt in.«

»Moment, irgendwas bringe ich da durcheinander. Also Glamour, sagst du, ist out. Aber out ist in. Aber wenn Glamour per Definition out ist, dann heißt das doch ... Ziemlich wirres Zeug, würde ich mal sagen.« Jora schiebt sich durch die Tür nach draußen. Sein Telefon klingelt. »Ich ruf dich zurück«, sagt er und will sich aus dem Staub machen.

»Fuck ...« Ich versuche ihn festzunageln. »Wieso verstehst du das nicht? Das ist doch ganz einfach! Glamour, Mann, das sind eben Klubs, teurer Sprit, Koks, aufgemotzte Bräute. Das ist nicht mehr interessant. Jetzt kommt was anderes, was echt komplett anderes. Man wäscht sich nicht mehr, nimmt Ecstasy, das sind die neunziger Jahre, verstehst du, mit Baseballschlägern und so.«

»In den Neunzigern warst du wie alt? Du bist doch ein Produkt der Olympiade von 1980, oder täusche ich mich?«

»Das ist doch völlig nebensächlich. Mit dem Herzen bin ich ein Kind der Neunziger. Meinst du ernsthaft, nur wenn man in den Neunzigern schon ein präseniler Penner gewesen ist, kann man ehrlich über diese Zeit schreiben? Wo sind die unrasierten Kaputtniks von der Straße, die mit superteuren Luxusschlitten durch die Gegend gondeln und diese aufgebretzelten Barbiepuppen vögeln? Das ist wie ein frischer Atemzug mitten in dieser verpesteten Megalopolis.« Fieberhaft suche ich nach Worten, um sie wie Hämmer auf sein mürbes Hirn krachen zu lassen. »Das ist wie ungeschützter Sex in einer Welt, in der Aids wütet, gefährlich wie ein Rasiermesser, scharf wie das Stilett eines Outlaws!«

»Sag mal, Andrej, wie bringst du superteure Luxusschlitten mit Kaputtheit zusammen?«

»Das, äh, ist quasi eine von mehreren Erscheinungsformen, eine Variation, ich meine Variante, verstehst du? Warum reitest du ständig darauf herum, das ist doch nebensächlich. Eine Variante unter anderen! So ähnlich wie beim Gangsta-Rap aus New York oder aus Los Angeles. Zwei Stilrichtungen, weiter nichts. Es geht immer um dasselbe, nur die Form ist unterschiedlich.«

Schon wieder klingelt sein beschissenes Telefon. »Ja, ja, ich bin schon unterwegs«, spricht er ins Mikro und schaltet aus. Aber anstatt durchzustarten, dreht er sich noch einmal zu mir um und sieht mich durchdringend an.

»Andrej, ich kann dich wirklich gut leiden, aber deine Band klingt nach einem Rudel Kids, die sich mit Wodka zudröhnen und dann irgendwelchen Schwachsinn ins Mikrofon grölen, über Sachen herziehen, die sie nur vom Hörensagen kennen, teure Handys, BMWs und was weiß ich alles. Der ganze Konsumfetischscheiß, auf den sie nämlich in Wirklichkeit scharf sind. Schwachsinn eben. Weißt du, wenn du Spaß daran hast, dann mach deinen Gangsta-Rap ...«

»Gangsta-*Trash*, Jora, Gangsta-*Trash*. Um Himmels willen, bring nicht die Termini durcheinander, die sind die Basis jeder Ideologie!«

»Meinetwegen auch Trash. Mach deinen Trash zu Hause im stillen Kämmerchen, aber zeig ihn um Gottes willen niemandem, außer wirklich guten Freunden. Kein Mensch wird das Zeug produzieren. So, jetzt muss ich wirklich los.«

»Ey, hör mal, so kannst du mit mir nicht reden, okay?« Ich unternehme einen letzten Versuch, die Situation wieder unter Kontrolle zu bringen. »Ich bin nicht irgend so ein alberner Timati, ich kenne die Straße. Ich bin auf der Straße groß geworden, verstehst du? Das sagen doch schon unsere

Texte. Hast du denn nicht richtig zugehört? Gib es zu, du hast unser Tape gar nicht richtig angehört, stimmt's? Ich hab volles Verständnis dafür, man hat nie genug Zeit und so weiter, man hört ein paar Tracks im Auto, telefoniert nebenher, wird permanent abgelenkt, das rauscht einfach so am Ohr vorbei. So ist es doch, oder? Hör's dir einfach nochmal an, okay? Dann wirst du mir auf Knien danken, dass ich nicht zu einem anderen Produzenten gegangen bin, das verspreche ich dir!«

»Andrej, damit das klar ist: Ich höre mir meine Sachen sehr genau an. Und soll ich dir was sagen?«

»Was denn?«

»In Moskau steigt kein Qualm aus den Gullideckeln. In New York mag es das geben, vor allem in amerikanischen Actionstreifen oder in den Videoclips von Michael Jackson. In Moskau sind die Gullideckel dicht.«

»Na und? Zugegeben, eine kleine Ungenauigkeit, aber darauf kommt es doch nicht an. Ich meine, es geht hier doch nicht um Gullideckel. Das ist doch nicht der Kern der Sache, Alter.«

»Dein Demo ist eine einzige Ungenauigkeit. Es ist einfach schlecht, Andrej. In Worten: *schlecht!* Und jetzt Feierabend. Ich muss los!«

Er gibt mir einen Klaps auf die Schulter und zischt ab.

»Ich ruf dich morgen an!«, brülle ich ihm nach. »Übrigens, bist du am Freitag im Djaghilew? Vodka-Imperial veranstaltet da eine super Party!«

Jora dreht sich um und sieht mich an, als hätte ich gerade den Verstand verloren. Dann zuckt er mit den Schultern und trabt weiter. Anscheinend hat er schlechte Laune. Oder Vodka-Imperial sponsert seine Veranstaltungen nicht.

»Jora, könntest du mir vielleicht vier Einladungen für die Eröffnung von der ›Brücke‹ zukommen lassen?«

Ein letztes Mal dreht er sich um und signalisiert mir, er würde mich anrufen.

»Okay, Alter«, sage ich nur mit den Lippen.

Die folgenden zwanzig Minuten verbringe ich mit der erfolglosen Belagerung der Geschäftsführerin des Nostalgia. Sie will partout nicht einsehen, dass es für mich überlebenswichtig ist, dieses Interview mit Igor Bucharow im Laufe der nächsten zwei Tage zu machen.

»Eine Mitarbeiterin Ihres Magazins hat mit Herrn Bucharow einen Interviewtermin für letzte Woche vereinbart«, bemerkt sie berechtigterweise. »Aber es ist niemand von Ihrer Seite erschienen.«

Na ja, letzte Woche war alles irgendwie ziemlich kompliziert. Aber was soll das jetzt? An Uhrzeiten hält man sich, wenn man ins Kino geht, aber als Journalist richtet man sich nach den Gesetzen der schöpferischen Inspiration. Hast du davon irgendeine Ahnung, du fühllose Tippse? Was willst du von mir hören? Dass ich mir ein Bein gebrochen habe? Einen Autounfall hatte? Was kann dich beeindrucken? Wieso muss ich hier überhaupt den Affen machen?

»Wissen Sie, letzte Woche konnte ich nicht, da lag ich nämlich im Krankenhaus«, fange ich an und blicke mitleidheischend auf meine Fußspitzen. »Und wenn ich dieses Interview jetzt nicht machen kann, dann werde ich gekündigt ...«

»Wirklich?« Einerseits glaubt sie mir nicht, andererseits genießt sie sichtlich das Gefühl, mein Schicksal in ihren spröden Händen zu halten. »Ich könnte eventuell noch einmal mit Igor Olegowitsch sprechen. Rufen Sie mich heute Abend an.«

Gerade als ich überlege, ob ich ihr den Aschenbecher über den Schädel hauen soll, betritt ein Mann im Tennisshirt und Schlaghosen das Restaurant. Wie von der Tarantel gestochen springt die Vorzimmermegäre auf.

»Oh, guten Tag, Igor Olegowitsch!«, zwitschert sie wie eine Lerche bei unerwartetem Frühlingseinfall.

Aber bevor sie einen weiteren Ton sagen kann, hechte ich von meinem Stuhl auf den Typen, also ihren Chef, los und quatsche wie ein Maschinengewehr auf ihn ein:

»Guten Tag, Herr Bucharow, ich bin, äh, Andrej Mirkin vom *Beobachter*, wir hatten uns zu einem Interview verabredet, und ich ...«

»Das war letzte Woche, Igor Olegowitsch, aber es ist keiner gekommen!«, keift die Megäre dazwischen. »Ich habe dem jungen Mann schon erklärt, dass Ihr Terminkalender bis oben hin voll ist!«

»Ah, ja, dieses Glamour-Magazin, ich erinnere mich«, sagt Bucharow und steuert in Richtung Bar. »Wieso sind Sie denn nicht erschienen?«

»Ja, also weil ... weil ich ... Verstehen Sie, Igor Olegowitsch, es ergaben sich einige unvorhergesehene Umstände, die äh ...«

»Also verpennt, oder wie?«, sagt er und lacht entwaffnend.

»Also, irgendwie ja. Und am Freitag muss ich den Artikel abgeben«, krächze ich, überrumpelt von so viel Direktheit.

»Ja, ja! Diese Journalisten. Immer dasselbe. Am Freitag muss das Ding fertig sein, und er ist eben gerade aufgewacht.« Er blinzelt mir ironisch zu. »Also dann. Komm morgen um halb sechs vorbei. Aber sei pünktlich. Ich habe genau eine Stunde Zeit für dich.«

»Danke, Igor Olegowitsch. Das ist wirklich großartig. Ich hab schon nicht mehr daran geglaubt, dass es noch klappt.«

»Schon gut. Also dann wie abgemacht!« Er geht hinter den Tresen und spricht mit seinem Barmann. Und ich stehe da wie ein Idiot und weiß nicht, wie ich mich verabschieden soll. Weil mir nichts Besseres einfällt, presse ich heraus:

»Hat mich gefreut, Sie kennenzulernen!«

Er nickt mir flüchtig zu.

»Alles Gute, Igor Olegowitsch!«

»Ja, ja, alles Gute, am Arsch hängt die Rute«, feixt er.

Ich schnappe mir meine Tasche vom Tisch und sehe zu, dass ich wegkomme.

Wieder auf der Straße, überlege ich, ins Schatjor zu gehen, das sich direkt auf der gegenüberliegenden Straßenseite befindet – ein schwimmendes Sommercafé, das ebenfalls zu Bucharows Imperium gehört. Aber angesichts des undurchdringlichen Verkehrs schwenke ich um und laufe Richtung Metro. Nach ein paar Schritten sehe ich vor mir eine langbeinige Brünette, die angeregt in ihr Handy spricht. Ich beschleunige meinen Schritt, bewundere ihre gut gebauten Beine, die schlanken Fesseln und, nicht zuletzt, ihr kurzes Kleidchen, und fasse spontan den Entschluss, aus diesem verkorksten Tag wenigstens noch das Beste herauszuholen. Man muss schon Schwein haben, wenn einem an diesem Ort so ein junges Ding über den Weg läuft, noch dazu allein. Ich glaube sowieso allmählich, dass alle hübschen Mädchen vom fünfzehnten Lebensjahr an von unseren Oligarchen oder den Moskauer Zuhältern in speziellen Listen systematisch erfasst werden. Und kaum sind sie siebzehn geworden – zack, werden sie weggeschnappt.

Ich angle zwei abgelaufene Einladungskarten zu einem Konzert zu Ehren von Michael Jackson aus der Tasche (er selber war, versteht sich, nicht zugegen), warte, bis sie ihr Telefongespräch beendet hat, und spreche sie an.

»Hallo! Sie haben etwas verloren!«

»Meinen Sie mich?« Sie dreht sich um. Riesengroße braune Augen, die mich erstaunt ansehen, volle Lippen, die Haare zu einem Pferdschwanz gebunden – eine junge Studentin. Traum eines jeden Pornoproduzenten. Aber während diese Rolle auf den einschlägigen Porno-Sites regelmäßig von gestandenen Pornodarstellerinnen jenseits der dreißig gespielt wird, ist die hier echt. Sie ist wirklich erst neunzehn oder zwanzig, hat eine ganz frische Haut, nicht das kleinste Fältchen in den Augenwinkeln. Aber das Beste an ihr sind die Augen. Denn der entscheidende Unterschied zwischen einem dreißigjährigen Pornomodel und einer echten Studentin ist nicht der Körper, sondern der Blick. So einen reinen, unverdorbenen Blick findet man weder bei Chasey Lain noch bei Pamela Anderson, das können Sie mir glauben als gestandenem Fan von Magmafilm. So einen Blick findet man nur bei Studentinnen des dritten oder vierten Studienjahres, die meinetwegen aus Saratow, Rostow, Nowosibirsk oder Samara nach Moskau gekommen sind, um mit niedlichen Mäusezähnchen am trocknen Brot der Wissenschaft zu knabbern. Aber spätestens mit dem fünften Studienjahr ist es vorbei mit der Bescheidenheit, dann sind ihnen allesamt gewaltige Reißzähne gewachsen, und die bezaubernde Begeisterung in den Augen ist für immer und ewig verschwunden.

»Ja, natürlich!« Ich strecke ihr die Einladungen entgegen. »Das ist Ihnen aus der Tasche gefallen!«

Sie nimmt die Einladungen, sieht die Worte »Exklusive Pre-Party« und »Michael Jackson« und gibt sie mir sofort wieder zurück, als hätte sie sich die Finger verbrannt.

»Das gehört mir nicht.«

Aber sie bleibt stehen!

»Ich weiß«, sage ich und setze meinen allerbetrübtesten Gesichtsausdruck auf. (Wer sollte dich auch eingeladen haben? Dein Physiklehrer?) »Das sind nämlich meine eigenen Einladungen. Ich dachte nur, ich könnte auf diese Weise eine wunderschöne Frau kennenlernen.«

»Originelle Methode«, sagt sie kokett.

»Überhaupt nicht. Eher ziemlich dumm«, korrigiere ich. »Aber ich habe nun einmal diese Einladungen und keine passende Begleitung dazu. Ich laufe Ihnen schon seit zehn Minuten nach.«

»Wirklich? Seltsam, ich bin nämlich gerade erst aus der Straßenbahn ausgestiegen.«

»Ups!« Eine Sekunde lang bin ich irritiert, aber dann finde ich zurück in die Spur. »Das ist ja wirklich seltsam. Ich muss völlig das Zeitgefühl verloren haben. Es war wie im Märchen. Ich ging so vor mich hin und betrachtete Sie ...«

»Tja, unglaublich. Sachen gibt's ...« Sie zögert einen Moment, offenbar überlegt sie, ob sie dieses Gespräch fortsetzen soll oder nicht.

»Wissen Sie, ich habe auch immer gedacht, so etwas gibt es nur im Kino: Liebe auf den ersten Blick. Ich könnte Ihnen bis nach Petersburg nachlaufen.« Solange ihr Blick noch auf mir ruht, gebe ich ihr keine Möglichkeit, sich anders zu besinnen. »Ich heiße Andrej. Früher Historiker, gegenwärtig ein wenig Journalist und in Zukunft ein ganz, ganz bisschen Musiker.«

»Das ist ja hochinteressant!«, sagt sie. Ziemlich abgedroschene Bemerkung, aber immerhin von einem Lächeln begleitet.

»Nein, nein, das ist ganz langweilig – im Vergleich zu Ihren Augen!«, flöte ich. »Und wie heißt die Besitzerin dieser wunderschönen Augen?«

»Meinen Sie mich? Ich heiße Katja.«

»Katja! Was für ein hochherrschaftlicher Name. Wie Katharina de Medici, oder Katharina die Große. Stell dir vor, in meinem ganzen fünfundzwanzigjährigen Leben ist mir nur eine einzige Katja begegnet! Katrin Vesna, die DJane. Ulkig, nicht? Ist das vielleicht Schicksal?«

»Sind wir jetzt schon per du? Du bist ja wirklich ein fixer Bursche!« Oha, die Dame macht anscheinend auf intelligent.

»Tja, ich fand Gasgeben schon immer spannender als

Bremsen, das ist mein Lebensprinzip. Ich habe Angst, einen Wink des Schicksals zu verpassen, wenn du weißt, was ich meine.« Womit ich wieder bei meiner üblichen Masche bin.

»Bist du auch DJ?«, fragt sie jetzt neugierig und schürzt ein wenig die Lippen. Mein Gott, und was für Lippen!

»Aber nein!«, mache ich geringschätzig. »Schallplatten umdrehen ist nicht mein Ding. Ich bin Dichter. Ich schreibe Texte. Hip-Hop, Gangsta-Trash und so weiter. Ich bin Frontmann der Gruppe Moskauer Schnee. Schon mal davon gehört?«

»Nee.«

»Wir treten ziemlich selten auf. Hauptsächlich auf geschlossenen Veranstaltungen. Für Freunde. Wir wollen auf keinen Fall, dass unsere Kunst zu banalem Geschäft wird. Davon hab ich in meinem normalen Leben genug.«

»Verstehe«, grinst sie wieder. »Morgens im Büro, abends im Klub und nachts im Bettchen bei der Ehefrau.«

Was für ein scharfsinniges Mädchen! Du gehörst eigentlich in den Comedy-Club, meine Hübsche.

»Jeden Morgen ins Büro tapern? Nee, nichts für mich. Das verträgt sich auch nicht mit unseren Band-Proben. Außerdem bin ich Miteigentümer des *Beobachters*. Weißt du, wenn man kreativ tätig ist, richtet man sich nach der Inspiration, nicht nach dem Terminkalender.« Ich habe anscheinend den richtigen Ton getroffen, denn Katja sieht mich schon erheblich interessierter an. Ich vermute zwar, sie hat unser Magazin noch nie gelesen, aber bestimmt schon davon gehört. Tja, die Macht der Promotion!

»Den letzten Punkt haben wir ja taktvoll übergangen«, bemerkt sie, und ich glaube tatsächlich, so etwas wie Hoffnung in ihrer Stimme zu hören.

»Den letzten Punkt? Ach so, nein, ich bin nicht verheiratet. Bin nicht und war nicht. Ist mir zu kompliziert irgendwie.« Diese Bemerkung untermale ich mit gekonnter Trauermiene.

»Physische Probleme?«, hakt sie nach. Sie will sich anscheinend noch ein bisschen weiter in Scharfsinn üben.

»Häschen, du schießt ja brutal aus der Hüfte.« Ich imitiere das Geräusch eines Schusses. »Nein, das ist nicht mein Problem. Aber hör mal, was stehen wir hier eigentlich herum wie die Pfeiler der Krimbrücke? Wollen wir nicht zusammen einen Kaffee trinken?«

»Die Pfeiler der Krimbrücke!« Sie lacht glockenhell. »Das hab ich ja noch nie gehört!«

»Hab ich mir ja auch gerade erst ausgedacht«, gebe ich zu.

»Ehrlichkeit ist heutzutage eine seltene Eigenschaft«, lächelt sie.

Genauso selten wie Lippen ohne Silikon, denke ich.

»Zwei Minuten von hier gibt es ein cooles Sommercafé, das Schatjor. Die haben sogar echte venezianische Gondeln. Bist du schon mal Gondel gefahren? Ich meine, nicht mit einem Mercedes oder so, mit einer echten Gondel, hier in Moskau?«

»Noch nie.«

Fünf Minuten später liegen wir auf einem gemütlichen Sofa, trinken grünen Tee und Cocktails und plaudern über ihr heiteres Studentenleben. Sie studiert im vierten Studienjahr Wirtschaftswissenschaften. Ich vermute, sie wohnt im Studentenwohnheim, aber das stört ja nicht. Ich gebe die obligatorischen Storys aus dem Leben eines weltgewandten Journalisten zum Besten, reiße zwischendurch ein paar halbgare Kalauer und lache ansonsten oft und laut, wenn sie unwitzige Geschichtchen über ihre Kommilitonen erzählt. Die Welt leuchtet mir in demselben zarten Grün wie ihr Mojito, von dem ich dann und wann mit dem Strohhalm ein wenig schlürfe. Auf einem Bildschirm im Hintergrund singt Sade, die Kellner huschen lautlos zwischen den

Tischen hindurch, und ein sichtlich alkoholisierter Gondoliere versucht das Ruder seines Fahrzeugs zu reparieren. Irgendwann erscheint Bucharow, ich winke ihm einen lässigen Gruß zu, den er mit einem kaum merklichen Nicken erwidert, und erkläre Katja auf ihre neugierige Frage: Ach, das ist der Chef von diesem Laden, wir kennen uns schon seit hundert Jahren. Beeindruckt sagt sie: Du kennst wahrscheinlich viele Leute. Worauf ich versonnen vor mich hin nicke: Das bringt mein Job nun mal so mit sich. Mehrmals versucht mein Handy, unsere Idylle zu stören. Schließlich schalte ich es einfach aus und lasse eine Wasserpfeife kommen. Katja wünscht sich Doppel-Apfel, und ich stelle zum wiederholten Male fest, dass offenbar alle Studenten Doppel-Apfel bevorzugen, warum auch immer. Vielleicht liegt es an einer Fernsehserie, die ich nicht kenne? Der Gondoliere allerdings müht sich an diesem Nachmittag vergeblich, sein Ruder zurechtzubiegen, unsere Gondelfahrt müssen wir also verschieben. Irgendwann trennen wir uns unter Austausch positiver Emotionen und unserer Handynummern. Wobei mir vor allem an Letzterem gelegen ist, versteht sich.

# FREUNDE

»Das ist kein Tag, sondern eine Katastrophe«, stöhne ich und lasse mich auf einen Stuhl fallen.

»Hast du dich überarbeitet?«, feixt Wanja und streichelt seinen Bizeps. Wanja trägt ein schwarzes T-Shirt, eine Longines-Uhr, dunkelblaue, fast schwarze Jeans mit geraden Beinen und schwarze Turnschuhe mit drei Klettlaschen, alles von U-3. Meiner Meinung nach sieht das komplett scheiße aus, sowohl in punkto Klamottenlabel als auch von der Farbpalette her. Wanja trinkt Evian und striegelt mit der Hand permanent seinen borstigen Schädel. Er hat eine gesunde, rosige Gesichtsfarbe, man sieht sofort: Der Mensch kommt gerade aus dem Fitness-Studio. Er ist einen Meter neunzig groß, hat breite Schultern und Hände wie ein Fernfahrer, allerdings maniküt (ziemlich ekelhafte Kombination, finde ich). Ehrliche blaue Augen, vereinzelte Sommersprossen auf der Nase, volle Lippen, mit einem Wort: ein attraktiver Mann, der Traum jeder heiratsfähigen Frau. Wanja – übrigens derselbe Geburtsjahrgang wie ich – kam vor ungefähr zehn Jahren aus Saratow in die Heldenstadt Moskau, mit dreihundert Dollar in der Tasche und der Aussicht auf einen Platz im Studentenwohnheim. Vor drei Jahren begann seine erfolgreiche Karriere als Finanzfachmann bei einer Baufirma. Junggeselle. Kein übler Typ, nur ein bisschen spießig, was aber letztlich nicht weiter problematisch ist, zumal er in unserem Kreis der zahlungskräftigste ist. Außerdem fährt er auf Hip-Hop ab und ist ein göttlicher Rapper. Das ist die reine Wahrheit, sonst hätte ich ihn nicht vor einem Jahr in unser Moskauer-Schnee-Projekt geholt.

»Da sagst du was, Alter«, ächze ich und winke dem Kellner. »Mir reicht einfach die Zeit nicht. Ein Projekt jagt das nächste.«

»Ja, man versinkt geradezu in Ehrfurcht. Bist immer für deine Freunde da, und das bei deinem krachend vollen Terminkalender und deinem extrem stressigen Nachtleben«, bemerkt Anton, lässig in seinen Sessel gefläzt. »Nicht zu fassen. Und nur eine läppische Dreiviertelstunde zu spät«, fügt er mit eisigem Ton hinzu. »Wirklich, alle Achtung!« Er tut, als rede er mit dem Fenster.

Die Meute quittiert seine Bemerkung mit grölendem Gelächter.

»War das jetzt ein Witz, oder was? Machst du neuerdings auf Komiker, Alter?«

»Nee, das war bloß eine Feststellung«, gibt Anton seelenruhig zurück. »Als prinzipiell unorganisierter Mensch bin ich von Natur aus neidisch auf Leute wie dich. Du bist aufmerksam, pünktlich und zuverlässig, wann immer man dich braucht.«

Wieder grölen alle los. Endlich sieht Anton mich an.

»Ach, jetzt kapiere ich! Das ist ein kleiner Ausschnitt aus deinem neuen Drehbuch!«, rufe ich erleichtert. »Du hast endlich angefangen, ein Drehbuch zu schreiben!« Ich kneife das linke Auge zu und stoße den Zeigefinger in seine Richtung, wie es die Protagonisten in diesen idiotischen amerikanischen Sitcoms immer machen. »Ich bin zu spät gekommen und habe die Lesung des legendären Anton Panin gestört! Sorry, Alter, das wollte ich nicht!«

»Ich wusste, dass du mich verstehst.« Anton schnipst theatralisch mit den Fingern, dann schiebt er einen Krümel von seinem Revers. Er trägt ein braunes einreihiges Sakko, darunter ein weißes T-Shirt mit einem neckischen Bildchen: ein tief dekolletiertes Schneewittchen im Kreise lüstern grinsender Zwerge (wahrscheinlich Marke Eigenbau); dazu eine Cordhose im Farbton »Irish Setter« und kackbraune Loafer aus Wildleder. Abgerundet wird das Ganze von einer Plastik-Swatch-Uhr. Ein perfekt durchgestylter Bursche, keine Frage. Das ist er wahrscheinlich seinem beruflichen Status schuldig. Anton schreibt nämlich mit ein paar Typen zusammen Musik für Fernsehserien. In der Regel schreiben sie viel und verkaufen wenig. In diesem Jahr allerdings läuft ihre Musik in zwei verschiedenen Serien, und sie haben sogar ein ziemlich gutes Ranking. Er ist ein paar Jahre älter als wir, klein und dünn, mit ausgezehrtem Gesicht, riesigen grünen, permanent glühenden Augen und schulterlangen, strähnigen braunen Haaren. Weitere besondere Merkmale: feingeschliffenes Profil, Erfolg bei den Frauen, riesige Audiothek, unregelmäßiges Einkommen, Kontakt zu Internet-Outsidern. Und last but not least: Er hat immer gutes Gras im Haus und besitzt ein eigenes DJ-Mischpult. Mit einem Wort: ein kreativer Mensch. Anton macht auch die Musik für Moskauer Schnee.

»You got it, man!«, heult er und schnipst wieder mit den Fingern.

»Alles klar.« Ich winke ab. »Hört mal, Leute, ich hab heute auf der Straße eine Braut kennen gelernt! Das glaubt ihr nicht!« Zur Bekräftigung meiner Worte nehme ich die Brille ab. »Eine ganz frische, noch ganz schüchterne Studentin. Noch *völlig* unberührt von den Lastern der Großstadt! Ich würde sogar darauf wetten, dass sie ein waschechtes Provinzvögelchen ist. Also sowas ...« Jetzt fange *ich* an, mit den Fingern zu schnippen, aber man lässt mich nicht ausreden.

»Aha, in dem Fall ist deine Verspätung tatsächlich als geringfügig einzustufen«, höhnt Wanja und nuckelt wieder an seiner Wasserflasche. »Eine Dreiviertelstunde – fast nichts!«

»Sagt mal, wo sind wir hier eigentlich? Bei den Anonymen Alkoholikern? Wollt ihr mich in die Pfanne hauen?«

»Um dich geht es nicht. Es geht um Wowa«, bemerkt Anton ernst. »Seine Freundin hat ihn sitzenlassen.«

»Freitag«, bestätigt Wowa, der bisher noch kein Wort gesagt hat. Wowa nimmt ziemlich selten an unseren Treffen teil, und ich weiß sehr wenig über ihn. Aber er und Anton kennen sich von früher her. Ist ja eigentlich auch egal. Wowa sieht aus, als hätte man Steven Tylor von Aerosmith die Haare geschoren und ihn in einen hellgrauen Business-Anzug samt rosa Hemd gesteckt. Ungelogen, er sieht aus wie Tylor, das gleiche Froschmaul, der gleiche irre Blick, die gleichen schwarzen Haare. Fehlt nur die Stimme und die Drogenkarriere, dann wäre er perfekt. Aber Wowa kann weder singen noch Musik schreiben, noch gibt er Konzerte. Er hat irgendwas mit dem Verkauf von Süßkram zu tun. Soviel ich weiß, arbeitet er für die Firma Mars. Was gibt es noch über Wowa zu sagen? Freitags dackelt er für gewöhnlich in irgendwelche Klubs zum Tanzen, ab und an zieht er mal ein bisschen Koks. Allerdings geht es ihm dabei nicht darum, sich zu amüsieren, Gott bewahre! Seine Freitagabendtouren haben den einzigen Zweck, seine muffigen Klamotten auszuführen: seine altersmürben Bluejeans und apfelsinensaftorangenen Hemden, die er vor etlichen Jahren für kleines Geld auf einem geheimen Vorstadtwochenmarkt erstanden hat. Alles echte Markenklamotten! Die teuren Sachen sollen ja nicht verkommen. Sie sind zwar nicht mehr so richtig in Mode, aber immer noch kaum getragen! Wowa ist ein klassischer Vertreter der beliebten spätkapitalistischen Betriebsphilosophie, die da lautet: Wir arbeiten nicht nur schwer, wir können auch sehr lustig sein und richtig wild feiern – aber nur am Wochenende, damit wir am Montag wieder fleißig weiterarbeiten können. Das Koksen läuft bei ihm übrigens nach demselben System.

Ich sehe meine Kumpels der Reihe nach an und bin mir nicht sicher, ob es sich lohnt, mein tragisch mitfühlendes Gesicht aufzusetzen oder nicht. Für alle Fälle beschließe ich, die Lage erstmal ein wenig zu entschärfen.

»Und wie geht es dir jetzt, Wowa?«, frage ich also leutselig und klatsche ihm aufmunternd auf den Rücken. »Wie läuft's sonst?«

»Man lebt, so gut es geht«, antwortet er mechanisch.

»Na, das geht vorbei!«, behaupte ich und piekse nebenbei mit der Gabel ein paar Grenki von Wanjas Teller.

»Wie meinst du das?«, fragt Wowa und macht große Augen.

»He, Finger weg von meinem Teller!«, poltert Wanja und schlägt nach meiner Hand.

»Wollte nur mal probieren«, verteidige ich mich kauend. »Außerdem warte ich seit einer geschlagenen Viertelstunde auf die Kellnerin. Willst du, dass ich hier verhungere?«

»Ich habe mir extra Ceasar-Salat bestellt, mit gedünstetem Huhn, wegen meiner Diät!«, erklärt er beleidigt.

»Ich habe mir nur eins von den Eibroten gemopst, Alter! Dein kostbares Huhn habe ich nicht angerührt!«

»Nein?« Wanja schaut misstrauisch auf seinen Teller. »Dann ist's ja gut. Du kannst weiteressen.«

»Danke, sehr großzügig, aber ich habe das Gefühl, deine Grenki kommen mir gerade wieder hoch.« Ich beuge mich über seinen Teller und fange an zu würgen.

»He, Andrej, ich habe dich gefragt, was du damit meinst«, quengelt Wowa von der Seite.

»Was meine ich womit?«, frage ich irritiert. Was will der Idiot jetzt von mir?

»Du hast mich gerade gefragt, wie es mir geht, ich habe dir geantwortet, man lebt, so gut es geht, und du hast gesagt, das geht vorbei. Also, was meinst du damit?«

»Gar nichts meine ich damit! Was ist eigentlich mit euch los? Der eine hält endlose dämliche Monologe, der andere schaufelt unappetitliche Diätsalate in sich rein wie eine magersüchtige Bioschwuchtel und der dritte kriegt hysterische Anfälle! Was habt ihr bloß alle für Probleme? Lasst mich doch in Ruhe mit eurem öden Negativismus!«

»Wer kriegt hysterische Anfälle? Wer ist hier der Hysteriker?«, rufen Wanja und Anton wie aus einem Mund.

»Also gut, Leute!« Anton lehnt sich zurück und steckt sich wieder eine Zigarette an. »Wir haben alle unseren Spaß gehabt, jetzt reicht es. Andrej, Wowa ist beschissen drauf, merkst du das nicht? Seine Freundin hat ihn verlassen.«

»Super«, rufe ich. »Das heißt, du kannst dich jetzt richtig austoben und musst nicht mehr jede Nacht zu Hause antanzen, oder?«

Wanja und Anton sehen mich vorwurfsvoll an.

»Sie war nicht bloß meine Freundin, sondern meine Verlobte. Ich habe ihr letzten Monat einen Heiratsantrag gemacht.« Wowa nimmt einen tiefen Zug an seiner Zigarette und spült mit einem Schluck Wein nach. »Und am Freitag hat sie ihre Sachen gepackt und ist einfach gegangen.«

»Und warum?«, frage ich, aber Wowa ist so tief in seiner Erzählung versunken, dass er mich wohl nicht hört.

»Dabei habe ich alles für sie getan. Ich habe gerade eine zweiwöchige Reise nach Italien gebucht, ein Freund von mir ist nämlich Reiseveranstalter, der hat mir Rabatt gegeben. Ich habe eine Hypothek aufgenommen, habe meinen Eltern erzählt, dass ich vorhabe zu heiraten. Ich hab mich sogar schon nach einem Smoking umgesehen, Ringe angeguckt und so …« Wowa nickt nachdenklich und gießt sich das Glas wieder voll. »Ich verstehe nicht, woran es ihr fehlte! An Geld? Bitte schön! Hübsche Geschenke? Kein Problem, gerne! Restaurants, Klubs, Shopping und all das. Ich habe sogar jeden Sonntag mit Engelsgeduld ihre hohlköpfigen Freundinnen ertragen. Getrunken habe ich auch fast gar nicht. Und das hier« – er hält sich ein Nasenloch zu – »haben wir nur zusammen gemacht, zwei-, dreimal im Monat. Sie hatte alles, was sich eine Frau wünschen kann!«

»Vielleicht kommt sie ja zurück«, meint Wanja. »Man kennt das doch! ›Ich brauch einfach noch etwas Zeit, muss über alles nachdenken‹ und so weiter. Kann doch sein, oder?«

»Oder um zu kapieren, was sie aufs Spiel setzt«, echot Anton, an seinem Whisky nippend.

»Meine beruflichen Perspektiven sind ausgezeichnet.« Wowa leert sein Glas in einem Zug und greift sich die nächste Zigarette. »Höchstens zwei Jahre, dann bin ich Abteilungsleiter. Dumme Gans. Was will sie? Eine Ponderosa? Einen neureichen Yuppie mit dickem BMW? Ich habe ihr einen kleinen Toyota gekauft, auf Ratenzahlung, nebenbei bemerkt. Dieses Miststück. Diese Schlampe. Zwei Jahre waren wir zusammen. Sie hatte doch alles, Blumen, Geschenke ...«

Ehrlich gesagt, gehen mir Wowas Probleme am Arsch vorbei. Ich habe jedenfalls keine Lust, hier rumzuhocken und zu warten, bis er sich ausgeheult hat oder vollständig besoffen ist. Als mein Salat und mein Whisky kommen, bestellt Wowa noch eine Flasche Wein und verschwindet dann auf dem Lokus.

»Macht, was ihr wollt«, spreche ich in die Runde. »Ich geh mir jetzt Drogen kaufen. Lieber dröhne ich mich zu, als mir noch länger diesen Schmu anzuhören.«

»Sehr witzig«, bemerkt Anton melancholisch. »Du könntest besser die Barfrau für ihn angraben, sonst klebt er uns den Rest des Abends auf der Pelle.«

»Ich verstehe nicht, wieso er überhaupt hier ist.«

»Mann, der Junge hat Probleme, siehst du das nicht, du gefühlloser Klotz? Wir sind nun mal seine Freunde, also müssen wir jetzt auch für ihn da sein«, doziert Wanja.

»Ich bin nicht sein Freund«, korrigiere ich und setze die nächste Zigarette in Brand.

»Er hat mir echt das Hirn weichgelabert«, murmelt Anton schwach und starrt ins Leere. (Ich habe den Eindruck, er hat, seit ich hier bin, nicht einmal seine Sitzhaltung verändert.) »Muss ich mir das wirklich antun? Nein, Leute! Das muss ich nicht!«

»Super Sache!«, spotte ich und schaufele mir Hühnchen rein. »Wenn ich das richtig verstehe, habt ihr aus mir bisher unbekannten Motiven beschlossen, euch dem armen Wowa als lebender Ärmel zum Ausheulen zur Verfügung zu stellen. Okay, aber was hab ich damit zu tun? Für so einen Scheiß hab ich echt keine Zeit. Wir sollten lieber unsere eigenen Angelegenheiten bereden. Apropos: Ich habe heute ein geiles Video auf Youtube gesehen. Mit so einem Typen, bis zu den Ohren vollgepumpt mit Barbituraten, den die Bullen gerade aus seinem Auto ziehen. Habt ihr das gesehen? Ich hab das Teil sogar hier auf meinem Handy«, verkünde ich.

»Hast du das auch gesehen, Anton?«, gackert Wanja. Anton schüttelt den Kopf. Ich schiebe mein Telefon in die Mitte und spiele das Video ab. Offenbar haben die Bullen selber mit einem Handy gefilmt: Ein Typ steht mit regungslosem Gesicht neben seinem Auto. Er ist total von der Rolle, kann kaum noch richtig sprechen. Auf die Fragen der Bullen antwortet er mit piepsiger Stimme immer nur dasselbe: »Scheiße, ist das geil, Alter!« Die Bullen amüsieren sich köstlich und lassen spöttische Kommentare vom Stapel, und auf einmal scheint sich der Typ an seinen letzten Disco-Aufenthalt zu erinnern, er macht ein paar wacklige Tanzschritte vor und zurück, verdreht seinen Körper irgendwie gequält und schreit wie ein Irrer los: Opa-pa-pa-pa! Die Bullen gehen sofort darauf ein, klatschen in die Hände und feuern ihn an: Opa-pa-pa!, grölen sie und lachen sich tot. Wir liegen ebenfalls vor Lachen unter den Tischen. Dieser Junkie-Humor ist zwar völlig bescheuert, aber trotzdem irre komisch, finde ich.

»Apropos, gibt es irgendwelche Neuigkeiten aus dem Showbizz?«, fragt Anton, als wir uns wieder beruhigt haben.

»Ach, ich dachte, sowas lässt dich grundsätzlich kalt?«

»Komm schon, Andrej, zier dich nicht, erzähl schon!«

»Ich hatte heute ein Date mit Jora Petruschin von Zeppelin Productions. Er ist sehr interessiert. Man müsste den Klang noch verbessern und ein bisschen an den Texten feilen, aber prinzipiell ist er bereit, mit uns zusammenzuarbeiten.«

»Er ist schon seit einem Monat bereit, mit uns zusammenzuarbeiten, aber irgendwie kommt die Sache nicht vom Fleck.« Anton quatscht schon wieder mit dem Fenster.

»Ach ja?«, blaffe ich und schmeiße meine Gabel auf den Teller. »Vielleicht kümmerst du dich ja selber mal um unsere Platte, he? Vielleicht bewegst du deinen Arsch mal aus deinem beschissenen Sessel und klapperst selber die Labels und Produzenten ab und den ganzen Scheiß! Was hältst du davon?«

»Wozu brauchen wir einen Produzenten, wenn es das Internet gibt?«, antwortet dieser Arsch in seinem snobistischen melancholischen Ton. »Wir können es doch machen wie Katsch.«

»Dann kümmere dich doch um das Internet, wenn du so ein Schlaukopf bist!«, explodiere ich. »Oder mach gleich so eine Musik wie Katsch, dann hab ich auch keine Probleme, unser Zeug zu verkaufen!«

»Andrej, kümmere dich nicht um Anton. Ich gebe dir vollkommen recht.« Wanja reckt die Faust in die Höhe. »Und was ist mit dem Typen von Polygram?«

Bevor ich antworten kann, kommt Wowa zurück.

»Frag ihn jetzt bloß nicht«, flüstert Anton mir zu.

»He, Wowa, mit wem ist deine Braut eigentlich abgehauen?«, rufe ich ihm entgegen. Anton hält sich resignierend die Augen zu.

»Mit wem schon? Mit so einem blöden Affen ...« Wowa rollt grimmig mit den Augen. »Journalist nennt sich sowas. Billiger Zeilenschinder für irgendein Schmuddelblättchen. Ein Dreckschwein eben, wie alle Journalisten.«

»He, mal langsam, Alter. Falls du's vergessen hast, ich bin auch Journalist. Da gibt es feine Unterschiede! Es gibt Schweine und Nicht-Schweine.«

»Sag ich doch, ein Dreckschwein. Sie hat mir einen Zettel dagelassen: ›Du bist mir zu langweilig. Tut mir leid.‹ Diese Schlampe!« Wowa lässt die Faust auf den Tisch krachen.

»Bleib ruhig, Alter, bleib ganz ruhig!« Wanja fasst seinen Ellenbogen. »Es ist alles in Ordnung, reg dich nicht auf!«

»Ich hab immer schon gesagt, Frauen stehen auf Chaoten«, werfe ich ein. Diese Schnarchnase Wowa geht mir inzwischen extrem auf den Senkel. »Frauen brauchen Romantik, kapierst du? Die große Liebe, Leidenschaft, den Taumel der Triebe, den Ruch der Untreue und den ganzen Scheiß. Ein Büroklave hat nun mal nichts Romantisches. Du bist nicht interessant, weißt du? Du bist bloß zuverlässig.«

»Du verstehst das nicht. Weil du nämlich nie geliebt hast! Du kannst dich bloß über alles lustig machen. Aber ich habe Lera geliebt!« Ich habe den unbestimmten Eindruck, dass Wowa inzwischen ziemlich hinüber ist.

»Ich habe nie geliebt?«

»Kinder, seid nett zueinander, ja?«, mischt sich Wanja in

versöhnlichem Ton ein. Anton hingegen hat sich abgekoppelt und schreibt SMS.

»Was soll das heißen, ich liebe nicht? Im Gegenteil! Liebe ist mein Lebensinhalt! Wenn ich mit einer Frau was anfange, dann richtig, mein Bester! Dann kann ich nicht mehr schlafen, nicht mehr essen und alles. Wenn ich verknallt bin, dann bin ich richtig verknallt. Sogar wenn ...«

»Sogar wenn's mehrere Frauen sind«, quatscht Anton schlau dazwischen.

»Na und? Was spielt das für eine Rolle?« Ich zucke mit den Schultern.

»Jetzt geht das wieder los«, stöhnt Wanja, steht auf und verzieht sich.

»Was denn, du hast mehrere feste Beziehungen?« Wowa ist echt schockiert. Es klingt wie: Du hast Oralsex mit Igeln?

»Er hat zwei«, präzisiert Anton. »Eine Geschäftstussi und ein Model aus der Werbung. Er versucht sich halt in unterschiedlichen Metiers. Stimmt's, Mirkin? Oder wie soll man das nennen?«

»O Mann! Echt? Und geht das schon lange?« Wowa schickt sich an, Wein in mein Whiskyglas zu gießen.

»Ein knappes halbes Jahr. Zwei feste und diverse Gelegenheitsbeziehungen. Davor waren's drei, aber das macht keinen großen Unterschied. Zwei oder drei oder vier.« Ich dirigiere den Flaschenhals über sein eigenes Glas.

»Du willst mich verarschen«, lallt Wowa ungläubig.

»Klar, logisch. Ich verarsche dich, verschaukle dich, nehme dich auf den Arm, was du willst.«

»Quatscht ihr immer noch über Liebe?«, erkundigt sich Wanja, der vom Klo zurückkommt.

»Ey, das musst du mal peilen, der Typ lebt seit einem halben Jahr mit zwei Frauen gleichzeitig zusammen!«, orgelt Wowa und haut ihm auf die Schultern.

»Ich bin im Bilde. Und, noch immer nicht aufgeflogen? Fantastisch! Sag mal, Anton, hab ich dir eigentlich erzählt, dass ich ihn hier mal im Gudman getroffen habe, mit dieser Dings, wie heißt sie noch?«

»Mit Lena«, grinse ich.

»Lena, genau. Er sitzt da in seinem feinen Zwirn mit teuren Manschettenknöpfen, süffelt Wein und macht auf Manager, schwadroniert mit ihr über Big Business und so weiter. Ich wollte mit ein paar Kollegen essen gehen, und auf einmal treffe ich ihn. Ich hab ihn erst gar nicht erkannt. Als was hast du mich ihr noch mal vorgestellt? Für welche Supermarktkette sollte ich als Objektbauer arbeiten?«

»Für Wal-Mart, Alter. Ich habe ihr erzählt, dass ich für Wal-Mart arbeite.«

»Aber die sind doch hier noch gar nicht vertreten!«

»Aber bald. Steht doch in allen Zeitungen. Zweimal im Monat kannst du das nachlesen.«

»Du bist echt ein Filou!«, bemerkt Wanja.

»Und ich hab mit ihm letztes Wochenende im ›Dach‹ rumgehangen, zusammen mit dieser notgeilen Nymphomanin Rita Reschetnikowa«, lästert Anton, ohne den Blick von seinem Handy-Display zu nehmen.

»Woher weißt du denn, dass sie Nymphomanin ist?«, kichere ich. »Hat sie dir das geflüstert?«

»Nur eine Vermutung. Aber wo wir schon mal dabei sind: Erklär mir doch bitte mal, warum ihr eigentlich bei jeder Party unbedingt auf dem Klo vögeln müsst? Ich finde das zwanghaft. Glaubt sie, das gehöre sich nun mal so für ein Top-Model? Oder hast du ihr eingeredet, jeder Promoter, der was auf sich hält, mache das so? Ach, übrigens, von welchem Klub hast du ihr damals erzählt? Ich meine, wo man dich angeblich als Teilhaber wollte? Das Paradies?«

»Erdöl, Anton, Erdöl heißt der Club. Und vergiss nicht,

wenn du uns nochmal zusammen treffen solltest, mir diesbezüglich den Rücken zu stärken.« Ich finde die ganze Situation inzwischen extrem erheiternd. Die anderen lachen sich auch schon schlapp. Nur Wowa hockt da und macht ein dummes Gesicht.

»Aber ... wie kriegst du das bloß hin?«, blubbert er fassungslos. Er hat jetzt den Schluckauf.

»An unserem Andrej ist eben ein Schauspieler verloren gegangen«, bemerkt Anton trocken.

»Ach was, Frauen sind von Natur aus glutgläubig, deshalb merken sie nicht, dass dieser Clown sein ganzes Repertoire an heißen Liebesschwüren bloß auswendig runterleiert.«

»Es hängt eben alles davon ab, wie man sich positioniert«, fasse ich zusammen. »Und jetzt hört auf, meine Mädels schlechtzumachen. Meine Lena, zum Beispiel, hat immerhin Wirtschaft studiert, und Rita ... äh, Rita hat ein gutes Portfolio.« Vom Lachen tut mir langsam schon der Bauch weh.

»Und hast du keine Angst, dass sie dir eines Tages auf die Schliche kommen?« Wowa kneift schlau ein Auge zu. Das heißt, möglicherweise ist er auch nur zu besoffen, um scharf gucken zu können.

Ich winke müde ab. »Du kapierst wirklich null. Die wollen mir gar nicht auf die Schliche kommen. Du machst einen großen Fehler, Wowa, weil sich in deinem Hirn eine muffige Mittelstandsmoral festgesetzt hat. Das ist so eine Art Virus, den du dir mal eingefangen hast und den du jetzt nicht mehr loswirst. Frauen interessieren sich nicht für die Wahrheit, verstehst du? Sie brauchen Fantasie! Frauen haben eine große Leidenschaft für die unwahrscheinlichsten, fantastischsten Geschichten. Lena, zum Beispiel, möchte gern einen jungen, sympathischen Manager heiraten und mit ihm zusammen nach Amerika auswandern. Und? Ich gebe ihr diesen Traum. Und Rita will mit einem renommierten Promoter ins Bett – bitte sehr! Kein Problem! Sie wollen Spiel und Leidenschaft. Ich spiele leidenschaftlich, Alter, ganz ehrlich. Ich bin ein leidenschaftlicher Spieler. Und ein leidenschaftlicher Liebhaber darf alle möglichen Hobbys haben, eine eigene Hip-Hop-Band, eine eigene Kolumne im *Beobachter* und so weiter. Ich bin das, was die Leute in mir sehen wollen, aber wer ich wirklich bin, das weiß nur ich allein.« Wow! Das klingt wirklich gut. Muss ich mir merken. »Außerdem bin ich nicht irgendein x-beliebiger Journalist, nein! Ich habe Talent!« Zur Bekräftigung dieser Behauptung, respektive Feststellung, hebe ich den Zeigefinger. »Deine Freundin ist mit einem Journalisten durchgebrannt, deshalb verzeihe ich dir deine Ausfälligkeiten gegen unsere Gilde.«

»Sie war meine Verlobte, nicht meine Freundin«, kläfft Wowa zurück.

»Egal. Das spielt keine Rolle. Du hättest mit ihr spielen sollen. Zum Beispiel hättest du ihr erzählen können, du schreibst an einem Buch, du bist nicht bloß ein banaler Manager, sondern auch Schriftsteller. Das hätte sie echt angemacht, verstehst du? Sowas braucht sie. Und wer weiß, vielleicht hättest du ja auf einmal wirklich angefangen, ein Buch zu schreiben. Warum nicht, es gibt Dümmere als du, die Bücher schreiben.« Ich klopfe ihm auf die Schulter. Alle lachen. Aus den Augenwinkeln bemerke ich, wie sich zwei Frauen an einem Tisch in der Nähe des Eingangs niederlassen. Die beiden sind flüchtige Bekannte von mir, die eine heißt Nastja, die andere ... tja, keine Ahnung, eine typische Braut Marke »keine Ahnung, woher ich die kenne.« Jedenfalls, der Art nach zu urteilen, wie die beiden sich im Restaurant umschauen, sind sie gerade intensiv auf Männersuche.

»Spielen!«, kräht Wowa neben mir verächtlich. »Du hast

gut reden! Du wohnst mit deinen beiden Weibern ja nicht unter einem Dach!«

»Na und? Du wohnst jetzt mit gar keinem Weib mehr unter einem Dach. Also probier's aus! Die Welt steht dir offen!« Und jetzt geh ich aufs Klo, ich muss mein Hirn entschlacken.

»Und wenn dich die eine mal zusammen mit der anderen erwischt?« Wowa lässt wirklich nicht locker.

»Es hängt alles von der richtigen Wahl der Lokalitäten ab, Wowa. Zum Beispiel trifft man sich mit der einen grundsätzlich nur im Restaurant, und mit der anderen zieht man durch die Klubs und Kneipen. Außerdem habe ich einen siebten Sinn für Gefahr. Das ist nämlich mein zweiter Name: Andrej-der-die-Gefahr-riecht-Mirkin. Noch nicht gehört?«

Als ich von der Toilette zurückkomme, stelle ich fest, dass die Party in den letzten Zügen liegt. Wowa sitzt da, den Kopf auf die Hände gestützt und jammert leise vor sich hin. Wanja telefoniert.

»Du bist nicht der Erste und nicht der Letzte, mein Freund«, labert Anton in Wowas verschwitzten Kragen. »Es hat keinen Sinn, sich von seinen Problemen auffressen zu lassen. Entspann dich. Geh mal ins Kino oder tanzen.«

»Ich will aber nicht ... Dieses Luder! Scheiße ... Das Schlimmste ist, dass ich es meinen Eltern schon erzählt habe, verstehst du? Und die Ringe habe ich auch schon ausgesucht.« Wowa fängt wieder an zu greinen. Er ist längst jenseits von Gut und Böse. Anton sieht mich flehend an. Ich kapiere, dass wir Wowa schleunigst loswerden müssen, sonst haben wir den Rest des Abends damit zu tun, uns sein ödes Gejammer anzuhören, und am Ende müssen wir seine Alkoholleiche nach Hause transportieren.

»Sag mal, Wowa, stimmt das eigentlich, dass es bei euch in der Firma eine innerbetriebliche Anweisung gibt, jeder Mitarbeiter, der direkten Kundenkontakt hat, müsse immer eine angebissene Tafel Schokolade auf dem Schreibtisch liegen haben?« Das ist natürlich kompletter Schwachsinn, aber wenn man einen volltrunkenen Bürohengst in eine andere Richtung lenken will, bringt man am besten das Thema auf seinen Arbeitsplatz. Wowas Augen leuchten auch sofort auf. Ich hab ihn am Haken.

»Eine angebissene Tafel? Das gab es wohl mal, früher ... Aber jetzt nicht mehr, nee. Vielleicht in der Anfangsphase unserer Firma ... Damit sich die Mitarbeiter stärker mit unseren Produkten identifizieren ...« Sein Blick verschwimmt schon wieder.

»Super Psychologie, Alter, echt Spitze. Ihr verkauft doch auch Hundefutter, oder?«

»Hundefutter, Katzenfutter, Wein auch ... Alles, was du willst!« Wowa fängt vor Begeisterung an zu gestikulieren und schmeißt sein Weinglas um.

»Relax, take it eeeeeasy«, singt Mika aus den Boxen. Wanja brummelt den Takt dazu ins Telefon.

»Und müssen dann die entsprechenden Mitarbeiter immer eine offene Dose Hundefutter auf dem Schreibtisch haben?«

»Mann, das weiß ich doch nicht!« Mein Humor ist offenbar zu subtil für Wowa. »He, Wanja, was soll die Telefoniererei, kümmer dich lieber um deine Kameraden!«

Au Backe, denke ich. Jetzt sind wir schon bei den Kameraden angelangt. Wie lange wird es jetzt noch dauern? Zehn Minuten? Fünfzehn Minuten?

»Was ist, zischen wir los?«, mischt sich Wanja ein. »Zahlen wir?«

Aber da startet Wowa auch schon durch. Er hat keine zehn Minuten gebraucht.

»Quatsch, jetzt fahren wir in 'ne Karaoke-Bar!«, kräht er. »Wir nehmen uns einen Tisch und dann wird ein Stündchen gesungen! Na, Jungs, was haltet ihr davon? Auf geht's!«

»Danke für den wunderschönen Abend«, flüstere ich Anton zu.

»Was kann ich denn dafür? Hab ich ihn etwa abgefüllt?«

»Du hast etwas viel Schlimmeres gemacht: Du hast mich hierhergelockt.«

»Leck mich am Arsch, ich weiß selber nicht, wie ich heil hier rauskommen soll! Vielleicht fällt dir ja was ein, wie wir ihn loswerden. Du bist doch so ein Schlaumeier.«

»Ey, was gibt's da zu flüstern?«, lallt Wowa zu uns herüber. »Auf geht's, ich übernehme die Rechnung! Jetzt fängt das fröhliche Junggesellenleben an!« Er gackert albern und schwenkt die Hand in der Luft. »Kellner, zahlen!«

»Hör mal, Wowa, heute lieber nicht, ja?« Anton unternimmt einen zaghaften Versuch, die Katastrophe abzuwenden.

»Ich habe morgen um neun einen wichtigen Termin, ich kann heute auf keinen Fall!« erklärt Wanja kategorisch.

Es ist offensichtlich, dass keiner von diesen Jammerlappen die verfahrene Situation retten kann, also ergreife ich gezwungenermaßen die Initiative. Ich verfüge mich an den Tisch der beiden Mädchen. Sie trinken Champagner, essen Sashimi und scannen den Raum ab.

»Hallo, Mädels, wie läuft's? Lange nicht gesehen!« Wir geben Küsschen. »Nastja, du hast so traurige Augen, du machst mir direkt Sorgen!«

»Mir ist bloß langweilig, Andrej, todlangweilig«, stöhnt sie. »Mascha geht's genauso. Wir trinken unseren Champagner aus und verschwinden.«

»Klingt gar nicht gut«, konstatiere ich. »Verzwickte Lage.«

»Hast du einen Vorschlag?« Nastja nippt an ihrem Glas und sieht mich fragend an. »Ist das deine Runde, da drüben?«

»Ja, ja. Nicht weiter aufregend. Wir führen das Söhnchen

von so einem Oligarchen ein bisschen Gassi. (Aber das bleibt unter uns, okay?) Er will in eine Karaoke-Bar, aber wir haben keine Lust, wir wollen nach Hause, ins Bett.« Ich mache eine verzagte Miene. »Morgen früh wartet schon wieder das triste Arbeitsleben auf uns.«

»Bei euch ist es auch nicht lustiger, wie ich sehe. Die Stadt muss ja wirklich am Ende sein, wenn sogar du um diese Uhrzeit schon nach Hause willst.«

»Und was ist mit eurem Oligarchen-Söhnchen?«, erkundigt sich Mascha, schon erheblich munterer.

»Mit dem Oligarchen-Söhnchen?« Ich grunze. »Der zermartert sich schon die ganze Zeit sein zartes Hirn, wie er an euch rankommt.«

»Der ist doch voll wie eine Haubitze«, sagt Nastja skeptisch. »Von dem ist bestimmt nichts mehr zu erwarten.«

»Nichts mehr zu erwarten? Mein Häschen, ich bitte dich! Ich bin sicher, der junge Mann würde euch eure bittere Einsamkeit versüßen!«

»Und wie soll er das machen?« Bei Mascha klemmt der Groschen.

»Indem er eure Rechnung zahlt. Oder euch in ein anderes nettes Lokal einlädt.«

»Ich hab heute keine Lust mehr, ich will nach Hause.« Nastja macht eine müde Grimasse, aber Mascha ist neugierig geworden. Sie schnipst mit dem Fingernagel gegen ihr Weinglas. »Und sag mal, Andrej, wie ist dieser Typ? Ist der in Ordnung? Kennst du den schon länger?«

»O Gott, schon ewig, mindestens zehn Jahre. Und was heißt in Ordnung? Er hat sich letzten Freitag von seiner Frau getrennt und überlegt jetzt, seiner Ex die Wohnung seines Vaters an der Komsomolskaja zu überlassen und selber in sein Haus in Istra zu ziehen. Will ein Mensch, der halbwegs in Ordnung ist, in Istra wohnen? Ich bitte dich!«

Maschas Augen fangen an zu leuchten. Nastja blickt erst zu Wowa hinüber, dann sieht sie mich an.

»Also, im Prinzip können wir ja noch auf ein Gläschen bleiben, was meinst du, Mascha?«

»Im Prinzip ...«

»Also los, bring ihn schon her, deinen Junggesellen«, schmunzelt Nastja.

»Und du bist sicher, dass du schon nach Hause willst?«, fragt Nastja mich, während sie sich unter dem Kleid den BH richtet.

»Leider, leider, mein Häschen. Zu meinem größten Bedauern!« Ich lege die Hand aufs Herz, verneige mich theatralisch – und sause zurück an unseren Tisch. Dort ist eine hitzige Diskussion bezüglich der überraschend eingetroffenen Rechnung im Gange. Wowa besteht auf Fortsetzung der Feierlichkeiten.

Ich stelle mich hinter ihn und lege ihm die Hände auf die Schultern.

»Pass auf Alter, dreh dich jetzt nicht um«, raune ich ihm zu. »Ich habe gerade mit zwei super Bräuten gequatscht. Nicht umdrehen, habe ich gesagt!« Natürlich versucht er genau das, aber ich halte ihn an beiden Schultern fest.

»Was ... Was denn für Bräute?«, lallt er. Anton und Wanja schauen mich mit neu aufkeimender Hoffnung an.

»Gutaussehende Bräute, Wowa, sehr gut aussehend sogar. Vor allem die eine hat ein Auge auf dich geworfen. Die zweite, glaube ich, ist auch nicht abgeneigt. Also los, ich stelle dich den beiden vor.«

»Ich weiß nicht«, quengelt Wowa und sackt in seinem Stuhl zusammen wie ein halbleerer Kartoffelsack. »Ich bin eigentlich nicht in Form ... Verarschst du mich auch nicht, meinst du das ernst?«

»Komm schon, Wowa, jetzt zier dich nicht! Du bist doch

ein lebendiger Mensch, und kein Bürostuhl. Los, ab!«, kommandiere ich.

»Das sind echt zwei scharfe Miezen, Wowa!«, leistet mir Wanja Schützenhilfe von links. »Ich hab sie von hier aus gut im Blick.«

»Die eine ist Buchhalterin bei Nestlé, die kenne ich!«, sekundiert Anton von rechts.

»Wowa, das ist deine Chance! Das Schicksal will dich für das schäbige Verhalten deiner Ex entschädigen. Diese Chance darfst du dir nicht entgehen lassen, Wowa! Das wäre eine Sünde! Tu es zum Wohle deines Landes!«

»Wieso denn zum Wohle meines Landes?« Endlich schafft er es, sich umzudrehen. »Was hat mein Land damit zu tun?«

»Das sagt man so.« Ehe er sich anders besinnen kann, greife ich ihn unter den Achseln und stelle ihn auf die Beine. Er steigt in sein Jackett und schlurft mit unsicheren Schritten hinter mir her.

Bei den Mädchen angelangt, stelle ich vor:

»Dies ist mein furchtbar trauriger, furchtbar charmanter Freund, meine verehrten Damen. Darf ich vorstellen: Wowa. Er leidet ebenfalls an akuter Melancholie.«

Die Mädchen lachen.

»Und warum sind Sie so melancholisch, Wowa?«, fragt Mascha.

»Ist doch egal! Trinken wir etwas gegen die Melancholie!«, ergreift Nastja die Initiative.

»Und dann ab in die Karaoke-Bar!«, röhrt dieser besoffene Ochse los. Ich sehe meinen wunderbaren Plan schon den Bach runtergehen, da rettet Mascha unverhofft die Lage.

»Ja, warum nicht? Ich für meinen Teil singe schrecklich gern!« Klar. Wahrscheinlich wäre sie sogar bereit, mit unserem Oligarchen-Söhnchen in einen Spielsalon zu gehen.

»Wohin gehen wir? Ins Krik? Oder ins Tschippolino?«

»Bravo!«, rufe ich und klatsche Beifall. »Also, Freunde, dann mach ich mich mal auf den Weg. Ich will euch nicht weiter stören …«

»Komm doch mit!«, orgelt Wowa aufgekratzt.

»Nein, nein, nein. Geht leider echt nicht, sorry!«

»Dann mach's gut, Alter!« Wowa steht auf, umarmt mich und küsst mich auf beide Wangen. »Wir sehen uns morgen! Die Rechnung kannst du mir bringen lassen!«

»Kein Problem, Alter!« Ich befreie mich aus seiner Umarmung, werfe den Mädchen hinter seinem Rücken ein paar Kusshände zu und begebe mich an unseren Tisch.

»Wie hast du das denn jetzt hingekriegt?«, staunt Anton.

»Es kommt eben immer drauf an, wie man sich positioniert!«, doziere ich und trinke meinen Whisky aus. »Los, ruft die Kellnerin, sie soll die Rechnung für unser Kaffeekränzchen diesem Kretin präsentieren.«

Wanja applaudiert mir lautlos, aber mit Emphase, und Anton reckt mir zwei gespreizte Finger entgegen. Im Hintergrund läuft »Smalltown Boy«:

*Run away.*
*Run away.*
*Run away.*
*Run away.*

Ich stelle mein leeres Glas auf den Tisch.

»Los, weg hier, bevor sie es sich anders überlegen.«

# DER ORGANIZER

Ich habe mir ein neues Moleskine gekauft. Nicht weil mein altes voll wäre, sondern weil es mir zum Hals heraushängt. Lauter Namen und Telefonnummern, mit denen ich nichts anfangen kann, ein Wirrwarr von Notizen und Ziffern … Außerdem ist das Ding inzwischen ziemlich abgegriffen. Ursprünglich habe ich es gekauft, um Notizen für mein geplantes Buch über das Moskauer Nachtleben reinzuschreiben. Das neue ist für meine Songtexte bestimmt.

Ich schlage die erste Seite auf. In die Zeile »In case of loss, please, return to« schreibe ich »Manuskripte brennen! Andrej Mirkins Notizbuch«. Es folgen Telefonnummer, Anschrift, E-Mail-Adresse und die Adresse meines Internet-Blogs im Live-Journal: www.mirkin.livejournal.com. Dann betrachte ich mein Werk. Alles da, würde ich sagen. In die Zeile »as a reward $____« wollte ich eigentlich »1000« eintragen, aber dann lasse ich eine Null weg. Genau genommen sind mir auch die hundert Mäuse schon zu schade. Außerdem verliere ich sowieso nie etwas. Bloß diesen Pullover … Verdammt, echt!

Reden wir nicht davon.

Am anderen Morgen sitze ich zuhause im Sessel, die Beine im Schneidersitz, trinke Nescafé und notiere meinen Tagesplan ins Moleskine.

11.00 (?) Restaurant-Rating abfassen/Schitikow anrufen, wegen unseres Auftritts bei der Fete
  12.00 Fotos bei Marina abholen (Mastercard – Cash)
  13.00 Rita/Anton anrufen wegen Samstag
  15.00 Treffen mit Issajew im »Fenster«/mit Rita zusammenlegen, Mittagessen
  16.30 Redaktion. Fotos abgeben, Untertitel schreiben/ das Arschloch von Polygram anrufen/Einladungen durchsehen, Abendplanung abklären/Lena anrufen/Katja anrufen (???)/Abrechnung an die Buchhaltung(??)
  17.30 Interview mit Bucharow
  19.00 zu Petruschin(??)/ins Bosko/Sawinskaja/Solarium(?)
  oder
  19.00 Abendessen (mit wem?)
  Abend: Irgendeine Fete (s. oben 16.30)

Ziemlich viel Holz für einen einzelnen Tag. Mir ist sowieso schon aufgefallen, dass ich in der letzten Zeit terminlich extrem beansprucht bin. Wahrscheinlich lasse ich mir viel zu viele Projekte aufdrücken. Am schlimmsten ist aber die Tatsache, dass alles permanent verlegt, verschoben, umdisponiert und neu terminiert wird. Man ist ständig dabei, seinen Terminkalender umzuschreiben. Kein Mensch hält sich an seine Verabredungen. Irgendwie alles kompliziert, verstehen Sie? Da kannst du selber perfekt durchorganisiert sein, diese Büroasseln geben dir einfach keine Chance, deine Arbeit termingerecht zu erledigen. Richtig arbeiten kann man eigentlich nur mit kreativen Leuten. Wir sind einfach anders gepolt, verstehen Sie? Wir Kreativen atmen im gleichen Rhythmus, schwimmen im selben Strom, verständigen uns blind. Äh, Mist, das klingt jetzt irgendwie schräg. Wahrscheinlich bin ich ein wenig nervös wegen dieses Anrufs. Ich muss schleunigst wieder ein bisschen runterkommen. Also krame ich mein Handy raus, um ein kleines Spielchen zu machen. Das ist eine Marotte von mir, so eine Art persönliches Orakel. Vor allen wichtigen Unternehmungen spiele ich eine Partie Solitär. Geht das Spiel auf, geht alles gut, geht es nicht auf, geht's später gut. Das haut sogar ziemlich oft hin. Und wenn nicht, habe ich wenigstens meine Nerven beruhigt. Aber bevor ich diesmal die erste Taste drücken kann, brummt das Ding los wie ein überdimensionaler Maikäfer und auf dem Display erscheint »Marinafoto«. Wie spät haben wir es? Schon nach elf? Verdammt!

»Marina, ich bin schon in der Tür«, lüge ich drauflos. »Ich nehme mir ein Taxi und bin gleich bei dir. Hast du schon Sehnsucht?«

»Mirkin, willst du mich verarschen? Es ist Viertel vor zwölf, und du hängst immer noch zu Hause rum? Um halb eins muss ich hier weg, und ich denke gar nicht daran, auf dich zu warten. Hast du mich verstanden?«

»Was denn, du musst weg? Wieso denn? Wohin denn? Davon hast du mir ja gar nichts gesagt!« Wenn es darauf ankommt, kann ich vorzüglich den Volltrottel mimen.

»Mirkin, wohin ich gehe und was ich mache, geht dich einen feuchten Dunst an. Du wolltest um zwölf hier sein. Jetzt ist es Viertel vor und du bist noch nicht einmal losgefahren!«

»Hör mal, Marina, mir ist etwas Wichtiges dazwischengekommen. Vielleicht verlegen wir die Sache auf heute Nachmittag? Oder meinetwegen auf den Abend, wie's dir besser passt!«

»Also ruf mich um drei nochmal an, dann sehen wir weiter«, brummt sie missmutig.

»Marina, ich bete dich an!«

»Was bist du bloß für ein Chaot«, knurrt sie und schaltet ab.

Schon zehn vor zwölf! Unglaublich, wie die Zeit vergeht, was? Ja, das ist der Rhythmus der Großstadt! Also nochmal... Marina verlegen wir auf drei. Um halb fünf wollte ich die Fotos in der Redaktion abgeben, daraus wird jetzt nichts. Später geht's auch nicht, da ist das Interview mit Bucharow. Und extra ins Büro fahren, nur um die Abrechnungen abzugeben und die Einladungen zu checken, das ist auch Quatsch. Also *streiche* ich in meinem Terminplan die Punkte »Marina« und »Redaktion« ganz. Geil! Das schafft Raum. Kennen Sie dieses Gefühl? Ein einfacher Strich und man fühlt sich, als hätte man die Sache schon erledigt.

Jetzt bloß noch das Restaurant-Rating zusammenschmieren, noch einen Kaffee einfüllen und dann ab zu Rita. Die erste Hälfte des Tages ist so gut wie geschafft. Was mir an meinem Beruf gefällt, das ist die Flexibilität. Aber ehrlich gesagt, mag ich meinen Beruf sowieso.

Beginnen wir mit einer Definition. Ein Journalist – was ist das? Auf meiner Visitenkarte steht »Glamour-Manager«, wie bereits bemerkt, aber ich würde den Begriff erheblich weiter fassen. Ich verstehe mich als einen »Provider of Spirits«. Für unsere Konsumenten sind wir Träger sakralen Wissens. Wir entwickeln und vermitteln Trends und Leitbegriffe, wir geben ihnen Richtwerte und verkürzen ihnen die Zeit, die sie ansonsten mit der Lösung lästiger Fragen verschwenden würden: wofür sie ihr Geld ausgeben sollen, wohin sie ausgehen und wo sie essen sollen, was sie anziehen sollen und so weiter. Wir bereichern ihren Wortschatz und ihren intellektuellen Fundus mit ständig frischen Ausdrücken und Redewendungen. Die allermeisten Vertreter der Moskauer Schickiszene, mögen sie auch fast durchweg im Umkreis der Rubljowskoje-Chaussee residieren, sind wegen mangelhafter Bildung oder progressiver Verkümmerung ihrer Hirnrinde durch Nichtverwendung außerstande, eigene Gedanken zu formulieren. Folglich obliegt es uns, den Lifestyle-Chronisten dieser Epoche der primären Akkumulation des Kapitals, für sie zu sprechen. Ihr Wortschatz stammt aus unseren Artikeln, ihre Schimpfwörter aus unseren scharfzüngigen Kolumnen, und noch der hinterletzte Witz, den sie feucht-fröhlich weitererzählen, stammt von uns. Wenn dieser gesellschaftliche Regress sich weiter fortsetzt, werden sie eines Tages gezwungen sein, permanent einen Stapel aktueller Glamour-Magazine mit sich herumzuschleppen, damit sie antworten können, wenn man sie nach ihrer Meinung fragt; oder sie benutzen gleich ihr Notebook und fischen mit dem Finger auf dem Touchscreen die für die jeweilige Diskussion erforderlichen Argumente heraus. Für diese Leute sind wir wie Götter, sie verehren uns mehr als die alten Heiden ihre hölzernen Götzen.

Genauso ist es! Wir sind die Avantgarde des Glamour, die intellektuellen Götter der Moderne!

Na gut ... Was wollte ich sagen ... Irgendwie habe ich mich mal wieder reingesteigert.

Ich schalte mein Notebook an und öffne die Datei mit dem Restaurant-Rating der vergangenen Woche. Mal sehen, was haben wir denn da Schönes ... Zuerst die üblichen Verdächtigen, das GQ, die Cantinetta Antinori, das Turandot. Nowikow, Delos und der Restaurant-Trust haben inzwischen noch nichts Neues aufgemacht. Also lassen wir die Plätze eins bis fünf erstmal, wie sie waren. Dann ein paar Sommerlokale, das Hiatt, die Veranda und so, das ist auch in Ordnung. Was weiter? Das Puschkin schmeiße ich raus, das ist jetzt schon die zehnte Woche am Stück im Rating, das reicht. Das Fenster wird ebenfalls gecancelt, ich habe ihm eine Woche versprochen, die ist rum. Das Kanane bildet das Schlusslicht. (Die wollten mir tatsächlich keinen Rabatt geben! Nach dem Motto: Wir sind total angesagt! Wir sind total angesagt! Ja, ja. Nächstes Mal jage ich sie zum Teufel und schicke ihnen einen gepfefferten Kommentar hinterher.) So weit, so gut. Natürlich alles im Dienste und zum Wohle der Gäste! Jetzt die Kommentare ...

Über Restaurants zu schreiben ist ganz einfach. (Mal davon abgesehen, dass Restaurantkritiker nichts von Kritik halten.) Wenn man den Elaboraten dieser Spezies glaubt, gibt es in ganz Moskau kein Restaurant, das nicht mindestens drei Michelin-Sterne verdiente, und hinter jedem Suppentopf steht bei uns ein Alain Ducasse. Selbst das schlichteste Tellergericht verwandelt sich unter den genialen Händen unserer russischen Chefköche in ein neues, nie gesehenes Wunderwerk der Kochkunst, und die Weinkarten sind so unerreicht und unerreichbar, dass die westeuropäischen Kollegen die Korken, die unsere göttlichen Sommeliers aus den Flaschen ziehen, wie Reliquien nach Hause tragen und in Schreinen heimlich anbeten. Über die Schöpfer der hinreißenden Interieurs russischer Restaurants erübrigt sich ohnehin jedes Wort. Das sind Wesen von solcher Genialität und bezwingender Schöpferkraft, dass sie jemanden wie Philippe Starck nicht einmal als Anstreicher beschäftigen würden. Stattdessen stellen sie lieber ein paar moldawische Ziegenhirten ein.

Die Wirklichkeit sieht allerdings ein wenig anders aus. Der Guide Michelin führt bisher nicht ein einziges russisches Restaurant, auf seiner kulinarischen Landkarte liegt Russland irgendwo in der Antarktis. Zwar steht außer Zweifel, dass es auch in Moskau den ein oder anderen talentierten oder sogar genialen Koch gibt. Das Problem ist nur, dass diese Leuchten der russischen Gastronomie durchweg Italiener, Spanier oder Japaner sind. Und unter den groben Händen der kulinarischen Elite unseres Landes verwandelt sich selbst das einfachste Tellergericht auf grauenerregende

Weise in eine Substanz, die wahre Gaumenschmerzen verursachen kann. Man muss immer wieder staunen, wie es möglich ist, ganz gewöhnliche Lebensmittel dermaßen gründlich zu verderben. Wenn ich etwa an den gegrillten Lachs denke, den ich neulich…

Aber egal! Die meisten Leute lesen eine Restaurantkritik sowieso nur aus zwei Gründen: erstens, um die Anschrift eines Restaurants zu erfahren, und zweitens, um sich über seine Preispolitik zu informieren. Es ist die traurige Wahrheit: Kein Mensch interessiert sich dafür, was der Chefkoch des Restaurants X mit einer Hirschlende anstellt oder welche Weine der Sommelier des Restaurants Y neu auf seine Karte gesetzt hat. All diese wundervoll klangvollen Menü-Bezeichnungen auf den Speisekarten – wie »Concassée«, »göttliches Krevetten-Tempura«, »luftige Lobster Bisque« oder »zauberhaftes Dessert aus wilden Birnen« – interessieren letztlich niemanden auch nur die Bohne. Denn Tatsache ist: Der Moskauer geht ins Restaurant, nicht um zu essen, sondern um sich sehen zu lassen.

Das ist es, was man wissen muss, wenn man sich als Restaurantkritiker versucht. Hat man das erst mal kapiert, läuft alles wie am Schnürchen. Ein Beispiel: Sie möchten einen Überblick über die zurzeit aktuellen Restaurants schreiben. An erster Stelle stehen, wie sich von selber versteht, die *bestellten* Artikel respektive Besprechungen. Denn diese sind Ihr täglich Brot (beziehungsweise Ihr täglich Whisky). Dann folgen die Besprechungen der Lokale, die Ihnen einen anständigen Rabatt einräumen, beziehungsweise einräumen sollen, das heißt, kurz gesagt, alle Restaurants, die sich innerhalb des Gartenrings befinden.

Also, man fängt damit an, dass man die Küche der betreffenden Etablissements über den grünen Klee lobt und zwar mit Hilfe der oben angeführten Epitheta. Alle Restaurantkritiker bedienen sich dieses Repertoires und niemand denkt eine Sekunde daran, irgendjemanden des Plagiats zu beschuldigen. Falls Sie sich jedoch in den Ruch der Originalität bringen wollen: Schrecken Sie vor keinem Experiment zurück! Jede Art von Skrupel ist hier fehl am Platz. Das Bistecca alla fiorentina mag luftig sein oder flauschig oder meinetwegen ätherisch wie eine Schäfchenwolke und das Tempura funkelnd wie der Himmel über Antibes, oder auch umgekehrt, egal. Letztlich kommt es einzig und allein auf Ihren auktorialen Blick und den Grad Ihrer freundschaftlichen Beziehung zum Wirt der jeweiligen Lokalität an.

Wenn das Essen dermaßen miserabel ist, dass man selbst mit Begriffen wie »Fusion-Küche«, »Autorenküche« oder »Eklektische Speisekarte« nicht mehr weiterkommt, geht man unverzüglich zum Design über. Man kann also schreiben, das fragliche Restaurant biete zwar (nur) ein »ordentliches« (sprich: ungenießbares) Risotto, dafür aber eine Lounge, die nach dem Vorbild des Costes in Paris designed wurde. Nun kann es natürlich auch vorkommen, dass sowohl das Essen als auch das Design (nur) »ordentlich« ist. Aber auch das ist kein Problem, dann bietet dieses »echt großstädtische Lokal« seinen Gästen an jedem Weekend erstklassige Unterhaltung mit den besten DJs der Welt, die direkt aus London, New York oder Ibiza eingeflogen wurden. Natürlich muss man immer damit rechnen, dass ein Lokal weder mit seiner Küche noch beim Interieur Stärken zeigt und auch nicht mit coolen DJs aufwarten kann. In solchen Fällen empfehle ich, sich auf die Attraktivität des weiblichen Personals zu fokussieren. Die Moskauer Mädchen sind tatsächlich sehr ansehnlich, also kann man damit kaum etwas falsch machen. Wenn aber, schließlich und endlich, eine Lokalität dermaßen unterirdisch ist, dass auch die schönsten Frauen nicht helfen, dann kann man immer noch den

»traumhaften Blick aus dem Panoramafenster« besingen, der dem Gast das Gefühl gibt, sich in dem berühmten Café Georges in Paris zu befinden. Das funktioniert im Notfall eigentlich immer. Denken Sie stets daran, dass es in Moskau grundsätzlich keine schlechten Restaurants gibt. Das beweist schon ein Blick auf die Rechnung, die einem am Ende des Aufenthalts präsentiert wird.

# RITA 2.0

»... und dieser Jemand bin natürlich wieder mal ich, verstehst du? In dieser ganzen dummen Werbeagentur gibt es sonst niemanden, der sich mit diesen Idioten von Motorola treffen kann. Ich bin doch nicht dein Zauberstab, hab ich zu Nikiforow gesagt, und wenn denen ihre Chefs ...«

»Deren Chefs ...«, sage ich halblaut.

»Eben, sag ich doch! Wenn deren Bosse unsere Bosse treffen wollen, dann soll er gefälligst selber fahren, verstehst du? Wofür hält der sich eigentlich? Er hat keine Zeit, sich mit unseren Topkunden zu treffen? Alle anständigen Projekte kriegt diese Ziege Wlasowa in den Hintern geschoben, und der Dreck, der landet wo? Natürlich bei Reschetnikowa! Bei mir! Jeder in der Agentur weiß, dass der Boss die Wlasowa bumst, na und? Meinetwegen! Wenn du auf Mickymäuse mit krummen Beinen stehst, bitte, das ist deine Sache, das ist absolut dein Privatvergnügen! Aber Geschäft ist Geschäft! Ich sehe nicht ein, dass sie immer die Sahnestücke kriegt und ich darf Scheiße fressen! Und das hab ich ihm auch genauso gesagt ...«

Während sie mir diesen Vortrag hält, rast Rita wie eine Furie durch die Wohnung und zerteilt dabei die Luft mit ihren Handkanten in kleine Stücke. Sie trägt einen kurzen, gelben Kimono und kleine weiche Zehenspreizer (ihre Pediküre ist gerade eben gegangen). Deshalb muss sie beim

Gehen sehr genau aufpassen, wie sie ihre Füße setzt. Erinnert mich irgendwie an eine Ente aus einem Zeichentrickfilm. Ich sitze auf dem Sofa, blättere in der *make up* und sage ab und zu »ja« oder »nein« oder »hundertprozentig«, je nach dem Tonfall, mit dem Rita einen Satz beendet. Gerade denke ich darüber nach, dass es mich doch interessieren würde, ob Scarlett Johannsons Brüste echt sind oder nicht, da ruft Rita aus der Küche:

»Interessiert dich das?« Ein wenig erstaunt, dass sie jetzt schon meine Gedanken lesen kann, antworte ich wahrheitsgemäß:

»Doch, eigentlich schon. Dich nicht?«

Rita erscheint in der Küchentür. »Hörst du mir überhaupt zu? Ich habe dich gefragt, ob es dich interessiert, was ich dir erzähle?«

Gerade will ich ihr versichern, dass mich das außerordentlich interessiert, als sich die Musikanlage einschaltet und irgendwelche Lounge-Musik losdudelt. Gleichzeitig klingelt ein Telefon. Ganz automatisch fangen wir beide an, nach unseren Handys zu kramen, Rita in den Taschen ihres Kimonos, ich in meiner Jeans. Aber mein Gerät zeigt keinen Anruf an, und auch Ritas LG schweigt. Wir stehen da und machen dumme Gesichter. Plötzlich fällt Rita etwas ein und sie rennt ins Bad. Als sie zurückkommt, hat sie ein Nokia am Ohr. Dasselbe Modell wie meins, nur mit einem bunten folkloristischen Muster wie aus einem russischen Märchenbuch.

»Ich rufe dich zurück, ich bin gerade in einer Besprechung«, sagt sie und lässt das Handy in ihre Kimonotasche rutschen.

»Schickes Handy hast du da!« Ich fummele mir eine Zigarette aus der Packung und zünde sie an. »Neu?«

»Hab ich von der Agentur«, erklärt sie. »Ich hab ihnen gesagt, wenn sie ihr Image über das äußere Erscheinungsbild ihrer Mitarbeiter aufpeppen wollen, dann sollen sie doch mit den Handys anfangen.«

»Nette Arbeitsstelle hast du, mein Häschen. Könnte mir auch gefallen.« Ich atme den Rauch aus, beuge mich vor und ziehe sie an der Hand zu mir heran.

»Andrej, wie oft habe ich dir gesagt, dass ich es hasse, wenn du rauchst! Du denkst immer nur an dich!«

»Mein Häschen, du bist ungerecht! Im Augenblick denke ich nur an dich.«

»Mach sofort die Zigarette aus!«

Ich reiße den Deckel von der Zigarettenschachtel ab und zerdrücke die Kippe darin.

»Igitt, du Ferkel! Wirf das sofort in den Müll! Wie das stinkt!« Rita hält sich theatralisch das Näschen zu.

Also gehe ich brav in die Küche, versenke den ganzen Krempel im Mülleimer und schlurfe, inzwischen schon reichlich genervt, zurück ins Wohnzimmer. Dabei kommt mir eine volle Einkaufstüte in die Quere, die Rita pfiffigerweise genau auf der Türschwelle abgestellt hat. Sie fällt um und ihr Inhalt verteilt sich gleichmäßig über den Flur. Auf den Knien rutschend krame ich Papiertaschentücher, Deos, Zahnstocher, Kaugummis und tausend andere für die moderne Frau lebensnotwendige Kleinigkeiten wieder zusammen. Als mir eine glänzende Tube Lacalut Brilliant White in die Hände fällt, rufe ich zu Rita hinüber:

»Edles Zeug, womit du dir deine Zähnchen bürstest, mein Häschen. Nicht gerade billig.«

Sie kichert. »Sag nicht, die kannst du dir nicht leisten, du Armer.«

»Mit sowas putze ich meine silbernen Manschettenknöpfe von Dior, aber nicht meine Zähne«, gebe ich zurück. »Dafür ist sie mir zu kostspielig.«

»Was machst du da eigentlich? Komm schon her, du Dummchen!«

»Siehst du, jetzt, wo der Rauch sich verzogen hat, wie mein Herz schlägt?«, albere ich herum, um meine Gereiztheit zu zerstreuen. Rita kichert wieder, ich greife sie mir und ziehe sie auf den Diwan. Als ich ihr den Kimono von den Schultern schieben will, hält sie mich zurück.

»Warte!« Seltsamerweise flüstert sie jetzt, wahrscheinlich gehört das zum Liebesspiel.

»Ich kann nicht!«, flüstere ich deshalb ebenfalls.

»Sei doch vorsichtig!« Sie schiebt mich weg und zeigt nach unten. »Lass mich erstmal die Dinger abnehmen.« Sie setzt sich auf, zieht sich sorgfältig die Schaumstoffteile von den Zehen und legt sie akkurat auf den Zeitungstisch. Ja, so sind sie, die modernen Mädchen von heute – wie mittelalterliche Ritter. Um ihren Harnisch abzulegen, brauchen sie eine volle Stunde. Endlich wirft Rita den Kimono ab, ich ziehe mir mein T-Shirt über den Kopf.

»Was hast du denn da für einen Kratzer?«

»Kratzer? Wo denn, mein Häschen?«

»Da!« Sie zeigt auf meine Schulter. Tatsächlich, ein langer dünner Kratzer. Wo kommt der denn her? Ich schätze solche Störfaktoren an meiner äußeren Erscheinung überhaupt nicht, schon gar nicht, wenn sie nicht genehmigt sind.

»Den hab ich mir wohl im Fitness-Studio zugezogen. Glaubst du etwa, ich wäre dir untreu?« Ich kichere dümmlich. »Mein Hase, ich gehöre nur dir und dem russischen Journalismus!« Ich ziehe sie an mich, um sie zu küssen, da klingelt schon wieder ein idiotisches Handy. Sie angelt nach ihrem Kimono, ich nach meinen Jeans. Diesmal ist es meins.

»Was ist denn?«, schreie ich ins Mikro.

»Andrej, ich schicke dir gleich eine SMS! Es ist wichtig!« Vera, die Chefsekretärin.

»Ich kann jetzt nicht, ich bin mitten im Interview!«

»Ruf die Nummer an, die ich dir schicke, das ist jemand von einem exklusiven VIP-Club, der will sich ...«

Ich drücke auf Aus.

»Was war das für eine Frau?«, fragt Rita.

»Arbeit«, sage ich und ziehe sie wieder aufs Sofa.

Beim dritten Versuch kommen wir endlich halbwegs erfolgreich zur Sache. Mein Gott, wie ich es hasse, wenn beim Sex diese beschissene Lounge-Musik dudelt!

Eine Stunde später sitzen wir im Restaurant Fenster.

»Wohin musst du nachher noch?«, fragt Rita und schiebt sich eine Erdbeere in den Mund.

»Ach, ein Termin mit den Besitzern.« Ich nehme einen Schluck Kaffee und verbrenne mir den Mund. »Ziemlich fade Leute. Sie wollen mir eine Beteiligung anbieten. Danach muss ich in die Redaktion, dann habe ich noch ein Interview, und danach noch einen Termin, falls ich es überhaupt schaffe.«

»Ich wollte dir noch etwas Wichtiges erzählen, aber ich hab vergessen, was es war.« Rita kippt die Augen nach oben.

Ist sie etwa schwanger? Ich spüre, wie mein linkes Augenlid anfängt zu zucken.

»Was denn, Häschen?«

»Vielleicht fällt es mir wieder ein. Hör mal, ich finde, du solltest dir allmählich mal ein Auto anschaffen. Wenn du finanzielle Probleme hättest, würde ich es ja verstehen ...« Rita leckt ihren Löffel ab. Man sieht förmlich, wie erotisch sie das selber findet. Ich frage mich wieder, woher sie ihr neues Telefon hat.

»Bei deinen finanziellen Möglichkeiten könntest du dir doch einen hübschen fahrbaren Untersatz zulegen. Zum Beispiel einen Porsche Cayman. Dann könntest du mich spazieren fahren ...«

»Ich habe es dir doch erklärt, Rita. Der Verkehr hier ist im Vergleich zu Amerika der reinste Horror. Das ist nichts für mich.«

»Du könntest einen Chauffeur anstellen.«

»Klar, damit er rund um die Uhr meine Telefongespräche mithört. Da kann ich ja gleich bei meinen Konkurrenten als Berater anfangen.«

»Dann werde ich dein Chauffeur! Du kaufst den Porsche und ich fahre dich! Das wird toll!«

»Nette Idee«, lache ich. »Allerdings finde ich einen Porsche zu banal. Außerdem werden die Dinger zu schnell geklaut. Besser man kauft sich irgendwas Billigeres, so um die fünfzig-, maximal sechzigtausend.«

»Hurra!« Rita klatscht begeistert. »Ich chauffiere mein Bärchen durch die Stadt!«

Wir küssen uns.

»Ja, wirklich eine hübsche Idee«, nicke ich nachdenklich. »So viel hätte ich zufällig auch gerade flüssig. Mal überlegen.«

»Apropos.« Rita macht jetzt ein ganz ernstes Gesicht. »Ich habe mich endlich entschieden.«

»Wozu denn, mein Häschen?«

»Mir ein neues Auto anzuschaffen.« Sie atmet aus. »Ich kaufe mir einen Lexus IS 250.«

»Schönes Auto«, pflichte ich ihr bei. Und woher hast du die Asche für so ein Teil? Bist du etwa tatsächlich eine Millionärstochter?

»Ich verkaufe meinen alten Mini«, sagt sie, als hätte sie meine unausgesprochene Frage gehört. »Ein bisschen habe ich gespart, der Rest kommt von meinen Eltern. Übermorgen hole ich ihn ab!«

Dann folgt ein langer Monolog über die Vorzüge des neuen Wagens, untermalt mit allerlei herzigen Epitheta. Währenddessen grüble ich, schon wieder leicht gereizt, darüber nach, ob diese Anschaffung nicht vielleicht in irgendeinem Zusammenhang mit ihrem neuen Telefon steht.

»Das einzige Problem ist, dass Luda mir noch zehntausend für den Mini schuldet. Luda, weißt du, mit der wir neulich im Klub waren, in der Fabrik. Ich hab ihr ganz unmissverständlich gesagt, dass ich das Geld noch in dieser Woche brauche, aber die dumme Ziege hat mich einfach hängenlassen. Übermorgen muss ich den Wagen abholen, und ihr ist das scheißegal! Ich gebe es dir am Montag, hat sie gesagt, aber was nützt mir das? Ich brauche es morgen! Verstehst du?«

»Dumme Pute«, konstatiere ich und blinzele auf ihre Uhr. »Echt unangenehme Situation!« Ich gehe davon aus, dass unser Dialog sich dem Ende nähert und antworte rein mechanisch.

»Eben!« Rita beugt sich vor. »Andrej, kannst du mir nicht bis Montag aushelfen?«

»Wie bitte?«, frage ich verdattert.

»Leih mir doch die zehntausend bis Montag!« Rita schaut mich herzig an und schiebt sich die nächste Erdbeere zwischen die Lippen. »Montagabend bekommst du sie ja zurück.«

»Zehntausend? Bis Montag?« Ich versuche, Zeit zu schinden. Das kommt alles ziemlich unerwartet. Aber wie sie das eingefädelt hat, dieses Miststück! Ich bin auch ein Hirni ... Fünfzigtausend hätte ich gerade flüssig und so weiter. Wenn Angeberei bezahlt würde, wäre ich längst Millionär. Was sage ich ihr denn jetzt? Dass ich das Geld für irgendein Projekt brauche? In zwei Wochen kannst du zwanzigtausend haben, mein Häschen, aber im Moment ... Ja, Scheiße was. Ich höre schon, was sie unter ihren Freundinnen rumerzählt: Dabei wollte ich es nur geliehen haben! Nicht geschenkt! Ist das denn zu fassen!

»Wenn Luda mir am Montag das Geld nicht gibt, nehme ich es von meinen Eltern.«

»Ja, natürlich.« Und woher nehme *ich* es, mein Herz? Meine Freunde sind genauso klamm wie ich, die brauche ich gar nicht erst zu fragen. Ljocha Rybalko? Genau, das ginge. Für den sind zehntausend Peanuts. Verdammt, ich hasse es, Leute anzupumpen. Vor allem um solche Kleckerbeträge. Vor allem, wenn es nicht für mich ist. Aber halt! Wieso nicht für mich? Es geht hier um die Rettung deines Images, und das ist dir einiges wert, einiges, mein Guter!

»Na gut, mein Häschen. Schauen wir mal, dass wir das morgen geregelt kriegen.«

»Ich danke dir, Liebling«, sagt sie flüsternd. »Außer dir hilft mir wirklich niemand. Alle denken immer nur an sich selbst.«

Ich eigentlich auch, denke ich. Die Welt ist eben gemein.

»Hast du eigentlich schon überlegt, was du zur Eröffnung deines Klubs machst?«, fragt Rita und schaut mich erwartungsvoll an. Ich winke sie mit dem Zeigefinger nahe an mich heran.

»Timberlake«, flüstere ich ihr ins Ohr.

»Nein!« Sie reißt die Augen auf. »Der ist doch irre teuer!«

»MTC hat schon grünes Licht gegeben, am Dienstag habe ich eine Unterredung mit dem zweiten Sponsor.«

»Du bist ein Genie!« Rita hält es kaum auf ihrem Stuhl. »Du bist großartig! Oh, es ist mir wieder eingefallen!«, kiekst sie plötzlich.

»Was?«

»Was ich dir sagen wollte. Schitikow hat gestern angerufen. Er wollte sich heute nach vier bei dir melden, wegen der Fete.«

Wow! Und das sagt sie mir erst jetzt? Ich schiebe mir eine Zigarette zwischen die Lippen und lasse mir Zeit mit dem

Anzünden, um meine Freude nicht zu deutlich zu zeigen. Schitikow ist ein guter Bekannter von Rita, über ihn könnten wir den ersten richtigen Auftritt mit unserer Band hinkriegen.

»Spitze. Hat er dir das Datum genannt?«

»Ach, gibt es auch Tage, an denen ihr nicht könnt? Seid ihr auf Tournee, oder so?«, scherzt sie.

»Quatsch keinen Blödsinn«, fahre ich ihr brüsk ins Wort. »Jeder von uns hat einen Haufen zu tun. Denkst du, wir sitzen den ganzen Tag rum und warten auf diese komische Fete? Ich brauche einfach einen Ort, wo wir das Programm testen können.«

»Ah ja«, macht Rita gedehnt.

Ich überlege, ob diese Nachricht von der Fete mit der positiven Entscheidung über das Ausleihen der zehntausend Dollar in irgendeinem Zusammenhang stehen könnte oder nicht. Ich möchte daran glauben, dass es sich nur um eine zufällige Koinzidenz handelt, aber die Realität zeigt uns, dass es in merkantilen Fragen keine Zufälle gibt. Verwandelt sich unsere Beziehung vielleicht unmerklich in den gegenseitigen Austausch von Dienstleistungen? Wenn, dann wären mir zehntausend Grüne für eine Werbeagentin im Moment doch etwas zu viel Holz, selbst wenn sie eine klasse Figur hat. Irgendwie kompliziert alles ... Oder bin ich bloß zu misstrauisch?

Ritas Früchtetee wird gebracht. Der Kellner neigt sich vertraulich zu mir herunter und teilt mir mit gedämpfter Stimme mit: »Der Chef ist jetzt da.« Freddy Mercury singt »The Great Pretender«.

Wir schweigen.

»Ich wollte dich etwas fragen«, sagte Rita plötzlich. »Etwas sehr Wichtiges. Du weißt ja, wir verbringen so wenig Zeit miteinander ...«

»Tja-ja«, quetsche ich heraus. Ich fing gerade an, darüber nachzudenken, wie geil es wäre, mit Timberlake durch Moskau zu ziehen. Jeden Morgen würden wir in der Präsidenten-Suite des Hyatt-Park-Hotel aufwachen, um uns herum halbnackte Frauen und halbleere Champagnerflaschen, und gleich nach dem Frühstück würden wir an unserem gemeinsamen Remix von »Cry Me a River – A Night In Moscow« arbeiten. Justin säße am Flügel (den er sich natürlich aufs Zimmer bringen ließe), und ich würde einen richtig harten Rap raushauen. Dann lassen wir noch eine Flasche Champagner kommen und Justin sagt zu mir: »Alter, du fühlst die Musik, du fühlst sie wirklich. Lass uns zusammen ein Projekt machen! Wir revolutionieren die Musik! Komm für eine Weile zu mir in die Staaten, vielleicht für ein Jahr oder so!« Aber ich erkläre ihm, ich könne ohne den Geruch Moskaus am Morgen nicht leben und ...«

»Ich möchte mit dir zusammenleben. Lass es uns doch mal versuchen. Ich könnte, zum Beispiel, für einige Zeit zu dir ziehen ...«

Halt, stopp! Timberlake, mit mir zusammenleben? Ist er schwul, oder was? Dann dringt endlich zu mir durch, dass es Rita ist, die mir diesen Antrag macht, nicht Justin Timberlake. Ich war wohl für einen Moment abgelenkt. Allerdings, bei näherer Betrachtung finde ich einen Antrag von Rita noch um einiges irritierender. Timberlake ist immerhin ein Superstar.

»Was hast du gesagt?« Ich versuche, wieder auf den Boden der Tatsachen runterzukommen. »Du willst bei mir einziehen?«

»Möchtest du das nicht?« Rita presst die Lippen zu einem dünnen Strich zusammen.

»Doch, äh, natürlich, wieso denn nicht ... Nur ... äh ...

Bei mir zu Hause sieht es aus wie in einem Saustall, weißt du, und da ...«

»Du Dummerchen!« Rita streichelt mir über die Wange. »Wir nehmen einfach eine Putzfrau. Hast du denn noch nicht genug von deinem Junggesellenleben? Immer nur Fast-Food, ein schnelles Frühstück im Stehen. Wann hast du das letzte Mal richtige Hausmannskost bekommen? Ich koche gar nicht schlecht, wusstest du das?«

Ich bin mit dem Restaurant-Essen eigentlich ganz zufrieden, denke ich. Laut aber sage ich:

»Das wäre super!«

»Sag ich doch! Aber warum klingst du so traurig?«

»Weil ... also ... Ich habe noch nie mit einer Frau zusammengelebt. Aber es wäre bestimmt toll, es einmal zu versuchen.«

»Was heißt versuchen? Wir machen es einfach! Am besten gleich nach dem Wochenende!«

»Was denn, nach diesem Wochenende?«

»Natürlich! Ich finde, das ist eine prima Idee!«

Wir küssen uns wieder. Meine Zunge fängt an zu brennen. Wahrscheinlich von dem heißen Kaffee. Bryan Ferry singt »Will You Love Me Tomorrow«.

»Ich liebe dich«, sagt Rita.

»Ich bete dich an«, antworte ich.

Danach tritt eine Pause ein. Ich will nicht abstreiten, dass es mich grundsätzlich anmacht, wenn eine Frau die Initiative übernimmt. Aber dieses Gefühl erstreckt sich keinesfalls auf den Bereich des Zusammenwohnens. Ich schaue demonstrativ auf die Zeitanzeige meines Handys.

»Hör mal, es ist zehn nach drei, ich muss mich jetzt mit diesen Blutsaugern treffen.«

»Gut, ich muss sowieso nochmal ins Büro. Ich hab da was vergessen. Sehen wir uns heute Abend?«

»Ich rufe dich an, nach meinem letzten Termin, okay?«

»Okay. Und wegen der zehntausend sagst du mir heute Abend Bescheid? Oder morgen?«

»Ich bringe sie dir morgen nach dem Mittagessen. Oder gegen Abend.«

# NACHTS AUF DER WEIDE

Seit einer halben Stunde sitze ich im Schatjor und warte auf Bucharow. Ich versuche, Schitikow zu erreichen, aber ohne Erfolg. Aus lauter Langeweile überprüfe ich mein Diktaphon – alles in Ordnung. Marina ruft die ganze Zeit an, aber ich gehe nicht ran. Penetrantes Mädchen. Wenn jemand zweimal hintereinander auch beim zehnten Klingelton das Gespräch nicht annimmt, dann sollte man langsam kapieren, oder? Schließlich schickt sie mir eine SMS mit folgendem Inhalt: »ruf mich an du arsch ich lösche die fotos«. Verdammte Hysterikerin! Der ganze Tag läuft ziemlich beschissen, es klappt überhaupt nichts, ständig wird irgendwas verschoben und verlegt. Ich sag's ja, nur Blutsauger um einen herum. Das ist jetzt schon meine zweite Kanne Tee. Weil ich sonst nichts zu tun habe, rufe ich die Telefonnummer an, die mir Wsjeslawskis Sekretärin geschickt hat: Irgendwelche Quatschköpfe, wie sich herausstellt. »Möchten Sie unser absolut exklusiver Berichterstatter werden?«, faselt mir ein Typ ins Ohr. »Wir veranstalten eine schwarze Messe, die größte, die Russland je gesehen hat. Wir suchen noch jemanden, der sich im Moskauer Nachtleben auskennt, haben Sie nicht Lust, mitzumachen?« Aha, und als was? Kompliziert irgendwie. Ich schreibe mir die Adresse auf und verabrede mich für morgen um drei. Aber ich bin jetzt schon sicher, dass das ein Flop wird. Schauen wir mal. Ein paarmal ruft Lena an und nervt ein bisschen, von wegen »Ich habe Sehnsucht nach dir« und »Wir sehen uns in letzter Zeit so selten« und so. Meine Güte, ich fasse es nicht: Der einen ist es zu wenig, der anderen ist es auch zu wenig. Ich kann mich ja schließlich nicht zerreißen. Nerv. Für mein Gefühl sehe ich die beiden viel zu oft. Wenn es ginge, würde ich am liebsten eine Weile unbezahlten Urlaub von den Mädels nehmen. Oder noch besser: meine Kündigung einreichen. Ich fürchte nur, sie würden ablehnen. Irgendwie finde ich den Umgang mit Frauen von diesem Format in letzter Zeit reichlich anstrengend. Vielleicht werde ich langsam alt? Außerdem habe ich es die ganze letzte Woche nicht ein einziges Mal geschafft, eine Partie Solitär zu Ende zu spielen. Was hat das wieder zu bedeuten? Ich denke an den gestrigen Tee mit Katja. Ich hätte Lust, sie jetzt anzurufen, wahnsinnige Lust. Bin ich möglicherweise verliebt? Sich zu verlieben wäre gar nicht schlecht, ich meine, sich richtig zu verlieben. Lange Telefongespräche, Spaziergänge bei Mondschein, Plaudereien beim Tee, sehnsüchtiges Warten an der Metrostation … Äh, Metrostation lieber nicht. Besser im Café. Oder man geht zusammen ins Kino, wenn sonst nichts geht. Wann war ich eigentlich das letzte Mal im Kino?

Ich sitze ganz still da und lausche in mich hinein. Ich versuche zu verstehen, was sich in mir verändert hat. Irgendwo habe ich doch mal eine hübsche Formulierung dafür gelesen: Tief in meinem Inneren wurde etwas geboren oder so. Ich lausche aufmerksam: In mir wurde nichts geboren. Trotzdem fühle ich mich seltsam und unruhig. Und gleichzeitig ein wenig sentimental. Eigentlich wäre es richtig gut, sich in diese Katja zu verlieben. Wo sie wohl herkommt? Vielleicht ist sie ja bloß ein Kind unserer namenlosen Schlafbezirke? East-End-Boy meets West-End-Girl. O ja, sich richtig verlieben, mit richtiger Eifersucht und so ... Apropos, woher hat Rita das neue Telefon? Ich glaube nicht an die Großzügigkeit ihres Arbeitgebers.

Während diese finsteren Gedanken durch mein überfordertes Hirn rauschen, schreibe ich eine SMS an Katja: »Hallo)) Ich bin grad im Schatjor und denke an unsere Wasserpfeife gestern. Schlage vor, wir setzen das heute fort. Sehnsüchtig. Andrej:-))«.

Bevor ich mir die nächste Zigarette angezündet habe, kommt schon die Antwort:

»Wasserpfeife war suuuper! Heute kann ich nicht. Versuchen wirs morgen? :-D«

»Mittagessen im Coffeemania, gegen zwei?«, schicke ich zurück.

»Vielleicht :- Kann nicht mehr schreiben mein Pilates fängt an«, schreibt Katja.

»Und was ist das?«, frage ich, aber ich bekomme keine Antwort mehr.

Ich ruf zum fünften Mal Schitikow an, und – Wunder über Wunder! – er geht ran.

»Hallo! Dmitri? Hallo, hier spricht Andrej Mirkin, es ist wegen der Fete. Ich versuche seit zwei Tagen, Sie zu erreichen. Können wir uns treffen?«

»Mirkin?« Dann lange nichts. »Mirkin ... Aaah ja! Guten Tag, jetzt weiß ich wieder! Wegen der Fete, genau. Ich wollte dich gerade anrufen. Komm gegen acht ins Shanti! Passt das?«

»Ja, natürlich. Die CD hab ich dabei. Also um acht?«

Ja! Am liebsten würde ich aufspringen und ein kleines Tänzchen aufs Parkett legen! Es klappt! Es klappt! Es klappt! Dreimal über die linke Schulter gespuckt. Und das ohne Solitär!

»Wieso spuckst du? Bist du etwa abergläubisch?«, sagt Bucharow, der plötzlich neben mir steht. »Komm, lass uns gleich anfangen, ich hab noch genau vierzig Minuten.«

Ich schalte das Diktaphon ein, stecke mir eine Zigarette an und überlege schnell, wie ich die Fragen umformulieren kann, die ich mir vorhin noch schnell aus dem Internet gezogen habe.

»Aber bitte nicht die 08/15-Fragen, die ich schon tausendmal beantwortet habe.«

»Selbstverständlich, Igor Olegowitsch«, versichere ich gestenreich. »Ich versuche in meinen Interviews immer die persönliche Eigenart meines Gesprächspartners durchklingen zu lassen.«

»Aha. Na dann mal los.«

»Also, Igor, wann sind Sie ins Restaurantgeschäft eingestiegen?«

»Hallo?« Bucharow schaut mich fragend an.

»Das ist nur zur Einführung, äh, als Vorspann, sozusagen ...«, versuche ich mich herauszuwinden.

»Soll ich dir vielleicht meine PR-Mappe geben?«, schlägt er vor.

»Äh ...« Eine Sekunde lang überlege ich, ob ich ablehnen sollte...

»Rita hat mir euer Tape gegeben. Ein paar Tracks hab ich mir schon angehört«, sagt Schitikow.

»Und?«

»Tja, meine Kragenweite ist das nicht, aber wenn der Kunde es haben will, warum nicht?«

Dmitri Schitikow arbeitet als so eine Art Freizeitgestalter für begüterte Herrschaften. Abendgesellschaften, Geburtstage, Firmenbesäufnisse und dergleichen mehr. Mit seinen fünfunddreißig Jahren ist er stolzer Besitzer eines BMW X

5, einer Wohnung in bester Lage, zweier Freundinnen und eines weniger schönen Rufs als Liebhaber allzu junger Mädchen. »Für den beginnt mit sechzehn Jahren die Nekrophilie«, wird diese spezielle Vorliebe Schitikows in der Szene kommentiert. Na gut, seine Sache, das geht mich nichts an.

Jedenfalls, mit zwanzigminütiger Verspätung ist er aufgetaucht und sofort zur Sache gekommen:

»Also, um es kurz zu machen, Andrej, ich habe mich ein bisschen über dich und deine Truppe erkundigt. Was ihr da macht, ist nichts als gequirlte Scheiße, entschuldige die Direktheit – aber zum Karneval passt es.«

»Was soll das heißen – gequirlte Scheiße?«, raunze ich. »Und was für ein Scheißkarneval?«

»Willst du Geld verdienen oder willst du die beleidigte Leberwurst spielen?«

»Also eher – Geld verdienen«, gebe ich zu.

»Dann halt die Klappe und hör zu, du Gangsta-Rapper. Der Chef der Firma Trans-Beton, Wladimir Jakowlewitsch Larionow, feiert einen runden Geburtstag. Ein Oligarch im besten Wortsinn. Ziemliches Kaliber. Schon mal von ihm gehört?«

Und ob ich von dem gehört habe. Laut Forbes einer der zehn reichsten Männer Russlands. Schillernde Figur.

»Die ganze Veranstaltung soll als Karneval laufen, stattfinden soll das Ganze im Restaurant Parisienne. Es gibt Masken, Kostüme, das übliche Brimborium. Ihr sollt vor dem eigentlichen Musikprogramm auftreten, vor Via-Gra, Serebro, nach Tanja Bulanowa und irgendeiner Tanzshow. Als Vertreter der Subkultur. Ich will eure Texte morgen Vormittag auf dem Tisch haben, zum Absegnen. Es kann ruhig ein bisschen schmutzig sein, aber mit Ironie. Keine Gewaltverherrlichung, keine Beschimpfungen. Alles klar?«

»Alles klar«, sage ich, ein wenig überrumpelt.

»Honorar: drei Riesen, aber du quittierst mir fünf, das ist so üblich. Sollte rauskommen, dass nur drei bei dir gelandet sind, kannst du deine Kariere vergessen, in Moskau kriegst du dann in dem Geschäft kein Bein mehr auf die Erde. Verstanden?«

»Und die zwei Riesen lässt du ...« Ich mache eine Geste, als poliere ich mit der Hand eine Kugel.

»Es ist, wie es ist.« Schitikow dreht sich um, winkt jemandem zu und zerdrückt seine Zigarette im Aschenbecher. »Das Geld wird dir von meinem Assistenten eine Stunde vor Beginn der Veranstaltung ausgehändigt. Start ist um acht, euer Auftritt um neun. So sieht es aus.«

»Dmitri, noch eine Frage. Wenn das ein Karneval ist, was sollen wir dann anziehen?«

»Was ihr anziehen sollt? Keine Ahnung. Ich bin nicht der Conférencier.« Schitikow kratzt sich am Hinterkopf. »Ihr könnt ja als Gangster aus Chicago kommen. Ich glaube, die Gäste gehen alle als Tiere verkleidet. So steht's auf den Einladungskarten.«

»Und der Chef kommt wahrscheinlich in der schärfsten Aufmachung, was? Als Pfau oder als Suppenhühnchen ...« Ich lache schallend. Doch Schitikow, der zuerst mitgelacht hat, verstummt schlagartig. Mein einsames Lachen hallt nach wie das heisere Krächzen eines Lungenkranken im leeren Krankenzimmer.

Schitikow durchbohrt mich mit seinem Blick, verzieht dann den Mund zu einem bösen Grinsen und lacht bellend:

»Kleiner Scherzkeks, was?«

»Wieso? Hab ich was Falsches gesagt? Sind das etwa Wilde, deine Oligarchen, waren die noch nie auf einem Karneval?«

»Ganz bestimmt waren sie das, Alter. Die waren schon überall, auf den Bahamas, auf den Seychellen und auf dem

Karneval auch. Aber bevor sie die Freuden des Luxuslebens kennenlernten, waren sie auch noch ganz woanders.«

»Zum Beispiel?«

»Glaubst du denn, Larionow war sein ganzes Leben lang Erdöl-Oligarch?«

»Keine Ahnung …«

»Das war er ganz bestimmt nicht. Bevor er sich im Maybach durch die Gegend kutschieren ließ, durfte er erstmal ein paar Jährchen im Straflager davon träumen. Das war in den achtziger Jahren. Verstehst du jetzt?«

»Was gibt es da zu verstehen? Ich meine, was hat das mit mir zu tun?«

»Was das mit dir zu tun hat? Du weißt doch, was es im Lager heißt, wenn man jemandem im Hühnchenkostüm bestellt, oder?«

»Au, Scheiße …« Ich fange an zu begreifen, und sofort läuft es mir eiskalt den Rücken hinunter. »O Mann, ich bin wirklich ein Idiot. Entschuldige, ich bin in der Thematik nicht so firm.«

»Geschenkt. Aber ich gebe dir den guten Rat: Pass auf deinen Arsch auf, Mirkin, sonst wirst du eines schönen Tages teuer dafür bezahlen. Gut, reden wir nicht mehr davon. Ich muss los. Ich erwarte deine Texte bis morgen Mittag.«

Schitikow verschwindet, und ich bleibe allein zurück, sitze da, schweißgebadet, trinke Wasser und überlege, dass man mit Zuchthauslyrik verdammt vorsichtig umgehen muss. Vielleicht sollte man sich thematisch lieber ganz auf das Klubleben beschränken? Zehn Minuten später habe ich mich von dem Schock erholt und fange an zu begreifen, dass wir die definitive Zusage haben! *Wir werden auftreten!* Unser erster öffentlicher Auftritt! Ich bestelle hundert Gramm Dewar's, leere ihn auf ex und fühle mich wie im siebten Himmel.

Wir werden auftreten! O mein Gott! Es gibt dich also doch! Du trägst Klamotten wie Tupac Shakur, hast ein riesiges Kreuz aus Brillanten auf der Brust hängen und ein Bandana um den Kopf, und du hast echt Ahnung von Hip-Hop!
Aus den Boxen dröhnt Bryan Molko:
*I see you've found my underground ...*

Spät in der Nacht rasen wir in einem Range Rover Vogue die Krassina-Straße entlang in Richtung Gartenring. Wir sind zu viert: mein Freund Ljocha Rybalko, bei dem ich vor einer Stunde zehntausend Dollar in Empfang genommen habe und für den ich jetzt den Entertainer spielen muss, dann meine Wenigkeit, und zur Abrundung zwei hübsche Bräute, Sweta und Polina, die für ein paar Stunden die Rolle der Damen unseres Herzens einnehmen sollen. Ljocha nenne ich heimlich einen Schmalspur-Oligarchen, aber im Prinzip ist er in Ordnung. Kennengelernt haben wir uns vor drei Jahren, nach dem Fortdance-Festival. An einem trüben Petersburger Morgen erwachte ich im Hotel Newski Palace (oder ich kam zur Besinnung, das trifft es wohl besser), in einem wüsten Knäuel aus Körpern, das teils aus meinen Freunden, teils aus irgendwelchen Prostituierten bestand, welche offenbar gerade versuchten, uns mit ungeschickten oralen Manipulationen wiederzubeleben. Um Missverständnissen vorzubeugen: Das taten sie nicht etwa aus Spaß an der Freude, sondern schlicht und einfach, weil wir sie bis zwölf Uhr des nächsten Tages bezahlt hatten. Auf Ljocha geht folgender genialer Kommentar zurück, mit dem er die Situation damals zusammenfasste: »Wieder senkt sich der Vorhang, und wieder haben die Akteure enttäuscht. Wenn wir wenigstens die Nutten um ihre Kohle geprellt hätten. Das hätte immerhin ein bisschen Spannung ins Spiel gebracht.« Ich finde, besser kann man es nicht sagen.

Seit dieser Zeit macht Ljocha mich immer mal wieder zum Gefährten seiner nächtlichen Kämpfe gegen die Langeweile. Manchmal pumpt er mir Geld – nicht viel, immer nur für kurze Zeit, obwohl die Summen, um die es dabei geht, für ihn Peanuts sind. Ljocha ist für mich die einzige Bank, der ich meine Schulden pünktlich zurückzahle. Denn bei jeder normalen Bank kostet Verzug Zinsen, aber bei Ljocha würde es mich die Beziehung kosten. Und das wäre absolut uncool. Sagen Sie selbst, kennen Sie jemanden, den sie einfach nur anrufen müssen, und er schiebt Ihnen zehntausend Grüne rüber? Genau: So jemanden gibt es nicht! Aber Ljocha gibt es. Aus diesem Grund konnte ich schlecht ablehnen, als er vorschlug, zusammen noch irgendwohin loszuziehen.

»He, ihr Trauerklöße, macht mal die Musik lauter!«, sagt eins von den Mädchen.

Wir haben die beiden im Mon Café aufgegabelt – ein echtes Schnäppchen, würde ich sagen, denn was gibt es Erfreulicheres, als um zwei Uhr nachts, wenn man überall nur noch Scheintote sieht, plötzlich zwei wirklich hübsche Bräute zu treffen. Was Besseres kann dir nicht passieren. Na gut, mach ich die Musik halt lauter, aber dann richtig! Ich drehe den Regler bis zum Anschlag, dass die Boxen fast ihre Innereien ausspucken. Die Mädchen kreischen. Ich lasse den Korken aus einer Flasche Gancia Asti knallen, schlürfe hastig den herausschießenden Schaum und reiche die Flasche an Polina (oder Sweta?) nach hinten. Sie fasst sie ungeschickt am unteren Ende, trinkt hastig, verschluckt sich prompt und prustet das ganze Zeug in hohem Bogen nach vorne, genau dorthin, wo ich sitze. Und wo landet es? Natürlich auf meinem blauen, nagelneuen T-Shirt von Dsquared! Sweta (oder Polina?) entschuldigt sich tausendmal, reibt mit ihrem Ärmel an meinem T-Shirt herum und plappert irgendwelchen Unsinn. Aber das interessiert mich jetzt alles nicht die Bohne, genauso wenig wie ihr Name, denn dieses T-Shirt hat 450 Dollar gekostet und ist jetzt schlicht und einfach *ru-i-niert!*

Aber weil gerade der Refrain einsetzt, fangen alle, einschließlich dieser Trampeltante, an, auf ihren Sitzen zu hüpfen und mitzusingen:

»*You'll remember me, for the rest of your life!*«

Dann erhebt sich die Frage, wo wir überhaupt hinfahren wollen. Ljocha schlägt die Galerie vor. Ich kläre ihn darüber auf, dass die Galerie um die Uhrzeit schon dicht ist und votiere für das Vogue Café. Dazu skandiere ich einen selbstgebastelten Rap auf »Vogue« und fuchtele albern mit den Zeigefingern in der Luft herum. Die Mädchen machen die Background-Vocals und wälzen sich dann kreischend vor Lachen auf den Sitzen. Ich lache mit, bis mir einfällt, dass das Vogue Café um diese Zeit auch geschlossen hat.

Ljocha schlägt vor, wenn das Vogue zu ist, könnten wir ja in die Galerie fahren, womit klar ist, dass er noch besoffener ist als ich.

Schließlich kommt eins von den Mädchen auf die Idee, in die Bar 37/7 zu fahren, die eventuell noch offen sein könnte. Froh, diese Frage entschieden zu haben, lehnen wir uns entspannt in unsere Sitze, zünden uns Zigaretten an und schauen träge aus dem Fenster – jeder aus seinem. Ich träume ein wenig von meiner Villa am Cap d'Antibes, die leider noch nicht weiß, dass es mich gibt, und achte nebenbei mit einem kleinen, aber sehr konzentrierten Teil meines Bewusstseins darauf, dass Ljocha mit seinem besoffenen Kopf uns nicht gegen einen Laternenpfahl setzt oder – verdammt – diesen beschissenen verrosteten Müllwagen rammt, den er da gerade eben einfach nicht zur Kenntnis genommen hat!

Irgendwann halten wir an einer roten Ampel, und im Licht der Scheinwerfer sehe ich an einer Hauswand ein Graffito, bestehend aus einem einzigen Wort:

WARUM?

Eine der beiden Bräute, die, die keinen Asti getrunken hat, sagt, den Blick ins Leere gerichtet:

»Ja, interessante Frage. Warum eigentlich? Warum das alles?«

»Ist doch klasse«, antworte ich, in der Annahme, sie rede mit mir.

»Daran ist nichts klasse, Andrej, absolut nichts.«

»Findest du? Na ja, vielleicht ... Ich hätte eher rote Farbe genommen. Und für die Konturen Giftgrün oder so was.«

»Denkst du wirklich so?«, hakt sie nach. »Ich meine, sagst du jetzt genau das, was du denkst?«

»Tja also ... Ich bin nicht ganz sicher.« Mir wird plötzlich unbehaglich, es passt mir nicht, dass diese Tussi mich in die Enge treibt. Aber ich fange mich schnell wieder und gebe lässig zurück:

»Ich denke nur, Giftgrün wäre auch keine schlechte Variante. Aber bitte, wenn du unbedingt willst, es kann auch jede andere Farbe sein. Such dir was aus! Do it your own way!«

»Hast du schon mal etwas wirklich your own way gemacht, Andrej? Irgendwann? Irgendwas?«

»Ich? Ha, ha! Du schießt ja brutal aus der Hüfte, mein Liebling!« Ich richte eine imaginäre Pistole auf sie und mache »Paff!«.

Sie sieht mich an, ganz direkt, ohne zu blinzeln. Und von diesem Blick wird mir schon wieder ganz anders.

Um fünf Uhr morgens finden wir uns vor ihrer Wohnungstür wieder, die in der Gegend des Lenin-Prospekts gelegen sein muss. Meine rechte Hand umfasst ihre Taille, in der anderen quetsche ich einen Blumenstrauß, den ich bei einer zerfledderten Großmutter gekauft habe, die sich unbegreiflicherweise zu dieser nachtschlafenden Zeit auf der Straße herumtrieb. Das Mädchen kramt eine Ewigkeit in ihrer Handtasche nach dem Wohnungsschlüssel. Während sie damit zu tun hat, küsse ich sie mit geschlossenen Augen ununterbrochen, wo ich sie erwischen kann, und versuche, die ersten Anzeichen des Hubschraubersyndroms zu bekämpfen. Endlich hat sie die Tür offen, ich atme erleichtert auf und versuche, sie noch dichter an mich zu ziehen.

»Ja doch, Andrej, immer mit der Ruhe.« Sie schiebt mich zurück. »Du bekommst alles, was du willst. Sofort. Wenn du willst, gleich hier im Flur. Nur eine winzig kleine Frage, okay?«

»Aber ja, mein Häschen, natürlich! Auch zwei! Aber mehr nicht, sonst werde ich hier einfach verglühen!« Wieder ziehe ich sie an mich und knutsche ihren Hals.

»Also, Andrej, du kriegst von mir alles, was du willst – wenn du mir sagst, wie ich heiße. Du hast dreißig Sekunden.« Dabei hebt sie demonstrativ die Hand mit der Uhr. (Die Marke kenne ich nicht, ist jetzt aber auch egal.)

»Heee, was soll das denn jetzt? Soll das ein Ratespiel sein, oder was?« Diesmal mache ich mich von ihr los. Das geht jetzt aber glatt unter die Gürtellinie. Schließlich habe ich sie in den letzten drei Stunden immer nur »Häschen« oder »Sonnenschein« oder »Schätzchen« oder weiß der Teufel wie genannt, bloß nicht bei ihrem Namen. Obwohl sie ihn irgendwann verraten hat, das weiß ich. Oder? Kompliziert alles! »Hör mal, hör doch mal, das ist doch jetzt Kindergarten, oder wie? Du glaubst doch nicht ernsthaft, ich wüsste nicht, wie du heißt?«

»Noch zwanzig Sekunden ...«

»Wollen wir nicht wenigstens erstmal reingehen? Du, wenn dich solche Spielchen anmachen, wenn du das geil findest, bin ich dabei, logo!« Ich zwinkere ihr zu. »Kein Problem!

Ich tue einfach so, als würde ich dich nicht kennen, willst du das? So in der Art, als hätten wir uns gerade eben im Fahrstuhl getroffen und so, ja? Magst du das?«

»Wir kennen uns tatsächlich nicht. Noch zehn Sekunden.«

»Äh ...« Plötzlich fällt es mir ein. Sie hat ihren Namen gesagt! Jetzt weiß ich es wieder! Es war Sweta. Oder Polina. Eins von beiden. Na also! Eine reelle Fifty-fifty-Chance. Das ist mir so eine Ratefüchsin! Ich versuche ein lässiges Grinsen: »Weißt du, Polina ...« In derselben Sekunde fange ich mir eine saftige Ohrfeige ein, dann einen kräftigen Stoß vor die Brust, der mich ein paar Schritte rückwärtstaumeln lässt. Ich kneife die Augen zu, um zu begreifen, was jetzt gerade passiert ist, und als ich sie wieder aufreiße, starre ich in das eiskalte Auge des Türspions.

»Sweta, mach auf, das war doch nur ein Scherz!« Ich drücke verzweifelt auf den Klingelknopf. »Sweta! Swetotschka!« Wenn ich nur wüsste, wie ihre Mutter sie als Kind genannt hat. Das soll ja bei Frauen wirken. »Swetatschok, jetzt hör doch auf! Willst du, dass ich auf der Straße übernachte? Und wenn ich erfriere? Mit mir stirbt die Hoffnung des russischen Journalismus, hörst du?«

»Verpiss ich, du Clown!«, ertönt es hinter der Tür. »Wenn du in einer Minute nicht verschwunden bist, rufe ich die Polizei!«

»Schon wieder ein Zeitlimit? Bist du Sportlerin?«

»Verzieh dich!«, schreit sie hysterisch hinter der Tür. Noch ein paar solcher Bemerkungen von mir, und sie fängt tatsächlich an zu heulen.

»Hau ab, du Scheusal!«

Das fehlte mir gerade noch, mich mitten in der Nacht mit den Bullen herumzuärgern. Ich meine, grundsätzlich habe ich nichts dagegen, ein ordentlicher Skandal mit allem Drum und Dran, mit Presse und dicken Schlagzeilen, das hat was. »In Zürich wurde das Enfant terrible des russischen Showbiz verhaftet.« Und darunter, etwas kleiner: »Andrej Mirkin, der gerade eine Therapie in einem der teuersten Schweizer Rehabilitationszentren für Drogentherapie macht, wurde beim Versuch, Haschisch in sein Zimmer zu schmuggeln, von der Kantonspolizei verhaftet.« Dazu ein paar nette Fotos – wunderbar! Aber hier, in diesem trüben Hausflur, bringt das absolut gar nichts, und deshalb mache ich mich jetzt lieber vom Acker.

»Blöde Neurotikerin!«, fauche ich die Tür an. »Soll ich dir ein paar Tranquilizer durch den Briefschlitz werfen?« Sweta – wie ich diesen Namen hasse! Der hässlichste Name, den ich kenne! Bäh!

Als ich aus dem Hauseingang trete, denke ich, dass dieser Abend ziemlich in die Hosen gegangen ist. Verdrossen starre ich auf mein Handy, und mein benebelter Kopf produziert die Idee, Lena anzurufen. Ich wähle, warte lange, sie geht nicht ran. Schon beschleichen mich dunkle Vorahnungen. Ich rufe nochmal an – ohne Erfolg. Endlich, beim dritten Versuch, höre ich ihre heisere Stimme:

»Ja … Hallo … Andrej, was ist passiert?«

»Nichts, alles in Ordnung. Bloß … Ich habe meine Ausländer genug Gassi geführt, und jetzt hab ich Sehnsucht nach dir. Bist du zu Haus?«

»Ich bin zu Haus, natürlich. Wo sollte ich denn sonst sein?«

»Ich möchte dich sehen!«

»Dann komm doch, natürlich. Komm her.«

»Ich habe dich geweckt, sorry, du hast wahrscheinlich fest geschlafen«, sage ich dumm.

»Andrej, wir reden, wenn du hier bist, jetzt komm einfach!«

Eine halbe Stunde später stehe ich vor einer anderen Wohnungstür, immer noch mit demselben Blumenstrauß in der

Hand. Lena öffnet und findet sich sofort mit der Nase in den Blumen.

»Blumen«, sagt sie. »Wie rührend! Und was für schöne ... Du schenkst mir so selten Blumen. Und dann auch noch Feldblumen.«

Feldblumen? Gut zu wissen, denke ich.

»Das fand ich auch, Honey. Ich schenke dir zu selten Blumen. Viel zu selten ...«

»Na komm schon.« Sie schlingt mir die Arme um den Hals und küsst mich. Sie duftet warm nach Zuhause. Für einen Moment fühle ich mich wie ein untreuer Ehemann. »Ich hatte solche Sehnsucht nach dir.«

»Hm-hm«, nicke ich vorsichtig, aus Angst, dass mein Kopf anfängt, sich zu drehen.

»Du bist so kalt. Hast du gefroren, draußen?« Sie sieht mir in die Augen.

»Ach, nur ein ganz klein bisschen«, flüstere ich und mache die Tür hinter mir zu. Auf dem Weg durch den Flur fängt Lena schon an, mich auszuziehen.

Aber irgendwie ist mir jetzt gar nicht nach Sex. Ich glaube, noch ein halbes Jahr solcher Bocksprünge und mein Leben ist endgültig auf dem Niveau eines billigen Pornofilms angekommen.

# GEFÄHRLICHE BEZIEHUNGEN

Ich liege bis zum Hals in meinem Jacuzzi. Mir gegenüber liegt eine üppige Brünette. Sie streckt ein Bein aus dem Wasser und legt es auf den Wannenrand. Ich habe eine unmenschliche Erektion. Die Tür geht auf. Ich drehe mich um und sehe eine langbeinige Blondine, so der schwedische Typ. Sie trägt ein nasses T-Shirt auf der nackten Haut, sonst nichts. Ganz langsam kommt sie näher, immer näher ... Ich starre auf ihre rasierte Möse, fange nervös an zu schlucken und wende den Blick zu der Brünetten. Die leckt sich die Lippen, die dunklen Augen unter halbgeschlossenen Lidern starr auf mich gerichtet. Die Blondine setzt sich neben mich auf den Wannenrand, taucht eine Hand ins Wasser. Mein Verstand hebt ab. »Mein Häschen, du bringst mich um«, krächze ich heiser.

»Möchtest du Kaffee oder Saft«, antwortet sie seltsamerweise.

»Was? Wie meinst du das?«, stottere ich, weil ich absolut nicht verstehe, was diese Frage soll.

»Ich muss jetzt zur Arbeit. Dein Frühstück steht auf dem Tisch, wenn du willst, mache ich dir noch Kaffee, der Saft steht im Kühlschrank.« Das ist eindeutig Lenas Stimme. Ich mache die Augen auf: Das ist Lena. Sie beugt sich über mich. Verdammt, heißt das jetzt, ich hab alles nur geträumt? O Scheiiiiße!

Lena steckt schon in ihrer Bürouniform: weiße Bluse, Jeans, dezentes Make-up, ordentliche Frisur. Moment, wieso eigentlich Jeans? Ach ja, heut ist Freitag – Casual Friday.

»Schon? Wieso denn so früh? Wie spät ist es denn?« Mühsam versuche ich, meinen Verstand anzuschmeißen.

»Früh? Es ist schon halb neun, Andrej. Ich werde zu spät kommen, bei den Staus in der Stadt.« Sie küsst mich, richtet sich auf und ordnet sich die Haare. »Du als Top-Manager kannst es dir leisten, um elf im Büro aufzutauchen.«

Ich stütze mich auf den Ellenbogen.

»Halb neun! Ich hab um elf ein Meeting, Honey! Bei dir schlafe ich immer wie ein Murmeltier!«

Ich lächle, ziehe ihren Kopf zu mir herunter und sauge mich an ihren Lippen fest. Langsam, aber sicher formt sich in mir der Gedanke an morgendlichen Sex. Aber daraus wird nichts: Ich habe morgens meinen Ständer und sie ihren Stau. Kompliziert, irgendwie. Ich frage mich bloß, wie sie sich ein Familienleben ohne Morgensex vorstellt. Will sie sich den Wecker früher stellen? Wann denn, um sieben? Und wenn sie mal einen echten Märchenprinzen heiratet? Dann um sechs. Die Vorstellung, mit einer Frau zusammenzuleben, die jeden Morgen um sechs den Wecker klingeln lässt, ernüchtert mich schlagartig. Ich stehe auf und schaue mich nach meiner Unterhose um.

»Deine Sachen sind im Schrank in der Diele«, informiert mich Lena. Dann, als wäre ihr plötzlich etwas Wichtiges eingefallen, setzt sie sich noch einmal auf den Stuhl neben dem Bett und beginnt in ihrer Handtasche herumzukramen.

»Hm-hm.« Ich stehe auf, recke mich und mache mich auf den Weg ins Bad, meinen Atem erfrischen und so. Auf halbem Weg schießt Lena mir eine Mörsergranate in den Rücken:

»Andrej, weißt du ... es ist so schön, morgens neben dir aufzuwachen«, sagte sie versonnen, »ich wecke dich, mache dir Frühstück ...«

Na und?, möchte ich sagen, stattdessen drehe ich mich um und zeige ihr mein schönstes Hollywoodlächeln.

»Ich wollte dir schon lange sagen... Das heißt... Ich wollte dich fragen... Verflixt, das ist so dumm.« Sie verbirgt das Gesicht in den Händen, dann schaut sie auf, lächelt mich an und sagt mit glänzenden Augen: »Lass uns heiraten!«

Für den Bruchteil einer Sekunde fürchte ich, die Selbstbeherrschung zu verlieren. Ich ducke mich wie ein verängstigter Kater, dem man gerade einen Eimer Wasser über den Pelz gegossen hat, aber dann fange ich mich wieder. Mein Lächeln wird noch breiter. Wieso hat sie sich eigentlich einen so denkbar unpassenden Zeitpunkt ausgesucht? Bei Rita würde mich das nicht wundern, die kommt ständig zu spät, kann stundenlang auf ihr Handydisplay starren, weil sie nicht mehr weiß, unter welchem Namen sie die Telefonnummer ihrer Maniküre abgespeichert hat. Aber die hier? Bei Lena ist immer alles komplett durchgeplant. Wahrscheinlich hat sie am Montag schon in ihrem Organisator für Freitag eingetragen: Andrej fragen wegen Heiraten. Also hat sie den Zeitpunkt absichtlich gewählt. Vielleicht hat sie mit meinem komatösen Zustand am Morgen gerechnet, um mich zu überrumpeln? Heiraten! Dabei habe ich noch nicht mal richtig die Augen aufgemacht. Was meine Lage noch zusätzlich erschwert, ist die Tatsache, dass ein nackter Mann konstitutionell nicht imstande ist, auf einen solchen Antrag etwas Vernünftiges zu antworten. Kompliziert alles! Was soll ich denn jetzt sagen? Ja? Natürlich? Wann? Warum? Oder sicherheitshalber noch mal nachfragen: Wie meinst du das? Oder richtig dick lossülzen, volle Breitseite losheucheln? Das wollte ich dir selber schon vorschlagen,

Häschen, ich hab mich bloß noch nicht getraut, aber jetzt hast du es selbst angesprochen, Häschen, und wie geschickt, so geschickt, mein Häschen, dass ich gar nicht weiß, was ich sagen soll, mir fehlen einfach die Worte, mein Häschen, mein Liebling! Nein, zu viele Häschen, zu wenig Gefühl. Was mach ich jetzt bloß?

»Lena, ich ...« Ich sinke auf den Fußboden nieder, schaue sie entzückt an, wackele mit dem Kopf, mit anderen Worten, benehme mich wie ein kompletter Idiot.

»Andrej! Was ... was ist mit dir?« Lena kniet sich neben mich, umarmt mich und flüstert: »Was siehst du mich denn so an? Du... du siehst ja plötzlich so glücklich aus!«

Glücklich? O ja, und wie glücklich! Träum weiter. Was kommt noch? Rührend, zärtlich, erotisch? O Gott, was sag ich bloß? Ich schließe die Augen und denke hektisch nach, wie ich aus dieser Zwickmühle wieder rauskomme.

»Lena ... You know ... Ich wollte schon lange ... Eigentlich ... ääähh ...«

»Pssst! Sag nichts!« Sie presst sich mit dem ganzen Körper an mich, zitternd, und ich glaube, sie schluchzt sogar. »Du bist so süß ...«

O ja, und ob!

»Du kannst dir nicht vorstellen, was ich jetzt in diesem Moment fühle ...«

Wenn ich dir sagen würde, was ich fühle, würdest du glatt an die Decke springen. Und lass meinen Hals los, du erwürgst mich!

»Das ist so ... so schön, so wunderbar...«

Lass endlich meinen Hals los! Ich ersticke! Es wäre vielleicht ganz nützlich, jetzt ein paar Tränchen in die Augen zu zaubern. Aber wie? Man soll schnell an etwas Trauriges oder Rührendes denken, hab ich mal gehört. Eine Fernsehschnulze? Wie ich in der Schule verprügelt wurde? Ah! Ich hab doch meinen Pullover verloren, und wahrscheinlich sogar unwiederbringlich! Das ist es! Jau!

»O mein Gott, es kommt mir so vor, als hätte ich mein ganzes Leben lang auf diesen Tag gewartet, und jetzt ist er plötzlich da.« Endlich gibt Lena mich frei, schaut mir ganz tief in die Augen. »Ich liebe dich. Ich kann ohne dich nicht leben. Wenn du nicht da bist, kann ich nicht atmen. Ich fühl mich wie ... wie amputiert!«

Meine Güte, die Frau ist eine Invalidin. Ich küsse sie und sage:

»Ich liebe dich. I love you.«

»Weinst du etwa?« Sie küsst meine Augen, meinen Mund, die Stirn, die Wangen.

Mein Gott, wann hört das endlich auf?

»Ich ... you know ...«, ächze ich und schniefe ein bisschen. Schniefe nochmal. »So eine Frau wie dich hatte ich noch niemals.«

Und das ist die reine Wahrheit, alle anderen konnten ohne weiteres atmen, wenn ich nicht da war.

Weitere zehn Minuten sitzen wir so da, umarmen uns, streicheln uns und so weiter, genau wie die Affen im Zoo, und ich denke, dass ich ganz schön in der Tinte sitze. Zuerst Rita mit ihrer famosen Idee, zu mir zu ziehen, jetzt Lena mit ihren Heiratsplänen. Dabei sind sie doch eigentlich ganz nette, brauchbare Mädchen, alle beide, wäre schade, wenn ich sie wegen irgendwelchem Blödsinn abhängen müsste. Auf der anderen Seite merke ich ja schon seit einer ganzen Weile, dass ich es satthabe, dass es Zeit wird, das Format zu wechseln und so weiter. Aber gleich so radikal? Gleich alle beide in die Wüste schicken? Warum bloß ich? Warum stellt das Schicksal ausgerechnet mich immer vor die allerbeschissensten Entscheidungen? Völlig gleich, wie ich mich hier positioniere, die Situation ist und bleibt beschissen. Da hocke ich, gefangen in Lenas Armen, und die Tränen laufen mir die Wangen herunter. Ich tue mir wahnsinnig leid.

Endlich stehe ich auf, präsentiere Lena ein letztes Mal den köstlichen Anblick meines verweinten Gesichts und verfüge mich ins Bad. Stelle mich unter die Dusche, drehe die Hähne ganz weit auf und halte den Kopf unter den warmen Strahl. Erstmal entspannen. Mal sehen, wann sie endlich abhaut. Sie kann ja nicht ewig da im Schlafzimmer rumhängen, immerhin ist heute ein ganz normaler Arbeitstag! Es gibt ja noch so etwas wie Arbeitsdisziplin und Pflicht und so weiter. Ich spüre fast körperlich ihre Anwesenheit hinter der Tür, und das nervt jetzt echt. Was stehst du da rum und vergeudest deine Arbeitszeit? Oder ist es deinen Leuten egal, wann du am Arbeitsplatz erscheinst?

»Andrej«, sagt sie durch die Tür. »Liebling, ich fahre jetzt los. Ich liebe dich. Wir sehen uns heute Abend. Ruf an, wenn du gehst.«

»Gut«, nuschele ich.

Sie geht. Ah, endlich!

»Andrej!«

Verdammte Scheiße, was ist denn noch?

»Weißt du, ich wollte dir nur sagen, dass du ... dass du einfach wunderbar bist. Ich habe noch nie erlebt, dass ein Mann in so einem Moment weint, nicht einmal im Kino. Du bist hinreißend. Ich liebe dich.«

»Ich ... bete dich an«, brumme ich und spucke einen Schwall Wasser an die Wand.

Ich glaube, jetzt ist sie endlich weg. Ich drehe die Hähne noch weiter auf, versuche, mich zu entspannen, indem ich an meinen Traum denke. Frauen, Frauen, Frauen ... Manche Leute verbinden die Erinnerung an die Jahre, die sie hinter sich gelassen haben, mit ihren Erfolgen in Ausbildung oder Karriere, mit politischen Wahlen oder Wirtschaftskrisen, andere orientieren sich an den Preisen für Heizöl oder Benzin. Bei mir ist das anders. Wenn es so etwas wie Marksteine in meinem Leben gibt, dann sind das die Frauen. Sagt jemand 2002, dann denke ich an Mascha und Kristina, die beiden Studentinnen von der historischen Fakultät, mit denen ich in dieser Zeit eine lebhafte Doppelromanze hatte. 2003 – das war die heiße Affäre mit Olga, 2004 und 2005, na ja, das waren zwei ziemlich chaotische Jahre, 2006: Janna, Julia und Katrin, und 2007 dann Rita und Lena. Frauen sind meine Karriere, meine Poesie, Frauen sind meine Universitäten, um es mal mit Gorki zu sagen ... Aber trotzdem, ein Gigolo war ich nie. Durch die Frauen habe ich das Leben kennengelernt, unterschiedliche soziale Schichten, unterschiedliche Berufe und Geschäftszweige, unterschiedliche Szenen. Sie haben mich in meinem Leben vorwärtsgebracht, mich vorangetrieben. Ich kann ohne weiteres sagen, dass ich mich in dieser Welt nach den Flammen der Leidenschaft nicht schlechter orientiert habe als ein Schiff am Licht eines Leuchtturms. Ich konnte nie genug bekommen, ständig war ich auf Jagd, habe mich verliebt, wurde geliebt, habe erobert und mich erobern lassen. Und kaum hatte ich eine erobert, begann ich um meine Freiheit zu kämpfen. Ein Teufelskreis. Ich bin von Natur aus polygam und werde einer Frau schnell überdrüssig. Frauen sind eben entsetzlich besitzergreifend, sie sind unersättliche Tiere. Aber ohne einander können wir nicht sein. Ja, wirklich! Mag ich auch dem Bild des getreuen Ehemanns, der seinem Eheweib auf dem gemeinsamen Lebensweg wacker voranschreitet, ein Sputnik im Kosmos der Moral, in keiner Weise genügen, so gebe ich mir doch Mühe, allen meinen Frauen das volle Programm zu bieten. Ich bin nun einmal ein veritabler Nachfahre Casanovas: schnell entflammbar, aber wenig beständig. Dafür verlange ich auch nicht viel, ich will nur immer wieder neu überrascht werden.

Im Unterschied zu anderen modernen Männern betrachte ich eine Frau nicht als bessere Gummipuppe, die dummerweise teure Speisen und noch teurere Kleider braucht. Für mich ist jede Frau ein Universum. Aber, schon mal von der Theorie der Paralleluniversen gehört?

»Andrej, heute ist Aljonas Geburtstag. Treffen um 20:00 Uhr im Simatschow. Vergiss es nicht, bitte. Ich liebe dich«, steht in Lenas akkurater Handschrift auf einem Blatt, das sie aus ihrem Organisator herausgerissen hat. Beschwert ist der Zettel mit dem Schlüsselbund für ihre Wohnung.

20:00 Uhr! Warum kann man nicht einfach schreiben: acht Uhr? Fehlte nur, dass sie mit »Hochachtungsvoll – Jelena Spirina, Buchprüferin« unterschreibt.

Es ist zehn Uhr. Eigentlich finde ich es ja gut, früh aufzustehen. Man kann in Ruhe frühstücken, die Klamotten für den Tag aussuchen und dann gründlich seinen Arbeitstag planen. So schafft man doppelt so viel wie sonst. Das Problem ist nur, dass es im Augenblick für mich absolut gar nichts zu tun gibt.

Mit Kaffee und Aschenbecher bewaffnet, begebe ich mich wieder ins Schlafzimmer und haue mich aufs Bett. Ich stecke mir eine Zigarette an und schalte die Glotze ein. Dann krame ich mein Handy aus der Tasche und tippe eine SMS an Katja. Apropos SMS: Es wird wirklich Zeit, dass ich meine SMS-Nachrichten lösche, bevor ich bei meinen Freundinnen übernachte. Natürlich ist es voll daneben, fremde Post zu lesen, aber die Möglichkeit zu haben und sie nicht zu nutzen, wäre eine sträfliche Dummheit. Lena, schätze ich, würde nicht in meinem Telefon herumschnüffeln, aber Rita ... Von der kann man das ohne weiteres erwarten. Obwohl, von Lena wohl auch. Verdammt, woher hat Rita dieses Telefon? Ich wette, irgendein geiler Bock hat ihr das Ding geschenkt, hundertpro!

»Bist du schon wach? Wie steht es mit unserer Verabredung? 12 Uhr okay?«, tippe ich.

Um zwölf Uhr mittags ist das Coffeemania schon rappelvoll. Besser situierte Studenten, Kinder dicker Bonzen, Angestellte von Werbeagenturen, Kreative, Regisseure, Internetfreaks, Designer, Journalisten, also die ganze Bruderschaft der sogenannten schöpferischen Menschen. Ach, und natürlich die üblichen Bräute dicker Portemonnaies, die sich hier vor den Anstrengungen des alltäglichen Shoppings bei einem frugalen Frühstück stärken, westliche Geschäftsleute und russische Büroklaven »bohemian style«. Vor allem letztere Kategorie übertrifft übrigens in punkto Witzigkeit jede professionelle Comedy-Show. Sie alle tragen Einheitsgrau, dazu rosa Hemden und Krawatten, und auf dem Tisch vor ihnen, neben einer Tasse Kaffee, einem linienfreundlichen Ceasar-Salat und dem obligatorischen Glas Wasser – ohne Kohlensäure –, liegt der *Kommersant*. Der Uneingeweihte bemerkt auf den ersten Blick keinerlei Unterschied zwischen den ausländischen Managern mittlerer Gehaltsstufe und den russischen Top-Managern. Nur dass die Ausländer, als preiswertes Unterscheidungsmerkmal von ihren genormten russischen Kollegen, ein winziges Haarbürstchen unter der Unterlippe tragen, mit dem sie in provokativer Weise (doch absolut im Rahmen des betrieblichen Dresscodes) ihre Individualität betonen. Es sieht aus, als hätten sie ein wenig Moos angesetzt.

Das Coffeemania steht im Rufe, dass von ihm eine ganz besondere, sprich: ganz besonders »schöpferische« Atmosphäre ausgeht. Ich selbst kann eigentlich keinen Unterschied zu banaleren Lokalitäten wie dem Starlight, der Galerie oder dem Goodman erkennen, aber mehr als einmal habe ich gehört, wie Gäste einander mit vor Ehrfurcht bebender Stimme zuraunten: »Hier herrscht eine ganz spezielle Atmosphäre ... ein ganz spezielles Publikum, verstehst du?«

Katja verspätet sich. Ich bin bei meinem zweiten Caffè Latte, lasse meinen Blick gelangweilt durch den Raum schweifen und weiß nicht, was ich mit meinen Händen machen soll. Soll ich mir eine Zeitung aus dem Zeitungsständer nehmen? Den *Kommersant?*

Das Klingeln meines Handys erlöst mich.

»Ja?«

»Guten Tag! Das Djaghilew-Projekt lädt Sie zu unserer Abendveranstaltung ›Fata Morgana‹ am kommenden Samstag ein«, verkündet schwungvoll die Stimme einer jungen Dame aus dem Club Djaghilew, der pünktlich jeden Freitag die Telefone der Moskauer »Männer mit Potential« mit Werbe-SMS zumüllt, damit sie ja nicht vergessen, dass das Wochenende bevorsteht, an dem sie ihre Zeit verplempern können.

»Was für eine Veranstaltung?«

»›Fata Morgana‹, am Samstag. Besuchen Sie uns!«

»Vielen Dank«, sage ich und schalte ab. Tja, der Freitag hat begonnen.

Am Tisch neben mir lassen sich zwei absolut identisch getunte Blondinen unbestimmbaren Alters in Juicy-Couture-Sportanzügen nieder, die eine in Gelb, die andere in Rosa. Ich muss daran denken, dass Anfang der neunziger Jahre die Moskauer Mafiosi prinzipiell nur Trainingsanzüge trugen, was immer sie taten und wo immer sie sich aufhielten. Diese Spezies der Moskauer Blondinen der Zweitausender machen es im Grunde genauso. Als wäre die Welt ein einziges Fitness-Studio. Damals war es Adidas, jetzt Juicy Couture. Eigentlich hat sich nichts geändert. Rein gar nichts.

An den Handgelenken der Damen baumeln diamantengespickte Uhren von wahrhaft männlichen Ausmaßen, an

Fingern und Ohren bemerkenswert geschmacklose Produkte des Juwelierhandwerks, ebenfalls mit Diamanten besetzt, allerdings von geringer Karatzahl – woran sich die Zugehörigkeit ihrer Trägerinnen zur zweiten oder dritten Garde der »Lieblinge« ablesen lässt. Eine der beiden Bräute ist schwanger, und die Steine in ihren Ohrringen sind ein wenig größer als bei ihrer Gefährtin. Während der ganzen Zeit, die ich sie beobachte, reden die beiden Grazien kein Wort, schauen mit säuerlichem Gesicht in die Gegend und trinken Wein. In regelmäßigen Abständen blicken sie auf den Stuhl neben sich, auf dem ihre kostspieligen Handtaschen thronen. Auf der Tischfläche liegen dekorativ ausgebreitet ihre Zigarettenschachteln, Feuerzeuge, zwei erdbeerfarbene Vertu-Handys und die Autoschlüssel.

Jetzt nähert sich eine dritte Freundin, eine Rotblonde, die aussieht wie ein Model. Sie ist um einiges jünger als die beiden anderen, hat eine bessere Figur, ist aber auch bescheidener gekleidet: kurzes rotes Kleid, rote Schuhe, rote Handtasche, eine kleine Armbanduhr mit kleinen Diamanten. Dafür sind die Lippen echt.

»Hallo, Mädchen!« Sie verteilt schmatzende Küsschen. »Stellt euch vor, ich habe vorhin in einem Magazin gelesen, dass man glatt ein Pfund zunimmt, wenn man nicht ausschläft! Das ist doch zum Verrücktwerden! Gestern hab ich den ganzen Tag nur Obst gegessen, dann bis vier Uhr morgens gevögelt, und um zehn bin ich schon wieder aufgestanden. Soll das jetzt heißen, meine ganze schöne Diät war für die Katz?«

»Hast du dich gewogen?«, fragt die rosa Freundin.

»Wie denn? Ich hab kaum Zeit gehabt zu duschen! Janna, du glaubst es nicht, das ist ein schrecklicher Kerl!«

»Freu dich doch, wenn er dich anständig bumst. Nicht ausgeschlafen!«, sagt die schwangere Dame in Gelb.

»Ach, egal«, plappert die Hinzugekommene und wedelt mit dem Pfötchen. »Jedenfalls hab ich es ihm auch ordentlich besorgt.«

»Hast du neue Schuhe?«, fragt Janna.

»Hm-hm! Vorgestern gekauft! Christian Louboutin«, bemerkt die Rote lässig.

»Wem hast du's besorgt, Lisa? Diesem Bullen?«, fragt die Schwangere in absolut gleichgültigem Ton.

»Janna, was denn für ein Bulle? Wir sind doch schon lange getrennt«, antwortet Lisa gekränkt. »Er heißt Tolja, ein Erdölmanager, hab ich dir doch erzählt! Er sieht ein bisschen gewöhnlich aus, aber er hat Geld. Er hat mir neulich einen Ring gekauft, von Chopard!« Lisa reckt stolz ihren Finger in die Höhe.

»Ziemlich kleiner Stein. Er hätte ruhig einen größeren rausrücken können, dein feiner Erdölmanager«, schnaubt Janna. »Guck dir Jenja an: zweihundert Quadratmeter in dieser Nobelwohnanlage, Alye Parussa, direkt an der Moskwa, nächste Woche sind sie fertig mit der Renovierung. Und sie hat keinen Erdölmanager, bloß einen einfachen Banker.«

»Dafür hat Jenja ja auch hart gearbeitet«, gibt Lisa mit einem Blick auf den vorgewölbten Bauch der Schwangeren zurück. »Ich weiß nicht, Mädels, ich glaube, ich habe mich verliebt! Er ist so ein Romantiker! Gestern Abend waren wir zusammen in einem Restaurant, und nach dem Essen hat er zu mir gesagt: Du riechst nach Sommer!«

»Meint er den Klub?«

»Was für einen Klub?«

»Es gab doch mal so einen Klub, der hieß ›Sommer‹«, erläutert Janna.

»Hat der eine Meise? Was wollte er denn damit sagen? Dass du nicht mehr aktuell bist?« Jenja versucht, ihre Brauen spielen zu lassen, denkt aber gerade noch rechtzeitig an das Botox.

»Wieso Klub?« Lisa zündet sich eine Zigarette an. »Er meint den richtigen Sommer, mit Blumen und Sonne und so. Morgen gehen wir ins Theater. Er bezahlt extra jemanden, der für ihn die Karten besorgt und der sich auskennt, wo man jetzt gerade die besten Stücke spielt und was man unbedingt sehen muss und alles.«

»Ach ja, das ist jetzt total angesagt. Alle haben jetzt so einen«, bemerkt Janna träge.

»Verliebt, Romantik, Theater!« Jenja nippt an ihrem Wein. »Und warum ist er dann so geizig, dein Romantiker? Hast du dich erkundigt, was das für einer ist, Lisa? Weißt du, wo er wohnt, wie viel er hat? Vielleicht ist er ja verheiratet!«

»Das sind nicht die Schlechtesten, wie ich sehe«, lacht Lisa mit einem frechen Seitenblick auf Jenjas Bauch.

»Du Biest!«, zischt Jenja. »Spätestens in einem halben Jahr hab ich ihn so weit, dann lässt er sich scheiden. Als er gehört hat, dass ich schwanger bin, wurde er gleich weich wie Butter. Ich hab richtig Schwein gehabt, dass sie beim Ultraschall gesagt haben, es wird ein Junge, er wünscht sich nämlich schon lange einen Sohn, und seine Ballerina ist nicht mehr in Form für sowas.«

»Wie alt ist er denn, dein Wagis?«, fragt Janna wie nebenher.

»Mitte vierzig ungefähr.«

»Das war er vor zehn Jahren«, kichert Lisa.

»Na und!« Jenja streckt ihr die Zunge heraus. »Immer noch besser als dein komischer Bulle. Der hat dich ein halbes Jahr lang ausgenutzt und dir dann gerade mal einen kleinen Mercedes gekauft. Wie großzügig!«

»Er hat mir auch Geld für die Wohnung gegeben.« Lisa stößt Rauch aus. »Fünfzig.«

»Wie großzügig!«

»Ach was!« Lisa seufzt. »Dafür war er gut im Bett, und einmal im Monat sind wir zusammen weggefahren. Außerdem war er für klare Verhältnisse, er hat ganz offen gesagt, dass er verheiratet ist, und dass eine Scheidung für ihn nicht in Frage kommt.«

»Aber in fremde Betten hüpfen, das geht, ja? Anstatt ihm was vorzulügen, hättest du eben wirklich schwanger werden sollen. Wenn man ihnen mit einem Kind winkt, geraten sie immer völlig aus dem Häuschen«, doziert Janna.

»Meiner nicht. Er hat gleich von Anfang an gesagt, er will keine Kinder«, entrüstet sich Lisa. »Er hätte mir sofort einen Tritt in den Hintern verpasst. So ist wenigstens ein Auto dabei rausgesprungen.«

»Lisa hat recht. Bei Abtreibungen sind sie schnell dabei. Eine Freundin von mir hat auf diese Art innerhalb von einem Jahr eine Wohnung finanziert«, pflichtet Jenja bei.

»Aber deinen Tolja musst du wirklich wie ein rohes Ei behandeln, Lisa. Schlag ihm doch vor, für einige Zeit zusammenzuleben. Dann weißt du sofort, woran du bist. Manche Männer sind schrecklich furchtbare Schwätzer. Von wegen Romantik und nach Sommer duften und so! Pass bloß auf!«

»Du hast gut reden, du bist ja verheiratet«, bemerkt Jenja.

»Ach, hör bloß auf!«, schnaubt Janna. »Meiner ist grad in der Midlife-Crisis. Ständig Dienstreisen, Konferenzen, Überstunden. Ich vermute, er hat sich irgendein Flittchen zugelegt. Ich habe schon einen Detektiv auf ihn angesetzt.«

»Und wenn er das mitkriegt? Was dann?« Jenjas Stimme klingt interessiert.

»Wenn du's genau wissen willst: Das ist mir völlig egal. Ich hab mal im Suff zu ihm gesagt: Ich hab dich in der Hand, mein Lieber! Deine Abrechnungen, deine Papiere, deine gesamten Geschäftsunterlagen. Ich weiß alles über dich. Wenn du abhaust, dann nackt!«

»Er lässt dich umbringen!«, flüstert Lisa erschrocken.

»Das wagt er nicht. Dafür hängt er zu sehr an den Kindern. Außerdem hat er genug ins Ausland geschafft. Er wird nicht verhungern. Im Übrigen sind sie alle gleich, verheiratet oder nicht verheiratet. Keiner sieht über die Spitze seines Schwanzes hinaus. Wenn sie so eine junge, willige Schlampe sehen, sind sie nicht mehr zu bremsen. Und von denen gibt es jetzt mehr als genug. In jedem Restaurant hocken mindestens hundert von der Sorte. Mit fünfzehn fangen sie schon an. Andererseits, welcher Mann geht nicht fremd? Na und? Soll er sich austoben, und dann ab nach Hause.«

Klar, ihr, zu eurer Zeit, wart natürlich viel solider, denke ich im Stillen. Ihr habt erst mit sechzehn angefangen.

»Es ist gut, dass du dich so in geschäftlichen Dingen auskennst«, nickt Lisa beifällig mit dem Köpfchen. »Die meisten sitzen bloß da und wackeln mit den Ohren, und am Ende beißen sie sich in den Hintern, weil sie nicht rechtzeitig was auf die hohe Kante gelegt haben.«

»Und wenn er dich mal mit deinem Sporttaucher erwischt? Hast du davor keine Angst?«

Janna winkt ab. »Sporttaucher, Barmänner, na und? Hör mal, zähle ich ihm jede seiner Nutten vor? Wir sind beide erwachsen. Jeder hat seine Sünden und Fehler. Bloß in letzter Zeit hab ich so ein Gefühl, dass bei ihm was Ernsteres im Gange ist …«

»Hallo!«, ruft Lisa in ihr Handy. »Alla, das geht nicht, das hab ich dir doch gesagt. Das weiß ich nicht! Ich rufe dich zurück.«

»Was ist denn mit Alla? Braucht sie mal wieder einen Autosalonbesitzer?«, fragt Janna bissig. »Die ist ein richtiges Biest, pass ja auf mit der!«

»Ach, die fällt mir einfach furchtbar auf die Nerven. Sie will den Klingelton bei ihrem Vertu ändern. Gestern hat sie den Kundendienst in London angerufen, und die haben ihr gesagt, man kann den Klingelton nicht ändern. Jetzt sucht sie jemanden in Moskau, der ihr das machen kann. Er gefällt ihr einfach nicht, sagt sie. Könnt ihr euch das vorstellen?«

»Ist die bescheuert, oder wie?«, staunt Jenja. »Alle Vertus haben den gleichen Klingelton, das ist doch extra, damit man sie gleich erkennt. Wieso will sie den ändern?«

Ich wüsste wirklich gern, wer diese Idiotinnen finanziert. Die eine telefoniert nach London, die andere zitiert Werbeprospekte. Ob sie wohl jemanden angestellt haben, der ihre SMS verschickt?

»Ich weiß es nicht«, sagt Lisa und zieht die Schultern an die Ohren. »Und was war das für eine Geschichte mit dem Autosalonbesitzer? Will Alla sich einen Rabatt für ihr neues Auto zusammenbumsen?«

»Was denn, kennst du die Geschichte noch nicht? Ich dachte, die ganze Stadt weiß Bescheid.« Janna richtet sich die Frisur und schaut sich vorsichtig um. »Also, das war so: Deine Alla geht mit einem Freier in einen Autosalon, der einem Bekannten von ihr gehört. Sie sucht sich ein Auto aus und er bezahlt den Schlitten, cash, versteht sich. Am nächsten Tag kommt sie mit einem anderen Freier, sucht sich genau dasselbe Auto aus und lässt es wieder cash bezahlen. Und das Ende vom Lied: Sie hat das Auto und die Kohle, abzüglich einer kleinen Provision für ihren Bekannten. Und alle sind zufrieden. Vor allem natürlich Alla.«

»Alla hat es faustdick hinter den Ohren«, stimmt Jenja zu. »Als sie nach Moskau kam, hat sie gleich mehreren Einfallspinseln eingeredet, sie hätten ihr den Tripper angehängt. Sie hat jedes Mal ein Riesentheater veranstaltet, Tränen, hysterische Anfälle, alles, was dazugehört. Sie hat ganz gut verdient dabei.«

»Und die Männer haben das nicht überprüft?«, wundert sich Lisa.

»Und wenn schon. Man muss nur die Psyche eines Mannes kennen. Wenn der Test negativ ausfällt, springt er vor Freude an die Decke. Immerhin hat er eine Frau zu Hause, Freundinnen, Affären und so weiter. Er wird wohl kaum loslaufen und sein Geld zurückverlangen. Er ist froh, davongekommen zu sein.«

»Jetzt läuft aber grad was Ernstes bei ihr, mit einem Baumenschen.« Lisa niest. »Der rückt ihr angeblich gar nicht mehr von der Pelle, ruft ständig an, schickt ihr SMS. 36, geschieden.«

»Wirklich geschieden?«

»Keine Ahnung. Jedenfalls hält sie ihn ganz schön an der kurzen Leine. Sie geht zu so einer alten Hexe, hat sie erzählt. Der muss sie Fotos, Haare und so was bringen, und damit hext sie dann herum, damit er ihr nicht stiften geht. So einen Schatz finde ich nicht wieder, sagt sie. Demnächst soll er ihr einen Heiratsantrag machen.«

»Sag mal, und bei dir zu Hause, kommen da irgendwelche Sachen weg? Wäsche, Kämme oder so?«, fragt Jenja.

»Bei mir zu Hause? Wieso denn? Du meinst … Meine Güte … Diese jungen Nutten heutzutage haben es ja alle mit schwarzer Magie und so. Ich muss unbedingt auch zu so einer Alten, die soll mich testen. Vielleicht habe ich ja schon einen Fluch am Hintern!«

»Unbedingt!«, drängt Lisa. »Ich geb dir die Telefonnummer von der alten Nastja. Zu der musst du gehen. Die ist suuuper!«

Katja ist jetzt dreiundzwanzig Minuten zu spät. Erschöpft von dem dummen Geschwätz der drei Tussen, zwinge ich mich aufzustehen und mich in Richtung Zeitungstisch zu bewegen. Mit der *Wedomosti* setze ich mich wieder an meinen Tisch und fange an zu lesen. Endlich kommt Katja.

Sie sieht einfach göttlich aus. Ein schwarzer, enganliegender Pulli, der ihre Brust betont, ein ultrakurzer Baumwollrock, schwarze Leggins und Lackballerinas. Ein Anblick zum Sterben.

»Hallo, wartest du schon lange?«, fragt sie und schenkt mir ein strahlendes Lächeln. »Entschuldige, ich wurde an der Uni aufgehalten.«

»Nein, nein, gar nicht«, sage ich, obwohl jeder andere an meiner Stelle jetzt eine spöttische Bemerkung losgelassen hätte. »Kommst du von der Vorlesung?«

»Nee, ich schwänze mein Seminar«, kichert sie.

»Klasse!« Ich schmelze dahin wie Butter in der Sonne. Sie ist hinreißend, diese Katja. »Hast du Hunger?«

»Hm-hm«, nickt sie. »Und wie! Was liest du?«

»Ach, einen Artikel über so eine neue Telekommunikationstechnik. Da werden die Gespräche der Teilnehmer gescannt, und dann gezielte Werbung geschaltet. Kannst du dir vorstellen, wohin das führt?«

»Oh! Das ist ja super!«, sagt sie und überfliegt den Artikel. »Was meinst du, was so etwas kosten wird?«

»Keine Ahnung«, sage ich und lächele dümmlich. Sogar ihre Konsumblindheit kommt mir ganz reizend vor. »Die Chinesen stellen das bestimmt ganz billig her.«

»Und warum wird so eine Technik bei uns nicht produziert?«, fragt sie, während sie mit gerunzelter Stirn die Speisekarte durchgeht.

»Auf der Ljublanka gibt's das bestimmt schon«, antworte ich mechanisch. Ich denke natürlich an den KGB. Katja nicht.

»Bei Saturn?« Sie schaut für eine Sekunde von der Speisekarte auf.

»Klar, bei Saturn«, lächele ich.

Mein Gott, wie schön sie ist! Ich glaube, bei unserer ersten Begegnung ist mir das gar nicht richtig zu Bewusstsein gekommen. Vielleicht habe ich mich ja wirklich verliebt?

»Ich nehme einen Caesar-Salat, frischgepressten Orangensaft und Spaghetti Carbonara«, verkündet sie.

»Hm-hm. Ich auch«, sage ich, obwohl ich eigentlich gar keine Lust auf Pasta habe.

»Erzähl, wie geht's dir?«, fragt sie und trinkt einen Schluck Kaffee aus meiner Tasse.

»Ach, irgendwie ... geht so«, sage ich. Ich weiß nicht, was ich sagen soll. Ich hätte zwar einiges zu erzählen, zum Beispiel die Sache mit dem Geld für Ritas Auto, oder Lenas Heiratspläne, oder wie ich neulich nachts den Namen dieser Braut nicht mehr wusste (extrem lustig!), aber ich denke, das wäre im Moment eher unpassend. Deshalb sage ich einfach:

»Weißt du, die nächste Nummer ist gerade im Satz, da gibt es noch jede Menge zu tun ...«

»Du hast so eine interessante Arbeit!«, ruft sie lebhaft. »Wahrscheinlich kennst du jeden hier aus der Szene, oder?« Sie macht eine weite Armbewegung durch den Raum. »Wahnsinnig interessant!«

»Hm-hm«, nicke ich bescheiden.

In der folgenden halben Stunde geht ein Hagel von Fragen auf mich nieder, die Moskauer Szene betreffend. Dabei essen wir unseren Salat, trinken Mineralwasser, und während ich einsilbig antworte, winkt sie unentwegt irgendwelchen Bekannten zu, liest SMS und wird sogar einmal ein wenig rot, als zwei Jungs in ihrem Alter an uns vorbeigehen (was ich als einen neuerlichen Beweis ihrer rührenden *Unverdor-*

*benheit* ansehe). Unermüdlich schweift ihr Blick durch den Raum, auf der Suche nach weiteren Bekannten, denen sie lebhaft zuwinken kann, und mehrmals ertappe ich mich bei dem Gedanken, aus welchem Bärenwinkel unseres weiten Landes sie wohl zu uns gekommen ist.

Dann fange ich an, mich ausgiebig über den allgegenwärtigen Markenwahn auszulassen, das Diktat der Modelabels, Images und Logos, ich breche eine Lanze für die Antiglobalisierung und äußere meine Sympathie für jene Länder, die sich gegen die amerikanische Popkultur zur Wehr setzen, die die ganze Erdkugel in eine Barbie-Welt verwandeln will, und auf einmal sagt Katja einen bemerkenswerten Satz:

»Ach, weißt du, ich kümmere mich in letzter Zeit überhaupt nicht mehr um so was; wer welche Handtasche hat, wer welche Filme guckt und wer in welche Kneipe geht, weißt du, das interessiert mich nicht mehr. Ich habe andere Prioritäten. Zum Beispiel möchte ich gern promovieren. Ich schaue lieber in mich selbst als auf andere.«

Dann erzählt sie mir, warum sie den Kontakt zu gewissen Freundinnen abgebrochen hat, beschwert sich über die naiven Vorstellungen der meisten jungen Leute, und wie furchtbar sie das Fernsehprogramm findet. (»Außer die Musiksendungen, oder Casting-Shows, die schaue ich mir manchmal an.«) Sie lästert über die Jungs aus dem ersten Studienjahr, die alle auf böse Gangsta-Rapper machen, und über die Mädchen, für die es das Höchste ist, mit einem Jungen zusammen zu sein, der sie regelmäßig in die Türkei ausführt (sie benutzt tatsächlich genau dieses Wort) oder der wenigstens ein cooles Handy hat. Und ganz schlimm findet sie, dass heutzutage jeder einen Kredit aufnimmt, sogar die Studenten. Sie selber dagegen hat nur ein einziges Mal etwas auf Raten gekauft.

Ich sitze derweil einfach nur da, lausche ihrem charmanten Geplapper und vergesse die Welt um mich herum. Verschwunden sind die Kellnerinnen und Barmänner, die Büroangestellten und die ausländischen Manager, selbst die drei überreifen Grazien am Nachbartisch haben sich in freundliche rosa und gelbe Farbflecken verwandelt. Ich habe aufgehört, Katja zuzuhören, nicke nur im Takt zu der zauberhaften Melodie ihrer Stimme und lächele dumm. Wir haben erst zwei Gläser Wein getrunken, aber es kommt mir vor, als wäre ich schon vollkommen betrunken. Ich kann mich nicht erinnern, wann ich mich jemals so gut gefühlt habe.

Wie schön wäre es, mit ihr ans Meer zu fliegen: nach Spanien, Frankreich, Italien, meinetwegen auch nach Ägypten, wenn es sein muss. Hauptsache, nur wir beide allein und möglichst lange. Vormittags würden wir am Strand spazieren, mittags in einem netten Lokal mit Blick aufs Meer essen gehen und anschließend Arm in Arm durch die Stadt schlendern, Souvenirläden durchstöbern und albernen Kitsch kaufen, der uns später an langen Winterabenden an die Zeit erinnert, in der wir so glücklich waren. Wir wären einfach unzertrennlich. Im Herbst würde Katja mit ihrer Doktorarbeit beginnen, ich dagegen würde mein Büroleben endgültig an den Nagel hängen und auf Freelancer umsatteln. Ich würde aufhören zu saufen und allen möglichen Dreck einzuwerfen, stattdessen nur noch guten Rotwein trinken. Und im Sommer darauf würde ich allen Neidern das Maul stopfen, indem ich meiner Katja einen Heiratsantrag machte.

Da klingelt mein Handy. Mist. Aber so ist das immer: Kaum öffnet man sein Herz edlen, positiven Gefühlen, bricht irgendwo ein seelisches Abflussrohr und überschwemmt einen mit Strömen von Dreck und Scheiße. Ich schaue aufs Display, entschuldige mich und entferne mich ein paar Schritte von unserem Tisch. Es ist Rita.

»Hallo, wie geht's?«

»Alles klar. Und dir?«

»Mein Termin ist gerade vorbei. Ich habe überlegt, ob wir nicht zusammen essen wollen?«

Schon wieder essen.

»Ich bin in einer Besprechung, Häschen. Vielleicht lieber heute Abend ...«

Verdammt, heute Abend bin ich mit Lena auf dem Geburtstag!

»Tja dann ...«, macht sie launisch. »Oder hättest du vielleicht Lust ins Kino? Seit zwei Wochen bettle ich schon, dass du mich mal ins Kino ausführst. Ich schlage vor, wir gehen heute ins Puschkinski, um sieben fängt der Film an. Ja?«

»Um sieben ist bei mir ganz schlecht, Rita, ich ...« Hektisch fange ich an zu überlegen, was ich ihr für eine Ausrede auftischen könnte. »Wir müssen heute die Kostenplanung für die Eröffnungsveranstaltung des Klubs abklären, das ist um fünf, um sechs ist dann ein Casting für die Tänzerinnen, und um sieben ... nee, tut mir leid, ich bin echt total ausgebucht, Häschen!«

»Ja. Schade.« Lange Pause. »Und du kannst dich wirklich nicht loseisen? Heute ist doch Freitag, da läuft sowieso nicht mehr viel. Die Kostenplanung kannst du auch am Montag machen.«

»Rita, jetzt hör mal, das kann ich doch nicht allein entscheiden!« Ich schaue zu Katja hinüber und winke ihr mit den Fingerspitzen zu. »Ich muss auf meine Partner Rücksicht nehmen. Der eine fliegt übers Wochenende nach Europa, der andere hat sowieso ständig Stress am Hals, was glaubst du, wie schwer es ist, die mal alle an einen Tisch zu bringen!«

»Ich verstehe ja, dass du viel zu tun hast«, seufzt Rita. »Hör mal ...«

»Ja?«

»Wegen dieser Auto-Geschichte ...« Ritas Stimme wird einschmeichelnd. »Hat es geklappt, mit dem Geld?«

»Mit dem Geld?« Jetzt erst fällt mir wieder ein, dass ich in meiner Jackentasche zehntausend Dollar mit mir herumtrage, und ich ärgere mich über mich selbst, dass ich den ganzen Vormittag vertrödelt habe, anstatt ihr zeitig das Geld rüberzuschieben.

»Das ist geregelt. Wir müssen nur überlegen, wann ich es dir geben soll.«

»Am besten, ich komme gleich vorbei, ich habe gerade eine Lücke.«

»Wo willst du vorbeikommen?«

»Na da, wo du bist. Übrigens, wo bist du eigentlich?«

»Ich? Ich ... äh, an der Puschkinskaja, ich bin gerade raus, mir ein Sandwich besorgen«, lüge ich und merke selber, dass es reichlich fadenscheinig klingt.

»Dann komme ich dorthin.«

»Wunderbar!«

Halt, stopp! Was ist daran wunderbar? Und was mache ich mit Katja?

»In einer Dreiviertelstunde kann ich da sein, wenn nicht zu viele Staus sind.«

»Sagen wir in einer Stunde, in der Etage an der Twerskaja. Ich muss da noch jemanden treffen.«

»Schön.«

»Also dann, bis nachher.«

»Andrej ...«

»Was?«

»Ich liebe dich!«

»Ich dich auch.« Ich schaue wieder zu Katja. »Sehr.«

Als ich an den Tisch zurückgehe, bin ich ein anderer Mensch. Katja telefoniert, ich lasse die Rechnung kommen.

Wohin sind jetzt all die schönen Träume und innigen Gefühle? Was für ein erbärmliches Leben ist das doch, wenn man nicht einmal dazu kommt, sich richtig zu verlieben? Katja steckt ihr Telefon weg und schaut mit ihren hellen Augen zu mir auf.

»Ist etwas passiert?«

»Bei mir? Nein, nein, gar nichts. Mein Geschäftspartner hat aus Frankreich angerufen, die Verbindung war schlecht, ich bin nur zur Seite gegangen, damit ich nicht durch das ganze Restaurant schreien muss.«

»Also dann ...« Sie ist aufbruchsbereit. Mir kreist immer noch das Gespräch mit Rita im Kopf herum, ich denke an das Geld, vom Geld komme ich auf Lena, und plötzlich habe ich eine Idee:

»Hör mal, Katja, am Sonntag feiert ein Bekannter von mir Geburtstag, hast du nicht Lust, mitzukommen?«

Dann erzähle ich ihr von meinem wunderbaren alten Freund Ljocha – enzyklopädisch gebildet, Gentleman, Globetrotter und Halb-Oligarch –, zähle auf, was für wahnsinnig interessante Leute sie bei der Fete treffen könnte: Schauspieler, Künstler, Sänger, bedeutende Geschäftsleute, Schriftsteller (Alkoholiker, Junkies, Hochstapler, Verrückte ...). Die ganze Stadt sei scharf darauf, eingeladen zu sein, aber nur wenige seien auserwählt. Kurz und gut, ich male ihr den Abend in den wildesten Farben aus. Nach zehn Minuten Reden verspricht sie mir, darüber nachzudenken, nach fünfzehn Minuten memoriert sie, was sie am Sonntag vorhätte, und nach zwanzig Minuten sagt sie, höchstwahrscheinlich könne es bei ihr klappen.

Sofort schwebe ich wieder im siebten Himmel, gebe ein wahnwitziges Trinkgeld, schnappe mir, ich weiß auch nicht warum, Katjas Handtasche, und wir schlendern zum Ausgang.

Draußen schlage ich ihr vor, noch ein wenig zusammen

spazieren zu gehen. Wir gehen den Twerskoj-Boulevard entlang. Ich würde jetzt so gerne ihre Hand halten, aber ich traue mich nicht. Stattdessen schiebe ich meine Hände in die Hosentaschen. Mein Gott, wie lächerlich ich bin in meinem ewigen Bemühen, ernst genommen zu werden. Ich scheine mir tatsächlich in die Hosen zu machen bei dem Gedanken, einer meiner Bekannten, oder auch nur irgendein fremder Passant, könnte mich dabei erwischen, wie ich die Straße entlangscharwenzele und mit einer Studentin Händchen halte. Die sogenannte öffentliche Meinung zerstört jedes Gefühl im Kern und lässt weiter nichts als »richtige« Bilder zurück. In einer Welt, in der das Substantiv »Liebe« nur in Verbindung mit dem Verb »machen« verwendet wird, muss das äußere Bild der Gefühle der aktuellen Fotoserie von Anton Lange in der *Vogue* entsprechen. Die Leidenschaft wird per Photoshop hinzugefügt, wie die erforderlichen Rundungen an den richtigen Stellen, die schmachtenden Gesichter, die glänzenden Augen.

Einfach seine Gefühle zu zeigen, so wie es die Menschen früher getan haben, das gilt heute als Kinderkram. Arm in Arm spazieren gehen, sich unter Bäumen küssen, Herbstblätter sammeln und dergleichen, so etwas betrachten wir heute als abartig, als pervers, als ginge es um Pädophilie. Und die Pädophilie selber, tja ...

Wir spazieren den Boulevard entlang, und ich hüpfe wie ein Tennisball um Katja herum, fuchtele mit den Händen, lache, erzähle ununterbrochen Geschichten aus meiner Schulzeit in Amerika und aus meinem Studentenleben. Auf einmal rutscht mir heraus:

»Gehen wir heute ins Kino?«

»Was? Wann?«, fragt sie verdattert.

»Sagen wir um sieben? Oder um acht? Ins Puschkinski ... Nein, lieber ins Oktober!«

»Und was läuft da gerade?«

»Spielt das eine Rolle?«

Katja überlegt einen Moment, dann lächelt sie mich an und sagt: »Na klar!«

Und dieses »Na klar« bringt mich endgültig um den Verstand. Kurz danach verabschieden wir uns, ich halte einen Wagen für sie an und vergesse vor Aufregung sogar, sie zu küssen, obwohl ich mich doch schon die ganze Zeit darauf gefreut habe. Sie fährt davon, ich zünde mir eine Zigarette an, nehme einen tiefen Zug und bedenke all die armen Menschen um mich herum mit einem langen, triumphierenden Blick. Und als dieser Blick dann hinüber zur anderen Seite des Puschkin-Platzes schweift, ertappe ich mich bei dem Gedanken, dass mich zum ersten Mal in meinem Leben die vielen Obdachlosen nicht nerven, die dort herumhängen und leere Flaschen sammeln, und auch nicht die Männer, die am Puschkin-Denkmal stehen und kümmerliche Blumensträuße feilbieten.

Bevor ich mich zu diesen Typen aufmache, die ich wegen ihrer schwarzen Messe interviewen will, gebe ich noch schnell mein Diktaphon mit dem Bucharow-Interview in der Redaktion ab, treffe mich kurz mit Rita, rufe Lena an und bestätige unsere Verabredung, schicke eine SMS mit großartigen Entschuldigungen an Marina und empfange ihre kurze, aber eindeutige Antwort, deren Inhalt allerdings nicht zitierfähig ist. Bis der Film anfängt, bleiben noch drei Stunden. Ich fahre mit der Metro.

Auf der Soljanka-Straße komme ich wieder ans Tageslicht, wende mich nach rechts und gelange in einen Hof, der an drei Seiten von massiven Ziegelhäusern vorrevolutionärer Bauart umschlossen wird. Ich überprüfe die Adresse in meinem Notizbuch und betrete den dritten Aufgang.

Im dritten Stock klingele ich an der Wohnung Nummer

66 dreimal. Ein ziegenbärtiger Mann öffnet mir, gekleidet in das Überbleibsel eines Kimonos oder einer Soutane, unmöglich, das genau festzustellen. Da das Teil schwarz ist, wirkt es am ehesten wie eine Soutane.

»Wer bist du?«, fragt er und schiebt sich ein paar verfilzte Zotteln hinters Ohr.

»Andrej Mirkin vom *Beobachter*. Man hat mir gesagt, ich werde erwartet«, sage ich und spüre ein unangenehmes Brennen ganz tief im Innern.

»Jeder wird hier erwartet«, murmelt der Ziegenbart und tritt zur Seite. Bevor er die Tür hinter mir schließt, schaut er im Treppenhaus nach, ob da nicht noch jemand ist.

Ich trete in einen langen, engen Korridor, dessen Wände von oben bis unten mit bizarren Graffiti bedeckt sind wie der Körper eines Tätowierten. Wirre Zickzackbuchstaben, aus einem Alphabet, das noch kein Mensch entziffert hat.

Der Ziegenbärtige führt mich in ein Zimmer, spärlich eingerichtet mit einem abgetretenen Teppich, einem verbeulten Ledersessel gleich neben der Tür und einer Art Diwan in der Ecke neben dem Fenster. Zu meiner Erleichterung weist er mir den Sessel an, denn die Vorstellung, mich auf diesen Diwan setzen zu müssen, auf dem sich wahrscheinlich schon Generationen von Junkies gewälzt oder ausgekotzt haben, behagt mir gar nicht.

»Sind Sie der, den ich interviewen soll?«, frage ich ihn.

»Ich?« Der Ziegenbart bricht in ein Lachen aus, das sofort in ein heiseres Husten übergeht. »Nein, Sie suchen den Meister.«

Der Blick seiner grauen, wässrigen Augen ist schwer zu ertragen, also schaue ich mich lieber im Raum um. Die Wände sind mit sonderbaren Bildern bedeckt, die Tiere mit menschlichen Gesichtern darstellen. Ineinander verschlungene Leiber mit detailverliebt gemalten Genitalien, männlichen wie weiblichen, dazwischen Kreuze, Halbmonde und andere religiöse oder magische oder pseudo-magische Symbole.

»Ich male auf Bestellung. Manche Kunden holen ihre Bilder nicht ab, manche zahlen nicht pünktlich. Dann behalte ich die Bilder.« Er brauchte nicht einmal mein Stichwort, um über seine geniale Malerei zu quatschen. »Wer gefällt dir besser, die Frauen oder die Typen?«

»Mir? Keine Ahnung«, antworte ich wahrheitsgemäß.

»He, he. Was heißt hier keine Ahnung? Sowas weiß man doch. Du musst doch wissen, mit wem du's lieber machst, mit Weibern oder mit Typen.«

Verdammter Junkie. Ich habe das unbestimmte Gefühl, in einer üblen Falle zu sitzen. Diese Wesen haben nicht mal entfernte Ähnlichkeit mit Menschen, was soll mir da gefallen? Ich muss hier raus, und zwar so schnell wie möglich.

»Eigentlich mit Frauen. Im wirklichen Leben jedenfalls … Aber auf Bildern…«

»Sind Bilder kein Leben?«

Zum Glück betritt in diesem Moment ein hochgewachsener, aschblonder Mann in schwarzem Rollkragenpullover das Zimmer.

»Sind Sie der Mann von der Zeitung?«, fragt er mit sonorer Baritonstimme.

»Ja. Und Sie sind der Meister?«

Der Mann nickt, dreht sich um und verlässt das Zimmer. Ohne zu überlegen folge ich ihm. Wir gehen zum anderen Ende des Korridors und betreten ein kleines Kabinett, in dem zwei Sessel neben einem Zeitungstischchen stehen. Über dem Tischchen hängt ein großer Spiegel in einem schweren Holzrahmen. Wir setzen uns.

»Andrej, hat Vera Ihnen schon etwas über uns erzählt?«

»Äh … nein. Nicht so richtig.«

»Dann werde ich Ihnen das Nötige erklären. Folgendes:

Der nächste Freitag ist für uns ein ganz besonderes Datum. Wir, das heißt, die legitimen Nachfolger der Nördlichen Loge, wollen zu dieser Gelegenheit eine schwarze Messe zelebrieren.«

In der nächsten halben Stunde textet der Blödmann mich mit komplettem Schwachsinn voll, über Fackelzüge durch die Moskauer Katakomben, unterirdische Kunstausstellungen (wahrscheinlich die Machwerke von dem Ziegenbart), Performances und Streichkonzerte. Er schwadroniert über heidnische Kulturen, Satanismus, Idiotismus, zeigt mir immer wieder Bildchen mit Ziegenböcken, Teufelchen und alten Frauen. Je länger er redet, desto stärker verspüre ich den Wunsch, einfach nur die Flucht zu ergreifen. Diese verdammte Vera, der ich diese Scheiße verdanke, hab ich inzwischen mindestens dreimal zum Mond geschickt. Aber das bringt mich hier auch nicht raus.

Also tue ich das einzig Mögliche, was man in einer solchen Lage tun kann: Ich stimme diesem Schwachkopf bei jeder seiner Idiotien überschwänglich zu und fange selber an, puren Blödsinn abzulassen. Gerade beendet er seinen letzten Redeschwall mit den Worten:

»Jedenfalls, wir brauchen für diesen Zweck einen guten Promoter.« Dann sieht er mich erwartungsvoll an.

»Wie bitte?«

»Einen Promoter«, wiederholt er ungerührt.

»Ach ja, klar, einen Promoter, natürlich«, plappere ich los. »Und brauchen Sie nicht vielleicht auch ein paar Sponsoren für Ihre Veranstaltung? Für Alk, Blumen, Deko, Licht und so weiter.

»Das wäre nicht schlecht«, nickt er beifällig.

»Okay.« Ich schalte auf Profi. »Also lassen Sie uns mal überlegen ... Was halten Sie davon, wenn ich zu dieser ... dieser Dings ...«

»Schwarzen Messe.«

»Zu dieser schwarzen Messe in einem schwarzen Anzug von Ralph Lauren erscheine? Dazu einen schwarzen Rollkragenpulli von Prada und schwarze Converse-Turnschuhe! Hm? Überall Fackeln, viel schwarzer Stoff und dazu düsterer Trip-Hop. Denken Sie daran, der DJ muss ganz in schwarzes Leder gekleidet sein, am besten nehmen Sie gleich einen Schwarzen, genau, ein Schwarzer, das ist es, was Sie brauchen! Schwarze sind jetzt überall am Ruder. Wu-Tang Clan, Jay-Z, und natürlich Beyoncé. Nicht ganz Ihre Baustelle, schon klar, aber trotzdem ziemlich stark, ich meine, das ist wirklich ein starkes Mädel, oder? Also die DJ-Frage ist geklärt, die Musik ist auch klar. Ah, fast hätte ich es vergessen! An die Converse kleben wir so große goldene Sterne, ich hab vorhin gesehen, dass Sie die als Logo benutzen. Das wird super, ein absoluter Knaller, das verspreche ich Ihnen!«

»Was meinen Sie? Was für ein Logo?« Er hat den Kopf ein wenig schief gelegt und starrt mich an wie einen Außerirdischen. »Wir haben kein Logo. Der Stern, den Sie vermutlich meinen, ist ein Pentagramm.«

»Ach so? Na, macht nichts, dann nehmen wir eben ein Pentagramm, das geht auch, kein Problem. Also für mich ist soweit alles klar, bis morgen hab ich die Planung fertig, inzwischen spreche ich schon mal mit den Sponsoren. Wie viele Personen erwarten Sie, so über den Daumen gepeilt?«

»Dreihundert, höchstens«, antwortet er und sieht auf die Uhr.

»Hervorragend! Wunderbar!« Ich stehe auf und strecke ihm die Hand entgegen. »Tja, hat mich sehr gefreut, Sie kennenzulernen. Morgen schicke ich Ihnen ein vorläufiges Konzept!«

»Morgen ist Samstag«, blinzelt er ungläubig.

»Wir Promoter haben kein Wochenende.«

Er begleitet mich zur Tür, wir verabschieden uns, ich hebe den Blick und sehe direkt über mir an der Wand das Wort WARUM? – das gleiche Graffito wie an der Krassina-Straße. Das Verlangen, diesen Ort so schnell wie möglich zu verlassen, steigert sich ins Unermessliche. Wie ein Irrer rase ich die Treppe hinunter und denke immer nur: Wer hat mich bloß so reingelegt?

Also ich wieder auf der Straße bin, fasse ich den Entschluss, bis zur Metrostation Lubjanka zu Fuß zu gehen, obwohl es ziemlich weit ist. Ich muss dringend meinen Kopf auslüften. An der Station Kitaj-Gorod kaufe ich die Zeitschrift *OK*, werfe sie in der Grünanlage am Kyrill-und-Method-Denkmal aber schon wieder in den nächsten Papierkorb, nachdem ich auf der dritten Seite ein Foto von Monica Belucci als Blondine entdeckt habe. Auf der anderen Seite der Grünanlage, dicht beim Denkmal, wo für gewöhnlich nicht mehr ganz frische Herzensbrecher blutjunge Soldaten abschleppen, drückt mir ein Mädchen einen Stapel Flugblätter in die Hand, auf denen die Union der rechten Kräfte dazu aufruft, eine Gay-Parade abzuhalten. Um die Aktion durchschlagkräftiger zu machen, ist das Ganze mit dem Slogan untermauert: »Steigert die Geburtenrate!« Als ich das Polytechnikum erreiche, empfange ich eine SMS aus dem Klub Das Dach:

»Das Dach der Welt # Die Werte der Familie # DJ's: Duhow, nils (+drums), spirit, volodya # rsvp comfortpeople+comfortmusic=comfortdance«.

Irgendetwas geht vor, ich spüre es. Etwas vollständig Wirres, Ungereimtes, Schräges. Nachtklubs propagieren die Werte der Familie, Mädchen, die sich in ihrem Facebook-Profil oben-ohne präsentieren, verlangen von mir, ihr reiches Innenleben zu würdigen. Die Welt ändert sich rasant. Man muss sich nur einmal umschauen. Angehörige des mittleren Managements, die früher mit ernster Miene im Raucherabteil die Vorzüge eines drei Jahre alten BMW gegenüber einem neuen Ford Focus erörterten, unterhalten sich jetzt genauso ernsthaft über den Tod Luciano Pavarottis. Schlimmer! Einmal auf dem ihnen fremden Territorium der Kultur angelangt, verdrängen die Manager die alteingesessenen Bohemiens: die kleinen Journalisten, verrückten Dichter, talentlosen Schriftsteller, erfolg- und mittellosen Maler. Mit der ihnen eigenen Energie fangen sie sogar an zu saufen wie sie, Shit zu rauchen und die abgetakelten Weiber der vertriebenen Bohemiens mit unvergleichlich größerer Hingabe und Intensität zu bumsen, als diese selbst es je gekonnt haben. Die Bohemiens wiederum siedeln, weil ihnen kein anderer Ausweg bleibt, in die verlassenen Büros über, wo sie sich als IT-Spezialisten, Werbetexter und Marketingfachleute betätigen. Am Wochenende finden sich dann alle an den einschlägigen Szenetreffs zusammen, dem Jean-Jacques, dem Coffeemania oder der Etage. Und am Ende geht es in der Kunst zu wie auf einer Tierfutterbörse, und das Geschäft versinkt im Chaos. Und beides geht den Bach runter.

Um es mit einem Wort zu sagen: Die Welt dreht durch.

Es folgen vier wunderbare Stunden mit Katja. Zuerst trinken wir Kaffee und kichern zusammen über die Gäste des Lokals, dann erzählt Katja, wie eine Freundin von ihr einmal bei einem Bewerbungsgespräch in einer Baufirma gefragt wurde, ob ihre Handtasche eine echte Louis Vuitton sei.

»Und die Frage war erst gemeint«, sagt Katja. »Ist das nicht furchtbar? Das ist das Blödeste, was ich in der letzten Zeit gehört habe. Und bei dir?«

»Bei mir?« Unrettbar und endgültig in ihren Augen versinkend, sage ich, das Blödeste, was ich in der letzten Zeit erlebt habe, sei eine Stripperin aus dem »Office« gewesen, die erzählte, es gebe nur eine Sache, worauf sie wirklich stolz sei, nämlich, dass sie einmal mit Sting gevögelt habe. »Das hat sie einem Freund von mir erzählt.«

»Gott, wie scheußlich!«, ruft Katja.

Es versteht sich wohl von selbst, dass ich für mich behalte, was er ihr darauf geantwortet hat: »Darf ich mal kurz die Titte anfassen, an der der große Sting geknabbert hat?«

Wir kaufen Kinokarten, Popcorn und Chips und setzen uns in die vorletzte Reihe. Es läuft der Film *Die Hitze*. Katja schaut den Film an, und ich schaue Katja an. Ich benehme mich wie ein alter Perversling. Schnuppere heimlich an ihrem Haar, betrachtete ihre Beine, will sie die ganze Zeit nur abknutschen und befummeln. Mit jedem Zentimeter meiner Haut spüre ich die Wärme, die ihr Körper ausstrahlt. Ich verleihe dem Kino Oktober im Überschwang den Titel »Bestes Kino von Moskau«, dem Film *Die Hitze* das Prädikat »Bester Film aller Zeiten und Völker«. Mein größter Wunsch ist in diesem Moment, dass er niemals enden möge. Ich würde dem Vorführer glatt tausend Dollar dafür bezahlen, dass er den Projektor auf »Reverse« stellt. Aber das ist ja nur natürlich: Man würde jeden Preis dafür zahlen, das Glück festzuhalten.

So sitze ich die ganze Zeit wie besoffen neben Katja, und erst als der Film schon fast zu Ende ist, erkühne ich mich, meine Hand ganz sachte auf ihr graziles Handgelenk zu legen. Sie lässt es geschehen, und diese Tatsache bringt mich zuerst nur noch mehr in Wallung, doch dann erschreckt sie mich. Was geschieht hier mit mir? Woher kommt diese Zärtlichkeit? Wir sollten uns eigentlich wild umarmen und küssen, aber ich habe Angst, sie auch nur zu berühren. Gott sei Dank, ich habe ihr keine Blumen gekauft, sie hätte mich wahrscheinlich für einen alten, verwirrten Triebtäter gehalten. Oder nicht?

Hand in Hand verlassen wir das Kino, schlendern hinüber auf die andere Seite des Neuen Arbat und weiter bis zum Praga. Dann biegen wir in den Boulevard ein und gehen bis zur Metrostation Kropotkinskaja. Die ganze Zeit reden wir kaum ein Wort. Ganz am Rande meines Bewusstseins schimmert heimtückisch der Gedanke auf, dass wir unseren Redestoff für heute wohl verbraucht haben, aber sofort verscheuche ich dieses garstige Teufelchen aus meinem Hirn.

An der Metrostation versuche ich eine volle Viertelstunde lang, Katja zu überreden, mit dem Taxi nach Hause zu fahren, aber sie besteht hartnäckig darauf, mit der Metro sei es viel praktischer. Schließlich lasse ich sie gehen, halte für mich selbst ein Taxi an und grübele darüber nach, ob sie vielleicht einfach nicht wollte, dass ich höre, wie sie dem Fahrer ihre Adresse sagt. Aber viel schöner ist der Gedanke, dass sie nur kein Geld von mir annehmen wollte.

# GLAMOUR-ROTZ

Gegen elf Uhr abends erreiche ich die Simatschow-Bar. Es ist schwül. Vor dem Eingang stehen ein paar Leute, von denen ich aber niemanden kenne. Also gehe ich rein. Da ist die Luft noch drückender. Der Laden ist rappelvoll. Ich kämpfe mich zur Bar durch und versuche, einen Mojito zu bestellen, gerate dabei aber zwischen zwei Fitness-for-ever-Typen, die mich, im Bestreben, ihre Bräute zu beeindrucken, fast plattdrücken. Na gut, dann ein andermal.

Ich schiebe mich am DJ-Pult vorbei und winke Fjodor Fomin zu, aber er hat die Nase gerade über den Reglern und sieht mich nicht. Es läuft Nikita, ein Stück aus der Mitte der Neunziger. Versuchen diese alten Knacker eigentlich, mit angemoderten Songs ihre verlorene Jugend zurückzuholen, oder was? Aber bevor ich mich weiter in diesen erfrischenden Gedanken vertiefen kann, geht auf der Tanzfläche ein wildes Gewoge los, alle reißen die Arme in die Luft, die Frauen kreischen, ein Typ taumelt gegen mich und schiebt mich durch die Glasperlengirlanden, die die Tanzfläche vom übrigen Raum abgrenzen. Ich lande auf einem fremden Fuß, höre ein spitzes »Scheiße«. Ich zwänge mich weiter durch die Menschenmassen und suche mit den Augen nach Lena. Statt Lena entdecke ich Anton, der mit ein paar Leuten an mehreren zusammengeschobenen Tischen sitzt.

Anton bemerkt mich, winkt mich an den Tisch. Die Gesellschaft besteht aus sieben Typen und fünf Frauen. Die Typen sehen aus wie vierzig, sind aber sicher höchstens fünfunddreißig. Alle reichlich hinüber, aber sehr stylisch. Was mich jedoch am meisten befremdet, ist die Tatsache, dass ich *keinen Einzigen von ihnen kenne!* Anton ist der Jüngste in der Runde (von den Mädels mal abgesehen, versteht sich; die sind wie Feen, sie haben kein Alter). An Getränken sehe ich nur Whisky und Champagner (Ruinart). Ich setze mich neben Anton, wovon allerdings von den Übrigen am Tisch keiner die geringste Notiz nimmt. Miese Snobs.

»Grüß dich«, sage ich lässig und drücke Anton die Pfote. »Was sind das denn für Gestalten hier?«

»Amüsiervolk«, grinst Anton, lässt die Augen leuchten und reibt sich die Nasenwurzel.

»Alle vollgekokst, oder wie?«

»Wir feiern Dajews Geburtstag und den Start der neuen Staffel von *Desperate Housewives*, für die ich die Musik geschrieben habe.« Womit er meine eigentliche Frage übergangen hat. »Das hier sind Kollegen vom Sender, ein paar Produzenten, mein Kumpel Vadim, Firmenchef, und ein paar Bräute, die ich nicht näher kenne.«

Ich finde, er klingt ein bisschen überheblich, und die Worte »Kollegen vom Sender« hat er besonders genussvoll betont.

»Ich will ja eigentlich auch zu dem Geburtstag«, druckse ich herum, »ich weiß bloß nicht, wer dieser Dajew ist. Meine … äh … Freundin ist eingeladen.«

»Welche? Rita?«

»Psst!« Ich stoße ihn in die Seite. »Lena.«

»Ach so. Eine Lena gibt es hier. Eben war sie noch irgendwo.«

»Und was hat dieser Dajew für eine Firma? Und was für ein Sender? Muss ich meinen Whisky an der Bar bestellen?«

Ich versuche, möglichst viele Informationen aus Anton herauszuholen, weil ich das Gefühl habe, dass auf diese Weise ein wenig von Antons Verhältnis zu den Anwesenden auf mich abfärbt.

»Vadim Dajews Firma hat in der Serie das Product-Placement für sein Parfüm gekauft.« Anton schiebt mir ein Glas mit Whisky zu. »Die Bräute kenne ich nicht.«

»Alles klar«, mache ich und nehme einen Schluck. Ich weiß zwar immer noch nicht, um was für einen Sender es sich handelt, aber es ist anscheinend kein kleiner.

»Hallo, Andrej! Rita, darf ich dich mit meinem Freund bekanntmachen?« Das war Lenas Stimme.

Schlagartig fährt mir Eiseskälte in die Glieder. Ganz langsam drehe ich mich um … Gott sei Dank, eine andere Rita!

»Hallo!« Wir küssen uns, ich nicke der anderen Rita zu, Anton schaut interessiert.

»Lena, das ist mein bester Freund, Anton. Wir haben uns ganz zufällig hier getroffen.«

»Die Welt ist klein«, kommentiert Rita.

»Andrej arbeitet für die Moskauer Niederlassung von Wal-Mart«, sagt Lena an Rita gewandt. »Außerdem hat er eine Kolumne im *Beobachter*.«

»Oh, dann sind wir ja quasi Kollegen! Ich leite die PR-Abteilung der Metro. Sind Sie denn schon am Markt? Wer leitet eigentlich die PR-Abteilung bei Ihnen? Und warum habe ich Sie auf der Einzelhandelskonferenz letzte Woche nicht gesehen?«

»Zu viele Fragen, Darling. Wir starten erst durch, wenn die erste Filiale eröffnet ist.«

»Und in welchem Bezirk bauen Sie?« Dieses Luder lässt einfach nicht locker.

»Lassen Sie uns doch lieber über etwas anderes reden, Rita«, bitte ich mit charmantem Lächeln.

»Genau, Rita, trinken wir erstmal was zusammen!«, kommt Anton mir zu Hilfe.

»Ich habe so lange auf dich gewartet«, flüstert Lena mir zu. »Ich dachte schon, du kommst nicht mehr.«

»Ich hatte irre viel zu tun, Häschen, entschuldige. Aber jetzt bin ich ja da.«

»Ich habe dich vermisst. Tanzen wir?«, fragt sie und lächelt mich an.

»Gleich, Liebling, ich will mich zuerst mal mit den Leuten hier bekanntmachen.« Verblüfft merke ich, dass ich Lena eben zum ersten Mal »Liebling« genannt habe. Wahrscheinlich wegen Katja. Das macht mich auf einmal traurig.

Jetzt kommt ein unbekannter Typ an den Tisch, vom Aussehen her um die fünfunddreißig, mittelgroß, dunkler Anzug. Sein weißes Hemd ist bis fast bis zum Bauchnabel offen, auf seinem unrasierten, abgekämpften Gesicht liegt ein unbestimmtes Lächeln und in seiner rechten Hand schwenkt er eine geöffnete Flasche Champagner. Als er sich mit der freien linken Hand auf den Tisch stützt, bemerke ich an seinem Handgelenk ein seltsames Armband: Kautschuk mit Stahleinsätzen. Im Hintergrund singt Mika »Grace Kelly«.

»Mika hat eine Stimme wie Freddy Mercury, eins zu eins.« Der Typ streicht über sein kurzes, mit Gel verwuscheltes Haar. »*Why don't you love, why don't you love me, without making me try?*« Er singt mit, beugt sich vor, legt der Braut, die ihm am nächsten sitzt, einen Arm um die Schultern und küsst sie auf die Wange. »*I wanna be like Grace Kelly, uuuyeah!* Ich will Party! Was hockt ihr denn hier rum wie Zombies?«

Mit einer Hand rafft er die Gläser zusammen, zwei, drei fallen um, Flüssigkeit spritzt über den Tisch, die Mädchen springen kreischend zurück, die anderen lachen. Ohne sich darum zu kümmern, dass in einigen der Gläser noch Whisky ist, verteilt er großzügig Champagner. Ich denke mal, er ist ziemlich blau.

»He, Alter, in meinem Glas ist Whisky«, merke ich an.

»Tatsächlich?« Er glotzt mich an, macht aber weiter. »Ist das wichtig?«

»Nee«, gebe ich zurück. So gesehen hat er recht.

Der Typ beendet sein Werk, zieht sein Jackett aus und hängt es über die Lehne des freien Stuhls neben mir. Paul Smith, würde ich sagen, nach den violetten Streifen im Jackenfutter zu urteilen.

Jetzt hebt er sein Glas, schwenkt es über den Tisch und verkündet:

»Trinken wir auf das Kino!«

»Auf dich!«, rufen die anderen im Chor.

Alle stoßen an.

»Und jetzt wird getanzt!«, schreit er und zieht auch schon los in Richtung Tanzfläche. Der ganze Trupp zockelt hinter ihm her.

»Was ist denn das für ein Typ?«, frage ich Anton, der als Einziger mit mir sitzen geblieben ist. »Der Chef vom Dienst, oder wie?«

»Das ist doch Vadim Dajew. Hat einen wichtigen Posten in einer Kosmetikfirma.«

»Sein Gesicht kommt mir irgendwoher bekannt vor. Mir fällt bloß grad nicht ein, woher.«

»Kann schon sein. Er ist ein alter Fuchs in der Szene.« Anton beugt sich näher zu mir. »Vadim war mal mit einem Typen befreundet, der war Direktor bei einer französischen Firma, die Gemüse verkauft hat, glaube ich. Die beiden waren unzertrennlich, wie siamesische Zwillinge.«

»Und?«

»Und? Vor ein paar Jahren wollten die beiden dann bei

einem neuen Klub einsteigen, den ein gewisser Sascha aufziehen wollte, das war damals ein ziemlich bunter Hund in der Szene.«

»Und wie sollte der Klub heißen?«

»Jet-Lounge. Jedenfalls, Vadim hat eine Menge Kohle reingesteckt. Um es kurz zu machen: Das Ganze war eine totale Pleite. Man hat die beiden voll über den Tisch gezogen, und deshalb hatten sie dann einen ziemlichen Stress miteinander. Die Freundschaft war im Arsch, wie du dir vielleicht vorstellen kannst. Tja, und jetzt ist er irgendwie bei der Kosmetik gelandet. Das war Vadims Lebenslauf in Stichworten, nur damit du weißt, mit wem du es zu tun hast.«

»Das hättest du auch kürzer haben können«, mache ich auf beleidigt. »Du hättest einfach nur ›Jet-Lounge‹ sagen müssen. Dann hätte es mir schon gedämmert.«

Anton will noch etwas entgegnen, aber in diesem Moment kommt Vadim zurück an den Tisch.

»He, was hängt ihr hier rum?«, haut er uns an. »Seid ihr gehbehindert, oder was? Los, kommt mit, tanzen!«

»Ist schon okay, Vadim«, winkt Anton ab. »Wir müssen noch grad was Geschäftliches besprechen, Andrej und ich. Übrigens, kennt ihr euch? Andrej ist der beliebteste Kolumnist des *Beobachters*.«

»Wir sind uns vor etwa drei Jahren mal im Zeppelin begegnet und haben Visitenkarten ausgetauscht«, sage ich albernerweise. Ehrlich gesagt, weiß ich nicht, wie ich mich ihm gegenüber verhalten soll. Aber Vadim stört sich nicht an meiner Notlüge, sondern streckt mir einfach die Hand entgegen.

»Hallo. Du bist der Typ von Lena, stimmt's? Sie hat mir von dir erzählt. Wie schaffst du das alles? Wal-Mart, Journalismus und so weiter und so weiter.«

»Ich bin halt ein Überflieger«, bemerke ich.

»Verstehe. Wir arbeiten demnächst übrigens mit euch zusammen. Wer ist bei euch für Kosmetik zuständig?«

»Das weiß ich nicht. Das ist Non-Food.«

»Das ist mir bekannt, dass Kosmetik nicht zum Essen ist. Und was machst du bei dem Verein?«

»Sind Ljocha und Marina zusammen auf die Toilette?«, wirft Anton ein und rettet mich ein zweites Mal.

»Ja, klar«, antwortet Vadim gleichgültig.

»Aha.« Anton steht auf, grinst und setzt sich in Bewegung, wobei er mir ein konspiratives »Bin gleich wieder da« zuraunt.

»Geh ruhig mit, wenn du willst«, sagt Vadim und deutet mit dem Kinn Richtung Toiletten. »Oder hat deine Freundin was dagegen?«

»Ich bin nicht so scharf drauf. Und du, warum gehst du nicht mit?«

»Ich hab's hinter mir.«

Er streicht sich wieder über die Haare, lacht und steckt sich eine neue Zigarette an. Ein paar Züge lang sieht er mich reglos an, schnippt die Zigarettenasche in ein leeres Glas. »Was meinst du, soll ich mir Natascha schnappen und mit ihr nach Hause abzischen oder hierbleiben und mich weiter besaufen?«

»Und wo ist diese Natascha? Wie sieht sie aus?«

»Was spielt das für eine Rolle? Sag mir einfach – abhauen oder hierbleiben?«

»Tja ... äh ...« Keine Ahnung, was ich darauf antworten soll. Einerseits würde ich gern noch weiter mit ihm quatschen, andererseits – was soll das? Warum will er das gerade von mir wissen? Bin ich etwa sein persönlicher Lebensberater? »Also ich würde sagen, hierbleiben. Lass diese Natascha ruhig abhauen, wenn sie will ...«

»... und so weiter«, beendet er meinen Gedanken. Offenbar hat er auch eine Vorliebe für vielsagende Floskeln.

»Stehst du auch auf *Beavis und Butthead?*«, lache ich und fühle, dass der Kontakt hergestellt ist.

»Nicht mehr«, fertigt er mich brüsk ab. »Ein Bekannter von mir stand mal drauf.«

Auf einmal scheint er mir gar nicht mehr so betrunken. Ich nicke und gieße mir Champagner nach.

»Willst du auch noch?«

»Scheißfrage!« Er nimmt mir die Flasche aus der Hand und setzt sie sich direkt an den Hals. »Langweilig.«

»Öde«, stimme ich zu. »Was ist das eigentlich für eine Truppe?«

»Wen meinst du?«

»Na, die Leute hier an unserem Tisch. Ich kenne nicht einen von denen.«

»Ach so, die da«, brummt er und deutet zur Tanzfläche. »Diebe kapitalistischen Eigentums. Uninteressant. Die Produzenten laufen beim Sender auf, der Sender kauft ihnen die Serie ab, wir kaufen beim Sender das Product-Placement, die Produzenten schieben uns Kohle rüber. Und jetzt feiern alle den Start der Serie. Außerdem habe ich Geburtstag. Ganz normale Sache, kein Grund zur Aufregung. Lena hat gesagt, du bist beim *Beobachter*. Vielleicht hilfst du mir mit einem Artikel aus?«

»Scheißfrage!«, mache ich ihn nach. »Hör mal, nette Geschichte, das mit den Produzenten. Könnte man ein Buch drüber schreiben, oder einen Song oder sowas.«

»Klar. Irgendwer wird das auf jeden Fall machen. Spätestens in einem halben Jahr schmeißt der Sender den nächsten dummdreisten Manager raus, und der schreibt dann ein Buch, in dem er die ganze Abgreiferszene entlarvt. Früher war das eine klare Sache: Wer auf die Kasse aufpasst, der plündert sie aus. Heute schreiben wir Bücher über das, was wir ausplündern. Apropos, ich habe ein paar von deinen Kolumnen gelesen. Du bist wohl auf die Reichen und Berühmten spezialisiert, wie?«

»Einfache Dinge auf Glamour zu trimmen und an den Pöbel zu verscherbeln, das ist mein Beruf.« Ich lehne mich zurück und nehme einen tiefen Zug von meiner Zigarette. »Ich bin Glamour-Manager.«

»Ich auch, teilweise«, nickt Vadim. »Wir sind uns nicht zufällig letzten Samstag auf der Eröffnung des Bistro begegnet?«

»Kann schon sein, Alter, kann aber auch nicht sein.« Ich grinse schief. (Irgendwie ist der Kontakt doch da, wie's aussieht.) »Ich bin ständig auf irgendwelchen Eröffnungs- oder Schlusspartys, ich kann mich echt nicht an jede erinnern. Das ist das Gute an meinem Job, dass man überall als VIP auftritt, ohne eingeladen zu sein. Ziemlich geil, findest du nicht?«

»Finde ich nicht.« Er setzt wieder die Flasche an. »Der Champagner ist abgestanden. Wenn man für jede Party eine VIP-Einladung kriegt und sich bei keiner einzigen sehen lässt, das ist geil.«

»Ich bitte dich!« Ich will protestieren, aber er lässt mich nicht zu Wort kommen.

»Glaub mir, es ist so. Oder hast du Probleme damit?«

»Womit?«

»Etwas einfach so zu glauben.« In seinen blauen, vom permanenten Schlafmangel schmalen Augen funkelt jetzt eine Spur von Interesse. »Jetzt fällt's mir wieder ein, du warst mit der Reschetnikowa da!«

»Du verwechselst was«, sage ich leicht irritiert.

»Ich verwechsle nie etwas. Aber du brauchst dir nicht gleich in die Hosen zu machen, Lena ist auf der Tanzfläche. Außerdem, wer von uns ist schon ohne Fehl und Tadel? Männer haben nun mal einen Hang zur Polygamie, vor allem die unter vierzig. Das Geld wird immer mehr, je älter man wird, und die Aktivität der Spermien immer geringer, merkst du das nicht?« Er zwinkert mir zu.

»Kennst du Rita schon lange?«, frage ich. Aus dem Nebelmeer meines Gedächtnisses schwappt wieder ein Bild ans Ufer – Ritas neues Telefon – und versetzt mir einen eifersüchtigen Stich. Sicherheitshalber schaue ich zur Tanzfläche hinüber, wo Lena absurde Verrenkungen macht. Jennifer Lopes für Arme, meine Güte.

»Ein paar Jahre. Damals hat sie mir ihre noch ein wenig ungeschickten Zärtlichkeiten geschenkt.« Vadim steht auf und langt nach seinem Jackett. Anscheinend ist sein Interesse an unserem Gespräch erschöpft.

»Und warum ungeschickt, wenn man fragen darf?« Seine komische Art geht mir ein bisschen auf die Nerven. »Vielleicht lag das ja am Empfänger, was meinst du, Alter?«

»Ich sage doch, damals war sie noch ungeschickt. Heute ist sie bestimmt sehr geschickt.« Er sieht mir forschend in die Augen. »Nichts für ungut, ich wollte dir nicht auf den Schlips treten. Ich bin einfach schon ziemlich blau. Was soll das. Ich habe damals Pech gehabt, und du hast heute eben Schwein, Sauschwein sogar mit dieser Reschetnikowa. Ist das was Ernstes zwischen euch? Wolltest du eigentlich noch Champagner, oder nicht?«

»Meinetwegen.« Ich werde wieder locker. Er ist in Ordnung, dieser Vadim, er hat einfach Spaß daran, ein bisschen aus dem Rahmen zu fallen. Man muss eben sehen, wie man sich positioniert. Mich führt er nicht aufs Glatteis, ich bin nämlich genauso. »Absolut nichts Ernstes. Nur so für zwischendurch, verstehst du? Ich bin mit Lena zusammen.«

»Alles klar!« Er grinst jetzt auch, verteilt Champagner und stößt sein Glas an meins. »Wir verstehen uns.«

»Ist das lange her, dass sie bei dir gearbeitet hat?«

»Vor ein paar Jahren, sagte ich doch. In der Rostower Filiale, wenn du nichts dagegen hast. Man muss zugeben, sie hat so gut wie keinen südlichen Akzent und einen göttlichen Körper.«

»Seltsam.« Er muss doch etwas verwechseln. Rita hat überhaupt keinen Akzent. Obwohl ... »Und warum musste sie eigentlich arbeiten, ihre Eltern sind doch im Gasgeschäft?«

»Was sind ihre Eltern? Scheiße, mir juckt die Nase, ich kann nicht mehr.« Er gießt wieder Champagner ein. »Vielleicht hatte sie damals ja noch keine reichen Eltern. Die sind wohl erst aufgetaucht, als sie nach Moskau umgezogen ist. Na los, darauf trinken wir!«

So langsam werde ich betrunken, stelle ich fest. Ich hätte ihn gerne noch etwas gefragt, aber jetzt kommen die anderen zurück an den Tisch. Anton ist nicht dabei. Vadim fasst eine gut gebaute, etwa fünfundzwanzigjährige dunkelhaarige Frau um die Taille. Ich vermute, das ist die berüchtigte Natascha.

»Na warte, das kannst du dir abschminken, Kollege«, denke ich und strebe in Richtung Toiletten. Als ich an der Tanzfläche vorbeikomme, signalisiere ich Lena: fünf Minuten.

Erstaunlicherweise finde ich vor den Toiletten nicht die übliche Menschenansammlung. Ein paar Mädchen stehen bei den Waschbecken und halten die Hände unter den Wasserhahn, während sie ganz genau aufpassen, wer alles rein- und rausgeht.

»Anton, mach auf!« Ich rüttele an der Tür zum Männerklo. »Ich bin's!«

Stille.

»He, Anton, bist du taub? Mach auf!«, flüstere ich eisig.

»Ich komm ja schon, ich hab nix«, krächzt es hinter der Tür. Die Mädchen kichern.

Die Tür klappt auf und knallt mir fast gegen die Stirn.

»Du mieser Geizkragen«, zische ich Anton an. Auf seiner Stirn stehen ein paar Schweißtropfen, seine Augen glänzen wie kleine Weihnachtskugeln. Von wegen ich hab nix!

»Scher dich zum Teufel!« Anton schiebt mich mit der einen Hand zur Seite, mit der anderen winkt er den Mädchen zu.

»Der gute Anton, lässt seine Freunde niemals hängen!«

»Selber schuld«, sagt Anton und legt mir den Arm um die Schultern. »Soll ich den ganzen Abend warten, bis du dich mit irgendwelchen Typen ausgequatscht hast?«

»Und wer hat jetzt noch was?«

Aber er hört schon nicht mehr zu.

Ich drehe ab zur Tanzfläche und hänge mich an Lena. Fröhlicher werde ich davon nicht.

»Sobald wir unter Leuten sind, verlierst du sofort das Interesse an mir«, beschwert sie sich.

»Lena, was soll jetzt der Blödsinn?« Ich geb mal wieder den Unschuldigen. »Ich hatte mit Vadim etwas Geschäftliches zu besprechen.«

»Und, erfolgreich?«

»Klar. Wir reden nachher noch weiter.«

»Lass uns nach Hause fahren.«

»Jetzt schon? Das ist nicht sehr höflich, dein Freund hat doch Geburtstag. Bleiben wir noch ein bisschen.«

»Meinetwegen«, antwortet sie traurig.

Die Runde hat sich inzwischen merklich gelichtet. Vadim sitzt zwischen zwei Mädchen und trinkt Whisky, seine Haare sind zerzaust, seine Augen trüb. Ihm gegenüber hockt ein Typ in einem T-Shirt, auf dem eine Cannabispflanze aufgedruckt ist. Der Typ wackelt mit dem Kopf und brüllt auf Vadim ein:

»Das ist so konstruiert, verstehst du nicht? Ob du das willst oder nicht, so funktioniert das nun mal!«

»Ich bitte dich, Borja! Bei euch in Kiew funktioniert das vielleicht so, weil es da mehr vertrottelte Spießer gibt. Aber das geht vorbei. Man darf nicht mit dem Strom schwimmen, man muss sich auf der Überholspur bewegen, kapierst du das?« Vadim tippt dem Typen mit dem Zeigefinger auf die Stirn. »Man kann nicht alles in Geschenkpapier einwickeln. Als ehemaliger Werber sage ich dir: Ich glaube nicht daran, dass man mit ein und derselben Glamoursoße mal lausigen italienischen Schaumwein und ein anderes Mal lettische Sprotten verkaufen kann.«

Die Mädchen kreischen vor Lachen.

»Und ich sage: Doch, das geht!«

»Und wie soll das gehen, du besoffenes Rindvieh?«

»Es müssen eben Glamour-Sprotten sein.« Der Typ schaut mit betrunkenen Augen in die Runde und grinst.

Die Mädchen kichern wieder. Vadim setzt sich auf die Sessellehne und zündet sich eine Zigarette an. Dann fällt sein Blick auf mich und seine Augen leuchten auf.

»Da sitzt jemand, der unser Problem lösen kann!«, ruft er und versetzt Borja einen heftigen Schlag auf die Schulter. »Sieh mal da, Alter, das ist unser Mann! Kolumnist beim *Beobachter*, der schreibt ständig über diesen Rotz.«

»Super, Alter, echt super!« Ich nicke ironisch. »Jemand, der sein Geld mit kontaminierter Hautcreme verdient, nennt die Resultate schöpferischer Arbeit Rotz! Hochinteressant! Stand das kürzlich in der Zeitung? Da muss ich wohl was verpasst haben.«

»Oh, verzeih mir, Bruder!« Vadim reckt die Arme gen Himmel. »Ich bin betrunken. Genau das wollte ich sagen: einer, der schöpferische Arbeit leistet! Natürlich!«

Schon wieder einer, der mich Bruder nennt. Dasselbe Krankheitsbild. Das wird bald epidemisch.

»Aber sag doch mal, Andrej, was ist das Geilste heutzutage«, wendet sich dieser Borja jetzt an mich. »Worauf sind unsere mittelteuren Manager und ihre mittelalten Frauen scharf?«

»Keine Ahnung. Biologische Zusätze? Fitness? Molekulare Küche?« (Woher soll ich wissen, was diese besoffenen Penner gerade beschäftigt?) »Oder vielleicht gleichgeschlechtliche Liebe? Schwarze Kultur? Gangsta-Rap? Gangsta-Rap als Teil der schwarzen Kultur, das ist ziemlich stark, würde ich sagen!«

»Tusch! Voll ins Schwarze!« Vadim klatscht in die Hände. »Genau das ist es. Schwarze Kultur! Wow, brother!«

»Du bringst ja alles durcheinander!«, schreit Borja. »Er hat völlig recht! Wir sind Kollegen, Andrej! Ich bin Chefredakteur bei einem Kiewer Männer-Magazin. Ich versuch diesem Esel gerade zu beweisen, dass man jeder durchschnittlichen Dumpfbacke, dem Ackerbauern mit seiner Mama oder einem Manager mit seinem Modelweibchen ein und dasselbe Produkt mit ein und demselben Erfolg verkaufen kann, wenn man es nur entsprechend verpackt und …«

»Menschen sind wie Elstern«, fahre ich dazwischen. »Sie stürzen sich auf alles, was glänzt!« Den Spruch habe ich mal irgendwo aufgeschnappt, er scheint mir hier zu passen.

»Eben!«, ruft Borja und knallt die flache Hand auf den Tisch. »Darauf trinken wir einen!«

Borja gießt allen Champagner ein.

»Du meinst also, man kann alles und jeden glamourisieren?«, fragt Vadim mit Skepsis.

»Das hängt nur vom Grad der Begabung des Kreativen ab, mein Kleiner«, heize ich ihm ein bisschen ein.

»Verstehe.« Vadim steckt die Nase in sein Champagnerglas, die Mädchen kichern wieder wie irre. Keine Ahnung, worüber. Können die überhaupt sprechen? »Rape me, rape me, my friend«, singt Curt Cobain.

»Genau«, gähnt Borja. »Genauso ist es. Wenn es einer richtig drauf hat, kann er sogar Sprotten zu Glamourprodukten machen. Wenn Andrej in seinem Blättchen schreibt, dass die ganzen Edeltussis in den angesagten Schuppen in Paris nur Sprotten aus Dosen fressen, dann sind Sprotten für unsere Bauerntrampel hier auf einmal schicker als ihr geliebter Latte macchiato.«

»Verstehe.« Vadim steht auf. Er scheint ziemlich stinkig. »Ihr lasst mir keine andere Wahl. Ich schlage vor, wir machen eine Wette.«

»O ja, o ja!«, kreischen die Tussis wie aufgespießt.

»Alle kleinen süßen Schlampen halten jetzt mal vorübergehend die Klappe«, kommandiert Vadim und knutscht die beiden erst einmal genüsslich. »Vorübergehend!«

»Hör mal, Andrej, eigentlich sind wir jetzt genau beim Thema. Vergessen wir mal die Sprotten. Ich muss für meine Firma eine neue Kosmetik lancieren. Kosmetik für … für Hunde. Wärest du in der Lage, einen hübschen Artikel zu schreiben und in deinem *Beobachter* unterzubringen? Also einen Artikel, der dieser Hundekosmetik, sagen wir, das gewisse Etwas verpasst, du verstehst schon?«

»Ich schreibe nicht auf Bestellung«, sage ich, weil ich sauer bin, dass dieser aufgeblasene Typ solche Fragen vor versammelter Mannschaft bequatscht. »Und wenn, dann ist das richtig teuer.«

»Und wie teuer wäre das, zum Beispiel?«, fragt Borja verdächtig lebhaft.

»Mehr, als ihr in der Portokasse habt.«

»Gehen wir mal ein bisschen Luft schnappen?«, fragt Vadim. »Los, komm, Borja.«

»Komm mal mit, Anton«, nicke ich.

Draußen legt Vadim mir den Arm um die Schultern, bläst mir seine Fahne ins Gesicht und sagt:

»Nimm's mir nicht übel, Kumpel, hab schon kapiert. Ich wollte dich nicht vorführen. Die Leute da sind alles Freunde. Also nochmal, es geht darum, dass ich diese Kosmetik verticken muss, das ist mal Fakt. Und dieser ukrainische Provinzarsch da hat mir eben eine Steilvorlage geliefert. Ich liebe dieses kleine Miststück, das ist schrecklich. Ich wollte schon nach Kiew umziehen seinetwegen.«

»Es ist nie zu spät«, grinst Borja.

»Also, mal konkret, wie viel willst du haben für so einen Artikel?«

»Tja, also.« Ich fange hektisch an zu überlegen, wie hoch ich die beiden taxieren kann. »Sagen wir ...«

»Ein Riese«, blafft Vadim und lässt seine Handkante durch die Luft sausen. »Was sagst du dazu? Nicht schlecht, oder?«

»Zwei«, schnarre ich barsch und hebe Zeige- und Mittelfinger, damit man mir glaubt. »Aber nur weil ihr es seid.«

»Dann los! Borja, hol die Kohle raus.« Wieder klatscht Vadim in die Hände. »Folgende Konditionen: Wenn Andrej einen richtig guten Artikel schreibt, der in seinem Magazin erscheint, werden für Borja, zusätzlich zu den zwei Riesen für Andrej, fünfhundert fällig. Ich behaupte, man kann keinen vernünftigen Artikel über Kosmetik für Viecher zustande bringen.«

»Doch, kann man«, beharrt Borja. »*Wenn* man kann.«

»Schön. Aber wenn der Artikel in die Hosen geht, egal ob er erscheint oder nicht, sacke ich fünfhundert ein. Abgemacht?«

»Und wer sagt, ob der Artikel in die Hosen gegangen ist?«, wirft Anton ein, der bisher nur zugehört hat. Seine Miene ist skeptisch und genervt zugleich. Logo, er hat weder die Fantasie noch die Frechheit, so ein Ding zu landen.

»Ich denke mal, wir haben so ziemlich die gleichen Vorstellungen in dieser Hinsicht«, sagt Borja. »Ich meinerseits bin einverstanden. Wann erscheint die nächste Ausgabe von deinem Magazin?«

»He, Moment mal, Moment!«, protestiere ich. »Die nächste Ausgabe erscheint in drei Wochen, aber wenn ihr einen braucht, der euch umsonst einen Artikel schreibt, dann könnt ihr euch irgendeinen Provinzdackel suchen, aber nicht mich.«

»Wie viel im Voraus?« Vadim spitzt die Lippen und holt sein Portemonnaie aus der Tasche.

»Anderthalb?«

»Ein Riese muss reichen.« Er zählt das Geld ab.

»Anton hier ist Zeuge«, schiebe ich ein.

Alle nicken. Wir rauchen zu Ende und gehen wieder rein.

»Habt ihr gewettet?«, fragt Natascha.

»Hm-hm«, brummt Vadim.

Lena sieht uns starr an. Die anderen Mädchen veranstalten schon wieder ihr albernes Gekreische.

»Verrückt«, konstatiert Anton.

»Ich geh aufs Klo, mir ist schlecht«, sagt Borja und verschwindet.

»Los, wir machen die Flasche leer, zahlen und hauen ab.« Vadim verteilt den restlichen Champagner. »War doch eine nette Feier.«

»Was ist, Honey, let's go?«, sage ich zu Lena.

»Ich geh nur kurz auf die Toilette, dann können wir los.« Sie lächelt reizend.

Die Lichter auf der Tanzfläche verschwimmen vor meinen Augen, sehen fast aus wie die Scheinwerfer vorbeifahrender Autos, wie wenn man durch die regennasse Windschutzscheibe guckt. Ich würde jetzt wahnsinnig gern schlafen.

»Wieso lassen sich diese Bräute von dir eigentlich einfach so als Schlampen titulieren?«, frage ich plötzlich Vadim, ohne zu wissen, warum ich das frage.

»Weil wir uns gegenseitig nichts schenken.«

Zwanzig Minuten später sitzen Lena und ich im Taxi auf dem Weg nach Hause. Wir biegen nach links in die Petrowka, fahren am Djaghilew vorbei. Irgendwelche Leute, die ich nicht kenne, lassen es sich dort gerade gut gehen, denke ich und schaue verdrossen aus dem Fenster.

»Liebst du mich?«, fragt Lena leise.

Ich sehe sie verständnislos an.

»Ich habe den Eindruck, dass andere Leute dir viel wichtiger sind als ich. Sobald wir mit anderen zusammen sind, vergisst du mich einfach. Ich fühle mich manchmal wie ein Hund, den man vor dem Supermarkt angebunden hat. Ich darf nicht mit rein, aber ich kann auch nicht weg.«

»Ist Anton eigentlich mit Rita abgehauen?«, frage ich.

»Weiß ich nicht. Was geht mich das an? Hauptsache, wir sind zusammen abgehauen ...«

»What do you mean?«

»Ich meine, dass wir ... Irgendetwas ist anders zwischen uns geworden, findest du nicht?«

Ich liebe dich einfach nicht.

»Ich weiß nicht, wovon du redest.« Es schüttelt mich innerlich vor Zorn, und ich reagiere mich am Fahrer ab: »Können Sie nicht mal einen anderen Sender einstellen? Ich finde Chansons zum Kotzen!«

»Bitte, bitte«, erwidert der Fahrer gelassen und dreht am Radio.

»Wir entfernen uns gerade voneinander, finde ich«, fährt Lena fort.

»Das bildest du dir ein, mein Häschen. Du hast zu viel Champagner getrunken.«

»Ich habe nichts getrunken.«

»Ach nein? Seltsam. Dann bist du vielleicht müde«, sage ich gleichgültig und drehe mich zum Fenster.

»Taxi! Take me to the other side of town. Just as fast as you can«, singt Bryan Ferry aus dem Radio.

Ich würde gerne morgen früh in Katjas Armen aufwachen, denke ich. Ich fühle mich so schwach, dass ich heulen könnte.

# PERFECTIL

Lena und ich wachen gleichzeitig auf. Es ist elf Uhr. Sie hat der Hunger geweckt, mich die Geilheit. Wir lieben uns verzweifelt. So fällt man über eine Frau her, von der man lange, lange Zeit getrennt war, und die man dann ganz zufällig auf einer Party wiedergetroffen hat. So hektisch liebt man die Freundinnen seiner Ehefrau, und so leidenschaftlich, vermute ich, zeugt man Kinder. Wobei Kinder in meinen derzeitigen Plänen nicht vorkommen. Bei aller Sinnlichkeit und Dauer des Aktes wird Lena einfach nicht fertig. Schläft sie noch? Ich versuche es von hinten, merke, dass ich bald komme, und versuche, an etwas anderes zu denken, um mich abzulenken. Wie haben unsere Jungs gegen England gespielt? Keinen Schimmer. Wie viel Miese sind auf meinen Kreditkarten aufgelaufen? Locker fünf Riesen ... Scheiiiiiße! Montag muss ich mein Material abgeben, ob Marina mit den Fotos fertig wird? Nee, Moment, so geht's nicht. Ich kralle mich in Lenas Flanken fest. Das Einzige, was jetzt hilft, ist ein richtig kompliziertes Problem. Rita will bei mir einziehen ... Mann, stell dir vor, sie würde uns jetzt so erwischen! Ah, Idiooot, aaahhhh, neiiiin, egal, danaaaach entschuuuuuuldige ich mich, selberselberschuld, was brauuuchst du so laaaaaaa ...

Wir lassen uns in die Kissen fallen, bleiben eine Weile so liegen, bis Lena anfängt zu kichern:

»Man kann sich kaum in Position bringen, da bist du schon fertig.«

Das war früher so ein Running Gag zwischen uns. Bloß finde ich das heute gar nicht mehr witzig. Ich mache die Augen zu. Sonderbar. Warum ist das eigentlich so? Warum erscheint einem alles, was man früher an einer Frau anziehend gefunden hat, auf einmal banal und störend? Warum nerven nach einiger Zeit alle die kleinen Eigenarten, die man früher an ihr doch geliebt hat?

»Hab ich dich beleidigt?«, fragt Lena und stützt sich auf den Ellenbogen. Ihre linke Brust sieht dabei irgendwie *eingedetscht* aus. »Du benimmst dich so seltsam.«

»Nein, alles okay, Honey!«

»Aber ich sehe doch, dass es nicht okay ist! Gar nichts ist okay!«

Siehst du das jetzt erst?

»Lena, ich bitte dich, bleib cool!«

»Du brauchst mich nicht zu bitten! Andrej, was ist los?«

»Nichts. Ich bin ein bisschen müde von gestern Abend, kümmere dich nicht darum.«

»Das ist es nicht.« Lena drückt sich an mich. »Mir ist doch aufgefallen, dass du bei jedem kleinen Anlass böse auf mich bist. Früher hast du über meine Witze gelacht. Oder bringe ich da etwas durcheinander?«

»Nein, nein. Wahrscheinlich bin ich es, der da was durcheinanderbringt«, antworte ich leise und verschwinde ins Bad.

Ich drehe das Wasser auf und höre durch das Rauschen hindurch seltsame Geräusche hinter der Tür. In meinem Magen rumort es, mein Kopf fängt an zu schmerzen. Das ist kein Kater, eher fühlt es sich an wie eine Lebensmittelvergiftung. Was hab ich denn gestern gegessen? O Mist …

In Lenas Toilettenschrank muss ich mich erst durch eine

Phalanx von Gläsern, Tuben, Puderdosen, Deos, Hautcremes und Eaux de Cologne kämpfen, ehe ich zu den Dingen vordringe, die man wirklich braucht: Shampoo, Duschgel und Lacalut-Zahnpasta. Wenn man von dieser Reihenfolge auf das Verhalten der Frauen schließen wollte, müsste man vermuten, dass sie sich permanent cremen, pudern und desodorieren, aber äußerst selten duschen oder Zähne putzen. Natürlich ist es in Wirklichkeit umgekehrt, und diese strategische Ordnung der Pflegemittel ist nur ein weiterer Beweis für die männlichen Hirnen nicht erschließbare weibliche Logik. Endlich fällt mir ein Gläschen mit dunkelbraunen Kapseln in die Augen. Festal-Magenpillen – na also! Ich spüle mir gleich zwei davon durch den Hals, überlege, dass zwei kleine Kapselchen gegen diese kardinale Übelkeit wenig ausrichten können und schieße noch zwei nach. Lena rumort draußen immer noch. Ohne mich groß darum zu kümmern, steige ich wieder unter die Dusche, lasse mir das Wasser auf den Schädel prasseln und versuche, einen meiner Songtexte für die heutige Probe zu repetieren.

Schließlich wird die Tür aufgerissen, Lena stürzt herein, dreht mir das Wasser ab und fängt an, mich mit Fragen zu bombardieren:

»Was ist mit dir los?«, »Warum redest du nicht mit mir?«, »Was soll das eigentlich?« und so weiter.

Nackt und nass in der leeren Wanne sitzend, habe ich absolut keine Chance gegen sie.

»Hast du …« Lena reißt an ihren ohnehin zerzausten Haaren. »Hast du eine andere?«

Wenn sie so wütend ist, finde ich sie einfach wahnsinnig erotisch.

»Nein, ich … Ich bin bloß frustriert, dass ich dich nicht befriedigen konnte, Honey.« Das stimmt immerhin.

Ich senke betrübt den Kopf. Bei dieser Gelegenheit fällt

mir meine kapitale Erektion ins Auge. Der zweite Durchgang findet gleich hier im Bad statt.

Zwanzig Minuten später sitzen wir in der Küche, in Handtücher gewickelt, trinken Kaffee und essen selbstgemachte Marmelade.

»Soll ich dir ein Omelett machen?«, fragt Lena.

»Danke, mein Häschen, aber ich möchte jetzt nicht. Mein Magen spinnt. Ich hab eben gerade vier Kapseln Festal eingeworfen.«

»Festal? Wo hast du das denn her?«, wundert sie sich.

»Aus deinem Badezimmerschrank.«

Mal ehrlich, Frauen haben doch echt Chaos im Kopf! Erst häufen sie allen möglichen Krimskrams an, und dann wissen sie nicht mehr, wo sie was hingetan haben!

»Andrej, ich hatte noch nie Festal in meinem Badezimmerschrank. Wo soll das gewesen sein? Hast du etwa …« Sie steht auf und rast ins Bad. Als sie zurückkommt, hält sie mir eine Schachtel unter die Nase. »Ist das dein Festal?«

»Tja, sieht so aus.«

»Andrej, jetzt sag mir die Wahrheit! Wie viel hast du davon genommen?«

»Vier Stück, hab ich doch gerad gesagt.«

»Sag mal, bist du eigentlich völlig verrückt geworden? Das ist mein Perfectil!«

»Aha. Und was ist Perfectil?« Muss ich mir jetzt den Magen auspumpen lassen?

»Weißt du, wie schwer es ist, diese Dinger in Moskau zu kriegen? Diese Kapseln hat mir eine Freundin extra aus London mitgebracht, und du frisst mir eine ganze Wochendosis weg!« Lenas Gesicht ist blass und verzerrt vor Gekränktheit. »Kate Moss, Naomi, alle nehmen das! Du … du …«

»Lena, relax, was ist denn schon passiert?« Ich spüre, wie mein Magen wieder anfängt zu rebellieren. »Was ist das für ein Zeug? Werde ich jetzt davon sterben und als Kate Moss wieder auferstehen?«

»Das ist nicht witzig!«

»Ich hätte gar nichts dagegen!«

»Kristi Tarlington hat Perfectil ›my second life‹ genannt.«

»Second life? Das ist doch so ein Internetspiel.«

»Für euch Männer vielleicht, für uns ist es das zweite Leben! Pefectil ist ein spezieller Vitaminkomplex, durch den sich die Haut innerhalb von dreißig Tagen vollkommen regeneriert! Die Nägel brechen nicht mehr, die Haare werden dichter. Aber was erzähle ich dir eigentlich …« Resigniert schüttelt sie den Kopf. »Was ist das bloß für eine blöde Angewohnheit, alles in den Mund zu stecken, was dir in die Hände fällt?«

»Und hilft das auch gegen Lebensmittelvergiftung?«

»Keine Ahnung«, antwortet sie irritiert. Sie holt den Beipackzettel aus der Schachtel und wirft ihn mir hin. »Lies selber!«

»Aha, verstehe. Hilft gegen brüchige Nägel, Spliss und glanzloses Haar, vorzeitige Hautalterung, Dermatosen, Psoriasis und Epilepsie. Was? Gegen Epilepsie hilft das auch?«

Lena reißt mir den Zettel aus der Hand. »Nicht Epilepsie, sondern Alopezie. Das ist Haarausfall.«

»Ach so«, sage ich und streiche mir unwillkürlich über den Hinterkopf.

»Also sei in Zukunft bitte so lieb und frag mich, bevor du irgendwas schluckst. Hörst du? Sonst wirst du demnächst noch meinen Schwangerschaftstest mit Kaugummi verwechseln!«, lacht sie, schon wieder fröhlich.

»Einverstanden«, knurre ich und stelle mich böse.

»Möchtest du noch Marmelade?«, fragt sie und streicht mir über den Kopf. »Du bist wie ein kleines Kind!«

»Die Marmelade ist aber auch überirdisch!«

»Die ist von Mama. Sie macht sie immer noch selbst, kannst du dir das vorstellen?« Sie steckt mir den Löffel in den Mund und lacht wieder.

Von Mamas Marmelade kommen wir in logischer Folgerichtigkeit auf das Thema Hochzeit und Hochzeitsfeierlichkeiten, und ich erzähle, dass man in Amerika darüber erst beim Verlobungsessen reden darf. Das beeindruckt Lena derart, dass ich die Gelegenheit nutzen kann, mit Verweis auf meine Bandprobe, den Rückzug anzutreten. Als wir uns verabschieden, ist sie wie in Zuckerwatte verpackt.

»Wir könnten doch nach deiner Probe noch irgendwohin tanzen gehen«, sagt sie. »Wir waren noch nie zusammen in einem Klub!«

»Honey, I'm a private dancer. Klubs mag ich nicht«, lehne ich ab und schenke ihr ein betrübtes Lächeln.

»Dann lass uns zusammen essen gehen, ja?« Zweiter Versuch.

»Meine Freunde würden es mir nie verzeihen, wenn ich die Proben schwänze. Die reißen mir den Kopf ab. Obwohl, wenn ich ehrlich bin, hab ich gar keine Lust auf die Probe.« Ich fahre mit dem Finger über ihre Lippen.

»Ruf mich an, wenn es klappt. Ich bin heute den ganzen Tag zu Hause. Vielleicht kommt eine Freundin vorbei.«

»Mascha?«

»Nein, eine andere, du kennst sie nicht«, lacht sie. »Wieso denn Mascha?«

»Weil ich Mascha nicht kenne. Also muss es Mascha sein, dachte ich. Ist doch ein schöner Name.«

Zu Hause checke ich meine Mails, lösche gefühlte hundert Spams, beantworte ein paar Kommentare in meinem Blog, ärgere mich mal wieder, weil keine Nachricht von diesem Plattenlabel gekommen ist. Dafür hat Dajew geschrieben:

»Hallo, Andrej! Schon munter? Im Anhang Material für deinen Artikel. Wäre super, wenn du ihn heute noch fertig kriegst und mir schicken könntest, damit ich ihn absegne. Sonst komme ich nicht mehr dazu. Vadim.«

Sieh mal an, er hat's nicht vergessen! Und ich dachte, er wollte sich bloß ein bisschen aufblasen, der Witzbold. Dann wollen wir mal schauen, was es mit dieser »Kosmetik für Glamour-Viecher« auf sich hat ...

»Doggy-M von MIORR® (shit, schon wieder doggy!), das Kosmetik-Sortiment für Hunde, umfasst Shampoo, Spülungen, Gel gegen Parasiten und Deodorants«, beginnt der Werbetext. »Alle Produkte dieses Sortiments sind dermatologisch unbedenklich. Sie sind hundertprozentig geruchsneutral und fügen dem sensiblen Geruchssinn Ihres kleinen Schützlings keinerlei Schaden zu. Die Insektenschutzcremes und Pflegemittel von Doggy-M von MIORR® regenerieren strapazierte Hautpartien, unterstützen den gesunden Wuchs des Fells und geben ihm Glanz. Doggy-M von MIORR® ist Kosmetik für jeden Tag: Sie schützt Ihren Hund bei Wind und Wetter vor allen schädlichen Witterungseinflüssen, 24 Stunden am Tag! Unser Sortiment wendet sich an das Frauchen mit hohen Ansprüchen und ihre kleinen Freunde.« (Geht es da um Vibratoren, oder was?)

So. Das ist schon die ganze Info. Es folgt noch eine kleine Anmerkung: Jedes Produkt wird in einer Verpackung mit individuellem Design vertrieben. Tja, viel ist das nicht.

Auf diese Idee, aus Hundeshampoo ein Glamour-Produkt zu machen, kann wirklich nur ein völlig durchgeknallter Brand-Manager kommen. Wer braucht das? Das Zeug soll im Einzelhandel ab hundert Euro aufwärts zu haben sein. Das ist doch krank! Haben die schon mal was von Marktforschung gehört? Wie viele Idioten soll es denn geben, die ernsthaft bereit sind, 300 bis 500 Euro pro Tag für ihre sabbernden Rassemonster zum Fenster rauszuschmeißen? In Europa höchstwahrscheinlich niemand, deshalb versuchen sie wohl, dieses Programm in Russland zu lancieren. Wahrscheinlich denken sie, dass hier sogar Hunde auf der Forbes-Liste stehen. Aber dafür zwei Riesen zu zahlen! *Zwei Riesen!* Das muss man sich mal reintun! Also halt die Schnauze und schreib!

Aber wie anfangen? Und worüber soll ich überhaupt schreiben? Bei Google findet man keine Spur von dieser Hundekosmetik von MIORR®. Bei Wikipedia gibt es einen Artikel über Hundeshampoo, aber daraus kann ich wohl schlecht abschreiben, das ist erstens zu banal und zweitens peinlich, wenn es jemand merkt. Also was tun? Zwei Riesen … Ich hole mir noch Kaffee, um mein Hirn auf Touren zu bringen, klemme mich wieder vor den Computer und fange an:

»Möchten Sie, dass Ihr Hund besser riecht als Ihr Hausmädchen?« Ah! Nein, geht nicht. Zu schwülstig, außerdem politisch nicht korrekt. Obwohl, manche Hunde sind teurer als manche Hausmädchen. Bloß – damit komm ich nicht durch. Zweiriesenzweiriesenzweiriesenverdammtescheiße! Wenn ich nur mal aufhören könnte, an die Kohle zu denken. Mein Kopf ist komplett leer. Vielleicht sollte ich zu meiner Geheimwaffe greifen, meine letzte Munition für den äußersten Notfall? Ich würde sagen, so einer liegt hier vor.

Ich falle auf die Knie, mache mich platt wie eine Flunder und krame unter meinem Kleiderschrank. Nichts außer Staub. Wo, verdammt, ist das Teil? Ich renne aufs Klo und hole den Schrubber. Minutenlang stochere und scharre ich kreuz und quer, fördere Bonbonpapiere, Berge von Staub und schließlich eine Zigarettenschachtel zutage, in der ich vor einem halben Jahr einen nicht ganz zu Ende gerauchten Joint gebunkert habe.

»Hunde leiden genau wie Menschen, wenn sie zu wenig

Aufmerksamkeit bekommen. Sie möchten auch an glamourösen Partys teilnehmen und interessante Artgenossen und Artgenossinnen treffen«, beginne ich von neuem. Ja ... Der Joint ist nach einer Minute weggequalmt, nach weiteren dreißig Sekunden ist der Kaffee weg und der letzte brauchbare Gedanke hat sich ebenfalls in Luft aufgelöst. Genervt fange ich an, im Zimmer rumzurennen. Ich schalte den Fernseher an. Reklame für billiges Dünnbier. Unbeschreiblich. Dann geht der Film weiter, fadester Action-Trash. Schließlich, als ich schon drauf und dran bin, diesen ganzen beschissenen Auftragsjob hinzuschmeißen, als mir alles rettungslos verloren und verkackt scheint – da kommt sie! Meine Muse! Sie erscheint mir in Gestalt von Penelope Cruz in einem Werbespot für Shampoo. Wie angestochen rase ich in die Küche und fange an, die verstaubten Stapel alter Hochglanzmagazine, die sich auf dem Fensterbrett türmen, zu durchwühlen, bis ich auf ein paar Frauenmagazine stoße. Gleich im ersten finde ich, was ich brauche: »Balsam für das Haar« und »Glanz für die Haut«.

Alles Geniale ist einfach, das ist eine immer wieder bestätigte Tatsache. Man setzt anstelle von »Frau« »Hund« ein und fertig ist die Kiste! Wozu sich weiter den Kopf zermartern? Und vor allem – der Kern der Sache bleibt derselbe. Jetzt geht alles wie geschmiert:

»Ihre Hundedame ist eine echte Lady. Wie kann es anders sein – bei diesem Frauchen! Wo immer Sie hingehen, zu Kunstausstellungen, Modeschauen, ins Kino oder ins Restaurant, wohin immer Sie reisen, ob nach Mailand oder nach Peking, überall ist sie dabei. Und sie ist ja auch so süß! Dabei ein wahres Rasseweib: ein echter Toy-Terrier, ein Chihuahua oder vielleicht ein Yorkshire. So ein Hundchen ist ein Vermögen wert! Unser Glamour-Doggy! Aber haben Sie jemals darüber nachgedacht, dass Ihr glamouröser Liebling sein glamouröses Frauchen beneiden könnte? Warum denn, sagen Sie, wir essen doch zusammen in denselben Restaurants, kaufen unsere Kleidung in denselben Boutiquen, sogar bei den Männern haben wir einen ähnlichen Geschmack (äh-bäh!)! Das stimmt, aber warum verweigern Sie dann Ihrer kleinen vierbeinigen Freundin die notwendige tägliche kosmetische Pflege? Vielleicht wussten Sie nur nicht, dass es diese Kosmetik überhaupt gibt? Sie können sicher sein, dass jede Hündin davon träumt. Und dabei gibt es sie wirklich! Doggy-M von MIORR®, die Kosmetik für Ihren kleinen Liebling! Shampoo, Spülung und Gels gegen jede Art von Parasiten – die Glamour-Line von MIORR®!«

Ich peppe die geklauten Sprüche noch mit ein paar blumigen Epitheta auf, wie »sahnig-cremige Konsistenz«, »Vanille- und Karamell-Aromen« und »unsere spezielle Formel für die Regenerierung zarter, strapazierter Hundehaut«, knalle noch anderthalbtausend Zeichen hinterher und fertig. Zum Abschluss gehe ich in den Sturzflug:

»Was haben die weltberühmten Diven in New York und Los Angeles, was haben Penelope Cruz, Beyoncé, Paris Hilton und Jay Lo gemeinsam? Richtig, sie haben verschiedene Hunde, aber denselben Dealer (gestrichen), aber alle diese Hunde schwärmen für Doggy-M von MIORR®! Alle Produkte der Doggy-M-Line sind klinisch am Menschen getestet. Es gibt keine Opfer, aber Süchtige! Doggy-M von MIORR® – nur für die Hündin!«

Ich überfliege den Artikel noch einmal, speichere den Text auf dem Desktop und schicke ihn per E-Mail an Dajew zum Absegnen. Zweitausendsiebenhundert Zeichen, eine Stunde Arbeit, zweitausend Dollar Honorar – nicht schlecht, oder? Wie sagte schon Freddy Mercury? Talent setzt sich immer durch.

# PROBE

»Nein, nein, nein! Das ist Scheiße! Schluss! So geht es nicht! Stopp!« Anton schaltet das Mischpult aus. »Andrej, du klingst, als hättest du gerade deine Tage!«

»Woher weißt du, wie man da klingt?«, blaffe ich wütend zurück und reiße mir den Kopfhörer herunter.

»Weiß ich nicht. Aber du hast eine Intonation drauf …«

»Ich habe die einzig richtige Intonation drauf!«

»Wie eine dauerfrustrierte Braut, die gleich einen hysterischen Anfall kriegt.« Anton stemmt die Hände in die Seiten, wackelt mit den Hüften und macht ein tuntiges Schmollmündchen. »Wenn Wanja mit seinem Part durch ist, musst du ganz hart und aggressiv einsetzen.«

»Was willst du mir hier eigentlich erzählen? Bist du Justin Timberlake der Zweite? Ich habe diesen Text geschrieben, ich weiß am besten, wann man ihn aggressiv und wann neutral bringen muss, hast du verstanden, du Arsch?«

»Du bringst ihn nicht neutral, sondern tuntig, verstehst du mich? Wie irgendein Mädel vom Land, das auf Diva macht. Seit zwei Stunden probieren wir jetzt, und alles, was du zustande gebracht hast, ist ein Haufen Scheiße.« Anton schmeißt sich wütend in einen Sessel.

»Ich hatte heute einen kleinen Unfall, ich hätte eigentlich auch krank machen können«, scherze ich versuchsweise. »Ein unfreiwilliger Perfectil-Trip.«

»Was für ein Ding?«, erkundigt sich Wanja.

»Das ist so ein Supermittel, von dem sich die Schicki-Tussen in London und so ernähren. Davon wird man jünger, kriegt irre Fingernägel, Haare wie ein Kaktus, das ganze Programm. Also du nimmst eine Vogelscheuche, gibst ihr eine Dröhnung mit Perfectil und zack! hast du ein Supermodel.«

»Die haben einen Exklusiv-Vertrag mit einer bekannten Londoner Model-Agentur«, erläutert Anton.

»Woher weißt du das denn schon wieder?«, staune ich.

»Ich treffe mich jede Woche einmal mit Linda Evangelista zum Kräutertee. Wen interessiert das, woher ich das weiß? Ich bin eben informiert, das ist alles. Erklär mir lieber, was Perfectil mit deinem unterirdischen Stil zu tun hat!«

»Ich habe heute Morgen bei Lena versehentlich vier Kapseln von dem Zeug geschluckt, gegen Magendrücken.«

Anton schnauft verächtlich.

»Was gibt's da zu schnaufen, woher sollte ich wissen, was das ist?« Langsam werde ich echt sauer.

»Und was passiert jetzt mit dir?«, fragt Wanja neugierig.

»Nichts! Mir wachsen lange Krallen und dicke Titten, ich kriege Lippen wie Fahrradschläuche oder gleich wie Angelina Jolie, und dann heirate ich einen Oligarchen. Dann brauche ich wenigstens nicht mehr meine Zeit mit euch Pfeifen zu verschwenden!«

»Aus dir wird bestimmt eine heiße Braut«, lacht Wanja. »Wir schicken dich auf den Strich, und von dem Geld richten wir uns ein Tonstudio ein.«

»Ich glaube, du hast dein komisches Perfectil nicht gefressen, sondern geschnupft, du Kate Moss für Arme«, bemerkt Anton säuerlich.

»Musst du gerade sagen!«, gebe ich grob zurück. »Wanja, weißt du überhaupt, was für einen pfiffigen Kumpel wir da haben? Ich erzähle dir mal eine schöne Geschichte über unseren Freund hier. Pass auf, das war letztes Jahr, da war dieser Snob bei so einer Braut zuhause gelandet, und als er zwischendurch mal im Badezimmer verschwindet, findet er doch vor ihrem Badezimmerspiegel so eine Spezialcreme, so ein Zeug, mit dem die Weiber sich die Brustwarzen einreiben, Marke Agent Provocateur, verstehst du?«

»Was für ein Zeug?« Wanja hat's noch nicht kapiert.

»Komm, hör schon auf zu spinnen«, wirft Anton unbehaglich ein.

»Von wegen spinnen! Du hast mir das damals selber erzählt. Also, mit dieser Creme reiben sich die Bräute die Brustwarzen ein, damit sie schön stehen, wenn sie ein T-Shirt darüber anziehen.«

»Und? Ist doch geil.« Wanja steht auf der Leitung.

»Und dieser Pfiffikus«, ich zeige auf Anton, »dachte sich, schlau wie er ist, wenn dieses Zeug Brustwarzen erigieren lässt, dann könnte man damit doch auch mal seinen Schwanz einreiben! Stimmt's, Anton?«

»Es reicht! Halt die Klappe!«

»Nein, los, erzähl schon, Andrej!« Jetzt ist Wanja neugierig geworden.

»Also gut, gesagt, getan. Unser Freund hier reibt sich den Dödel ein, und dann harrt er der Dinge, die da kommen sollen. Tja, Erektion kam keine, dafür brannte das Zeug wie Feuer! Und zwar ziemlich lange, was, Anton?«

»Das wird hier heute anscheinend eine Comedy-Show, aber keine vernünftige Probe«, sagt Anton leise.

»Du hast mich hochgenommen, jetzt nehme ich dich hoch, das ist nur gerecht.«

»Irgendwie gehst du mir in letzter Zeit ziemlich auf den Wecker mit deiner Hochnehmerei.«

»Wenn du dich auf meine Kosten amüsierst, kann ich mich ja wohl auch auf deine Kosten amüsieren, oder?«

»Na gut, Andrej, du hast deinen Witz erzählt, alle haben gelacht, dann können wir wohl nach Hause gehen. Ich hab keine Lust mehr zu proben.«

»He, Leute, was soll das? Ihr zickt hier rum wie kleine Mädchen! Wir haben am Mittwoch unseren Auftritt, falls ihr das vergessen habt«, versucht Wanja die Wogen zu glätten.

»Wahrscheinlich hat Anton gestern kein Shit mehr gekriegt, was, Anton? Oder hast du zu lange nicht mehr gevögelt?«

»Ich?« Anton zerdrückt wütend seine Zigarette im Aschenbecher, springt auf und rast durchs Zimmer. »Dafür habt ihr offenbar einen rundum gelungenen Abend hinter euch. Jeden Tag Saufen, Ficken, Koksen, die ganze Nacht durch. Wie oft hab ich euch gesagt, hört endlich auf damit, jedenfalls, wenn am anderen Tag eine Probe ansteht! Mit euch ist heute absolut nichts anzufangen, und das nervt mich!«

»He, Anton, entspann dich«, grinst Wanja. »Gestern war doch Freitag!«

»Bei Mirkin ist immer Freitag«, brummt Anton und zerrt wütend an seinem Pullover. »Die letzte Probe hatten wir an einem Sonntag, da kam er stramm wie ein Kellermeister. Und die Woche davor war überhaupt nichts von ihm zu sehen.«

»Kurt Cobain hat direkt bei den Proben gesoffen, gekokst und Party gemacht. Hat das irgendeinen negativen Einfluss auf die Musik von Nirvana gehabt?« Ich bemühe mich jetzt echt, ruhig zu bleiben.

»Du bist aber nicht Kurt Cobain, mein lieber Andrej!« Anton fängt an zu brüllen. »Du bist nicht mal der Arsch von Kurt Cobain, du bist nichts als ein verantwortungsloser Penner, dem alles, was er macht, eigentlich am Arsch vorbeigeht!«

»Ach so? Und wer, bitte, schreibt euch die Texte?«

»Du schreibst vor allem die Refrains«, kontert Anton.

»Okay, aber der Refrain ist das Gerüst des ganzen Textes«, geb ich zurück.

»Verdammt, das hab ich ganz vergessen! Danke! Danke für das schöne Gerüst!« Anton verbeugt sich tief.

»Ja, und anscheinend hast du auch vergessen, dass ich derjenige war, der diesen Auftritt organisiert hat! Du bist ein undankbares Arschloch, das bist du! Hättest ja mal sagen können: gut gemacht oder so. Aber nein, kein Wort, dafür ist sich der Herr zu fein! Aber rumschreien, das kannst du!«

»Wirklich, Anton, wo er Recht hat, hat er Recht«, sagt Wanja und legt ihm die Hand auf die Schulter. »Andrej ist natürlich ein ziemlicher Chaot, aber er stellt echt was für uns auf die Beine. Warum machst du eigentlich so einen Stress? Er hat immerhin unsere erste Auftrittsmöglichkeit organisiert.«

»Und was wollt ihr da machen?« Anton schiebt wütend Wanjas Hand von seiner Schulter. »Wenn ihr da genauso aufkreuzt wie heute, wird das ein einziger Flop. Wollt ihr das? Ich nicht! Am besten gebe ich euch die CD, die ich abgemischt habe, und ihr zieht die Sache als Playback durch.«

»Du hast bloß Schiss, gib's doch zu!« Ich angele eine Dose Cola aus dem Kühlschrank. »Eine CD hat er abgemischt! Großartig!«

»Leck mich doch.« Anton lässt sich wieder in den Sessel fallen. »Wenn ihr keine Lust habt, sagen wir den Auftritt eben ab und trennen uns. Wir lösen die Band auf. Oder wenn ihr meint, dass ich hier das Arschloch bin, dann spielt doch zu zweit.«

»Hör doch auf, Anton«, sagt Wanja ernst. »Du bist genervt, du willst, dass wir richtig gut sind. Aber das wollen wir alle. Oder, Andrej?«

»Klar«, schnaube ich. »Wollen will jeder, aber raus kommt doch immer das Gleiche. Ich denke, wir sollten uns wirklich trennen. Zumindest für heute. Ich kann nicht arbeiten, wenn ich unter Druck gesetzt werde. Ich schlage vor, wir proben am Montag noch mal. Das heißt, nee, Montag hab ich was vor. Dienstag!«

»Oder vielleicht Mittwochmorgen, falls du da noch eine kleine Lücke in deinem Terminkalender hast!«, höhnt Anton. »Oder wir lassen die Proben gleich ganz sausen!«

»Sag ich ja: Proben ist was für Feiglinge«, lache ich.

»Los, Leute, jetzt machen wir erstmal Pause, trinken ein Tässchen Kaffee, und dann proben wir weiter«, grinst Wanja. »Keine Panik.«

»Keiner kriegt hier Panik«, sagt Anton leise, aber wie es aussieht, kann er seine miese Laune endlich abschütteln.

»Na gut, nachdem wir das geklärt haben, schlage ich vor, wir trinken darauf erstmal was Richtiges«, grinst Wanja.

»Ich hab Minze im Kühlschrank, kann einer von euch Mojito machen?«, fragt Anton.

»Ich!« Wanja ist sofort Feuer und Flamme.

»Dann hau rein, steht alles im Kühlschrank«, brummt Anton, und schmeißt sich wieder in seinen Sessel. Er schaltet den Fernseher ein und fängt an, sich einen Joint zu basteln. Der Frieden scheint wiederhergestellt.

»Tja«, sagt Anton nachdenklich. Er schiebt sich die Tüte zwischen die Lippen und setzt sie in Brand. »Wahrscheinlich bin ich ein bisschen gereizt. Vielleicht liegt es an der Kohle. In letzter Zeit lief es auftragsmäßig ziemlich beschissen.«

»Du hast doch dies Jahr die Musik für zwei Fernsehserien geschrieben.« Ich knipse ihm den Joint aus den Fingern. »Du kannst dich doch nicht beklagen.«

»Und du meinst, davon kann ich jetzt sorglos leben, oder was? Wir sind hier nicht in Hollywood, Schätzchen.«

»Bei uns läuft es auch grad ziemlich mau«, nörgelt Wanja. »Im Mai sollte ich den Posten als Finanzdirektor übernehmen, den ganzen Sommer wurde darüber gequatscht, und das Ergebnis: null. Und ich Blödmann hab schon angefangen, Pläne zu schmieden. Neues Auto, Wohnung renovieren ... Und dann: Kacke!« Wanja knallt die Faust in die Handfläche.

»Manchmal packt einen echt der Trübsinn«, seufzt Anton. »Ich bin jetzt dreißig, und meine Perspektiven sind so mies wie eh und je. He, Andrej, schweigst du aus purer Verzweiflung und Hoffnungslosigkeit, oder reicht dir etwa die Kohle? Und gib die Tüte wieder her, eh du dich dran gewöhnst!«

»Hepp?« Ich war gerade dabei, den tiefen Sinn hinter der Form des Zigarettenrauches zu ergründen.

»Ob dir deine Kohle reicht!«

»Sein Papa gibt ihm genug Taschengeld«, kichert Wanja.

»Was willst du jetzt von meinem Papa?«

»Na, wie soll das denn sonst gehen, bei deiner Lebensweise?«, erkundigt sich Anton.

»Tja, es geht eben.« Ich bürste mir mit der flachen Hand über den Hinterkopf. »Ich hab mein spezielles ... äh, Finanzkonzept.«

»Dein was?« Anton und Wanja schlagen sich auf die Schenkel vor Lachen.

»Willst du deinen mysteriösen Wal-Mart an die russische Börse bringen?«, spottet Wanja, und Anton strampelt vor Vergnügen mit den Beinen.

»Hä, hä, hä«, mache ich. Wie witzig. »Mein Konzept ist ganz simpel. Erstens arbeite ich bei der Zeitung.«

»Großartig! Damit hast du dein Frühstück schon mal finanziert!« Anton gibt sich beeindruckt.

»Zweitens schiebt mein Vater mir einen Riesen im Monat rüber«, konzediere ich und mache eine entschuldigende Miene dazu. »Aber das Wichtigste – sind die Kreditkarten! Wozu, meint ihr, sind die Dinger wohl gut? Damit man sich vor kreditkartenlosen Minderjährigen damit aufspielen kann? Nein! Man muss nur richtig damit umgehen!«

»Und wie macht man das?« Anton ist plötzlich wie auf dem Sprung.

Ich hole mir den Joint wieder zurück, erledige ihn mit einem Zug und zerdrücke ihn im Aschenbecher. »Also, bei einem Verdienst von zweitausend besorgst du dir eine Karte von der Citibank mit einem Kreditrahmen von drei Riesen. Von denen kannst du erstmal zwei in Umlauf bringen.«

»Und?«, fragt Anton ungeduldig dazwischen.

»Und dann besorgst du dir noch eine Karte, am besten American Express, die macht am meisten her. Damit hast du noch mal dreitausend flüssig. Zwei davon schiebst du auf das Konto der Citibank rüber. Dann ziehst du noch eine Karte bei irgendeiner anderen Bank, wieder auf dreitausend ...«

»Und so weiter ad ultimo, oder wie?«

»Wieso ad ultimo? Mit vier verschiedenen Kreditkarten kommt man ganz gut hin. Zwischen denen schiebst du die Kohle nach Bedarf hin und her. In einem Monat strapazierst du die eine, im nächsten die andere. Außerdem, man verdient ja auch noch was, das darf man nicht vergessen. Und Verbraucherkredite gibt es ja auch noch, falls man mal irgendwas im Haushalt braucht.«

»Andrej, ich bin natürlich nicht so ein gewiefter Finanzexperte wie du«, sagt Wanja nüchtern. »Aber in einer kleinen finsteren Ecke meines Hinterkopfes dämmert es mir doch, dass da irgendwo in deinem raffinierten Finanzsystem dreitausend Miese hin und her schwappen. Oder meinst du, die verschwinden irgendwann von selbst?«

»Mein Lieber, ich habe nicht vor, mein Leben lang auf lausigen zweitausend im Monat herumzudümpeln.«

»Und die Zinsen sind auch nicht ohne«, wirft Anton ein.

»Betriebskosten«, winke ich ab. »Ohne Opfer geht es nicht.«

»Großartiges Konzept«, schnauft Anton und dreht sich um.

Wanja macht sich auf dem Sofa lang, die Stimmung schaltet wieder auf depressiv.

»Jedenfalls nicht das schlechteste«, sage ich störrisch. »Wenn wir Millionäre sind, schreib ich ein Buch darüber.«

»Und wann wird das sein, wenn man fragen darf?«

»In Moskau wird man über Nacht Millionär«, doziere ich. »Man braucht nur das richtige Projekt. Zum Beispiel eine Platte rausbringen. Oder Partys für Oligarchen organisieren, oder die Staatsfinanzen anzapfen. Es gibt tausend Möglichkeiten. Im Moment schreibt jeder Blödmann Bücher. Was haltet ihr davon? Wir schreiben zusammen ein richtig cooles Buch. Hast du schon mal versucht zu schreiben, Anton? Oder einer von deinen Freunden? Wie schreibt man einen Bestseller?«

»Ich kann dir die Telefonnummer von der Litwinowa geben. Frag sie.« Anton grinst anzüglich. »Die steht in meinem Telefonbuch unter H.«

»Unter H?« Wanja versteht mal wieder Bahnhof.

»Weil sie eine Heilige ist.«

Alle lachen gutmütig.

»Wenn das mit dem Anzapfen der Staatsfinanzen und so weiter nicht klappt«, fahre ich fort, »könnten wir, zum Beispiel, auch Frischfleisch aus der Provinz an Oligarchen verkaufen.« Ich fühle plötzlich einen irren Lachreiz. Anscheinend fängt das Gras an zu wirken, denn Antons kleines Scherzchen kann es ja nicht sein.

»Der Markt ist dicht, da kommt man nicht rein«, sagt Anton.

»Na gut«, lenke ich ein. »Dann komponieren wir eine Firmenhymne! Danach herrscht zurzeit eine große Nachfrage, wie man hört. Wenig Arbeit, viel Schotter. Wanja, braucht dein Büro nicht eine gute Hymne?«

»Wir haben schon eine.«

»Und bei deinen Freunden? Anton, wir könnten doch deinen Wowa ein bisschen schmieren, und dann schreiben wir für Mars eine Super-Hymne!«

»Ja, nach der Melodie des Horst-Wessel-Lieds«, nickt Anton ernst.

»Wer ist Horst Wessel?«, frage ich neugierig.

»So ein alter Nazi.«

»Hat der auch Schokolade verkauft?«

»Beinahe.«

»Apropos, ich war gestern im Coffeemania, und jede zweite von den Frauen, die da rumsaßen, sah aus wie diese blonde Popsängerin, jetzt fällt mir gerade nicht ein, wie sie heißt. Egal, was ich sagen wollte, von wegen Frischfleisch vom Lande: Ich hab in letzter Zeit so meine Zweifel in Bezug auf die Reschetnikowa. Sie kommt mir teilweise reichlich provinziell rüber.

»Na ja, ihre Eltern sind angeblich irgendwelche Bonzen, aber wer weiß, wo die herkommen.«

»Mir kam die ja gleich spanisch vor. Weißt du noch, ich hab's dir damals schon gesagt«, resümiert Anton.

»Sag mal, Andrej!« Jetzt wird Wanja tatsächlich wieder munter. »Wie läuft's eigentlich bei dir? Man hat lange keine Neuigkeiten von deinen Frauen gehört!«

»Ach, da gibt es nichts Besonderes zu erzählen.« Ich bereue schon, mit dem Thema angefangen zu haben. »Rita will bei mir einziehen. Und Lena ... will mich heiraten.«

»Oha!« Anton pfeift durch die Zähne. »Und jetzt?«

»Ich will sie am liebsten loswerden ... beide.«

»Wahrscheinlich hast du ein bisschen zu perfekt den Top-Manager und Klub-Promoter gegeben«, meint Wanja und macht ein schlaues Gesicht. »Jetzt wollen sie's halt wissen. Ich hab dir schon lange gesagt, lass es, du verbrennst dir die Finger mit deiner Vielweiberei!«

»Du hast gut reden«, murre ich. »Du lebst schon drei Jahre lang glücklich und zufrieden mit deiner Wika zusammen, aber ich kann das nicht. Ich tauge nicht zur Monogamie, verstehst du? Anton ist ja auch noch nicht verheiratet, siehst du?«

»Aber im Unterschied zu dir mache ich aus meinem Privatleben keine Seifenoper, mein Lieber.«

»Meine Güte! Was seid ihr bloß für Moralisten! Das Leben ist interessanter auf diese Art und Weise. Und wenn die Frauen darauf stehen, warum soll man seine Verwandlungsgabe nicht nutzen?«

»Die Gabe hast du, das muss dir der Neid lassen«, meint Wanja. »Aber vielleicht hast du ja ein bisschen übertrieben. Die Mädels halten dich wirklich für einen schwerreichen Macker, und jetzt wollen sie sich eben in das warme Nestchen setzen, das du ihnen da vorgaukelst. Und du willst sie gleich in die Wüste schicken. Das ist nicht gut, mein lieber Andrej. Sie sind zu dir offen und ehrlich, und du... Die werden sich die Seele aus dem Leib heulen deinetwegen!«

»Sag mal«, fragt Anton plötzlich ernst. »hat sich eigentlich noch keine von den beiden von dir schwängern lassen?«

»Gott sei Dank noch nicht!«, rufe ich und klopfe dreimal auf Holz. »Und was das Heulen angeht: Heulen werden sie, wenn sie rauskriegen, dass bei mir nichts zu holen ist, weder Geld noch Ansehen, und sie ihre kostbare Zeit nutzlos verplempert haben.«

»Sind die wirklich nur hinter der Kohle her?« Anton sieht mich skeptisch an.

»Ich bitte dich! Die sind doch nicht vom Mond! Gestern hab ich im Coffeemania ein paar Bräute am Nebentisch belauscht. Alle um die fünfundzwanzig, alle mit Edelhandys und teuren Klunkern und so weiter. Was die über ihre Typen erzählt haben – meine Herren!«

Genüsslich und detailliert gebe ich meine Eindrücke vom vergangenen Tag wieder. Wanja und Anton sind fassungslos. Anton stammelt alle paar Sekunden: »Leck mich am doch Arsch!«

»Und am Schluss sagt die Rote: ›Ich gehe zu einer Alten, die verhext ihn, damit er nicht abhaut. So einen Schatz finde ich nie wieder!‹ Ich sag euch, Leute, das ist jetzt der Trend! Die Weiber sind heute so. Andere werden gar nicht mehr geboren.«

»Das mit der Hexerei, das ist eine spezielle Geschichte«, fängt Wanja an. »Da sind sie jetzt wirklich alle ganz heiß drauf. Letzten Dienstag stehe ich in unserer Kantine in der Schlange, und vor mir erzählt eine Mutti aus einem Nachbarbüro ihrer Kollegin von einer Freundin, die zu so einem alten Weiblein läuft. Die zeigt ihr dann alle möglichen magischen Rituale, die sie abhalten muss, damit ihr Typ sie endlich heiratet.«

Anton hält es nicht mehr auf dem Sitz. Er springt auf und rennt zum Wasserkocher. »Ich brauche jetzt einen Kaffee«, erklärt er. »Und was sind das für komische Rituale? Voodoo? Alchimie? Zaubersprüche von den alten Germanen?«

»Viel besser!« Wanja grinst bis zu den Ohren. »Hört zu! Ich hab mich schlappgelacht! Das ging so ab: Die Alte hat ihr irgendwas auf einen Zettel geschrieben und gesagt, den soll sie in ihren linken Stiefel stecken. Sie dürfe ihn aber auf keinen Fall auseinanderfalten oder lesen! Dann sollte sie zum Nowodewitschi-Kloster fahren, dort nach einem namenlosen Grab suchen und beide Stiefel dort abstellen. Es müssten aber wirklich ihre eigenen Stiefel sein, nicht etwa extra für diesen Zweck gekaufte billige oder so.«

»Und, hat sie das wirklich gemacht?« Die Geschichte beeindruckt mich.

»Und ob. Die Tante fährt los, findet so ein Grab, stellt brav ihre Stiefelchen drauf und zischt wieder ab. Sie war natürlich noch keine fünfzig Schritte gegangen, da waren die Treter schon verschwunden. Gemopst von einem der Obdachlosen, die da rumhängen.«

»Und weiter? Erzähl schon!«, drängt Anton.

»Wieder zu Hause, ruft sie die Zauberoma an und berichtet. Und da sagt doch die Alte: Ojoj, Kindchen, was hast du gemacht! Gestern war doch Sonntag, da arbeiten die Geister nicht! Du musst es nächste Woche nochmal machen! Die Tussi war natürlich fertig mit der Welt, die Stiefelchen waren nämlich ziemlich edel, von Celine, die haben sie einen glatten Riesen gekostet.«

»Ich fass es nicht!«, japse ich. »Die Oma kriegt bestimmt Provision von Celine!«

»Oder von den Obdachlosen«, schlägt Anton vor und gießt uns Kaffee ein.

»Ich glaube, auf diese Hexerei stehen jetzt wirklich alle«, resümiere ich. »Ich frage mich bloß, ob meine beiden mich auch schon verhext haben.« Bei dem Gedanken wird mir schwummerig. »Diese Biester! Übrigens, Rita hat seit Kurzem ein nagelneues Nokia 8800. Angeblich ein Präsent von ihrer Arbeitsstelle.«

»Wahrscheinlich hat sie sich eins gezaubert«, kichert Wanja.

»Ich denke eher, sie hat noch ein paar Promoter von deinem Kaliber in der Hinterhand«, hält Anton dagegen. »Zuzüglich einen echter Top-Manager aus einer amerikanischen Firma.« Anton schaut mich prüfend an. »Was machst du für ein Gesicht, Andrej? Bildest du dir ein, du bist der Einzige, der schauspielern kann? Die Stadt ist voll von Hobbyschauspielern. Je schneller du die beiden abschießt, desto besser für dich, glaub's mir!«

»Ja, ja, schon klar«, erwidere ich ärgerlich. »Mein Problem ist ein ganz anderes. Ich glaube, ich habe mich verliebt.«

»Verliebt! In wen?«, fragen sie wie aus einem Mund.

»Eine Studentin. Sehr jung. Sehr schön.« Aus irgendeinem Grund kriege ich keine ganzen Sätze mehr raus. »Unglaublich süß. Heißt Katja. Noch vollkommen unverdorben.«

»Ist das die, für die sich dein kleiner Bruder neulich einen Hunni von dir pumpen wollte, Anton?«, grinst Wanja.

»Ein Fuffi würde auch reichen, meinte er«, grinst Anton zurück.

»Ey, leckt mich doch alle beide! Ihr seid doch bloß neidisch, ihr Blödmänner!«

»He, he, entspann dich, Alter! War nur ein Scherz. Erzähl uns lieber was über deine Katja.«

Ich nehme meine Kaffeetasse, stelle mich ans Fenster und schaue verträumt nach draußen. Um sie zu ärgern, berichte ich genüsslich, dass sie einen göttlichen Arsch hat, wie eine Brasilianerin.

Wanja öffnet den Mund, um was zu sagen, aber ich komme ihm zuvor:

»Wenn ich's euch sage! Wie eine Brasilianerin! Zehnmal besser als der Arsch von deiner Lieblingshostess im Most!«

»Vergiss es, du Spinner!«, ruft Anton. »Du hast ja keine Ahnung!«

»Du willst uns verarschen, Alter!«

»Ja klar, buchstäblich!«

»Na gut«, wiegele ich ab. »Ich schlage vor, wir beenden für

heute unseren kleinen Comedy-Club. Was meinst du, Anton: Proben wir noch oder nicht?«

»Sieh mal an, der Junge wird allmählich vernünftig!«, staunt Wanja. »Die Liebe vollbringt Wunder!«

»Thema durch!«, kommandiert Anton. »An die Geräte, Jungs!«

# FOREVER NOT YOURS

Als ich im Mi Piace ankomme, bin ich ziemlich am Ende. Die Probe hat reichlich Kraft und Zeit gekostet, außerdem hat Marina mir mit ihren beknackten Fotos den letzten Nerv geraubt, und die Metro hat meiner angeschlagenen Laune den Rest gegeben. Dazu kommt, dass Katja den ganzen Tag ihr Telefon ausgeschaltet hatte, und statt auf Engelsflügeln zu ihr zu eilen, treffe ich mich mit Rita. Nachdem sie mir erklärt hat, sie wolle bei mir einziehen, habe ich mich zwei Tage lang nicht mehr bei ihr gemeldet. Ich hätte mich auch noch länger rar gemacht, aber die zehn Riesen und die Fete am Mittwoch üben eine starke Anziehungskraft aus. Ich tröste mich mit dem Gedanken, dass es immer noch besser ist, mich mit Rita zu treffen, als am Wochenende Lena auszuführen. Rita will immerhin nur bei mir einziehen, bei Lena dagegen muss ich damit rechnen, dass sie schon die Ringe aussucht. Kompliziert irgendwie, jetzt aber echt : Ich treffe mich mit Rita, nicht weil sie mich interessiert, sondern weil ich mich nicht mit Lena treffen will, während ich gleichzeitig keinen anderen Wunsch habe, als Katja zu sehen. Dummerweise weiß ich nicht einmal, wo sie wohnt.

Das Beste wäre natürlich, spätestens bis nächste Woche beide Frauen abzukoppeln. Ich muss nur noch abwarten, bis Rita mir das Geld zurückgibt, dann noch unser Auftritt, von Dajew die Kohle für den Artikel abgreifen und dann: Hopp!

Tschüss und goodbye! Am besten, gar nicht mehr treffen. Einfach jeder eine SMS schicken: ›Du glaubst gar nicht, wie du mich anödest, tut mir leid, aber tschüss!‹

»Du glaubst gar nicht, wie sehr ich mich nach dir gesehnt habe«, sage ich und lasse mich auf einen Stuhl fallen. Rita schließt die Augen und hält mir ihre Lippen zum Kuss hin. Ich muss wieder aufstehen, mich über den Tisch beugen und mich an ihrem üppig geschminkten Mund festsaugen.

»Ich mich auch«, sagt sie. »Ich hab für dich Spaghetti Carbonara bestellt, die isst du doch so gern. Aber heute zum letzten Mal! Ich finde, du isst viel zu viel Mehlspeisen! Am Montag ziehe ich zu dir, und dann werde ich mich sofort um deine Ernährung kümmern!«

»Hm-hm!«

Lieber Gott, bring diese Wahnsinnige zur Vernunft! Es reicht mir, wenn ich ständig Kochsendungen gucken muss! Geschickt (finde ich) wechsle ich das Thema:

»Sag mal, hast du deinen Lexus abgeholt?«

»Hm-hm! Ein himmlisches Fahrgefühl, das kannst du dir gar nicht vorstellen! Als ich heute aus dem Fitness-Studio kam, wäre ich damit am liebsten losgeflogen vor Freude!« Die Sätze sprudeln nur so heraus. Rita gestikuliert heftig mit den Armen und gibt mir keine Chance, ihren Monolog zu unterbrechen. »Er springt los wie ein Panther, Andrej, und dabei so elegant! Und vor allem, die anderen Autofahrer haben viel mehr Respekt vor einem, weißt du?«

»Rita, du musst vorsichtiger sein, sieh mal, dieses Auto …«, fange ich an, mit einer etwas gekünstelten Ängstlichkeit in der Stimme, während ich meine Gabel in den Spaghetti drehe. »Dieses Auto … äh … ist sehr schnell …«

»Na ja, schon«, stimmt Rita zu. »Klar ist es schnell. Aber wieso vorsichtiger? Wem der Galgen vorherbestimmt ist, der ertrinkt nicht, wie es so schön heißt.«

»Du bist leichtsinnig«, tadele ich sie vorsichtig. Was redet sie da eigentlich für einen Blödsinn zusammen? Woher hat sie denn diese altväterlichen Sprichwörter? Schlagen jetzt die Gene bei ihr durch, oder was?

»Ich bin leichtsinnig, das gebe ich zu. Dafür sterbe ich jung und schön!« Rita lacht, den Kopf in den Nacken gelegt, aber dann nimmt ihr Gesicht schlagartig seinen normalen Ausdruck an und sie sagt ganz ernst: »Weißt du, in der letzten Zeit fühle ich mich gar nicht gut.«

»Ach, das liegt am Wetter«, nicke ich. »Darauf reagiere ich auch empfindlich.« Dabei reagiere ich eigentlich auf gar nichts empfindlich.

»Nein, das liegt nicht am Wetter. Seit zwei Monaten fühle ich mich irgendwie schwach. Dabei rauche ich nicht, halte mich fit …«

Wozu erzählt sie mir das? Bin ich ihr Hausarzt?

»Vielleicht ist es langsam Zeit, mit diesem Nachtleben aufzuhören«, schlage ich vor und gieße uns Mineralwasser ein. »Wir stehen an der Schwelle zu den kritischen Dreißigern. Gesundheit, Karriere, Kinder. Wenn man darüber nachdenkt, dass man bald dreißig wird und hat noch immer nichts Vernünftiges zustande gebracht, dann kann einem natürlich ein bisschen anders werden.«

»Das Schlimmste ist der Gedanke, dass man ein behindertes Kind zur Welt bringen könnte«, sagt Rita leise und fröstelt.

»Down-Syndrom, oder wie?«, frage ich gleichmütig und rolle wieder Spaghetti.

»Mein Gott, du bist so geschmacklos! Mir wird ja ganz kalt!«

»Wieso denn geschmacklos?«

»Ach, egal. Bloß, seit einiger Zeit wird mir immer ganz komisch, wenn ich über Kinder nachdenke.« Rita hat jetzt einen Tonfall aufgesetzter Betulichkeit angenommen, der mich ziemlich reizt. »Umweltverschmutzung, zerstörtes Immunsystem, dieser ganze Karrieredruck, man schafft es als Frau einfach nicht mehr, Kinder zu gebären, bevor man dreißig ist, und danach steigt das Risiko ins Hundertfache, ein behindertes Kind zu bekommen. Außerdem weiß man nicht, ob die Gene zusammenpassen und sowas alles. Das ist doch schrecklich!«

»Aber wenn die werdende Mutter fleißig Ecstasy futtert, kommen wahrscheinlich auch behinderte Kinder raus, oder?«, erkundige ich mich höflich.

»Als würdest du nicht selber Ecstasy schlucken!«, braust sie auf. »Wenn man so lebt wie du, muss man erst mal ein Jahr lang entschlacken, bevor man Kinder zeugt!«

»Aha. Und wenn man so lebt wie du, muss man überhaupt nicht entschlacken, oder was wolltest du damit sagen?«

»Doch, natürlich muss man das. Das will ich gar nicht abstreiten. Aber für mich ist das ein sehr ernstes, sehr wichtiges Thema, während du bei solchen Gesprächen immer sofort an die Decke gehst.«

»Rita, wozu führst du überhaupt *solche Gespräche*, wie du sagst.« Ich räuspere mich. »Hast du vor, in nächster Zeit schwanger zu werden?«

»Nein, darum geht es nicht. Das heißt, ich würde gern schwanger werden, wenn du endlich bereit wärest, ein geregeltes Leben zu führen.« Rita wendet sich halb von mir ab und schaut durchs Fenster auf die Straße.

Geht das schon wieder los!

»Rita, was meinst du mit ›geregeltes Leben‹? Einen Ministerposten in Moskau ergattern, gleich im ersten Monat zehn Millionen Euro verdienen und dich dann zur Geburt nach Ibiza bringen?«

»Wieso denn nach Ibiza?«, fragt Rita beleidigt, ohne mich anzusehen.

»Ach, sieh an! Ibiza gefällt dir nicht, aber gegen den Ministerposten hast du anscheinend nichts einzuwenden!«

»Möchtest du mit mir streiten? Hast du mich deshalb hierhergeschleppt?« Endlich wendet sie sich wieder mir zu.

»Ich habe dich nirgendwo hingeschleppt. Du wolltest doch Pasta, wenn ich mich richtig erinnere, mein Häschen!«

Paradoxes Bewusstsein. Warum muss man immerzu alles verdrehen und auf den Kopf stellen, warum ständig dieser Stress und dieses Gezeter wegen irgendwelcher Nichtigkeiten? Nein, es ist wirklich höchste Zeit, sie loszuwerden.

»Mit dir kann man überhaupt nicht ernsthaft reden!« Rita wendet sich wieder ab und betupft ihre Augen mit der Serviette. »Entweder machst du blöde Witze, oder du verstehst nicht, was man meint, oder du stellst dich dumm.«

Moment mal, wie denn loswerden – und die zehn Riesen kann ich in den Wind schreiben, oder wie?

»Nein, ich stelle mich nicht dumm. Ich verstehe bloß nicht, was dieses Gerede über Kinder soll, und warum du mir permanent Vorhaltungen machst, was meinen Lebenswandel angeht und so weiter. Ich habe im Moment keine Kinder geplant. Genauso gut können wir uns über die Implantate unterhalten, die wir uns vielleicht mal einsetzen lassen, wenn wir alt sind.«

»Genau deshalb gibt es ja keine Pläne, verstehst du das denn nicht?«, schreit Rita hysterisch los. »Was sollen das für Pläne sein, wenn ich sage: Ich liebe dich, hörst du? Ich will mit dir leben! Und du sagst: Prima, mein Häschen, als ginge es darum, zusammen ins Kino zu gehen!«

»Verdreh jetzt nicht die Tatsachen!« Allmählich komme ich auf Touren. »Ich war nur nachdenklich, in dem Moment, weil ... Das kam eben so unerwartet.«

»Du verdrehst alles, nicht ich!« Rita macht eine ungeschickte Bewegung und stößt mit dem Ellenbogen ihr Wasserglas um. Ich sehe zu, wie der Wasserfleck sich auf der Tischdecke ausbreitet, und seltsamerweise denke ich dabei an die Ölteppiche, die aus havarierten Öltankern laufen. Rita scheint der Fleck vollkommen egal, sie setzt ihr Gekreische ungerührt fort: »Du bist in der ganzen Zeit nicht einmal auf die Idee gekommen, mich deinen Eltern vorzustellen! Davon, dass du vielleicht meine Eltern kennenlernen wolltest, rede ich gar nicht!«

Na und? Was hab ich davon? Deine miefigen Eltern können mich mal am Arsch lecken!

»Hör mal, mein Herz, du warst bisher auch nicht gerade heiß darauf, mich deinen Eltern vorzustellen, oder stimmt das etwa nicht?«

»Doch, das stimmt! Weil ich dich ja selbst höchstens zweimal in der Woche sehe, es tat mir leid, diese Zeit auch noch mit meinen Eltern zu verplempern. Wir treffen uns doch sowieso nur auf Zuruf, als hätten wir ein heimliches Verhältnis.«

Geschickt gedreht!

»Damit hast du das Thema Eltern ja wohl selbst hinreichend beantwortet. Mir stinkt es eben auch, kostbare Zeit zu vergeuden, die wir zusammen verbringen können!« Ich schenke ihr mein bezauberndstes Lächeln. Mein Königslächeln.

»Apropos Kino«, fährt Rita fort, immer noch in gereiztem Ton. »Es ließ sich wohl nicht vermeiden, mich am Freitag sitzenzulassen wie eine alte Handtasche, wie?«

Hat sie etwa Wind gekriegt? Mann, das ist die Gelegenheit für den Cut! Einfach perfekt!

»Wenn du dir vorstellen könntest, wie gerne ich einfach mal mit dir ins Kino gehen würde. Egal in welchen Film.

Anschließend auf dem Twerskoj-Boulevard spazieren gehen und Eis essen. Manchmal möchte ich so etwas, verstehst du?«

Nein, sie ist ahnungslos. Schade. Das heißt, überhaupt nicht schade, eher Gott sei Dank, ansonsten – goodbye, money!

»Dreimal hab ich dumme Pute dich angerufen. Zuerst: Andrej, lad mich doch mal ins Kino ein! Andrej versteht Bahnhof. Dann: Andrej, komm, gehen wir ins Kino! Andrej pfeift mir was. Und zu guter Letzt: Andrej, jetzt lade ich dich ins Kino ein! Aber nein, Andrej kann nicht!«

»Ich konnte wirklich nicht!«

»Tatsächlich? Mir ist aufgefallen, dass du nie kannst, wenn ich mal wirklich etwas von dir will.«

Soll ich dich jetzt an die zehn Riesen erinnern, du Miststück?

»Ich habe Angst, Pläne für die Zukunft zu machen, verstehst du? Ich habe Angst, ich erzähle dir irgendwann etwas wirklich Wichtiges, und du kannst mal wieder nicht! Oder es kommt wieder zu überraschend! Und dann stehe ich da, klimpere dumm mit den Wimpern und fasele …«

»Du faselst jetzt schon, Häschen. Du faselst so einen Blödsinn! Weißt du, gestern im Coffeemania hab ich ein Gespräch am Nachbartisch mitgehört …«

»Übrigens: Coffeemania! Meine Freundin Sascha hat dich dort mit einer Frau beim Essen gesehen.«

»Das war Mitrochina, die Pressesprecherin vom *Beobachter*, ich habe versprochen, ihr zu helfen, einen dicken Brocken an die Angel zu kriegen.«

»Ach ja? Deine Mitrochina muss sich gut pflegen, Sascha hat sie auf zweiundzwanzig geschätzt.« Ritas Augen schießen Blitze.

»Hör mal, was soll das jetzt?« Ich schalte noch einen Gang

höher. Unbegründete Eifersucht ist ein wunderbarer Anlass für eine Trennung, genau das, was ich brauche. »Kaum erscheine ich irgendwo in Gesellschaft einer Frau, schon sieht mich deine Freundin Sascha oder deine Freundin Mascha und hat nichts Eiligeres zu tun, als mich zu denunzieren und dir haarsträubende Geschichten zu erzählen. Lässt du mich bespitzeln? Warum suchst du ständig einen Grund zur Eifersucht, wo es keinen gibt und keinen geben kann? Willst du jetzt ein Problem konstruieren, damit du einen Grund zur Trennung hast? Dann lass uns das gleich erledigen, wozu lange nach Gründen suchen, das geht auch ohne! Ich kann so nicht mehr weitermachen, Häschen! Ich bin es leid, mich immer wieder wegen Nichtigkeiten rechtfertigen zu müssen. Wie soll ich eine Beziehung zu einer Frau aufrechterhalten, die mir nicht vertraut? Alles zerfällt mir vor den Augen. Alles zerbricht, und ich kann es nicht aufhalten, verstehst du? Überleg es dir, vielleicht sollten wir ...«

Ich sehe sie an, die Augen voller Schwermut und Traurigkeit und denke, wie brillant mir doch diese Abschiedsrede gelungen ist. Sogar dieses »Überleg es dir« – so in der Art: Die Entscheidung liegt bei dir, Häschen! Ich habe zwar alles längst entschieden, aber den Schlusspunkt musst du setzen, liebe Rita! Perfektes Timing! Die Gelegenheit beim Schopf ergreifen und alles ganz logisch auf die unvermeidliche Trennung hinleiten! Und die Kohle ... Das mit der Kohle klären wir schon noch.

Und gerade als ich noch eine dekorative Krokodilsträne hinterherschicken will, verbunden mit einer hinreißenden Grimasse verzweifelten Schmerzes über die unumgängliche Trennung, gerade als ich meinen letzten tragischen Satz mit der dramatischen Wendung »Vielleicht sollten wir uns wirklich trennen« krönen will, schießt es mir wie ein elektrischer Schlag durchs Hirn: *Sie wird uns den Auftritt kaputtma-*

*chen!* Sie wird sich bei Schitikow ausheulen und dann ... dann schickt er uns zum Teufel.

Mein Mund steht schon offen, bereit, die finalen Worte zu formen, aber heraus kommt nur Wortkonfetti: »Vielleicht ... soll ... sollten ... äääh ... vielleicht ...«

Die Augen voller Tränen starrt Rita mich an und erwartet begierig das Ende meines Satzes. Es entsteht eine Pause.

Wir schauen einander an, unsere Lippen beben, unsere Stimmbänder produzieren blubbernde Laute. Ich stecke in einer Sackgasse, das drohende Aus unseres Auftritts hängt wie ein Damoklesschwert über mir. Verzweifelt suche ich nach der rettenden Formulierung, aber alles, was mir einfällt, ist: »Rita, ich liebe dich!« Womit ich mein Gesicht endgültig verloren, aber immerhin den Absturz vermieden habe. Rita fällt mir über den Tisch hinweg um den Hals, die Teller scheppern, Nudeln und Salat spritzen schmatzend auf, hemmungslos schluchzend klammert sie sich an mir fest und sagt immer nur: »Bitte, bitte, sag jetzt nichts, Andrej, sag nichts, ich bitte dich! Ich liebe dich!« Und ich sage auch nichts (was bleibt mir anderes übrig?), denke bloß, was wir für eine wunderschöne Schlussszene gerade hinlegen. Das perfekte Happyend. Wie zur Bestätigung meiner Gedanken erklingt irgendwo im Hintergrund des Gastraumes matter Applaus. Wahrscheinlich die Kellner, wer sonst? Schicksalsergeben schließe ich die Augen, halte Rita fest in meinen Armen und versuche, den kleinen fiesen Gedanken zu verscheuchen, der in meinem Hinterkopf sitzt und mich piekst: Du verdammter Idiot, das war so eine wunderbare Gelegenheit, sie loszuwerden!

Alles, was ich jetzt tue, tue ich im Namen der Musik, rechtfertige ich mich vor mir selber.

Jetzt, da sich der Schleier des Missverstehens gehoben hat und wir uns ausgesprochen haben, da wir beide uns wie neugeboren fühlen, jetzt, da alle gegenseitigen Vorwürfe aus der Welt geräumt sind und wir spüren, dass einer ohne den anderen nicht leben kann, jetzt wollen wir nichts anderes mehr als diesen Abend gemeinsam zu verbringen und so weiter. So ungefähr dürfte Rita die Sache sehen.

Jetzt, da ich den Schwanz eingezogen habe und der Gegner, den Moment der Schwäche nutzend, mir das Messer an den Hals gesetzt hat, empfinde ich statt Erleichterung nichts als Wut, und anstatt das Gefühl der Freiheit zu genießen, denke ich wieder daran, dass mein Problem immer noch nicht gelöst ist. Ich habe nichts zu erwarten, als diesen Abend in trauter Gemeinsamkeit mit Rita zu verbringen. So sehe ich es.

Klar ist jedenfalls: Dieser Abend ist unrettbar verloren. Der Kellner bringt den Kaffee und sieht uns fragend an. Pustekuchen! Was für eine billige Show! Ohne die Rechnung zu verlangen, werfe ich drei Tausender auf den Tisch, nehme Rita an der Hand und schleppe sie hinter mir her aus dem Lokal. Drei Fragen sind es, die mich jetzt beschäftigen: Erstens: Habe ich zu viel bezahlt? Zweitens: Hätten wir nicht wenigstens den Kaffee austrinken sollen? Drittens: wohin jetzt?

Rita hat dann die Idee, ins Shanti zu fahren. Wir müssen ewig lange nach einem Taxi suchen, quetschen uns endlich in einen schäbigen Japaner, und kaum sitzen wir, klammert sich Rita an meine Schulter. Dann geht es wieder los. Als Erstes erklärt sie mir des Langen und Breiten, wie gut sie mich verstehe (in welcher Hinsicht?), wie leicht man doch einen Menschen, den man liebt, mit einer einzigen unbedachten Äußerung, einem groben Satz verletzen könne (ich hab mehrere solcher Sätzen parat), berichtet, wie sie beinahe den Verstand verloren hätte, als ich sagte: »Vielleicht sollten wir ...« Dann begibt sie sich übergangslos an die Beschreibung unseres zukünftigen gemeinsamen Lebens. Mit sämtlichen Details, von der Zuckerdose bis zum Joghurt. Dabei geht ihr das so flink und gewandt von den Lippen, dass ich bald keinerlei Zweifel mehr habe: Das Mädchen kennt sich aus, nicht nur theoretisch, sondern auch praktisch. Kaum fünf Minuten habe ich ihrem idiotischen Monolog zugehört, da sitzt mir von all dieser Miefigkeit schon eine tiefe Depression im Leibe, nach weiteren zehn Minuten falle ich in den Zustand vollständiger Kryptobiose. Nach außen hin demonstriere ich rege Beteiligung am aktuellen Gespräch: Ich lächele, nicke, sehe mit teilnahmsvollem Blick durch sie hindurch, mache dann und wann kleine Bemerkungen oder Einwürfe à la »Genau!« oder »Ich fasse es nicht« oder »Wahnsinn!« und so weiter.

Ich habe eine besondere, seltene Eigenschaft: Wenn man mich unter extremen Druck setzt, kann ich mein Bewusstsein ausschalten, das heißt, mein Gehörsinn nimmt zwar wahr, was gesprochen wird, ich bin sogar in der Lage, halbwegs sinnvolle Antworten zu geben, aber in Wirklichkeit nehme ich an dem, was um mich herum geschieht, keinerlei Anteil. Genauso ist es auch jetzt: Ich habe mich abgeschaltet.

Aber dann fängt sie an, mir zu erzählen, wie sie vor einem Jahr oder so in Petersburg mit ein paar Bekannten ganz prima unterwegs war. Und diese Bekannten sind gerade zu Besuch in Moskau, plappert sie, da wäre es doch klasse, wenn ich die kennenlernen könnte. Das sind nämlich genauso kreative Leute wie wir, sagt sie. (Das sagt sie tatsächlich! Zuerst dachte ich, sie meint es ironisch, aber von wegen!) Und überhaupt, sie sind absolut spitze! Das Wort »spitze« habe ich vorher noch nie aus ihrem Mund gehört. Das ruft mich ins Leben zurück.

»Los, bezahl schon, wir steigen aus«, sagt Rita.
»Wo willst du hin?«

»Wie wohin? Ins Shanti, natürlich. Wir sind da!«

Im Shanti dudelt Synthie-Pop, die Gäste unterhalten sich lautstark, die Kellner eilen mit ihren Tabletts hin und her, und wir müssen uns zwischen den dichtbesetzten Tischen zur Bar hindurchquetschen. Wie üblich schaue ich mich aufmerksam nach unerwünschten Bekannten um. Unter »unerwünschten« Bekannten verstehe ich in erster Linie meine liebe Lena. Mein Gott, wie mir das zum Hals raushängt! Ich gebe zu, dieses schizophrene Leben bringt mir schon lange keinen Kick mehr. Wie gerne säße ich jetzt mit Katja in einer x-beliebigen, meinetwegen noch so vermieften Bar oder Kneipe! Ah, das wäre super – mit einer Frau zusammen sein, die dir gefällt, und nur an sie denken! Nur sie ansehen und nicht wie sonst blöde in die Gegend glotzen. Man ist ganz entspannt, plaudert über irgendwelchen Unsinn und kümmert sich einen feuchten Puder darum, was man dabei für eine Figur macht, oder ob man *so ein* Lokal überhaupt aufsuchen sollte oder was deine Bekannten von dir denken, wenn sie sehen, mit wem du zusammen bist …

»Hallo, Andrej!« Es durchzuckt mich wie ein Stromschlag. Ich drehe mich um und sehe den Besitzer des Lokals, Oleg Bazkich. »Wie geht's? Lange nicht gesehen!« Er lutscht, wie immer, an einer dicken Zigarre und grinst lässig verträumt.

»Alles klar. Und bei dir?« Wir schütteln uns die Hände.

»Bei uns läuft's gut. Wir haben einen zweiten Saal aufgemacht. Bist du noch beim *Beobachter?*«

»Klar doch. Rita, darf ich vorstellen? Das ist Oleg.« Ich drehe sie an der Schulter zu uns um. »Oleg, das ist Rita.«

»Angenehm.« Oleg grinst wieder. »Seid ihr allein? Heute Abend spielt hier eine gute Band.«

»Nein, nein, wir sind mit ein paar Freunden hier. Die warten auf uns, wahrscheinlich drüben im anderen Saal.« Ich wende mich an Rita. »Sie sitzen im Teesalon, oder?«

»Sie haben gesagt, da gibt es Tatami-Matten oder so was Ähnliches«, nickt Rita und sieht dabei Oleg interessiert an.

»Ah ja. Also drüben. Na dann, wir sehen uns!« Ich winke Oleg zu und zerre Rita hinter mir her, wobei ich überhaupt nicht kapiere, warum ich es so eilig habe.

»Warum hat er dich denn bloß nach dem *Beobachter* gefragt und nicht nach deinem Klub?« Rita sieht mich verwundert an.

»Von dem Klub weiß er bisher noch nichts.«

»Das ist aber seltsam. Ihr verkehrt doch in derselben Szene!« Das sagt sie mehr zu sich selbst als zu mir.

Wir kommen in den nächsten Raum. Rita schaut sich um und entdeckt in der dritten Loge ihre Petersburger Bekannten. Im Gang davor liegt ein Häuflein Schuhe: bunte Sneaker, abgeschabte Turnschuhe und anderer Kram. (Es ist hier Usus, die Schuhe auszuziehen, bevor man die Tatami-Matten betritt.) Die Petersburger sind zu fünft oder sechst, auf jeden Fall sind drei davon Frauen. Sofort beginnt ein furchtbares Gekreisch und Geküsse und allgemeines Umarmen. Ich drücke allen die Hand, küsse die Frauen und lasse mich auf einen freien Platz fallen. Rita setzt sich neben mich. Man fängt an, Neuigkeiten auszutauschen, frischt alte Erinnerungen an gemeinsame Kneipenerlebnisse auf, Namen von Bekannten, von Petersburger Klubs und Restaurants fliegen hin und her, kurz: Ich verstehe unterm Strich nur Bahnhof. Ich bestelle Saft aus Orange und Minze, Rita irgendwas anderes. Ein kurzer Blick in die Runde macht mir klar: die typische Pseudo-Boheme. Die Art von Menschen, bei denen ich mich immer frage, wo sie eigentlich herkommen und wohin sie nachher wieder verschwinden. Man weiß nicht, was sie tun, sie sehen nach nichts aus und sind im Grunde, und wenn man ehrlich ist, auch zu nichts nütze. Ihr großes Thema sind die Petersburger »Kultfiguren«.

»Kennst du Punk-Ljowa?« – »Nein, wer ist das?« – »Der ist in Petersburg eine Kultfigur! Das war eine irre Geschichte, als er um drei Uhr morgens im Club Gribojedow mit zwei aufgedonnerten Tussen einfiel, besoffen bis zur Halskrause. Die beiden hatte er natürlich erst zwei Stunden vorher aufgegabelt. Jedenfalls, die wollten ihn da erst gar nicht reinlassen, und er ruft den Besitzer von dem Klub an und sagt: ›Ey, hier ist Ljowa, ich stehe mit zwei Fotzen vor der Tür, wir kommen nicht rein!‹ Das ist eine ziemlich typische Geschichte für die ganze Szene. Oder hier: Weißt du, was Jeremejkin neulich gemacht hat, bei einer Vernissage mit seinen neuesten Arbeiten in der Galerie Maulwurfsarsch? Was, hast du noch nicht gehört? Er hat sich eine volle Dröhnung Liquid Ecstasy reingezogen und sich während der Pressekonferenz von oben bis unten vollgeschissen! Ho, ho! Jaaa! Jeremejkin, das ist eine echte Kultfigur!«

Ich finde, man sollte Petersburg nicht Kulturhauptstadt nennen, sondern Kulthauptstadt, das passt besser zu diesen Gestalten.

Die Petersburger sind vollkommen hemmungslos, sie kichern und gackern wie halbwüchsige Teenager, und ständig rufen sie alle zusammen ganz laut »Ooooohhh!« und »Aaaaahhhh!«, wenn der nächste Schwachsinn erzählt wird. Ungeachtet der Tatsache, dass es bei ihren Gesprächen grundsätzlich um gar nichts geht, spicken sie ihre Vorträge bis zur Absurdität mit hohlen Phrasen wie »Gender Gap«, »Philosophie der Sachzwänge« und ähnlichem Mist, aber wenn man sie dann fragt, womit sie ihr Geld verdienen, kriegt man nur total nebulöse Antworten. Dann hört man Sachen wie Galerist, Sound-Producer, Literaturkritiker oder Heimatforscher. (Kein Witz, hab ich selbst erlebt!) Und alle durch die Bank tragen sie total unglaubwürdige, absolut barbarische Namen, zum Beispiel Rimma, Taissija, Alfred oder Jean. Ich habe einmal den Fehler gemacht, bei Rita anzufragen, ob diese Namen echt seien oder ziemlich schräge Pseudonyme (wovon ich natürlich ausging). Aber Rita meinte, es gehöre sich nicht, seinen Gästen solche Fragen zu stellen, sie wurde richtig sauer, woraus ich den messerscharfen Schluss zog, dass ihre Freunde wirklich so heißen, wie sie sich nennen. Jetzt frage ich mich nur noch, welche Drogen Eltern einnehmen, die ihren Kindern solche Namen verpassen: Mescalin? LSD? Oder vielleicht Pilze?

Ich spüre Ritas tadelnden Blick auf mir ruhen. Mir ist klar, was dieser Blick zu bedeuten hat: Sei kein Muffel, unterhalte dich mit den Leuten! Also schiebe ich meinen Saft zur Seite und bestelle mir einen doppelten Dewar's, um mich für diese Schlacht zu rüsten. Aber es fällt mir verdammt schwer. Vor allem habe ich mir mal wieder nicht gemerkt, wie die Leute heißen. Deshalb rede ich nur, wenn ich sicher bin, dass jemand mich direkt angesprochen hat. Eigenständige Gesprächsbeiträge oder gar Rückfragen unterlasse ich tunlichst. Natürlich könnte ich jeden vertraulich mit Wasja anreden, wie das in meinen Kreisen üblich ist, aber ich fürchte sehr, diese Jünger des Kults würden mir das schwer übelnehmen. Um mich wenigstens irgendwie einzubringen, sage ich in regelmäßigen Abständen: »Voll geil, Alter!«, im selben Duktus wie der Junkie aus diesem Video auf YouTube. Aber entweder wissen diese Typen nicht, was YouTube ist, oder ich kriege die Stimme nicht richtig hin. Jedenfalls geht's voll daneben. Eine von den Frauen (eine Alina, glaube ich) fragt mich nach Moskauer *Underground-Clubs*. »Was denn, gibt es sowas?«, frage ich zurück. Rita tritt mir heimlich auf den Fuß und sagt: »Andrej scherzt, er weiß natürlich alles über die Moskauer Clubs«, woraufhin mich Alina (?) mit allen möglichen Namen bombardiert, die sie angeblich von ihren Insider-Bekannten aus der *Moskauer*

*Szene* gehört hat. Bei jedem Namen sage ich stereotyp: »Da geht doch keiner hin«, womit ich sie am Ende ziemlich auf die Palme bringe. Schließlich sagt sie mit vor Ärger spitzem Mündchen: »Na, wenn dir das alles nicht gefällt, dann schlag du doch mal was vor!« Statt einer Antwort erzähle ich ihr den alten Junkie-Witz vom kleinen Elefanten, dem Äffchen und der Riesenschlange aus dem Trickfilm *38 Papageien*, die einmal hundert Rubel fanden und nicht wussten, wofür sie sie ausgeben sollten.

»Wir könnten uns von dem Geld doch eine bunte Glaskette kaufen!«, schlägt das Äffchen vor.

»Und was sollen wir mit dem Scheiß?«, fragt der kleine Elefant.

»Oder wir könnten uns davon Bonbons kaufen!«, ruft die Riesenschlange.

»Und was sollen wir mit dem Scheiß?«, fragt der kleine Elefant.

Es folgen Vorschläge wie Plüschtiere, Kinokarten und so weiter: Jedes Mal die gleiche Antwort vom kleinen Elefanten. »Wenn dir alles nicht gefällt, dann denk du dir doch was aus!«, ruft da ein Papagei. »Na gut«, antwortet der kleine Elefant. »Wir kaufen von dem ganzen Geld Luftballons und lassen sie fliegen!« – »Warum sollen wir sie denn fliegen lassen?«, fragen alle im Chor. »Na ja, was sollen wir mit dem Scheiß?«, sagt der kleine Elefant.

Alle schweigen. Irgendwer macht einen kleinen Kiekser. Rita tritt mir wieder wütend auf den Fuß. Ich trinke meinen Whisky aus, grinse schräg und sage so was wie: »Ich dachte, ihr mögt vielleicht Junkie-Witze.« Und verschwinde aufs Klo.

Ich schließe mich ein und bleibe erstmal eine geschlagene Viertelstunde auf der Schüssel hocken, in tiefes Nachdenken versunken. Wie mir das alles auf die Eier geht! Ich möchte mich von Rita trennen, Lena zum Teufel schicken und überhaupt ein anderes Leben anfangen. Gleich morgen früh möchte ich Katja anrufen und zu einem Spaziergang im Park einladen, später ins Theater oder ins Kino oder sonstwohin, ganz egal. Und Montag fahre ich dann einfach bei ihr vorbei, da wo sie eben wohnt, und sage einfach: Mein Auto steht unten, pack deine Sachen, wir fahren! Oder so ähnlich. So eine Wahnsinnsfrau darf man nicht entwischen lassen. Bei so einer Frau kann man all seine ausgebufften Anmachtechniken und das ganze coole Gehabe einfach nur ins Klo hauen, so eine Frau muss man einfach nur lieben, man muss sie mit der ganzen Seele einatmen, ihr Gedichte schreiben, ihr ...

Aber irgendwie habe ich Schiss! Es kann ja auch ganz anders ablaufen! Da komme ich wie ein verliebter Bajazzo bei ihr angefahren, und ihr junger (oder, schlimmer, ihr nicht mehr junger) Freund macht die Tür auf ... Oder ihre fette Mama, oder ihr besoffener Papa, oder ... Oder sie sagt zu mir: Andrej, ich glaube, du hast da etwas falsch verstanden. Ich habe das alles nicht so gemeint. Lass uns gute Freunde sein! *Was mach ich dann?* Soll ich mich dann auf den abgescheuerten PVC-Fußboden schmeißen und Rotz und Wasser heulen, soll ich meinen Schädel auf die speckigen Küchenfliesen hämmern und jammern: *Warum? Warum nur? Warum gerade jetzt, wo ich mein ganzes Leben ändern wollte?* Gibt es überhaupt noch echte Menschen in dieser Stadt, oder gibt es nur noch Model-Zombies? Wieder ergreift mich tiefes Mitleid mit mir selber, und ich fasse den Entschluss, dass es besser ist, mit überhaupt keinem Auto und nirgendwohin zu fahren, sondern lieber einfach abzuwarten, wohin diese ganze Geschichte steuert. Verdammte Petersburger!

Schließlich denke ich, dass es wahrscheinlich langsam Zeit wäre, das Klo zu verlassen. Mein langer Aufenthalt hier könnte bei diesen Leuten ungerechtfertigten Verdacht hervorrufen. Nicht dass mir das besonderes Kopfzerbrechen bereiten würde, von wegen, mein guter Ruf (he, he) könnte beschädigt werden oder so. Aber trotzdem finde ich es nicht besonders angenehm, mir vorzustellen, diese Leute könnten darüber nachdenken, was ich auf dem Lokus mache. Vor allem wenn man nur auf der Schüssel sitzt und beinahe heult vor Verzweiflung und Gram, während der Rest der Stadt an diesem Örtchen sich für gewöhnlich Schnee ins Hirn zieht oder Ecstasy frisst oder wenigstens bumst. Also ziehe ich mir Papier von der Rolle, putze mir damit die Nase, drücke die Spülung und mache die Tür auf. Vor mir steht eine fremde Braut. Was soll das jetzt? Hab ich Blödmann die Klos verwechselt? Hat dieses ständige Grübeln über Katja mir komplett das Hirn verdreht? Oder sollte ich doch endlich aufhören zu trinken und nach Hause verschwinden?

Ich schiebe mich an der (sehr hübschen, wie ich bemerke) Braut vorbei und will mich aus dem Staub machen. Sie geht in die Kabine und schnaubt verächtlich. Meine Verlegenheit wächst.

»Es war nicht, was du denkst«, stammele ich wie ein Idiot.

»Ich hab überhaupt nichts gedacht«, antwortet sie. »Und wenn ich was gedacht habe, dann bestimmt nicht an dich.«

»Woran denn?« Aus irgendeinem Grund liegt mir plötzlich daran, das Gespräch fortzusetzen. »Hast du überlegt, wo du was herkriegst?«

»Ich habe überlegt, dass ich mir eine neue Wohnung zulegen sollte, oder ein neues Auto, und dass es nichts Schlimmeres gibt als beschränkte und kleinkarierte Männer. Das hab ich gedacht, kapiert?« Ihre Stimme klingt dumpf durch die Kabinentür. »Und jetzt verzieh dich, Schätzchen!«

Diese Anrede stimmt mich schon optimistischer.

»He, wart mal, was meinst du denn jetzt mit beschränkt

und kleinkariert? Und was ist mit der Liebe?« Ich versuche dranzubleiben. »Kennst du überhaupt die Liebe, Mädchen?«

»Erstmal will ich in Ruhe pissen«, antwortet sie müde. »Mir ist so schon schlecht.«

Ich gehe.

»Eine verdammte Scheiße ist das«, höre ich als Letztes, dann ziehe ich die Toilettentür hinter mir zu, drehe mich um – und stoße mit der nächsten Frau zusammen. Ich erkenne gerade noch einen Typen mit Fernsehkamera neben ihr, da sticht mir gleißendes Scheinwerferlicht in die Augen, die Tussi schiebt mir ein Mikro mit dem MTV-Logo unters Kinn und quatscht los: »Hallo, bist du schon lange hier, wie gefällt dir die Party?«

»Ah, ich bin gerade erst gekommen, ich weiß noch nicht.« Aus den Augenwinkeln heraus peile ich die Lage und versuche zu checken, was jetzt der Anlass für dieses Spontaninterview ist. Bin ich endlich in die Liste der Top 100 der schönsten Menschen Moskaus aufgenommen? Und warum weiß ich davon noch nichts? Wahrscheinlich ist es gerade erst passiert. Aber wie haben die mich dann so schnell gefunden? Wem habe ich erzählt, dass ich hier bin? Egal, meine Stimmung klettert schlagartig nach oben. Mein erstes Interview – der Grundstein meines Aufstiegs, sozusagen. Jetzt kommt es darauf an, Haltung zu zeigen.

»Bist du öfter hier? Geiles T-Shirt hast du an!«, rückt mir die MTV-Tante auf die Pelle. »Welche Musik hörst du am liebsten?«

»Das T-Shirt ist ganz normal, es sitzt bloß gut, ich habe mir nämlich zwei Rippen rausnehmen lassen, das macht Taille, verstehst du? Musik? Ganz unterschiedlich. Von Trip-Hop bis Achtziger-Jahre-Pop, von Gangsta-Rap bis Radiohead. Aber eigentlich ist mir Musikhören nicht so wichtig, ich mache lieber selber welche. Die letzte Scheibe von Moskauer Schnee, meinem Projekt ... Sag mal, kannst du die letzte Frage nochmal stellen, ich hatte gerade die Augen zu, glaube ich, das Kameralicht blendet so ...«

»Hm-hm«, nickt das Mädchen. »Wie heißt du?«

»Wie ich heiße? Soll das ein Witz sein? Du schießt ja echt aus der Hüfte, Häschen! Ich bin Andrej Mirkin, falls das jemand noch nicht mitgekriegt hat!«

»Danke«, quiekt sie.

»Meine Musik hält die ganze Stadt in Atem«, rede ich weiter, während der Typ seine Kamera ausschaltet und das Mädchen das Mikrofon einpackt. Ehe ich meinen Satz zu Ende gesprochen habe, sind sie schon weg.

»He, was soll das denn? Ich war noch nicht fertig! Was ist das denn für ein scheiß Interview! So kann man doch nicht arbeiten!«

Langsam dämmert mir, dass ich hier anscheinend etwas missverstanden habe. Das war überhaupt kein Promi-Interview, sondern ein beschissener Drei-Sekunden-Clip für irgendeine Schnullisendung im Frühabendprogramm: Zwei Teenie-Mädels winken in die Kamera und kreischen »Gruß nach Samara!« Wie ich dieses Leben hasse!

Als ich zu der Petersburger Runde zurückkomme, sind alle schon ziemlich blau. In der Mitte des Tisches steht eine Wasserpfeife, drumherum Tassen mit grünem Tee und Wodkagläser. Die Boheme hat es sich gemütlich gemacht.

»Da ist er ja!«, ruft einer von den Jungs aufgeräumt. »Wo warst du denn so lange?«

»Wahrscheinlich hat er sich einen neuen Witz ausgedacht«, faucht Rita.

»Wir haben gerade beschlossen, tanzen zu gehen, aber wir wissen nicht, wohin. Am liebsten ein richtig cooler Underground-Klub«, quatscht der Typ weiter. »Übrigens, ich bin Nikita Schwimmkata«.

»Schwimm was?«, frage ich verdutzt.

»Kata. Von Kater, verstehst du? Das ist mein Internet-Nickname«, klärt er mich auf.

»Alles klar«, stöhne ich. Mir wird plötzlich flau im Magen.

»Also was ist jetzt mit Underground?«

Ich war eine geschlagene halbe Stunde weg, und diese Fuzzis kauen immer noch auf demselben Thema rum. Ich verstehe gar nicht, wieso die keine Junkie-Witze mögen.

»Wenn ihr auf Underground steht, solltet ihr es mal mit der Metro versuchen. Ich fürchte nur, die macht demnächst dicht«, grunze ich zerstreut und suche nach meinem Whisky. Anscheinend hat ihn einer weggesoffen.

Jemand ruft meinen Namen, ich drehe mich um und sehe in einer entfernten Ecke Ljocha sitzen, inmitten einer Schar ehrwürdiger Veteranen der hauptstädtischen Szene und mehrerer hochgetunter, nicht mehr ganz junger Damen. Ich grüße zurück, aber dann fällt mir ein, dass er ja morgen Geburtstag hat. Also stehe ich auf und gehe zu ihm rüber. Ich denke, ich muss nicht extra erklären, dass ich mich für mein neuerliches Verschwinden bei den Petersburgern nicht groß entschuldige.

»Grüß dich, Alter«, sagt Ljocha. Wir umarmen uns. »Kollegen, das ist Andrej, der begabteste Journalist der Stadt. Mit wem bist du hier? Wollt ihr nicht zu uns rüberkommen?« Er schaut zu meinem Tisch. »Die Stimmung ein bisschen anheizen?«

»Ich weiß nicht. Ich bin mit einer Frau hier, die anderen sind Freunde von ihr aus Petersburg. Ziemlich öde Gesellschaft.«

»Dann setzen Sie sich doch ein wenig zu uns! Allein!«, wendet sich eine der Damen an mich, eine reichlich angetrunkene Dunkelhaarige, die aussieht wie eine schlecht konservierte Cher aus den achtziger Jahren.

»Oxana, er hat doch gerade gesagt, er ist mit einer Frau hier«, lacht Ljocha.

»Na und? Bin ich keine Frau?«, prustet sie heiser los.

Ich setze mich, lege mein Handy auf dem Tisch ab, und sofort steht ein volles Glas Rum vor mir. Ich drehe mich kurz zu meinem eigenen Tisch um: Rita ist ins Gespräch mit ihren Kultis vertieft. Einen ärgerlichen Moment lang frage ich mich, warum sie mich überhaupt hierher mitgenommen hat. Aber dann spüle ich diesen Gedanken mit einem großen Schluck Rum weg. Ljocha erzählt gerade von einem Kumpel, der mit seiner Ex vor Gericht streitet.

»Wie lange haben sie zusammengelebt?«, fragt ein Typ mit Bürstenhaarschnitt. Eine eckige Brille mit schwarzer Plastikfassung in Kombination mit einem olivfarbenen Rollkragenpullover geben ihm eine starke Ähnlichkeit mit dem jungen Yves Saint Laurent.

»Zehn Jahre, davon fünf in Frankreich. Willst du wissen, wie sie sich getrennt haben?«

»Erzähl schon, das ist wahnsinnig interessant!«, sagt eine ungefähr fünfunddreißigjährige Mutti neben Yves Saint Laurent (seine Ehefrau, schätze ich mal). »Hat sie ihn betrogen?«

»Keine Ahnung. Das war jedenfalls nicht das Problem. Pass auf, das war so: Eines Morgens in Paris wacht mein Kumpel auf, es ist fünf Uhr früh. Er sieht zu seiner Frau rüber, steht auf, zieht sich an, steigt in sein Auto und fährt los, ans Meer. Nach Deauville.«

»Wie romantisch!« Die Ehefrau von Yves Saint Laurent pafft begeistert an ihrer Zigarette. »Und unterwegs trifft er eine kleine hübsche Französin und zack ...«

»Aljona, quatsch nicht immer dazwischen, lass ihn weitererzählen!«, sagt die besoffene Cher und nimmt dabei mein Telefon in die Hand. »Erzähl schon, Ljocha, hör nicht auf sie.«

»Er hat niemanden getroffen«, fährt Ljocha fort, der übrigens, wie ich anmerken möchte, verglichen mit dem Zustand der anderen an diesem Tisch, völlig nüchtern wirkt. Gewohnheit? »Er fährt also nach Deauville, das liegt ungefähr anderthalb Fahrstunden von Paris entfernt, hält an der Uferpromenade, setzt sich in ein Café, trinkt einen Kaffee mit Curaçao, denkt ein bisschen über sein graues und viel zu vorhersehbares Leben nach, pumpt eine Portion Meerluft in seine Lungen und fährt wieder zurück.«

»Petschorin lässt grüßen«, sagt Yves Saint Laurent und nickt wissend. »Und als er nach Hause kam, findet er seine Frau mit einem Mann im Bett, stimmt's?«

»Falsch.« Ljocha bedenkt alle reihum mit einem gnädigen Lächeln. »Als er nach Hause kommt, schläft seine Frau immer noch. Er geht wieder ins Bett, bleibt mit geschlossenen Augen liegen und wartet, bis seine Frau aufwacht. Dann stehen sie zusammen auf und gehen in die Küche.«

»Und?«, fragt Cher und tippt dabei etwas in mein Telefon. »Ist das alles?« Die Erzählung scheint sie nicht mehr besonders zu interessieren, aber was macht sie da mit meinem Telefon?

»›Wie hast du geschlafen, Liebling?‹, fragt er seine Frau. ›Gut, danke‹, sagt sie. ›Und du?‹ Jedenfalls, seine Frau hat überhaupt nicht gemerkt, dass er weg war.« Ljocha legt eine Kunstpause ein. »Und von diesem Tag an haben sie nie mehr im selben Bett geschlafen.«

»Unsinn! Natürlich hat sie es gemerkt!« Die Frau an Yves Saint Laurents Seite zerdrückt ihre Zigarette im Aschenbecher. »Wahrscheinlich fand sie ihn selbst schon lange zum Kotzen, deshalb hat sie lieber so getan, als hätte sie nichts bemerkt.«

»Vielleicht ist er ja schon öfter mal nachts zu einem kleinen Spaziergang verschwunden«, kichert Cher und gibt mir dabei mein Telefon zurück.

»Davon hat er mir nichts gesagt«, bemerkt Ljocha leise. Dann beugt er sich zu mir rüber und flüstert mir ins Ohr: »Oxana ist nymphomanisch, sei ja vorsichtig! Sie hat dir eben ihre Telefonnummer eingetippt.«

Ich nehme mein Handy und sehe auf dem Display eine lange Ziffernfolge. Reflexartig drücke ich auf Anrufen und unterbreche sofort.

»Aber sie ist sehr reich«, fügt Ljocha hinzu. »He, guck mal, da kommen gerade ein paar klasse Bräute rein!«

Ich drehe mich um und fühle, wie mir plötzlich die Zunge am Gaumen festklebt. Die eine der beiden Frauen, die das Restaurant betreten haben, ist eine hübsche, etwa dreißigjährige Rothaarige und die andere ist meine Lena.

Das meint sie also damit: Ich bleibe den ganzen Tag zu Hause und warte, bis du mit deiner Probe fertig bist. Verdammt.

»Ljocha, ich habe gerade ein kleines Problem«, krächze ich. »Ich muss ganz schnell abtauchen. Deck mich mal ab.«

»Bist du sauer auf Oxana?«, fragt er.

»Quatsch! Eine von diesen Frauen, die gerade reingekommen sind, ist meine Freundin.«

»Na und? Was soll das? Die Damen hier sind die Ehefrauen meiner Geschäftspartner, das regele ich schon, keine Angst!«, brummelt er.

»Schön und gut, bloß an dem Tisch da hinten, wo ich vorhin gesessen habe, hockt meine zweite Freundin«, zischel ich, während mir schon der kalte Schweiß den Rücken runterläuft.

»Hau ab!«, flüstert Ljocha, steht auf und steuert auf die beiden Frauen zu. In der Mitte des Raumes befindet sich eine große Loge, die auf zwei Seiten von Vorhängen eingefasst ist. Links davon reihen sich mehrere kleinere Logen hintereinander. In einer davon sitzt Rita. Auf der rechten Seite, direkt an der Wand, stehen vier Tische. Lena und ihre Freundin sind jetzt genau dazwischen, in der Nähe des Ausgangs. Ljocha stürzt auf sie zu, breitet in einer theatralischen Geste die Arme aus und leitet sie in den linken Gang, dorthin, wo die Petersburger sitzen, was mir die Möglichkeit gibt, durch den anderen Gang zu entwischen. In diesem Moment verstummt die Musik und ich höre, wie Ljocha zu Lena sagt: »Da seid ihr ja endlich! Ich dachte schon, ich sehe euch nie wieder!« Lena versteht natürlich überhaupt nicht, was er von ihr will. Irritiert weicht sie vor ihm zurück, während er sie immerzu überschwänglich umarmen will.

»Wer ist denn das?«, fragen mich die anderen am Tisch.

»Irgendwelche Frauen«, gebe ich ausweichend zurück, schnappe mein Handy und schleiche – tapp-tapp – auf leisen Pfoten durch den anderen Gang Richtung Tür. Aus den Augenwinkeln sehe ich, dass Ljocha und die beiden Frauen jetzt direkt vor der Loge angekommen sind, in der Rita sitzt. Die drei liefern sich ein aufgeregtes Wortgefecht, die Petersburger sehen neugierig dabei zu, Rita kaut nachdenklich auf ihrer Unterlippe, und auf einmal wummert die Musik wieder los:

»Hey Girls! Hey Boys! Superstar DJ's! Here we go-o-o-o!«, brüllen die Chemical Brothers aus den Boxen.

Ich entweiche ungesehen auf die Straße, halte das erste Schwarztaxi an, das ich erwischen kann, schmeiße mich auf den Rücksitz, ohne lange über den Fahrpreis zu diskutieren, und atme auf: »Metrostation Sokol!«

Während der Fahrt schicke ich Rita eine SMS folgenden Inhalts: »Häschen, ich habe furchtbares Nasenbluten. Wahrscheinlich vom Stress. Will nicht, dass man mich so sieht. Montag komme ich deine Sachen abholen. Lbe dich.« Überlege kurz, ob ich das vertippte Wort korrigiere. Entscheide mich dagegen. Scheiß drauf, wir leben im Zeitalter der Abkürzungen. Liebe, lobe, lebe, egal, man verstehe, was man will!

Erst als ich schon zu Hause bin, fällt mir plötzlich ein, dass ich für die SMS Ritas Nummer nicht aus den Kontakten gewählt habe, sondern aus der Anrufliste, weil ich angenommen hatte, ihre Nummer sei dort die letzte. Mir wird eiskalt. Was, wenn Lena mich angerufen hat, als ich gerade auf dem Klo war, oder als ich mich mit Ljocha unterhalten hab? Vielleicht hab ich das Klingeln ja nicht gehört? Hektisch überprüfe ich meine Anrufliste: Die letzte Rufnummer ist mir vollkommen unbekannt. Ich checke die Liste mit den verschickten SMS und kapiere, dass ich die Nachricht an diese besoffene Pseudo-Cher geschickt habe. Mann, leck mich doch ... Erleichtert atme ich auf, kopiere die Nachricht und schicke sie an Rita. Dann ziehe ich meine Jacke aus und gehe ins Wohnzimmer, stecke mir eine Zigarette an, fläze mich aufs Sofa und denke darüber nach, was ich jetzt machen soll: pennen oder noch einen Whisky trinken, oder vorher noch eine SMS an Katja schicken, oder nur pennen, oder mir einen runterholen und dann pennen. Oder vielleicht duschen? Oder nachsehen, ob irgendwo noch ein Krümel rumfliegt?

Das Handy klingelt. Das Display zeigt Lenas Nummer an. Was hat die mir denn jetzt mitzuteilen? Dass so ein besoffener Typ sie im Shanty angemacht hat? Vermutlich, was sonst? Aber ich bin nicht da, mein Häschen! Tut mir leid! Ich penne tief und fest oder stehe gerade unter der Dusche oder ich nehme gerade Drogen oder ... Jedenfalls, ich bin nicht da! Ich bin weg, vom Erdboden verschwunden!

# DIE RICHTIGE TECHNIK

Ich schlafe schlecht, träume grotesken Blödsinn.

Der erste Anruf an diesem frühen Sonntagmorgen kommt von Lena, wir verabreden uns für vier Uhr im Pavillon. Kein Wort über gestern Abend. Dann kommen mehrere SMS von irgendeiner Oxana, die sich unbedingt mit mir treffen will, und eine von Katja: bin heute ab vier frei rufe an. Ich rauche noch eine, bin zu faul, aus dem Bett zu steigen, liege mit geschlossenen Augen und grübele, wer diese Oxana ist. Döse wieder ein. Diesmal träume ich, ich hätte fünf Handys, die alle plötzlich gleichzeitig anfangen zu klingeln, und ich kann mich einfach nicht entscheiden, welches ich zuerst nehmen soll. Schließlich und endlich kapiere ich, dass nur ein einziges Telefon klingelt, und zwar in Wirklichkeit.

»Ja«, antworte ich, noch halb schlafend, aber am anderen Ende wird aufgelegt. Auf dem Display elf unbeantwortete Anrufe – alle von Rita. Zuzüglich fünf SMS, ebenfalls von Rita. Die erste: Ruf an, sobald du wach bist. Die letzte: Wo bist du, du mieses Stück, ich will dich nicht mehr sehen! Aha, dann hat sie wahrscheinlich elfmal hintereinander angerufen, um mir zu sagen, dass sie mich nicht mehr sehen will. Vielleicht sollte ich bei ihr vorbeifahren, mich entschuldigen oder sowas in der Art? Es ist jetzt halb zwölf.

Sonntag. Mittags steht mir noch ein Essen mit Lena bevor, abends mit Katja zu Ljochas Geburtstag ... Fazit: Rita wird wohl auf der Strecke bleiben.

Ich denke an die gestrige Eskapade im Shanty und schliesse wieder die Augen. Herrgott, warum muss man sich eigentlich permanent verrenken und verdrehen, um nur ja niemanden zu beleidigen? Wo ist die Leichtigkeit in den zwischenmenschlichen Beziehungen hin? Und warum bin ich gestern überhaupt in dieses beschissene Shanty gegangen? Ich wollte einen Streit vermeiden. Dafür hätte es dann um ein Haar den Super-GAU gegeben. Eigentlich hätte ich mir das ja gleich ausrechnen können, so wie der Abend angefangen hatte. Ich hätte mich halt rechtzeitig verdünnisieren sollen.

Egal, ist nicht mehr zu ändern. Jedenfalls muss ich Rita jetzt wohl doch anrufen. Am besten erzähle ich ihr, ich sei schon den ganzen Tag auf der Baustelle in meinem Klub. Und warum gehst du nicht ans Telefon? Nicht dazu gekommen? Konntest du mir nicht wenigstens eine SMS schicken? Ich hab's nicht gehört, der Lärm von den Handwerkern und so ... Nicht besonders glaubwürdig, oder?

Ich krame in meinen Küchenschränken und bringe nacheinander meinen alten Mixer ans Tageslicht, einen elektrischen Fleischwolf, den ich meiner Meinung nach noch nie benutzt habe, und schließlich einen längst vergessenen Blender mit zerbrochenem Glasbehälter. Ich postiere die drei Schmuckstücke in einer ordentlichen Reihe auf dem Küchentisch und probiere aus, welches sich am ehesten nach einer von diesen beschissenen Baumaschinen oder weiß der Teufel wie die Dinger heißen anhört. Am besten klingt noch der Blender-Krüppel. Bloß noch nicht laut genug. Schließlich setze ich alle drei Apparaturen gleichzeitig in Gang und erzeuge damit eine wahrlich baustellenwürdige Kakophonie.

Wie in dem Clip »Satisfaction« von Benassi. Fehlen bloß die Frauen.

Ich stecke mir eine Zigarette an, mache das Küchenfenster auf, um meinen Baustellensong mit ein wenig Straßenlärm zu würzen, und wähle Ritas Nummer. Nach dem zehnten Klingeln nimmt sie ab.

»Scher dich zum Teufel, ich hasse dich!« Und legt auf.

Hallo! Was war das denn? Das war aber nicht besonders nett, immerhin hatte ich gestern Abend gefährliches Nasenbluten! Ich könnte ja auch im Krankenhaus liegen! Ich wähle noch mal, und bevor sie etwas sagen kann, brülle ich ins Mikro:

»Rita! Was soll das? Ich bin seit acht Uhr morgens auf der Baustelle, ich hab das Telefon nicht gehört! Was ist los?«

»Was los ist? Bist du jetzt völlig verblödet? Gestern Abend verschwindest du sang und klanglos, schickst mir eine SMS, du hättest Nasenbluten, und heute bist du den ganzen Tag nicht zu erreichen! Ich bin schon halb verrückt vor Angst, ich dachte, dir ist etwas passiert! Und jetzt rufst du mich an und fragst ganz fröhlich, was denn überhaupt los sei!«

»Ich … äh … ich überwache schon den ganzen Tag die Verputzarbeiten in meinem Klub, diese Presslufthämmer machen einen solchen Radau, dass man einfach nichts hört. Ich bin jetzt extra nach draußen auf die Straße gegangen, um zu telefonieren!«

»Seit wann machen denn Verputzarbeiten so einen Lärm?« Rita ist ein wenig irritiert.

»Äh, das ist, weil sie die Kacheln runterreißen«, überlege ich schnell.

»Aha? Ich dachte, mit Presslufthämmern reißt man Wände ein?«

Jetzt klammer dich doch nicht an diese Scheißpresslufthämmer! Lärm ist gleich Baustelle! Wen interessiert es, was da lärmt? Aber ich muss mich wohl zusammenreißen und mir irgendwas aus den Fingern saugen.

»Diese Idioten haben die falschen Kacheln drangeklebt, die sehen echt scheiße aus, aber das habe ich heute erst gesehen, verstehst du? Die müssen jetzt wieder runter, und dann kommen neue an die Wände. So ist das! Du weißt doch, die Toiletten sind fast das Wichtigste an einem Club, das muss stimmen!« Ich schalte den Blender aus, weil ich mein eigenes Wort nicht mehr verstehe.

Rita seufzt, anscheinend habe ich sie ein wenig beruhigt. »Und warum hattest du gestern Nasenbluten? Hast du wieder geschnupft?«

»Aber nein, Häschen, was denkst du? Ich weiß selbst nicht, warum. Es war so stickig in dem Laden, vielleicht deshalb. Mir war plötzlich schwindlig, und dann fing es an zu bluten.« Ich huste. »Verdammt, hier ist alles voller Baustaub! Entschuldige, Häschen, ich wollte einfach nicht, dass deine Freunde mich so sehen. Das verstehst du doch? Sonst hätten sie vielleicht noch gedacht ... na ja, irgendwas halt ...«

»Und wie geht es dir jetzt? Alles in Ordnung?«

»Ja, ja, alles klar. Ein bisschen schlapp, sonst nichts.« Ich lege ein Quäntchen leidvolle Ermattung in meine Stimme. »Gestern Blut, heute Staub, furchtbar!«

»Du hättest im Bett bleiben sollen«, sagt Rita mitfühlend.

»Das ging nun mal nicht, leider!« Ich spucke hingebungsvoll auf den Boden, weil ich einen Moment lang vergessen habe, dass ich mich in meiner Küche befinde und nicht auf einer Baustelle. »Fuck! Das kotzt mich alles an, glaub mir, aber es geht nicht anders! Und heute Mittag muss ich noch mit meinen Partnern zum Essen. So ist das eben. Jedenfalls, entschuldige!«

»Andrej, hör schon auf. Ich mache mir große Sorgen um dich.« Sie macht eine Pause. »Und ich liebe dich sehr.«

»Am Montag hole ich dich ab«, sage ich ganz ernst, um noch ein Scheit ins Feuer zu werfen. »Hast du Kartons zu Hause oder soll ich welche mitbringen? Oder hast du etwa vergessen, dass wir ab Montag zusammenwohnen werden?«

»Ich muss am Montag zu meinen Eltern, meine Mutter lässt mir keine Ruhe«, antwortet sie enttäuscht. »Es gibt ein Riesentheater, wenn ich nicht hinfahre.«

Jippie!, denke ich im Stillen und halte den Atem an, damit sie mir meine Freude nicht anmerkt.

»Dann am Dienstag!«

»Dann am Dienstag. Sehen wir uns heute noch?«, fragt sie ohne besondere Hoffnung auf eine positive Antwort.

»Ich würde schrecklich gerne, aber diese Trottel ... meine Partner, verstehst du ...«

»Also sehen wir uns nicht«, konstatiert sie.

»Ich rufe dich nach drei an, vielleicht kann ich mich ja früher loseisen.«

»Versuch's. Ich bliebe am liebsten zu Hause, irgendwie fühle ich mich miserabel.«

»Was ist denn mit dir?«, erkundige ich mich betont mitfühlend. »Warst du schon beim Arzt?«

»Nee. Wahrscheinlich habe ich einen Zug bekommen. Meine Lymphknoten am Hals sind geschwollen. Auf der linken Seite vor allem.«

»Links?« Wenn das so weitergeht, wird sie mir am Ende unseres Gesprächs eröffnen, dass man ihr ein Bein abgenommen hat. »Und was ist dort?«

»Der Hals!«, lacht sie. »Andrej, du bist wie ein kleines Kind!«

»Ich weiß, dass dort der Hals ist. Ich meine nur, vielleicht verlaufen dort auch irgendwelche wichtigen Nerven oder Kontakte oder was weiß denn ich! Ich bin kein Arzt!«

»Nein, da verläuft nichts.« Ihre Stimme klingt abwesend. »Gar nichts ...«

»Also gut, ich rufe dich nach drei an, in Ordnung?«, schlage ich noch einmal vor.

»Natürlich, ruf mich an. Wenn mein Handy abgeschaltet ist, schlafe ich. Oder ich habe Fieber. Oder was anderes.« Offensichtlich ist sie auf Mitleid aus.

»Rita, wirklich, was soll das jetzt? Ich kann doch hier nicht alles einfach hinschmeißen und abhauen! Hier hängen jetzt tausend Leute an mir dran: die Bauarbeiter, meine Partner, der Architekt und so weiter! Ich kann hier nicht weg!«, sage ich gekränkt.

»Ich verstehe. Ist schon in Ordnung. Also tschüss dann! Ruf mich an, wenn es klappt.« Sie legt auf.

Ich glotze stumpfsinnig aus dem Fenster. Ich bin das alles so leid. Ich möchte raus aus dieser Zwickmühle, mein Leben ändern, eine andere Umgebung, andere Bedingungen, andere Frauen, letztendlich. Ich glaube, alle sind es leid. Mich wundert nicht einmal, dass Rita sich bisher noch nie danach erkundigt hat, in welchem Stadtteil von Moskau sich mein Klub befindet. Natürlich gibt es in Wirklichkeit gar keinen Klub ... Und auch kein Interesse ...

»Du bist und bleibst ein Kind. Wie ein Kind glaubst du, alles dreht sich nur um dich. Für dich ist alles nur Spiel ...« Solche oder ähnliche Vorwürfe muss ich mir immer wieder anhören, von wechselnden Partnerinnen respektive Frauen, die in mich verliebt sind oder auch nicht, jedenfalls an mir interessiert. Irgendwann habe ich begriffen, dass das Etikett des »ewigen Kindes«, das unfähig ist, eine dauerhafte Beziehung einzugehen und Verantwortung zu übernehmen, eigentlich eine ganz bequeme Sache ist. Diese Rolle hat einige Vorteile zu bieten. Zum Beispiel, wenn man eine Beziehung beendet, kann man immer bedauernd mit den

Schultern zucken und traurig den Kopf schütteln und sagen: Ja, scheiße gelaufen, kann man nichts machen. You knew, I was a snake.

»Come, my lady, come, come, my lady. You're my butterfly, sugar baby«, dudelt mein Handy. Die Melodie von Linkin Park schiebt sich dezent, wie aus dem Nirgendwo, in mein Bewusstsein. Wer ist das jetzt schon wieder? Verasekretariat, leuchtet auf dem Display. Heute ist Sonntag, ich muss die Fotos für die Livestyle-News abgeben!, schießt mir durch den leeren Kopf. Und was hat Vera damit zu tun?

»Hallo«, antworte ich.

»Hallo, Andrej, ich bin's, Vera.«

»Das wusste ich.«

»Wirklich?«, lacht sie glockenhell.

»Logisch.«

Was für ein Schaf! Hat die noch nie was von Nummernanzeige gehört?

»Andrej, die neue Ausgabe geht heute in den Satz«, berichtet sie mir mit Anrufbeantworterstimme.

»Ich bin im Bilde, na und?« Soll das ein Scherzanruf sein, will die mich auf den Arm nehmen, oder wie? »Wenn du wegen der Fotos anrufst, die hole ich heute noch bei Marina ab.« (Verdammt, die habe ich vergessen anzurufen, ich Blödmann!)

»Andrej, vergiss es, du brauchst nichts mehr abzuholen«, sagt Vera ernst.

»Äh ... was meinst du jetzt? Hab ich irgendwas verpasst? Ist die Rubrik gecancelt?«

»Nein, das nicht, bloß ... ich hab mich gestern mit Marina getroffen ... Sie hat hier angerufen und ...« Vera verstummt.

»Und? Was ist los mit Marina? Hat sie wieder Horrorstorys über mich verbreitet?«

»Wieso Horrorstorys? Sie hat nur gesagt, dass du ihr das

Geld für die Aufnahmen nicht gegeben hast, deshalb hat sie die Fotos nicht abgeliefert.«

»Dieses hinterhältige Biest!«, brause ich auf. »Was hast du ihr geantwortet?«

»Ich habe mir gedacht, dass du wahrscheinlich in Schwierigkeiten steckst.«

»Das ist wohl wahr«, schnaube ich.

»Deshalb hab ich mich eben selbst mit ihr getroffen, sie aus meiner Tasche bezahlt und die Fotos mitgenommen.«

Welche überraschende Wendung! Ich muss zugeben, ausgerechnet von Vera hätte ich das nicht erwartet.

»Hör mal, Häschen, Respekt! Du hast mir echt aus der Patsche geholfen. Ich stehe in deiner Schuld und so …«

»Jetzt fehlen nur noch die Bildunterzeilen. Wann kommst du vorbei?«

Scheiße, die nächste Falle! In die Redaktion schaffe ich es heute beim besten Willen nicht mehr.

»Hör mal, könntest du mir die Bilder nicht per Internet rüberschicken?«

»Nein.« Anscheinend hat sie auf diese Frage gewartet. »Ich bin jetzt zu Hause, hier habe ich kein Internet, und in die Redaktion fahre ich erst wieder in zwei Stunden.«

»Was soll das denn? Haben sie dir das Internet gesperrt? Wie in China?«

»Bei mir zu Hause hatte ich noch nie Internet, hier brauche ich keins.«

»Verstehe. Und in der Redaktion bist du erst in zwei Stunden. Dann habe ich keine Zeit. Mist, was machen wir?«

»Kannst du nicht jetzt bei mir vorbeikommen?«, schlägt sie zaghaft vor.

»Bei dir?« Jetzt verstehe ich, warum sie die Fotos bei Marina abgeholt hat. Nein, meine Liebe, noch eine Braut verkrafte ich heute nicht mehr. »Vera, prinzipiell sehr gerne, bloß habe ich dummerweise einen Termin in einer Stunde. Ich schaffe es einfach nicht. Bei mir ist grad alles furchtbar eng, verstehst du?«

»Ja, klar. Hast du einen Gegenvorschlag?«

»Also, warte mal ...« Hektisch suche ich in meinem Hirn nach einer Lösung und lande, wie üblich, bei der verrücktesten. »Vera, könntest du die Unterzeilen nicht selber schreiben? Das ist doch nicht weiter kompliziert, oder?«

»Ich?« Sie lacht. »Aber ich kenne doch mindestens die Hälfte der Leute auf den Bildern gar nicht.«

»Na dann nehmen wir es als kleine Denksportaufgabe: Find die Promis! Du gehst einfach ins Internet und ... Mist, entschuldige, ich fasele. Aber hör mal, ich habe echt keine Zeit, ich muss auf die Baustelle von meinem Klub und, äh, mein Vater hat heute Geburtstag und ... jedenfalls, ich hab wahnsinnig viele Probleme an der Backe, Häschen, bei mir ist es gerade echt schwierig ...« Letzteres kann ich mit aufrichtigem Herzen sagen.

»Du Armer!« Sie versucht, Mitleid zu demonstrieren. »Dann sag, was sollen wir machen?«

»Pass auf, wir erledigen das jetzt einfach zusammen, am Telefon!«

»Wie denn das?«, quiekt sie. Es klingt, als wäre sie gerade vom Sofa gefallen.

»Also pass auf: Du sagst, welche Party und was für Typen auf dem Foto drauf sind, und ich sage dir dann, wer das ist und so. Das schreibst du dann drunter und gibst den ganzen Schmodder in den Satz! Ist doch ganz einfach, oder?«

»Ganz einfach ... Mirkin, ich glaube, dir ist heute Morgen ein Ziegelstein auf den Kopf gefallen.« Zur Verdeutlichung klopft sie mit dem Telefonhörer auf irgendwas Hartes. »Die Bildunterzeilen blind zu machen, das ist doch das Letzte. Wenn das auffliegt, schmeißen die dich raus!«

»Aber Vera, das ... das bleibt doch unter uns beiden«, rede ich auf sie ein. »Das ist unser spezielles Know-how, unser Geheimnis, ja?«

»Ich weiß nicht.« Mann, warum stellt die sich eigentlich so an? Als wollte ich sie auf den Strich schicken! »Meinst du wirklich, das geht?«

»Ich bitte dich! Wo ist das Problem? Pass auf: Xenia Sobtschak, erkennst du die auf einem der Fotos?«

»Klar, die erkenne ich.«

»Uljana Zejtlina?«

»Also ... ich glaube, ja.«

»Und Nowikow?«

»Den Sänger?«

»Was für einen Sänger? Den Gastronomen!«

»Ach so ... Den habe ich auch schon mal gesehen, glaube ich.«

»Dann kann's ja losgehen, das ist im Grunde schon alles, was du wissen musst. Die gesamten Lifestyle-News drehen sich im Wesentlichen um diese Leute. Im Groben.«

»Na gut, dann los. Warte mal, ich lege eine neue Datei an ...«

Sie klappert auf der Tastatur und seufzt dabei hörbar. Ich nehme es als Zeichen äußerster Konzentration. »Also, insgesamt sind es fünf Sessions. Die erste ist anscheinend von irgendeiner Bar-Eröffnung, man sieht überall Bacardi-Reklame, sieben Fotos...«

»Alles klar! Schreib: ›Eröffnung der Bacardi-Bar im Restaurant Il Fiori.‹«

»Auf dem ersten Foto ist so ein großer dünner Typ mit Glatze, von dem habe ich schon mal ein Interview im *Playboy* gelesen. Neben ihm steht die Zejtlina.«

»Gorobij? Aber der ist eigentlich nicht dünn. Warte mal, ich seh mal im Netz nach ...«

Ich tippe »Club Promoter Interview«, laufe ein paar Sites durch, dann habe ich es.

»Gefunden. Schreib: ›Uljana Zejtlina erläutert Sinischa die aktuelle Veranstaltungsplanung für den Club Djaghilew.‹«

»Hab ich. Auf dem nächsten Foto ist Xenia Sobtschak, Anastassija Saworotnjuk und Pawel Wolja vom Comedy-Club.«

»Hör mal, du bist ja ein echter Profi! Du brauchst mich gar nicht!«

»Jetzt übertreibst du aber.« Sie fühlt sich geschmeichelt. »Die kenne ich, aber weiter … Da ist noch so ein Glatzkopf, im Profil … Ist das Bondartschuk? Nein, der sieht anders aus …«

»Vielleicht Kuzenko?«

»Könnte auch sein …«

»Was denn, kannst du die beiden etwa nicht auseinanderhalten?«

»Die sind sich so ähnlich. Ich glaube, es ist Bondartschuk …«

»Die sind sich überhaupt nicht ähnlich! Der eine hat die *Neunte Kompanie* gedreht, der andere hat den *Antikiller* gespielt! Wie kann man das verwechseln? Das muss man wissen!«

»Ich habe beide nicht gesehen. Nein, Bondartschuk ist es bestimmt nicht. Kuzenko auch nicht.«

»Warte, warte, warte … Wer von unseren Leuten hat noch eine Glatze? Ah! Das ist Sascha Sorkin! Genau, der war da! Schreib: ›Alexander Sorkin, Gastronom.‹«

»Hab ich. Dann kommen drei Bilder von einem Mädchen mit traurigen Augen, mit so einer Jungsfrisur. Es kann auch ein Junge mit traurigen Augen und Mädchenfrisur sein, ganz sicher bin ich nicht.«

»Drei Bilder?« Ich schabe mir nachdenklich den Hinterkopf. »Wer kann das denn sein, wen wollte ich gleich dreimal aufs Bild? Ein Mädchen? Nee, unwahrscheinlich. Lass mich mal überlegen ...«

»Ich würde es für ein Mädchen halten ... Andererseits, keine Ahnung ...«

»Ah, ich weiß wieder! Das ist der ukrainische Designer Schljachtitsch! Der ist gerade in Moskau, mit seiner neuen Kollektion. Genau, das ist er! Schreib: ›Die Neuentdeckung des Jahres im ukrainischen Fashion Business, der talentierte Jung-Designer Schljachtitsch!‹«

»Wie soll ich denn ›Feschn‹ schreiben? Russisch?«

»Wie du das schreiben sollst? Auf Englisch natürlich! Wir sind schließlich ein seriöses Printmedium! Hast du schon mal gesehen, dass jemand Fashion auf Russisch schreibt?«

»Auf dem nächsten Foto sind zwei Männer. Einer mit Brille und Bart, der andere nur mit Brille, ohne Bart.«

»Trägt der mit Bart einen Schlips?«

»Hm-hm.«

»Dann ist es Gafin. Schreib: ›Alexander Gafin mit einem Bekannten.‹«

»Und wer ist das?«

»So ein Typ von der Alpha-Bank.«

»Soll ich das nicht aufschreiben?«

»Bist du irre? Bei irgendwelchen unbekannten Spießern schreibt man was drunter, die zum ersten Mal so eine Veranstaltung sponsern, damit sie nicht beleidigt sind. Aber Gafin kennt doch sowieso jeder.«

»Na schön. Auf dem nächsten Bild steht so eine Monsterblondine, mit Wulstlippen und Atombusen, ziemlich arroganter Blick, und neben ihr eine komische Tussi mit einem Hündchen auf dem Arm.«

»Ah, verstehe. Hm, das muss die Baroness von Schleswig-Holstein sein.«

»Hab ich notiert. Übrigens, ist das eine echte Baroness? Mit blauem Blut und so was allem? Und wieso sieht die dann so aus wie eine Landpomeranze?«

»Ganz einfach: Ihr Ur-ur-ur-ur-Uropa war die rechte Hand von Wilhelm dem Eroberer. Im Jahre 1066, nachdem die Normannen England besetzt hatten, hat Wilhelm diesen Uropa mit Ländereien in York, Sussex und pikanterweise auch in Ljublino beschenkt. Im Laufe der Jahrhunderte fielen die Besitztümer in York und Sussex an die englische Krone, aber Ljublino haben sie behalten. Und dort ist unsere Baroness dann im Jahre des Herrn 1958 geboren.«

»Dann ist sie also Russin? Wie kann sie dann Baroness sein?«

»Wenn du in ferner Zukunft mal den Prinzen von Äthiopien heiratest, wirst du auch Prinzessin.«

»Und ihre Freundin? Was soll ich zu der aufschreiben?«

»Genau das.«

»Was?«

»Was fragst du so dumm? ›Baroness von Schleswig-Holstein und ihre Freundin nebst ihrem entzückenden Hündchen.‹ Oder: ›Ihre entzückende Freundin mit Hündchen. Das kommt im Prinzip aufs Gleiche raus.‹«

»Jetzt kommen wieder Zejtlina und Sinischa, dann zwei Fotos, auf denen zwei dürre Mädels herumhüpfen und die Arme in die Luft recken.«

»Aha. Schreib: ›Stammgäste in Moskaus Nachtklubs: Mascha und Karina hotten bis in den Morgen ab zur Musik von DJ Alexej Nushdin.‹«

»Wie hast du die erkannt, ich hab sie doch noch gar nicht beschrieben?«

»Egal. Hauptsache, sie selbst erkennen sich.«

»Und wenn sie's gar nicht sind?«

»Was spielt das für eine Rolle? Haben wir alle Oligarchen

auf den Fotos identifiziert? Alle Filmstars? Müssen wir jede einzelne Braut benennen?«

»Na ja ...«

»Wer interessiert sich dafür, wer die beiden sind, außer sie selbst?«

»Aber vielleicht ... vielleicht sind das ja die aktuellen Geliebten von großen Ölmagnaten, und du hast sie einfach Mascha und Karina genannt! Das könnte doch peinlich werden!«

»Ach ja? Dann müssen sich diese Ölmagnaten eben öfter mit ihren Bräuten in der Öffentlichkeit zeigen, damit sie Erkennungswert kriegen. Eins ist doch klar: Wenn ich sie nicht kenne, kennt sie niemand. Und so lange heißen sie Mascha und Karina.«

»Andrej, hast du nicht Angst, dich zu vertun?«

»Quatsch. Das ist das Gesetz der Massenmedien, mein Häschen! So wie es geschrieben steht, so ist es auch! Die Hälfte unserer Leser geht sowieso niemals auf solche Partys, für die spielt es überhaupt keine Rolle, ob da Mascha oder Karina rumhüpfen oder vielleicht Wika und Gulja. Ist doch logisch.«

»Ich überlege gerade«, kichert Vera, »wie lange man sich in der Szene herumtreiben muss, um blind solche Bildunterschriften machen zu können.«

»Zwei Jahre, aber kompakt«, antworte ich, obwohl es dabei natürlich nicht darum geht, sich herumzutreiben – entscheidend ist die richtige Technik.

Die Praxis beweist es jedenfalls wieder einmal: Heutzutage kann man alles von seinem Sessel aus regeln – Clubs bauen, seine Beziehungen mit Frauen organisieren, an der Börse spekulieren, Verträge unterzeichnen, Fotos untertiteln, Liebeserklärungen machen. Die Hauptsache ist, man hat eine Flatrate!

# VATER WERDEN

Ich sitze mit Lena im Pavillon an den Patriarchenteichen. Wir trinken Wein. Ich stochere lustlos mit der Gabel in meinem Rucolasalat und grübele darüber nach, warum Katja nicht anruft. Will sie mich loswerden? Irgendwie kompliziert alles.

Lena traktiert mich schon seit einer Dreiviertelstunde mit den aufregenden Details ihrer letzten Buchprüfung bei einer russischen Baufirma. Von weitem sehe ich wahrscheinlich aus wie eine lobotomierte Ratte: unmotiviertes, dafür umso heftigeres Stirnrunzeln, rhythmisches Kopfnicken, unregelmäßig ausgestoßene Laute, die spöttische Zustimmung, anteilnehmenden Zweifel oder solidarische Empörung ausdrücken könnten, während mein Hirn sich vergeblich bemüht, sich in dem Nebel dieses Wirtschaftslateins auch nur halbwegs zurechtzufinden. Das Einzige, was zu mir rüberkommt, ist, dass diese Firma einen Großteil ihres Geschäftes »weiß machen« und in Einklang mit westlichen Anforderungen bringen will. Dummerweise herrscht in dem Betrieb bisher ein einziger Saustall: Die Finanzbuchhaltung ist undurchsichtig, der Profit befindet sich im freien Fall, die Angestellten klauen. Also im Grunde Business as usual, das heißt, mehr als beschissen, wie bei der Mehrheit der russischen Unternehmen. Aber um das zu begreifen, braucht man keine Spezialausbildung wie Lena. Man muss nur ein paar Wochenenden in Nobellokalen wie der »Brücke« oder dem Djaghilew verbringen. Wenn man sieht, wie fieberhaft und gleichzeitig anspruchslos die heutigen russischen Goldgräber ihr Kapital verjubeln, weiß man, dass eine neue Zeit angebrochen ist. Die Karten werden neu gemischt.

Lena hat sich dermaßen in ihren Vortrag hineingesteigert, dass sie von mir, Gott sei Dank, gar keine sinnvollen Reaktionen mehr erwartet. Aber wie denn auch: Als Top-Manager bei Wal-Mart, zu dem ich gerade wieder mutiert bin, muss ich sie natürlich quasi im Halbschlaf verstehen. Also gebe ich nur dann und wann nur noch ein teilnehmendes Geräusch von mir, während ich gleichzeitig darüber nachdenke, wie ich Katja heute Abend ins Bett kriege und was ich gestern im Shanty für ein Schwein gehabt habe. Bei dem Gedanken an das Shanty sehe ich Lena verstohlen an und male mir aus, wie der Abend abgelaufen wäre, wenn sie mich zusammen mit Rita erwischt hätte. Grauenhaftes Szenario! Zwei kreischend aufeinander losgehende Bräute, und die Gäste und Kellner stehen drum herum und amüsieren sich königlich. Wenn ich mir das vorstelle …

»Kannst du dir das vorstellen?«, reißt mich Lena aus meinen Grübeleien. »Das Problem besteht darin, dass ein russischer Investor nicht nach westlichem Format arbeiten kann. Ein gut organisierter Betrieb ist so aufgebaut, dass sein wirtschaftlicher Status quo jederzeit transparent ist, in russischen Unternehmen ist dagegen alles so angelegt, dass man *aus Prinzip* nicht durchblicken kann, verstehst du?«

»That's their fucking style«, antworte ich vieldeutig. »Die können und wollen es nicht anders.«

»Eben! Fucking style!« Lena leert ihr Glas. »Und jetzt erklär mir mal, wie man da eine vernünftige Buchprüfung durchführen soll!«

»Ich denke mal, genau das wollen sie gar nicht.« Ich nehme die Weinflasche und gieße ihr Glas bis oben hin voll. »Diese ganze Buchprüferei und mittel- und langfristige Planung ist doch bloß ein Zugeständnis an den aktuellen Trend. Man macht heute eben gern auf europäisch.« So ungefähr jedenfalls habe es ich kürzlich im *Kommersant* gelesen. Das passt hier ganz gut hin. »You know«, füge ich sicherheitshalber hinzu.

»Hör mal, ich glaube, ich bestelle mir doch etwas zu essen, ich hab plötzlich schrecklichen Hunger!« Sie greift nach der Speisekarte. »Bei euch im Unternehmen arbeitet ihr natürlich nach dem GAAP-Standard, oder?«

GAAP? Ich vermute, das hat irgendwas mit internationalen Buchhaltungsstandards zu tun, aber sicher bin ich nicht. Um mich nicht zu blamieren, installiere ich meinen speziellen herablassend erstaunten Blick, den ich in solchen Situationen gerne zur Anwendung bringe. So in der Art: »Häschen, muss man darüber überhaupt ein Wort verlieren?«

»Dumme Frage«, ruft sie eilig und hält lachend die Hand vor die Augen. »Ihr seid ja schließlich Amerikaner!«

Ich leere den letzten Wein in mein Glas.

»Lass uns noch eine Flasche bestellen«, schlage ich vor. »Und für dich etwas zu essen.«

»Weißt du, mit dir könnte ich mich ewig unterhalten«, sagt sie statt einer Antwort. »Du bist ein unglaublich guter Zuhörer. Dabei kennst du dich doch mit diesen Sachen viel besser aus als ich. Aber du tust immer, als würde ich dir lauter Neuigkeiten berichten. Weißt du, russische Männer sind normalerweise vollkommen unfähig, Frauen zuzuhören. Vor allem, wenn Frauen übers Geschäft reden. Ich hab ein paar Kollegen, Kommilitonen an der Business-School ...«

Ach, sie geht zur Business-School? Das wusste ich ja gar nicht. Oder hab ich es vergessen?

»Du bist eben doch Amerikaner!« Lena streichelt meine Hand und hält mir ihren Mund zum Kuss hin.

Ich streife vorsichtig ihre Lippen mit meinen und schiebe meine Zungenspitze hindurch. Eigentlich ist sie wahnsinnig erotisch, trotz dieses ständigen Business-Gequatsches. Im Prinzip könnten wir einen netten Abend zusammen verbringen. Aber ich kann leider nicht, heute steht Katja auf dem Plan.

Der Kellner kommt, wir geben unsere Bestellung auf. Beide nehmen wir Kalb, seltsam, Lena isst doch sonst nie Fleisch. Tschüss, Diät, grüß dich, Hochzeit! Oder woran liegt es?

»Diet is over?«, erkundige ich mich amüsiert. In diesem Moment klingelt mein Handy. Katjas Nummer. Ich möchte bloß mal wissen, warum immer alles zum allerunpassendsten Zeitpunkt passiert! Vielleicht sollte ich mich aufs Klo verziehen, damit ich in Ruhe telefonieren kann? Oder den Anruf ablehnen? Ja, von wegen, am Ende denkt Katja, ich will sie abschütteln, und geht nachher nicht mehr ran! Ich habe keine Wahl.

»Hallo«, antworte ich und bemühe mich um einen neutralen Gesichtsausdruck.

»Hallo, ich bin's!«, zwitschert Katja fröhlich ins Mikro. »Gerade habe ich frei! Läuft heute alles wie geplant?«

»Ja, natürlich.«

»Hör mal, ich wollte fragen, bleiben wir da lange, auf diesem Geburtstag?«

»Ich denke nicht, dass es sehr viel Zeit in Anspruch nehmen wird«, drechsle ich rum. Ich schaue zu unschuldig zu Lena hinüber, sie schaut zu mir herüber, dann dreht sie sich weg und blickt aus dem Fenster, tut so, als würde sie nicht zuhören.

»Meinst du, ich darf meine Freundin mitbringen?«

Bist du bescheuert? Wozu denn?

»Natürlich, gern, wenn du möchtest.«

»Kannst du gerade nicht sprechen?«, fragt sie gekränkt.

»Ich kann auch später noch mal anrufen.«

»Nein, *ich* rufe am besten an, dann sprechen wir ab, wann und wo wir uns treffen, okay?«

»Gut, wie du meinst.«

»Super!«

»Also tschüss, Küsschen!«, verabschiedet sie sich, legt aber noch nicht auf.

»Küsschen«, sage ich daher nach einer Weile, als ob nichts wäre, und schalte ab.

»Mit wem hast du denn da so rumgeschäkert?«, fragt Lena betont kokett.

»Mit meiner Mutter«, erkläre ich, weil mir nichts Besseres einfällt.

»Die hat aber eine junge Stimme!«

»Meine Mutter ist ja noch keine Oma, Honey«, lächele ich.

»Kommt sie zu Besuch?«

»Nein, nein. Ich muss mich bloß mit dem Anwalt der Familie treffen. Er ist gerade in Moskau. Es geht um irgendwelche Dokumente.«

»Seltsam, wenn du mit deiner Mutter sprichst, verwendest du nicht ein englisches Wort.«

»Na und? Schließlich ist sie Russin, oder? Es ist die Sprache meiner Kindheit, verstehst du?«

»Na klar. Weißt du, ich habe die ganze Woche schon richtig Appetit auf Fleisch«, wechselt sie auf einmal das Thema. »Komisch, nicht?«

Hauptsache nicht auf saure Gurken, denke ich.

»Wahrscheinlich fehlt dir Eiweiß. Vielleicht gehst du zu oft ins Fitness-Studio.«

»Nein, Andrej, du bist es, der zu oft zu deinen ewigen Konferenzen muss!«, braust sie auf.

Oh-oh! Schon wieder Vorwürfe! Als hätten sie sich abgesprochen! Echt!

»Honey, es kommt nicht auf die Quantität an, sondern auf die Qualität. Dir als Ökonomin sollte das bekannt sein!

»No doubt«, nickt sie. »Aber du weißt ja, von nichts kommt nichts.«

»What do you mean?«

»I mean, dass wir öfter miteinander schlafen könnten. Wenn du nicht dauernd auf Konferenzen müsstest ...« Lena bricht sich ein Stück Brot ab und verschlingt es, als wäre es eine Maus und sie eine Kobra. »Im Moment haben wir genau einmal die Woche Sex. Wenn's hoch kommt.«

»Bitte, Häschen, diese Woche hatten wir immerhin schon zweimal Sex!«, korrigiere ich und klaube mir eine Zigarette aus der Schachtel. »Oder hast du das nicht bemerkt?«

»Doch, das habe ich bemerkt. Allerdings haben wir in der Woche davor überhaupt nicht gevögelt.« Sie bricht sich das nächste Stück Brot ab. Langsam werde ich nervös, die frisst heute wie ein Scheunendrescher. »Ich rechne zusammen: Zweimal in zwei Wochen, das macht nach Adam Riese im Schnitt einmal pro Woche. Wie bei einem alten Ehepaar.«

Der Wein kommt. Der Kellner füllt die Gläser, ich zünde meine Zigarette an und überlege, wie ich möglichst geschickt von diesem klebrigen Thema wegkomme. Es ist ganz normal, dass alle Frauen, die sich für »Feste« halten, sich irgendwann über den Mangel an Sex beklagen, und der Spruch ist immer der gleiche: »Wie bei einem alten Ehepaar«. Nichts als Gemache. Wenn du auf wilden Sex aus bist, meine Liebe, solltest du nicht von Heiraten reden, sondern von Nachtklubs und Tanzpartys. Paradoxe Angelegenheit. Erst streben sie mit Volldampf in den Hafen der Ehe, und wenn sie erstmal drin sind, beklagen sie sich, es sei ihnen zu normal!

»Ich bin ja bereit, Bestandteil eines alten Ehepaares zu werden«, scherze ich.

»Du bringst die Sache auf den Punkt, mein Bester!« Ihre Stimme klingt verdächtig freundlich. Oder ist sie nur betrunken? »Vielleicht hast du ja eine andere?«

»Logisch hab ich eine andere. Mehrere sogar.« Ich versuche, ärgerlich zu werden, aber das ist gar nicht so einfach, wenn man die Wahrheit sagt.

»Meinst du das ernst?« Lena stellt wütend ihr Weinglas ab. »Und wie lange schon?«

»Sehr lange. Ich hab einen CEO, einen Deputy CEO, einen Financial Controller in den Staaten.« Ich zerdrücke meine Zigarette im Aschenbecher. »Außerdem noch ein paar Buchprüfer, die sind zwar nicht so sexy wie du, aber auch nicht ohne. Darüber hinaus gibt es Ambassadors, die ein paarmal im Monat angereist kommen und nicht so sehr auf unsere Bücher scharf sind, sondern auf Moskau by night. Und wenn ich die nicht befriedige, dann findet mein Unternehmen jemand anderen, der das macht, und ich kann meine Sachen packen, verstehst du?«

»Ja, ja, natürlich, ich weiß: Multinational Corporation.« Lena nickt düster, aber stößt dabei einen Seufzer der Erleichterung aus.

»Yeaaah, multinational, Häschen!« Ich fummel mir die nächste Zigarette aus der Packung, um die Figur des Verärgerten glaubwürdig zu gestalten. »Unsere Karriere hängt nun einmal von solchen Sachen ab, das kennst du doch selber. Das muss ich dir doch nicht erzählen, oder?«

»Nach der Häufigkeit deiner nächtlichen Unternehmungen in Nachtklubs zu urteilen, müsstest du eigentlich in allernächster Zeit zum Head of Moscow Office avancieren.« Lena nimmt mir die Zigarette aus der Hand. »Du qualmst heute eine nach der anderen!«

Jetzt werde ich wirklich sauer. Das ist doch jetzt echt kränkend! Wäre es jedenfalls, wenn ich tatsächlich bei Wal-Mart arbeiten würde. Das muss man sich mal vorstellen: Da baust du verbissen an deiner Karriere, leckst deinen bescheuerten Vorgesetzten den Hintern, schleppst sie durch die Nachtklubs, um ihnen deine bedingungslose Loyalität zum Unternehmen zu beweisen, bloß damit sie dich in den Chefetagen lobend erwähnen, schlägst dir die Nächte um die Ohren, ruinierst deine Gesundheit, und dann macht dich deine Freundin oder wie das heißt auch noch zur Schnecke deswegen! Fuck! Das ist nicht fair! Wofür rackerst du dich denn ab wie ein Hamster im Rad? Und am Ende kümmert das keinen Menschen! Ach was, im Gegenteil, man wird auch noch verspottet! Head of Moscow Office! Und was bist *du*, bitte sehr? Seit fünf Jahren rackerst du dich in einem beschissenen Büro ab und bist noch keinen Schritt weiter, bist nicht einmal befördert worden! Für Frauen gibt es genau zwei Möglichkeiten, ihre Karriere voranzubringen: Sie können ihre fachlichen oder ihre körperlichen Fähigkeiten einsetzen. Du, mein Hase, hast weder das eine noch das andere! Aber auf mir rumhacken! Wenn das kein Luder ist, dann weiß ich's nicht!

Ich habe mich so sehr in meine Rolle hineingesteigert, dass ich drauf und dran bin, ihr den Aschenbecher an den Kopf zu werfen. Purer Stanislawski! Schade, schade, an mir ist ein guter Schauspieler verloren gegangen! Vielleicht sollte ich es mal beim Film probieren? Halt, stopp! Relax, man! Alles nur Fiction, vergiss das nicht!

»Nice joke!« Ich nehme ihr die Zigarette weg. »Bingo! Lernst du sowas auf deiner Business-School? Vielleicht ist das ja auch the wrong way, Honey? Vielleicht solltest du lieber Go-go-Dancing studieren? Das ist leichter.«

Lena wird knallrot. Ich nehme einen Schluck Wein, tupfe mir den Mund mit der Serviette ab, schmeiße sie auf den Tisch und verziehe mich auf die Toilette.

In der Kabine denke ich erstmal darüber nach, dass wirklich alle Anzeichen auf das Ende meiner Beziehungen hinzudeuten scheinen. Die Frauen haben mir den Krieg erklärt, nicht mehr und nicht weniger. Die eine wirft mir vor, ich sei unernsthaft, die andere beklagt sich über den Mangel an Sex. Hinter all diesen Vorwürfen verbirgt sich doch nichts anderes als reine Habgier! Eiskalte Besitzansprüche sind das! Ich kann mir sehr gut vorstellen, was abgehen wird, wenn ich einwillige, mit Rita zusammenzuleben oder Lena zu heiraten. Irgendwann müsste ich ihnen einen präzisen Stundenplan abliefern: Wo ich bin und mit wem, was ich esse, was ich trinke und so weiter und so weiter. Komme ich mehr als eine Stunde zu spät nach Hause, kriege ich Hausarrest, komme ich erst morgens, werde ich standrechtlich erschossen. Nee, ich hab die Schnauze voll, nächste Woche mache ich Schluss! Ich gebe Vadim seine Kohle zurück, reiße die Bonzenfete ab – und dann tschüss und auf Nimmerwiedersehen, geliebte Gefährtinnen besserer Tage! Schluss, aus!

Das ist doch wirklich nervig. Ständig irgendwelche Bedingungen: Kohle zurückgeben, unseren Auftritt hinter uns bringen. Nie wieder im Leben werde ich mich in geschäftlichen Dingen von Weibern abhängig machen! Sie sind einfach wie Kletten. Wenn diese beiden, die Kohle und der Auftritt, nicht wären, hätte ich meine Probleme schon gestern Abend gelöst, ich hätte die beiden einfach mit den Nasen zusammengestoßen und fertig. Na schön, zwei Tage noch, und dann ...

Dann fängt eine wunderschöne Romanze an: mit Katja! Keine alberne Selbstdarstellungs-Show mehr, kein billiges Theater, keine Lügen! Obwohl Moment! Ich hab ihr ja schon erzählt, ich sei Miteigentümer des *Beobachters*. Aber was soll's, ich arbeite immerhin dort. Wer will mir beweisen, dass ich nicht Miteigentümer bin? Könnte ja sein, dass mein Vater einer der Investoren ist, oder? Na gut, das klären wir später. Aber eins ist beschlossen: In Zukunft bin ich nur noch ich selber! Zum ersten Mal im Leben! Ah, was für himmlische Aussichten! Romantische Flirts! Mit Blumen und allem, was dazugehört! Nie mehr spontaner Sex auf Klubtoiletten! Tiefe, langsam wachsende Gefühle und ... Stopp! Und was ist mit Ljochas Geburtstag heute Abend? Na gut, gehe ich mal davon aus, dass ich sie heute Abend noch nicht anbaggere. Ich warte bis Dienstag, wenn ich diese Kletten abgeschüttelt habe. Also der Plan steht! Ein großartiger Plan! Ich lasse alle Reklametafeln auf dem Gartenring mit Cupidos plakatieren!

Ich rufe Katja an und schlage ihr vor, sie zu Hause abzuholen, aber sie lehnt ab, es sei zu umständlich. Warum, will sie mir nicht sagen. Schließlich verabreden wir, dass ich sie um halb neun im Ostoschenka-Viertel treffe.

Kaum habe ich aufgelegt, packt mich die Paranoia. Vertraut sie mir nicht? Nicht genug damit, dass sie eine Freundin mitbringt, jetzt möchte sie nicht einmal zu Hause abgeholt werden! Darf ich nicht wissen, wo sie wohnt? Hat sie etwa Angst vor mir? Irgendwie kompliziert alles ...

Lena sitzt am Tisch und starrt aus dem Fenster. Man sieht ihr nicht das Geringste an, als hätten wir nicht vor kaum zehn Minuten einen heftigen Konflikt ausgetragen. Ihre Miene zeigt weder Trauer noch Zorn, weder Sorge noch Gekränktheit, nicht das kleinste Gefühl. Ihr Gesicht ist *absolut glatt!* Ich mache einen Schritt auf sie zu, sie dreht sich um, unsere Blicke begegnen sich. In ihren Augen flackert Erschrecken. Ich habe das befremdliche Gefühl, sie in flagranti ertappt zu haben, meinetwegen, wie sie gerade meine SMS-Nachrichten liest oder die Taschen meiner Jacke durchsucht, oder wie sie gerade aus dem Auto eines meiner Bekannten steigt ... Was für ein Blödsinn! Wovor sollte sie Angst haben? Hat jemand sie gerade angerufen? Vielleicht ist ihr ja auch ein Gespenst über den Weg gelaufen (he, he) wie mir gestern im Shanty! Ich sehe mich schnell um, aber mir fällt nichts Verdächtiges auf. An den meisten Tischen sitzen Pärchen. Die Frauen himmeln ihre Männer an, die Männer ihre Frauen, alle Gesichter um uns herum leuchten förmlich vor lauter Liebe und Glück. Obwohl es natürlich durchaus möglich ist, dass jede von diesen Frauen gestern hier an genau demselben Tisch mit einem Mann gesessen hat, der heute an einem anderen Tisch mit ihrer besten Freundin zusammensitzt. Eigentlich sind alle potentielle Lügner und Betrüger.

Als ich näher komme, bemerke ich, dass der Schreck aus Lenas Gesichtszügen verschwunden ist. Sie schaut mich an wie immer, mit ihren warmen, ein wenig traurigen Augen. Als wäre dieser böse Zwischenfall von eben längst und vollständig erledigt, alles vergeben und vergessen, jeder hätte sein Unrecht eingestanden, jeder dem anderen verziehen, wir wären traut vereint für immer und ewig und stürben glücklich am selben Tag. Als ich mich setze, nimmt Lena ganz schnell meine Hand, und ehe ich irgendetwas sagen kann, formt sie lautlos mit den Lippen nur ein Wort:

»Verzeih ...«

Und plötzlich verstehe ich, weshalb sie so erschrocken war. Ich habe sie tatsächlich überrascht. Allerdings nicht mit einem anderen Mann, nicht bei einem kompromittierenden Telefonat, nein! Sie hat sich nur einfach ... entspannt ... Sie hat für einen Augenblick vergessen, dass man sich wenige Minuten nach einer solchen Szene, wie sie sie gerade hingelegt hat, entsprechend verhält, also *mindestens* nervös sein Taschentuch/die Serviette zerknüllt, gegebenenfalls sogar heult und schluchzt. Ich bin zu früh vom Klo zurückgekommen, das ist es. Sie hat nicht rechtzeitig den erforderlichen Gesichtsausdruck aufgesetzt ...

Nein, Unsinn, das bilde ich mir ein. Es sind meine ewigen Eskapaden, die sie erschreckt haben, sie ist zermürbt und ratlos, sie weiß nicht mehr, wie es mit uns weitergehen soll. Ich bin sogar bereit zu glauben, dass sie Angst hat, jetzt, da unsere Beziehung quasi ihren Kulminationspunkt erreicht hat, könnte ich möglicherweise abspringen, den wunderbaren Heiratsantrag (der dummerweise nicht von mir kam, was es umso schlimmer macht) einfach in den Wind schlagen und das Weite suchen. Aus ihrem Leben verschwinden, die Tür in die Zukunft zuschlagen, oder wie heißt das in ihren Frauenmagazinen? Also Zigaretten holen gehen. Ich bin bereit, daran zu glauben, dass mir ihr Gesicht nur so vollkommen ausdruckslos *schien*, dass ich mir ihr Erschrecken nur eingebildet habe. Ich bin bereit, zuzugeben, dass ich in letzter Zeit ziemlich viel rauche und trinke, dass ich aus diesem Grund möglicherweise beginne zu halluzinieren und dass ich mir diesen Konflikt bloß zusammenfantasiert habe, als ich auf der Toilette saß. Aber ich bin nicht bereit, daran zu glauben, dass ihr einfach alles nur absolut gleichgültig ist – so wie mir ... Liebe, Sex, Leidenschaft, Gefühle, Untreue, Heirat –, absolut alles. Alles nichts als Dekoration.

»Nein, ich muss *dich* um Verzeihung bitten«, antworte ich ganz automatisch. »Ich arbeite in letzter Zeit zu viel. Ich muss etwas daran ändern ... Ich muss etwas ändern ...«

»Du bist erschöpft«, sagt Lena eindringlich. »Manchmal hasse ich mich richtig... Ich ... Ich habe Angst, dich zu verlieren ...«

Jetzt müsste ich ihr in die Augen sehen, aber ich habe mich noch nicht wieder ganz gefangen. Mit aller Energie versuche ich den Gedanken zu verscheuchen, dass Lena mir nur etwas vorspielt, so wie ich ihr, aber es gelingt mir nicht. Ich brauche einen Beweis, dass ich mir das alles *nur eingebildet* habe. Um mich wieder in die Spur zu bringen, ziehe ich meine höchste Trumpfkarte:

»Wo wollen wir unsere Hochzeit feiern? Vielleicht in Petersburg, was meinst du?«

Dabei denke ich plötzlich: Pass auf, du Idiot, du musst mehr englische Ausdrücke verwenden! Endlich hebe ich den Blick und sehe, dass Lenas Näschen sich lustig kräuselt, weil sie anfängt zu schluchzen. Reflexartig sehe ich die Weinflasche an und bemerke, dass sich deren Inhalt deutlich verringert hat.

»Honey, what's wrong?« Ich beuge mich zu ihr, tupfe ihr die Tränen mit meiner Serviette ab und sehe mich dabei verstohlen im Raum um.

Fuck, ich hasse es, wenn mich die Leute mit einer heulenden Braut am Tisch sitzen sehen! Andererseits – ist das nicht der Beweis für ihre Aufrichtigkeit?

»Ich bin so eine dumme Pute!«, schnieft Lena. »Entschuldige, meine Nerven sind überreizt, ich wollte überhaupt nicht über Sex reden, und über diese blöde Arbeit auch nicht ... Verstehst du ... Verstehst du, ich wusste einfach nicht, wie ich anfangen soll. Ich wollte es dir eigentlich noch nicht sagen, aber ...«

Sie trinkt ihren Wein aus, ich ziehe die Weinflasche vorsichtig näher zu mir.

»Ich dachte, ich sage es dir nachher, wenn wir nach Hause fahren. Weißt du, ich ...«

»Lena, was ist denn bloß los?«

»Verstehst du ... Meine ... meine Regel ist ausgeblieben ...«

Fast hätte ich sie gefragt: Weiß das deine Mutter? Aber ich kann mich gerade noch beherrschen und bringe das nicht weniger idiotische: »Wie meinst du das?«

Ich sehe Lena an und weiß nicht, ob ich mich ärgern oder lachen soll. Auf der einen Seite nimmt eine ungewollte Schwangerschaft auf der berühmten langen Angstskala nach Mirkin die zweite Stelle ein, gleich hinter Geschlechtskrankheiten. Auf der anderen Seite bin ich nicht wirklich sicher, was schlimmer ist: eine untreue oder eine schwangere Braut.

»Seit etwa einer Woche …«

Uff, das erklärt natürlich einiges.

»Ja … aber … ich meine, bist du sicher, dass du …«

»Dass ich schwanger bin? Nein, natürlich nicht. Das muss gar nichts heißen. Mein Zyklus ist nicht immer ganz regelmäßig. Außerdem habe ich vor kurzem Antibiotika genommen, als ich erkältet war.« Endlich hört sie auf zu schniefen.

»Und hast du schon … bist du schon …«

Hör endlich auf zu stottern und benimm dich nicht wie ein Vollidiot, befehle ich mir selber, aber es hilft nicht viel.

»Du meinst, ob ich einen Schwangerschaftstest gemacht habe? Morgen. Dann sehen wir weiter.«

Anscheinend hat sie sich jetzt beruhigt. Dafür bin ich völlig entnervt. Nein, ich bin wirklich ein Idiot! Vor zwei Minuten wollte ich noch vor Freude an die Decke springen, weil sie mich nicht betrügt (was für ein Romantiker bin ich doch!), und jetzt würde ich mich am liebsten vor den anstehenden Problemen unter dem Tisch verkriechen.

»Willst du lieber einen Jungen oder ein Mädchen?«, fragt Lena auf einmal.

Eigentlich will ich am liebsten Katja. Kinder will ich gar nicht, ich bin ja nicht pädophil.

»Darüber hab ich noch nie nachgedacht«, antworte ich aufrichtig. »Wahrscheinlich einen Jungen.«

»Wirklich? In der Regel hängen Töchter mehr am Vater als Söhne.« Lena blickt verträumt zur Decke empor und fährt fort: »Man sagt ja allgemein, dass Männer ihre Töchter mehr lieben.«

Wer sagt das? Und warum sagt er das? Und was soll überhaupt das ganze Gequatsche um ungelegte Eier? Diese Situation ließe sich doch am besten mit einem deiner eigenen Lieblingswörter beschreiben: overestimated problem. Prüf erstmal, ob du überhaupt schwanger bist oder nicht, *dann* frag mich, ob ich ein Kind will oder nicht, und *dann* kannst du anfangen rumzuplärren: Junge oder Mädchen, welches Sternzeichen und der ganze Mist. Ich gieße mir in aller Ruhe Wein nach und sage:

»Na ja, ein Mädchen wäre echt cool ...«

»Ein Mädchen wäre wunderbar!«, stimmt Lena munter zu. »Weißt du, als ich klein war, da haben mein Vater und ich immer ...«

Und los geht's mit ihren Kindheitserinnerungen. Das volle Programm. Mit Papa im Park, mit Papa auf dem Rummelplatz, mit Papa am Strand Muscheln sammeln, mit Papa heiße Maroni vom Blech essen ... Nach zehn Minuten fühlt sich mein Hirn genauso an wie eine heiße Marone vom Blech ... Blech, das Wort passt exakt. Alles Blech! Irgendwann werde ich schläfrig, entweder vom Wein oder von Lenas Gequassel, am wahrscheinlichsten aber, weil ich einfach nervlich erschöpft bin von all diesen anstrengenden Geschichten in letzter Zeit. Wieder einmal falle ich in meine Anabiose.

Und was ist, wenn sie tatsächlich schwanger ist? Lieber nicht dran denken! Soll ich sie dann auffordern, es abtreiben zu lassen? Klar, ich sehe schon, was dann los ist: eine bühnenreife Szene à la Turgenjew, mit Ohnmachtsanfällen, Riechsalz und allem, was dazugehört. Natürlich lehnt sie ab, gar kein Zweifel! Sie will mich heiraten, hast du das vergessen, du Schwachmat? Was soll ich also machen? Fliehen?

Meine Telefonnummer wechseln? In Petersburg untertauchen? Zwecklos, Lena ist doch ein gescheites Mädchen. Das dauert nicht lange, dann haben sie mich am Schlafittchen … Schluss jetzt, erstmal Ruhe bewahren, erstmal ein bisschen Wein trinken …

»Und kleine Kinder sind ja so süß!«, sagt Lena gerade.

»Kinder sind schon nett«, bemerke ich und erkenne meine Stimme nicht mehr wieder.

Herzlichen Glückwunsch, Mr. Mirkin! Der Zustand vollständiger Verblödung ist erreicht! Jetzt sag noch: Kinder sind prima! Ich liebe Kinder! Oder gleich: Für einen normalen Mann sind Kinder das Wichtigste auf der Welt! Und deine Verspießerung ist abgeschlossen! Verstaue deine Paul-Smith-Latschen im hintersten Schrankwinkel, schaff dir einen karierten Freizeitanzug an und eine schöne Daunendecke für den Kinderwagen. Und das war's dann.

»Ich glaube, wir werden ganz wunderbare Kinder haben, glaubst du nicht auch?«, plappert Lena mit einschmeichelnder Stimme weiter. »Kinder, die in Liebe gezeugt werden, sind immer besonders schön, sagt man doch.«

Mit dieser dumpfen Volksweisheit gibt sie mir den Rest. Soll ich wegrennen und mich auf der Stelle in den Patriarchenteichen ersäufen?

»Ich bring dich nach Hause, und dann fahr ich zu meinem Vater. Ich muss ihn sofort davon in Kenntnis setzen, dass er demnächst Opa wird.« Das scheint mir kein schlechter Vorwand zu sein, diesen denkwürdigen und – scheiße! – hinreißenden Abend zu beschließen.

»Bleibst du heute bei mir?« Lena schaut mit betrunkenen Augen zu mir auf.

Und wer trifft sich dann mit Katja? Väterchen Frost?

Ich reibe mir verlegen die Nase.

»Honey, ich weiß ja nicht, wie das hier in Russland so üblich ist, aber im Westen überbringt man die freudige Nachricht als Erstes seinen Eltern. Der alte Herr wird überglücklich sein. Übrigens, es wird höchste Zeit, dass wir uns mal gegenseitig mit unseren Eltern bekannt machen. Don't you think so?«

»Du kannst Gedanken lesen!«, ruft Lena lachend. »Dann kannst du meiner Mutter gleich erzählen, dass sie endlich ein Enkelkind bekommt! Sie nervt mich schon ständig: Lena, du wirst doch nicht jünger! In deinem Alter hab ich schon längst ... und so weiter. Sie wird sich liebend gern um unser Kind kümmern. Ich möchte jedenfalls nach der Geburt so schnell wie möglich wieder arbeiten. Ach, gut, dass ich ganz offiziell angestellt bin, so bekomme ich richtigen Schwangerschaftsurlaub. Meine Freundin zum Beispiel ...«

Und weiter geht's im Takt. Erst rührselige Geschichten von armen Freundinnen, die ohne eine Kopeke Mutterschaftsgeld daheim in ihren Villen sitzen und so weiter, und dann schwenkt sie nahtlos über zum Thema Kinderkleidung, Babysitting, Kinderkrankheiten. Innerhalb der nächsten zwanzig Minuten läuft unser gesamtes Eheleben von der Wiege (oha) bis zum Grabe vor meinen Augen ab, und am Ende habe ich das Gefühl, ich würde nicht Vater, sondern Großvater, und ich sitze hier mit meiner lieben, betagten (und irgendwann vor langer, langer Zeit einmal sehr schönen) Gattin und trinke ein Weinchen auf die Ankunft unseres Enkelkindes. Aber inzwischen habe ich ja tatsächlich einiges an Wein intus, und in dem Zustand kann ich über jedes beliebige Thema geläufig genug plaudern, sei es über den Treibhauseffekt oder über Eileiterschwangerschaften. Aber nachdem wir unser künftiges Eheleben inklusive allen Fragen der Kindererziehung des Langen und Breiten besprochen und geklärt haben, würde ich unser Gespräch gerne mit dem Vorschlag beschließen, uns lieber zu trennen, bevor wir mit diesem Leben anfangen. Unser zukünftiges Leben, würde ich sagen, ist so vorhersehbar und durchgeplant, dass es sich gar nicht mehr lohnt, es noch zu leben. Versuchen wir doch lieber, es ganz anders zu machen, was meinst du, Häschen? Würde ich sagen. Und am besten lebt jeder sein eigenes Leben! Würde ich sagen.

Aber seltsamerweise ist es Lena, die unser wunderbares Gespräch beendet:

»Hör mal, ich glaube, ich habe einen Schwips! Lass uns zahlen!«

Mit dem größten Vergnügen, möchte ich laut losschreien, aber stattdessen winke ich nur wortlos dem Kellner.

Bevor wir das Restaurant verlassen, geht Lena noch einmal zur Toilette. Ich warte fünf, sieben, neun Minuten, starre aus dem Fenster und fange schon an, darüber nachzudenken, ob sie vielleicht Hilfe braucht, als plötzlich an meinem Fenster eine Gruppe von Menschen vorbeigeht, die ich kenne: Ritas Petersburger Freunde. An der Spitze der Truppe, mit dem forschen Schritt eines Reiseführers, der versehentlich Liquid Ecstasy geschluckt hat – Rita.

Schnell blicke ich zu den Toiletten hinüber, aber zum Glück ist von Lena noch nichts zu sehen. Ohne lange zu überlegen, verschwinde ich ebenfalls aufs Klo (ein Glück, dass sich die Toiletten neben dem Ausgang befinden!). Durch den Türspalt peile ich die Lage. Nichts zu sehen. Sind sie vorbeigegangen? Oder stehen sie vor der Tür und rauchen, wie Lehrlinge vor der Werkhalle? Ich höre, wie Lena die Toilette verlässt. Sie zögert vor dem Ausgang, schaut sich suchend um, geht zurück in den Gastraum, wieder zum Ausgang. Dort trifft sie auf Rita und die Petersburger. Mir wird eiskalt, rasch ziehe ich die Klotür zu und schließe die Augen. Wovor hast du denn Schiss, die kennen sich nicht! Ich frage mich bloß, welcher Teufel Rita geritten hat, ausgerechnet jetzt ins Pavillon zu gehen? Ihr solltet euch lieber einen vernünftigen Klub suchen! Ach ja, heute ist Sonntag. Na gut, dann meinetwegen ins Coffeemania oder ins Chocolat oder ich weiß auch nicht wohin. Es gibt siebenhundert Restaurants in Moskau, warum muss sie ausgerechnet in dem auftauchen, in dem ich gerade bin? Solche Koinzidenzen kann ich nicht ab. Dazu fällt mir auch gleich die nächste Volksweisheit ein: Der Krug geht so lange zum Brunnen, bis er bricht. Aber solche Sprüche überlassen wir wohl besser den Kolchosbauern.

Ich wage wieder einen vorsichtigen Blick durch den Türspalt. Weder von Rita noch von Lena eine Spur. Wahrscheinlich ist Erstere im Restaurant, Letztere draußen. Oder umgekehrt, hi, hi, hi. Ich hole tief Luft, reiße die Tür auf und sprinte durch den kleinen Vorraum zum Ausgang. Lena steht auf der Straße und dreht ihr Handy in der Hand.

»Oh, gerade wollte ich dich anrufen...«

»Ich war auf der Toilette, und als ich rauskam, warst du nicht mehr da«, sage ich und ziehe sie an der Hand in die nächste Seitengasse. »Gehen wir ein bisschen spazieren? Heute ist so ein wunderschöner Abend. Ein ganz besonderer Abend...«

»Du bist ja heute so romantisch!« Lena drückt sich an mich. »Ein kleines Wunder!«

Wir schlendern durch die Gassen bis zum Gartenring. Dort halten wir ein Taxi an. Kaum haben wir uns auf den Rücksitz fallen lassen, legt Lena den Kopf an meine Schulter und schläft ein. Wir biegen vom Gartenring in die Petrowka-Straße ein und ich überlege, ob ich nicht Vadim mit seinem bescheuerten Auftrag zum Teufel schicken und mich gleich heute von Lena trennen soll. Zu Hause abliefern – und tschüss. Aber vielleicht ist sie ja gar nicht schwanger? Wozu dann das ganze Gehetze? Irgendwie kompliziert alles...

An einer Hauswand sehe ich plötzlich wieder diesen blöden Schriftzug: WARUM?

»Genau«, sage ich laut.

»Was ist?« Lena ist wach geworden. »Hast du was gesagt?«

»Nein, nein, das hast du geträumt.«

»Ja? Na, egal.« Sie lehnt ihre Stirn an die Fensterscheibe. »Was für ein herrlicher Abend, findest du nicht?«

»Ja, Häschen«, nicke ich, nehme sie in den Arm und sehe auf die Uhr.

Zehn vor acht. Bis zu meinem Treffen mit Katja bleibt noch etwas mehr als eine Stunde.

# DER GEBURTSTAG

Ich lasse das Taxi an der Metrostation Kropotkinskaja anhalten, nehme die Mädchen auf, und wir fahren bis zu dem anvisierten Haus im Ostoschenka-Viertel. Wir suchen den zweiten Aufgang, ich drücke die 18 auf der Klingelanlage. Der Summer ertönt, die Tür geht auf.

»Will der denn gar nicht wissen, wer geklingelt hat?«, fragt Katja.

»Komisch!«, echot ihre Freundin.

»Das sind sehr gastfreundliche Leute«, grinse ich. »Ihre Tür steht immer offen!«

Wir kommen an dem Wächter vorbei, ich nenne ihm die Wohnungsnummer und den Namen des Wohnungseigentümers, der Wächter nickt feixend. Während wir auf den Fahrstuhl warten, sieht Katja mich ängstlich an und fragt:

»Andrej, ist es da auch nicht gefährlich?«

»Was?« Im ersten Moment kapiere ich gar nicht, was sie meint. »Ach so, natürlich nicht. Hier sind wir so sicher wie in der Geschäftsstelle von Gazprom.«

Die Antwort scheint sie zu beruhigen, jedenfalls steigen sie ohne weitere Fragen in den Fahrstuhl.

Im zweiten Stock klingele ich an der Tür der Wohnung Nummer 18. Klingel nochmal. Ein drittes Mal. Dann ein viertes Klingeln. Die Mädchen fangen an zu flüstern und sehen mich verstohlen von der Seite an.

»Die Musik ist zu laut«, versuche ich zu scherzen. »Da hört uns kein Schwein.«

Ich klingele ein fünftes, ein sechstes, ein siebtes Mal. Langsam werde ich sauer. Ich krame mein Handy raus, um Ljocha anzurufen, aber in dem Moment fliegt die Tür auf, Ljocha steht vor uns und glotzt uns aus betrunkenen Augen an. Hinter ihm in der Wohnung wummert Mattafix – »Big City Life«:

*»Big city life*
*Me try if get by,*
*Pressure nah ease up no matter how hard me try*
*Big city life,*
*Here my heart have no base*
*And right now Babylon de pon me case.«*

»Herzlichen Glückwunsch zum Geburtstag«, sage ich und überreiche ihm die Mädchen, will sagen, stelle sie ihm vor. »Sehr angenehm«, sagen alle brav im Chor. Wir treten ein.

»Also Mädels, immer geradeaus ins Wohnzimmer. Bleibt dicht hinter mir, die Wohnung ist groß und unübersichtlich, sie hat zwei Etagen, ihr könntet euch verlaufen«, rappelt er wie ein Maschinengewehr herunter. »Dafür gibt es vier Toiletten. Sehr praktisch. Oben sind hauptsächlich Schlafzimmer«, erläutert er weiter. »Unten sind die Küche, das Wohnzimmer und noch ein paar andere Räume. In der Hälfte davon war ich selber noch nicht.« Er lächelt charmant. »Ich lebe meistens außerhalb der Stadt. Die hier hab ich nur für Partys.«

»Sehr praktisch«, nimmt Mascha sofort den Faden auf. »Dann müssen die Gäste nicht so weit fahren.«

»Im Gegenteil!«, stöhnt Ljocha gekünstelt und zieht eine Grimasse. »Die Leute hier sind doch fast alles Landeier. Unsere Schrebergärtner. Der ganze Rubljowka-Clan eben, um es mit einem Wort zu sagen.«

»Ahhhja«, nickt Mascha, als wäre das für sie alles ganz normal.

Wir erreichen das riesige Wohnzimmer. An zwei Wänden zieht sich ein gigantisches braunes Ecksofa entlang, auf dem es sich einige der Gäste halb liegend, halb sitzend bequem gemacht haben. Ich zähle acht Personen. Weitere Gäste sitzen auf großen quadratischen Lederkissen auf dem Fußboden. Die Stereoanlage überflutet alles mit etlichen Kilowatt Schall. In einer Nische gegenüber dem Sofa steht ein Plasma-TV, auf dem ein Tierfilm läuft. Wahrscheinlich auf Discovery. An einem der beiden großen Panoramafenster steht ein langer Aluminiumtisch, auf dem Getränke und Snacks angerichtet sind, vor dem zweiten ein DJ-Pult mit CD-Regalen.

»Hochverehrte Erholungssuchende!«, ruft Ljocha gegen die Musik an. »Wir haben Verstärkung bekommen. Mascha, Dascha und Andrjuscha! Die nächste Telenovela kann starten!«

»Katja«, sagt Katja freundlich, aber bestimmt.

»Was?« Ljocha sieht sie verdutzt an.

»Ich heiße Katja, nicht Dascha.«

»Katja, aber natürlich. Und was hab ich gesagt?« Er kratzt sich den Hinterkopf.

»Sie haben Dascha gesagt. Mascha, Dascha und Andrjuscha.«

»Wirklich? Hab ich das gesagt? Merkwürdig! Schön, wir wollen uns nicht streiten, oder?« Er hält ihr mit großer Geste die ausgestreckte Hand hin. »Wenn es dir Spaß macht, kannst du mich meinetwegen Sigismund nennen. Oder sonstwie, egal. Was dir gerade gefällt.«

»Ich werde Sie so nennen, wie Sie heißen, in Ordnung?«, sagt Katja, ohne sein Lächeln zu erwidern. »Und Sie mich so, wie ich heiße, okay?«

»Okay!«, sagt Ljocha brav. »Was für ein strenges Mädchen hast du da mitgebracht, Andrej!«

Katja wird rot. Mascha und ich lachen.

»Also, Mädchen, macht es euch bequem, es gibt ein kleines Büffet, bedient euch, und wenn es Probleme gibt, drückt den Notrufknopf, dann sind wir in einer Sekunde bei euch!« Ljocha verbeugt sich theatralisch, legt mir den Arm um die Schulter und zieht mich mit sich aus dem Wohnzimmer. Dabei flüstert er mir verschwörerisch ins Ohr: »Wir beide gehen erstmal in die Küche und ziehen zusammen eine fette Line! Was hältst du davon?«

»Hm-hm«, nicke ich. »Hör mal, Ljocha, danke nochmal für die zehn Riesen. Ende der Woche hast du sie zurück. Du hast mir echt aus der Klemme geholfen!«

»Lass stecken, Alter, heute Abend kein Wort über Geld!«, grinst er.

»Okay, okay. Aber sag mal, was ich noch fragen wollte. Diese Abkürzung auf deiner Einladung, LBP, was soll das eigentlich heißen?«

»Na ja, das ist nur für Eingeweihte: Low-Budget-Party. Das heißt ein netter, gemütlicher Abend ohne großen Zirkus wie Feuerwerk, Spritztour im Privatjet nach Monaco und den ganzen üblichen Firlefanz, du weißt schon.«

Als wir Ljochas High-Tech-Küche betreten, ist das Erste, das mir ins Auge fällt, ein langer, knallroter Bartresen, an dem mehrere Personen stehen und rauchen. Zwei praktisch identische Typen in zerfledderten Jeans analysieren anscheinend die aktuelle Automobilindustrie. Hinter ihnen, mit dem Rücken ans Fensterbrett gelehnt, ein Mädchen in kurzem rosa Kleid und hohen rosa Stiefeln. Aus irgendeinem Grunde sind die Reißverschlüsse der Stiefel offen, was in meinem Kopf ganz automatisch zwei Fragen aufwirft: 1) Tun ihr die Füße weh (weil sie schon lange hier ist)? Oder

2) ist das jetzt der Trend? (Hab ich etwas verpasst?) Ansonsten hat sie einen monströsen Kopfhörer auf und einen I-Pod in der Arschtasche. Sie schaukelt ihren Kopf zum Takt der Musik und singt laut mit, ohne sich um ihre Umgebung zu kümmern. Anscheinend traut sie dem Musikgeschmack des Hausherrn nicht besonders und hat deshalb ihr eigenes Programm mitgebracht. Es kann aber auch sein, dass ihre Kopfhörer tot sind, denn der Blick des Mädchens ist vollkommen glasig, was darauf hindeutet, dass sie sich in jenem Zustand befindet, in dem die Musik unmittelbar im Kopf entsteht. Ein Musterbeispiel des technologischen Fortschrittes im 21. Jahrhundert: permanent zugedröhnt, aber wireless. »Drug Stereo: Play your own music!«, fällt mir dabei ein. Ausgezeichneter Slogan. Den sollte ich den Szene-Dealern verscherbeln.

Am anderen Ende des Tresens stehen Vlad von der Zeitung *Afischa*, Sergej, der Zuhälter, und Stas, der Dealer. Wir begrüßen uns. Als ich mich dem Mädchen vorstellen will, glotzt sie durch mich hindurch und sagt nur: »Auf dem Tresen.« Mir ist klar, dass nähere Erklärungen von ihr nicht zu erwarten sind, also drehe ich mich um: Über die gesamte Länge der wahrlich nicht kleinen Tresenplatte zieht sich in großen weißen Buchstaben ein Schriftzug:

HERZLICHEN GLÜCKWUNSCH!

Tja, eigentlich nicht weiter bemerkenswert, wenn man davon absieht, dass von den letzten beiden Buchstaben nur noch die Konturen übrig sind, und dass der ganze Spruch aus purem Kokain besteht.

Ljocha, der sieht, wie sich meine Augen zu großen, runden Untertassen weiten, tritt neben mich, legt mir die Hand auf die Schulter und fragt in nüchternem Tonfall, als ginge es um seinen neuen Fernseher:

»Na, was sagst du dazu, nett, was?«

»Ja«, sage ich mit trockenem Hals. »Wirklich nett. So akkurat. Und wer hat das Bildchen gemalt?«

»Ach, ein paar Freunde wollten mir was Selbstgebasteltes schenken, von wegen Kreativität und so«, erklärt Ljocha grinsend.

»Das haben sie aber gut hingekriegt«, bestätige ich. »Sie sollten Lesefibeln für unsere Kleinen entwerfen.«

Ljocha lacht wiehernd, auch Vlad und Sergej fangen an zu gackern. Die beiden Jeans-Typen unterbrechen ihr Maybach-Porsche-Thema, stimmen ein serviles Gegacker an und prosten dem Geburtstagskind zu. Nur das Mädchen am Fenster singt unbeirrt weiter und tänzelt einsam vor sich hin. Mir geht es wie Öl runter, dass mein Scherz so gut angekommen ist, vor allem bei Ljocha. Um meinen Status als Held des Abends und Busenfreund eines Oligarchen zu konsolidieren, reite ich das Thema noch ein bisschen weiter:

»Wo lernt man so was? Oder ist das angeborenes Talent?«

Ljocha hat inzwischen einen Geldschein zusammengerollt, beugt sich über den Tresen und nimmt einen kräftigen Sniff. Dann schaut er mich mit ein wenig müden, aber gutherzigen Augen an, hält mir das Geldscheinröllchen hin und sagt einfach:

»Räumst du einen Buchstaben ab?«

In diesem Moment spannt sich eine gefühlsmäßige Brücke zwischen uns. Wir schwimmen beide plötzlich auf einer Welle gegenseitigen Vertrauens und grenzenloser Gastfreundschaft. Eine zauberhafte Atmosphäre, und ich begreife, während ich den Schein aus seiner Hand nehme, dass ich jetzt unbedingt etwas sagen muss. Tausend Varianten schießen mir kreuz und quer durch den Schädel wie ein Schwarm Mücken im Einmachglas, von »Herzlichen Glückwunsch zum Geburtstag« bis »Die Jugend ist bereit, den Staffelstab zu übernehmen«, aber gerade als ich mich anschicke, mit

Verve zu rufen »Gebt den Weg frei für die Jugend!«, reißt plötzlich das Mädchen am Fenster den rechten Arm in die Höhe, verdreht ihren Körper in einer Art grotesken Tanzpose und fällt mit dem Schrei »She's a Superstar« wie ein gefällter Baum vornüber aufs Gesicht. Sofort konzentriert sich die allgemeine Aufmerksamkeit auf sie.

»Umwerfendes Geräusch!« Mehr bleibt mir nicht anzumerken. Dann ziehe ich meine Line.

»Geil«, sagt Sergej, der Zuhälter.

Alle betrachten noch ein Weilchen die am Boden Liegende, dann werden die unterbrochenen Gespräche wieder aufgenommen.

»Ich gucke mal nach meinen Gästen«, murmelt Ljocha und verzieht sich aus der Küche.

Sergej, Vlad und ich folgen ihm. Beim Hinausgehen drehe ich mich noch einmal um und sehe, wie einer der Jeans-Typen gerade über das Mädchen steigt, um sich ein Glas Wasser aus dem Wasserspender zu holen, der auf dem Fensterbrett steht. Eigentlich ist die Küche zu klein, denke ich. Dann fällt mir ein, dass ich den Track »She's a Superstar« vor kurzem auf einem Festival mit der hübschen DJane Lottie gehört habe.

»Sag mal, Ljocha, wo ist denn hier das Klo?«, frage ich.

»Wozu brauchst du ein Klo? Ist doch alles in der Küche«, meint er irritiert.

»Ich brauche eben einen Lokus, um nach altem Brauch meine Notdurft zu verrichten«, präzisiere ich.

»Ach so, sag das doch gleich! Geh bis zum Ende des Ganges und dann rechts.«

Auf dem Weg zur Toilette komme ich an einer offenen Bogentür vorbei. Aus dem dahinter liegenden Zimmer tönt »Lift Me Up« von Moby und dazu die Stimme von einem Typen, der laut mitsingt.

Vorsichtig, um nicht zu stören, schiebe ich mich vorbei, biege um die Ecke und erreiche den großzügigen, kombinierten Sanitärbereich.

Als ich zurückkomme, finde ich Katja und Mascha umringt von drei alten Knackern und einer aufgetakelten Blondine (locker jenseits der vierzig), jede mit einem Glas Champagner in der Hand. Einer von den Daddys sieht aus wie Marat Safin mit dreiundfünfzig (zuzüglich Plauze, abzüglich Goldkettchen, Haarpracht und Tennisschläger). Das Marat-Safin-Plagiat erzählt gerade eine wahnsinnig lustige Story und macht dazu alle möglichen putzigen Grimassen. Seine Zuhörer brechen in regelmäßigen Abständen in wildes Gelächter aus. Katja kichert mit den anderen und nippt an ihrem Glas; anscheinend hat sie die anfängliche Scheu inzwischen überwunden und fühlt sich pudelwohl.

»Na, Mädels, wie steht's?«, frage ich und zwänge mich in die Reihe der Lacher. »Hallo zusammen, ich bin Andrej.«

»Rinat«, stellt sich das Tennis-Double vor und streckt mir die Hand entgegen. »Sehr angenehm.«

Rinat – klingt ja fast wie Marat, denke ich. Rinat hat eine angenehm samtige Stimme und feuchte Hände.

»Lera«, sagt das »reife Mädchen« und hält mir ihre Wange hin. »Sie sind also *der* Mirkin, der legendäre Kolumnist des Moskauer Nachtlebens? Unser junges Genie, wie Ljocha es nennt. Nehmen Sie mich mal mit auf eine Ihrer Touren?«

Danke, ich ficke keine Tiere, denke ich und küsse sie auf die Wange.

»Aber gern, unbedingt! Wenn Sie mal so richtig abgehen wollen ...«

»Au ja«, plappert sie weiter, wird aber sofort von dem Typen, der neben Rinat steht, unterbrochen.

»Ich bin Viktor«, sagt er und rückt an seiner Brille.

Viktor erinnert mich, oberflächlich betrachtet, ein wenig an Woody Allen. Sehr oberflächlich betrachtet ...

Dann wäre da noch ein Typ mit aufgepumpten Muskeln, fleischiger Nase und stechendem Blick, der es nicht für nötig hält, mir die Hand zu geben.

»Anton«, sagt er, fast ohne die Lippen zu bewegen.

Du mich auch, du Truthahn, denke ich und nicke gemessen.

»Und was dann?«, platzt Mascha dazwischen. »Sie sind dann ins Ölgeschäft eingestiegen und Sie in den Holzhandel. Oder war es umgekehrt? Ich bin schon ganz durcheinander!« Sie kichert albern.

Wart ab, das gibt sich schnell. Ich muss grinsen.

Mascha hat es verblüffend schnell geschafft, sich volllaufen zu lassen. Oder tut sie nur besoffen? Wie strebsam diese jungen Studentinnen heutzutage sind!

»Mit dem Öl hatte ich gerade erst angefangen«, setzt Rinat seine Erzählung fort. »Vitja kam zu mir ins Büro, um den Vertrag aufzusetzen. Es war mitten im Winter, und er trug einen weißen Anzug! Der reinste Sommerfrischler! Fehlte bloß noch der Strohhut!«

Die anderen lachen brav.

»Gehen wir eine rauchen?«, flüstere ich Katja ins Ohr.

»Darf man hier nicht?« Sie sieht mich mit erstaunten Augen an.

»Hier ist es schon total verraucht, außerdem kann man sich nicht richtig unterhalten, ständig quatscht jemand dazwischen. Wir können uns zusammen die Wohnung angucken.«

»Warte noch eine Sekunde, Rinat ist gleich fertig. Er kann so interessant erzählen«, flüstert sie zurück. »Außerdem hat Ljocha doch gesagt, ihr beide würdet gleich auflegen.«

»Auflegen? Was denn auflegen?«, frage ich verdattert.

»Na, Platten!«, sagt Katja ganz ernst.

»Ach so, ja dann …«

»Was gibt es denn da zu flüstern?«, sagt Ljochas Stimme hinter uns. »Wo warst du denn so lange? In der Küche abgetaucht?«

»Nee, auf dem Klo.«

»Alles klar. Also los, rauchen wir noch eine, und dann legen wir auf, was meinst du?«

»Okay.« Ich wende mich zu Katja um: »Bin gleich wieder da.«

»Hm-hm«, nickt sie.

Inzwischen sind neue Gäste eingetroffen. Das rosa Mädchen und die Jeans-Typen sind nicht mehr in der Küche, dafür treffe ich dort zwei alte Bekannte von mir, die Promoter Igor und Kostja.

»Alter, dich habe ich ja schon hundert Jahre nicht mehr gesehen«, ruft Igor und umarmt mich.

»Was hast du die ganze Zeit getrieben!«, brüllt Kostja und knallt mir die Hand auf die Schulter.

»Das Gleiche wie immer«, gebe ich lachend zurück. »Seid ihr schon lange hier?«

»Seit fast zwei Stunden«, sagen sie im Chor.

»Und warum hab ich euch dann noch nicht gesehen?«, frage ich ungläubig. »Euch ist anscheinend das Zeitgefühl abhandengekommen, kann das sein?«

»Ljocha, sag ihm, er soll aufhören, uns zu verarschen, ja?«, macht Kostja auf beleidigt.

»Sie haben sich oben eine Kleinigkeit eingepfiffen«, erklärt Ljocha melancholisch.

»Hat euch das Zeug in der Küche nicht gereicht? Oder ist euch dieses skandinavische Büffet nicht nahrhaft genug?«

»Darum geht's nicht. Wir wollen später noch ins Gaudi, tanzen«, erklärt Igor.

Jetzt erst sehe ich mir meine Spezies genauer an: fast identische giftgrüne Sportanzüge, dazu Sneakers mit Klettverschlüssen. Igor trägt eine enganliegende Mütze, auf der steht: »I'm clean«. Warum ist mir die vorher nicht aufgefallen?

»Habt ihr die Leiche weggeschafft?«, erkundige ich mich.

»Du meinst Wlada? Die ist oben und erholt sich«, grinst Igor. »Weck sie bloß nicht auf, sonst gibt's Ärger.«

»Also was ist jetzt, Kinder!« Ljocha versucht, uns alle drei zugleich zu umarmen. »Nehmen wir noch eine fette Line und schwänzen die Schule?«

Als guter Gastgeber fängt er selber an, dann reicht er das Röhrchen an mich weiter, ich gebe es Igor.

»Legt ihr jetzt auf?«, fragt Igor und rubbelt sich die Nase.

»Hm-hm. Erst ich, dann Andrej. Uhuhuhuuuu!« Ljocha verdreht die Augen und schüttelt sich. »Saugeiler Stoff, Alter! Finde ich ...«

»Was legst du denn auf? Nicht wieder russischen Pop, oder?« Igor will anscheinend nerven.

»Nein, brutalen Minimal-Techno. Marke Petersburg. Ein paar Kumpels von mir bringen gleich ein bisschen Liquid Ecstasy unters Volk, damit die Stimmung passt, und jeder kriegt eine Pfeife.«

»Wozu denn Pfeifen?« Ljocha ist heute ein wenig begriffsstutzig.

»Zum Pfeifen, wozu sonst? Beim Raven müssen alle hüpfen und pfeifen.« Ich ziehe ein idiotisches Gesicht, lasse die Zunge aus dem Hals hängen, halte die gespreizten Finger an die Ohren und mache ein paar Sprünge wie ein Affe im Käfig.

Die anderen fangen einmütig an zu lachen, offensichtlich hat jeder so seine Erinnerungen. Eine Welle von Sentimentalität überspült mich. Ich könnte alle umarmen ...

»Hör mal, Andrej, willst du nicht endlich anfangen?«, meint Ljocha.

»No problem«, antworte ich mit einem Grinsen.

»Meine Damen und Herren!«, schreit Ljocha in der Wohnzimmertür. »Soeben ist es mir gelungen, den jungen, aufsteigenden Star der internationalen Musikszene, Herrn Andrej Mirkin, dazu zu bewegen, uns einen seiner legendären Livesets zu präsentieren!«

Die Menge beginnt zu pfeifen, mit den Füßen zu stampfen und auf sonstige Art ihren Beifall zu artikulieren. Aus den Augenwinkeln sehe ich, dass Katja immer noch mit denselben Leuten zusammensteht. In einer halben Stunde werde ich sie mir vornehmen, beschließe ich. Ein irres Gefühl überwältigt mich: als würde ich jetzt einen Liveset auf der Eröffnung der »Brücke« performen. Ich bin, kurz gesagt, richtig gut drauf.

Zehn Minuten lang durchwühle ich die CDs, wähle aus, sortiere, gehe im Kopf durch, wie ich den Set aufbauen will. Am Ende bleiben ungefähr zwanzig Scheiben. Anfangen will ich mit russischem Pop aus den Achtzigern, dann soll Gloria Gaynor folgen. Ich organisiere mir einen Dewar's, stelle mich an die Anlage und fahre ganz langsam den ersten Track hoch.

Eine halbe Stunde später dampft im Raum ein Gemisch aus Schweiß, Alkohol, diversen Parfüms und purer Geilheit. Mit einem Wort: Es riecht nach Klub. Die ganze Meute zuckt konvulsivisch wie ein einziges, großes Lebewesen, ohne sich um den Takt der Musik zu kümmern. Ich spiele Gaynor, Mika, Madonna, Blutsturz, Abba, Benassi, Elvis Presley, Basement Jaxx und Pulp, verdünnt mit reiner Pop-Scheiße à la Via-Gra, Dima Bilana und den »Glänzenden«. Mit Vergnügen bemerke ich, dass sich Katja ganz wunderbar bewegt, sie hebt sich deutlich von der wabernden Fleischmasse um sie herum ab. Weiterhin nehme ich zur Kenntnis, dass dieses Arschloch von Rinat angefangen hat, sie unverhohlen anzubaggern, glücklicherweise gestört von Igor und Kostja, die zwischen ihnen herumzappeln und sich alle Mühe geben, sich die Beine aus den Hüftgelenken zu schütteln. Daneben versucht sich Mascha in einem (ihrer Meinung nach) verführerischen Paartanz mit Vitja. Das Ganze sieht zwar ziemlich beschissen aus, aber unterm Strich ist Mascha gar nicht so übel. Das Gemisch aus Alk und Drogen lässt mich tollkühn werden, ich beschließe, den Macho heraushängen zu lassen und diesen bescheuerten Rinat abzuschießen. Ich mache Ljocha ein Zeichen, mich am Pult abzulösen. Dann schleiche ich mich an Katja heran, greife sie von hinten um die Taille, ziehe sie an mich und beginne mich im Rhythmus ihres Körpers zu bewegen, wobei ich finstere Blicke zu Rinat hinüberschicke. Der dreht sich um und fängt an, mit der Lera, der überreifen Blondine, zu tanzen.

»Du bewegst dich wunderbar«, brülle ich Katja ins Ohr und küsse sie gleichzeitig.

»Und du machst gute Musik!« Sie dreht sich zu mir um, legt mir die Arme um den Hals.

»Ich will dich«, flüstere ich heiser.

Sie drückt einen Finger auf meinen Mund, schaut dabei an mir vorbei auf irgendetwas hinter mir.

»Gehen wir nach oben?«, frage ich und ziehe sie noch dichter an mich.

»Wollen wir nicht noch ein bisschen tanzen?« Sie löst sich von mir, und für einen winzigen Augenblick fühle ich mich vollkommen verloren. Mann gegen Mann mit einer kolossalen Erektion.

»Du machst mich wahnsinnig, Häschen!«, sage ich.

»Hier ist echt gute Stimmung, oder?«, antwortet sie.

»Nimmst du mich auf den Arm?« Ich lasse meine Hände tiefer gleiten.

»Macht ihr oft solche Feten?«

»Du machst mich verrückt!« Ich versuche, sie wieder dichter an mich heranzuziehen. »Total verrückt, weißt du das?«

»Oh, das ist mein Lieblingsstück!« Sie wirft die Hände in die Luft, schließt die Augen und singt mit: »*Ooohooho, das Taxi mit den grünen Augen!* Im Djaghilew läuft das immer!«

»Komm, gehen wir kurz in die Küche, uns ein bisschen auslüften«, bettel ich.

»Oh, just five seconds, ich checke nur kurz meine SMS!«, kichert sie und fischt ihr Handy aus der Tasche ihrer Jeans.

Plötzlich bricht die Musik ab. Ich schaue zum DJ-Pult hinüber und sehe, dass Ljocha sich dort ablösen lässt. Als ich mich wieder umdrehe, sitzt Katja neben Mascha auf dem Sofa. Die beiden stecken die Köpfe zusammen und glotzen kichernd auf ihr Handydisplay.

Stinksauer kippe ich meinen Whiskey in mich hinein, dann stelle ich mich ans Fenster und starre dumpf auf die nächtliche Straße hinaus, auf der vereinzelte Autos vorbeifahren.

Hinter mir höre ich Geflüster. Ich drehe mich um und sehe Igor und Kostja. Ihre Gesichter wirken aufgedunsen, wie aus Knetgummi.

»Na, ihr bösen Geister, seid ihr immer noch da?«, feixe ich. »Ich dachte, ihr seid in euren Klub abgezogen?«

»Wer? Wir?«, rufen sie im Chor. »In was für einen Klub?«

»Vorhin habt ihr doch groß verkündet, ihr wolltet ins Gaudi, tanzen.«

»Ach, wirklich?« Igor sieht seinen Kumpel fragend an. »Kostja, stimmt das? Wollten wir das?«

»Na ja, im Prinzip ... Warum nicht? Schon möglich! Hast echt ein erstaunliches Gedächtnis, Andrej!«

»Beruf: Reporter«, scherze ich flau und beobachte dabei durch die Küchentür Katja. Sie sitzt immer noch auf dem Sofa, jetzt allerdings ohne Handy und ohne Mascha, aber dafür mit Rinat. Dieses Biest, macht sie das absichtlich, um mich auf die Palme zu treiben?

»Mit wem bist du denn hier?«, erkundigt sich Igor.

»Mit meiner Freundin«, sage ich und zeige auf Katja.

»Hübsch!«, sagt Igor beifällig.

»Sehr, sehr hübsch!«, bestätigt Kostja.

»Hm-hm, danke«, grinse ich gezwungen.

»Wir haben uns überlegt, wir bleiben hier«, sagt Kostja. »Wozu unsere Zeit in diesem blöden Gaudi verplempern?«

»Wir wissen noch nicht, ob wir bleiben oder nicht«, sagt Igor gleichzeitig.

»Ihr solltet euch vielleicht mal einigen, Kumpels«, sage ich und schiebe mich an den beiden vollgedröhnten Idioten vorbei.

»Wir bleiben auf jeden Fall hier!«, brabbelt Igor.

»Hundert Pro!«, quäkt Kostja. »Hier ist es grad so gemütlich!«

»So ist's brav! Bleibt nur hübsch zu Hause bei Mama!« Damit bin ich endlich draußen. Ich beschließe, mich kurz frisch zu machen und dann mit Katja hier abzuhauen.

Die Tür zum Bad ist abgeschlossen. Ich rüttel ein paarmal an der Klinke, dann lehne ich mich neben der Tür an die Wand und zünde mir eine Zigarette an. Plötzlich bemerke ich ein seltsames Knarren oder Schnaufen. Neugierig schaue ich mich um und entdecke am Ende des Ganges eine unauffällige Tür. Vielleicht ein kleines, geheimes Boudoir des Hausherrn, vermute ich und schleiche mich näher, um zu erkunden, wer dort was treibt. Mit dem Ohr an der Tür lauschend begreife ich, dass dort drinnen jemand schluchzt, und zwar hingebungsvoll. Vorsichtig ziehe ich die Tür auf und linse durch den Spalt. Drinnen sitzt ein Mann an einem Tisch, er hat den Kopf auf die Hände gestützt und heult wie ein Schlosshund. Kein Zweifel – das ist Ljocha.

»Alter, was ist mit dir?« Entgeistert schiebe ich mich ins Zimmer und lasse mich auf den Stuhl neben ihm fallen.

»Hä?« Ljocha hebt mühsam den Kopf und sieht mich an. Er ist entweder total besoffen oder total stoned. Die Tränen fließen über seine Wangen, er scheint jede Kontrolle über sich verloren zu haben. »Andrej? Du? Was willst du hier?«

»Ich hab gehört, dass jemand heult und … und da bin ich halt reingekommen«, sage ich leise.

»Und wozu? Was willst du jetzt hier?« Er wird von heftigen Krämpfen geschüttelt, so dass er kaum sprechen kann. »Was willst du von mir, verdammte Scheiße? Hab ich dich vielleicht gerufen? Wer hat dir gesagt, dass du hier reinkommen sollst?«

»Alter, alles okay«, versuche ich ihn zu beruhigen. »Wenn du willst, gehe ich sofort wieder, kein Problem. Ich dachte bloß … na ja, vielleicht kann ich dir ja irgendwie helfen oder so …«

»Helfen?« Ljocha glotzt mich mit geweiteten Pupillen an, und für einen Moment denke ich, dass ich mich tatsächlich möglichst schnell verdünnisieren sollte, sonst schlägt er mir gleich den Schädel ein. Und anschließend würde er wegen geistiger Unzurechnungsfähigkeit auch noch freigesprochen werden. Aber plötzlich senkt er seine geröteten Lider und spricht weiter:

»Mir kann man nicht helfen. Mir ist schlecht. Einfach nur schlecht. Ich möchte nur noch kotzen.«

»Was ist denn passiert, Alter?«, frage ich in beruhigendem Ton.

»Nichts ist passiert, gar nichts.« Er kichert böse. Plötzlich legt er mir den Arm um den Hals und zieht mich zu sich heran. Ich stecke im Schwitzkasten und höre sein heiseres Krächzen: »Die da draußen, verstehst du, das sind alles Arschlöcher! Es gibt überhaupt nur noch Arschlöcher, verstehst du? Verrottetes Geschmeiß, Kakerlaken, seelische Krüppel, geldgierige Nutten, notgeiles Gewürm, hirnlose Kreaturen! Sieh dich um: Meine Wohnung ist voll davon, du findest hier nicht einen normalen, nicht einen anständigen Menschen! *Nicht einen*, kapierst du das?«

Ich kapiere, dass Ljocha verrückt geworden ist und mich innerhalb der nächsten zwei Minuten mit seinen stählernen Klauen erdrosseln wird.

»Ljocha ...«

»Halt die Schnauze! Du sollst die Schnauze halten, hab ich gesagt!« Gott sei Dank lockert er seinen Griff ein wenig. »Ich bin heute neununddreißig Jahre alt geworden, und weißt du was? An meinem neununddreißigsten Geburtstag habe ich nicht einen einzigen echten Freund. Nicht einen! Seit dreißig Jahren verdiene ich mein eigenes Geld, richtig Geld, verstehst du? Ich besitze mehrere Firmen, Häuser, Wohnungen, Autos – aber keinen einzigen Freund! Diese ganzen Idioten da draußen sind nur hergekommen, um mir den Arsch zu lecken, verstehst du? Die einen wollen irgendwas von mir, die anderen haben Schiss vor mir, das ist alles, das ist die ganze Wahrheit!

»Tja ...«, würge ich heraus und versuche, mich vor seinem Atem in Sicherheit zu bringen. Sonst, fürchte ich, geht es mir demnächst so wie ihm.

»Willst du was trinken?«, fragt er unvermittelt.

»Ach, nee, danke, ich glaube, ich habe genug ...«

»Trink!« Er gießt Wodka in sein Glas und schiebt es mir hin.

Gehorsam nehme ich ein paar kleine Schlucke. Der ungewohnte Stoff brennt mir im Hals wie Feuer.

»Und jeder bringt mir irgendwelchen Müll mit!« Er nimmt mir das Glas aus der Hand und leert es in einem Zug. »Koks, Schnaps, teure Geschenke, Blumen, sogar Frauen schleppen sie mir an, weil sie so große Stücke auf mich halten!«

Meinst du mich, oder wie? Ich habe gleich zwei angeschleppt, aber eine davon will ich selber haben.

»Ljocha, nimm dir das alles nicht so zu Herzen!« Endlich kann ich mich aus seinem Würgegriff befreien. Ich atme erstmal durch. »Vielleicht meinen sie's ja auch ehrlich, warum denn nicht?«

»Ehrlich? Ha, ha! Diese Affen? Hast du dir ihre Fressen mal genau angesehen?«

»Ich meine, wieso denn nicht? Wieso sollen sie dir keine Frauen mitbringen? Du bist schließlich Junggeselle! Sie wollen dir damit einen Gefallen tun. Vielleicht ist ja die Richtige dabei, und auf einmal verliebst du dich, heiratest vielleicht sogar ...«

Ich habe zwar das Gefühl, dass er recht hat, aber in der gegebenen Situation scheint es mir sinnvoll, Optimismus zu verbreiten.

»Hahaaa! Heiraten? Wen denn? Eine von diesen Schlampen?« Ljocha spuckt zähen, ganz weißen Schleim auf den Teppich. »In eine von denen soll ich mich verlieben, meinst du? Ich soll heiraten? Ich erzähle dir gleich mal was Nettes, Alter, warte mal, just five seconds!«

Er geht zu einem Schrank, kramt eine halbe Ewigkeit darin herum, während ich darüber nachdenke, dass ich den Spruch »just five seconds« gerade vor ein paar Minuten von Katja gehört habe. Ob dieses Arschloch Rinat sie immer noch anbaggert? Ljocha kommt zurück und knallt einen Stapel Fotoalben auf den Tisch.

»Da, sieh sie dir an! Lauter wunderschöne Frauen, prächtige Weiber, alle im heiratsfähigen Alter! Wahre Göttinnen, die kannst du eine wie die andere sofort über den Laufsteg schicken!«

Ich fange an zu blättern. »Na und? Hübsche Mädchen, keine Frage. Mit denen könnte man bestimmt eine Modelagentur eröffnen.«

»Eine Agentur, du sagst es!« Ljocha gießt sein Glas wieder voll. »Vor einem Jahr habe ich beschlossen, mir eine Frau zu suchen. Ich habe mich an mehrere Moskauer Agenturen gewandt, an eine in der Ukraine. Jede Woche haben sie mir ein halbes Dutzend von diesen Göttinnen vorbeigeschickt. Auf den ersten Blick ganz reizende, charmante Mädchen. Keine Nutten, keine Models, einfache Mädchen aus guten Familien, aber hübsch. So hatte ich es mir gewünscht. Mit der einen oder anderen hab ich sogar ein ganz nettes Wochenende verbracht, aber als ich dann über meine eigenen Kanäle nachforschte, stellte ich jedes Mal fest, dass schon halb Moskau an diesen zarten Brüstchen genuckelt hat. Und das unschuldige Mädchen vom Lande, das brave Töchterchen einer pflichtbewussten Lehrerin aus Brjansk oder sonstwoher ist in Wirklichkeit schon seit drei Jahren in Moskau und hat in der Zeit nichts anbrennen lassen. Irgendein Pascha hat ihr einen Land Rover geschenkt, Sascha ein paar hübsche Klunker und Grischa eine Wohnung. So sieht's aus.«

»Also doch Nutten, oder wie?« Ich trinke seinen Wodka aus, weil mir sein Problem durchaus zu Herzen geht. »Ljocha, du musst ab und zu mal mit der Metro fahren. Oder du ziehst nach Kiew um. Da ist die Welt noch in Ordnung.«

»Nach Kiew?« Ljocha bricht in hysterisches Gelächter aus. »Kiew ist natürlich großartig! Mutter aller russischen Städte! Klar, da sind die Menschen noch unverdorben!«

»Findest du nicht?«

»Eine von den Agenturen, die ich beauftragt hatte, war in Kiew ansässig. Die Chefin kam persönlich angereist, bis vier

Uhr morgens haben wir zusammengesessen und ihre netten Fragebögen ausgefüllt. Ich dachte immer, es kommt so auf drei, vier wesentliche Punkte an, du verstehst, wie ich mir meine zukünftige Frau vorstelle und so. Jetzt zeigte sich: Es sind genau siebenunddreißig.« Wieder lässt er sein bitteres, heiseres Lachen hören. »Am Schluss waren wir beim Rhesusfaktor angekommen. Welchen Rhesusfaktor muss meine zukünftige Frau haben? Großartige Frage, was?«

»Na ja, das ist gar nicht so unwichtig«, sage ich ernst. »Bei Rhesusfaktor negativ kann man keine Abtreibung machen, hab ich mal gehört.«

»Egal. Und dann sagt diese Tante noch so im Scherz zu mir: Wozu wollen Sie eigentlich Ihr gutes Geld für irgendwelche Mädels zum Fenster rauswerfen, die sie gar nicht kennen? Ich habe eine Tochter, neunzehn Jahre ist sie gerade alt geworden. So ein braves, bescheidenes Mädchen, und hübsch ist sie auch noch! So scherzten wir ein bisschen und gingen auseinander.«

»Und, hat sie dir ein paar Bräute geschickt?«

»O ja, hat sie, hat sie ...« Mit leerem Blick greift er sich eine Zigarette, zündet sie an, schweigt, raucht. Ich tue es ihm nach.

»Vor drei Monaten hab ich dann bei Freunden in Kiew ein Mädchen kennengelernt«, erzählt Ljocha weiter. »Sehr jung, ordentlich, klug, studiert dort an der Uni. Ich war sofort verknallt bis über beide Ohren. Ich bin durch halb Europa mit ihr gereist, hab sie mit Geschenken überhäuft. Obwohl sie überhaupt nicht so eine war, verstehst du? Jedes Mal, wenn ich mit einem Geschenk ankam, ist sie rot geworden, ich musste sie fast zwingen, es anzunehmen. Ich wollte ihr sogar eine Wohnung in Kiew kaufen.«

»Und warum hast du's nicht gemacht? Zu früh, oder so?«

»Zu spät, oder so, hi, hi, hi ...« Sein Lachen geht in ein

böses Husten über. »Scheiße, ich rauche zu viel und saufe zu viel, uff. Jedenfalls, ruft mich doch eines Tages diese Tante von der Agentur an und fängt an rumzukeifen. Von wegen: Lass meine Tochter in Ruhe und so weiter, das sei bloß ein Scherz gewesen und so weiter. Was denn für eine Tochter, frage ich, und sie: meine Alina! Ich weiß genau Bescheid! Seit drei Monaten trefft ihr euch! Na ja, ich erkläre ihr, dass ich kein Ahnung hatte, dass Alina ihre Tochter ist, sage, dass ich sie liebe und heiraten will. Aber dieser Drachen will sich nicht beruhigen. Du bist ein Playboy, sagt sie zu mir, du wirst dich ein Weilchen mit ihr amüsieren und dann wirfst du sie weg wie ein benutztes Papiertaschentuch! Und das arme Kind wird immer auf dich warten und unglücklich werden, und weiß der Teufel was alles. Jammert mir eine halbe Stunde lang die Ohren voll!«

»Erstaunlich!«, sage ich. »Zufälle gibt's! Aber das muss man verstehen. Muttergefühle oder so.«

»Ja genau: oder so. Jedenfalls, letzte Woche bin ich dann nach Kiew geflogen und hab Alina alles erzählt. Dass ich über die Agentur ihrer Mutter eine Frau gesucht habe, dass ihre Mutter rausgekriegt hat, dass wir zusammen sind, dass ich nicht wusste, wer sie ist und so weiter. Ich liebe sie, baue ihr ein Schloss, will sie heiraten und ganz viele Kinder kriegen.«

»Du hast wirklich nichts gewusst?« Das kommt mir irgendwie seltsam vor. »Hast du nicht nachgeforscht?«

»Nein, natürlich nicht! Ich sage dir doch, ich war verknallt wie ein Teenager! Verknallt! So, also ich erzähle ihr alles, und während ich quatsche, sieht sie mich ganz ernst an, gar nicht mehr schüchtern, und dann sagt sie zu mir: Ljocha, mach dir keine Gedanken, ich weiß, dass Mama genau im Bilde ist. Sie will sich einfach ein Scheibchen von der Wurst abschneiden.«

»Wie hat sie das gemeint?«, frage ich.

»Genau so!« Ljocha lässt sich den Wodka jetzt direkt aus der Flasche in den Hals laufen. »Dieses Aas von Mutter wollte ihren Teil von der Wohnung haben! Sagt Alina zu mir: Mama hat doch nicht gedacht, dass du mich heiraten willst! Für sie bist du ein Krake!«

»Ein was?«

»Ein Typ mit häufigen Sexualkontakten zu unterschiedlichen Frauen ohne seriöse Absichten.«

»Ah ja? Und weiter?«

»Na ja, also, solange es nur um ein bisschen Schmuck oder Reisen ging, meint Alina, da hat Mama nichts gesagt. Aber als dann die Wohnung ins Spiel kam, da wollte sie halt den Preis ein wenig nach oben treiben. Kümmer dich einfach nicht darum. Sie ist nun mal sehr geldgierig. Und das erzählt sie mir einfach so eiskalt. Das Mädchen, das ich liebe, meine zukünftige Frau!«

»Scheiße«, sage ich leise.

»Scheiße«, nickt Ljocha. »Du sagst es. Früher haben die Weiber mit ihrer Möse Städte erobert, heute Wohnungen. Times are a-changing.«

Er fängt wieder an zu schluchzen.

»Ich lebe in einem einzigen, stinkenden Morast, Andrej. Soll ich dir einen Rat geben? Nimm dein Mädchen und hau hier ab, und zwar so schnell du kannst! Schnapp sie dir und verschwinde! Jetzt gleich! Du darfst sie nicht an solche Orte mitnehmen, an denen wir uns herumtreiben! Sie ist noch jung und unverdorben, sie hat noch eine Chance. Wenn du auf die Liebe triffst, halte sie fest! Sperr sie in deinem Herzen ein! Versteck sie, und erzähl niemandem davon, lüg, was das Zeug hält, sag allen, dass du genauso ein Arschloch bist wie die anderen. Sonst werden sie deine Gefühle in den Dreck treten und in Fetzen reißen! Sie ertragen es nämlich nicht, wenn jemand nicht so ist wie sie. Sie haben Angst davor, eines Tages zu merken, dass sie alles verkackt haben. Also lauf, hau ab ... hau einfach ab!«

Wieder sieht er mich mit so einem irren Blick an, dass es mir wirklich unheimlich wird. Ganz, ganz vorsichtig schiebe ich mich im Krebsgang Richtung Tür.

Immer noch bestürzt und bedrückt kehre ich ins Wohnzimmer zurück. Katja ist nirgendwo zu sehen. Genauso wenig ihre verflixte Freundin! Ich rase in die Küche, aber dort ist außer Igor und Kostja niemand mehr. Die beiden liegen mit geschlossenen Augen auf einem Sofa, und nur ihre im Takt der Musik wippenden Füße beweisen, dass sie nicht schlafen oder tot sind. Ich stelle mich vor sie hin und schaue auf sie herunter. Nach einer Weile öffnet Igor sein linkes Auge einen winzigen Spalt weit, dreht es in meine Richtung und scheint mich zu erkennen, denn er hebt zwei Finger, quasi als Gruß. Beide hören gleichzeitig auf mit den Füßen zu wippen, und Kostja, ohne die Augen zu öffnen, fragt: »Suchst du was?« Er scheint das komisch zu finden, denn er fängt albern an zu kichern.

»Ja, die Liebe, Alter. Ich suche die Liebe. Habt ihr sie zufällig gesehen?«

»Hä?«

»Wo ist Katja?«

»Wer ist das denn?«, fragen sie im Chor.

»Die Frau, mit der ich gekommen bin. Vor einer Stunde habe ich sie euch gezeigt. Wo ist sie?« Ich habe angefangen zu schreien, weil ich begreife, dass sie es in diesem Saustall natürlich nicht mehr ausgehalten hat und einfach gegangen ist. Dieser verdammte Ljocha mit seinem Rotz! So verspielt man die Chancen, die einem das Schicksal gegeben hat!

»Wozu denn Liebe, Alter? Brauchst du das?«, murmelt Igor träge. »Alles bloß Sentimentalitäten. Zieh dir einen Ferrari und geh tanzen.«

»Ihr seid wirklich Vollidioten! Ich will mich nicht zudröhnen, ich will fühlen, kapiert ihr das?«

»Ach so«, leiert Igor. »Du meinst jetzt Katja, oder wie? Tja, die ist oben, mit Rinat.«

*»Wo ist sie? Mit wem?«*

»Mit Rinat, diesem Ölfritzen«, sagt Kostja.

»Seid ihr verrückt? Ihr lasst meine Freundin mit diesem Typen …?!

»Deine Freundin … meine Freundin … seine Freundin … Was spielt das für eine Rolle?«, murmelt Kostja schlaff. »Wozu regst du dich auf? In ein paar Minuten ist sie wieder unten, und dann ist sie wieder deine Freundin.«

Jetzt fangen beide an zu kichern.

»Eben, so lange kann das ja nicht dauern«, sagt Igor.

»Leckt mich doch am Arsch, ihr Säue!«, brülle ich los und fühle, wie mir die Tränen in die Augen schießen. Ich drehe mich um und rase nach oben.

»Viel Erfolg!«, ruft mir Kostja nach.

In der oberen Etage gibt es drei Schlafzimmer. Aus jedem davon dringt Knarren, Stöhnen, Kichern. Wie ein ungezogenes Zimmermädchen schleiche ich von Tür zu Tür und lausche. Mir ist zum Heulen zumute. Ich ziehe die Nase hoch, wische mir mit dem Ärmel über die Augen, lege das Ohr an die letzte der drei Türen. Kein Zweifel: Das ist Maschas blödes Gekicher und Katjas Stimme. Also tatsächlich …

Ich stecke mir eine Zigarette an und schlurfe mit hängendem Kopf wieder nach unten. Was sollte ich tun? Die Tür eintreten? Rinat einen Stuhl über den Schädel hauen? Oder eine Vase? Und anschließend dieses Luder von Katja an den Haaren herausschleifen? Was würde das ändern? Würde es irgendetwas ändern? Das nächste Mal ist es nicht Rinat, sondern vielleicht der echte Marat …

»Hallo, Schätzchen, wo warst du denn?« Am Fuße der

Treppe, sich ans Geländer klammernd, steht Lera, die unfrische Blondine. »Ich dachte, du bist schon gegangen!« Sie lächelt kokett und kratzt mit ihren langen Gel-Fingernägeln am Holz.

Ich bin derartig außer mir, hin- und hergerissen zwischen Zorn und Verzweiflung, dass ich bloß sage:

»Los, komm, ins Bad!« Ohne viel Federlesens schiebe ich sie mit der Hand auf dem Hintern vor mir her in die Toilette. Ich schließe die Tür ab, Lera lässt sich auf die Kloschüssel plumpsen. Während sie noch versucht, den Reißverschluss meiner Jeans aufzuziehen, formt ihr riesiges Froschmaul ganz unwillkürlich schon eine runde Öffnung, als wollte sie Rauchkringel blasen. Irgendwie kommt sie mit meinem Reißverschluss nicht klar, sie zerrt und reißt und ruckelt, aber er geht nicht auf. Trotzdem bleibt ihr Mund die ganze Zeit offen stehen. Sie ist so besoffen, dass ihr Hirn reagiert wie ein Computer bei einem Systemabsturz. Sie sieht dabei so komisch aus, dass ich am liebsten laut loslachen würde. Ich schaue zur Seite, damit ich sie nicht ansehen muss, und erblicke mich im Spiegel. Verdammt! Das kann nicht wahr sein! Ein graues Haar! Das kommt davon!

Ich mache einen halben Schritt auf den Spiegel zu und beuge mich vor. Lera, die immer noch an meinem Reißverschluss klemmt, rutscht mit. Ihr Mund steht unverändert offen. Was für ein Karpfen! Lera fängt an zu quengeln, ich untersuche hektisch die Haare an meiner Schläfe, und in diesem Augenblick rüttelt jemand an der Türklinke.

»B-sesst«, lallt Lera. »Komm ssurück!«

»Gott sei Dank, ich hab mich getäuscht!«, atme ich auf und rutsche wieder näher an die Kloschüssel heran.

Lera zerrt weiter an meinem Reißverschluss – ohne Erfolg.

»Schei-i-i-s-s-se, kaputt!«, nölt sie.

An der Tür rappelt es stärker.

»He, was ist, hast du Dünnschiss, oder was?«, blaffe ich, befreie meine Hose aus den Händen des Karpfenweibchens und reiße die Tür auf.

Vor mir steht einer von den Jeans-Jungs.

»*Girls just want sex and money*«, dudelt es hinter ihm.

»Wie lange dauert das denn noch?«, nuschelt er.

»Warum suchst du dir nicht ein anderes Klo, es gibt doch genug in der Wohnung?«, frage ich bemüht ruhig. Der Typ versucht, sich an der Türklinke festzuhalten, rutscht ab und fällt halb ins Bad.

»Halllllooo«, lallt er und grinst mich besoffen an. »Pahdong, bin abgruscht!«

»Vorsicht, Alter!« Ich schiebe ihn wieder in Position.

»Hättsde doch saang könn, kann ich do nich wissen, he, he! Von wegen besess … Wassollas?«

»Ja, ja, schon gut!« Ich versuche, die Tür wieder zuzuschieben, aber der Typ klammert sich an mir fest wie ein Blutegel am Kinderarsch.

»Mann, Alter, geile … äh … die is echt, vastehsde, Alter?«

»Ja, ja, toll, aber jetzt verzieh dich!«

»He, warte mal, du muss mir aber dann erzähln …«

Er fuchtelt mit den Händen vor meinem Gesicht herum, grinst und rollt die Augen, offenbar denkt er an irgendeine Schweinerei.

»Alles klar, Alter«, sage ich unbestimmt und schließe endlich die Tür.

Lera sitzt immer noch auf der Kloschüssel, ihr Kopf ist ein wenig zur Seite gerutscht, die Augen sind geschlossen, der Atem geht regelmäßig. Beide Hände liegen auf ihren Knien, die Finger verkrampft, als versuchte sie immer noch, meinen Reißverschluss aufzukriegen. Ihr Mund steht halb offen.

Ich spucke ins Waschbecken und trete den Rückzug an.

Vor der Tür stolpere ich wieder über diesen komischen

Jeans-Typen. Er hockt auf dem Fußboden, schaukelt vor und zurück und brummelt vor sich hin. Als er mich sieht, fragt er erstaunt:
»Was, so schnell? Schon fertig gebumst?«
»Nee«, gebe ich grimmig zurück. »Ich hab noch was übergelassen. Geh, bums weiter.«
Man glaubt es nicht, aber er steht folgsam auf und steuert auf die Badezimmertür zu. So kann's gehen …
Auf dem Rückweg komme ich wieder an dem Zimmer mit der Bogentür vorbei. Drinnen läuft immer noch »Lift Me Up« von Moby, und anscheinend derselbe Typ wie vorhin singt mit. Wenn ich richtig rechne, spielt da seit zwei Stunden ein und dasselbe Stück, wenn nicht länger. Und genauso lange ist der Typ da drinnen am Singen. Jetzt werde ich aber doch neugierig. Ich gehe näher, schaue vorsichtig rein. In dem ganzen Zimmer gibt es nichts als einen irreal riesigen LCD-Fernseher und einen Sessel. Auf dem Bildschirm läuft der Clip mit Moby. In dem Sessel davor sitzt, mit dem Rücken zu mir, ein unglaublich massiger Typ und singt aus vollem Hals:
»Lift me up! Lift me up! Higher and higher!«
Ich starre seinen Rücken an. Sein Hals, rechne ich aus, ist so dick wie ein mittlerer Baumstamm. O Gott, was für ein Bulle. Der Typ hat anscheinend bemerkt, dass sich hinter ihm etwas bewegt und brüllt ohne sich umzudrehen:
»Tür zu!«
Ich zucke zusammen und taste nach der Tür; dummerweise gibt es keine. Es gibt nur den Bogen.
»Tür zu!«, schreit der Typ nochmal. Ich kriege ein komisches Gefühl in der Magengegend.
»Macht die Tür zu und lasst mich in Ruhe meine Musik hören!«, brüllt der Ochse und stemmt sich aus dem Sessel hoch. Schnell verstecke ich mich hinter der Wand. Der Typ

kommt zur Tür, guckt, guckt nochmal, endlich kapiert er, dass es da keine Tür gibt.

»Scheiße, die Tür ist weg!«, brummt er wütend, dreht um und fläzt sich wieder in seinen Sessel. Eine Sekunde später legt Moby wieder los.

Mit einem Seufzer der Erleichterung erreiche ich die Küche. Außer mir ist niemand dort. Ich ziehe mir schnell noch zwei richtig satte Lines, verwerfe nach kurzem Überlegen den Wunsch, mir noch ein bisschen für unterwegs zusammenzukratzen, und mache mich auf den Heimweg. Während der Fahrt im Taxi lasse ich den Abend noch einmal Revue passieren. Vor allem denke ich lange darüber nach, was für ein verfluchter Pechvogel ich doch bin. Was für ein armes Schwein. Inbrünstig wünsche ich diesem Arschloch von Rinat Impotenz bis ins hohe Alter, Katja alle nur denkbaren Geschlechtskrankheiten und ihrer Freundin (die sie natürlich verführt hat!) Unfruchtbarkeit.

Außerdem muss ich morgen unbedingt in Erfahrung bringen, was dieser bullige Moby-Fan geschluckt hat.

Als ich zu Hause ankomme, bin ich noch immer ziemlich drauf. Um diese ganze wahnwitzige Energie, die in mir Achterbahn fährt, irgendwie auf ein Ziel zu lenken, fange ich an, meinen Schrank aufzuräumen: Jeans, Hemden, Jacken. Als ich bei den Pullovern ankomme, fällt mir wieder der viel zu früh von mir gegangene Pullover ein, und sofort ergreift mich eine abgrundtiefe Depression. Das Gefühl ist so überwältigend, dass meine Beine unter mir nachgeben. Ich setze mich auf den Fußboden.

Es ist einfach nur widerlich! Und alles nur wegen dieser ekelhaften Weiber! Man zieht sich irgendwo aus, und später will keine deinen Pullover gesehen haben! Mich packt eine solche Wut, dass ich am liebsten auf die Straße rauslaufen und dem ersten Besten eins auf die Fresse geben würde. Oder irgendwohin gehen, feiern. Schließlich gehe ich ins Bad und bearbeite zwanzig Minuten lang meinen Schwanz, ohne zu irgendeinem Ergebnis zu kommen, obwohl ich mir die aufgeilendsten Bilder abrufe; zum Beispiel Gruppensex mit einem Dutzend blutjunger Studentinnen, die alle aussehen wie Kylie Minogue. Das bringt mich dummerweise wieder auf Katja, und meine Laune ist unwiderruflich im Eimer. Fuck! Dieses dumme Stück! Diese Fotze! Alles hat sie mir kaputt gemacht! Nicht mal richtig wichsen kann ich mehr! Ich reiße die Shampooflasche vom Regal und krache sie an die Wand. Sie prallt zurück und zischt mir haarscharf an der Nase vorbei, ich kann eben noch ausweichen. Dabei sehe ich auf einmal in dem Spalt zwischen Waschmaschine und Wand – meinen verlorenen Pullover! Ich angle ihn heraus und entdecke am Ärmel ein riesengroßes Loch mit feuchten Rändern. Tja, der ist hin ...

Alles schrumpft zusammen und wird irgendwie flüchtig, irgendwie vergänglich, wissen Sie, was ich meine? Dinge, die einem jahrelang treue Dienste geleistet haben, verwandeln sich innerhalb weniger Monate in Moder, Liebesgeschichten, die sich früher über Wochen hin ganz allmählich entwickelt haben, sind heute innerhalb von drei Tagen abgehakt und vergessen, vom ersten Blick bis zur letzten Träne. Selbst die Wirkung von Kokain ist nicht mehr als ein feuchter Furz. Alles scheint auf einmal bis zum Extrem gepanscht und gefaked, ob es Gefühle sind oder Drogen oder ein Pullover von Etro. Alles Fake.

Mir wird übel. Ich taumele aus dem Bad, schaffe es bis zum Sofa und lasse mich einfach fallen. Schlafen, nur schlafen. Irgendwo im Nirwana höre ich das Klingeln eines Handys. Ohne Präludium kreischt Ritas Stimme los: »Na, du Arschloch, hast du schön gefeiert? Hast du dein Telefon ausgeschaltet, damit dich keiner beim Koksen stört? Es gibt Neuigkeiten! Das Testergebnis ist da: Ich bin HIV-positiv. Vielen Dank, du Wichser!«

Ich ahne, dass das keine Einbildung ist, selbst mit noch so viel Alkohol und Drogen im Blut, würde mein Hirn wohl nicht solch eine Horrornachricht produzieren, trotzdem schalte ich das Handy ab – oder bilde mir wenigstens ein, es abzuschalten.

# MONTAG

Die Probleme beginnen gleich früh am nächsten Morgen. Geweckt werde ich von diesen beschissenen Satanisten, indem ihr Anführer ins Telefon kreischt, er hätte meinen Brief immer noch nicht gekriegt und er hätte sich so darauf verlassen, mit mir eine konstruktive Zusammenarbeit aufzubauen, und jetzt ginge alles den Bach runter und das sei einfach so was von beschissen und so weiter. Als er mir dann sogar mit seinem Chef und mit der Miliz droht, sage ich ihm, mit Sekten wolle ich ohnehin nichts zu schaffen haben. Blödmann, echt! Ich möchte bloß mal wissen, wer mir den auf den Hals gehetzt hat!

Die Augen geschwollen von einem kolossalen Katerkopfschmerz mache ich ein paar vorsichtige Bewegungen, reibe die Füße aneinander, kratze mich an der Nase, schnappe mir eine (nicht besonders saubere) Serviette vom Nachttisch und putze mir die Nase, begutachte skeptisch das Ergebnis. Endlich stehe ich widerwillig auf, schwanke einige Sekunden lang, ob ich zuerst die Toilette oder den Kühlschrank ansteuern soll, entscheide mich für Letzteren. Ich reiße die Tür auf und greife mir eine Zweiliterflasche Cola. Normalerweise pflege ich dieses wahlweise schwarze, orange- oder karamellfarbene Ekelzeug nicht anzurühren, aber trotzdem finde ich immer wieder eine Flasche davon in meinem Kühlschrank. Wie es dahin kommt – keinen Schimmer. Ich stelle es jedenfalls nicht rein. Wahrscheinlich schleppen es irgendwelche Bräute an, oder meine sogenannten Freunde, denen es scheißegal ist, woran sie krepieren, an einer Überdosis, an Leberzirrhose, einem Autounfall oder bei einer Schlägerei in der Kneipe; oder eben an so einer Giftbrühe.

Egal, ich setze die Flasche an den Hals und schlucke. Ganz weit hinten in meinem Schädel piekt ein lästiger Erinnerungssplitter vom gestrigen Abend. Irgendwas Wichtiges war da. Was bloß? Katja? Nein, ich will nicht! Ich hasse das! Warum muss ich mich jetzt daran erinnern? Sofort werden meine Kopfschmerzen schlimmer.

O Gott, was ist bloß mit uns geschehen? Wir hatten eine fantastische Zukunft vor uns! Wie war ich bereit, mich völlig zu verändern! Meine Seele habe ich ihr geöffnet, habe meine Flügel ausgebreitet, ich wollte mich mit ihr in die Lüfte erheben! Und jetzt das! Die Depression packt mich heimtückisch von hinten und drückt mir die Luft ab. Soll ich mich in der Moskwa ersäufen? Ich fürchte nur, es wird niemandem auffallen. Man wird sagen, er ist nur kurz Zigaretten holen. Hm. Das war vor zwei Wochen. Wahrscheinlich irgendwo versumpft. Man kennt ihn ja. Und dann summt die Luft vor Gerüchten: Jemand hat mich angeblich in Petersburg gesehen, Arm in Arm mit einem Rudel versoffener Maler, oder als Tänzer in einem Schwulenklub. Ein anderer ist sicher, er hätte mich im Londoner Hyde Park erkannt: Ich stand auf einer Kiste und verkündete die Wiederkehr des fünfundzwanzigsten Shiva in Gestalt Batmans. Und so weiter und so weiter, ich kenne ja meine Pappenheimer. Dabei weiß jeder von denen, dass er eines schönen Tages ganz genauso vom Erdboden verschwinden kann, einfach so, sang- und klanglos. Und jeder hofft darauf, dass man ausgerechnet ihn nicht vergessen wird. Warum eigentlich?

Es kann aber auch anders kommen: Vielleicht wissen sie

schon am nächsten Tag nicht mehr, dass ich überhaupt existiert habe. Was soll's, ein Haufen Leute kommt und geht, Tag für Tag. Man kann sich unmöglich an alle erinnern. War da jemand? War da was?

O nein! Ich werde mich nicht ersäufen, jedenfalls nicht ohne Zeugen. Sang- und klanglos zu verschwinden, dafür bin ich nicht der Typ; wenn ich schon abtrete, dann mit Pauken und Trompeten.

Katja, Katja ... Hätte ich gewusst, was du für eine bist.

Nachdem ich den ersten Durst gestillt habe, überlege ich mir, wie ich als Nächstes meine ästhetischen Bedürfnisse befriedigen kann. Ich gieße also Cola in ein Glas, gebe drei Eiswürfel aus Evian dazu, drapiere das Ganze mit ein paar hauchdünn geschnittenen Scheibchen Limette und schlurfe zu meinem Sofa. Nächster Schritt: an etwas Angenehmes denken. Zum Beispiel daran, dass nicht jeder sich zu den Top 100 der schönsten Menschen der Hauptstadt zählen kann. Schon gar nicht als Nummer 68. Und das mit schlappen siebenundzwanzig Jahren, so wie meine Wenigkeit! Ha! Es wird Zeit, dass ich mir ein cooles Motorrad zulege. Eine knallrote Dragstar! Damit pese ich dann morgens um vier über den Gartenring, mit einer heißen Braut auf dem Rücksitz, und dann im Morgenrot ab Richtung Côte d'Azur! Wenn ich in Nizza ankomme, höre ich mit meinem linken Ohr die laue Brandung des Mittelmeers, mit dem rechten »Satisfaction« von Benny Benassi in der Version von DJ Schuschukin.

Das bringt mich auf den Gedanken, dass ich langsam mal die Rufmelodie in meinem Handy ändern sollte, und von da aus komme ich zu der Frage, welcher Idiot mich eigentlich so früh anruft. Ich klebe mein Handy ans Ohr und sage mit absichtlich verschlafener Stimme: »Hallo!«

»Grüß dich!«

Vera, Wsjeslawskis Sekretärin. Warum so früh, verdammt

noch mal? Ach ja, heute ist Montag, Abgabetermin für die Wochenplanung …

»Na, hab ich dich aus dem Bett geworfen, Schätzchen?«

»Nein, ich bin seit Stunden wach und warte nur darauf, dass meine herzallerliebste Vera anruft!«

»Andrej, Herzchen, wir sind es, die warten. Es ist fast Mittag, ist dir das eigentlich klar?«

»Ich möchte bloß wissen, warum alle Leute sich ständig darüber mokieren, dass ich, ihrer Meinung nach, zu spät aufstehe! Warum fragt keiner, wann ich ins Bett gehe und wie lange ich arbeite? Warum fragt mich niemand, ob es nicht irgendwann vielleicht an meine Substanz geht, die Nächte durchzuschuften, wenn alle anderen, nachdem sie sich bis zur völligen Verblödung von der Glotze haben berieseln lassen, friedlich an ihren Matratzen horchen? Kann ich etwas dafür, dass ihr jeden Morgen um sieben auf der Matte steht, um eure öden Geschäfte abzuwickeln? Oder wollt ihr mich einfach bloß in den Wahnsinn treiben? Möchtet ihr gern zugucken, wie ich aus dem Anzug hüpfe?«

»Bist du fertig?«, fragt Vera ruhig.

»Nein, ich bin nicht fertig. Obwohl doch, ja, ich bin fertig. Es hat sowieso keinen Sinn, dir etwas erklären zu wollen. Ich bin ja nicht der heilige Franz.«

»Eben. Also, mit deiner gnädigen Erlaubnis, übermittle ich dir jetzt den Redaktionsplan. Einige Termine habe ich schon für dich angesetzt, du kannst später danke sagen.«

Oha. Es geht schon wieder los. Denkt sie vielleicht, weil sie ein paar Bilduntertitel für mich gemacht hat, kann sie jetzt mit mir umspringen, als wäre ich ihr Privateigentum? Und entmündigt bin ich auch noch gleich, oder wie? Seit wann macht sie für mich Termine?

»Vera, was denn für Termine?«

»Diverse. Um halb zwei, also exakt in einer Stunde, brauche ich die Adressen von zwei Boutiquen, in denen Marina Fotos machen soll. Sie sagt, ihr habt das schon abgesprochen.«

»Das hab ich alles schon längst fertig und ...«

»Andrej ...«, unterbricht Vera müde.

»Na ja, es sind nur noch ein paar kleine Korrekturen zu machen, aber im Prinzip ist alles fix und fertig.«

»Korrekturen woran? An zwei Adressen? Oder musst du noch das Wort Boutique in deinem Rechtschreibprogramm überprüfen?«

»Ja, ja, schon gut, weiter!«

»Um vier hast du ein Interview für das Magazin *Hooligan*.«

»Um vier bin ich im Solarium.«

»Wer wollte denn seinem Image ein gewisses Randgruppenflair anhauchen? Diese Leute haben heute hier angerufen und nach dir gefragt. Du hast schon vor zwei Wochen versucht, einen Interviewtermin zu bekommen. Oder bringe ich was durcheinander?«

»Die sollen mich mal am Arsch lecken! Ich bin jetzt in den Top 100 gelistet, verstehst du?«

»Noch bist du nicht gelistet.«

»Egal. Alle diese Loser-Magazine werden mich ab jetzt um Interviews anbetteln. Ich rate dir, deine Telefonnummer zu wechseln, sonst kriegst du keine Ruhe mehr. Außerdem sind die sowieso schon ziemlich out.«

»Willst du mich auf den Arm nehmen?«

»Okay, okay, ich fahre hin. Das heißt, ich versuch's. Bleib locker. Was noch?«

»Denissow will dich treffen.«

»Denissow hat Mundgeruch.«

»Fotoshooting bei Avatar für das *DJmag* um halb sechs.«

»Der hat ... Der trägt eine altmodische Brille.«

»Präsentation der neuen Dessous-Kollektion von ›Wilde Orchideen‹ im Krokus.«

»Sag, ich habe eine Verabredung mit einer Frau. Und … und einen Termin bei meiner Maniküre!«

»Mit was für einer Frau?«

»Keine Ahnung, lass dir was einfallen. Mit dir?«, kichere ich dumm.

»Simatschows Show im Gazgolder um zehn.«

»Soll ich zu meinen Eltern fahren?«

»Was ist mit der Vernissage in der Galerie? Die ist um dieselbe Zeit.«

»Ich berufe mich auf den fünften Zusatzartikel der Unabhängigkeitserklärung, auch ich habe schließlich Rechte als Staatsbürger! Vor allem ein Recht auf Privatleben!«

»Hör mal, jetzt übertreibst du aber …«

»Vera«, fange ich an zu greinen. »Ich kann nicht in diesem Tempo arbeiten. Ich bin doch kein Roboter! Das widerspricht sämtlichen Chartas aller nur denkbaren Menschenrechte! Den nationalen und internationalen Tarifverträgen und den Gesetzen über die Abschaffung von Sklaverei und Leibeigenschaft! Du bist eine gefühllose Karrieristin, du denkst nur ans Kohleverdienen, und ich verwandele mich allmählich in einen Cyborg, hörst du?«

»Du verwandelst dich allmählich in einen Faulpelz.«

»Hohoho!«, dröhne ich. »Nicht so hochnäsig! Immerhin hab ich dir im Sportsmaster einen Rabatt rausgeleiert, als du dir dein fünfundzwanzigstes Snowboard gekauft hast, vergiss das nicht, mein Hase!«

»Wie lange willst du mir das noch unter die Nase reiben, du Halunke? Und sag nicht Hase zu mir! Du weißt, dass ich das nicht leiden kann!«

»Okay, okay. Aber du hast mir keine andere Wahl gelassen. Was soll ich tun, wenn ich dazu verdammt bin, Mister Meteor zu sein? Ich bin nun mal der Beste, stimmt's? Also weiter! Gab es irgendwelche Anrufe?«

»Vergiss mal die Anrufe. Wir beide haben da noch ein paar Probleme.«

»Wir beide haben jetzt schon Probleme?« (Komisch, dabei waren wir noch nicht mal miteinander im Bett!)

»Allerdings. Um es mal konkret zu sagen, die Bilduntertitel neulich haben wir ziemlich verkackt.«

»Wie denn? Haben wir uns getäuscht? Wo denn?«

»Wo? Praktisch überall. Wo soll ich anfangen?« Sie räuspert sich. »Zum Beispiel dieser kurzgeschorene Jüngling, den du zum ukrainischen Jung-Designer Schljachtitsch gemacht hast; der ist in Wirklichkeit ein Mädchen.«

»Woher willst du das wissen?«

»Es ist so. Bei näherer Betrachtung erwies sich Schljachtitsch als Eduard Limonows Ehefrau.«

»So ein hinterhältiges Biest!«, platze ich heraus. »Die hat uns ganz fies reingelegt. Kein Wunder, dass wir uns getäuscht haben. Selber Schuld, mit der Frisur!«

»Andrej, das ist absolut nicht ihre Schuld. Du hast die Sache verbockt. Außerdem ...«

»Moment, jetzt warte doch mal! Was machen wir denn jetzt?« In meinem Kopf laufen die Drähte heiß, ich überlege hektisch, ob ich es noch rechtzeitig in die Redaktion schaffe, um die Sache geradezubiegen.

»Nichts machen wir«, seufzt Vera müde. »Ich hab schon alles erledigt. Ich habe die Mädels aus der PR-Abteilung gefragt, die haben es korrigiert.«

»Vera, du bist ein echtes Genie!«

»Soll das jetzt ein Kompliment sein? Kannst du das nochmal sagen, damit ich sicher bin, dass ich nicht träume?«

»Ein *Genie!*«, brülle ich. »Einfach so mit links alle Probleme ausgeräumt!«

»Nicht ganz. Es gibt noch ein echtes Problem.«

»Was stimmt schon wieder nicht?«, frage ich kapriziös.

»Auf deinem Diktafon ist das Interview mit Bucharow nicht zu finden. Ich habe es dreimal überprüft.«

»Wie – nicht zu finden? Was soll das heißen? Ich habe alles überprüft, das Gerät hat tadellos funktioniert! Das ist Sabotage! Da will mir jemand eins auswischen! Den ... den mach ich fertig! Das gibt richtig Ärger! Dafür wird mir jemand büßen! Dafür werden Köpfe rollen!«

»Mag sein. Aber es ist nun mal nicht da.«

»Sauerei!« In meiner Magengrube meldet sich ein unangenehmes Stechen. »Na gut, das klären wir noch. Was war jetzt mit den Anrufen?«

Monoton leiert Vera herunter, wer angerufen hat und was er von mir wollte. Mit einem Ohr höre ich ihr zu und checke währenddessen meine E-Mails.

»Das Interview mit Tinkow kann nächste Woche stattfinden, ich habe mit seiner PR-Abteilung telefoniert.«

»Was du nicht sagst!«

»Dann hat Gleb angerufen, er will wissen, was mit der Kolumne ist, die Petersburger laden zu einer Party im Ginza ein.«

»Hm ...«

Während sie mir die Details erläutert, stoße ich auf eine Nachricht von Pascha Alfjorow, dem Records-Manager von der Polygram. In der Betreffzeile steht: »Deine Disc«. Ich klicke auf Öffnen. In gleichen Moment kreischt mir Vera ins Ohr:

»Sag mal, hörst du mir überhaupt zu?«

Vor Schreck mache ich eine ruckartige Bewegung mit meiner freien Hand und stoße mein Glas um. Die Cola ergießt sich über die Tastatur. Drei Sekunden später erlischt das Display.

»Verdammte Scheiße!«, brülle ich ins Telefon. »Arschloch! Arschloch! Arschloch!«

»Wie bitte?«

»Verdammte Scheiße! Du dummes, beschissenes Arschloch! Du elender Scheißkerl!«

»Andrej, bist du jetzt völlig übergeschnappt?«

»Ich meine nicht dich!«, schreie ich weiter. »Alles im Arsch! Aus und vorbei!«

Immer weiter schreiend, schalte ich den Computer aus und bearbeite die Tastatur fieberhaft mit einem Taschentuch.

»Was ist denn passiert? Wieso schreist du wie angestochen?«

»Ich … ich hab hier gerade den technischen Supergau! Die Apokalypse! Die Krise! Vera, ich kann jetzt nicht, ich rufe dich zurück!«

»Kannst du mir nicht einfach erklären, was los ist?«

»Mein Computer ist im Eimer!«

»Dein Computer?«

»Mann, Vera, nerv nicht, ich rufe dich später an, oder ruf du mich an, in einer Stunde, nein, in zwei Stunden!«

»Aber wieso denn?«

»Ich muss Schluss machen! Tschüss!«

Ich schmeiße das Telefon in die Ecke und scheuere wieder wie ein Irrer an der Tastatur herum, drehe das Notebook auf den Kopf, damit die Cola ablaufen kann, stelle es ganz vorsichtig wieder hin und schließe den Stecker an: Keine Reaktion, das Display bleibt tot, toter als tot, ein schwarzes Loch. Ich rase wie eine desorientierte Schmeißfliege durch die Wohnung, rauche eine nach der anderen, stelle mich schließlich vor lauter Verzweiflung unter die Dusche. Als das Wasser auf meinen Kopf prasselt, fällt mir auf, dass ich noch eine Zigarette im Mund habe. Innerhalb von Sekunden ist sie durchgeweicht und bricht ab. Wütend spucke ich den Filter aus. Es fehlt nicht viel und ich fange an zu flennen. Zwanzig Minuten bleibe ich unter der Dusche, verbrauche eine ganze Flasche Nickel-Menthol-Gel. Ich kann keinen klaren Gedanken fassen, ich kann *überhaupt* keinen Gedanken mehr fassen. Um mich halbwegs wieder einzukriegen, versuche ich es mit Zähneputzen. Lacalut brillant, mein Halt und Anker.

Ohne mich richtig abzutrocknen, renne ich mit dem Fön ins Wohnzimmer und nehme mir wieder die Tastatur vor. Zehn Minuten lang föne ich mein Notebook, bis es nach verschmortem Plastik riecht. Dann strecke ich einen zitternden Finger nach dem Netzschalter aus und bete zu allen Himmeln (und zu meinem Notebook):

»Bei allen Heiligen, *ich flehe dich an!* Du weißt ja gar nicht, wie wichtig diese E-Mail für mich ist! Gerade jetzt! Grauenhaft wichtig ist mir diese E-Mail! Bitte! Ich weiß doch, du kannst es! Bitte, bitte!«

Der Finger senkt sich auf den Schalter, drückt und ... Wunder über Wunder! Er funktioniert! Ungeduldig knete ich meine Finger und warte, bis der Computer hochgefahren ist. Die Verbindung mit dem Internet wird hergestellt. Ich gehe auf mail.ru, finde Alfjorows Brief, recke zwei Finger in die Höhe: »Yes-s-s-s-s!«, klicke auf Öffnen, schließe die Augen, zähle bis zehn und glotze gespannt auf das Display:

»Deine Disc ist voll scheiße. Wir sehen uns)))«

Zuerst traue ich meinen Augen nicht. Ich lese noch einmal, und dann überwältigt mich eine Welle des Zorns, steigt von ganz tief unten in meinem Bauch auf und schießt wie glühende Lava in meinen Kopf.

»Du bist scheiße!«, brülle ich. »Du inkompetentes Arschloch! Du Versager! Du Nichts! Du Spießer mit gefälschten Armbanduhren! Scheißkerl! Fahr zur Hölle, du Null! Die Syphilis sollst du dir holen!«

Halt, stopp ... Stopp, stopp, stopp! Syphilis? Da war doch was! Verdammt: Rita ... »Das Testergebnis ist da. Ich bin

HIV-positiv.« Das habe ich nicht geträumt. Das ist echt. Oder?

Mir bricht der kalte Schweiß aus. Mit zitternden Händen suche ich nach meinem Handy und wähle Ritas Nummer. Nach unzähligen Klingelzeichen geht sie endlich ran.

»Ja?«, sagt sie mit heiterer Stimme.

»Hallo, Rita! Wie geht's?«, beginne ich zuckersüß.

»Na, hast du einen Schnelltest machen lassen? Oder leidest du plötzlich unter extremem Nachtschweiß? Aber keine Angst, heutzutage kann man mit Aids ziemlich lange leben!«

»W... was?«, stottere ich, aber aus dem Apparat kommt nur noch der Wählton.

Ich rufe sofort wieder an, doch sie geht nicht ran. Ganz, ganz langsam lasse ich mich aufs Sofa sinken, spüre, wie mir das Grauen in die Knochen kriecht. Aids! Ich habe es nicht geträumt. Das ist der Super-GAU. Aber Moment mal, Mirkin, jetzt warte mal! Da stimmt doch was nicht! Du hast doch gar keine Symptome! Kein einziges! Also hast du auch kein Aids! Und sie hat es nicht von dir! Ist doch logo! Glaub mir, Mirkin, ich hab Recht! Also relax, Mann! Entspann dich! Leicht gesagt, Alter, bloß wie? Ich fühle mich wie eine straff gespannte Gitarrenseite. Mein ganzer Körper ist ein einziger Krampf. Jeder Muskel, jede Ader, jede ... Verdammt! Das sind sie: die Symptome von Aids! Scheiße ... Es stimmt also. Oder? Sind das die Symptome? Was für Symptome gibt es überhaupt?

Ich hocke mich wieder vor den Computer und gebe »Aids« und »Symptome« in die Suchmaschine ein.

Also, was haben wir da? Durchfall, Schwindelgefühl, Schlafstörungen, ständiges Schwitzen, geschwollene Lymphknoten ... Hektisch beginne ich mich abzutasten: hinter den Ohren, unter den Achseln, in der Leiste. Nein, nichts, was sich wie Kügelchen oder Knötchen oder so was Ähnliches anfühlt. Aber so schnell treten die Symptome ja auch nicht auf. Wahrscheinlich war sie einfach bloß sauer, weil ich sie die ganze Woche lang hängengelassen habe. Will sie sich an mir rächen? Hat sie mich neulich im Pavillon doch mit Lena zusammen gesehen? Wohl kaum. Ich war ziemlich schnell verschwunden. Mit Katja? Ausgeschlossen! Als ich sie an der Metro abgeholt habe? Nein, nein, da war es viel zu dunkel. Außerdem könnte ich immer sagen, das seien Bekannte von Ljocha gewesen. Ljocha! Genau, Ljocha! Die zehn Riesen! Das neue Auto! Jetzt hab ich's! Sie will mich um die Kohle prellen!

Schnell ziehe ich einen Pullover und die erstbeste Jeans, die mir in die Hände fällt, an, steige in meine alten Turnschuhe mit den ewig offenen Schnürsenkeln und flitze aus der Wohnung. Zehntausend Grüne, zum Teufel damit, ich verzeihe dir, Hauptsache, ich habe kein Aids! Lieber Gott, mach, dass diese Aidsgeschichte nur ein blödes Fake ist! Was kostet dich das schon? Ich schenke ihr die Zehntausend, ich verspreche es! Ich schwöre es! Wirklich, die ganzen Zehntausend! Bis auf die letzte Kopeke. (Fang jetzt bloß nicht an zu handeln, Mirkin! Hast du eben etwa gedacht: Sie könnte ja wenigstens fünf zurückgeben? Das kann ins Auge gehen! Mit Gott soll man nicht schachern!) Nein, ich schenke sie ihr, versprochen, Ehrenwort! Nur kein Aids! Meinetwegen Syphilis – einverstanden! Aber nicht Aids!

Mein Kater ist wie von Zauberhand verschwunden, die Kopfschmerzen auch. Nur heulen möchte ich. Aber jetzt hör doch mal! Es tut dir doch gar nichts weh, oder? Es ist alles in Ordnung, sogar der Kater hat sich verzogen …

Ich reiße den Arm hoch – Gott sei Dank, ein Taxi, ausnahmsweise im rechten Moment.

In der letzten Viertelstunde bin ich kurzfristig zur Krake mutiert. Mit drei bis vier Händen donnere ich einen Trommelhagel gegen Ritas Wohnungstür, mit der fünften Hand bearbeite ich mein Handy und versuche, sie anzurufen, die sechste klebt auf der Türklingel. Zuerst war hinter der Tür nur hysterisches Gekreische zu hören: »Verpiss dich! Meine Eltern kommen gleich her! Ich rufe die Bullen! Arschloch! Scheißkerl! Verbrecher!« Dann kam abgerissenes Schluchzen, dann Stille. Erschöpft vom ewigen Poltern und Klopfen lehne ich mich mit dem Rücken an die Tür, trete noch ein paarmal mit dem Absatz gegen das Holz, dann rutsche ich langsam abwärts, bis ich auf dem Fußboden hocke, mit dem Rücken an der Tür. Um mich herum herrscht ein seltsames Gedröhne. Entweder vibriert die Tür, oder etwas pocht von innen gegen meine Schläfen. Ich bin kurz vorm Durchdrehen, ich habe das Gefühl, jeden Moment erwischt mich ein Herzinfarkt. Meine Nase läuft, die Augen tränen, dafür fühle ich meine Beine nicht mehr, und in meinem Kopf gibt es nur den einen Gedanken: Wenn sie die Tür nicht gleich aufmacht, werde ich verrückt.

Ich drehe mich um, lege meine Stirn an die Tür und fange an zu winseln: »Rita, Liebling, Mädchen, mach doch auf! Mach auf, ich flehe dich an! Bitte, bitte, mach doch die Tür auf!« Dann schalte ich innerhalb von Sekunden auf Hysterie und brülle durch das ganze Treppenhaus: »Rita, mach diese verdammte Tür auf! Hörst du? Mach auf, oder ich trete sie ein!« Dabei weiß ich sehr gut, dass ich dieses verflixte Ding eher mit meinen Tränen zum Verrosten bringe, als dass ich sie einschlagen könnte. Irgendwo über mir quietscht eine Tür, ich höre scharrende Schritte: Anscheinend eine Oma, die nachsieht, wem die Mafia gerade die Bude einreißt. Vorsichtshalber höre ich erst einmal auf zu randalieren. Wieder quietscht die Tür, ich nehme an, jetzt wird die Oma die Miliz rufen. Ich fange wieder an, auf Rita einzureden. Endlich, als vor meinen Augen schon bunte Sterne flimmern und ich mir die Stirn an der verdammten, herzlosen, beschissenen Tür schon komplett wundgescheuert habe, geht sie plötzlich auf. Ich plumpse wie ein Kartoffelsack in den Wohnungsflur.

Das Erste, was ich sehe, als ich meine Augen wieder aufmache, die ich vor Überraschung zusammengekniffen hatte, ist Ritas verheultes Gesicht in einer Wolke von Banknoten, die, wie in Zeitlupe, langsam auf mich herabregnen. Instinktiv hebe ich die Hände, als wollte ich etwas abwehren.

»Wahrscheinlich willst du wissen, was mit deinem Geld ist, stimmt's, du Schuft?«, kreischt Rita. »Hier ist es! Da hast du dein Geld! Die ganzen zehntausend! Zähl nach!«

Mein letztes Hoffnungsfünkchen, dass alles nur ein dummer Streich war, erlischt.

»Rita, was soll das jetzt mit dem Geld?«, stottere ich. »Darum geht es mir doch gar nicht. Ich brauche das Geld nicht, das heißt … ich meine, ich bin nicht deshalb gekommen. Ich bin nur deinetwegen gekommen, versteh doch, nur deinetwegen …«

»Nimm dein beschissenes Geld und verpiss dich!«, schreit sie. »Ich kann dich nicht mehr sehen, nicht mehr hören, mir wird schlecht, wenn ich dich bloß rieche!«

Sie fängt an, wie eine Furie auf mich einzuprügeln. Ich schütze meinen Kopf mit den Armen, versuche, ihre Hände festzuhalten, aber sie lässt sich nicht bändigen und tritt mit den Füßen nach mir. Schließlich bleibt mir nichts anderes übrig, als sie in den Schwitzkasten zu nehmen und ins Wohnzimmer zu schleppen.

»Ich bin dreiundzwanzig Jahre alt!«, heult sie. »Ich wollte Kinder haben, ich wollte … Du hast das alles … Warum hast du das getan? *Warum?*«

»Aber vielleicht ist ja alles nur ein Irrtum! Man muss den Test wiederholen«, beruhige ich sie und weiß doch gleichzeitig, dass alles, was ich jetzt sage, vollkommen sinnlos ist.

»Warum? Warum gerade ich?«, heult sie weiter. »Was habe ich denn getan?«

Ich schleife sie zum Sofa und zwinge sie, sich hinzulegen. Dann hocke ich mich vor ihr auf den Fußboden, streiche ihr beruhigend über den Kopf und rede irgendwelchen Blödsinn, um sie zu beruhigen.

»Wir gehen zusammen los und lassen noch einen Test machen! Bestimmt ist alles ein Irrtum! Bei mir gibt es keinerlei Anzeichen, verstehst du? Es wird alles gut, ich fühle es, glaub mir!«

»Du hast mich umgebracht«, krächzt Rita. »Wir werden beide sterben. Ein Jahr ... vielleicht zwei oder drei, wenn's hochkommt. Wir werden niemals Kinder haben ... Mama ... Meine arme Mama!«

Augenblicklich denke ich an meine eigenen Eltern, und ein Krampf schnürt mir die Kehle zusammen. O Gott, was habe ich getan? Und: Von wem habe ich es? Ich habe absolut keine Ahnung. Ich weiß nicht einmal, wie viele es waren, dieses Jahr. Woher soll ich dann wissen, welche davon ...

»Scheißkerl!« Rita kreischt nur noch. »Idiot! Du Arsch!« Sie verpasst mir einen Satz schallende Ohrfeigen und springt vom Sofa auf.

»Du wirst langsam und qualvoll sterben!«, quiekt sie. »Mit einer einfachen Erkältung fängt es an, dann werden nach und nach alle Organe befallen und versagen und du wirst elend zugrunde gehen! Und ich werde es genießen, o ja, die Zeit, die mir noch bleibt, werde ich dein Leid genießen! Ich werde dich jede Woche anrufen und fragen, ob du noch nicht verreckt bist! Das Einzige, was mich beruhigt, ist die Tatsache, dass es bei Drogenabhängigen und Säufern schneller geht. Ich denke, ich werde deine Beerdigung noch erleben!«

»Ich bin kein Drogenabhängiger und kein Säufer«, schnaube ich wütend.

»Du bist ein Volljunkie und ein Halbalki.« Wieder stürzt sie sich auf mich und traktiert mich mit Ohrfeigen. Ich drehe mich ungeschickt zu Seite, ihr Daumen sticht mir direkt in die Nase, sofort schießt das Blut heraus.

»Leg den Kopf in den Nacken, du Blödmann, das fehlt mir noch, dass du mit deinem verseuchten Blut meine Wohnung verpestest und meine Freunde und meine Eltern infizierst!«

»Ich kann es nicht stoppen«, blubbere ich und halte die Nase in die Luft.

»Verschwinde ins Bad, du Esel!« Rita versucht, mir in den Hintern zu treten, aber ich weiche aus, flüchte ins Bad und knalle die Tür hinter mir zu.

Ich lasse das kalte Wasser laufen, wasche mir das Blut ab, sehe fasziniert zu, wie es ins Waschbecken tropft, sich mit dem Wasser vermischt, ganz hell wird und rasch im Abfluss verschwindet.

»Ich laufe durch alle Klubs und erzähle deinen Bekannten, deinen Geschäftspartnern, deinen Tussis und Dealern und Kollegen und Barleuten, allen erzähle ich die Wahrheit über dich!«, tönt es auf der anderen Seite der Badezimmertür. »Sie sollen wissen, mit wem sie es zu tun haben! Bitte Gott, dass du nicht noch eine infiziert hast! Du bist ein richtiges Schwein, Mirkin! Ich bin sicher, du wirst trotzdem alles ficken, was dir vor die Flinte kommt!«

Die Blutung ist gestillt, ich wasche mich, überlege, womit ich mich abtrocknen kann, beschließe, dass ich sicherheitshalber nicht das Handtuch benutzen sollte, und komme mit nassem Gesicht aus dem Bad. Rita sitzt in einem Sessel, die Arme um die Knie geschlungen, schaukelt hin und her und heult wie ein Schlosshund.

»Rita, wir haben doch noch eine Chance …«

»Fass mich nicht an!«, brüllt sie wieder los. »Fass mich bloß nicht an, du Widerling! Mit wem hast du geschlafen?

Wer ist das Luder? Oder hast du im Vollrausch mit einem Typen gebumst? Oder haben dir deine Junkiefreunde eine infizierte Spritze untergeschoben? Immer auf der Suche nach neuen Erfahrungen, ist das nicht so, Mirkin?«

»Und woher willst du wissen, dass du's von mir hast?«, bricht es plötzlich aus mir heraus. »Vielleicht bin ich ja vollkommen gesund?«

»Was? Was hast du da gesagt, du Scheißkerl?«

»Vielleicht ... Vielleicht ist es gar nicht von mir!«

»Verschwinde! Hau ab! Verpiss dich, du Arschloch! Jetzt willst du es nicht gewesen sein? Wer denn? Ich hab seit einem halben Jahr mit keinem anderen geschlafen außer mit dir!«

»Und davor ...«

»Was bist du doch für ein mieser kleiner Scheißkerl!«, sagt sie leise. »Geh, bitte. Ich bitte dich, verschwinde. Sonst haue ich dir die Bratpfanne über den Schädel.«

Sie lässt den Kopf auf die Knie sinken und wird wieder von Schluchzern geschüttelt.

»Entschuldige, bitte, verzeih mir.« Ich gehe zu ihr und setze mich auf den Fußboden. »Ich weiß wirklich nicht, wie das passiert ist. Vielleicht hab ich es mir beim Zahnarzt geholt? Komm, lass mich erst mal einen Test machen. Sag mir, wo ich hingehen soll. Bitte, lass es uns versuchen. Wenn ... wenn ich auch positiv bin, dann werden wir zusammenleben ... Ich ... Ich liebe dich ... Ich habe mal gelesen, dass man mit Aids sogar Kinder haben kann ...«

Ich fange an zu heulen. Die Suppe läuft mir aus allen Öffnungen, obwohl ich eigentlich nur jaulen möchte wie ein Schlosshund vor lauter Hoffnungslosigkeit. Heulen wie ein Tier, mich aus dem Fenster lehnen und um Hilfe schreien: Hilfe, ich sterbe! Ich bin am Ende! Ich weiß nicht mehr, was ich tun soll!

Rita antwortet nicht. Sie hebt nicht einmal den Kopf.

Fast gleichzeitig hören wir auf zu weinen. Eine klirrende Stille breitet sich im Zimmer aus. So bleibt es lange, zehn oder zwanzig Minuten. Ich denke an gar nichts, seh nur vor mich hin. Rita geht es anscheinend genauso. Zum ersten Mal empfinde ich uns als Einheit. Ein einziger, nutzloser Organismus.

»Los, wir gehen«, sagt sie plötzlich.

»Wohin?«

»Wir lassen den Test machen. Vielleicht hast du ja recht. Vielleicht bist du sauber, und ich ... Ich weiß nicht. Los, steh auf!«

Wir gehen in den Flur. Während Rita ihre Turnschuhe anzieht, sammle ich die Geldscheine vom Fußboden auf.

»Brauchst du das Geld wirklich nicht?«, frage ich für alle Fälle. Rita schüttelt den Kopf.

Wir gehen aus dem Haus, steigen in ihren neuen Lexus. Ich würde ihr gern ein Kompliment wegen ihres Autos machen, kann es aber gerade noch runterschlucken. Als ich mich anschnalle, merke ich, dass die Angst mir wieder alle Kräfte geraubt hat. Vor meinen Augen schwirren weiße Mücken herum ... Oder Schnee! Jedenfalls irgendein Mist, der mir die Sicht behindert. Rita gibt Gas. Wir fahren lange ... oder auch nicht lange, ich achte kaum darauf, wohin wir fahren und mit welcher Geschwindigkeit. Keiner sagt ein Wort. Albernerweise fällt mir auf, dass mich die ganze Zeit niemand angerufen hat. Ich prüfe sogar nach, ob mein Handy eingeschaltet ist. Als wäre die ganze Stadt erstarrt in Erwartung meines Testergebnisses.

Dann taucht ein graues Gebäude vor uns auf, ähnlich wie eine Schule, mit Portikus, Außentreppe und hellblauem Schild darüber. Als wir aussteigen, rümpfe ich automatisch die Nase. Es riecht nicht nach Schule. Es riecht nach Krankenhaus. Immer noch schweigend gehen wir in das Gebäude, durchqueren eine weitläufige Vorhalle und bleiben vor einem Empfangsschalter stehen. Rita schiebt Geld durch ein kleines Fensterchen, eine Hand erscheint, nimmt die Scheine und reicht ein graues Zettelchen zurück, die Quittung. Oder die Einweisung. Oder wie heißt das Ding? Wir steigen in den ersten Stock hinauf und setzen uns auf eine Bank. Ich fühle mich wie ein Schlafwandler. Es dauert eine ganze Weile, bis ich bemerke, dass auf der Bank uns gegenüber noch jemand sitzt. Zwei Jungen und eine Frau, die vor uns dran sind. Sie sehen aus wie Tuschezeichnungen, über die jemand Wasser gegossen hat. Drei Farbflecken: ein grün-brauner, ein oranger und ein grauer. Genauer kann ich nicht beschreiben, was ich sehe – vor meinen Augen hängt ein trüber Schleier und verwandelt alles in verschiedenfarbige Flecken. Dass einer der Flecken eine Frau ist, erkenne ich nur an der Stimme. Wie lange wir warten, weiß ich nicht. Eine Stunde. Oder zwei. Die Zeit dehnt sich endlos.

»Der Nächste!«, sagt eine Stimme von weit her.

Rita stößt mir den Ellenbogen in die Seite und flüstert: »Geh schon!« Auf Watteknien schleiche ich ins Behandlungszimmer. Eine Krankenschwester stellt mir eine Frage, ich nicke, sie wiederholt die Frage. Wie in Zeitlupe krempele ich meinen Ärmel bis zum Ellenbogen auf. Sie bindet mir den Oberarm ab, viel zu fest, die Binde schneidet schmerzhaft in den Bizeps, dann reibt sie mir die Haut in der Armbeuge mit einem Wattebausch ab, sagt wieder irgendwas, ich glaube: »Machen Sie eine Faust«, oder so. Dann sticht sie mir mit einer kurzen, energischen Bewegung die Nadel in den Arm. Vor Schreck schießen mir die Tränen in die Augen. Ich glaube zu fühlen, wie das Blut aus meinem Körper läuft und läuft und läuft ... Gerade als ich denke, ich werde im nächsten Moment zusammenschnurren wie ein Luftballon, wie eine Luftmatratze, aus der die Luft entweicht, höre ich: »So, das war's, wir sind fertig«. Sekunden später bin ich wieder draußen auf dem Korridor. Mit der rechten Hand presse ich einen Wattebausch auf meinen Arm, in der linken halte ich einen Zettel, den mir die Krankenschwester gegeben hat. Wie ein gehetztes Tier schaue ich mich um, Rita ist nirgendwo zu sehen. In finsterster Stimmung trotte ich die Treppe hinunter und zum Ausgang. Rita steht vor dem Krankenhaus und raucht.

»Gib mir eine Zigarette!« Ich erkenne meine eigene Stimme nicht mehr. Rita hält mir schweigend die Packung hin. Ich starre sie an, unfähig zu entscheiden, wie ich an die Zigarette rankommen soll: Mit einer Hand halte ich die Watte, mit der anderen den Zettel. Schließlich schlägt Rita eine Zigarette aus der Schachtel, steckt sie mir zwischen die Lippen und gibt mir Feuer.

»Hast du angefangen zu rauchen?«, frage ich überflüssigerweise.

»Willst du mir jetzt sagen, dass das schädlich für die Gesundheit ist?« Sie schaut mich mit rot verweinten Augen an. »Schmeiß doch endlich die Watte weg, es blutet schon längst nicht mehr!«

Gehorsam versenke ich den Wattebausch in einem Mülleimer und spreize erleichtert die Finger.

»Und was ist das für ein Zettel?«

»Das ist die Nummer des Tests. Die musst du angeben, wenn du übermorgen nach dem Ergebnis fragst.«

»Erst übermorgen? So lange dauert das?«

»Was spielt das für eine Rolle?«

Tatsächlich. Das spielt jetzt keine Rolle mehr.

»Also, ich fahre nach Hause.« Rita wirft die Zigarette weg und dreht sich um. »Tschüss.«

»He, und ich?«

»Du? Keine Ahnung. Mach, was du willst. Geh in ein Restaurant. Oder zur Arbeit. Oder ruf die Tussi an, bei der du dir das Virus eingefangen hast«, antwortet sie roh.

»Was denn für eine Tussi?«, blaffe ich. »Was soll das, Rita?«

»Woher soll ich das wissen?«, blafft sie zurück, schon im Gehen. »Wiedersehen!«

»Soll ich übermorgen hier anrufen, oder was?«, rufe ich ihr hinterher. Eine blödere Frage hätte ich wohl nicht stellen können.

»Kannst du machen«, antwortet sie. »Du kannst auch herkommen, oder online anfragen. Wie du willst!«

Meine nächste Frage wird von den Signaltönen des funkgesteuerten Türöffners abgeschnitten. Zwei Sekunden später fährt sie mit quietschenden Reifen vom Platz.

Und was ist mit dir?, wollte ich noch fragen. Aber das hört sie ja nicht mehr. Ich rauche zu Ende, glotze blicklos in die Gegend. Dann fällt mir abrupt ein, wo ich mich befinde, und mache, dass ich wegkomme.

Eine Dreiviertelstunde lang stecke ich in allen nur denkbaren Staus, weil der dusselige Taxifahrer, anstatt auf den Weg zu achten, nur stumpfsinnig auf sein Navi starrt. Der Blick in die Zukunft! Man muss seine Stadt nicht mehr kennen, sondern nur noch seine Software bedienen können. Und wie es sich für einen zünftigen Spießer gehört, läuft die ganze Zeit im Autoradio Humor FM. Aber der Typ lacht kein einziges Mal. Ich versuche, aus ihm herauszukriegen, wieso er diesen bescheuerten Kanal hört, wenn er den Humor nicht komisch findet. Oder folgt er der Regel: Echte Männer lachen nicht? Nein, sagt er, er höre gar nicht zu, er brauche das Radio bloß als Geräuschkulisse. Na schön, aber warum lässt er dann nicht Minimal-Techno laufen, oder meinetwegen Placido Domingo? Aber ich traue mich nicht mehr zu fragen.

Wenn ich ehrlich bin, gibt es für mich gar keinen Grund, irgendwohin zu fahren. Als wir den Tunnel unter dem Neuen Arbat durchquert haben, zahle ich und steige an der Metrostation Smolenskaja aus, laufe über die Straße und gehe in den Supermarkt, der sich dort befindet, um mir eine konzentrierte Shoppingtherapie zu gönnen. Ich glaube übrigens, der tiefere Sinn einer solchen Therapie besteht nicht im Shopping selber, sondern darin, sich in der Menge der Shoppenden aufzuhalten. Inmitten der Masse all der Großstadtneurotiker versuchen wir unserer Einsamkeit zu entkommen. Der Ausverkauf ist unser universeller Arzt. Welche Mittel sonst kennt unsere Generation gegen die Sehnsucht, die Melancholie? Drogen, Kabelfernsehen, Shopping-Malls. Ziellos streife ich durch das Geschäft, nehme dort eine Flasche Wein, hier eine Packung Mini-Croissants oder ein Tetrapack Saft, drehe alles unschlüssig in den Händen, stelle es zurück ins Regal. Als ich bei den sauren Gurken angekommen bin, klingelt mein Telefon.

»Hallo!« Lenas Stimme, verstörend fröhlich. »Wie geht's?«

»Okay«, antworte ich trübe.

»Ist etwas passiert?«

»Alles in Ordnung. Viel zu tun.«

»Kannst du reden?«

»Klar, kein Problem.«

»Es gibt Neuigkeiten!«

»Was für Neuigkeiten?«

»Wenn du mich ganz fest bittest, sag ich's dir!«, kokettiert sie.

»Ich bitte dich ganz, ganz fest«, sage ich ausdruckslos.

»Andrej, was soll das denn? So geht das nicht!«, quengelt Lena.

»Häschen, Liebling, jetzt erzähl mir schon deine Neuigkeit!«

»Ich bin schwanger!«, flüstert sie.

»Was bist du?«

»Ja, jetzt ist es ganz sicher! Kein Zweifel möglich! Weißt du, ich ...«

Aber ich höre schon nichts mehr. In meinen Ohren rauscht es, mein Kopf steckt plötzlich wie in einem dicken Nebel, mir ist, als würde der ganze Supermarkt Purzelbäume schlagen. Schwanger, schwanger, schwanger, pocht es in meinen Ohren.

»Und den dritten Test hab ich nach dem Mittagessen gemacht«, plappert Lena ungerührt weiter. »Herzlichen Glückwunsch, Papa!«

»Dir auch, Mama...«, sage ich mit belegter Stimme.

»Übermorgen mache ich noch einen Test, zur Sicherheit, und dann sagen wir es zuerst meinen und dann deinen Eltern«, verkündet Lena feierlich.

»Ich traue meinen Ohren nicht!«, sage ich und versuche, die Tränen zurückzuhalten. »Das müssen wir feiern!«

»Gehen wir heute zusammen essen? Oder wollen wir gemütlich zu Hause bleiben?«

»Einverstanden.«

»Womit bist du einverstanden? Ausgehen oder zu Hause? Andrej, du wirkst irgendwie so bedrückt!«

»Ich muss diese frohe Botschaft erstmal verdauen. Schließlich ist es ... Es ist ja das erste Mal im Leben, verstehst du?«

»Natürlich verstehe ich das, Liebling.«

»Ich rufe dich exakt in einer Stunde wieder an, ja?«

»Ich liebe dich.«

»Ich liebe dich sehr.«

Krampfhaft versuche ich, mein Telefon auszuschalten, bis ich merke, dass ich an einem Glas mit sauren Gurken herumdrücke, das ich in der anderen Hand halte. Mit zitternden Händen stelle ich das Glas zurück ins Regal, atme ein paarmal kräftig durch, um die plötzliche Schwäche in meinen Beinen zu kontrollieren, und taumel wie ein Zombie zum Ausgang.

Als ich wieder auf der Straße bin, ruft Ljocha an, der schon wieder in der Galerie sitzt und zwischen einem fürchterlichem Kater und hartnäckiger Geilheit hin und her schwankt, wie er mir erklärt. Dann kommt eine SMS von Anton, in der er vorschlägt sich zu treffen, um unseren Auftritt zu besprechen, dann ruft Vera an (ich drücke sie sofort weg), dann … dann lasse ich das Telefon einfach in der Tasche.

Bis zur Galerie gehe ich zu Fuß. Wie lange ich brauche, weiß ich nicht, aber es ist lange. Ich denke an nichts, rauche ununterbrochen, starre blind vor mich hin. Ein verlorener Mensch, Zigarettenkippenmensch, zerdrückt im Aschenbecher namens Großstadt.

Ljocha sitzt allein an einem Tisch ganz hinten in der Galerie und starrt Löcher in die Luft.

»Hallo, Ljocha.«

»Gnmh«, macht er, als wäre ich nicht grade eben angekommen, sondern nur kurz auf dem Klo gewesen.

»Was ist? Hast du einen dicken Kopf?«

»Gnmh.«

»Bestell dir eine Suppe.«

»Gnmh.«

»Ich hab deine zehn Riesen dabei«, verkünde ich in der Hoffnung, ihn endlich aus der Reserve zu locken. Immerhin macht er jetzt den Mund auf.

»Danke. Das ging fix«, antwortet er gleichgültig.

»Es passte grad.«

»Soll vorkommen.«

»Du bist heute ja sehr gesprächig«, feixe ich und sehe mich erst einmal um. An der Bar sitzt Illias Mercuri. Ich winke ihm lässig zu, er nickt und kommt zu uns herüber.

»Hi, Brothers!«, tönt er fröhlich. Illias ist immer gut drauf. Ihn kann nichts erschüttern. Wahrscheinlich vögelt er ausschließlich mit Gummi.

»Hi«, nicken wir trübe.

»Was ist denn mit euch los?«

»Wir baggern gerade Frauen an«, erklärt Ljocha aufrichtig.

»Und? Lassen sie baggern?« Illias hat einen kaum merklichen, aber recht ulkigen griechischen Akzent. »Und wieso sitzt ihr dann hier rum? Hier ist doch tote Hose!«

»Ach ja? Und wo soll man dann rumsitzen, deiner Meinung nach?«, fragt Ljocha etwas lebhafter. »Im Storch? Da sitzen doch nur minderjährige Ballettratten. Und für's GQ ist es noch zu früh.«

»Eure Sorgen möchte ich haben.« Illias verschwindet und kommt sofort mit einem Notebook wieder. »Also Jungs, alles ganz einfach, ich zeige es euch. Hier: Odnoklassniki.ru!«

»Kenn ich«, verkündet Ljocha munter. »Über die Site hab ich schon jede Menge alte Mitschüler gefunden.«

»Was willst du denn mit alten Mitschülern?« Illias lacht sich halb schlapp. »Es geht um Frauen! Das ist die perfekte Aufreißerseite! Ich habe in meinem Profil dreißig Bräute als ›Freunde‹, und alle erste Sahne! Da komm ich zum Schuss, wann immer ich will!«

»Wie zum Schuss?«, frage ich verdattert.

»Na wie schon!« Er schiebt den Daumen zwischen die Finger und zwinkert uns bedeutsam zu.

Das dachte ich mir doch. Der ganze Sinn des russischen Internets besteht in nichts anderem. Egal, welchem Thema eine Site gewidmet ist: Literatur, Film, Autos – am Ende geht es immer nur ums Ficken. Oder ums Saufen.

»Und wie läuft das ab?«, fragt Ljocha zapplig. »Ich kommuniziere dort wirklich nur mit ehemaligen Mitschülern.«

»Echt? Mach keine Witze!« Illias fuchtelt mit den Händen. »Also pass auf, es ist ganz einfach. Du nimmst grundsätzlich nur richtig gute Bräute als ›Freunde‹ an, und dann bewertest du ihre Fotos mit fünf Sternen.«

»Was für Sternen?« Ljocha macht runde Augen.

»Bewertungssterne. Das heißt, eigentlich nicht Sterne, sondern Noten. Wie in der Schule. Und dann schreibst du ihnen. Ich sage, zum Beispiel, immer gleich, ich bin Schriftsteller.«

»Was denn, hast du etwa ein Buch geschrieben?«, frage ich beeindruckt.

»Hm-hm. Heißt *Anti-Loser*.«

»Hab ich schon mal gehört, glaube ich«, nickt Ljocha ernst.

»Ich hab im Netz mal einen Link dazu gesehen.«

»Ist noch nicht erschienen, im Februar kommt es raus«, lacht Illias.

»Schlau«, stimmt Ljloch zu. »Und springen sie drauf an?«

»Und wie sie springen. Ich habe schon überlegt, mir eine andere Telefonnummer zuzulegen. Jeden Abend hab ich die Wahl zwischen fünf Kandidatinnen.«

»Hör mal, das muss ich ausprobieren«, sagt Ljocha aufgekratzt.

»Sorry!« Illias nimmt einen Anruf entgegen. »Ja, Liebling. Ja … Ja … Ich bin in der Galerie. Ich trinke gleich meinen Kaffee aus und dann komme ich nach Haus. Gut! Küsschen! Das war meine Frau«, erklärt er. »Also, ich muss dann mal los. Das Buch schicke ich euch im Februar zu. Oder besser noch, ihr kauft es euch selber, ihr seid doch reich. Und das mit Odnoklassniki.ru, das erkläre ich dir ein andermal genauer, Ljocha.«

»So ein Angeber«, konstatiert Ljocha, als Illias verschwunden ist. »Zum Schuss kommen! Und kaum ruft Mami, zischt er ab nach Hause!«

»Vielleicht liebt er seine Frau ja wirklich! Was ist schon dabei?«

»Nichts ist dabei«, gibt Ljocha zu. »Seine Frau ist klasse. Aber trotzdem ist er ein Angeber.«

»Und hat er jetzt wirklich ein Buch geschrieben, oder war das auch Quatsch?«

»Das war kein Quatsch. Mit so einer Schnauze kann man jeden Monat eins schreiben. Wenn der anfängt zu erzählen, schmeißt du dich weg.«

»Weil er eben ein Angeber und Quatschkopf ist«, resümiere ich neidvoll.

»Und ich habe schlechte Laune«, erklärt Ljocha.

Na und? Ich habe Aids.

»Ich auch«, nicke ich.

»Scheiß drauf. Siehst du die Frau da drüben? Sie sitzt schon seit einer Dreiviertelstunde ganz allein an ihrem Tisch.«

»Seh ich. Und? Was ist mit der?«

»Die würde ich jetzt saumäßig gerne bumsen.« Ljocha hickst.

»Ich passe. Eine halbe Stunde bleibe ich noch, dann haue ich ab. Ich hab noch eine Verabredung.«

»Nee, ich will noch nicht nach Hause. Wozu hab ich mir hier den ganzen Champagner eingefüllt? Damit ich dann pennen gehe?« Ljocha macht der Kellnerin ein Zeichen. Als sie kommt, bedeutet er ihr, sich zu ihm hinunterzubeugen, und flüstert ihr etwas ins Ohr. Das heißt, er ist der Meinung, er flüstert, tatsächlich hört man ganz ausgezeichnet, was er sagt. (Ich hoffe allerdings, nicht im ganzen Restaurant.)

»Ich möchte die junge Dame dort gern einladen. Wenn sie die Rechnung bestellt, bringen Sie sie bitte mir. Und geben Sie ihr diesen Zettel mit meiner Telefonnummer.« Er grinst über beide Ohren. »So, das war's. Jetzt warten wir mal ab, was passiert. Inzwischen geh ich erstmal aufs Klo.«

Damit ist er verschwunden. Ich stecke mir eine Zigarette an, lehne mich gemütlich zurück und beobachte, wie sich die Geschichte entwickelt. Die Kellnerin geht zu dem Tisch, übergibt den Zettel, sagt etwas, deutet in meine Richtung. Der Gesichtsausdruck der Frau verändert sich drastisch. Sie beginnt, zornig auf die Kellnerin einzureden, fuchtelt mit den Händen, schießt mit den Augen böse Blitze zu mir herüber. Die Kellnerin nickt einfach nur wie eine Aufziehpuppe. Dann unterbricht die Frau ihre Tirade, steht abrupt auf und kommt sehr schnell zu mir herüber.

»Was erlauben Sie sich eigentlich? Wofür halten Sie mich?«, geht sie sofort auf mich los. »Denken Sie, ich bin eine Prostituierte? Sie sind ein Flegel! Ich bin durchaus in der Lage, selbst zu bezahlen, verstanden? Ist das Ihre Art, sich an Frauen ranzumachen? Sie sind ein …«

»Entschuldigen Sie, Fräulein, aber Sie sind an der falschen Adresse«, unterbreche ich sie.

»Was soll das heißen?«, fragt sie und macht ein langes Gesicht. »Haben Sie mir nicht eben Ihre Telefonnummer überbringen lassen?«

»Nein, das war mein Freund«, sage ich ruhig. »Er ist gerade auf der Toilette. Wenn er wiederkommt, können Sie ihm das alles ja nochmal erzählen.«

In dem Moment kommt Ljocha auch schon leicht wankend auf uns zugesteuert. »Guten Abend!«, ruft er fröhlich.

»Was erlauben Sie sich eigentlich? Wofür halten Sie mich?«, spult sie ihren Text noch mal von vorne ab. »Das ist eine Unverschämtheit …«

Und so weiter und so weiter. Während sie ihre Tugendarie singt, werfen Ljocha und ich uns wissende Blicke zu.

»Verzeihen Sie mir, Fräulein!« Ljocha präsentiert eine so

jämmerliche Miene, dass mir fast selber die Tränen kommen. »Ich wollte Sie wirklich nicht kränken, ich wollte Ihnen einfach nur etwas Nettes tun. Ungeschickterweise hab ich mich ganz dumm angestellt. Ich habe mir nichts Schlimmes dabei gedacht, glauben Sie mir! Es ist überhaupt nicht so, wie Sie denken. Eine Frau wie Sie ... Aber setzen Sie sich doch erst einmal, dann können wir das alles in Ruhe klären ...«

Ihr Blick ist schon weicher geworden. »Sie können sich ja vielleicht vorstellen, wie ich mich fühlen musste, oder?« Zorn gegen Milde tauschend, ruft sie die Kellnerin: »Fräulein, holen Sie mir, bitte, meine Handtasche von dem Tisch dort drüben.«

Die Kellnerin führt den Auftrag aus und bringt eine himbeerfarbene Tasche von Tod's. Die junge Frau wirft die Tasche auf einen freien Stuhl und lässt sich selber zwischen Ljocha und mir nieder. Ich sehe Ljocha an und lese in seinen Augen, was für einen Text wir jetzt zu erwarten haben. Innerhalb der nächsten fünf Minuten werden wir erfahren, dass die junge Dame in Wirklichkeit nämlich nicht »so eine« ist, dass sie gerade vor einem Monat erst nach Moskau gekommen ist, und zwar aus, na, sagen wir mal, Deutschland, wo sie irgendwas studiert hat, was kein Mensch kennt oder was man nicht aussprechen kann. Wenn dann die erste Flasche Champagner leer ist, werden wir wissen, dass ihr Sternzeichen Löwe ist, falls Löwe das derzeit aktuelle Sternzeichen ist, weil sie nämlich demnächst Geburtstag hat. Und sie kann es gar nicht leiden, wenn man ihr Brillanten schenkt oder ein banales rosafarbenes Vertu-Handy oder einen Palquale-Bruni-Ring oder ... Was gibt es sonst noch für Wunschträume in ihrem kleinen Köpfchen? Ein schönes Zuhause, eine Familie, ein ...

Die junge Dame bestellt tatsächlich einen Ruinart Rosé für 150 Euro die Flasche, raucht lange, dünne Mentholzigaretten und legt los mit ihrer »Ach, mein Gott«-Story. Wir erfahren, dass sie erst vor einer Woche in Moskau angekommen ist (wie rührend), dass sie in Estland gelebt hat, allerdings in Weißrussland geboren ist oder in der Ukraine oder ... egal, irgendwo da. Sie hat Design studiert – oder Architektur? Ich habe gerade nicht aufgepasst, als sie es erzählte. Sie steht auf Theater und Arthouse-Filme, und in solche Restaurants wie dieses hier geht sie natürlich nur ganz selten. Mir wird schnell klar, dass Ljocha heute wirklich Schwein gehabt hat, diese Nummer wird ihn außer der aktuellen Rechnung praktisch nichts kosten. Das Mädchen ist jung, unerfahren, sie hat eine gute Figur, aber wenig Hirn. Und sie hat sich so rettungslos in ihre Rolle als anständige Frau verstiegen, dass sie aus Ljocha nicht eine Kopeke rausziehen wird. Dabei wäre so ein halber Riese für den Anfang locker drin gewesen.

»Kommt, Kinder, fahren wir ein bisschen durch die Stadt«, lädt Ljocha ein.

»Oj, ich weiß nicht, ob das geht!«, ziert sich die Kleine.

»Wir könnten auf die Sperlingsberge fahren, da hat man so eine herrliche Aussicht«, flötet Ljocha weiter. »In fünf Minuten sind wir da, ich hab ein schnelles Auto.«

»Bist du heute mit dem Porsche unterwegs?«, spiele ich ihm den Ball zu.

»Hm-hm.«

»Ihr könnt mich unterwegs abladen«, sage ich, weil ich weiß, was sich gehört. »Ich will noch ins Just Another Bar.«

»Kein Problem, machen wir ...«

»Lana«, stellt sie sich endlich vor. »Machen wir, klar...«

Zehn Minuten später rast Ljochas Porsche Cayman über die Petrowka-Straße, schlängelt sich, seine schwächeren Artgenossen frech zur Seite drängend, durch die Staus. Lana hat sich auf dem Beifahrersitz in Positur gebracht, ich hocke, zu einem fachgerechten Seemannsknoten verschlungen, auf dem Rücksitz – dem Platz für Hunde und Loser. Ekelhaft, das Ganze.

Als ich in der Bar sitze, verspüre ich einen leichten Schüttelfrost; entweder ist die Klimaanlage zu kalt eingestellt oder ich habe mich erkältet. Seit Stunden drehen sich meine Gedanken wild im Kreis. Ich denke, zum Beispiel, »Erkältung« und sofort folgt »Immundefekt« – »Fortschreiten der Infektion« – »Kaposi-Sarkom«. Und dann geht es wieder von vorne los, und wieder von vorne … Ich habe Appetit auf etwas Süßes und bestelle mir einen doppelten Bacardi mit Cola.

Endlich erscheint Anton. Im Schlepptau hat er eine Miniaturblondine in einem bauchfreien blauen T-Shirt, knielangen Jeans und blauen Stiefeln. Bisschen wie die gute Fee aus einem Disney-Trickfilm. Sie schaut aus strahlend blauen Kontaktlinsen in die himmelblaue Welt und dreht sich permanent Löckchen um den Finger. Auf ihren aufgeworfenen Lippen klebt ein unverwüstliches sanftes Lächeln. (Oder ist da bloß beim Aufspritzen etwas schiefgegangen?) Ansonsten ist sie mit jeder Menge billigem Metallplunder behängt, inklusive falschen Steinen und einer Swatch aus blauem Plastik. In der einen Hand hält sie ein vollständig mit Strass zugeklebtes Handy, in der anderen eine blaue Handtasche. Ein faszinierendes Bild: Sie schreitet, als ginge sie mit Zepter und Reichsapfel zu ihrer eigenen Krönung. Das Ganze ist eigentlich keine Frau, sondern eine einzige Dissonanz.

»Hallo«, sagt Anton und schlägt mir gegen die ausgestreckte Hand. »Darf ich vorstellen: Das ist Wika. Wika, das ist Andrej.«

»Sehr angenehm«, nicke ich.

»Analog«, antwortet sie und zieht die Lippen noch breiter. O Gott, denke ich und lächele zurück. »Wie geht's?«

»Gut«, sagt sie eifrig, setzt sich und zupft sich das T-Shirt zurecht. »Ich hab heute bei meiner neuen Arbeitsstelle angefangen, letzte Woche war ich in Kiew bei meinen Eltern, mein Bruder fängt nämlich an zu studieren und ich wollte ihm ...«

Manche Leute verstehen die Frage »Wie geht's« als Aufforderung, sofort ihren kompletten Lebenslauf abzuspulen. Ich halte mir die Speisekarte vors Gesicht.

»Anton, wollt ihr etwas essen?«

»Weiß nicht. Wika, wollen wir etwas essen?«

»Nein, ich ganz bestimmt nicht, nach sechs Uhr esse ich niemals etwas!« Sie streckt ihre Pfötchen aus, um das Unheil Essen von sich abzuwehren. »Anton, bestellst du mir bitte ein Glas Champagner?«

»Hm-hm.« Er winkt der Kellnerin. Zu mir gewandt sagt er: »Was ist mit deiner Laune? Apropos, was trinkst du?«

»Bacardi. Ich hatte heute einen scheußlichen Tag. Nur Probleme.«

»Gottchen, das kann ich dir sagen! In Moskau Auto fahren ist einfach nur noch furchtbar!«, legt Wika erneut los. »Ich habe heute eine halbe Stunde gebraucht, vom Arbat bis zur Kurskaja!«

»Mit der Metro wär's schneller gegangen«, spotte ich.

»Ach, die Metro ist immer so schrecklich voll, dieses ständige Gedränge, das geht gar nicht!« Angewidert zerknittert sie ihr Gesichtchen.

»Wika, mach nicht solche Grimassen, davon kriegt man Falten«, bemerkt Anton trocken.

»Oh, das stimmt! Immerzu vergesse ich das, ich bin unmöglich! Sag mal, wo ist denn hier die Toilette?«

Ich beschreibe ihr den Weg, Wika nimmt Handtasche und Handy und springt wie eine Gazelle davon. Der Kellner serviert den Champagner.

»Wer ist das denn?«, frage ich düster.

»Irgend so ein Landei, achte nicht drauf. Ich hab sie letzte Woche kennengelernt. Sie will zum Film.« Anton nippt an dem Glas und rümpft die Nase. »Das ist ja Asti. Ich hatte Champagner bestellt.«

»Egal, das kann sie sowieso nicht unterscheiden.«

»Reg dich ab. Sie ist ein dummes Huhn, aber ziemlich sexy. Das kannst du wohl nicht abstreiten!«

Ich nicke gehorsam.

»Hauptsache, sie nervt nicht.«

»Im Prinzip ist sie ganz pflegeleicht. Ihre Freundin kommt später auch noch.«

»Wozu das denn? Wir hatten ausgemacht, uns im engen Kreis zu treffen.«

»Wo ist das Problem? Was soll der Stress? Zwei appetitliche Schnecken am Tisch stören nicht. Eine davon ist übrigens für dich gedacht.«

»Ich will aber nicht. Ich hab die Schnauze voll von Frauen. Ich wollte einfach nur in Ruhe mit euch zusammensitzen und quatschen.«

»Was ist denn mit dir los? Ich erkenne dich nicht wieder! Normalerweise hechelst du durch die Gegend wie ein Schwanz auf Beinen, und jetzt gibst du dich plötzlich als Frauenhasser.«

»Ich hab gerade ein paar Probleme.«

»Was für Probleme?«

»Erzähl ich dir später.«

Wika kommt von der Toilette zurück – allerdings nicht allein. In ihrer Gesellschaft ist eine Frau in engen Hosen, enganliegendem Rolli und goldenen Stiefeln. Wenn man unvorbereitet in ihre Richtung schaut, hat man das seltsame Gefühl, man sieht ein Paar Lippen durch den Raum schweben, denen eine Frau folgt. Gleichzeitig nähert sich vom

Eingang her Wanja unserem Tisch. Klassische Full-House-Konstellation, denke ich.

»Das ist Tanja«, stellt Wika ihre Freundin vor.

»Und das ist Wanja«, sagen Anton und ich im Chor.

Man lässt sich nieder, bestellt sich etwas zu trinken und stürzt sich umgehend in ein angeregtes Geplauder über nichts, mit reichlich Federspreizen, Hihi und Haha und großem Augenrollen. Wanja hat sofort gecheckt, dass Wika zu Anton gehört und kleistert dementsprechend Tanja links und rechts mit plumpesten Komplimenten voll. (Wobei er meine momentane Schwäche skrupellos ausnutzt, die Sau!) Nach ihren Reaktionen zu urteilen, gehört sie zu der Sorte von fügsamen Weibchen, die anfängt, über die Namen ihrer zukünftigen Kinder nachzudenken, wenn man ihr sagt, dass sie gut aussieht. Unmerklich ist das Gespräch auf das Thema Arbeit übergegangen, und Wika fragt mich, was ich mache. Ich erkläre, dass ich mein Geld mit Literatur verdiene.

»Oh, bist du Schriftsteller?«, ruft sie und macht Kulleraugen.

»Nein, Drucker«, antworte ich trocken. »Das Einzige, was ich in letzter Zeit gelesen habe, waren meine Restaurantrechnungen, ha, ha!« Die Mädchen schmeißen sich weg vor Lachen und verlieren augenblicklich das Interesse an mir.

»Oh, guck mal, da ist ja Gala!« Tanja gibt Wika einen leichten Klaps aufs Handgelenk. »Gala! Gala! Wir sind hier!«

Eine Frau von schätzungsweise dreiundzwanzig Jahren kommt an unseren Tisch. Sie ist komplett rosa, von der Schminke bis zu den Stiefeln. Sogar ihre Augen sind rosa, glaube ich. In der Armbeuge baumelt eine rosa Louis Vuitton, in den rosa manikürten Fingerchen stecken zwei Vertu-Telefone, eins in Rosa und eins in Babyblau. Die Mädchen umarmen sich, küssen sich ab und schnattern wie die Gänse.

»Die kenne ich«, flüstert mir Anton zu. »Die hängt immer mit so einem Kaukasier-Bonzen im GQ rum.«

»Hallo-o-o-o-o zusammen!«, flötet sie und verteilt großzügig Luftküsse.

»Du hast ja gleich zwei wunderschöne Handys«, sage ich. »Verkaufst du die Dinger?«

»Aber nein, das eine hat mir mein Schatz geschenkt und das andere habe ich bei einer Wohltätigkeitstombola gewonnen«, erklärt sie mir mit stark aspirierender Aussprache. Dann sieht sie mich kurz von oben herab an und verkündet: »Außerdem hab ich noch eins, ein goldenes. Aber das bleibt in der Handtasche, sonst klaut es mir noch jemand.«

Wieder kreischendes Gelächter bei den Damen.

»Erzähl schon, wie geht's?«, fordert Tanja sie auf. »Wo hast du dich herumgetrieben?«

»Ach, ich war mit Arsjen in den Emiraten.«

»Weiß deine Mutter davon?,« frage ich streng.

»Wie bitte?« Sie glotzt mich an wie ein Auto. Wahrscheinlich habe ich alte Kindheitsängste wachgerufen.

Die Mädchen verstummen.

»Das war ein Witz«, erklärt Anton ruhig.

»Ach so!« Die Mädchen lachen lange und laut und sperren ihre Mündchen auf wie Fische, die man aufs Trockene geworfen hat.

»Na, du bist mir ja einer!« Gala droht mir schelmisch mit dem Zeigefinger.

»Weiß deine Mutter davon? Ha, ha, ha! Super Witz! Den muss ich mir merken!«, echot Wika.

»Klasse!«, beschließt Tanja den Reigen. Anscheinend reden sie gern im Kreis.

Gala setzt sich zu uns, und ob man will oder nicht, werden alle in ihr Gespräch einbezogen. Ich wende mich ein wenig ab und beobachte die Leute im Restaurant. Jeder einzelne

Gast kommt mir vor wie ein medizinisches Fallbeispiel: Die Blondine da hinten etwa, die so lässig ihren Schuh an der Fußspitze baumeln lässt, hat Tripper, und die Rote, die gerade so ansteckend über die Witze ihrer beiden Gefährten lacht, hat Syphilis; der eifrig hin und her rasende Kellner Herpes, die Hostess Hepatitis C. Dieses Lokal ist ein Brutapparat von Geschlechtskrankheiten. Und alle, alle werden sie heute Nacht mit irgendjemandem bumsen, mit Sicherheit! Sie werden bumsen, saugen, knutschen! Ein einziger Pfuhl, man könnte den Verstand verlieren, wenn man es nüchtern betrachtet.

»Zwei doppelte Dewar's, Cola extra!«, brülle ich dem Kellner zu.

»Andrej, mach mal langsam!« Wanja sieht mich verwundert an.

»Ich will mich aber besaufen«, gebe ich offen zurück.

»Ist irgendetwas passiert?«

»Nee, nix ... Kleinkram, vergiss es.«

»Hast du Stress wegen unseres Auftritts?«

»Oh, ihr tretet auf? Habt ihr eine Band?«, fragt Tanja interessiert. »Was macht ihr denn für Musik? R&B?«

»Nein, eine Mischung aus Comedy-Club und Via-Gra«, pariere ich.

»Comedy-Club kann man echt nicht mehr angucken, findest du nicht auch, Tanja?«, schaltet sich Wika ein.

»Hm-hm«, nickt Tanja. Sie saugt mit solcher Kraft an ihrem Mojito, dass ihr die Augen aus den Höhlen treten.

»Wir waren neulich im Atrium, das war aber überhaupt nicht zum Lachen. Und der ganze Saal war voller Spießer, stimmt's, Tanja?«

»Hm-hm«, macht Tanja wieder, befreit sich endlich von ihrem Strohhalm und erlässt das Verdikt: »Moskau ist einfach zu voll ... Keine positiven Schwingungen. Und viel zu viele Spießer. Ich verstehe gar nicht, wo die alle herkommen.«

»Und wer ist ein Spießer, wenn ich fragen darf?«, mischt sich Wanja ein.

»Na ja, ein Spießer ist eben ein Spießer... ha, ha, ha ... Was gibt es da nicht zu verstehen?« Tanja legt den Kopf in den Nacken und lacht schallend.

»Give me five!«, plärrt Wika, und die Mädel klatschen ihre Handflächen gegeneinander wie beschissene Basketballspieler. Dabei kreischen sie wie ein Rudel Schimpansen.

»Hübsche Mädchen!« Ich mache ein idiotisches Gesicht und strecke den Daumen nach oben. »Und so klug!«

Anton sieht mich von der Seite an. Wanja findet die Sache auch nicht zum Lachen.

»Komm, Tanja, jetzt sag doch mal! Was ist ein Spießer, deiner Ansicht nach?«, hake ich nach und lasse meinen Whiskey zügig in mich hineinlaufen.

»He, was willst du jetzt eigentlich von mir?«, wehrt sie ab.

»Nichts, ich frag nur so, aus Neugier.«

»Das ist typisch Andrej«, kichert Anton. »Wen den etwas interessiert, lässt er nicht locker.« Er scheint das Ganze amüsant zu finden. Mich dagegen macht es rasend.

»Na ja, also Spießer, das sind so nervige, altmodische, uncoole Leute. Die wissen nicht, wie man sich benimmt, sie sind schlecht gekleidet und reden komisch. Wie Kolchosniki.«

»Wie wer?«

»Wie Kolchosniki! Solche Omas aus dem Dorf und so.«

»Aha. Verstehe. Gibt es sonst noch irgendwelche Merkmale?« Ich gieße mir Whiskey nach.

»Sie sitzen den ganzen Tag zu Hause vor der Glotze.« Tanja rollt die Augen. Anscheinend denkt sie nach. »Und außerdem ...«

»Außerdem müssen sie immer über alles streiten. Eine Bekannte von mir, zum Beispiel, wollte mir mal unbedingt beweisen, dass in Moskau alle Vertu-Handys Fälschungen sind.«

»So eine dumme Kuh! Das war Natascha, stimmt's? Dabei hat die noch nie ein echtes Vertu in der Hand gehabt!«, empört sich Tanja.

»Und du siehst nie fern, Tanja?«, frage ich weiter.

»Nee, echt nicht! Nur manchmal. Reality-Shows am liebsten oder Soaps natürlich auch. Aber Nachrichten oder so einen Quatsch auf keinen Fall!«

»Alles klar. Deshalb bist du auch immer positiv drauf und die Spießer nicht?«

»Also nein, Kinder, der nervt doch jetzt, findet ihr nicht?«, beschwert sich Wika bei meinen Freunden. »Andrej, du hast anscheinend wirklich Stress. Ich kann dir einen hervorragenden Psychiater empfehlen.«

»Vielen Dank.« Einen Arzt für Geschlechtskrankheiten bräuchte ich jetzt dringender.

»Also ein Spießer ist nicht positiv drauf, und wer nicht positiv drauf ist, ist ein Spießer. Ich glaube, jetzt hab ich's verstanden.«

»Aber nein, überhaupt nicht!«, lacht Tanja. »Ganz anders! Alle Spießer sind meistens nicht positiv drauf. Aber ist doch auch egal. Kommt, trinken wir noch einen Mojito!«

»Mahlzeit, Kumpels!«, höre ich eine Stimme neben meinem linken Ohr, gerade als ich vollends in Trübsinn versinken will.

»Oh, Wowa!«, grinst Anton. »Wo kommst du denn her?«

»Ich bin mit Sonja hier. Wir sitzen dahinten.« Wowa gibt allen die Hand. »Wir haben uns versöhnt. Ich stelle sie euch gleich vor.«

Das war's. Das ist das Ende. Darauf habe ich mein ganzes Leben lang gewartet, denke ich.

Wowa zieht ab und schleppt eine dünne Brünette an, etwa fünfundzwanzig Jahre alt, in kurzem schwarzem Kleid und Schuhen mit hohen Absätzen. Um den langen, schlanken Hals trägt sie eine feine Perlenkette, am Handgelenk eine Uhr mit Stahlarmband, im Gesicht – minimales Make-up. Eigentlich eine ganz hübsche Braut. Wieso die mit so einem verschnarchten Trottel wie Wowa zusammen ist und sich sogar noch mit ihm versöhnt, verstehe ich nicht. Wahrscheinlich hat er den Posten als geschäftsführender Direktor doch gekriegt.

Die Vorstellungsprozedur läuft an, wobei die Mädels zuerst Wowa, dann seine Frau mit den Augen auffressen. Offensichtlich macht Wowa keinen besonderen Eindruck auf sie, genauso wenig wie seine Partnerin (kein Vertu), also senken sie ostentativ und einträchtig die Näschen auf ihre Tellerchen.

»Wir könnten doch unsere Tische zusammenschieben und gemeinsam etwas trinken!«, schlägt Wowa vor. Die Gesichter der Sitzenden zeigen wenig Begeisterung über diesen Vorschlag, was Wowa allerdings nicht abschreckt. Flugs bittet er den Kellner, ihre Sachen herüberzubringen. Die Damen machen lange Gesichter. Am übelsten trifft es allerdings mich selbst: Wowa macht Anstalten, sich neben mich zu setzen.

»Kinder, wir haben nämlich heute doppelten Grund zum Feiern!«, hebt er an. »Erstens feiern Sonja und ich heute ...«

»Wowa, lass doch bitte«, bremst ihn seine Freundin.

Die ist wirklich nicht so dumm, denke ich.

»Schon gut, schon gut. Zweitens hat man mich heute mit der verantwortungsvollen Aufgabe des geschäftsführenden Direktors betraut!«

Tja, offenbar habe ich hellseherische Fähigkeiten. Ich applaudiere.

»Bravo! Bravo! Bravo! Das Leben ist lebenswert!«

»Oh ja!«, nickt Wowa feierlich. Die Damen schauen von ihren Salatblättern auf und sehen Wowa mit neu erwachtem Interesse an.

Vorsicht, Mädels, der gute Wowa ist weder im Ölgeschäft noch in der Baubranche.

»Und deshalb möchte ich euch alle einladen!« Er lässt die flache Hand durch die Luft sausen. »Chivas für alle!«

»Und Zigarren!«, rufe ich. »Und dann spielen wir ›sibirischer Ölmagnat kommt nach Moskau‹!«

»Wieso Ölmagnat?« Wowa schielt mich misstrauisch an, anscheinend ist er sich nicht sicher, ob er meine Bemerkung als Kompliment oder Verarschung nehmen soll.

»Weil es das typische Gehabe von Provinzoligarchen ist: Chivas Regal und Stolichnaja trinken, in eine Schickimicki-Sauna gehen und Fotomodels pimpern, und anschließend zur Entspannung eine teure Zigarre paffen. Das verstehen die unter Leben.«

»Was ist denn mit dem los? Mit dem falschen Fuß aufgestanden, oder was?« Wowa stellt sich auf die Hinterbeine – muss er ja auch, neben ihm sitzt schließlich seine Mutti.

»Nein, ich will bloß nicht wie ein Spießer aussehen«, resümiere ich.

»Ach, ich vielleicht?«, bellt Wowa wütend.

»Trinken nur Spießer Chivas Regal?«, fragt Tanja ernst. Sie legt anscheinend Wert auf Bildung.

»Also wer ist jetzt hier ein Spießer, wenn ich fragen darf?« Wowa rückt mir bedrohlich auf den Pelz.

Inzwischen bin ich dermaßen blau, dass ich sogar bereit bin, mich zu prügeln. Ich stehe auf und starre Wowa in die Augen.

»Wowa, hör auf, du siehst doch, dass er betrunken ist!«, ruft Sonja ihn zurück und hält ihn am Ellenbogen fest.

»Leute, Schluss jetzt! Brake!« Anton springt auf und stellt sich zwischen uns.

»Hör schon auf, Andrej, das ist nicht witzig!«, mischt sich jetzt auch Wanja ein.

»Soll gar nicht witzig sein«, bemerke ich melancholisch.

Anton packt mich an den Schultern und drückt mich auf meinen Stuhl zurück. Wanja hält Wowa fest. Die Mädels sitzen wie erstarrt, in Erwartung der großen Show.

»Und ihr, ihr wunderbaren Positiven, warum sagt ihr nichts? Warum bringt ihr uns Streithähne nicht auseinander? Braucht ihr ein bisschen Entertainment? Daraus wird nichts, als Animateur bin ich zu teuer für euch. Versteht ihr mich, ihr Kolchosniki?«

»Vollidiot!«, brummt Wika mit zusammengekniffenen Lippen.

»Blödmann!«, sagt Tanja. »Mir reicht's, ich haue ab. Dieser Blödmann hat uns den ganzen Abend verdorben!«

»Was denn, habe ich was Spießiges gesagt?«, rufe ich.

Wowa versucht sich loszureißen, Anton packt mich grob am Kragen und zerrt mich vom Tisch weg.

»Los, komm, wir gehen nach draußen, durchlüften.«

»Und was ist mit der Show?«

»Los, raus, du Clown!« Ich habe Anton schon lange nicht mehr so böse gesehen. »Du dummer August!«

»He, was soll das? Wo bringst du mich hin?«

»Nach draußen, an die frische Luft.«

Vor der Tür lehnt Anton mich an die Wand, bringt sein Gesicht ganz dicht an meines und schreit mich an: »Und was sollte das jetzt? Warum benimmst du dich wie ein Volltrottel? Was ist mit dir los?« Er schüttelt mich an den Schultern. »Kannst du mir das vielleicht mal erklären?«

»Lena ist schwanger«, sage ich leise.

»Was? Seit wann?«

»Was ist das für eine blöde Frage. Woher soll ich das wissen. Sie hat es mir heute gesagt.«

»Tja, dann ...«

»Und das ist nicht die einzige Katastrophe ...«

»Was denn noch?«

»Gestern hat mich Rita angerufen und gesagt, sie sei krank ... Sie hat sich einen Tripper eingefangen ...«

»Von dir?«

»Woher soll ich das wissen?«

»Hast du keine Symptome?«

»Eigentlich nicht, glaube ich. Bis jetzt jedenfalls. Kann ja noch kommen.«

»Vielleicht will sie dir bloß Kohle aus dem Kreuz leiern.«

»Und wenn nicht?«

»Wenn nicht, dann nicht. Tripper ist heilbar. Hast du deswegen da drinnen so einen Stress gemacht?«

»Es kommt einfach alles auf einmal. Ein Problem jagt das nächste. Den Tripper kriege ich weg, aber was ist mit Lena? Die ist stur, die wird sich nie mit einer Abtreibung einverstanden erklären. Und Tripper während der Schwangerschaft ...«

»Hör mal, Andrej, jetzt sei nicht voreilig. Vielleicht hast du ja gar keinen Tripper!«

»Und wenn doch?« Meine Stimme versagt.

»Dann musst du es Lena halt gestehen.«

»Ihr gestehen? Bist du irre?« Ich lasse albern den Finger neben der Stirn kreisen.

»Dann lässt du's eben. Sie wird es sowieso rausfinden.«

»Und was dann?«

»Dann gibt sie dir den Laufpass. Aber du wolltest sie doch sowieso beide loswerden. Das ist ein wunderbarer Vorwand, hi, hi, hi. Und Tripper, das ist wie Schnupfen, den hatte ich auch schon mal.«

»Du kannst leicht spotten.«

»Andrej, wo ist das Problem? So oder so bist du dran. Irgendwann musste sowas ja passieren. Bei deinem Lebenswandel. Wenn du jetzt noch anfängst zu drücken, dann ziehst du bald das große Los, dann fängst du dir eine Hepatitis ein oder Aids und das war's«

»Scheiße!« Ich fühle, wie meine Knie weich werden. »Leck mich am Arsch!«

»Dafür muss dir niemand den Arsch lecken. Irgendwann kommst du an die Kasse, das kann ich dir versprechen.«

»Hör mal, halt mir jetzt keine Moralpredigten, ja? Ich bitte dich als Freund um einen Rat, mehr nicht!«

»Und was soll ich dir raten, Alter? Egal, wie du es drehst, mit Rita ist sowieso Schluss. Apropos, was ist mit der Fete? Lässt sie die auch platzen?«

»Nein, sieht nicht so aus. Sie sagt, ich brauche das Geld jetzt für Medikamente.«

»Na super. Übrigens, schenk ihr doch irgendwas Hübsches, oder gib ihr Geld. Lena auch. Sie kriegt es sowieso raus, früher oder später.«

»Eher später. Bei Frauen treten die Symptome später auf. Und wer weiß, wie lange sie schon schwanger ist.«

»Dann sag es ihr sofort. Sonst stehst du nachher ziemlich dumm da.«

»Das hab ich dir doch gesagt. Es ist schade um Lena, irgendwie ist sie ein gutes Mädchen, man sollte sie nicht so verarschen.«

»Du hast sie sowieso schon verarscht.«

»Du bist eine herzlose Sau.«

»Jetzt bin ich auf einmal schuld! Andrej, weißt du was: Vergiss es! Erst pennst du mit jeder, die dir über den Weg läuft, dann wird eine von ihnen schwanger und du machst plötzlich auf edler Ritter und willst sie nicht verarschen! Warte mal, da ruft jemand an ... Ja, ja, alles klar. Sagt mir Bescheid, wenn ihr wisst, wo ihr hinwollt ... Die anderen brechen auf.« Das gilt mir. »Komm, lass uns noch ein Stück von hier weggehen, sonst geht das gleich wieder los.«

Wir biegen um die nächste Hausecke und gelangen in einen Torweg, wo wir erstmal eine rauchen.

»Hör mal«, sage ich und nehme einen tiefen Zug. »Man könnte doch ... Ich meine, was ist, wenn man einen Gynäkologen findet, der ... der ihr klar machen würde, dass man bei der Geburt mit Komplikationen zu rechnen hat, verstehst du? Sie hätte da so eine Krankheit oder irgend so was ...«

»Tripper, meinst du.«

»Es muss ja nicht Tripper sein. Irgendwelche gefährlichen Mikroben oder Bakterien ...«

»Was für ein schlaues Bürschchen du doch bist, meine Güte!«

»Jedenfalls, sie müsse starke Antibiotika nehmen und so weiter, und das könnte die Frucht schädigen und deshalb, du verstehst, wäre eine Abtreibung dringend angeraten und so weiter...«

»Andrej, bist du sicher, dass du sie noch alle im Kasten hast? Was für ein Arzt sollte denn da mitspielen? Sie braucht doch nur einen anderen Spezialisten zu konsultieren, dann fliegt die Sache auf und er ist dran!«

»Ach was, das rede ich ihr schon aus, ich ziehe bei ihr ein, lasse sie nicht mehr aus den Augen, bis die Sache durch ist, alles Weitere kriegen wir dann schon geregelt.«

»Du bist echt nicht ganz dicht! Entschuldige, aber das ist wirklich das Letzte!« Anton sieht mich entgeistert an. »Tu mir den Gefallen und schalte deinen Kopf ein!«

»Was soll ich denn machen? Ich bin total im Eimer. Ich hab nicht einmal jemanden, mit dem ich vernünftig reden kann. Soll ich untertauchen?«

»Nicht gerade die feinste Variante, aber möglich, klar.«

Die Tränen drücken mir im Hals. Es fühlt sich fast an wie

Erleichterung. »Und nach einem Jahr komme ich wieder und fange ganz von vorne an. Wenn über diese scheiß Geschichte Gras gewachsen ist. Aber jetzt ... Meine Psyche ist nicht stark genug, verstehst du?« Zur Bekräftigung wische ich mir mit dem Ärmel die Nase ab.

»Na komm, ganz ruhig! Heulen nützt auch nichts. Vielleicht solltest du ja wirklich eine Weile verschwinden.«

Dann stehen wir da, sagen nichts, sehen uns nur schweigend an. Irgendwo heult eine Alarmanlage, traurig und monoton.

»Es ist alles noch viel komplizierter, Alter ...« Ich lehne mich wieder an die Wand, hebe das Kinn und schlucke bitter an meinen Tränen. »Das mit dem Tripper war eine Lüge.«

»Was meinst du damit?«

»Rita hat gesagt, sie sei HIV-positiv«, flüstere ich kaum hörbar. Es schüttelt mich vor Entsetzen und Angst, ich bin nicht einmal in der Lage, über die Folgen meiner Enthüllung nachzudenken.

»HIV-positiv?« Anton fällt automatisch in denselben Flüsterton. »Bist du völlig verrückt geworden?«

»Hm-hm.« Ich ziehe laut die Nase hoch und nicke vor mich hin wie ein Wackelbuddha. »Heute hab ich den Test machen lassen.«

»Und hast du schon das Ergebnis?«

»Mittwoch ...«

»Komisch«, sagt er nachdenklich. »Als ich Rita neulich im ›Dach‹ getroffen habe, hatte ich so ein ungutes Gefühl. Sie sah ziemlich schlecht aus, ganz blass. Ich dachte noch, vielleicht liegt es ja am Licht und so ...«

»Sie hat schon die ganze letzte Woche über ihre Gesundheit geklagt, von wegen ihre Lymphknoten seien geschwollen und alles, und gestern hat sie mir gesagt, dass sie einen

Test gemacht hat und … und …« Weiter komme ich nicht, die Stimme versagt mir.

»Und das ist echt kein Trick? Sie hat sich doch Geld von dir geliehen, oder? War da nicht irgendwas mit einem Auto?«

»Vergiss es. Das dachte ich zuerst auch. Ich hatte ihr zehn Riesen geliehen, aber die hat sie mir heute zurückgegeben.«

»Au, Scheiße, das ist übel!« Anton ist jetzt weiß wie ein Bettlaken. »Keine Ahnung, was man da machen soll …«

»Schon gut, vergiss es einfach«, sage ich ehrlich. Jetzt, nachdem ich mich ausgesprochen habe, geht es mir schon ein wenig besser. »Mit Rita ist alles klar, mit mir ist alles klar, das einzige Problem ist Lena mit ihrem Kind.«

»Du musst es ihr sagen, Andrej!« Anton betrachtet hochkonzentriert die Glut seiner Zigarette. »Möglichst schnell. Das ist am saubersten.«

»Ich hab aber Angst.«

»Dann sag ich es ihr.«

»Auf keinen Fall! Ich bitte dich! Ich habe dir das nur erzählt, weil du mein bester Freund bist!«

»Schon gut, ich sag es ihr nicht.«

»Kannst du mir nicht trotzdem einen Arzt empfehlen?«

»Andrej, das ist scheiße! Das geht nicht!«

Ich schaue trübe in den Himmel und denke daran, dass wir beide vor einem Jahr auf dem Fortdance-Festival bei Petersburg genauso zusammenstanden, an die warme Ziegelmauer der Alexanderfestung gelehnt, um ein wenig von der Hitze der Nacht auszuruhen. Es war fünf oder sechs Uhr morgens, drüben auf dem Festland legten schon die ersten Ausflugsdampfer ab, Möwen kreischten, Mädchen lachten, Musik wummerte, und alles war so einfach, so leicht und so gut.

»Anton, sag was, ich flehe dich an!«, fange ich wieder an zu quengeln. »Irgendwas! Aber sprich mit mir!«

»Ja, ja.« Anton tippt auf seinem Handy herum. »Ich schicke dir die Visitenkarte von einem Typen, den ich kenne, Dima. Vielleicht kann er dir helfen. Aber das wird teuer, das sag ich dir gleich.«

»Ist mir völlig egal«, sage ich demütig. »Hauptsache, sie besteht nicht darauf, das Kind zu kriegen.«

»Ich kann dir aber nichts versprechen! So, das hätten wir. Ruf ihn morgen an, sag ihm, du kommst von mir.«

»In Ordnung. Ich danke dir, Alter, echt.« Ich sehe ihn an. »Hör mal, Anton, du lässt mich doch nicht im Stich? Ich meine, jetzt, wo ich Aids hab?«

»Noch ist es nicht amtlich.«

»Trotzdem, Anton. Du weißt doch, die Chancen stehen gleich null! Außer Wanja und dir habe ich keine Freunde.« Ich hocke mich auf die Erde, ein Schluchzen schnürt mir den Hals zusammen.

»Hör schon auf, es reicht!« Anton zieht mich hoch. »Außerdem hast du noch kein Aids. HIV-positiv ist noch kein Aids. Du kannst noch lange leben. Magic Johnson, zum Beispiel ...«

»Der ist Basketballspieler, die haben eine solide Physis.«

»Dafür bist du ein Junkie und Säufer.« Anscheinend versucht er mich aufzuheitern. »Und du hast prima Freunde!«

»Anton, mein alter Anton!« Ich umarme ihn ergriffen und lege den Kopf auf seine Schulter. »Du bist wie ein Bruder für mich, ach was, viel mehr als ein Bruder!«

»Ja, ja. Aber trotzdem werde ich in Zukunft nicht mehr aus einem Glas mit dir trinken. Und auch nicht im selben Zimmer mit dir schlafen.«

»Du Ekel!«

»Was hast du denn gedacht?« Wir umarmen uns wieder. »Mach dir keine Sorgen, wir kriegen das schon hin.«

»Gar nichts kriegen wir hin«, lächle ich durch meine Tränen hindurch. »Nie mehr.«

»Ach was.« Er starrt ins Dunkel. Wahrscheinlich begreift er aber selbst, dass es keine Lösung gibt. »Gehen wir zurück?«

»Ja, ja. Ich kann sowieso nirgends mehr bleiben.«

Drinnen im Restaurant steht die Luft. Unser Tisch ist nicht mehr frei, also stellen wir uns an die Bar, zwischen irgendwelche ausländischen Dickwänste in weißen, bis zum Nabel offen stehenden Hemden und spärlichen, aber dafür umso großzügiger gegelten Haarsträhnen. Junge Nutten und alternde Nymphomaninnen umschwirren die Dickwänste wie emsige Bienen. In tiefem Schweigen kippen wir noch einen großen Whiskey. Was gibt es jetzt auch noch zu besprechen?

Mir wird übel. Meine Augen schmerzen, die Übelkeit steigt mir in Wellen in die Kehle, in meinem Kopf beginnt es zu hämmern. Ich werfe zwei Tausender auf den Tresen.

»Komm, lass uns abhauen.«

Anton sieht auf die Uhr.

»Na gut. Aber ich muss Wika abholen.«

»Wo sind die?«

»In der Bar 7.«

»Alles klar. Schnappen wir uns ein Taxi.«

Im Durchgang zur Garderobe steht ein riesiger knallrosa Plüschbär (oder Plüschbiber?) und bietet jedem, der vorbeigeht, ein isotonisches Getränk an.

»Leute, tankt erstmal auf, die Nacht ist noch lang!«, grölt er. »Probiert unseren neuen Energydrink!«

»Danke, kein Bedarf«, brummt Anton im Vorbeigehen.

»Zu jeder Dose von unserem Energydrink gibt es drei Präservative gratis dazu!« Der Plüschbär hält mich am Ellenbogen fest. »Jungs, greift zu, eure Freundinnen werden beglückt sein! Hi, hi, hi!«

»Fick dich ins Knie, du Waschbär!«, raunze ich und mache mich los.

»Warum denn gleich so grob? Oder hältst du nichts von Verhütung?«, gibt der Bär zurück.

»Was sagst du da?«, gehe ich auf ihn los. »Sag das nochmal!«

»Trink einen Energydrink und benutze ein Präservativ, Alter«, lacht der Idiot. »Die Nacht ist noch lang!«

»Du kommst zu spät mit deinen Ratschlägen!« Ich hole aus und knalle ihm die Faust voll auf die Plüschnase. Der Bär taumelt einen Schritt zurück (der Schlag wurde von seinem Kostüm abgefangen) und ich setze mit der Linken nach, direkt in die Grinsezähne. Hinter den Plüschbeissern trifft meine Faust auf etwas Hartes, den Kopf, vermute ich. Der Bär wird gegen die Wand geschleudert, aber es gelingt ihm, mir eine Dose von seinem beschissenen Energydrink an die Stirn zu schleudern. Die Dose platzt auf, und ein Strom von rosafarbener Energybrühe ergießt sich über mich. Ich springe zurück und wische mir mit dem Ärmel das Gesicht ab. In diesem Moment kommt eine von den drei Tussis von vorhin, die rosa Gala, aus der Toilette, und steht plötzlich genau zwischen uns.

»Wow! Was ist denn das für eine Zirkusveranstaltung?«, kreischt sie los – unklar, ob aus Vergnügen oder vor Angst.

Ich kneife die Augen zusammen, fokussiere meinen Gegner und lasse meine Faust nach vorne schießen. Mein Plan war, über Galas rechte Schulter hinweg genau die dumme Fresse von diesem Energybär zu treffen. Dummerweise treffe ich statt dessen Galas Fresse, weil sie sich im falschen Moment zur falschen Seite bewegt. Und Gala, mitsamt ihren Telefonen, Handtäschchen und Champagnerglas, fällt um wie ein Baum, oder besser gesagt, wie ein Besen, dünn wie sie ist. »War die mit dem Glas auf dem Klo?«, denke ich noch, da wirft sich der Bär, meinen Fehlschlag ausnutzend, wütend auf mich. Ineinander verkrallt gehen wir zu Boden, wo wir uns, wild aufeinander einprügelnd, hin und her wälzen. Der Bär muss naturgemäß erheblich weniger einstecken, weil er gut gepolstert ist, während ich schon längst eine blutige Nase habe. Gala steht inzwischen wieder, wie ich aus den Augenwinkeln mitkriege, und lehnt mit wackligen Knien an einer Wand.

»Hilfe!«, schreit sie, während ihr das Blut aus der Nase läuft und sich mit ihrer Kosmetik zu einem bizarren Brei vermischt. »Überfall! Hilfe! Hilft mir denn niemand?«

Ich bin inzwischen auf dem Bären zu liegen gekommen.

»Da, du Scheißkerl, nimm das!«, brülle ich und fange an, seine Birne mit den Fäusten zu bearbeiten. Doch der Bär wirft mich ab, drückt mich mit seiner bloßen Körpermasse zu Boden und fängt seinerseits an, auf meinen Kopf einzuschlagen. Ich halte die Arme schützend vors Gesicht. Wahrscheinlich geben wir einen ziemlich komischen Anblick ab, aber mir kommt es vor wie der letzte Kampf der Menschheit, der Untergang der Zivilisation. Für mich ist es der Kampf der verlorenen Menschlichkeit gegen das Werbebärmäßige dieser korrupten Welt schlechthin.

Endlich werden wir von den Security-Leuten getrennt. Irgendwer schreit: »Ruft die Bullen!« Ein anderer verpasst mir ein paar empfindliche Schläge in die Leber. Dann erwischt Anton mich am Kragen und zerrt mich nach draußen auf die Straße. Ich versuche mich zu wehren und brülle: »Lass mich los! Ich will diesem scheiß rosaroten Panther eins auf die Fresse geben!«

# DIENSTAG

Die ganze Nacht quält mich Schlaflosigkeit. Ich schwitze, wälze mich im Bett, renne ständig auf die Toilette. Die seltenen Momente, in denen es mir gelingt, einzuschlafen, sind schlimmer als mein verschwitztes Wachsein. Im Traum erscheinen mir Rita mit einem Lenkrad in der Hand, Lena mit einem unnatürlich großen Bauch, Katja, gekleidet wie die Privatsekretärin eines Bonzen aus der Axe-Reklame, Wsjeslawski, der mir mit meinem kaputten Diktafon vor der Nase herumfuchtelt, der rosa Reklamebär, Anton mit vorwurfsvollem Gesichtsausdruck, schließlich die Krankenschwester, die mir Blut abgezapft hat. Letztere sitzt seltsamerweise auf einem Fensterbrett und hüllt sich in ihre Engelsflügel ...

Gegen acht Uhr früh stehe ich auf. Im ganzen Körper spüre ich grässliche Gliederschmerzen, ich fühle mich schlapp, absolut down and out. Dabei ist heute auch noch unser Auftritt ... Ich muss mich irgendwie in Gang bringen, koste es, was es wolle. Ich schlurfe zu meinem Computer, überlege kurz, ob ich mir einen Kaffee machen soll, aber allein der Gedanke versetzt meinen Magen in Aufruhr.

Bis um zehn Uhr habe ich im Internet diverse Sites durchforstet und infolgedessen fast sämtliche Anzeichen für eine fortgeschrittene Aids-Erkrankung bei mir diagnostiziert. Natürlich lässt sich für jedes einzelne dieser Anzeichen eine ganz natürliche Erklärung finden: Der weiße Belag auf der Zunge kann auch von übermäßigem Alkohol- und Nikotingenuss kommen, das Gliederreißen und Knacken in den Gelenken lässt sich auf die gestrige Prügelei zurückführen, Schlappheit und Appetitlosigkeit auf fehlenden Schlaf, die Schlaflosigkeit auf nervliche Überreiztheit. Und die Schwellung der Lymphknoten könnte daher kommen, dass ich alle paar Minuten an ihnen herumknete. Aber dass alle diese Symptome gleichzeitig auftreten, das kann doch kein Zufall sein! Außerdem schwitze ich wie ein Schwein, alle halbe Stunde renne ich unter die Dusche, und anschließend suche ich vor dem Spiegel meinen Körper nach Pigmentflecken ab. Bisher sind allerdings noch keine zu finden. Auch meine Temperatur ist normal, obwohl ich das Thermometer seit einer Dreiviertelstunde nicht mehr aus dem Mund genommen habe.

Eine weitere Stunde später weiß ich, dass die Symptome der Krankheit eigentlich nicht so schnell in Erscheinung treten. In der Regel geschieht das drei bis vier Wochen nach der Infektion, und selbst dann hat das noch gar nichts zu sagen. Ich muss das Ergebnis des Tests abwarten. Mein Problem besteht darin, dass es praktisch unmöglich ist, festzustellen, mit wem ich wann intimen Kontakt gehabt habe. Der Kreis der potentiell HIV-infizierten Frauen, mit denen ich zu tun hatte, scheint mir unüberschaubar.

Um zwölf ruft Wsjeslawski an. Um es kurz zu machen: Mein Traum, die Welt des Glamour zu verlassen, geht endlich in Erfüllung. Er hat mich rausgeschmissen. Ich bin die längste Zeit Star-Reporter beim *Beobachter* gewesen. Wsjeslawski ließ eine endlose Tirade über meine »haarsträubende Unzuverlässigkeit«, den »galoppierenden Qualitätsverlust« meiner Texte, mein angeblich »unterirdisches Niveau« und so weiter ab. Am Ende verstieg er sich tatsächlich so weit, das

Wort »Pfuscherei« zu benutzen. Übrigens war der Grund für die Kündigung letztlich nicht die Sache mit den Bildunterzeilen und auch nicht das verpatzte Interview mit Bucharow. Der entscheidende Tropfen, der das Fass zum Überlaufen brachte, war jener unselige Artikel über die Hundekosmetik. Zuerst hat sich Wsjeslawski offenbar ziemlich darüber aufgeregt, wie dämlich die Leute sind, so ein Produkt zu kaufen, aber dann hat er in Vadim Dajews Firma angerufen, um festzustellen, ob es das Zeug auch tatsächlich gibt. Es dauerte keine halbe Stunde und er hielt eine offizielle Erklärung der Pressestelle der Firma in den Händen, in der erklärt wurde, dass ein Produkt namens Doggy-M von MIORR® nicht existiere, niemals existiert habe und weder auf dem nationalen noch dem internationalen Markt vertrieben werde. Außerdem behalte man sich vor, gegen derartige Veröffentlichungen wie meinen Artikel juristisch vorzugehen. Kurz, ich habe meiner Zeitung einen echten Bärendienst erwiesen, den Ruf des Magazins und Wsjeslawskis persönliches Ansehen empfindlich geschädigt. Zu guter Letzt erklärte mir Wsjeslawski noch in gutmütigem Ton, dass er mir meinen Lohn für den ganzen restlichen Monat auszahlen werde, natürlich abzüglich der vorausgezahlten Spesen. Danke. Damit bin ich unter dem Strich bei null gelandet.

Dieser Abschnitt meiner beruflichen Karriere wäre damit also beendet. Mit den Augen eins Aidskranken betrachtet scheint mir allerdings sogar dieses Problem klein und unbedeutend.

Mein erster Gedanke ist, sofort Vadim anzurufen und ihm zu erklären, dass ich die ganze Geschichte im Internet verbreiten werde, oder einen Brief an seine Chefs schreibe, oder ihm eins auf die Fresse haue. Aber was würde das ändern?

Soll ich Lena anrufen und ihr eine Szene machen? So, wie es gerade zwischen uns steht, bringt das auch nichts. Anrufen muss ich sie allerdings, aber aus einem anderen Grund. Ach ja, der Arzt ...

Ich suche in meinem Handy die Nummer, stelle die Verbindung her.

»Ja?«, klingt eine heisere Stimme an mein Ohr.

»Guten Tag, Andrej Mirkin mein Name, ich bin ein Freund von Anton Panin. Ich habe da ein kleines Problem ...«

»Ja bitte, ich höre. Worum geht es?«

»Also, die Sache ist so, ich muss einen Schwangerschaftstest machen, das heißt, natürlich nicht ich, sondern meine Freundin, und, äh, dieser Test, also ich bräuchte, ich meine, sie muss ...«

»Alles klar. Schreiben Sie mir eine E-Mail mit den nötigen Informationen, ich rufe zurück.«

Er gibt mir seine Adresse und ich schreibe ihm, wie ich mir die Sache im Einzelnen vorstelle. Dann rufe ich Anton an, berichte ihm von dem Gespräch und sage, ich sei jetzt bereit für unseren Auftritt. Er redet mir noch eine Weile gut zu, dann verabreden wir uns für den Abend.

Kurz danach ruft Vera aus der Redaktion an. Sie erzählt, das ganze Büro diskutiere lebhaft über meine Entlassung, und es tue ihr so schrecklich leid, und sie würde sofort zu mir kommen, um mir in dieser schwierigen Situation zur Seite zu stehen, und sie überlege schon die ganze Zeit, wie sie mir helfen könne, eine neue Arbeit zu finden. Ich antworte sowas wie »Ja, ja, klasse« und so weiter und würge das Gespräch ab, bevor sie noch mehr Blödsinn redet. Ich habe nicht das geringste Bedürfnis, mit fremden Leuten meine persönlichen Probleme zu besprechen. Und schon gar nicht mit einer Frau, die scharf auf mich ist und jetzt ihre Stunde gekommen sieht.

Doktor Dima antwortet auf meinen Brief ziemlich schnell und ziemlich knapp: »Sehr heikel. Man kann nicht sicher sein, dass sie keine weitere Untersuchung machen lässt. Mein Honorar beträgt 5000. Wenn Sie bereit sind, geben Sie mir Bescheid.«

Ein kostspieliger Doktor, das muss ich schon sagen. Aber ich habe ja keine Wahl. In einem hat er allerdings Recht: Wie geht es weiter? Wie kann man sie dazu bringen, dass sie keine weiteren Untersuchungen durchführen lässt? Soll ich zu ihr ziehen und sie rund um die Uhr bewachen? Aber wie kann ich sie von ihren Freunden und Bekannten, vor allem – von ihren Eltern abschirmen? Trotzdem, es ist die einzige Möglichkeit: Ich muss bei ihr einziehen und ihre sämtlichen Kontakte unterbinden, bis die Abtreibung stattgefunden hat.

Am liebsten würde ich alles in eine einzige Stunde pressen: Lena anrufen – ab zum Arzt – Abtreibung. Schluss, aus. Irgendwelche Zweifel, dass das nicht in Ordnung ist, was ich da vorhabe, kommen mir nicht. Das Einzige, was mich interessiert, ist, die Sache möglichst schnell hinter mich zu bringen und anschließend noch schneller zu vergessen. So tun, als sei nichts gewesen. Da war nichts. Keine Schwangerschaft, keine Abtreibung. Ich bin mir sicher, das ist für alle das Beste. Keine gebrochenen Herzen, keine kranken Kinder, keine alleinerziehende Mutter. Das Einzige, was mich befremdet, ist die Tatsache, dass ich plötzlich Entscheidungen für einen anderen Menschen treffe – zum ersten Mal in meinem Leben. Das sieht mir eigentlich gar nicht ähnlich. Aber was bleibt mir schließlich anderes übrig?

Außerdem ist das sowieso alles viel zu viel für einen einzelnen schwachen Menschen. Was kann ich dafür? Ich bin nicht schlimmer als die anderen. Ein netter Junge, nicht mehr und nicht weniger. Warum soll ich allein für die Sünden der ganzen Menschheit büßen? Damit den anderen der Spaß vergeht? Ha! Die werden überhaupt nichts davon erfahren! Superstars verrecken elendig an Aids, Drogen oder

Alkohol, die Massenmedien berichten davon in aller Welt, aber nicht einmal das schützt einen einzigen Menschen, hindert die Verbreitung der Seuche, macht irgendetwas besser. Die Menschen sind hemmungslos leichtsinnig. Das lehrt sie der technische Fortschritt. Ob Gott wohl davon weiß – wenn es ihn denn gibt? Vielleicht hat er ja doch irgendwo einen Fehler gemacht? Das kommt vor, jeder macht schließlich mal Fehler. Dann könnte er die Sache auch wieder geradebiegen, und wir würden einander feierlich verzeihen, ich bin ja nicht nachtragend. Tja, das ist natürlich Unsinn. Aber so ist das, erst wenn man in der Scheiße sitzt, denkt man an den lieben Gott. Weil einem sonst niemand mehr helfen kann.

Um halb eins verändert sich die Lage rapide zum Schlechten. Zuerst rufe ich Lena an und schlage ihr mit kreideweicher Stimme vor, den allerbesten Arzt Moskaus zu konsultieren. Außerdem erkläre ich, nunmehr, da sie im Begriffe sei, Mutter zu werden und ich Vater, sei es unumgänglich, dass wir uns von jetzt an jeden Tag sehen. Jemand müsse sich um alles kümmern und für sie sorgen und so weiter. Und deshalb würde ich umgehend, das heißt morgen, gleich nach dem Termin beim Arzt, zu ihr ziehen. Lena ahnt natürlich nicht, dass das Ganze eine Falle ist, sie ist total gerührt und weint fast vor Glück. Sie ist mit allem einverstanden. Das wäre also geschafft. Mies zu handeln ist sogar noch leichter, als mies zu denken.

Die Erleichterung über den Verlauf des Gespräches treibt mich aufs Klo, wo ich feststellen muss, dass ich einen kolossalen Durchfall habe. Augenblicklich bricht mir wieder der Schweiß aus. Die Panik wächst. Das Fieberthermometer zeigt an, dass meine Temperatur auf 36,9 gestiegen ist. Es geht los.

Das Schlimmste ist, dass ich das Testergebnis nicht vor

morgen abholen kann. Bis dahin liegt einfach noch viel zu viel Zeit vor mir. Wenn ich wenigstens was zu tun hätte. Bis zu unserem Auftritt sind es noch ganze acht Stunden. Wie soll ich diese Zeit bloß überbrücken?

Ich gehe noch einmal unter die Dusche, putze mir die Zähne, verbringe ganze zehn Minuten damit, die Aufschrift auf der Zahnpastatube Lacalut Brilliant White zu studieren. Der deutsche Hersteller verspricht gründliche und schonende Entfernung von allen bakteriellen Belägen. Vielleicht sollte ich meinen Schwanz damit putzen?

Zwei Stunden vertrödele ich mit irgendwelchem Quatsch: Zigaretten holen, Radio hören, Fernsehen gucken und so weiter. Schließlich steige ich sogar über den Dachboden aufs Dach meines Hauses, stehe eine Viertelstunde dort rum, rauche, gehe wieder zurück in meine Wohnung. Um den Computer schleiche ich wie die Katze um den heißen Brei. Ich möchte mich vom Internet fernhalten – zu groß ist die Gefahr, auf die Sites zu geraten, die sich mit dem *Endstadium* befassen. Aus lauter Verzweiflung lande ich in einem Aids-Forum, suche parallel nach Geschichten über Stars, die an Aids erkrankt sind. Mich interessiert jetzt zunächst mal eines: Wie lange kann man damit leben? Freddie Mercury hat sieben Jahre durchgehalten, Nurejew weniger, Magic Johnson lebt noch. »In den letzten drei Jahren war ich ununterbrochen krank. Mein Freund unterstützt mich, wir haben sogar über Kinder nachgedacht, aber es geht mir immer schlechter und schlechter«, schreibt Natascha aus Rostow. »Nachdem ich erfahren hatte, dass ich HIV-positiv bin, ging es mir zwei Jahre lang noch ganz gut, dann begann es sich zu verschlechtern.« Twin aus Saratow. Ich fühle mich, als würde ich den Briefwechsel von Toten lesen. Nein, ich muss sofort aufhören damit, ich sterbe ja selber Stück für Stück mit.

Ich gieße mir einen großen Dewar's ein, leere das Glas in

einem Zug, lege die DVD mit Morrisseys Life-Auftritt *Who put the »M« in Manchester* in den Player und knalle mich aufs Sofa.

*You have never been in love*
*Until you've seen the stars*
*Reflect in the reservoirs.*

Morrissey singt, ganz am Rande der Bühne stehend, einen Fuß auf den Monitor gesetzt. Die Kamera schwenkt durch den Saal, wo Tausende von Fans begeistert die Arme in die Höhe strecken, und mittendrin halten ein paar Leute ein weißes Plakat, auf dem steht: »*Daddy, welcome back home!*« Ein junger Typ aus der ersten Reihe versucht auf die Bühne zu klettern. Die Leute von der Security ziehen ihn wieder herunter, aber es gelingt ihm noch, Morrisseys Hand zu fassen. Die Security-Typen schleppen ihn aus dem Saal, aber er lächelt glücklich, schwenkt die Arme und singt mit. Alle singen, alle schwenken die Arme. Eine einzige große Gemeinschaft.

Tränen steigen mir in die Augen. Das ist es, was ich will: Leid, düstere Lyrics, Tausende Seelen im Einklang, Tausende, die meine Texte auswendig mitsingen können. Konzerte, Tourneen, Studioaufnahmen ... Wo sind meine vierzigtausend Fans, die »Mirkin! Mirkin!« skandieren und ein Plakat hochhalten, auf dem steht: »*Who put the ›M‹ in Moscow? Daddy, welcome back home!*«, weil ich fünf Jahre lang von der Bildfläche verschwunden war, die ich in frei gewählter Einsamkeit in Bagdad verbracht habe, und jetzt nach Moskau zurückgekehrt bin, mit einem neuen Album im Gepäck? Was mache ich hier, wo doch meine Bestimmung eine ganz andere ist? Habe ich überhaupt noch genug Zeit?

Ich schalte den Fernseher aus, springe auf, hole mein Diktafon und beginne, wie in einem irrsinnigen Laberflash alles aus mir herauszuquatschen, was in meinem Inneren brodelt. Ein kochender Hip-Hop der Seele ...

Dabei hat Ljocha doch gesagt: Lauf, verschwinde, hau ab hier! Und er hat Recht. Ich bin Künstler, kein Hausierer. Anstatt mich meinem Werk zu widmen, habe ich die Zeit damit verbracht, mich unaufhaltsam auf das Nirgendwo zuzubewegen. Ich muss als Journalist für eine angesehene Zeitung arbeiten, um mir das Image eines erfolgreichen Tunichtguts zu erwerben. Ich schreibe hochtrabende Artikel, besinge das Leben von Plastikmenschen, lasse mich bezahlen von einem aufgeblasenen, selbstverliebten Ochsen, der möchte, dass von dem Dreck, den er produziert, die ganze Welt erfährt. Ich mache absolut sinnfreie Interviews mit Leuten (Leute, die wir alle sehr gut kennen), deren einzige Leistung darin besteht, dass sie ihre minderjährigen Töchter zu einem guten Preis an einen Zuhälter verscherbelt haben, der diese wiederum zu einem noch besseren Preis an die dicksten Oligarchen des Landes weiterverscherbelt. Diese Leute können stundenlang darüber quatschen, wie man Erfolg hat und wie man so wird wie sie: Wie man sich von einem berühmten Produzenten ficken lässt, einen angesagten Dealer lutscht oder in eine allglatte Partei eintritt. Ich schreibe beschissene Artikel, die von beschissenen Leuten bezahlt werden, damit sich das gesamte übrige Publikum darauf einen runterholt und sich dabei immer wieder fragt: Bin ich schon beschissen genug, dass ich zum Helden eines solchen Artikels werden kann? Um mich herum gibt es nichts als Scheiße. Und diesen Journalismus nenne ich Scheißjournalismus. Das Problem ist nur, dass ich eigentlich gar nicht schlecht schreibe, und das Wissen darum macht mir das Leben manchmal unerträglich. Ich versuche, mich damit zu trösten, dass die Arbeit dieses Büro-Planktons noch unerträglicher ist, aber wenn das mein einziger Trost ist, kann ich mich auch gleich aufhängen. Ich könnte natürlich als Tankwart oder Lastwagenfahrer arbeiten, aber das ist bloße Theorie.

Image, Image über alles!

Aber das Image allein bringt es eben auch nicht, man braucht auch noch »die richtigen Freunde«. Ich »baue Beziehungen auf«, »kontaktiere«, »laufe über den Weg« und so weiter. Ich treibe mich mit einer Unmenge einflussreicher Leute herum, immer in der Hoffnung, dass einer von ihnen mir nützlich sein könnte, mich protegiert, mir »einen Tipp gibt«, »einen Anruf macht«, mich »vermittelt«, und so weiter. Und dann verändert sich mein Leben auf einen Schlag: Man setzt mich auf die Liste der Top 100 der bestaussehenden Männer von Moskau oder bietet mir einen Job beim Fernsehen an oder will mich zum Chefredakteur des russischen *Playboy* machen oder mir eine eigene Talkshow im Radio geben. Jedenfalls bin ich plötzlich oben, und jedes, wirklich jedes Plattenlabel wird sich darum reißen, mit meiner Gruppe eine CD zu produzieren. Und wenn unser Album erscheint, kann ich mich endlich ganz offiziell Künstler nennen und mich ganz meiner schöpferischen Arbeit, meinem Werk widmen. Das heißt, ich bin ein Promi. Dummerweise sieht es so aus, als würde keiner dieser superwichtigen Leute auch nur einen Finger krummmachen, um mir zu helfen. Schon gar nicht umsonst. Weil diese Typen allesamt perverse Kinderficker sind. Ljocha hat schon recht. Aber stur wie ein Esel trete ich weiter auf der Stelle herum. Es fällt mir nicht im Traum ein, mich auf die Arbeit an unserem Album zu konzentrieren und anschließend damit Klinkenputzen zu gehen. Diese Logik liegt mir fern. Noch immer gehe ich davon aus, dass bei uns im Land alles über eine gute »Connection« (sprich: einen Arsch) läuft. Um, zum Beispiel, eine bekannte Fernsehmoderatorin zu werden, muss man zunächst einen Enthüllungsroman schreiben und sich damit den Status einer Schriftstellerin erwerben; um Schriftstellerin zu werden, muss man wiederum zunächst einen Millionär heiraten, damit man anschließend etwas enthüllen kann; und um einen Millionär heiraten zu können, muss man erstmal vier Jahre lang als Prostituierte arbeiten. Und die Moral von der Geschicht: Jede Nutte kann zur Moderatorin der beliebten Talkshow *Meine Familie und ich* werden. Die einzige Voraussetzung – ein stabiler Arsch!

Ich strampele mich ab, die Besitzer der angesagten Klubs kennenzulernen, damit ich ohne Gesichtskontrolle in ihre Läden reingelassen werde. Was soll der Quatsch, sagen Sie? Das Geld, das man in diesen Schuppen lässt, bleibt dasselbe, ob man die Besitzer kennt oder nicht? Das sei ungefähr so, als wenn man sich an die Kassiererin in einem Supermarkt ranmacht, damit man nicht anstehen muss, um zu berappen. Ja, Sie haben Recht – und doch Unrecht. Sie vergessen dabei das Wichtigste, das, worauf es ankommt: das richtige Image. Stellen Sie sich vor, Sie stehen mit zwei Bräuten vor einem Klub, zum Beispiel der »Brücke«. Vor der Tür wogt die Menge und versucht vergeblich, den Türsteher zu bezirzen, Ihre Mädels kapieren, dass es eigentlich vollkommen aussichtslos ist, und schauen Sie trotzdem mit großen, hoffnungsvollen Augen an. Und Sie holen nur Ihr Handy raus, drücken lässig ein paar Tasten und sagen: »Hi, Jora, ich stehe hier mit Lena und Tanja, man lässt uns nicht rein!« Das ist das richtige Image. Wegen dieser kurzen Momente, in denen Sie über die Masse triumphieren, wegen der dankbaren, hingebungsvollen Blicke der Bräute, wegen des neidvoll geflüsterten »So ein Arschloch« – deshalb, und nur deshalb, nehmen Sie diesen ganzen Party-Dauerstress auf sich, deshalb schlagen Sie sich die Nächte um die Ohren!

Übrigens, Frauen sind ein wesentlicher Bestandteil des

richtigen Image. Wie Autos, Klamotten, Kreditkarten oder Telefon. Eine schöne Frau ersetzt alle diese Vorrichtungen. Und sie funktioniert auch ganz ähnlich wie ein gut ausgestattetes Mittelklasseauto. Beim Auto leuchtet, zum Beispiel, ein Lämpchen am Armaturenbrett auf, und man füllt Benzin in den Tank. Bei der Frau ertönt ein akustisches Signal, meinetwegen »Ich liebe ich«, und man holt seine Kreditkarte raus. »Ich liebe dich«, das ist eine von ungezählten bedeutungslosen Wort- und Satzhülsen, ein Füllsel, mit dem man die Pausen in einem Gespräch überbrückt.

Über echte Gefühle zu reden ist mir unangenehm. Nehmen wir, zum Beispiel, diese Studentin. Ich wollte sie wirklich und ehrlich lieben, mit allem, was so dazugehört: Eifersucht, langem Warten in zugigen Torwegen, überlaufender Mailbox, Chat und endlosen Telefongesprächen. Aber ich habe Angst davor, verstehen Sie, was ich meine? Ich habe wahnsinnige Angst, dass im Laufe der Zeit alles gnadenlos banalisiert wird, dass alles verspießert, vermufft. Dass nichts bleibt als öde, verlogene Wohlstandsbequemlichkeit.

Das Fehlen echter Liebe kompensiere ich mit dem »richtigen Image«. Klamotten, Restaurants, Reisen und vor allem: vielen, vielen Affären. Wenn man mein Image in Geld umrechnen würde, könnte Abramowitsch bei mir als Chauffeur anfangen. Aber das ist Zukunftsmusik, bis dahin lebe ich »selbstbestimmt«, »suche meinen Weg«, »erkunde unterschiedliche Lebensformen«, versuche, »facettenreich« zu sein. Oder um es beim Namen zu nennen: Ich betreibe Selbstbetrug.

In Wahrheit habe ich Angst, mir einzugestehen, dass ich, außer dem oben Dargelegten, *absolut nichts kann!* Ich verschwende mein Leben. Ich bin siebenundzwanzig Jahre alt, ich habe weder Frau noch Kinder noch eine anständige Arbeit noch anständige Freunde. Ich bin ein Stümper, ein

Populist, ein dummes Arschloch, Aids-infizierter Abschaum, und als Zugabe habe ich meine Freundin und mein Kind infiziert. Ich habe eine Affäre nach der anderen, verplempere meine Zeit mit Unsinn, konsumiere Alkohol und Drogen, um nicht daran denken zu müssen, dass ich eine Null bin. Stattdessen rede ich mir ein, dass alle so leben. Man arbeitet, um sich gut zu positionieren, schafft sich Freunde an, um voranzukommen, und schläft mit Frauen, um das Fehlen eines teuren Autos oder einer goldenen AmEx zu kompensieren. Auf diesem Wege finde ich vielleicht in irgendeiner fernen Zukunft den Weg ins Showbusiness, werde supererfolgreich, superreich, superwiderlich.

Und dann kann ich es endlich krachen lassen! Endlich kann ich in Trainingshosen und ausgeleiertem T-Shirt rumlaufen, abgelatschte Turnschuhe tragen und einen schmuddeligen Dreitagebart. Ich schicke eine Million (oder wie viel Sie wollen), die ich mit unserer Platte innerhalb von drei Monaten eingefahren habe, einfach zack in den Gully (bevor ich eine ganze Serie von Platinscheiben abgreife), ich fahre ein paar Autos zu Schrott, von denen jedes 300 000 Euro kostet, fetze mich hemmungslos mit der gesamten Presse, provoziere einen Eklat im Staatsfernsehen; ich werde mir auf meinen Konzerten öffentlich einen runterholen, anstatt wie bisher in meiner Badewanne, und rufe dabei meinen Tausenden von Anhängern zu: »Rape me!« Ich schicke den Präsidenten von EMI zum Teufel, mache gemeinsame Sache mit Piraten, Internet-Rowdys und allen Arten von asozialen Typen. Ich trete zum Islam über! Unterstütze terroristische Vereinigungen und Greenpeace. Werde Bürgerrechtler! Dissident! Alkoholiker! Vielleicht sogar ein echter Junkie! Ich zerschmettere das System! Es wäre bestimmt gar nicht schlecht, jung an einer Überdosis zu verrecken ...

Ich habe Ähnlichkeit mit Justin Timberlake, obwohl ich

lieber aussähe wie Jim Morrison. Meine Idole sind Kurt Cobain, Mickey Rourke und Morrissey. Klassische Loser! Na ja, und ein bisschen auch Tupac Shakur, wegen seines Musikstils, in dem ich auch arbeite.

Ich wünsche mir, auch so ein Loser zu sein, aber bisher kann ich mir es einfach nicht erlauben, verstehen Sie?

Ich kämpfe mich durch ein beschissenes Dornengestrüpp, um ein Star zu werden, und wenn ich ein Star geworden bin, kämpfe ich darum, alles zu verlieren und abzuhauen. Zu verschwinden, mich zu verstecken, mich aufzulösen. Nur noch ein Aufdruck auf dem T-Shirt eines Teenagers zu sein …

Meine Hand ermüdet, ich kann das Mikro nicht mehr halten. Ich lasse den Kopf hängen, und eine Träne fällt direkt in mein Whiskeyglas. Die Welt ist totale Scheiße, die Menschen um mich herum erbärmliche Kreaturen. Die Frauen geldgeil, die Freunde nutzlos. Alles ist zum Kotzen.

Ich könnte natürlich einfach so ein Loser werden, jetzt sofort; die Arbeit hinschmeißen und anfangen, richtig zu saufen. Mein Organismus ist jung und stabil, aber wenn ich genug Drogen in den Wodka mische, sollte sich der Prozess deutlich beschleunigen lassen. Wenn man an einer Überdosis verrecken will, muss man nicht erst den beschwerlichen Weg über den Olymp machen, das geht auch einfacher. Es könnte freilich passieren, dass mein Vater mir einen Strich durch die Rechnung macht, mich ins Ausland bringt oder in den Entzug steckt, aber dem kann ich entgehen, indem ich mich nach Petersburg verziehe oder nach Irkutsk. Nein, nach Irkutsk gehe ich nicht, da kenne ich keinen einzigen Menschen …

Es ist, wie es ist: Um als Loser zu verrecken, muss man erst einmal ein paar Millionen Dollar verdienen. Die Voraussetzungen habe ich, nur die Popularität fehlt. Und als unbekannter Loser zu verrecken, ist uncool. Aber anscheinend unvermeidlich. Obwohl ich eigentlich Glück im Unglück habe. Aids ist besser als ein banaler Autounfall. Allerdings, um ehrlich zu sein, habe ich im Moment absolut keine Lust zu sterben, auch nicht an einer Prominentenseuche.

# DIE FETE

Tanja Bulanowa beendet ihre Zugabe mit dem Schlager »Licht, du mein helles«, der Applaus ebbt ab, die eifrigen Kellner versorgen die Gäste im Festzelt mit frischem Sushi, die Lichter im Zuschauerraum flammen auf. Fanfaren ertönen, und der Moderator betritt die Bühne.

»Meine sehr verehrten Damen und Herren!«, jauchzt er hingebungsvoll. »Liebe Gäste! In wenigen Sekunden wird eine lang erwartete Überraschung diese Bühne betreten! Aber zuvor gestatten Sie mir, das Mikrofon einem alten Freund unseres Geburtstagskinds zu übergeben, seinem langjährigen Geschäftspartner und mehr noch ...« Der Moderator hebt den Blick von seinem Blatt und lässt ihn wirkungsvoll durch den Saal schweifen. Man hört unterdrücktes Kichern. »... und mehr noch – seinem Partner auf dem Fußballplatz! Alexander Iwanowitsch Dobrusin!«

»Was ist denn ein Partner auf dem Fußballplatz?«, fragt Wanja. »Seit wann spielt man Fußball zu zweit?«

»Vielleicht meint er Tischfußball?«, sinniere ich.

»Nee, eher Doppelsturmspitze«, grinst Anton.

Währenddessen ist die Assistentin des Moderators ans andere Ende des Saales getrippelt und überreicht das Mikro einem pummeligen, kahlköpfigen Herrn mit Vollbart und Goldrandbrille. Der erhebt sich behäbig, wischt sich mit seiner Serviette die Lippen, räuspert sich ausgiebig und hebt an:

»Wenn man ein gewisses Alter erreicht hat, beginnt man zu verstehen, dass das Wertvollste auf der Welt eine wahre Freundschaft unter Männern ist.«

»Dobrusin ist dreieinhalb Milliarden schwer«, flüstert jemand von hinten.

»Gott steh uns bei!«, stöhnt Anton und verbirgt das Gesicht in den Händen.

»Du bist hier, weil du gut bezahlt wirst, vergiss das nicht, du Moralist!«, flüstere ich ihm zu.

»Also, ich will damit sagen, dass mein verehrter Freund Wladimir Jakowlewitsch für mich immer der Maßstab für echte Freundschaft gewesen ist …«

»Haben die eigentlich alle denselben Redenschreiber?«, erkundigt sich Wanja.

Ganz allmählich werde ich wach. Irgendwann bin ich am Vormittag noch einmal eingeschlafen, und zu meiner Überraschung habe ich nichts geträumt und auch nicht geschwitzt wie in der Nacht. Geweckt hat mich Anton, der mich abholen wollte und anfing, an die Tür zu treten, weil ich die Klingel nicht hörte. Er kam rein, verabreichte mir Kaffee und eine Zigarette, schob mir noch eine Beruhigungspille in den Hals und schleppte mich dann hierher ins Parisienne. Und jetzt sitzen wir hier zu dritt und warten auf unseren Auftritt. Ab und zu betaste ich verstohlen meine Lymphknoten. Sie sind immer noch ein wenig geschwollen. Dafür hat das Rumoren im Magen aufgehört, und auch die Gliederschmerzen sind so gut wie verschwunden.

Ich lasse mich sogar dazu hinreißen, einen Scherz anzubringen.

»Hört mal, Leute, wollt ihr ein Rätsel hören? Was ist das: Es besteht aus zwei Worten, und eins ist teurer als das andere?«

»Keine Ahnung.« Wanja macht ein Schafsgesicht. »Was soll das sein?«

»Coca-Cola«, wiehere ich.

»Hä?« Wanja kapiert immer noch nicht.

»Ist doch ganz einfach: Koks ist teurer als Cola!«

Der Groschen fällt – Wanja gackert wie ein Huhn mit Schluckauf.

»Den Witz hat er bei Sascha Sorkin geklaut«, brummelt Anton sauertöpfisch. »Man geht nicht mit geklauten Witzen hausieren.«

»Mein Gott, das ist doch egal«, winke ich ab.

Dobrusin schwadroniert unterdessen munter weiter, würzt seine Rede mit beliebten Phrasen wie »gemeinsam standen wir es durch«, »in all den Jahren haben wir immer zusammengehalten«, »es ist ein großes Privileg, einen solchen Freund zu besitzen« und so weiter und so fort. Wir stehen da, putzen Sushi-Rollen weg und warten ab, was weiter passiert.

»Und eine eiserne Gesundheit«, sagt Anton mit vollem Mund.

»Was?«, schmatze ich.

»Und ich wünsche dir vor allem eine eiserne Gesundheit!«, beendet Dobrusin in diesem Moment seine Glückwunschrede.

»Aha!«, nickt Wanja. »Verstehe.«

»Und nun übergebe ich das Wort an Margarita Nikolajewna Wolkowa, Hauptbuchhalterin der Firma Trans-Beton!«, quiekt der Moderator hingerissen.

Frau Wolkowa steht auf. Sie ist um die fünfzig und sieht aus wie das Produkt eines verwirrten Kunsthandwerkers. Eine klassische Matrjoschka, die man in einen knallroten Blaser und einen schnurgerade geschnittenen Rock gepresst hat, verziert mit schwerem Goldschmuck, Hochfrisur und Brille.

»Ich möchte ein Gedicht vortragen«, spricht sie, hüstelt und wird ein bisschen rot.

»Unsere Margarita Nikolajewna! So ein kreativer Mensch! Ein echtes Original!«, ruft man im Saal. Vereinzelt hört man Applaus. Die Wolkowa wartet einen Moment und fängt an:

»Durch der Arbeit Ozean
lenkt er unser großes Schiff,
ob bei Wirbelsturm, Orkan,
schützt er uns vor spitzem Riff.«

»Ob sie diesen Blödsinn selber verzapft hat?«, frage ich, ohne mich an jemanden Bestimmten zu wenden.

»Nein, das ist von Schiller. Sie hat es bloß selber übersetzt«, knurrt Anton.

»Wann hört das endlich auf?«, fragt Wanja erschöpft und schaut zum soundsovielten Mal auf die Uhr.

»Sei immer glücklich, leb noch lang, das wünscht dir unsre Buchhaltung!«, deklamiert Wolkowa, und damit ist ihre Nummer durch.

»Das war der poetische Geburtstagsgruß unserer geschätzten Kollegin und Dichterin Margarita Nikolajewna! Applaus!«, plärrt der Moderator.

»Und jetzt unsere lang erwartete Überraschung! Die Nummer, die Ihnen schon im letzten Jahr auf unserer Silvesterfeier so gut gefallen hat! Alexej Trefilows beliebte Tanzshow!«

Aus den Boxen trällert ein bekanntes Volkslied, und fünf Mädchen mit zotteligen Perücken, sehr knappen, sehr tief dekolletierten Kleidern kommen singend auf die Bühne gehüpft. Uns klappen die Kinnladen runter. Die Mädchen schwingen die Beine, rutschen in den Spagat, vollführen alle möglichen akrobatischen Figuren, so wie man es auch auf vielen anderen derartigen Veranstaltungen sieht, mit dem kleinen Unterschied – das hier sind keine Mädchen! Die fröhlich hüpfenden Grazien da vor uns auf der Bühne sind waschechte Transvestiten!

»Was ist *das*?«, höre ich Anton neben mir.

»Alle Achtung«, ächzt Wanja erschüttert.

Die nächste halbe Stunde stehen wir nur da und glotzen. Ein großer Teil der Gäste ist der Aufforderung der »Damen« auf der Bühne gefolgt und drängt auf die Tanzfläche. Die Frauen schaffen sich mit den Ellenbogen Platz, werfen die Hände in die Luft und lassen ihre Brüste wippen, die Männer rucken zaghaft mit den Schultern und grinsen. Einige Gäste tanzen paarweise. Die Übrigen, die auf ihren Plätzen sitzen geblieben sind, schunkeln und singen mit. Im Festzelt herrscht eine Atmosphäre völliger Enthemmung, der pure Rausch. Etwas Ähnliches habe ich in einer bestimmten Sorte von Klub in Amsterdam erlebt, mit dem Unterschied, dass dort der Anblick von Transvestiten auf der Bühne nichts Besonderes ist, aber solche russischen Kartoffelbauern sieht man da eher selten unter dem Publikum.

»Wenn jetzt schon die braven Kleinbürger Transvestiten auftreten lassen, um sich den Feierabend zu versüßen, dann sage ich: Die Welt hat sich verändert«, konstatiere ich fassungslos. »Passt auf, gleich kommen Gartenzwerge reinmarschiert und servieren Koks auf Silbertabletts.«

»Vor gar nicht langer Zeit haben diese Leute brav ihre Volksmusik oder romantische Ganovenschlager gehört.« Anton zündet sich mit zitternden Fingern eine Zigarette an. »Was ist da bloß schiefgelaufen?«

»Ich verstehe bloß nicht, wie sie das alles unter einen Hut bringen«, meint Wanja und nimmt sich eine Zigarette aus Antons Packung. »Normalerweise regen diese Leute sich furchtbar auf, wenn im Fernsehen mal ein nackter Hintern zu sehen ist, oder wenn ein Schriftsteller das Wort Scheiße benutzt …«

»Ich dachte, du hast aufgehört zu rauchen?«, unterbreche ich ihn.

Wanja überhört meinen Einwand. »Zu Hause hüten sie die sogenannten Werte der Familie und hier beglotzen sie Transvestitenärsche. Wie kriegen sie das in ihren winzigen Hirnen nur zusammen?«

»Genauso, wie sie in ihren Wänsten Fleischsalat mit Erbsen und Mayonnaise mit Sushi zusammenkriegen«, erklärt Anton trocken. »Das eine ist nahrhaft und das andere modisch.«

»Mir wird schlecht«, stelle ich fest.

»Du bist hier, weil du gut bezahlt wirst, vergiss das nicht, du Moralist!«, zitiert Anton meine Worte.

»Mich treibt das zum Wahnsinn! Alles in dieser Stadt wird bis zur Unkenntlichkeit pervertiert. Das ist doch nicht auszuhalten!«

»Das sagt einer, der sich aus Protest gegen die Gesellschaft mit einem Reklamebären prügelt. Du stehst heute echt unter Strom, Andrej! Das ist gut! Halt diese Spannung! Wenn wir auftreten, kannst du deine ganze Aggression rauslassen, das wird diesen Spießern einheizen!«

»Die Sache mit dem Bären musst du mir nicht ständig unter die Nase reiben.«

»Kinder, macht euch bereit für die Bühne, in zehn Minuten seid ihr an der Reihe«, sagt Schitikow, der wie aus dem Nichts neben uns aufgetaucht ist. »Oder seid ihr schon dicht?«

»Wie denn? Bei so einer Show? Wofür hältst du uns?«, raunze ich.

»Das war ein Scherz. Bei euch Künstlern muss man doch mit allem rechnen«, gibt er lachend zurück. »Also, denkt daran: Vorsicht mit Sprüchen unter der Gürtellinie! Nichts Perverses! Haltet euch an die fünf Tracks, die ich ausgesucht habe.«

»Und Sprüche über Transvestiten?«, fragt Anton mit naiven Kinderaugen.

»Ein anderes Mal, Alter! Ein anderes Mal.« Schitikow klopft ihm versöhnlich auf die Schulter.

Hinter den Kulissen nehmen wir noch einen Whiskey, um unsere Stimmen zu ölen, warten noch ein paar Minuten, und auf ein Zeichen der Assistentin hin gehen wir raus.

»Bei dir alles in Ordnung?«, flüstert Anton mir zu.

»In bester Ordnung«, flüstere ich zurück.

»Und jetzt erleben Sie die Gangsta-Rap-Gruppe Moskauer Schnee!«, höre ich die Stimme des Moderators. »Viel Spaß!«

»Gangsta-Trash, du Blödmann«, flüstere ich, greife das Mikro und brülle sofort los wie der Kommandeur einer mobilen Einsatztruppe:

»Licht an, Musik aus! Hände an die Wand! Hier kommt der Gangsta-Trash-Clan Moskauer Schnee! Pardon wird nicht gegeben!«

Auf den Bildschirmen startet ein Videoclip mit Bildern von Tupac Shakur, in den unsere Fotos einmontiert wurden.

»Das Recht ist Dreck, schmeiß es weg!«, lege ich los.

»Schmeiß das Recht in den Dreck!«, fällt Anton neben mir ein.

»Das Recht ist Dreck, schmeiß es weg!« Aus den Augenwinkeln sehe ich, wie Anton am DJ-Pult arbeitet.

»Recht ist schlecht, nur ein Knecht blecht!«, kommt Wanja von hinten.

»Das Recht ist Dreck, schmeiß es weg!«, skandiere ich, gehe bis an den Rand der Bühne vor und lasse den Arm in die Luft schießen wie Eminem.

So geht es munter weiter. Beim nächsten Track schieben sich die jüngsten unter den anwesenden Mädels und Jungs zur Bühne vor und versuchen sich in einer Art R&B-Tanzstil. Ein paar sternhagelvolle Daddys tanzen Kasatschok. Das

Geburtstagskind und sein Gefolge schauen interessiert zu. Schitikow steht neben ihm und verklickert ihm irgendwas. Larionow nickt mehrmals. Die Frauen an den Tischen in seiner Nähe machen vorwurfsvolle Gesichter. Blöde Heuchlerinnen. Allmählich traut sich auch das reifere Publikum auf die Tanzfläche. Jetzt blasen wir euch Feuer in den Arsch, ihr morschen Kämpen des Vaterländischen Kriegs, lache ich in mich hinein.

Nach ein paar einleitenden Scratches von Anton schieße ich eine dicht gepackte Wortsalve aus unserem Track »Nachtflug« auf die armen Geburtstagsgäste ab:

»Koks in der ersten Klasse, das hat Rasse, London, Paris, New York, alles eine weiße Masse, mal Gras in der Hand, mal Schnaps in der Tasse, wie ich das hasse! Egal wo ich bin, immer dieselben Fressen, mal schwarz, mal weiß, alle abgegessen!«

Plötzlich entsteht im Zuschauerraum eine ungute Bewegung. Alle stehen auf, drängen sich näher an die aufgehängten Monitore, man deutet, gestikuliert, redet aufgeregt durcheinander, einige drehen sich zu Larionow um. Ich sehe Schitikow, der mit aschgrauem Gesicht neben ihm steht. Als ich seinen Blick auffange, läuft es mir eiskalt den Rücken hinunter. Weil ich von meinem Platz aus die Monitore nicht sehen kann, drehe ich mich zu meinen Freunden um, aber die machen weiter wie bisher und scheinen nichts gemerkt zu haben. Larionow steht auf, stützt sich mit den Fäusten auf den Tisch, schaut zu den Monitoren, dann zu mir, bellt ein paar schroffe Kommandos.

Immer weiter rappend, springe ich von der Bühne und schiebe mich zwischen die aufgeregten Gäste. Ich bemerke, wie Schitikow hinter die Kulissen rennt, dränge weiter, erreiche endlich eine Position, von der aus ich die Monitore einsehen kann. Und das, was ich dort sehe, ist nicht weniger als der Weltuntergang. Ein vollständig nackter Andrej Mirkin vögelt hingebungsvoll ein Mädchen, das vor ihm auf einem Tisch sitzt. Das Gesicht des Mädchens ist mit einem schwarzen Balken unkenntlich gemacht, aber ich muss keine Sekunde lang überlegen, um zu wissen, wer das ist. Was ich allerdings nicht weiß, ist, wie mein privater kleiner Porno mit Rita hierhergekommen ist!

Musik und Licht erlöschen, mein Mikro verstummt. Ein Blick zur Bühne lässt mich erstarren: Drei Security-Bullen haben Anton in der Mache, drehen ihm die Arme auf den Rücken. Wanja ist verschwunden. Ich schaue wieder auf die Bildschirme: Gerade dreht sich das Mädchen um, und Mirkin, also ich, nimmt sie sich von hinten vor. Im Saal erhebt sich munteres Gepfeife, jemand (wahrscheinlich Larionow) brüllt: »Schafft mir diese Schweine aus den Augen!« Albernerweise fange ich an darüber nachzudenken, warum man hier tanzende Transvestiten normal, einen anständigen Rap dagegen pervers findet. Dann erlöschen die Bildschirme, und ich weiß, dass es jetzt ernst wird.

Die weiteren Ereignisse könnten direkt aus einem Action-Thriller von Guy Ritchie stammen. Von der einen Seite kommen zwei Security-Typen auf mich zugewalzt, von der anderen Seite torkelt ein besoffener Mini-Manager johlend in Richtung Tanzfläche und gerät ihnen dabei genau vor die Füße. Einer der Bodyguards stolpert über den Mini-Manager und geht zu Boden, der andere fixiert mich wie der Stier den Torero und setzt zum Sprung an. Ohne eine Sekunde nachzudenken, schleudere ich ihm das nutzlose Mikrofon entgegen – es landet zielgenau an seiner Stirn. Der Stier sagt kurz »uff« und setzt sich auf den Hintern. Mit einem schnellen Blick in die Runde habe ich erfasst, dass mir sowohl der Hauptausgang als auch der Weg über die Bühne zur Straße versperrt sind. Ich stecke in der Klemme. Hinter mir höre ich ein Ächzen und bemerke aus den Augenwinkeln, dass der Schläger, den ich mit dem Mikro gefällt habe, gerade wieder auf die Beine kommt, während sein Kumpel noch den Mini-Manger zu einem Paket verschnürt. Im Festzelt herrscht immer noch ein Inferno aus Frauenkreischen, wütendem Gebrüll und Fluchen, und ich stehe einfach nur da wie ein überforderter Hase vor dem Autoscheinwerfer. Gerade, als ich schon bereit bin, mich kampflos in die Hände meines Schicksals zu begeben, fällt mein Blick in einen Winkel, wo die Zeltwand nicht ganz sauber mit dem Boden abschließt: ein schmaler Spalt zwischen mir und der Freiheit. Wie ein geölter Blitz schieße ich darauf zu, werfe mich auf den Boden, zwänge mich unter der Zeltplane hindurch auf die andere Seite – *und bin frei!* Jemand versucht noch, nach meinem Fuß zu greifen, aber ich schüttel ihn ab und renne los, über den Parkplatz. Hinter mir höre ich die tappenden Schritte der Verfolger, das Klappen von Autotüren, ich lege noch einen Zahn zu und sprinte an den schlafenden Parkplatzwächtern in ihrem Wachhäuschen vorbei auf die Straße. Das Geheul der Motoren erreicht mich am Rande der Leningrader Chaussee. Ich schlage einen Haken und pralle fast mit einem riesigen Jeep mit aufgeblendeten Scheinwerfern zusammen. Jetzt gibt es genau zwei Möglichkeiten: Entweder ich lasse mich von diesem Jeep überrollen – oder von den Autos auf der Chaussee. Die Entscheidung fällt schnell: Wenn der Jeep mich nicht plattmacht, dann die Security-Schläger, die drinnen sitzen – sofern sie mich in die Finger kriegen. Also renne ich auf die Chaussee. Bremsen kreischen, Hupen gellen, aber ich achte nicht darauf, sondern rase blindlings weiter, bis ich, wie durch ein Wunder lebendig, den Mittelstreifen erreiche. Aber zu meinem Entsetzen sehe ich, dass der Jeep mir folgt, quer über die Straße! Ohne nachzudenken, stürze ich weiter, und als ich fast auf dem

Fußweg auf der anderen Seite der Chaussee angelangt bin, höre ich hinter mir wieder wildes Hupen und Bremsenquietschen, dann einen dumpfen Knall und das Scheppern von zerdrücktem Blech und splitterndem Glas. Als ich mich umdrehe, bietet sich mir ein sehenswürdiger Anblick: Der Jeep, links und rechts von zwei Limousinen gleichzeitig gerammt, steht quer auf der Fahrbahn. Das Ding sieht aus wie eine zerdrückte Bierdose. So schnell kommen die da jedenfalls nicht raus. Und ich habe nicht die Absicht, so lange zu warten. Schleunigst tauche ich ab in die rettende Dunkelheit des Petrowski-Parks.

# DIE FLUCHT

Die Entscheidung, nach Petersburg abzuhauen, treffe ich unmittelbar nachdem ich meinen Vater angerufen habe. Der Reihe nach wähle ich die Nummern seines Moskauer und seines französischen Handys, aus beiden kommt gleichlautend irgendwas in der Art von »n'est pas disponible« oder so. Ich versuche es auch in seinem Büro, aber dort ist natürlich um diese Zeit außer dem Wachpersonal kein Mensch anzutreffen. Ich hocke in irgendeinem Dickicht im Petrowski-Park, ruhe ich mich aus und komme nach und nach zu der Überzeugung, dass mir eigentlich keine andere Möglichkeit mehr bleibt. Die Geschichte mit Lenas Schwangerschaft ist ein wenig unpassend, aber verglichen mit dem aktuellen Stress eher ein geringfügiges Problem. Was soll's? Da kann man nichts machen. Nach einer Woche, wenn sich die Lage ein wenig entspannt hat, komme ich zurück, und dann regele ich alles. Blöd ist nur, dass sie wahrscheinlich Wind von der Sache kriegt und beschließt, das Kind zur Welt zu bringen, trotz HIV. Bleibt nur zu hoffen, dass sie sich später angesteckt hat und das Virus beim Test noch nicht nachgewiesen wird. Dann ist es umso wichtiger, dass ich am Leben bleibe. Das Kind braucht einen lebendigen Vater und nicht einen von Berufsschlägern zu Tode geprügelten Möchtegern-Märtyrer. Fazit: Mach die Fliege! Hau ab! Verpiss dich!
Eine halbe Stunde später wirbele ich mit einem Rucksack

in der Hand durch meine Wohnung und packe alles zusammen, was ich für lebensnotwendig erachte: meine Ausweise, mein sorgsam gehüteter Spargroschen von anderthalb tausend Dollar, mein Notebook, zwei Notizbücher, drei T-Shirts, Jeans, Turnschuhe, Pullover. Am Ende fällt mir auf, dass ich das Allerlebensnotwendigste vergessen habe: Zahnbürste, Zahnpasta, Rasierzeug, Aftershave, Deo. Ich schmeiße die Turnschuhe aus dem Rucksack und stopfe den ganzen Reisekrempel in den freigewordenen Raum. Als einzige Lichtquelle bei dieser Aktion dient mir übrigens das Display meines Handys (die SIM-Karte habe ich herausgenommen, zerbrochen und aus dem Fenster geworfen), damit meine Verfolger nicht anhand der erleuchteten Fenster sofort erkennen können, wo ich mich befinde. Um den inneren Druck ein wenig abzubauen, habe ich mir meinen iPod ins Ohr gestöpselt und lasse das Album *Kasse* von Katsch laufen.

Alle paar Minuten renne ich zum Fenster und halte Ausschau nach Autoscheinwerfern, die die Ankunft der Bluthunde ankündigen könnten. Wie viel Zeit mag ich noch haben? Eine Stunde? Zwei? Abzüglich der Zeit, die ich vom Parisienne bis nach Hause gebraucht habe. Anton und Wanja werden sich nicht lange bitten lassen, meine Adresse herauszurücken. Das ginge mir ja genauso.

Das Quietschen von Autoreifen zerreißt die Stille vor meinem Haus. Diesen Blödmännern fällt in ihrem Übereifer gar nicht ein, vielleicht ein wenig diskreter vorzugehen. Aber das kann mir ja nur recht sein. Vorsichtig schaue ich aus dem Fenster. Wie befürchtet: Zwei Jeeps, Typ Toyota Land Cruiser 100, halten vor meiner Haustür, eifrige Spielzeugmännchen springen heraus, schauen zu mir herauf, suchen meine erleuchteten Fenster. Denkste, Pustekuchen! Jetzt zerren die Gorillas meine beiden Freunde aus einem der Jeeps … sorry, guys, das wollte ich nicht, ehrlich. Dieses kleine Biest von Rita hat uns reingelegt. Wenn wir uns irgendwann wiedersehen, werd ich euch alles erklären. Ich stelle die Musik im Ohr ein wenig lauter:

»Der Feind rückt an, sein Stechschritt grinst, der Feind ist nah, er tritt meine Fresse in den Dreck, wer hört noch mein Hurra?
Ich kämpfe allein, mein Arsch gegen Millionen, Millionen Ärsche, eine Armee von Glamour-Klonen!«

Bevor ich gehe, werfe ich noch einen letzten Blick zurück auf meine Wohnung, die mir jetzt schon völlig verlassen vorkommt. Ich flüstere einen feierlichen Schwur: »I'll be back«, dann schiebe ich die Tür ins Schloss, drehe den Schlüssel dreimal um und schleiche auf Zehenspitzen in den sechsten Stock, wo sich der Notausgang auf den Dachboden befindet. Jetzt beschäftigen mich genau zwei Fragen. Erstens: Hält meine Kaltblütigkeit an, oder ist das nur ein vorübergehender Zustand? Und zweitens: Waren Anton und Wanja irgendwann mal mit mir auf dem Dachboden? Auf die letzte Frage wenigstens kann ich mit einem klaren Nein antworten. Als ich die Klappe zum Dachboden aufziehe, höre ich vom Treppenaufgang her lautes Gepolter. Türenschlagen, wildes Getrappel, jemand brüllt Kommandos, ein anderer flucht. Sie kommen. Ich ziehe mich hoch, erreiche den Dachboden, schließe die Luke leise hinter mir. Noch ein paar Schritte bis zur nächsten Tür, dann bin ich auf dem Dach.

Hier oben fühle ich mich sofort erheblich besser. Die Luft ist, für Moskauer Verhältnisse, ungewöhnlich frisch. Oder ist das schon die Petersburger Luft, die ich schnuppere? Egal, weiter geht's! Mein Haus ist das mittlere von drei zusammenhängenden Gebäuden, die denselben Hof umschließen. Nach einer kurzen Umschau bewege ich mich tief gebückt und so leise ich kann auf das Dach des links von mir befindlichen Hauses zu, immerzu hoffend, dass niemandem da unten in den Sinn kommt, hier heraufzuspähen. Gott sei Dank ist der Belag aus Dachpappe und nicht aus Blech. Auf dem Nachbarhaus angekommen, versuche ich, die nächste Dachluke zu öffnen, aber sie gibt nicht nach. Ich ziehe, rüttele, zerre – vergeblich. Verdammt, daran habe ich nicht gedacht! Soll das etwa heißen, dass in diesem ganzen Block meine Dachbodenluke die einzige ist, deren Schloss kaputt ist? Das kann nicht wahr sein! Wenn irgendwo etwas kaputt ist, dann ist es überall kaputt, so kenne ich Moskau! Ich versuche es bei den nächsten beiden Luken, wieder ohne Erfolg. Schon befällt mich Panik bei dem Gedanken, womöglich vom Dach springen zu müssen oder die Regenrinne hinunterzukrabbeln. Die Alternative wäre, dass mich die Gorillas in hohem Bogen auf die Straße schmeißen. Aber dann, zum Glück für mich und alle anderen Gangsta-Trash-Fans, erhört die dritte Luke mein Flehen und lässt sich öffnen. Auch die Tür zum Treppenhaus ist unverschlossen. Ich bin gerettet.

Noch ist es allerdings zu gefährlich, das Haus zu verlassen, die Fahrer der Jeeps, die in den Wagen geblieben sind, könnten mich bemerken. Also beziehe ich die strategisch günstigste Position: Ich stecke den Kopf durch die Dachluke, so dass ich die Fläche der Hausdächer im Blick habe und gleichzeitig bemerke, was unter mir im Treppenhaus vor sich geht. Ich schaue auf die Uhr im Display meines Handys: Quälende fünfzehn Minuten vergehen, ohne dass irgendetwas geschieht. Ich habe wahnsinnige Lust, zu rauchen, mein Herz wummert in unmittelbarer Nachbarschaft zu meinem Adamsapfel wie eine durchgedrehte Rhythmusmaschine, mein T-Shirt ist zum Auswringen durchgeschwitzt. Dann endlich höre ich Türenschlagen. Ich krieche rasch aus meiner Luke und robbe vorsichtig zum Rand des Daches vor.

Tatsächlich: Beide Jeeps fahren weg. Sekunden später bin ich im Treppenhaus und sprinte die Treppe hinunter. Auf dem vierten Stock mache ich noch einmal halt, spähe aus dem Fenster, um mich davon zu überzeugen, ob die ungebetenen Gäste tatsächlich restlos das Weite gesucht haben, und setze meine Flucht fort. Als ich um die Ecke des Hauses biege, höre ich wieder Motorengeräusche: Einer der Jeeps kommt zurück. Wahrscheinlich haben sie sich doch entschlossen, einen Posten aufzustellen. Tja, zu spät. Ich aktiviere wieder meinen iPod. Mittlerweile empfinde ich die Musik von Katsch schon als eine Art Soundtrack zu meinem Leben:

»Ich erschaffe die Geschichte hier und jetzt,
jeden Tag, jede Stunde, jede Minute, jedes Megabite, jedes Pixel,
wo sind meine hundert Gramm Wodka Frontration?
Mach schon, Walentina, her mit dem Glas!
Gib Bass,
gib Bass,
gib Bass!
Entweder wir kriegen sie,
oder sie uns …«

Um mögliche Verfolger zu verwirren, nehme ich den Weg durch das Labyrinth der Höfe zur Metrostation Sokol. Dort besteige ich das nächste Sammeltaxi, fahre bis zur Station Timirjasewskaja und gehe von dort aus zum Leningrader Bahnhof.

Es wird hell. Der Mittwochmorgen bricht an in Moskau. Ein einsamer Passant hastet die Leningrader Chaussee entlang. Er wendet den Kopf nach links und rechts, als suche er jemanden. Immer wieder bleibt er stehen, tritt in den Schatten einer Toreinfahrt, raucht, geht weiter. Wenn er einen Streifenwagen erblickt oder auch nur ein gewöhnliches Auto, das langsamer als andere fährt, drückt er sich an die Hauswand, verschwindet hinter Sträuchern oder der nächsten Bushaltestelle. Dieser Passant bin ich, Andrej Mirkin, auf meinem Weg in die Stadt Petersburg – ohne Freund, ohne Frau, ohne Job. Ich habe mit meiner Vergangenheit abgeschlossen, die Gegenwart ist ein einziges Chaos, und auf die Zukunft wage ich nicht zu hoffen. Alles kompliziert irgendwie …

Um halb fünf Uhr morgens schwimme ich im Strom namenloser Werktätiger, inmitten all derer, die, anstatt sich in süßen Träumen zu wiegen, ihre geschundenen, geplagten Leiber zu ihrer schlecht bezahlten Arbeit schleppen. Warum schlecht bezahlt? Weil niemand freiwillig um sechs Uhr früh anfängt zu arbeiten, außer den Betreibern illegaler Drogenlabors, Waffenhändlern oder Topmanagern von BBDO, die mit einem British-Airways-Flieger zu ihren Büros in London oder New York fliegen. Alle anderen handeln aus bitterer Notwendigkeit.

Mir fällt auf, dass ich noch nie in meinem Leben so früh mit der Metro gefahren bin. Genau genommen habe ich Leute, die das tun, bisher von Herzen verachtet. Jetzt könnte ich ihnen Hände und Füße küssen, dafür, dass ich mich zwischen ihren Körpern verstecken kann. Nur im Schutze der Menge fühle ich mich halbwegs sicher. Bloß gut, dass sie nicht wissen, was ich früher über sie gedacht habe. Sie würden mich zertrampeln, zerfetzen, bei lebendigem Leibe auffressen. Vermute ich jedenfalls.

Neben mir steht ein Mann in schwarzen Jeans und schwarzem T-Shirt. In der einen Hand hält er eine Bierflasche, in der anderen eine Zeitung. An seinem Gürtel klebt eine Handytasche aus schwarzem Kunstleder. Rechts von mir sitzt ein junger Typ mit willensstarkem Kinn und markanten Wangenknochen, bekleidet mit Sporthose und Turnhemd, auf dem das Logo des Fußballklubs ZSKA aufgedruckt ist. An den Füßen trägt er Sandalen und hellgraue Socken, am linken Oberarm ein Tattoo. Ein George Clooney vom Lande, sieh mal an. Sonst gibt es nichts Bemerkenswertes zu beobachten. Im Grunde ist der Inhalt so eines Metrozuges eine amorphe Masse. Man könnte nicht einmal mit Sicherheit sagen, in welcher Zeit man sich gerade befindet. So wie es aussieht, herrscht hier immer noch 1995.

An der Station Komsomolskaja steige ich aus. In die Kassenhalle des Leningrader Bahnhofs wage ich mich erst vor, nachdem ich eine gute halbe Stunde lang aus einem geschützten Winkel heraus die Lage gepeilt habe. Vorsichtig schiebe ich mich, immer an der Wand entlang, bis zu den Fahrkartenschaltern vor, wo es zu meiner Verwunderung keinerlei Warteschlange gibt. Dummerweise gibt es auch keine Fahrkarten. Tja, tatsächlich, Petersburg ist eine kultivierte Stadt! Mit Mühe gelingt es mir schließlich, einen Platz im Newski-Express 16.28 Uhr zu erwerben. Was ich mit der verbleibenden Zeit anfangen soll – keine Ahnung. Im Restaurant herumsitzen ist so öde wie gefährlich, zumal ich absolut keinen Hunger habe. Durch die Stadt spazieren wäre noch dämlicher. Schließlich miete ich mir ein Zimmer im Hotel Leningrad, um die Zeit bis zur Abfahrt des Zuges zu verschlafen. Auch das erweist sich als schwieriges Unterfangen. Erst nachdem ich zwanzig Minuten lang auf die junge Dame an der Rezeption eingeredet habe wie auf einen störrischen Esel, rückt sie den Schlüssel zu ihrer »Suite« heraus. Ein anderes Zimmer ist angeblich nicht mehr frei, und auch dieses nur bis um zwölf Uhr. Ich runde meine Rechnung mit einem zusätzlichen Tausender ab, damit das arme Mädchen wieder an das Gute im Menschen glauben kann, bitte sie, mich um drei zu wecken und fahre in den achten Stock hinauf. Als ich mich aufs Bett fallen lasse, ist meine eingebildete Munterkeit wie weggewischt. Schlagartig wird mir bewusst, wie anstrengend es ist, vor einem Haufen Gangster davonzulaufen. Zwei Minuten lang versuche ich noch, mit einem halben Auge in den Fernseher zu gucken, dann drücke ich die Fernbedienung und bin auch schon eingepennt.

Um Viertel nach drei kaufe ich mir in der Hotelhalle eine neue SIM-Karte. Dann quäle ich mir in einem nahe gelegenen Bistro eine lappige Pizza rein. Auf dem Fernsehbildschirm über dem Bartresen läuft *Big Brother*. Mir ist inzwischen klar geworden, worin die Attraktivität dieser Serie für die Bewohner Russlands besteht. In ihr hat der Traum von einer idealen Welt Gestalt angenommen. Die Teilnehmer dieser Show sind schlichte Gemüter, ihre Sprache ist leicht zu verstehen, und sie sind vor allem *typisch*. Die männlichen Helden sind gradlinige Jungs mit der richtigen Einstellung zum Leben, die ihr Gegenüber jederzeit mit einem derben Witz für sich einnehmen können, die wissen, wie man eine Frau anfassen muss, die, um es auf einen Nenner zu bringen, Eier in der Hose haben. Die weiblichen Helden verkörpern die Hoffnungen und Sehnsüchte der einfachen russischen Mädel, deren Denken sich im Wesentlichen um das eine dreht: zu heiraten und versorgt zu sein. Ihr Rezept, diesen Zustand zuverlässig zu erreichen, ergibt sich aus folgender Rechnung: Der Weg zu einem Einzelzimmer geht über *einen* Typen; der Weg zum Titel der Königin der Show geht über *fünf* Typen; der Weg nach Moskau geht über *fünfzehn* Typen; nach Europa – *hundert*.

Nachdem ich das letzte Stück der Pizza zu Pappmaché verarbeitet und in meinen Magen befördert habe, stellt sich meine übliche Laune wieder ein. Vielleicht liegt es an der beschissenen Fernsehshow, vielleicht an den Gästen dieser Kneipe, jedenfalls ist meine frühere Anwandlung von Sympathie für diese Art von Leuten wie weggewischt. Ich will mich auch nicht mehr in der Menge dieser Normalos verstecken. Mir wird übel bei dem Gedanken. Oder heißt das vielleicht, dass ich endlich einmal ausgeschlafen habe?

Ich verlasse das Bistro, schlängele mich durch geparkte Autos zum Leningrader Bahnhof, gehe an den Gleisen entlang bis ganz zum Ende des Bahnsteigs.

Jetzt habe ich den vermutlich wichtigsten Anruf meines bisherigen Lebens vor mir. Mit zitternden Händen hole ich aus meiner hinteren Jeanstasche den Zettel mit der Telefonnummer und der Nummer meines Tests hervor. Das Papier ist schmutzig-grau und zerknittert. Genau wie sein Besitzer. Ich stecke mir eine Zigarette an, tippe die sieben Ziffern ein, warte, trage mein Anliegen vor, werde mit dem Labor verbunden.

»Guten Tag, ich würde gern das Ergebnis meines Tests erfahren.«

»Wann haben Sie die Proben abgegeben?«, fragt eine Samtstimme.

»Am Montag.«

»Ihre Nummer?«

»Achtund ... achtunddreißig-neunzehn.« Mein Hals ist staubtrocken.

»Einen Moment, bitte.«

Der Moment kostet mich noch mal ein paar hundert Nervenzellen. Ich schlucke, um meinen trockenen Hals zu befeuchten, verwerfe den Wunsch, aufzulegen, kratze mich am Hals wie ein Straßenköter.

»So, da haben wir es«, höre ich endlich die Stimme der Dame am anderen Ende.

»Und?«, krächzte ich.

»Positiv«, sagt die Ärztin leise.

»Sind Sie ganz sicher?«

»Ihre Nummer ist 3819?«

»Ja! Bitte! Schauen Sie noch einmal nach!«

»Das habe ich bereits getan. Bitte regen Sie sich nicht auf. Es handelt sich um einen Schnelltest, der allein liefert kein sicheres Ergebnis. Sie sollten noch ...«

Aber ich will gar nicht wissen, was ich sollte. Ich weiß auch so, dass ich mich aufhängen sollte. Mit Watteknien schleppe ich mich zum Zug, den Blick stumpf geradeaus gerichtet, ohne irgendetwas um mich herum wahrzunehmen. Meine Verfolger interessieren mich nicht mehr, sie sind in meinem Bewusstsein zu kleinen Spielzeugsoldaten zusammengeschrumpft.

Über dem Bahnsteig lastet eine unerträgliche Schwüle. Ich rauche, trinke Wasser aus einer Plastikflasche, spucke dann und wann auf die Gleise. So kann man vor die Hunde gehen.

Endlich kommt der Zug. Wie durch einen dichten Nebel bewege ich mich vorwärts, an drei Schaffnern vorbei, die mich jedes Mal weiterschicken. Die Schaffnerin des vierten Wagens lächelt mich höflich an und sagt:

»Sie haben Platz Nummer acht!«

Aus irgendeinem Grund bilde ich mir ein, dass sie meine Fahrkarte überhaupt nicht angeschaut, sondern ihre Hand ganz schnell zurückgezogen hat, als ich sie ihr reichen wollte. Das nennt man Ausgrenzung und Stigmatisierung hilfsbedürftiger Bürger!

»Danke«, knurre ich und steige ein.

Kurz darauf setzt sich der Zug in Bewegung und bringt mich fort aus dieser Stadt, in der es mehr Porsche Cayennes gibt als Geldautomaten.

Meine Mitreisenden sind eine ziemlich muffige Gesellschaft. Drei Männer und zwei Frauen, dem Aussehen nach Geschäftsreisende. Mein Platz befindet sich am Fenster, was ich begrüße. So kann ich wenigstens die Landschaft betrachten, schlafen werde ich sowieso nicht. Die Frauen glotzen in den Fernseher, die Männer besprechen das letzte Fußballspiel von Zenit St. Petersburg. Eine ganz normale Zugfahrt. Ich blättere in den Zeitungen, gehe aufs Klo, rauche ab und zu auf der Plattform eine Zigarette. Dann bummele ich ins Zugrestaurant, kaufe mir eine Tafel Schokolade und eine Halbliterflasche dagestanischen Weinbrand, der wenig vertrauenserweckend aussieht, obwohl es auch französischen Cognac gibt. Ich nehme ein paar Schluck, esse dazu die Schokolade. Dann schalte ich den iPod an, lehne mich in meinem Sitz zurück und schließe die Augen.

»Vera – Arsch aus Guttapercha.
Bela – wenig Hirn, viel Körper.
Lena – färbt ihre Möse mit Henna.
Rita – säuft jeden Tag zwei Liter.
Katja – liebt nur Bodhisattva.
Anna – schmeckt wie himmlisches Manna.
Sweta – lutscht jeden Zentimeter.
Soja – treibt den ganzen Tag Yoga.
Jula – fährt gern aus dem Ruder.«

Es ist wie im Märchen! Wie oft habe ich dieses Stück gehört und nie bemerkt, dass es von mir handelt! Die Namen der Mädchen sind eins zu eins identisch, und die Beschreibungen auch. Dieselbe Liste hätte ich auch abliefern können. Nur leider befürchte ich, dass sie nicht mehr fortgesetzt wird.

Aber eins ist mir klar: Schuld daran bin ich selbst. Jetzt habe ich keinen Zweifel mehr daran, dass es mit mir gar nicht anders enden konnte. Das Fazit meines Lebens lautet: Ich bin ein Arschloch! Tolle Leistung, was? Und das in meinem Alter!

Ich rauche noch ein paar Zigaretten, besorge mir noch eine Flasche Schnaps und vergrabe mich in meinen Erinnerungen. Wie hat das eigentlich alles angefangen? Wie habe ich Lena, Rita, Katja kennengelernt? Ich lasse den Film langsam zurücklaufen, bis zu den Ereignissen, die der Begegnung mit den dreien vorangingen, aber dann beschließe ich, mich nicht länger zu quälen, und wende mich dem Fernsehbildschirm zu. Dort läuft gerade eine Talkshow mit dem ansprechenden Namen *Lästerschule*. Awdotja Smirnowa diskutiert mit tiefer Trauer in der Stimme mit einer Tante, die aussieht wie eine Verlegerin, über das Thema der ewigen Diskrepanz zwischen der inneren Welt der Intellektuellen und der Welt ihres Broterwerbs. Gerade erzählt die Tante Verlegerin mit bebender Stimme von den Widrigkeiten, die ihr schon so viele Jahre lang das Leben schwermachen.

»Das ist unser Schicksal«, pflichtet ihr Smirnowa bei. »Das Schicksal der russischen Intelligenzija.«

Die Kamera zoomt näher, geht dicht auf ihr unnatürlich blasses Gesicht, in dem ihre Augen voller Sehnsucht und Trauer schimmern. In dieser Einstellung sieht sie aus wie eine teure Porzellanpuppe aus Deutschland, die ihren Lebensabend wider Willen in der Sowjetunion verbringen muss.

»Die Intelligenzija, ja, scheiße«, sagt ein Mann am Nachbartisch. »Erst schreiben sie irgendwelchen Mist, und dann setzen sie sich vor die Kamera, vergießen Krokodilstränen und bereuen ihren Quatsch!«

Ich drehe mich zur Seite: Tweedsakko, graue Hose aus festem Stoff, Brille – ein Verleger, ein gut bezahlter Journalist oder ein Regisseur.

»Ich bitte um Verzeihung«, sagt er, als er bemerkt, dass ich ihn ansehe.

»Alles okay«, grinse ich.

»Ich kann einfach diese Heuchelei nicht mehr ertragen. Haben Sie etwas dagegen, wenn ich umschalte?«

»Aber nein, bitte sehr!«, sage ich schulterzuckend.

Auf dem nächsten Sender läuft ein Bericht über Angelina Jolie, die mit routiniert kummervollem und opferbereitem Gesichtsausdruck Geld für arme Negerkinder und andere Opfer kriegerischer Konflikte sammelt. Hingebungsvoll plappert sie über ihre wilde Jugendzeit, über die zahlreichen Dummheiten, die sie damals begangen hat, und wie sehr sie das jetzt bereut, und dass sie versucht, andere Menschen davor zu bewahren. Die Schauspielerin sitzt vor Hunderten von Fernsehkameras, in der einen Hand ein Mikrofon, an der anderen Hand ein kleines Negerkind.

»Anscheinend haben wir heute den internationalen Buß- und-Reue-Tag!«, kommentiert der Mann.

»Haben Sie etwas gegen Wohltätigkeit?«, frage ich.

»Ich?« Der Typ rückt seine Brille zurecht. Er ist nicht weniger betrunken als ich. »Nein, ich habe überhaupt nichts gegen Wohltätigkeit. Im Gegenteil, ich halte sehr viel davon, vor allem wenn sie nicht streunenden Hunden zugutekommt, sondern anderen Menschen. Ich meine etwas anderes.«

»Und das wäre?«

»Ich frage mich, warum man sich erst mit Kokain, Ecstasy oder was weiß ich für Kram vollpumpen muss, bis die Leute denken, man hätte nicht nur Lippen, sondern auch Augen aus Silikon? Warum muss man erst durch sämtliche Gazetten rauschen, sich in allen nur erdenklichen Posen ablichten lassen, nur um sein Billy-Bob-Tattoo vorzeigen zu können?« Der Typ kommt immer mehr in Rage. Das Thema Reue scheint ihm echt nahezugehen. »Warum muss man erst Chefredakteur einer lausigen Illustrierten werden, um dann über Moral und über Gott zu diskutieren? Können Sie mir das erklären, junger Mann?«

»Vielleicht bereuen sie's ja wirklich?«, schlage ich vor.

»Sie meinen, ohne eine sündhafte Vergangenheit kann

man nicht zu echter Einsicht gelangen? Oder echte Anteilnahme für das Schicksal anderer Menschen empfinden?«

»Na ja, ich meine Selbsterkenntnis oder sowas in der Art«, bemerke ich lahm.

»Und wozu soll diese Selbsterkenntnis gut sein? Damit man sich dann in allen möglichen Charity-Foren den Hintern breit sitzt und wie eine runzlige Kröte über Moral quakt, wobei man natürlich nicht vergisst, mit Weltschmerzaugen in die anwesenden Kameraobjektive zu gucken.« Der Typ gießt sich Wodka nach und starrt mich intensiv an. »Ich frage mich nur, woher diese Leute ihre Weltschmerzaugen eigentlich haben: weil sie immerzu an die armen afrikanischen Kinder denken, oder weil ihre Jugend dahinschwindet, schneller als ein japanischer High-Speed-Train an einem vorbeizischt.«

»Tja, gute Frage«, sage ich und schaue auf den Bildschirm. Aber Angelina Jolie ist leider nicht mehr zu sehen. »Wahrscheinlich haben Sie recht. Aber wissen Sie, zurzeit richtet sich alles und jeder ausschließlich nach den Gesetzen des Selbstmarketing.« Diese Bemerkung scheint mir ziemlich tiefsinnig.

»Selbstmarketing? Gut möglich.« Der Typ nimmt eine Zigarette aus der Packung und klopft mit dem Filter auf die Tischplatte. »Aber vielleicht ist es auch nur eine Alterserscheinung? Beziehungsweise die Furcht vor dem Alter, das uns trostlos und grau hinter der nächsten Ecke erwartet? Die Angst vor jener Party, bei der es keine Paparazzi, keine Kameras, keine Journalisten gibt, nicht einmal Dealer oder andere Promis? Die Party, für die man sich in Reinheit kleiden möchte?«

»Sie meinen damit den Tod?«, frage ich zaghaft.

»Sagen Sie, empfinden Sie manchmal Reue über Ihr vergangenes Leben?«, begegnet er meiner Frage mit einer Gegenfrage.

»Doch, oft«, antworte ich ehrlich. »Gerade im Augenblick bereue ich vieles.«

»Soll ich Ihnen etwas sagen?« Der Typ zündet die Zigarette an.

»Hier ist Nichtraucher!«, ruft der Barmann ihm sofort zu.

»Verzeihung!« Hastig zerdrückt er die Zigarette auf seiner Untertasse, dann beugt er sich zu mir vor und flüstert: »Ich sage Ihnen: Bereuen Sie niemals etwas, das Sie getan haben. Ein besserer Mensch werden Sie dadurch sowieso nicht. Und ich denke, dort, wohin wir alle gehen, zählt etwas ganz anderes. Ein Joint mehr oder weniger wird uns die Tore des Paradieses nicht verschließen.«

»Das Paradies?« Ich zucke zusammen. »Warum erwähnen Sie jetzt gerade das Paradies?«

»Weil ich besoffen bin, deshalb«, antwortet er mit leichtem Lächeln. »Verzeihen Sie, wenn ich Sie gekränkt habe. Alles Gute!«

Damit ist er plötzlich verschwunden und lässt mich in völliger Verwirrung zurück. Ich trinke meinen Weinbrand aus, schaue noch ein wenig fern, aber ich fühle mich hier allein nicht mehr wohl. Soll ich losziehen und diesen Typen suchen? Soll ich ihm alles erzählen? Vielleicht kann er mir ja sagen, wie es mit mir weitergehen soll? Aber was bringt das? Er hat gesagt, was er sagen wollte, und damit hat es sich.

Ich gehe zurück in mein Abteil, lehne den Kopf an die Fensterscheibe und döse ein. Bevor ich ganz einschlafe, denke ich noch, dass ich endlich aufhören sollte, mich beim Zugfahren zu betrinken, mit fremden Leuten zu reden und vor allem: mich selbst innerlich aufzufressen. Letzten Endes bin ich doch nicht allein Schuld an dieser ekligen Geschichte. Da gibt es noch ein paar mehr Mitwirkende. Rita und Lena haben schließlich mein Spiel auf jede erdenkliche Art mitgespielt, mehr noch, sie haben es befördert, weil nämlich jede ihre eigenen Interessen dabei verfolgte. Lena wollte heiraten und nach Amerika auswandern und wer weiß, was noch alles. Rita wollte mit einem coolen Klub-Promoter vor ihren Freundinnen angeben, Katja wollte schlicht und ergreifend einen reichen Oligarchen. Alle haben eine Rolle gespielt, sie und ich – denn das Spiel haben wir uns zusammen ausgedacht. Und solche Spiele haben immer ein stressiges Ende. Rita und Lena ... Im Traum erscheinen mir ihre Gesichter, in Marmor gemeißelt, wie griechische oder römische Göttinnen. Nur die deutlich erkennbaren blutunterlaufenen Stellen unterscheiden sie von ihren steinernen Ebenbildern, die sind zu lebendig für Marmorgesichter.

Als ich aufwache, sehe ich auf die Uhr. Noch eine Stunde, zehn Minuten bis zur Ankunft in Petersburg. Wenn ich nur schon da wäre! Ich lehne mich zurück und versuche mich auf den Krimi zu konzentrieren, der auf dem Bildschirm läuft. Gerade als es zum Showdown kommt, ertönt plötzlich ein gewaltiger Knall.

Der vordere Teil des Wagons sackt ab, man hört ein stumpfes Knirschen und Scharren, als würde Eisen über Schotter oder Sand ratschen. In den Augen des Mädchens, das mir gegenübersitzt, flackert nicht Angst auf, eher eine Frage ... Was mag mein Gesicht in diesem Moment ausdrücken? Ganz langsam, wie schwerelos, hebe ich mich aus meinem Sitz und fliege nach vorne. Instinktiv strecke ich Arme und Beine aus, um den Sturz abzufangen. Der Wagon wird heftig durchgerüttelt, schaukelt hin und her, dann bleibt er plötzlich stehen und legt sich langsam auf die Seite. »Aus«, denke ich und schließe die Augen.

Neben mir piepst irgendwas, ich höre Stöhnen, Frauenschreie. Als ich die Augen wieder aufmache, sehe ich, dass ich auf dem Wagonfenster liege, genauer gesagt, auf dem, was davon übrig geblieben ist. Ich habe heftige Schmerzen in meinem rechten Bein und in meinem linken Ellenbogen. Genau über meinem Kopf befindet sich die Tür unseres Abteils. Das Mädchen, das mir eben noch gegenübergesessen hat, liegt jetzt neben mir und stöhnt leise. Instinktiv greife ich sie unter den Armen und versuche, sie hochzuziehen.

»Man muss das Fenster einschlagen!«, sagt jemand.

»Nach oben, nach oben!«, schreit eine Frau, vermutlich die Schaffnerin. »Gleich fängt es an zu brennen!«

»Helfen Sie mir! Das Mädchen …!«, höre ich meine eigene Stimme. Sie klingt, als käme sie von ganz weit her. »Sie ist bewusstlos!«

Hände ziehen uns nach oben, mich und das Mädchen, das ich umklammert halte, so fest ich kann, als hätte ich Angst, man könnte uns trennen.

»Vorsicht! Haltet ihn fest!«, ruft eine Männerstimme.

Dann atme ich frische Luft und schlage die Augen auf. Überall Staub und Trümmer, umherhastende Menschen, es riecht penetrant nach verbranntem Plastik. Zwei Schaffnerinnen kümmern sich um das Mädchen.

»Sie lebt! Gott sei Dank!«

Ein Mann in blutverschmiertem Uniformhemd läuft an mir vorbei. »Sperrt die Strecke ab, verdammte Scheiße nochmal! Vollständig absperren!«, brüllt er in ein Funkgerät.

»Bleibt bei den Verletzten!«, schreit eine Schaffnerin. Ihre Uniformjacke ist zerrissen, ihr Gesicht voller Schnitte.

»Gleich kommt Hilfe, halt durch«, flüstert mir jemand ins Ohr. »Die Krankenwagen sind schon unterwegs …«

Aus und vorbei, denke ich. Ein schönes Finale. Ob der komische Typ wohl gerettet wurde?, denke ich noch, dann verliere ich das Bewusstsein.

# ES GAB KEINE ÜBERLEBENDEN

Ich spüre, wie die Sonne durch die halb geöffneten Vorhänge fällt, über mein Gesicht streift und mich ganz langsam aus dem Schlaf holt. Ich öffne die Augen und erblicke eine Frau, die an meinem Bett sitzt. Eine Krankenschwester? Seit wann postiert man Krankenschwestern an den Krankenbetten? Steht es so schlimm um mich? Vielleicht habe ich eine Blutvergiftung oder sowas Ähnliches. Bei diesem Gedanken bricht mir sofort der Schweiß aus. Halt, stopp! Krankenschwestern tragen keine beigen Business-Kostüme. Jedenfalls war das zu dem Zeitpunkt, als ich in diesen verdammten Zug gestiegen bin, noch nicht üblich.

Ich sehe sie mir durch halb geschlossene Augenlider an. Ob sie wohl schon lange hier ist? Hat sie bemerkt, dass ich aufgewacht bin? Sie sitzt ganz ruhig da, die Beine übereinandergeschlagen, die Hände um die Knie geschlungen. Gepflegte Hände mit schlanken Fingern. Ein langer, wunderschöner Hals. Eine große Sonnenbrille verdeckt das halbe Gesicht. Sie trägt keinerlei Schmuck. Ein echtes Bond-Girl! Mit einem Kopftuch wäre sie eine Nikita – eins zu eins. Rote Haare. Unter meinen Freundinnen war nicht eine Rothaarige. Apropos, diese Lücke wollte ich schon immer mal schließen … Nicht mehr in diesem Leben. Wie alt mag sie sein? Ich konnte schon immer schlecht das Alter von Frauen schätzen. Sie nimmt eine Zigarette aus ihrer Handtasche.

»Guten Morgen«, sagt sie und zündet die Zigarette an.

Die Stimme ... ich kenne diese Stimme! Kann es sein, dass sich irgendeine Bekannte aus grauer Vorzeit meiner erbarmt und mich hier besucht?

»Guten Morgen. Oh, verdammt!« Ich versuche mich aufzusetzen, aber ein scharfer Schmerz in meinem Bein belehrt mich eines Besseren. Ich sinke zurück ins Kissen. »Sorry. Darf man neuerdings in Krankenzimmern rauchen? Ich hätte auch nichts gegen ein Zigarettchen einzuwenden.«

»Spielst du immer noch den Amerikaner, Andrej?« Sie nimmt die Sonnenbrille ab.

O Gott, wäre ich doch nicht aufgewacht! Nein, das kann nicht sein, das ist sie nicht, das ist nur eine verblüffende Ähnlichkeit, weiter nichts ... Olga ist schon vor Jahren ins Ausland gegangen, das hat man mir doch erzählt. Woher weiß sie das mit Amerika? Nein, sie kann einfach nicht hier sein, das ist unmöglich. Noch einmal versuche ich mir einzureden, dass diese Frau unmöglich Olga sein kann, aber die Paranoia hat schon von jeder Zelle meines Körpers Besitz ergriffen.

»Kennen wir uns? Ich kann mich im Augenblick nicht erinnern. Sie müssen entschuldigen, ich bin nicht so ganz auf der Höhe. Ich habe schreckliche Kopfschmerzen. Man erlebt ja nicht jeden Tag ein Zugunglück, das müssen Sie zugeben.« Ich versuche ein Lächeln, aber auch ohne Spiegel fühle ich, dass mir nur eine schlechte Grimasse gelingt. »Wir kennen uns also ...«

»Mein Häschen. Du hast vergessen, Häschen dazuzusagen, Andrej!« Sie nimmt einen tiefen Zug aus der Zigarette und geht zum Fenster. »Ja, wir kennen uns. Jedenfalls kannten wir uns einmal, vor langer Zeit.«

»Olga!« Mein Mund ist auf einmal trocken. »Wie kommst du hierher? Wer hat dir erzählt, dass ich …«

»Wer mir erzählt hat, dass du in Petersburg bist, im Krankenhaus, mit gebrochenem Bein und Gehirnerschütterung? Niemand hat mir davon erzählt. Weil niemand davon weiß. Außer mir, natürlich.« Sie lächelt und wendet sich wieder zum Fenster, mir scheint, in ihren Augen schimmern Tränen. Oder bilde ich mir das nur ein?

»Niemand weiß davon, dass ich im Krankenhaus liege«, überlege ich laut. »Ja, eine trostlose Zeit. Wer hätte gedacht, dass diese verdammten Terroristen jetzt schon Züge angreifen, oder?«

Sie nickt schweigend.

»Und wie schnell alles ging«, rede ich weiter. »Peng! Der Wagon kippte um und ich fiel auf die Nase. Und dann … dann weiß ich nur noch, dass mich die Sonne aufgeweckt hat.«

Wieder nickt sie.

»Alle schrien durcheinander, überall war Blut. Ich habe der Krankenschwester gesagt … Ich weiß nicht, dann sehe ich nur noch Nebel.« Als ich mich daran erinnere, dass ich der Krankenschwester meine HIV-Erkrankung eröffnet habe, bedeckt sich mein Körper wieder mit kaltem Schweiß.

»Du hast es der Krankenschwester gesagt?« Sie schaut mich an. »Du hattest die unglaubliche Kühnheit, der Krankenschwester zu gestehen, dass du HIV-positiv bist? Alle Achtung! Ich erkenne dich gar nicht wieder! Hast du dir plötzlich Sorgen gemacht, irgendein armseliger Loser könnte mit deinem Blut in Kontakt kommen und infiziert werden? Vergiss es! Heutzutage werden Spritzen nie zweimal verwendet. Dein Großmut war überflüssig, mein Kleiner!« Sie drückt ihre Zigarette am Tischbein aus und zündet sich sofort eine neue an.

Mich packt die Angst. Angst, wie ich sie nie im Leben empfunden habe.

»Du ...« Ich schnappe nach Luft. »Woher weißt du es? Wieso bist du überhaupt hier? Was willst du?« In dem Moment geht mir ein Licht auf. Vor Wut stockt mir der Atem. »Hast du mich verfolgt? *Hast du mich etwa verfolgt?*«

»Werd bloß nicht hysterisch«, sagt sie kalt. Ihre Augen glänzen jetzt nicht mehr. Das war tatsächlich nur Einbildung.

»Und wozu? Was soll das? Warum, verdammte Scheiße, spionierst du mir nach? Weißt du, was mit mir passiert ist? Bist du hier, um dich über mich lustig zu machen? Ja, ich bin HIV-positiv, aber ich habe keine Angst, das zuzugeben. Es ist mir scheißegal! Ich habe vor überhaupt nichts mehr Angst.« Die Tränen laufen mir übers Gesicht, und ich mache nicht den Versuch, es zu verbergen. »Was willst du? Willst du dabei zugucken, wie ich verrecke? Geilt dich das auf?« Wieder versuche ich mich aufzurichten, aber es gelingt mir nicht.

Vor lauter Hilflosigkeit ergreift mich ein heftiger Anfall von Selbstmitleid. Ich liege auf meinem Kissen, recke das Kinn in die Höhe und schluchze hemmungslos.

»Du bist ein richtiges Kind. Ein kleines, verwöhntes Kind. Ein hübscher Junge, aber sehr unartig.« Sie steht auf, geht wieder zum Fenster, zieht die Vorhänge auf und erstarrt, die Hände auf die Fensterbank gestützt. »Jetzt finde ich es direkt komisch, dass ich dich einmal besinnungslos geliebt habe. Seltsam. Ich habe dir damals alles verziehen – deine Hysterie, deine überdrehte Fantasie, deine Faulheit, deine pathologische Egomanie. Ich habe einfach darüber hinweggesehen.«

»Das ist alles so lange her.« Ich liege mit geschlossenen Augen und versuche, wenigstens irgendetwas zu meiner Verteidigung vorzubringen, doch es kommt nur lauter Unsinn heraus. Aber Olga hört anscheinend sowieso nicht zu.

»Seltsam, meinem Mann verzeihe ich heute nicht ein Zehntel von dem, was ich dir damals verziehen habe. Ich habe dich einfach geliebt. Aber was spielt das jetzt noch für eine Rolle?«

»Du bist verheiratet? Schon lange?«

Bleib ruhig, bleib ganz ruhig! Reiß dich zusammen! Sie hat ja nicht vor, dich zu ermorden, rede ich mir zu. Aber die Panik hat mich fest in ihren Klauen. Ich habe solchen Schiss, dass ich Olga bitte, die Krankenschwester zu rufen.

»Sie ist weg.« Olga setzt sich wieder auf den Stuhl an meinem Bett und führt ihren Monolog fort. »Sogar an dem Tag, als du mir sagtest, dass du kein Kind willst, habe ich immer noch weiter Pläne geschmiedet. So eine dumme Gans war ich, kannst du dir das vorstellen?«

Eine Träne rinnt über ihre Wange. Diesmal ist es ganz sicher keine Einbildung. Aber das lässt meine Angst nur noch größer werden. Ich möchte weglaufen, aus dem Fenster springen, mich in Luft auflösen.

»Und dann bist du verschwunden. Von einem Tag auf den anderen. Einfach weg. Einfach nicht mehr da. Du bist nicht mehr ans Telefon gegangen, warst in deiner Wohnung nicht mehr anzutreffen, es hieß, du habest Petersburg verlassen. Aber das stimmte gar nicht, hab ich recht, Andrej? Du hast einfach eine Weile in der Datscha deines Vaters gelebt, habe ich recht?«

»Ich … Ich erinnere mich nicht. Das kam für mich damals alles so … so unerwartet, verstehst du? Für dich doch auch!«

»Du meinst, es war nicht der richtige Zeitpunkt, oder wie? Und ich dachte aus irgendeinem dummen Grund, ein Kind komme immer zum richtigen Zeitpunkt. Aber, wie die Realität mir gezeigt hat, war das ein Irrtum. Wir beide lebten einfach in verschiedenen Welten. Ich meiner Welt gab es dich, unser Kind und mich. In deiner Welt dagegen gab es dich, und nur dich. Dann vielleicht noch ein paar Freunde, ein paar nette Bräute … Sonst noch was?«

»Ich war noch nicht so weit, verstehst du? Ich war gerade mal dreiundzwanzig Jahre alt, ich …«

»Falsch. Du bist nie erwachsen geworden. Du bist und bleibst immer siebzehn Jahre alt.«

Sie bedeckt das Gesicht mit den Händen und schweigt. Schweigt lange. Fünf, vielleicht zehn Minuten lang. Mir kommt es vor, als wäre es eine ganze Stunde. Manchmal zieht sie die Nase hoch, und das treibt mich zur Verzweiflung. Ich möchte sie abschalten. Ihr den Mund stopfen. Sie ausradieren. Von hier entfernen. Die Löschtaste drücken. Verdammte Scheiße, kommt denn keiner in dieses Krankenzimmer!?

»Ich habe auf dich gewartet. Ich habe gewartet, dass du zurückkommst. Eine Woche, zwei Wochen, einen Monat, ich weiß nicht mehr wie lange. Ich habe einfach nicht existiert. Ich war nicht mehr da, nicht mehr in der Welt. Ich habe mich in Nichts aufgelöst. Ich habe nur gewartet, gewartet, gewartet: dass du eines Morgens, oder eines Nachts, irgendwann wenigstens anrufst. Und dann zu mir zurückkommst. Aber du hast nicht angerufen. Ich kann dir nicht beschreiben, in welchem Zustand ich mich befand …«

»Hör auf, bitte!« Ich kann nur noch flüstern. »Warum willst du das alles wieder aufrühren? Willst du, dass ich noch kränker werde? Ich bin ein Loser, ein Penner, ein Arschloch, ein Schuft. Ich habe alles verloren, ich bin am Ende, ich habe Aids, ich musste aus meiner Stadt fliehen, verstehst du nicht? Ich bin am Ende! Hör auf, ich bitte dich!«, schreie ich wieder, aber Olga hört mir nicht zu, sie spricht im selben monotonen Ton weiter, wie eine Schlafwandlerin.

»Du kommst zurück und wir leben wieder in unserer Welt, wo nur wir drei sind, du, ich und unser Kind. Was das ist, ein Kind, werde ich nicht mehr erfahren. Eine dumme Geschichte. Ich habe zu lange mit der Abtreibung gewartet. Es gab Komplikationen. Eines Morgens bei der Visite sagte dann der Arzt ...«

»Halt, nein! Ich will nicht wissen, was er gesagt hat! Hör auf, bitte hör auf!«

Ich fange an zu schluchzen. Es schüttelt mich buchstäblich.

»... dass ich keine Kinder mehr bekommen kann. An jenem Morgen habe ich dich vergessen. Ich glaube, man nennt das Verdrängung. Anstelle der Erinnerung blieb nur Leere. Wir haben alles Mögliche versucht, aber es geht nicht. Es geht einfach nicht.«

Ihr Gesicht zeigt eine ganz natürliche Ratlosigkeit, als erzählte sie mir, ihre Mutter könne so leckere Piroggen machen, und ihre eigenen würden jedes Mal misslingen. Wieder steht sie auf und geht ans Fenster. Sie weint nicht mehr. Jetzt weine ich.

Das Schweigen zieht sich wieder endlos in die Länge. Sie steht am Fenster, ich liege im Bett und knirsche mit den Zähnen. Nach einer Weile werde ich ruhiger.

»Ich habe mich benommen wie ein ... Aber was spielt das noch für eine Rolle? Gott hat mich bestraft. Gerecht bestraft.«

»Gerecht. Dieses Wort habe ich früher nie von dir gehört. Gott hat wohl Besseres zu tun, als einem Jungen Gerechtigkeit widerfahren zu lassen, der die Mädchen, die er geschwängert hat, sitzenlässt. Oder die Bräute, wie du so gern sagst. Ich hasse diesen Ausdruck. Weißt du, als Lena mir erzählte, sie habe sich in einen Amerikaner verliebt, hat mich das zuerst überhaupt nicht interessiert.«

»Lena ist eine Freundin von dir?«, platze ich heraus.

»Amerikaner oder nicht Amerikaner – was spielt das für eine Rolle? Aber wie das nun einmal so ist bei verliebten Frauen, sie erzählen und plaudern und plappern eine Menge Intimes aus. Und dann zeigte sie mir dein Bild im *Beobachter*. Zuerst machte mir das gar nichts aus, bis sie erzählte, ihr wolltet heiraten und Kinder haben ...«

»Das hat sie sich alles bloß ausgedacht«, presse ich hervor. »Das stimmt doch alles gar nicht ...«

»Ja klar, das hat sie sich nur ausgedacht. Das Kind, die Heirat, den Amerikaner, Sohn eines Millionärs.« Olga setzt sich auf die Bettkante und streicht mir übers Haar. »Aber du bist ja ganz verschwitzt, du Armer!« Sie holt ein Handtuch und trocknet mir die Stirn. »Ich bin dann nach Hause gefahren, habe einen furchtbaren Streit mit meinem Mann angefangen und eine ganze Flasche Whiskey ausgetrunken. Er hat nicht gewirkt, stell dir vor! Und du weißt ja, normalerweise falle ich schon von drei Gläsern Wein um. Die ganze Nacht habe ich durchgeweint, aber am Morgen war alles wie weggewischt. Ich rief Lena an, wir haben uns getroffen, und ich habe ihr alles erzählt. Wie jede verliebte Frau hat sie mir zuerst natürlich kein Wort geglaubt, aber dieses Mal wusste ich, wie ich sie überzeugen kann.«

»Wann war das?« Ganz langsam fügen sich die Scherben der vergangenen Woche in meinem Kopf zu einem Ganzen. In meiner Brust sitzt ein Stein, ich fühle mich, als müsste mich im nächsten Moment ein Infarkt erwischen.

»Vor vier Monaten. Damals habe ich beschlossen: *Zwei* dumme verliebte Gänse, die dir auf den Leim gegangen sind, das ist too much. Ich habe sie genommen, in mein Auto gesetzt und bin losgefahren. Wir haben dich verfolgt, einen ganzen Tag lang. Es war spannend, wie in einem Krimi. Ich muss wohl nicht extra sagen, dass wir dich gleich in dieser ersten Nacht in flagranti ertappt haben, mein Häschen. Du hast ihr etwas vorgelogen von einer wichtigen Direktorenkonferenz, die im Klub ›Oper‹ stattfinden sollte. ›Tut mir leid, das lässt sich nun einmal nicht umgehen, mein Häschen‹, oder was pflegst du in solchen Fällen immer zu sagen? O Gott, hat sie geheult ... hat sie geheult ... fast so schlimm wie ich damals. Fast. Sie war, glücklicherweise, nicht schwanger. Sie hat noch einmal Glück gehabt.«

»Ich habe Lena geliebt«, sage ich.

»Natürlich. Mich hast du auch geliebt. Du liebst alle. Gleichzeitig. Das ist ja deine Philosophie. Warum erzähle ich dir das alles? Es ist so dumm, so dumm! Ich wollte mich an dir rächen, weißt du, ich wollte mich so gerne an dir rächen. Aber jetzt ... jetzt weiß ich nicht mehr, was ich fühle. Ich verstehe es nicht. Du tust mir seltsamerweise leid, Andrej. Im Grunde bist du kein schlechter Kerl. Aber trotzdem ein Schuft. Und ein Feigling.«

»Ich ... ich bin ein Nichts.« Ich drifte ab, meine Gedanken verwirren sich, ich möchte schlafen. Ich will nach Hause. Ich will meine Mutter sehen. Ich will taub werden. Ich will ...

»So seltsam es ist, aber du hast recht. Es hat lange gedauert, bis ich das begriffen habe. Eigentlich jetzt erst. So viel Zeit sinnlos verschwendet! Ja, ein schlaues Mädchen bin ich!« Sie lacht, steht auf, geht zum Fenster und setzt sich aufs Fensterbrett. Wie eine Katze. Sie hat wirklich Ähnlichkeit mit einer Katze. Hatte ...

»Dann habe ich Lena alles erzählt. In allen Einzelheiten. Dass du mir genau dieselbe Geschichte von deinem Ami-Vater aufgetischt hast, von deiner Idee, irgendwann einmal von hier abzuhauen und so weiter. Diese Rolle als Wal-Mart-Manager hattest du zu der Zeit noch nicht in deinem Repertoire, damals war der Journalismus dein großes Thema. Guck mich nicht so an. Deine Beziehung zum Journalismus ist die einzige Beziehung, der du treu geblieben bist. Ich habe Lena unsere Love-Story häppchenweise verabreicht. Jeden Abend eine Folge, wie in einer Seifenoper. Nach zwei Tagen wurde sie allmählich ruhiger. Während dieser Zeit habe ich sie niemals aus den Augen gelassen. Sie hat praktisch bei uns gewohnt. Mein armer Mann schlich nur noch auf Zehenspitzen durch die Wohnung. Ich habe ihm keinerlei Erklärungen gegeben, nur erzählt, dass Lena Probleme habe. Er hat verstanden. Oder auch nicht, ich weiß nicht. Was spielt das für eine Rolle? Igitt! Diesen dummen Spruch von dir werde ich nicht mehr los. Dann fingen wir ganz spontan an, Pläne zu machen, abends, während wir vor dem Fernseher saßen und Berichte über Kleinkriminelle und Hochstapler sahen. Die Ideen kamen ganz von selbst. Seltsam, was? Rita wurde übrigens von Lena ins Spiel gebracht, nicht von mir. Die beiden hatten geschäftlich miteinander zu tun. Rita stammt ursprünglich aus Stawropol und ist in Moskau hängengeblieben. Ein paar Liebhaber, Gelegenheitsaffären, Klubs, Diskotheken, sie lebte so vor sich hin, ein Aschenputtel vom Lande, von denen es so viele bei uns gibt. Nur die Prinzen reichen nicht für alle. Sie musste gar nicht lange überredet werden. Netter Junge, sagte sie. Außerdem habe ich ihr zwanzigtausend Dollar angeboten. Nicht schlecht, was? Mach nicht so ein entsetztes Gesicht! Ich hab sie in Raten bezahlt.«

»Hast du nicht befürchtet ...«

»Nein, ich habe nicht befürchtet, sie könnte uns auffliegen lassen. Warum auch? Es war ihr völlig gleich, wer sie fürs Bumsen bezahlt. Wie gesagt, ein netter Junge, das war alles, was sie dazu sagte. Sie ist ein kluges Mädchen, sie weiß, wo's langgeht. Sogar die Sache mit dem Telefon hat sie hingedreht.« Olga zeigt mir ihr Handy: Ritas Nokia mit dem folkloristischen Dekor! »Du hast wahrscheinlich gedacht, das hätte ihr ein heimlicher Liebhaber geschenkt, stimmt's? Klar, was solltest du sonst auch denken? Ganz logisch. Sicherheitshalber habe ich ihr vorgeflunkert, mein Mann sei ein hoher Offizier beim Geheimdienst. Davon abgesehen kannst du sicher sein, dass ich ihr ernsthafte Schwierigkeiten gemacht hätte, wenn sie mich verraten hätte. Ich habe seit damals gelernt, wie man mit Menschen umgeht. Übrigens, sie brauchte tatsächlich Geld für ihr Auto. Dieser Teil der Geschichte stimmte. Eigentlich ein hübscher Einfall, was? Mein Hase? Ich hatte zu dem Zeitpunkt nicht genug flüssig, und meinen Mann wollte ich nicht in Anspruch nehmen. Deshalb haben wir ihr vorgeschlagen, dich anzupumpen. Unter Freunden. Sie hätte es dir auf jeden Fall zurückgezahlt. Aber dir die Scheine einfach ins Gesicht zu werfen, das war ihr eigener spontaner Einfall. Als du durchblicken ließest, diese Geschichte mit der HIV-Infektion sei vielleicht nur ein Trick, damit sie das Geld behalten konnte, hat sie einen Wutanfall bekommen. Sie hatte ihre Rolle wirklich gut verinnerlicht, das muss man sagen. Besser hätte ich es mir auch nicht ausdenken können. Wer verzichtet schon ohne Not auf zehn grüne Tausender? Mit so einer Geste kann man den meisten Menschen jede beliebige Krankheit aufschwatzen, sogar die Beulenpest. Und dir erst recht, hypochondrisch, wie du bist!«

»Aufschwatzen?« Ich fühle, wie meine Finger und Zehen warm werden. »Soll das heißen, der Arzt hat sich geirrt? Moment ... willst du damit sagen ...? *Du bist ein verdammtes Luder! Du widerliche Schlange!*«

»Eigentlich solltest du dich lieber bei mir bedanken für die gute Nachricht. Du bist nicht HIV-positiv. Das heißt, ich weiß natürlich nicht, wie dein Testergebnis aussieht, aber Rita ist auf jeden Fall nicht HIV-positiv. Aber vielleicht lehrt dich das endlich mal, Präservative zu benutzen. So gesehen bin ich für dich so eine Art Mutter Teresa. Das Gesundheitsministerium sollte mir einen Orden verleihen für meine Leistungen bei der Sexualerziehung der Jugend.«

Olga setzt sich wieder neben mein Bett und zerdrückt die nächste Zigarette an meinem Bettpfosten, fast an derselben Stelle wie vorhin. Ich starre auf den schwarzen Fleck und habe das befremdliche Gefühl, sie zerdrücke die Kippen an meiner Stirn. Der pulsierende Schmerz zwischen meinen Augen wird mal stärker, mal lässt er nach. Wenn ich die Augenlider zusammenpresse, glaube ich zu verstehen, dass die Farbe des Schmerzes Rot ist.

»Das Schwierigste schien mir die Frage, wie wir verhindern konnten, dass du nach dem Arzt, zu dem Rita dich gebracht hatte, nicht gleich noch zu einem Dutzend anderer Kliniken oder Labors rennst. Das hat mir wirklich Sorgen bereitet. Ha, ha, ha! Ich hatte dich wieder überschätzt. Warum hast du das eigentlich nicht getan? Standst du so unter Schock? Oder warst du zu geizig, noch einen Test machen zu lassen? Du brauchst nicht zu antworten, ich hab es nicht ernst gemeint. Es war wirklich ein harter Schlag für dich, das wird mir jetzt klar. Viel schlimmer als Lenas Schwangerschaft, stimmt's? Aber man muss schon zugeben, du hast dich wirklich bemüht, sie davor zu bewahren! Wie wollte dein sauberer Arzt sie eigentlich dazu bringen, auf das Kind zu verzichten? Was für eine hübsche Geschichte habt ihr euch da zusammen ausgedacht? Mich würde auch mal interessieren, wie viel du ihm dafür bezahlen musstest!«

»Genauso viel, wie du der Laborantin für den gefakten Test hinlegen musstest!«, zische ich böse.

»Ach, wie gut ich dich verstehe!« Olga ringt theatralisch die Hände. »Alle sind sie nur auf Geld aus, die reinsten Mörderärzte! Oder machen nur wir beide solche Erfahrungen mit Ärzten, mein Liebling? Du hättest dir wirklich niemals vorstellen können, dass Lena, wäre sie wirklich schwanger, auf jeden Fall mehrere Ärzte aufgesucht hätte, was? Wie schlecht du die Frauen kennst! Dann hätte doch sofort ans Licht kommen müssen, dass du sie infiziert hast. Und was dann? Hättest du ihr eine Szene gemacht, sie eine Hure genannt und so weiter? Oder hättest du dich bloß still und heimlich verdrückt?«

»Mir wäre schon etwas eingefallen, keine Bange!«

Angst und Verzweiflung haben sich in Wut und Hass verwandelt. Jetzt könnte ich sie vernichten, aufstehen, ohne auf den Schmerz in meinem Bein zu achten, und sie mit einem Hocker erschlagen. Ich könnte sie packen, mit dem Kopf durch die Fensterscheibe stoßen und aus dem Fenster werfen. Ich würde alles tun, nur damit dieses Luder aus meinem Leben verschwände, für immer und ewig!

»Also die Schwangerschaft ... war auch nur ein Fake ...«

»Du hast wirklich einen scharfen Verstand. Wie ein Detektiv. Vielleicht solltest du daraus einen Beruf machen«, höhnt Olga.

»Ich bin ein Idiot! Was für ein verdammter Idiot ich bin! Dabei habe ich selber immer gesagt, dass man den Frauen niemals irgendetwas glauben darf, unter keinen Umständen! Ich habe diesen Schlampen zu sehr vertraut! Aber wie hätte ich auch darauf kommen sollen, dass du ...« So langsam gerate ich wirklich in Rage. Diese Kombination aus Grausamkeit und Schlichtheit ihrer Gedankengänge macht mich fassungslos. »Wenn ich nur ein einziges Mal, nur für eine einzige Stunde meine Gefühle aus- und meinen Verstand eingeschaltet hätte, dann wäre mir alles klar geworden. Du kannst dir nicht vorstellen, was ich dann mit euch gemacht hätte! Ich hätte euch ...«

»Sagtest du gerade ›zu sehr vertraut‹?«, unterbricht sie

mich. »Du kleines feiges Arschloch hast noch die Stirn, von Vertrauen zu sprechen?«

Anscheinend ist meine Wut auf Olga übergesprungen. Sie ballt die Hände zu Fäusten, so dass ihre Fingerknöchel weiß hervortreten. Möglicherweise ist sie ja auch eine Psychopathin, überlege ich plötzlich. Vielleicht sollte ich sie lieber ausreden lassen, sie nicht unnötig provozieren und so weiter … Wenn sie durchdreht, bin ich am Ende das Opfer. Sie kommt ganz dicht ans Bett und kreischt, wie eine streunende Katze, der man heißes Wasser über den Pelz gegossen hat.

»Du hast ihr vertraut? Sie hat dir vertraut, du Missgeburt! Lena hat bis zum letzten Moment versucht, dir zu glauben, genau wie ich damals! Immer wieder hat sie mich angebettelt, unseren Plan aufzugeben. Alles so zu lassen, wie es ist. Jedes Mal mussten wir erst wieder ins Auto steigen und die Klubs und Restaurants abklappern, in denen du dich gerade mit Rita oder irgendwelchen anderen Frauen amüsiert hast. Übrigens, das ein oder andere Mal habe ich es arrangiert, dass ihr drei euch rein *zufällig* über den Weg gelaufen seid. Nur so, aus Jux. Ich wollte sehen, ob diese *Zeichen* nicht in deinem Kopf etwas auslösen würden. Lena hat immer wieder gesagt, sie wolle lieber alles vergessen und dir deinen Verrat verzeihen, sie wolle nicht, dass man dir so etwas Grausames antue. Mein Gott, als wüsste sie, was das ist – Verrat und Grausamkeit! Verglichen mit dem, was du den Frauen antust, ist unser kleines Spiel ein unschuldiger Kinderstreich gewesen.«

»Du hast nur Glück gehabt, dass ich zur selben Zeit zufällig große Probleme in der Redaktion hatte. Sonst hätte ich euer albernes Spielchen mit Sicherheit durchschaut. Früher oder später auf jeden Fall. Und dann, mein Häschen, hätte ich dir eine hübsche Party veranstaltet! Dir und deinen beiden netten Bräuten!« Allmählich kehrt meine Selbstbeherrschung zurück. »Aber noch ist ja nicht aller Tage Abend …«

»Nein, noch ist nicht aller Tage Abend. O nein, beileibe nicht. Ich glaube, ich war etwas voreilig, als ich deinen scharfen Verstand gelobt habe.« Olga geht zur Tür, prüft, ob sie verschlossen ist, lehnt sich mit dem Rücken dagegen und fährt fort: »Manchmal ist es direkt zum Lachen. Wie habe ich mir den Kopf zerbrochen, damit nichts schiefgeht, dass du nicht zu einem anderen Arzt rennst, dass nichts Unvorhergesehenes passiert, ein gemeinsamer Bekannter durch einen Zufall alles auffliegen lässt. Und dann war alles so einfach. Sag mal, tust du nur so? Oder hast du dir dein Hirn so gründlich weggesoffen und weggekokst, dass du tatsächlich immer noch nicht begriffen hast? Mein Gott, ich habe anscheinend drei Jahre lang nicht nur mit einem Feigling und Schuft zusammengelebt, sondern auch noch mit einem Vollidioten! Und das mir! Tochter aus gutem Hause, mit höherer Bildung und allem, was dazugehört, ha, ha!«

»Dein Pech. Du hättest einfach während des Studiums ein bisschen mehr vögeln sollen, dann wärst du nicht so ahnungslos geblieben, was Männer angeht, du Musterschülerin!«

Sie macht einen schnellen Schritt nach vorn, und im nächsten Moment kassiere ich zwei schallende Ohrfeigen. Das Blut rinnt mir aus der Nase, aber dafür ist mein Kopf auf einmal frei.

»Halt deinen ungewaschenen Mund, du Schuft! Oder möchtest du, dass ich deinen Freunden von der Trans-Beton einen kleinen Wink gebe, in welchem Krankenhaus sie dich finden können?«

»Rita! Was für ein dummer Esel bin ich doch!« Der Kopfschmerz kehrt mit verdoppelter Kraft zurück. »Es war Rita, die uns den Auftritt organisiert hat!«

»Und die die DVD mit den Videos ausgetauscht hat, ja. Du hast doch immer gesagt, die Kunst soll dem Volk gehören, Andrej. Tja, und so ist das Volk eben in den Genuss deines kleinen Amateurpornos gekommen. Meinst du, das Volk war noch nicht reif dafür? Vielleicht, aber das ist wohl eine andere Frage. Das Einzige, was *du* in deinem Leben gelernt hast, ist, einen guten Eindruck zu machen. Sogar Rita, die Gelegenheit hatte, dich in den vier Monaten ziemlich gut kennenzulernen, wollte im letzten Moment einen Rückzieher machen, oder zumindest einen Gang runterschalten. Sie werden ihn in Stücke reißen, hat sie gesagt. Aber ich habe sie beruhigt. Keine Angst, mein Herzchen, habe ich gesagt, das schaffen sie nicht. Er entkommt und geht ins Exil. Wie ein großer Revolutionär. Er versteckt sich bei Papa auf der Datscha. In der Hinsicht habe ich mich allerdings geirrt.«

»Ich werde denen erklären, wer diese Schweinerei eingefädelt hat!«

»Na klar, die werden nur darauf warten! Die werden dir jedes Wort glauben, du Hip-Hop-Star! Olga Gomelskaja, die Frau des bekannten Rechtsanwalts, organisiert in ihrer Freizeit Sabotageanschläge auf Geburtstagsfeiern! Versuch es, vielleicht hast du Erfolg. Wer weiß?«

»Du bist mit Gomelski verheiratet? Der ist doch steinalt! Wie musst du das Geld lieben!«, krächze ich.

»Willst du noch eine Ohrfeige haben, du Schlaumeier? Weißt du, wenn einem die Möglichkeit geraubt wird, seine Kinder zu lieben, fängt man an, sich an einfachen Dingen zu erfreuen. Am Geld, zum Beispiel. Davon abgesehen: Er ist ein außergewöhnlich anständiger und liebevoller Mann. In deiner Sicht ist das allerdings kein Vorzug, ich weiß. Er schreibt auch keine Hip-Hop-Songs. Und er spielt auch nicht das verwöhnte Söhnchen eines amerikanischen Millionärs. Er ist ein echter russischer Millionär. Apropos Geld:

Als Dajew dir das Geld für den Artikel gegeben hat, hat da in deinem Kopf keine Alarmglocke geläutet? Du kennst dich doch aus in der Szene, hat dir niemand von ihm erzählt?«

So mag man sich fühlen, wenn man im Kino sitzt und einen Film mit einem schlampig zusammengezimmerten Plot anschaut. Mittendrin hat man plötzlich raus, wie er ausgeht. Wer der Böse ist, wer der Gute, wer eine unbedeutende Nebenfigur. Alles ist auf einmal glasklar und durchschaubar. Und trotzdem guckst du den Film zu Ende, nur damit du dir mal wieder sagen kannst: Junge, du hast echt den Durchblick, du solltest selber Drehbücher schreiben! Aber dies hier ist kein Film. Dies ist eine gemeine, eine ganz schmutzige Intrige, in die dich drei hinterhältige Weiber verstrickt haben. Drei zynische, herzlose Luder. Sie haben dich reingelegt. Vorgeführt. Dich verarscht wie einen vertrottelten Spießer.

»Du hast Vadim angestiftet, mir diesen gefakten Text unterzuschieben«, denke ich laut. »Und dann habt ihr dafür gesorgt, dass Wsjeslawski in Vadims Firma anruft. Wie einfach! Und alles geschah innerhalb von ein paar Tagen. HIV, Schwangerschaft, der Auftritt, die Kündigung ... Sauber! Ihr seid echte Helden der Arbeit!«

Olga raucht wieder. Diesmal klopft sie die Asche in die Zigarettenschachtel. Hat sie etwa die ganze Schachtel geraucht? In meinem Kopf hallt völlige Leere. Komplette Gefühllosigkeit. Seltsam, aber sogar meine Wut ist vollständig verflogen. Geblieben ist nur Schwermut. Trostlose, graue Depression.

»Sag mal, wie hast du es hingekriegt, die Aufnahme in meinem Diktafon zu löschen?«, frage ich zu meiner eigenen Überraschung.

»Was für ein Diktafon?«

»Stell dich nicht dumm. Das Interview mit Bucharow, die Redaktion sagte mir damals, das Band sei leer gewesen.«

»Du hast eine bewundernswerte Fähigkeit, dich um Nebensächlichkeiten zu kümmern, Andrej. Was interessiert mich dein Diktafon? Warum fragst du mich nicht, was ich mit dem Zugunglück zu tun habe?« Olga macht sich bereit zum Gehen. Sie drückt die Zigarettenschachtel zu und verstaut sie in ihrer Handtasche. »Von deinem Diktafon höre ich zum ersten Mal. Aber so wie ich dich kenne, hast du einfach vergessen, auf Aufnahme zu drücken. Bei dir ist alles möglich. Mit dem Zugunglück habe ich übrigens nichts zu tun, das war nur ein Scherz. Das Unglück ist einer von den wenigen Zufällen in dieser Geschichte. Na gut, ich habe schon viel zu lange mit dir herumgetrödelt, ich muss los. In drei Stunden geht mein Flugzeug.«

»Du gehst? Du kannst doch jetzt nicht einfach so weggehen!« Aus irgendeinem Grund möchte ich, dass sie noch bleibt. Jetzt, wo ich alles weiß, wo sich HIV und Lenas Schwangerschaft als bloßer Spuk herausgestellt haben, wo sich die Wogen meiner Katastrophen geglättet haben – aus irgendeinem Grund möchte ich jetzt, dass sie noch bleibt, wenigsten eine halbe Stunde, oder lieber eine ganze. Mag sie schweigend dasitzen und ihre Zigaretten rauchen, ich würde sie anschauen und mich an die Zeit erinnern, in der die heutigen Probleme noch nicht existiert haben. Noch nicht einmal als unschuldiger Gedanke in ihrem oder meinem Kopf. Als alles auch ganz anders hätte kommen können. Damals, als wir noch zusammen waren. Ich stelle mir vor, es wäre gar nichts passiert, die Abtreibung nicht, und alles andere auch nicht. Wir sind wieder da, wo wir angefangen haben. Ich liege hier im Krankenhaus, habe mir das Bein gebrochen – bei einem ganz banalen Unfall –, und sie kommt mich besuchen, plaudert mit mir, erzählt, was in der Stadt los ist, während ich hier ans Bett gefesselt bin. Was unsere Freunde so treiben, wie es auf der Arbeit läuft und so weiter. Jetzt ist mir wieder zum Heulen zumute ...

»Weißt du, in der letzten Zeit habe ich ständig ein Wort vor Augen: warum«, sagt Olga. Sie hat schon den Türgriff in der Hand, zögert aber noch. »Es begegnet mir überall, manchmal sogar als Graffito an einer Hauswand, an Orten, wo ich nicht damit rechne.«

»Mir auch«, sage ich mit Tränen in den Augen. »Seit einiger Zeit sehe ich dieses Wort permanent.«

»In der Sadowaja habe ich es gesehen, in der Krassina und noch irgendwo. Sogar hier in Petersburg. Dann dachte ich auf einmal: Eigentlich wahr – *warum?* Warum habe ich das alles getan? Und was kommt jetzt? Als alles vorbei war, ertappte ich mich bei dem Gedanken, dass es mir nicht genug ist, mich zu rächen. Rache ist gar nicht der eigentliche Grund für mein Handeln. Ich will etwas verändern, verstehst du? Wenn du die Frauen als dumme Schafe behandelst, dann bist du nichts anderes als ein blöder Bock. Ein sturer, hirnloser Schafbock. Aber tief in dir drin bist du eigentlich ganz anders, oder? Du bist ein Mensch, Andrej. Nach allem, was dir jetzt zugestoßen ist, wirst du vielleicht verstehen, dass man sich wehtun kann, nicht nur wenn man sich das Zahnfleisch verletzt. Es gibt tatsächlich Schlimmeres.«

»Warte, Olga, bitte geh jetzt nicht weg!« Ohne auf die Schmerzen im Bein zu achten, setze ich mich im Bett auf. »Bleib bei mir! Ich bin ein Schuft, eine Missgeburt, ein Arschloch, aber ... aber doch nicht ganz und gar. Ich ... wir ... du und ich ...«

»Hör schon auf!« Sie lächelt traurig und drückt die Klinke. »Du und ich – das gilt schon lange nicht mehr.«

»Wir könnten doch ... ich könnte ...« Eine Art Wortstarrkrampf befällt mich, ich fange an zu blubbern, denn es will mir nicht gelingen, einen zusammenhängenden Gedanken zu formulieren. »Versteh doch …«

Sie schüttelt den Kopf.

»Ich hoffe, *du* verstehst endlich.«

Das ist der letzte Satz, den sie sagt, dann ist sie fort. Ich lasse mich zurücksinken und schließe die Augen.

»In zwei Wochen spätestens können Sie nach Hause«, sagt die ältere Krankenschwester und räumt das Tablett mit dem fast unberührten Abendessen ab. »Der Doktor hat gesagt, der Bruch wächst gut zusammen.«

»Hm-hm.«

»Ihre Freundin war so aufgeregt, als sie gegangen ist.« Die Krankenschwester sieht mich an und lächelt. »So eine hübsche, nette. Sie hatte ganz schnell herausgefunden, in welchem Krankenhaus Sie liegen und ist Sie gleich besuchen gekommen. Und wie sie sich gekümmert hat! Sie hat Sie gleich in ein Einzelzimmer verlegen lassen!«

»Hm-hm.«

Mein Gott, wann gehst du endlich?, denke ich. Normalerweise kriegt die den Mund nicht auf. Das höchste der Gefühle war, dass sie mir Zigaretten besorgt hat. Aber heute ist sie wie ausgewechselt.

»Als man Sie hergebracht hat, haben Sie ganz wirr geredet. Sie seien HIV-positiv, haben Sie immerzu gesagt. Wir haben sicherheitshalber einen Test gemacht.«

»Ich war wohl lange bewusstlos?«

»Hm-hm«, nickt sie. »Aber jetzt sind Sie über den Berg. Bald sind Sie ganz gesund!«

»Schieben Sie mich bitte ans Fenster!« Ich lächele trübe. »Dann kann ich wenigstens rausgucken.«

»Im Krankenzimmer ist Rauchen eigentlich nicht erlaubt«, ermahnt sie mich zum hundertsten Mal, während sie mein Bett schiebt.

Als die Krankenschwester gegangen ist, setze ich mich halb auf, schiebe mir ein Kissen in den Rücken, öffne das Fenster und stecke mir eine Zigarette an.

Das ist mein einziges Vergnügen. Den Menschen im Hof des Krankenhauses zuzusehen und mir Geschichten für sie auszudenken. Ich habe sogar ein festes Ensemble: ein kleines Grüppchen von Patienten und einige Angestellte. Dieser junge Arzt da zum Beispiel, der immer hierherkommt, um zu rauchen. Und abends drücken sich in einer Ecke die jungen Schwesternschülerinnen herum. Und die Oma da kommt auch jeden Tag. Manchmal beobachte ich sie dabei, wie sie lebhaft in ein Handy quasselt. Coole Oma. Unter dem Vordach am Eingang erscheinen zwei Studenten, sie schreien und krümmen sich vor Lachen; wahrscheinlich besoffen. Ich nehme an, sie haben einem Kumpel einen Besuch abgestattet und ihm »Obst« vorbeigebracht. Ich sehe den Menschen zu und versuche mir vorzustellen, wer sie sind, was sie studieren, was sie gemacht haben, bevor sie hierher ins Krankenhaus kamen, und wohin sie anschließend gehen werden. Diese beiden Studenten werden jetzt natürlich schnurstracks in eine Bar oder einen Klub am Stadtrand marschieren. Heute ist schließlich Freitag. Dort treffen sie sich mit ihren Freundinnen oder lernen neue Mädchen kennen. Und später landen sie dann bei einem Jungen oder einem Mädchen aus der Runde, die sturmfreie Bude haben. Sie nehmen eine Flasche Wermut mit oder zwei Flaschen Weißwein, für die Jungs wahrscheinlich Wodka. Bewusstseinsverändernde Stoffe scheinen die beiden da unten jedenfalls nicht zu sich zu nehmen, dafür sind ihre Gesichter noch zu rosig. Oder liegt das am Alter?

Für jeden von diesen Leuten da unten kann ich mir eine

Geschichte ausdenken. Je öfter ich sie sehe, desto plastischer werden meine Einfälle. Vielleicht werde ich doch noch Schriftsteller, wenn ich hier endlich rauskomme. Aber Hip-Hopper jedenfalls nicht. Ich kann mir eine Geschichte für jeden beliebigen anderen Menschen ausdenken, nur nicht für mich.

Jetzt fährt ein alter Lada vor. Ein junger Typ von etwa dreiundzwanzig Jahren steigt aus und geht zum Eingang. Der Fahrer schält sich langsam aus seinem Sitz, bleibt neben dem Wagen stehen und zündet sich eine Zigarette an. Die Wagentür lässt er offen stehen, die Musik aus dem Inneren schallt gut hörbar zu mir herüber:

*You are hardcore, you make me hard,*
*You name the drama and I'll play the part,*
*It seems I saw you in some teenage wet-dream,*
*I like your get-up if you know what I mean.*

Das ist ein Stück von Pulp: »This is Hardcore«. Pulp finde ich spitze, ich kenne fast alles von ihnen auswendig. Mir gefällt diese angelsächsische Depressivität. Das heißt, inzwischen gefällt sie mir, früher mochte ich andere Stücke, schnellere, lebendigere, hellere. »Disco 2000«, zum Beispiel, oder »Common People«. Das ist lange her. Da hab ich noch am Daumen gelutscht. Aber das passt ja auch zu meinem Leben, anders als Hardcore kann man das nicht nennen, was ich in der letzten Zeit durchgemacht habe. Ein finsterer und böser Hardcore-Streifen. Allerdings nicht im pornografischen Sinne, leider, das wäre mir erheblich lieber. Hauptsache, ich verfalle nicht komplett der Paranoia, wenn ich hier rauskomme. Die Chancen stehen allerdings schlecht, wie ich die Sache sehe. Nach dem, was Olga mir da serviert hat, kann ich mir gut vorstellen, dass ich den Rest meines Lebens einfach alles nur noch für Fake halten werde, für unsichtbares Theater. Wie soll man wissen, ob nicht alles, was einem zustößt, nach dem unsichtbaren Drehbuch eines Irren abläuft? Andererseits, nichts geschieht einfach so ...

»*I've seen all the pictures, I've studied them forever*« – Jarvis Cocker spricht mir aus der Seele. Habe ich daraus die Konsequenzen gezogen? Hmm ...

In den Tagen nach Olgas Erscheinen grübele ich immer wieder über alles nach. Ich staune wirklich darüber, wie präzise und detailliert sie ihren Plan durchdacht hat, aber auch darüber, wie authentisch Rita und Lena ihre Rolle gespielt haben. Ein passionierter Cineast würde wohl sagen, das Drehbuch sei etwas schwach. Und tatsächlich, es ist doch völlig unwahrscheinlich, dass drei Bräute, und seien sie noch so schlau, einen immerhin nicht ganz verblödeten Typen so banal hinters Licht führen können. Tja, wie sich gezeigt hat, können sie das, und wie sie es können! Im Film allerdings könnte so ein selbstverliebter Typ wie der Held meiner Story, einer, der niemals weiter sieht als bis zum Ende seiner Nase, nur von einem sehr, sehr talentierten Schauspieler dargestellt werden: von mir. Hätte mir ein Kumpel noch vor einem Monat diese Story aufgetischt, ich hätte dafür sofort meinen Lieblingsspruch parat gehabt: irgendwie kompliziert alles. In der Realität war alles ganz einfach. Einfacher geht's gar nicht. Diese verblüffende Schlussfolgerung habe ich gestern gezogen, als ich am offenen Fenster saß und rauchte.

Nur eins habe ich immer noch nicht begriffen: Warum? Wozu das Ganze? Wozu haben sie das alles veranstaltet? Lena und Olga wollten Rache, Rita wollte Geld. Schön und gut. Aber ich glaube, es muss mehr dahinterstecken, irgendein tieferer Grund. Spiel mit dem Schicksal anderer Menschen? Ich habe mal gehört, das sei die stärkste Triebkraft der weiblichen Seele. Aber wer versteht das? Vielleicht ist der Grund ja auch so primitiv wie die Ausführung einfach:

Sie haben das alles nur zu ihrem Vergnügen veranstaltet. Just for fun.

Endlich kommt der junge Typ wieder aus dem Gebäude. Er hat jetzt ein Mädchen dabei. Sie ist schwanger. Sieh mal an, gibt es hier sogar eine gynäkologische Abteilung? Sie bleiben am Auto stehen, das Mädchen unterhält sich mit dem Fahrer. Sie lachen. Einfache Freuden. So etwas hättest du auch haben können, Alter! Ich denke an Olga. Wir könnten … genauer, ich hätte damals können … wenn ich nur genug Hirn und Mut gehabt hätte, eine Entscheidung zu treffen. Wie alt war ich damals? Genauso alt wie dieser Junge da unten. Dreiundzwanzig. Es ist nicht länger als vier Jahre her. Heute kommt es mir so vor, als wäre es erst vorgestern gewesen, während mir noch vorgestern schien, meine Zeit mit Olga läge mindestens zehn Jahre zurück. Ich hätte vielleicht versuchen können, sie zurückzuhalten. Es ist alles so dumm. Vor vier Jahren hätte es mich nicht die geringste Mühe gekostet, sie zurückzuhalten. Was heißt zurückzuhalten – ich hätte einfach bei ihr bleiben müssen. Sie wollte Liebe, und ich … ich wollte auch Liebe. Es hat sich nur gezeigt, dass wir beide unter diesem Gefühl etwas sehr Unterschiedliches verstanden haben. Und doch: Das war doch grad eben erst – sie und ich. Dann Lena und ich, Rita und ich, ich und noch ein ganzer Haufen von Namen. Ich und ich.

*Oh this is hardcore – there is no way back for you.*

Javis' Stimme steigt auf den höchsten Ton, verharrt dort und kommt dann zum Finale des Stücks.

*Oh this is hardcore – this is me on top of you.*

Ich singe mit, ohne die Lippen auseinanderzunehmen.

Seltsam, was? Man geht an hundert Namen vorüber, nur um am Ende wieder bei sich anzukommen. Um zu begreifen, dass man einmal unendlich geliebt wurde.

*And I can't believe that it took me this long ...*

Seltsame Angelegenheit: Ich sollte mich doch freuen über diese unverhoffte Rettung, freuen, dass alles so glimpflich ausgegangen ist. Ich habe kein Aids, die Security-Schläger haben mich nicht in meine Einzelteile zerlegt, ich habe Lena nicht dazu gebracht, ihr Kind abzutreiben, ich habe ein Zugunglück überlebt; selbst Olga hat mir im Endeffekt nichts wirklich Schlimmes angetan. Ich lebe und bin gesund. Alle leben und sind gesund. Aber sogar meinem vielgerühmten Zynismus fällt nichts anderes ein als eine Zeile aus einer Zeitungsüberschrift, die ich irgendwann einmal gelesen habe: ES GAB KEINE ÜBERLEBENDEN.

Jetzt will ich nur noch, dass das alles endlich vorbei ist. Dass alles, was mir in Moskau passiert ist, endlich Vergangenheit ist. Man sagt, die Menschen ändern sich. Der Fortschritt sei der natürliche Zustand der Menschheit und so weiter. Ich bin bereit, mich zu ändern. Aufzuhören mit den Partys, den Drogen und dem Alkohol. Ich muss noch einmal ganz von vorne anfangen, das ist alles. In Moskau oder in Petersburg oder sonst wo. Ganz egal. Die beiden Typen und das Mädchen steigen in das Auto und fahren los. Ich sehe dem sich entfernenden Lada nach und denke, dass dort, in diesem Auto, lebendige Menschen sind. In dem Sinne, dass sie leben und nicht nur eine Rolle in einem Schauspiel spielen.

*Oh, what a hell of a show. But what I want to know: What exactly do you do for an encore? Cos this is hardcore.*

Noch einmal singe ich die letzte Strophe des Liedes, das ich vorhin nicht zu Ende gehört habe.

Ich glaube, dass sie wirklich glücklich sind, diese Menschen. Sie brauchen keine flotten Sprüche, wie ich sie so gerne verteile: »Je nachdem, wie man sich positioniert ...«, »alles kompliziert« und so weiter. Sie brauchen sie nicht und sie kennen sie nicht. Sie sind, was sie sind, nicht das, was sie spielen. Und ich glaube, auch für mich ist die Zeit gekommen, da ich mich nicht mehr *positionieren* muss, dass mit dem Stress, dem Schrecken und der Verzweiflung der vergangenen Tage auch das *Spiel* aus meinem Leben verschwunden ist. Ich muss keine unterschiedlichen Rollen mehr spielen, je nachdem, mit wem ich zusammen bin, ich muss nicht mehr lügen, nicht mehr herumlavieren. Menschen verändern sich, solange sie noch Hoffnung haben. Was für ein schlauer Spruch, was? Aber genauer kann man es nicht sagen.

Ich denke an die Zeit nach meiner Entlassung aus dem Krankenhaus. Nicht in dem Sinne von »Was wird dann aus mir?«, sondern einfach so, ganz allgemein. Die Welt verändert sich, die Menschen, die Beziehungen auch. Aber irgendetwas sagt mir, dass sich gleichzeitig auch nichts verändert, gar nichts, kein Deut.

Der Lada verschwindet um eine Hausecke. Ich wäre jetzt gern der junge Typ, den River Phoenix in *My Private Idaho* gespielt hat. Dieser Typ, der in der Schlussszene auf der menschenleeren Landstraße liegt, zuckend in einem epileptischen Anfall. Ein Auto hält an, ein Mann steigt aus, stellt fest, dass der Held bewusstlos ist, zieht ihm die Schuhe aus und fährt weiter. Dann kommt ein zweites Auto. Der Fahrer hält an, steigt aus, schnappt sich den Jungen und verfrachtet ihn kurzerhand auf den Beifahrersitz. Dann schlägt er die Tür zu, steigt selber wieder ein, startet den Motor und fährt los. Blauer Himmel, öde Landschaft, Abspann.

Ich rauche die Zigarette zu Ende und werfe die Kippe aus dem Fenster. Es wird dunkel. In einer Stunde ist Schlafenszeit. So sind hier die Regeln. Acht Stunden später werde ich geweckt. In aller Herrgottsfrühe. Ein Piepsen stört die Stille des Krankenzimmers. Weil ich die Quelle des Geräusches nicht herausfinde, will ich schon aufstehen und draußen auf dem Korridor nachsehen, aber plötzlich begreife ich, dass die Geräusche von meinem Handy kommen. Ein Anruf. Theoretisch kann niemand diese Nummer wissen. Ich weiß sie ja selber nicht einmal! Die Nummer kennt nur der, der da anruft. Es klingelt beharrlich – eine Minute, zwei Minuten, drei Minuten lang. Es klingelt so, als wollte der Anrufer mir etwas sehr Wichtiges mitteilen. Die Lautstärke des Klingeltons steigt mit jedem Klingeln an. Eine idiotische Melodie. Wieder befällt mich Panik. Ich kenne diesen Anrufer nicht, es gibt niemanden, der mir etwas mitzuteilen hätte. Ich sitze vor dem Telefon, lasse es nicht aus den Augen, hypnotisiere es mit meinen Blicken, um es zum Schweigen zu bringen. Irgendwo hinter der Wand beginnt Radiohead zu spielen. Zuerst ganz leise, dann lauter, dann noch lauter und immer lauter, wie synchron mit diesem verdammten Handy:

*No alarms and no surprises.*

*Please ...*

# Einzlkind

»Zwischen J.D. Salinger und Terry Pratchett, Nick Hornby und Monty Python platziert sich dieser Roman tatsächlich als gemeines kleines Wunder.«
*Frankfurter Rundschau*

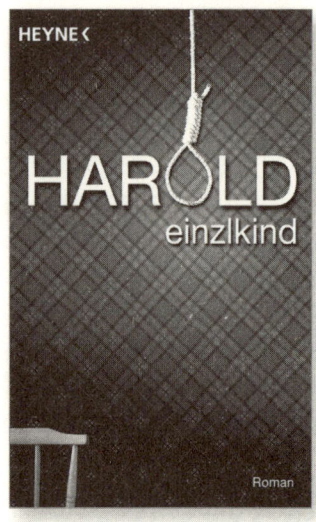

HEYNE
HAROLD
einzlkind
Roman
978-3-453-43597-1

Leseprobe unter: **www.heyne.de**

**HEYNE**